中国科普作家协会资助项目

王晋康文集
第8卷

海豚人

王晋康 著

科学普及出版社
·北京·

图书在版编目（CIP）数据

海豚人 / 王晋康著. -- 北京：科学普及出版社，2023.2

（王晋康文集；8）

ISBN 978-7-110-10466-8

Ⅰ.①海… Ⅱ.①王… Ⅲ.①幻想小说 – 小说集 – 中国 – 当代 Ⅳ.① I247.5

中国版本图书馆 CIP 数据核字（2022）第 121262 号

策划编辑	王卫英
责任编辑	王卫英
封面题字	张克锋
装帧设计	中文天地
责任校对	焦　宁　张晓莉　邓雪梅　吕传新
责任印制	徐　飞

出　　版	科学普及出版社
发　　行	中国科学技术出版社有限公司发行部
地　　址	北京市海淀区中关村南大街 16 号
邮　　编	100081
发行电话	010-62173865
传　　真	010-62173081
网　　址	http://www.cspbooks.com.cn

开　　本	710mm×1000mm　1/16
字　　数	7460 千字
印　　张	470.25
插　　页	1
版　　次	2023 年 2 月第 1 版
印　　次	2023 年 2 月第 1 次印刷
印　　刷	北京中科印刷有限公司
书　　号	ISBN 978-7-110-10466-8 / Ⅰ·641
定　　价	2888.00 元

（凡购买本社图书，如有缺页、倒页、脱页者，本社发行部负责调换）

目 录

海豚人

第一章　复活　　　　　　　　　　　　　　　／003
第二章　海豚人族群　　　　　　　　　　　　／046
第三章　灾变　　　　　　　　　　　　　　　／066
第四章　传说中的历史　　　　　　　　　　　／092
第五章　妻子　　　　　　　　　　　　　　　／120
第六章　妻子之死　　　　　　　　　　　　　／152
尾声　　　　　　　　　　　　　　　　　　　／197

类 人

第一章　盗火　　　　　　　　　　　　　　　／209
第二章　仇恨　　　　　　　　　　　　　　　／238
第三章　司马林达之死　　　　　　　　　　　／253
第四章　追踪　　　　　　　　　　　　　　　／273
第五章　放蜂人　　　　　　　　　　　　　　／287
第六章　KW0002号太空球　　　　　　　　　／294
第七章　真相　　　　　　　　　　　　　　　／304
第八章　生死之间　　　　　　　　　　　　　／315
第九章　上帝　　　　　　　　　　　　　　　／331
第十章　两个谜底　　　　　　　　　　　　　／337
第十一章　谋杀　　　　　　　　　　　　　　／347

第十二章	反攻	/ 353
第十三章	访问2号	/ 372
第十四章	类人之潮	/ 392

海豚人

第一章 复　活

一

　　这儿是土阿莫土群岛的马鲁特阿环礁岛，位于南太平洋辽阔的洋面上。按照史前人类所定并且至今还在使用的坐标系统，它位于南纬22.5度、西经135度。岛上有一个漂亮的岩洞，这在珊瑚礁岛上是比较罕见的。洞的出口隐在100米深的海平面之下。顺着暗黑色的巷道往前游，各种鱼儿在周围飞快地闪躲着，不时发生一次轻微的冲撞。前边水域的颜色逐渐变淡，一丝怡人的蓝色慢慢渗进来，逐渐加强，最终充盈了整个水域。然后你就可以从水中探出脑袋，呼吸一口略带潮气的新鲜空气。

　　这是一个不大的岩洞，一缕阳光从上方一个小洞内射入，照亮了洞内的水面和五颜六色的洞壁。水面大致呈圆形，方圆五六十米，或者按海豚的旧说法，有30个海豚那么长。这会儿，圆形水面几乎被海豚们布满了，当他们陆续抵达这里后，一个个迫不及待地冲出水面，用尾巴搅动着海水，把大半个身体露出水面，饶有兴趣地打量着洞内的一切。

　　这儿是雷齐阿约的停灵之地，也是海豚人和海人共同的圣地，一般是不允许无关人员进入的。海豚人和海人都不愿打扰雷齐阿约的宁静。

　　老族长索吉娅最后一个赶到。她探出脑袋看了看，族人已经到齐了。周围是族群中"阿姨族"的几位：40岁的索其格，35岁的索明苏，25岁的怀有身孕的索云泉，等等。"阿叔族"的几位照例聚在外圈，有岩天冬、岩奇平，以男人的目光平静地注视着这边。他们都是外来者，是阿姨族几位雌海豚共同的丈夫。当然他们与这个族群没有血缘关系，岩奇平甚至不是飞旋海豚而是热带斑点海豚。族群的中心是青春女族，无论什么时候，她们总是海豚人注目的中心。而中心的中心是索朗月，今天的主角，一位24岁的漂亮雌海豚。她的女伴——16岁的索迪莱和索西西——叽叽喳喳地围着她，说着女孩子永远都说不完的话题。青春男族的盖吉克和盖利戈则一直在她们周围游动，努力博得索朗月姐姐的注意。而索朗月则一直默默无言，用外表的平静来掩盖内心的起伏。索吉娅知道，盖吉克和盖利戈一向与索朗月姐姐十分亲近，而且他们在一块儿相处的时间已经不长了。两位青春男族都快满16岁，按照海豚人的风俗，他们在16岁要举行成年仪式，然后就会离开他们生长于斯的族群，永远不会再回来。虽然这会儿他们与索朗月亲密无间，但在离开族群之后，假若再与亲人相遇，他们会视若陌路。并不是他们薄情，这是由基因神力所决定的，是海豚不进行近亲婚配的保证。他们会参加到其他没有血缘关系的族群中，成为那里的阿叔族，与那里的雌海豚婚配。

当然最活跃的还是童族的小家伙们，这些未满10岁的孩子还没有自己的正式名字，无论雌雄都用乳名相称，阿虎、阿鹿、阿羊、阿犬……全是以人类所熟悉的动物命名。这是从女先祖覃良笛那儿传下来的习俗，也许女先祖是以此来寄托她的黍离之思？在那次灾变中，这些哺乳动物种族和人类一样，在几天之内全部灭绝了，如今它们的名字只是海豚人从人类先祖那儿继承的空泛的概念。几位童族在小小的水池里发疯般地环游，溅得水花四起。有时他们会冲进阿姨族或阿叔族的圈子，冲进青春女族的圈子，用尖尖的吻部撞她们，甚至合力把索朗月抬起来，抬出水面。大人或准大人们都宽容地对待他们的胡闹。

索吉娅今年64岁，这在海豚人中是罕见的高龄了。在史前时期——在雷齐阿约还没有点燃海豚的文明之火的时候，飞旋海豚的岁数一般只有二十几岁。现在海豚人的寿命已经大大延长，几乎达到两腿人的平均寿命。她记得，雷齐阿约长眠之时是55岁，而他的助手覃良笛在他长眠后又为新人类操劳了25年，去世时75岁。覃良笛也许还是他的妻子，但口传历史中对于这一点说得比较含糊。

她的小小族群今天是6500万海豚人的代表，来这里恭迎雷齐阿约的复活。雷齐阿约，海豚人语言和海人语言的混合体，意思是"赐予我们智慧者"，他是万众敬仰的先祖。288年前，即两腿人纪元的公元2020年，当死

海豚人

亡之光不期而至时,他和女先祖覃良笛共同创造了海人和海豚人。然后,在270年前,雷齐阿约在女先祖的帮助下进入冷冻,长眠至今。女先祖去世时曾留下遗嘱,说冷冻装置的核能源最少能维持300年,因此,如果海豚人愿意的话,可以让雷齐阿约在300年内复活,与他的后代相见,再由他自己决定他的今后。不过覃良笛的遗嘱只是建议而不是圣令,是否让雷齐阿约复活要由海豚人和海人大会来决定。她在遗嘱中还说了这样一句话:

"也许,不去打扰雷齐阿约的安静也是一种好的选择。"

这次雷齐阿约的复活主要是索朗月促成的。这会儿她没有理会童族的嬉闹和女伴的絮语,把激动和亢奋埋在沉静之下,聪慧的目光一直注视着岸上。那儿有一个透明的水晶棺,几道管线从水晶棺引出去,连在不远处的冷冻装置上,棺里是雷齐阿约冰冻的身体。索朗月是历史学家,也是海豚人大会任命的这一届的雷齐阿约守护人。在五年任期中,她已经用目光无数遍地刷过雷齐阿约的身体。他离开这个世界已经270年,陆生人类离开这个世界则更早一些,因此,在一般海豚人的记忆中,"人"只是被时间大潮冲淡了的一个概念。但对于索朗月来说,至少雷齐阿约是一个活生生的个体。

一个55岁的健壮男人,白皮肤,褐色头发,高高的鼻子,凸出的耳郭,四条粗壮的胳臂和腿。还有奇特的手指和脚趾,胸毛和阴毛,外露的生殖器。对于看惯海豚优美简洁的流线型身体的目光来说,人的体形实在太奇特,太丑陋。海人的身体则与雷齐阿约非常相像,只是脚掌带蹼。在海豚人社会中,海人身体的丑陋和他们在水中的笨拙一向是善意嘲弄的对象。当然,海豚人很有分寸,从不把这些嘲弄指向他们敬仰的雷齐阿约和覃良笛。

只有索朗月和其他人不同,唯有她能发自内心地而不是出于礼貌地欣赏这个躯体的健壮的美。海豚人没有继承两腿人的文字,没有书籍、光盘这类信息载体。但他们继承了两腿人的文化,这些巨量信息就储存在6500万个海豚人的"外脑"中,而历史学家的工作就是随时翻检和整理这些信息,并把历史、文学和科学等新的内容加进去。这些信息由两部分组成:一部分来自鲸歌和海豚之歌,由于年代的久远,它们都是一些虚化的传说;另一部分来自雷齐阿约和覃良笛所传授的两腿人的文化，是真切的没有变形的。无疑，后一部分内容是海豚人信息库的主体。

海豚人自273年前诞生以来，一直是浸在两腿人的文化中长大的。以一个历史学家的眼光来看，海豚人的人格不是浑圆无缺的，他们过于突然地接受了一个高度发达的文明，难免留下明显的接痕。比如，当海豚人通过信息库欣赏史前人的文学作品时，他们能够理解以下这些对女性美的赞颂：齿如编贝，目光盈盈，皮肤柔嫩等，但你如何欣赏另一些描写呢，诸如：乳胸高耸，丰臀细腰，双足玲珑等。海豚人绝不会欣赏这些在游泳中十分累赘的东西，而最能体现女性美貌的豚尾在陆生人的文学作品中从未涉及！海豚人总是觉得，陆生人的审美水平是大可怀疑的。

但索朗月没有想到，在对史前人信息长期的翻检和浸润中，她被不知不觉地同化了。她读过丹麦小人鱼的童话，一个长着尾巴而不是双腿的小人鱼无望地爱上一个陆生人，一个王子。当小人鱼浮在水面上眺望大船上的王子时，当她趴在岸边观看王子和公主散步时，她的心在碎裂。小人鱼渴望自己也长出白皙修长的双腿，在百花丛中轻盈地移步，哪怕每走一步就像是走在刀尖之上。

之后，当索朗月俯在水晶棺上审视雷齐阿约的面容和身体时，她也能体味到这种心痛如割的感觉。现在，这个男人马上就要醒来了，如果他没有异议的话，他就会成为自己的丈夫。

一只弗氏海豚的脑袋露出水面，这是海豚百人会的现任长老弥海。蓝灰色的脊背，粉红色的肚腹，背的中部是一个三角形镰刀状的背鳍，一条黑色带状的纹路从眼睛一直延伸到尾部，这是弗氏海豚最明显的特征。当年蒙雷齐阿约做了智力提升的海豚种族有飞旋海豚、热带斑点海豚、弗氏海豚和宽吻海豚，也有少量的真海豚、白海豚和北极的白喙海豚。他们各自形成了自己的族群，再组合成宽松的海豚人社会。各个族群维持着自己的习俗，有的是一夫多妻，有的是泛式婚姻，有的是固定配偶。各个族群的头人有雄性也有雌性，再由头人们选出百人会。大多数情况下，百人会的长老是一位年长的雌海豚，不过这一任是雄性长老。

弥海看见了索吉娅，游过来用海豚共同语问好："你好，索吉娅头人。"

"你好，弥海长老。"

"御手杰克曼呢，还没有到？"

"没有，马上就会到了。"

"索朗月呢？啊，在那儿，我看到了。她是个好姑娘，既雍容大度，又惊人的漂亮。我想雷齐阿约会选她做妻子的。"

索吉娅露齿一笑，浮在水面的鼻孔喷出两串水珠："我可不敢说，谁知道呢，雷齐阿约也许更喜欢有两条腿的同类。"

"噢，对了，海人为雷齐阿约选的妻子也定下了，就是御手杰克曼的女儿苏苏，一个18岁的漂亮姑娘，也是个好姑娘。"

索吉娅点点头："我已经知道了。"

女先祖覃良笛的遗嘱中说：如果你们决定让雷齐阿约复活，就为他挑选一个妻子吧。否则，他一个人走进300年后的世界，实在太孤单了。海豚人能从女先祖的遗嘱中摸到她的悲悯和苍凉，摸到她对雷齐阿约的浓浓情意。所以，尽管信息库中没有提到覃良笛与雷齐阿约的关系，但他们大都把她认做雷齐阿约的妻子。

10天前，弥海主持了一次海豚人公意大会，有1024个海豚人族长参会，还有更多的代表是用低频声波参加远距离投票。两条腿的海人也派代表列席了会议，其中有御手杰克曼的儿子约翰·杰克曼。开会的动议是索朗月提出的——让雷齐阿约提前30年醒来，她渴望成为雷齐阿约的妻子。她说：虽然现在距离女先祖定的期限还有30年，但一个已长眠270年的人是不会在意提前30年醒来的。可是，对于索朗月来说差别就大了，30年后，她会变成一个老妇，甚至已经成了虎鲸的食物。她希望把自己最美好的韶华献给雷齐阿约。

会议的气氛多少有些微妙。唤醒先祖并为他挑选一个妻子——这是没说的，这正是女先祖留下的遗嘱，是每个海豚人愿意做的事。但索朗月的发言中流露出她对"两腿人形态"的强烈欣赏，难免刺伤海豚人的自尊。笨拙而丑陋的两腿人——看看海人的衰落就知道了。可以说,他们是雷齐阿约创造新人类时的次品。正是因为对这批产品的不满,雷齐阿约才重新造出了聪明敏捷的海豚人。不过,尽管对索朗月的发言稍有芥蒂,但她们都是平和宽容的人,没有把这些想法形之于色。只有一只雌性白海豚笑着说了一句:

"索朗月妹妹,你是否也打算长出两条腿?"

会场上掠过一波轻笑声。海人小约翰是和雷齐阿约一样的两腿人,只不过脚掌上长了蹼。小约翰当然听出了她的话意,冷冷地说:

"那并没什么不好,也许雷齐阿约更喜欢与他体态相同的女人呢。说到这儿,我正要传达海人族长会的意见。海人也准备为雷齐阿约挑选一个妻子。因为在女先祖的遗嘱中并没有规定,只为他挑选海豚人妻子。"

索朗月嫣然一笑,用玩笑口吻把这点不愉快掩盖了:"我没打算长出两条腿。即使愿意也做不到啊,我们早就拒绝并抛弃了两腿人的基因工程技术。至于海人妻子——我没什么意见。只要雷齐阿约同意,我会和这位女海人共同拥有一个丈夫。"

弥海和几位元老商量片刻,委婉地说:"索朗月,我想海豚人大会接纳你的动议是没问题的。这是女先祖的遗愿,也是每个海豚人和海人愿意尽的本分。我们都希望雷齐阿约醒来,看看他的子民,让他享受海豚人或海人妻子的爱。问题倒在你的身上,怎么说呢……我们都看过小人鱼的童话,大家都记得,小人鱼的结局并不美满。那位王子没有爱上她,最后她的灵魂变成了海上的泡沫。雷齐阿约毕竟是一个两腿人,也许他不会爱上一只海豚?即使他接受你为妻子——今天我们不妨把话说透——你们也不可能有性生活,不能生儿育女,你只能做他精神上的妻子。这些前景你都想透了吗?"

索朗月平静地说:"想透了,我只做我认为该做的事,至于结局——那是次要的事。谢谢弥海长老,我不会后悔的。"

"那好,我们开始投票吧。"

投票持续了四个小时,因为遍布各个大洋的海豚人族群要用低频声波参加投票。声波在水中的传播速度在17摄氏度时为每秒1430米,即每小时5148千米,而北极白喙海豚的领地距这儿有一万多千米呢,最后这个动议以全票通过了。现在，所有海豚人都在期待着雷齐阿约的醒来，怀着喜悦，也怀着敬畏。他是所有海豚人心灵中的上帝。当然，他在创造海豚人类时，使用的是科学的方法而不是耶和华的法术，但这丝毫不影响他的高大伟岸。

二

御手杰克曼来了。他是一个海人，海人在水中的灵活性远逊于海豚人，所以，进洞时近千米的潜游不是一件轻而易举的事。他从水中探出脑袋，大口地喘息着。索朗月看见了，忙潜入水下把他托起来。杰克曼喘过气，笑着说：

"谢谢。索朗月，好姑娘。"

杰克曼今年48岁，是海人御手中最出色的一位。"御手"是270年海中进化所自然形成的分工。女先祖在提升海豚智力后，曾为他们准备了用脑波控制的机械手，因为，尽管海豚在水中十分敏捷灵活，但没有手毕竟是一个很大的弱项。不过，后来这种机械手被淘汰了。海豚人不愿步人类的后尘，把自己束缚于机械的囚笼内。他们没有发展现代工业，保持着自然生态。他们学会了用口唇和鳍肢来做简单的工作，比较复杂的工作就由海人来做，形成了一个被称作"御手"的行当。当然，御手们也受到海豚人的供养和保护。

杰克曼游向岸边，爬上岸，海水顺着他赤裸的身体流下来。衰落的海人中仍有一小批"种族优越论"者，是从第一任海人首领阿格侬那儿延续下来的，杰克曼的儿子小约翰就是其中一员。他们坚持说，海人，而不是海豚人，才是雷齐阿约和女先祖覃良笛的嫡系后代。如果单从身体结构上来说，他们说得并不为过。海人和男女先祖很相像：四肢，大脑袋，凸出的鼻子和耳郭，有头发、胸毛和阴毛，外露的生殖器，女性有凸起的乳房，等等。他们只有两点与陆生人祖先不同：手足上的蹼和鼻孔上的瓣膜，这是雷齐阿约用基因手术为海人新加的，以便他们适应水中的生活。可惜，这种变革太不彻底了，海人们引以为傲的陆生人器官在水中游泳时都成了累赘。

不过，像小约翰那样偏激的海人毕竟是少数。现在大多数海人能平和地对待这件事。他们都承认海豚人更适合水中的生活——否则，雷齐阿约为什么在创造了海人后又要创造海豚人呢。当然，海人也有他们的优势，他们能短暂地上岸，能灵活地运用双手。虽然没有手的海豚人过得都很好，但作为一个社会，难免有用到"御手"的时候。雷齐阿约创造了两个种族，就是让他们发挥各自的优势。

比如就像今天，需要操纵复杂的冷冻和复苏装置让雷齐阿约复活，这就只有御手才能完成。杰克曼已经为此做了10天的准备。

杰克曼来到水晶棺边，默默地注视着棺内。雷齐阿约的表情仍如往昔一样平静，他并不知道自己今天就要苏醒。杰克曼心中沉甸甸的，这是他们的先祖啊，是海豚人和海人与史前人类的唯一联系。270年来，从没有人使用过这个机器，虽然有详尽的说明书，但说明书也不能保证百分之百的成功。而一旦失败，就永远没有挽回的可能了。

池内不再喧哗了，20个海豚人都轻轻划着尾鳍，上半身露出水面，安静地观看杰克曼开始手术。不过杰克曼没有立即动手，他回到岸边，向索朗月伸出手。索朗月知道他的用意，便借助他的帮助跃到岸上，再跃到她平时待的位置——一个稍高于水晶棺的平台上的凹坑，这儿有浅浅的水，可以保持她皮肤的湿润。她感谢杰克曼的细心，没忘记在手术前让她再看一眼雷齐阿约。因为，今天或者是他的新生，或者……是他的死亡，这次将是真正的死亡。

索朗月用目光再度细细密密地刷过雷齐阿约的身体，把那具强健美妙的身体存入记忆中。然后她跃下平台，再跃回水中，对杰克曼点点头："可以了，请开始吧。"杰克曼又询问地看看弥海长老和索吉娅头人，这两人都用目光向他示意："开始吧，你一定会成功的。"

杰克曼深深吸一口气，按下装置上的"复苏"按钮。由核能转化的电流开始对水晶棺内加热，雷齐阿约的血液在冷冻前已经抽出来，放置在一边。现在，这些血液首先被加热，然后泵回他的体内。水晶棺内弥漫着白雾，雷齐阿约的肤色开始转为红润，生命力一点一点地注入那具僵死的身体中。生命力真是自然界中最奇妙的东西了，它并不是超自然的神物，并不是上帝的神力造成的，它只是复杂的物质缔合模式所自动产生的高层面的形态。但它又是确确实实存在的，没有它，这具身体只是普通的僵死的物质；有了它，这具身体就是鲜活的生命。

杰克曼镇静地进行着各种程序，也目不转瞬地观察着，做好应付各种意外的准备。复苏过程进行得非常顺利。时间一点点过去，岩洞内只能听到海豚人轻轻划水的声音。忽然，雷齐阿约的一个手指轻轻动了一下，杰克曼紧紧地盯着看，没错，手指又动了一下。杰克曼压抑住狂喜，回头对索朗月说：

"他醒了！"

三

意识的恢复是个极为艰难的过程。毕竟这具身体已经冷冻 270 年了，在大脑作为"死物质"存在的时段内，140 亿个神经元中的各个原子一直孤独地存在着，保持着微弱的振动，对周围漠不关心，无所事事，而且会将这种状态一直延续到宇宙末日。忽然，一个神秘的命令悄悄拂过黑暗的渊面，渊面上立即起了极微弱的涟漪。每个原子都苏醒了，意识到自己在神经元的位置，意识到自己在神经元中的功能。然后，神经元苏醒了，意识到自己在大脑中的位置，意识到周围神经元的存在。这个多米诺骨牌一直拓延下去，直到黑暗的渊面上开始有了第一丝微光。微光闪现着，产生又消失，消失又产生；它们慢慢加强，在某个区域连成一片，直到第一缕意识跃出水面。这些杂乱的意识脉冲开始拼凑出一个 55 岁男人的记忆。在这个记忆中，他不叫雷齐阿约，他的名字是理查德·拉姆斯，美国俄亥俄级战略核潜艇奇顿号的中校艇长。在美国国防部的军人档案中，他的年龄是 37 岁。这是地球遭受死亡之光摧残的那一年，此后所有的档案都停止更新了。档案中还记载着，他有妻子和一个女儿，家在佛罗里达州的坦帕市。父母也都健在，其父是美国军界很有影响的人物。他自己也是军界一颗冉冉升起的新星。但那场灾变来了，世界上一切都被颠倒。后来……

在意识深处浮出一声叹息。他想关闭意识，重新回到黑暗中去。死亡其实是一种很惬意的状态，没有焦虑和挫折感，也没有压力。不过，当然他不会再睡去，冥冥中有更强大的声音在唤他醒来。于是，他努力聚拢意志力，把沉重的眼皮抬上去，再抬上去。

他终于睁开眼，对这个世界投去了270年来的第一瞥。

杰克曼大声向水中报喜："他睁开眼了！"但棺中的拉姆斯没有听见他的喊声，虽然那是他熟悉的英语。久睡乍醒，他的感官还处于假死状态。他慢慢感到了周围的温暖，头上是一个水晶棺盖，现在，棺盖被无声无息地抬起，一个笑脸向他俯过来。那是一个赤裸的男人，金发，胸前有金色的胸毛。那人笑着，一副如释重负的表情。透过水晶棺壁，拉姆斯能看到非常熟悉的岩洞，一缕阳光从洞顶的那个小孔投射进来。这是下午5点的阳光，拉姆斯在这儿住了十几年，能根据那缕阳光的角度非常准确地判断时间。

拉姆斯的记忆真正苏醒了。他皱着眉头思索，怎么会突然睡着了呢？他刚刚在这儿接待了覃良笛，这是他俩决裂三年后第一次见面，是覃良笛主动要求的。拉姆斯用拥抱来欢迎她时，心想，但愿她此来确实是为了重修旧好而不是为了政治上的权谋。可是现在覃良笛在哪儿？而且时间也不对呀，覃良笛进洞时已经是晚上7点了，他拿不准她是否会在这儿过夜，是否还会躺到自己的怀抱中。因为，三年来两人之间的猜忌已经很重了，这实在让人伤心。覃良笛坐下后，他为她倒了一杯淡水。覃良笛竟然迟疑良久，没把杯子送到嘴边。她强笑着说：

"理查德，你不会在这杯水中做手脚吧？"

拉姆斯看着她，真是欲哭无泪！这就是灾变之后一直与他相濡以沫的女人吗？他们曾是那样的志同道合，互相慰藉，互相鼓励，撑起传承人类文明的大业。在漫漫长夜中，异性的抚摸和话语曾是最有效的安慰，而现在……他夺过覃良笛手中的杯子，把杯中水一饮而尽，把杯子摔在地上，之后便保持着冷淡的沉默。覃良笛迟疑一会儿，轻轻走过来，从后面搂住他说：

"理查德，请你原谅。也许……总有一天你会理解我的。"

拉姆斯叹口气，把覃良笛拉到自己身边坐下，还为她重新倒了一杯淡水。他不能和覃良笛闹翻，不管怎样，他们之间那场艰难的谈话一定得进行……可是，他怎么会突然睡着了呢？还有，洞中的44个海人孩子呢？岩洞里忽然多了一个水晶棺，一个不知名的装置，还有眼前这个陌生人。

他忽然如遭雷击，意识中蹦出两个字：冷冻！显然，他身后的那个设备是冷冻装置，他被冷冻在这个水晶棺中了。他挣扎着坐起来，那个俯身在水晶棺之上的中年人赶忙伸出手搀扶，目光中充溢着欣喜和敬畏。他的手上有蹼，鼻孔有瓣膜，自然是他和覃良笛创造的海人了。在这一瞬间，拉姆斯尽可能理清了思路。中年人的年龄估计在 45 岁到 50 岁之间，而他睡着之前，最年长的海人只有 15 岁。那么说他确实是被冷冻了，不管是什么原因造成的，反正他肯定被冷冻了至少 30 年。他抑制住激动，平静地问：

"你——是——海人？"

他艰涩地说出这句话，语言仿佛也在漫长的岁月中被冻住了，锈蚀了，现在需要一个一个掰开。那人恭敬地垂着手，用英语答道："是的，我是海人。"

"你——叫——什么名字，今年多——大岁数？"

"我叫默里·杰克曼，今年 48 岁。"

他的思路和语言开始变得流畅了："这么说，我这一觉至少睡了 30 年，对吧？"

杰克曼用复杂的目光看看他，小心地说："不是 30 年。雷齐阿约，你已经睡了 270 年。"

270 年！将近三个世纪！震惊中，他没有听清杰克曼对他的称呼：雷齐阿约，赐予我们智慧者。他从没听过这个称呼，因为这是在他"死"后才有的谥号。不过这并不影响他的应答。从第一个海人诞生起，他已经习惯了在他们面前扮演上帝，现在他很快进入这个熟悉的角色。他很想问清自己的冷冻究竟是怎么回事，想问出覃良笛的下落——270 年了，她当然已经死了，那么，她的遗体是否也被冷冻在某个地方？不过他没有问。他是上帝，上帝应该是无所不知的，他只能从侧面慢慢打听。他向洞内扫视一番，叹息道：

"270 年了，我和覃良笛坐在这儿谈话，好像还是昨天的事。"

不出所料，杰克曼接过了这个话头："您被冷冻之后，女先祖又操劳了 25 年才去世。遵照她的遗嘱，我们对她的遗体实施了鲸葬。"

拉姆斯知道"鲸葬"是怎么回事：把遗体送给虎鲸做食物，这正符合覃良笛一贯倡导的"自然循环"。她死得倒是无牵无挂，从此和他幽明永隔，再没有重逢之日，他们之间的是非恩怨永远无法做最后的清算了。他沉浸在感伤和一种莫名其妙的恼火中，良久没有说话。杰克曼能够体会他的心情，一直耐心地等待着。过一会儿，拉姆斯长叹一声，拂开这片感伤。杰克曼适时地说：

"女先祖留下遗嘱，说这套冷冻装置可以维持300年，她说，如果我们愿意唤醒您，可以在300年内做这件事，然后由您自己决定您的今后。今天我们冒昧地打扰了您的安静。"他的脸色转为庄重，"我，默里·杰克曼，海人的代表，在此恭候雷齐阿约的重生。"

这次拉姆斯听清了他的称呼：雷齐阿约，他不清楚这个称号的意义，但估计到这是他"死"后得到的美谥。他说："谢谢你。看到我的子孙已经繁荣昌盛，我很欣慰。"

就在这时他听到了奇特的吱吱声，他举目四顾，吱吱声是从水中发出的，那儿有20只海豚的脑袋在仰望着他。当20只海豚的影像进入他的视野时，他的神经猛然被摇撼，这阵摇撼是如此猛烈，以至于他无法隐藏自己的情绪，回过头震惊地看着杰克曼。杰克曼误解了他的意思，以为他是想出棺来看清楚一点，便伸手把他从水晶棺中扶出来。他的浑身关节也都锈蚀了，手脚不听使唤，在杰克曼的搀扶下，他慢慢走到池边，坐在一只石凳上。水池中，一只中年海豚用尾巴搅动着海水，大半个身体露出水面，急骤地吱吱着。至于这只海豚的性别，拉姆斯常常分不清，雌雄海豚的外形相差不大。杰克曼神色庄重地扶着雷齐阿约，聆听海豚人代表的欢迎词。很久他才觉察到雷齐阿约神色茫然，没有任何反应，看来他竟然听不懂海豚人的语言！他谨慎地低声问：

"雷齐阿约，你是不是没听懂他们的致辞？"

正致辞的弥海长老也看出这一点了，中断了致辞，心中不免疑惑。海豚人口传的历史中，一直说这位白人男子是"赐予我们智慧者"，他创造了海人和海豚人，设计了两种人类的社会准则，教会海人说英语，教会海豚人说二进制的海豚人语。他怎么能听不懂呢？雷齐阿约机敏地看出两人的疑问——在他俩的眼里，似乎他应该听懂海豚语的——便顺势说：

"270年了，长期的冷冻一定造成了某些大脑区域的失忆。很遗憾，我现在听不懂海豚人语言。"

杰克曼忙说："没关系，我来为您翻译吧。这位是海豚人百人会的弥海长老，代表海豚人在此恭候您的重生。他说您的子孙已经多如天上之星、恒河之沙，遍布地球上所有的洋面。他相信您看到这些，一定会非常欣慰的。"

拉姆斯的目光跳动了一下，低声问杰克曼："海豚人的人口现在有多少？"

"6500万人。"

"海人呢？"

"6500人。"

"多少？"

"6567人。"

杰克曼看见，雷齐阿约的目光瞬时间黯淡了、冰冻了，他甚至忘了回答弥海长老的致辞。杰克曼不得不轻声提醒他："弥海长老的致辞说完了，您愿意回答吗？"

雷齐阿约像是从梦中醒来："当然，当然。弥海长老，请你原谅，我刚从长眠中醒来，思维还很滞涩。很高兴听到你说的消息，我很欣慰。"

杰克曼向弥海作了翻译。他是用口哨声来模拟海豚的吱吱声，不过说话速度比海豚人显然慢多了。弥海听着，恭敬地点着头。拉姆斯问：

"我有一个问题想问问二位。陆生人——就是我从前所属的种族——近况如何？据我所知，在灾难之后尚有两万陆生人存活，在我长眠之前还有一万多人。"

"他们大都在五代之后就灭绝了。仍是那个原因：因地磁场消失造成宇宙射线的泛滥，因臭氧层消失和大气层变薄导致的紫外线增强，这些都破坏了DNA的遗传机制。也许还有少量史前人残余生活在荒野密林中，我们无法离开海洋去寻找。"

拉姆斯沉思着说："好的，我知道了。"

下面是索吉娅头人致辞，杰克曼翻译说：这是海豚人的一个族群，属于飞旋海豚，也就是您最先做智力提升的那个种族。至于为什么选他们做海豚人的代表？这是因为索朗月属于这个族群。是索朗月提出动议，让您提前30年醒来。"呶，就是她。"

索朗月也把大半个身体露出水面，她没有致辞，只是安静地凝视着坐在池边的雷齐阿约。这具身体她已经看了五年，但那是死的，是平卧的，而今天他已经变回一个活生生的人，就像小人鱼目光中那位在沙滩上散步的王子。拉姆斯也看出索朗月目光中的女性的深情。不过这会儿他还没来得及做过多的联想：毕竟那只是一只海豚，是一个异类啊。但杰克曼的解释让他再次震惊了。杰克曼说：

"这位是索朗月，今年24岁。她是位历史学家，也是您的这一届监护人，在这个洞里守了您五年。我想，她就是在这段时间里爱上您了。"拉姆斯怀疑自己是否听错了，但他显然没听错。"女先祖的遗嘱中说，如果我们决定把您唤醒，那就为您挑选一个妻子。否则，当您独自走进300年后的世界中，未免太寂寞。我们已经为您挑选了两个妻子，其中一个是海人姑娘，即我的女儿苏苏；一个是海豚人姑娘，就是这位索朗月小姐。当然，最终要看您的意愿。您也可以重新挑选，每一个海人和海豚人女子都会把您的青睐看成至高的荣幸。"

拉姆斯在心中苦笑：一位长着尾巴的妻子！他沉默良久，隐藏好心绪的激荡。毕竟在长眠前他已经对海人扮演了15年的上帝，现在，上帝的风度又回到他身上了。他平静地笑道："我可不是摩门教徒，没打算接受两个妻子。再说，我已经55岁了，或者说是325岁了，这个年纪做新郎太晚了吧？不过，不管怎么说，谢谢你们的周到安排，也十分感激覃良笛的周密安排。当然，还要谢谢你，索朗月小姐。"

他向池边俯下身，像上帝对待信徒一样，轻轻抚摸那只海豚的头顶。海豚的皮肤十分光滑柔嫩，皮下神经发达，当他的手指触到索朗月的脊背时，那头雌海豚，或者说女海豚人，全身起了一阵清晰可感的战栗。这时，一股反向的电流也同时传向拉姆斯，让他感觉到指尖的火烫。这种与异性接触的

感觉对他又是一阵猛烈的摇撼,醒来仅半个小时,他已经感受到几次摇撼了。他定定神说:

"谢谢你们,弥海长老,索吉娅头人,索朗月小姐,还有我暂时叫不上名字的诸位。"他依次抚摸了各个海豚人,有阿姨族的索其格、索明苏,阿叔族的岩天冬、岩奇平,青春女族的索迪莱、索西西,青春男族的盖吉克、盖利戈。在他抚摸童族的几个小家伙时,他们兴奋地吱吱叫着,眼睛又黑又亮,目光中充满渴盼。杰克曼翻译着,说他们在喊您雷齐阿约祖爷爷。拉姆斯再次摸摸他们的脸颊,笑着说,"好了,这个仪式到此结束吧。我刚从冷冻中醒来,身体还很虚弱。我想休息一会儿。请你们自便吧。"

弥海说:"那就请雷齐阿约休息吧,明天早上我会来迎接您,海豚人和海人要举行一个隆重的欢迎仪式,庆祝您的重生。这个海域的所有种族的海豚,甚至海豚的旁支如虎鲸、座头鲸和抹香鲸也会有代表参加。您将接受几十万人的朝拜。"

拉姆斯点点头说:"谢谢你们的盛情,好的,我准时去。"

弥海、索吉娅和他道别,率领族人离开了。在返回途中,童族的几个小家伙一直非常亢奋,吱吱不断地交谈着。今天他们终于见到了神圣的雷齐阿约,原来他是这个样子!原来他也和笨拙的海人一样,有累赘的四肢,有头发、胸毛和阴毛,偏偏缺少灵活的尾巴。阿虎问索吉娅:"雷齐阿约是不是每天也要睡觉?"

索吉娅说:"是的,人类不能像海豚一样左右大脑轮流休息,他们必须每天睡觉,而且时间长达一天的三分之一左右。"

阿犬不解地问:"那么他是否也像海人一样,必须回到陆地上去睡?"

"对。因为他们在水里睡觉就会溺死,而且,他们睡觉时毫无防卫能力,不能逃离虎鲸和鲨鱼的捕食。还有,他离不开淡水,也就离不开陆地。正是因为这两个先天的缺陷,海人族一直到今天也不能完全适应水中生活。雷齐阿约甚至赶不上海人呢,他没有脚蹼,没有鼻孔上的瓣膜。"

"那他多可怜哪,他可不敢到海里,虎鲸和鲨鱼会立即把他吃掉的。"

索吉娅从童族的话语中听出他们对雷齐阿约的怜悯,甚至有一点轻视和失望。她正色说:"正是因为这一点他才伟大啊。他的身体那么孱弱笨拙,却创造了完美的海豚人。"

阿鹿听出了头人的话意,很得体地说:"他永远是我们的雷齐阿约!"

其他人叽叽喳喳地说:"对,永远是我们的雷齐阿约!"

索吉娅和弥海欣慰地笑了。不过,童族的话再度勾起他们的担心。雷齐阿约是这个世界上唯一的陆生人,缺乏海中生活技能。在他重生之后,怎么适应新的生活呢?女先祖曾说过:也许,不去打扰雷齐阿约的平静,让他永远沉睡下去,才是最好的选择。弥海和索吉娅叹息着说:"也许女先祖的远虑是对的。"

四

20个海豚人走了,池里恢复了平静。但索朗月没有走,她还留在池内,轻轻摆动着鳍肢和尾翼,保持着身体的平衡,安静地仰望着拉姆斯。她独自留下来了,没有征求雷齐阿约的意见,也没有解释。也许她认为这是她的权利和本分,她已经开始扮演妻子的角色了。拉姆斯心中暗暗苦笑。没错,索朗月是一只漂亮的海豚,而且她当然具有人的智慧,但无论如何,拉姆斯可不准备接受一只异类做妻子。毋宁说,在他的观念中,这是大逆不道的。

当然这想法只能藏在心中,他对索朗月点点头,心里揣摸着该怎样开始和她交谈。作为一个绅士,总不能把一个女士晾到那儿吧?这时索朗月对杰克曼吱吱了一会儿,杰克曼说:"她说,该让您进食了。雷齐阿约,您愿意吃生食还是熟食?这儿有女先祖留下的电加热器。不过,我不知道核能发电机能用多长时间。"

拉姆斯说:"我从长期冷冻中刚刚醒来,肠胃还比较弱,先吃几天熟食吧,以后改生食就可以,我长眠前早习惯生食了。"

索朗月潜入水中,少顷,她向岸上抛了两条沙丁鱼的幼鱼。杰克曼已经打开电热器,把水烧开,准备把鱼囫囵丢进去。拉姆斯想止住他,不过杰克曼已经及时醒悟过来,回忆起信息库中记录的陆生人的饮食习惯。他从柜橱中取出一把刀,把鱼剖开,刮掉鱼鳞,掏出内脏。他犹豫了片刻,不知道该如何处理这些内脏，因为在他们的日常生活中，内脏都是和鱼一块儿吞下肚的。后来他把内脏抛到水池中，索朗月立即游过来，很自然地把内脏吞吃了。

她这样做是下意识的，没有什么想法。"不可暴殄天物"是女先祖留下的遗训，也是信奉"自然生态循环"的海豚人社会的常识。作为历史学家，她知道陆生人不吃鱼的内脏，但那是一个不值得夸奖和效法的习惯，何况，带有鲜血味道的内脏比鱼肉更美味呢。她没注意到雷齐阿约正惊奇地瞪着她，几乎不能掩饰自己的厌恶。嗨，一个多可爱的淑女，她大口吞吃了鲜血淋漓的内脏，这会儿正优雅地舔着吻边的血迹呢。

拉姆斯不愿她看到自己的厌恶表情，忙把脸转过去。杰克曼在专心做鱼汤，趁这个空当儿他仔细观察着四周。270年过去了，这儿基本还是他长眠前的情景。一把已经生锈的镀铬铁椅，一张单人床，几个石凳，一些简单的炊具。屋里很整洁，看来海豚人一直细心地维护着"雷齐阿约故居"。在他和覃良笛决裂之前，在他和覃良笛共同培育海人时，曾在这儿共同生活了近15年。在这张简陋的床上，曾承载过他和覃良笛的云雨之情。那时他和覃良笛都已经改为食用生鱼了，当然鱼的内脏还是要除掉的，但偶尔地，当他们对旧生活的思念过于强烈时，也曾用这些炊具做一次熟食。常常是覃良笛掌勺，她做的中国口味的饭菜真香啊。

现在，这儿没有留下覃良笛的任何痕迹。

痕迹也有的，是留在海人和海豚人的口传历史中。刚才杰克曼说他是"雷齐阿约"，是海人和海豚人的共同先祖，女先祖覃良笛则是他的助手，这当然是覃良笛的杜撰。她把拉姆斯冷冻起来——那时文明社会已经崩溃，做到这一点相当困难了——并在遗嘱中留下了"唤醒雷齐阿约的时刻"，而她本人却坦然地选择了鲸葬。看着这一切，他能体会到覃良笛的良苦用心，也能看到覃良笛歉然的目光。她似乎穿过270年的时光来到他的身边，像往常那样温柔地说："忘掉我们之间的不愉快，只留下美好的记忆。好吗？"

杰克曼已经把鱼汤做好，热气腾腾，端到他的面前。他说："我不知道陆生人的口味，这是按女先祖留下的食谱做的，不知道能否让您满意。"拉姆斯闻闻，当然没有覃良笛做的饭菜可口，但鱼汤的味道仍刺激着他的嗅觉。竟然有270年没进餐啦？他总是无法从心理上接受这个漫长的时间断裂。他说："勺子呢？劳驾你把勺子拿来。"杰克曼很困惑："勺——子？"索朗月跃出水面，吱吱地向他解释着，他这才恍然大悟，到岩壁边的一个杂物柜中找出勺子："是这个吧，我们从来没用过这玩意儿，已经把勺子的概念忘了。"

这一个小细节最真切地凸显了"今天"和"昨天"的距离。拉姆斯接过勺子，开玩笑地说："我是一个不可救药的老顽固，270年之后，还没忘记那些早该抛弃的旧人类的做派，是不是？"

杰克曼笑了，索朗月的脸上也浮出笑纹。这种"海豚的笑容"吸引了拉姆斯的注视。他过去与海豚的交往不多，仅知道海豚会流泪，但海豚的笑还是第一次看到。随后他想，她当然会笑，她不是海豚，而是海豚人啊！

五

他吃完了270年来的第一顿饭，夜幕早已沉落。核能源的冷冻装置上，一个小仪表灯幽幽地亮着，给洞壁涂上朦胧的红色。杰克曼和索朗月向他道了晚安，跳入池中消失了。拉姆斯回到那张床上，躺下睡觉。他原想肯定要失眠的，今天碰到了那么多刺目锥心的事——尤其是那两个数字！6500万海豚人，6500名海人。这两个数字不停地在他眼前跳动着，一下一下地剜着他的神经。270年来都发生了什么事情？他一时无法用想象来补齐。不过，不管是怎样的过程，反正他输了，覃良笛赢了。他似乎看到覃良笛在黑暗中走过来，默默地看着他，目光中不再是温柔，而是怜悯和轻视。

不过他终于入睡了。长期冷冻使他的身体很虚弱，思维也显滞涩。他逼着自己赶紧睡一觉，好精力充沛地迎接明天的挑战。他很快入睡。等他一觉醒来，那个透光的小洞中已微露晨光。洞内有窸窸窣窣的声音，是杰克曼在为他准备早饭。池中也有轻微的泼水声，那是索朗月在缓缓游动。拉姆斯坐起身问：

"你们这么早就来了？"

杰克曼说："其实我们昨晚很早就返回，一直守在这儿，索朗月说，怕您才从冷冻中醒来会有什么意外。"

拉姆斯走到池边，向索朗月问好："你好，谢谢你们的关心。"

索朗月吱吱地叫了一阵。杰克曼说："她说请您早点吃饭，弥海长老已经率领海豚人在外边候着，想在朝阳初起的时候向您朝拜。"他补充一句："也有海人的代表。"

拉姆斯并不想接受海豚人的什么朝拜，不过他没有让自己的想法形之于色。杰克曼看看他，小心地问："雷齐阿约还没有回忆起海豚人语，对吧？"

他苦笑道："是啊，270 年的冷冻把这部分记忆全删掉了，我想只有重新学习了。"

杰克曼有点困惑，冷冻怎么会有选择性地删掉一部分语言，而另一部分却保存完好呢？不过他没有深想，恭顺地说："那我就教您吧，其实很好学的，海豚的语言完全建基于英语之上，但因为海豚只能发出吱、哇两种声音，只好把英语转换为二进制信息来表示，即用 00001、00010、00011、00100、00101、00110……11001、11010 这 26 个二进制数字代表 26 个英文字母。也就是说，每个英文字母拉长为五音节的吱哇声。这种语言比较冗长，不过由于发音简单，频率很快，实际与英语的速度相差无几。"他补充说，"这些原理您当然清楚，女先祖说，是您创造的海豚人语。"

拉姆斯含糊地说："而我现在是一个起点为零的学生。"

鱼汤做好了，拉姆斯吃完早饭，说："请稍候，我穿一件衣服。我不习惯赤身裸体去面向公众。"

杰克曼和索朗月互相看了一眼。衣服，这也是个过于久远的词汇，他们知道史前人类都要穿衣，那是他们最令人不解的奇特习俗之一，陆生人为什么要自找麻烦地把漂亮的身体遮盖起来？在他们行走和工作时衣服不碍事吗？据口传历史说，女先祖早就抛弃了这种烦琐的习俗。不过，当然他们不会去指责雷齐阿约的决定。

拉姆斯走向岩壁边的一个杂物柜，刚才他已经看到，那里还保存着他长眠前穿的衣服。有他的方格衬衫，还有覃良笛鲜艳的内衣，都以女性的细心叠得整整齐齐。也许是长期的冷冻造成了情感上的虚弱吧，这几件熟悉的衣服在他心中又掀起一阵波涛。他想起覃良笛脱衣服时的柔曼，想起她皮肤的润泽……他停顿片刻，强使心中的波涛平息，然后拎起自己常穿的汗衫和短裤……汗衫在他手下粉碎，变成细小的粉末。原来这些衣服早就风化了。拉姆斯愕然看着它，再一次感受到时间所带来的苍凉。

杰克曼看到了，俯下身同索朗月商量片刻，抱歉地说："雷齐阿约，我们没有料到您要穿衣服。现在，海人和海豚人社会中都没有衣服，恐怕短时间内难以为您筹措到。"

拉姆斯笑了："算了，没关系，既然现实逼着我改，我也从此抛掉这个陈旧的习俗。好，现在咱们走吧。"

两人跳到水池中，杰克曼细心地交代着，请雷齐阿约深吸一口气，然后抱着索朗月的身体，由她带着快速游出洞，因为从这里到洞外的海面有800米的路程。拉姆斯当然清楚这一点，他在这个洞里住了15年，每次出入的潜游都是相当困难的事，何况这会儿身体还没有恢复正常。他点点头说："知道了。"

杰克曼深吸一口气，潜入水中，异常快速地向洞外游去。这个速度让任何一个人类游泳健将都望尘莫及。拉姆斯羡慕地望着他，看来，270年的水中生活已经使海人的泳技大大提高了。

不过，在索朗月开始游动后，他才知道什么叫真正的快速。索朗月温柔地望着他，示意他抱紧自己身体的前部。他抱紧了——那温暖柔滑的皮肤又起了一阵清晰可感的战栗。拉姆斯仰头深吸一口气，索朗月也深吸一口气，带着他疾速下潜。她游得十分轻松，水平的尾部上下摆动着，水流和岩壁都飞速向后倒退。转瞬之间，一道强光扑入拉姆斯的眼帘，海水从头顶泻下，他呼吸到了海面上略带腥味的新鲜空气。他定定神，举目四望，时隔270年后第一次看到了浩瀚的大海。

周围是震耳欲聋的波涛声。这儿是岛的东面，是迎风面。强劲的贸易风推动着连绵不断的巨浪向岸边扑来。一个大浪拍来了，在他们前方竖起一道七八米高的水墙，恶狠狠地要把他们全部拍入水底，但转瞬之间，波浪到了他们的身下，把他们抬到高高的浪尖上。身后是那个礁岩小岛，岛上有绿色

海豚人

的棕榈树。波浪拍击着岩岸,激起澎湃的白色水花,波浪退下后露出白色的沙滩。朝后方望去,水天相接处是一道道长条形的涌浪,浪尖上顶着白色的浪花,它似乎是在海平线下生出来的,不声不响在向这边逼近。片刻之后,波峰过去了,他们落到浪谷里,两边是碧绿的水墙,就像是置身在佛罗里达的水族馆中。众多海洋生物在水墙中洒脱自如地游着。一条金枪鱼闪过去了。一只水母缓缓地扑动着它透明的身体。一只大海龟肯定是刚从岸上返回,这时急急地扒动着鳍片,就在他的头顶上游动着,攀上浪尖,很快消失。

天色已经大亮,东方也露出玫瑰红,太阳还没有出来。杰克曼和索朗月没有耽搁,带着他快速向西面游去。杰克曼摆动着长长的蹼足,索朗月扑动着尾巴,轻松自如地穿过一道道水墙。这个岛不大,他们很快到了岛的背风面,这儿平静多了,没有了波涛的喧哗声,一道道波浪漫上岩岸,再优雅地退下去,在沙滩上留下一堆一堆的碎珊瑚。索朗月带着他向西游,又游了很远,前边是几块孤悬的礁石,背后的礁岛已沉入地平线下。她从拉姆斯的臂环中退出来,示意拉姆斯站到礁石上。

一只海豚——不,应该说一个海豚人迎过来,拉姆斯认出他是昨天见过的弥海长老。弥海同杰克曼和索朗月短促地交谈两句,然后仰起头看着东边的天空。艳丽的朝霞已经染红了天际,宇宙好像在屏息静气,等着太阳从血与火中诞生的那一刻。接着,一轮太阳慢慢从水面下升出来。它刚经过海水的沐浴,呈现一种透明的鲜红。太阳冉冉上升,似乎被海水拖曳着,下半轮拉成了椭圆,它积聚着力量用力一挣,离开了水面,红光也渐渐转为金色。

就在太阳跃升的那一刻,弥海长老发出一声长长的呼唤。声音很低沉,有时声域降到人耳听不到的低频波段,这时只能感到空气的振动。低频声波借着海水,以每秒1470米的速度向远方传去。拉姆斯知道,鲸类尤其是座头鲸靠低频声波作为信息交流的手段。低频声波在海水中的衰减很慢,所以,只需设置不多的接力站,低频鲸歌就能迅速传遍地球所有大洋。看来,海豚人从他们的堂兄弟那儿学到了这种有效的通信手段。

下面的景象再次强烈地摇撼着他的神经。几乎是在同一瞬间,空旷的海面上突然冒出千千万万的海豚,形成了海豚的丛林。他们都用尾巴搅着海水,大半个躯体露出水面。在拉姆斯的眼前，海水似乎突然涨高了，颜色也变成海豚的鸽灰色。鸽灰色的丛林先在礁石周围升起，形成一个圆形区域；随着声波的拓延，远处的海豚人也跃出水面，这个变化呈同心圆向无限远处扩展。几十万只海豚人聚集在这一海域，也许，他们所导致的地球重心变化，会使此刻的地球在它的绕日轨道上颤抖一下吧。

所有海豚都吱吱叫着，喊着同样的音节。在此后几天里，拉姆斯慢慢熟悉了这几个音节，这是海豚人的语言：

雷齐阿约！雷齐阿约！雷齐阿约！

近处海豚人的欢呼声平息了，远处的声音又依次传来，汇成持续不断的轰鸣声。在这一瞬间，拉姆斯不能抑制自己的错觉，他好像变成了恺撒、亚历山大和成吉思汗，在接受千万骑士的欢呼；又好像成了耶和华、安拉和释迦牟尼，在接受万千信徒的朝觐。但他随即想起，自己完全没有必要为此而激动——面前的这些生灵并不是他的同类啊，于是他的目光黯淡下来。

欢呼声终于停止了。海豚人都沉入水中，安静地仰望着他。它们的目光汇成光的海洋，光的电闪。拉姆斯几乎不能忍受这千万双目光的烧烤——何况他还是赤身裸体呢，想来恺撒、亚历山大和成吉思汗都不会光着屁股接受朝拜吧。虽然下面的朝拜者们也同样是不着寸缕，但这并不能使他觉得好受些，屁股上总是冷飕飕的感觉。

他在海豚群体中找到了索吉娅的族群，其实他是先看到索朗月，才发现这个族群的。海豚人在他眼里似乎全都长得一模一样，但为什么他辨认出了索朗月？莫非他和她之间真的有了心灵上的沟通？这个念头使他哭笑不得：一位小眼睛、有尾巴、身体圆滚滚的妻子！一个异类！

他想起杰克曼说海人也要来参加的，他们在哪儿？他找到了，海人就在他的近处，不过人数很少，只有十几人。他们也在喊，但他们的声音完全被海豚人的声音覆盖了。昨天拉姆斯已经悲哀地觉察到，在海人和海豚人的混合社会里，海豚人是绝对的主流、绝对的强势。不光指人数，更主要的是指心理。比如，这位杰克曼就显然习惯了对海豚人的依附，这是弱势群体对强势群体的不可违逆的趋同。

海豚人

弥海跃出水面，代表 6500 万海豚人向他致欢迎词，仍由杰克曼任翻译。这些话实际昨天已经说过，不过今天说得更为正式和典雅。弥海说：这一代海豚人是幸福的，有幸见到雷齐阿约的重生。雷齐阿约改造了海豚的大脑，赐予我们智慧和新的生命，创建了理性昌明的海豚人和海人社会。我们感谢雷齐阿约，感谢雷齐阿约的助手、女先祖覃良笛。今后，帮助雷齐阿约更好地享受第二次生命，是每个海豚人的义务，是我们的荣幸。希望雷齐阿约愉快地享受我们的供奉。

这篇致辞情意殷殷，但拉姆斯从中品出一点令他不快的味道：虽然今天是对雷齐阿约的朝拜，而且安排了极为隆重的场面，但致辞中并没有对"神"的崇拜敬仰，反倒有一点掩饰得体的怜悯。他们是用宽厚慈爱的目光来看待这个旧时代的孑遗，这个笨拙的、没有生活能力的甚至是丑陋的家伙——可叹的是，他们的想法多半是对的。这正是他目前处境的写照啊！

他只有暗暗苦笑。

下面是杰克曼代表海人致欢迎词，内容和弥海的差不多。然后杰克曼爬上礁石，低声问："雷齐阿约，您愿意致答词吗？"

拉姆斯点点头，致了简短的答词："海人们，海豚人们，感谢你们对我和覃良笛的情意。288 年前，一场灾变毁灭了陆生人文明，现在它已经由你们传承下去。我很欣慰。愿上帝保佑你们。"

杰克曼把他的话翻译成海豚人语，再由弥海转换为低频声波，以便能向远处传播，但低频声波携带信息的能力有限，所以这几句话拉得很长。他的致辞答完后，仪式就结束了，海豚群的秩序开始变得杂乱，近前的海豚们开始离去，远处的海豚们游过来，以便瞻仰雷齐阿约的仪容。杰克曼为他介绍着：

"这会儿游过来的海豚人是长吻飞旋海豚，你看他们的身体比较娇小，体态修长，能够纵出水面绕轴向旋转，这是他们的拿手好戏。在海豚人社会中，飞旋海豚是最大的族群，人数占总人口一半以上。这会儿游来的是热带斑点海豚，是仅次于飞旋海豚的第二大族群，你看他们背上有白点，腹部有黑斑点。看，那群浑身白色的海豚人属白海豚，非常漂亮，他们的活动范围一般在温带。你看见那几名白嘴巴的海豚人了吗？他们可是南太平洋的稀客，是北极附近的白喙海豚。为了赶上今天的庆典，他们早在三四十天前就从北极出发了。"

拉姆斯注意地听着，把这些资料牢牢记在心里，同时向依次过来的海豚人们致意。

这个场面持续了很长时间，海豚人慢慢散去了，另一群一直在外圈逡巡的海豚游过来。虽然它们的外形和海豚人几乎没有差别，但拉姆斯立即感觉出后来者的不同。那是一种只可意会的气质上的低俗，就像在巴黎的大街上可以一眼分出科西嘉的土包子。他疑问地看看杰克曼，杰克曼笑了：

"大概你已经看出来了，它们不是海豚人，没有经过智力提升。不过，海豚的本底智力相当强大，再加上与海豚人的长期相处，刺激了它们智力的发展。现在，它们几乎是半开化的'人'了。比如，它们都能听懂一些简单的海豚人语。你看着，我让它们跃起来向你鞠躬。"

他吹了一串口哨，那群戆头戆脑的海豚齐齐地从水中跃出来，在空中弯腰，做出鞠躬的动作，然后溅入水中。虽然远比不上海豚人，但它们的动作其实非常优美的，丝毫不亚于人类的体操运动员。它们落入水中后都浮出水面，渴望地看着拉姆斯，杰克曼低声说：

"雷齐阿约，请您夸奖它们一句，它们非常渴望得到'人'的赞许。"

拉姆斯称赞道："告诉它们，它们真聪明，它们的动作非常优美。"

杰克曼翻译成海豚人语。海豚们听懂了，高兴得在水中窜跳着，然后散去。拉姆斯忽然指着前边："看！杰克曼，你看！"

那儿浮着一个庞大的黑色身躯，大约有 10 米长。它有一个极显明的标志：在眼睛后部有两个卵圆形的大白斑，锐利的牙齿向内弯曲着，上下交错。背部有一个巨大的背鳍，高高地露出水面。这是一头虎鲸，是海洋上横行不法的暴徒。拉姆斯在当核潜艇艇长时，曾见过一只被拖网缠死的虎鲸，解剖后它的胃里竟然有 19 条海豚！地球灾变之后，当他和罩良笛致力于哺育年幼的海人时，虎鲸和鲨鱼曾是他们最忌惮最着意防范的家伙，有多少可怜的海人孩子死于虎鲸之口啊！今天，这只虎鲸闯到这片"海豚汤"里了，这样密

海豚人

集的海豚群是任何地方从来没有过的,不知道它要怎样大开杀戒?但很奇怪,虎鲸对周围的海豚人或海豚视而不见,径直游过来,用死板的目光死死地盯着拉姆斯。拉姆斯十分纳闷,难道它把自己当成猎杀的目标,要冲上礁石来吃他?杰克曼见雷齐阿约迟迟没有反应,忙低声说:

"它也是向您朝拜的,请您答礼。"

朝拜?拉姆斯茫然向虎鲸点头,问候一声。杰克曼同样翻成海豚人语,那只虎鲸向拉姆斯点点头,心满意足地走了。拉姆斯转向杰克曼,疑问地看着。他知道虎鲸同样有强大的智力,大概能听懂简单的海豚人语,这些不算奇怪。奇怪的是它怎么也朝拜"雷齐阿约",是谁赋予他这样的"宗教信仰"?而且他为什么不吃周围的海豚,莫非它变成食草动物了?但杰克曼似乎对面前的景象司空见惯,既没有表示惊疑,也没打算对拉姆斯做出什么解释。拉姆斯只好把疑问藏在心里。他不能忘了"雷齐阿约"的身份,雷齐阿约应该是无所不知无所不晓的,如果老是问一些"太低级"的问题,他的威信就会慢慢坍塌了。

杰克曼望着游走的虎鲸补充道:"雷齐阿约,这头虎鲸的名字叫戈戈,它是同海豚人关系最密切的几头虎鲸之一。也许您以后还会同它打交道。咦,那是香香,香香来了。"

他所指的香香是一头巨大的雄抹香鲸,头部特别大,就像一只方方正正的箱子。这会儿它正在喷水,抹香鲸的喷水与其他鲸不同,不是直直向上,而是一根呈45度方向的单股水柱。它也游近礁石,停下来,饶有兴趣地打量着礁石上的人。杰克曼向拉姆斯介绍:

"雷齐阿约,这是香香,在海豚人世界很有名的,它是全世界深潜运动的冠军,可以潜到3500米深的海底。海豚人的潜水冠军是岩苍灵,是一只弗氏海豚,也能潜到2000米。"他补充一句,"他们两位是很好的朋友。"

这段介绍激起拉姆斯的极大兴趣。作为一个核潜艇的艇长,他当然知道深海潜水意味着什么。深海里存在着极大的压力,每次潜艇在急速下潜或浮起时,钢铁外壳都会噼噼啪啪地爆响。核潜艇的极限潜深是430米,在这个深度,如果失事,海员是注定要陪葬的,因为即使你逃出潜艇也会被海水挤压而死。即使能浮出水面，也会因体内急剧减压而死亡。只有在120米深度之内，海员才能靠一种叫史坦克头罩的装置缓慢减压，逃到水面。他也知道抹香鲸爱吃大王乌贼，常潜入深海去捕食，它的身体结构非常适应深潜，肺部能迅速减压，鼻孔只有一个，封死的鼻腔用做储存空气的场所。不过，即使有这样的身体结构，抹香鲸最多也只能潜到2200米。而现在呢，它竟然能潜到3500米，连一只海豚都能潜到2000米！

他打量着香香。这肯定是个顽皮的家伙，即使在对雷齐阿约朝拜时，目光中也满是戏谑。它的头部有累累疤痕，这是它与大王乌贼搏斗时被乌贼的吸盘弄伤的。作为一个核潜艇的前艇长，他对这个能潜到3500米深的家伙肃然起敬。他很快致了答词：

"香香，你是个了不起的家伙。3500米！那儿对于陆生人来说，是比地狱更可怕的地方。祝你下次比赛还能拿到冠军。再见。"

听了杰克曼的翻译后，香香心满意足地哼哼着，把一股热乎乎的水柱喷到雷齐阿约身上，然后转身游走了。后面，又有一只体型更大的目光呆板的座头鲸向礁石游过来。

这个庆典持续了将近四个小时，快中午了，太阳已经偏北。海豚人、海豚和他们的堂兄弟虎鲸、抹香鲸和座头鲸都离开了，这片海域恢复了宁静。一直站在礁石上担任翻译的杰克曼赶快走下礁石，把身体泡在水里。从昨天拉姆斯就发现，杰克曼不能长期暴露在空气中，看来他的皮肤已经适应了水中的生活，也离不开水的保护。回想起他和覃良笛刚开始培育海人时，孩子们的皮肤不能在水中长期浸泡曾是一大难题，而且直到他长眠前这个问题也没有彻底解决。现在看来，在270年的进化中，海人已经完满地解决了水中浸泡这个难题。

但他们也失去了对陆上生活的适应性。生物的进化就是折中的结果，这是没办法的。

弥海和索朗月没有走，留下来的还有那12个长着蹼足的海人。其中11个是男人，1个是女人，他们都赤身裸体，脚掌比陆生人要长得多，五个脚趾分开，趾间有膜。手掌的大小则与陆生人差不多，但指间也有膜。鼻孔处有瓣膜，呼吸时张开，潜入水中时合上。除了这几点差别之外，他们与人类就完全一样了。拉姆斯看着他们，亲切感油然而生，这才算是他的同类，是他和覃良笛的后代啊。杰克曼游过来说：

"雷齐阿约，最后介绍我的同胞吧。他们是6500个海人的代表，分布在南太平洋的各个环礁岛上。另外，在亚洲小笠原群岛、非洲塞舌尔群岛、美洲维尔京群岛上也有一些数量不详的海人，但我们和他们基本没有联系。你知道，"他苦涩地说，"海人由于身体的先天缺陷，离不开淡水，不能在水中睡觉，所以我们无法像海豚人一样在各大洋中自由来往。有关那几个大洲的海人的消息，都是从海豚人那儿辗转传来的。"

水中的弥海和索朗月都看出杰克曼的怅然，忙插进来说："雷齐阿约，这12人都是出色的御手，这是我们这个混合社会中不可缺少的重要职业。真羡慕他们那双灵活的手！雷齐阿约，你创造海豚人时为什么不造出一双手呢？"

杰克曼知道他们是在安慰自己，感念地点点头，笑着为拉姆斯翻译了。拉姆斯依次同海人们握手。摸着那些带蹼的手，他想，这是覃良笛和他15年的心血啊。但令他难过的是，这12个海人都显得拘谨畏缩，与谈笑风生的弥海和索朗月相比，可以清楚地看出谁是这个世界的主人。

12个海人与他简短地交谈一会，走了，拉姆斯回过头，似不经意地说："6500个海人，太少了吧。为什么不让他们多繁殖一些呢？"

弥海和索朗月都觉得这个问话有点意外，没答话，看看杰克曼。杰克曼替他们回答："对海人的繁殖没有什么限制。但是，海人不能完全脱离陆地，如果失去海水遮蔽，必然受到较多的紫外线辐射，主要是0.01～0.28微米的C紫外线，容易造成DNA破损，所以海人中遗传病较多，死亡率也高。"

"270年了，应该找到有效的掩蔽办法吧，比如像昨天那样的岩洞。"

"当然，不光是掩蔽的问题。如果不借助工具，海人在海洋中的生存竞争力远远不如海豚人，也逃不脱虎鲸、鲨鱼的捕杀。这是先天决定的，没有办法。但如果借助工具，哪怕是小小的鱼钩和鱼叉，也得保存人类的工业——这又迫使海人回到陆地上去，也是行不通的。不过，海人中的'御手'是海豚人社会非常需要的职业，海豚人会提供足够的保护和补偿，维持他们的生存。但是——您知道，海豚人并不需要太多的御手。"

拉姆斯沉默了很久才说："您说得对，真为先天不足的海人们难过。"

弥海说："雷齐阿约，我该同您告别了。百人会已经委托索朗月和杰克曼来服侍您，他们会尽量满足您的所有要求。您知道，海豚人社会是自然主义的社会，摒弃了史前人类的高科技用品。所以我们不可能在所有方面都使您满意，这点请您谅解。不过，只要我们能做到的，我们一定尽力去做。您有什么要求，尽管告诉他们两位，他们会及时传达给我。"

拉姆斯笑道："不必客气。我是一个很好打发的客人。要知道，在我长眠之前，我已经在这个岛上过了15年'自然主义'的生活。"

"不过据我看来，您的当务之急是先选定你的妻子，因为妻子可以帮您尽快走进新的生活。索朗月和苏苏是我们挑选的最好的姑娘，不过，如果您另有所爱，尽可以坦白地告诉我。"

拉姆斯不由看看索朗月，那一位正安静地仰望着他——她的注视可真算得上深情脉脉！他笑道："千万别把我看成一个贪得无厌的家伙。如果我决定结婚的话，"他加重语气说出这句话，"索朗月小姐已经是我的上上之选了。不过，我已经55岁，也许，仅仅对我从前两个妻子的怀念就足够打发我的晚年了。"

"那好，反正我们尊重您的一切决定。祝您的第二次生命过得幸福。再见。杰克曼和索朗月，一切偏劳你们了。还有，索朗月你送送我。"

他游走了，索朗月追上去，她想，弥海长老肯定有什么话要说吧。两人一块儿游动时，弥海犹豫着是否把某些话告诉索朗月。雷齐阿约重生了，当你就近观察一个伟人时，他的光环难免要褪色，这是正常的，没什么奇怪。何况，海豚人社会是个理性的社会，这儿没有宗教或政治崇拜，高高在上的"神"在这儿没有存身之地。百人会组织了极为隆重的庆典来庆祝雷齐阿约的重生，只是出于感恩心理，是履行对女先祖的承诺，并不是出于宗教的狂热。但是，尽管如此，与雷齐阿约一天来的接触，仍使他微觉困惑。雷齐阿约似乎对海豚人社会的一切太隔膜了——要知道，他可是"赐予我们智慧者"啊，

海豚人

为什么对自己创造的东西如此无知？270年的冷冻并不是一个充足的理由。更令他疑虑和不快的是，雷齐阿约似乎对海豚人有一种本能的抗拒，这尤其表现在他对索朗月的态度上。虽然努力掩饰，但他对"异类妻子"的疏远甚至鄙视仍时有流露。

但弥海最终决定不把这些困惑告诉索朗月。不管怎样，这位陆生人是两种人类的雷齐阿约，他的任何毛病或过错都不能减弱海豚人对他的尊敬。弥海只是简单地告诉索朗月：

"索朗月，好姑娘，相信你能博得雷齐阿约的爱情。不过，他毕竟不是海豚人，他和你的身体结构、兴趣爱好都相差甚远。所以——凡事不妨想得困难一些。"

他的话很平淡，但索朗月很聪明，知道长老特意唤她过来，不会只为了几句不关疼痒的话。所以，他的话里一定有深意。她沉静地说："谢谢，我记住了。"

她返回了，弥海望着她的背影，心中不免担心。他在心里祝愿着，但愿索朗月的结局比那位痴情的小人鱼幸福。

拉姆斯和杰克曼看着索朗月飞快地游回来，途中她还高高跃出水面，打了一个漂亮的飞旋，轻巧地落入水中，几乎没有激起水花。这种在垂直平面上的飞旋是飞旋海豚的绝技，兴奋时常常忍不住来一下。智力提升后，其他种族的海豚如热带斑点海豚、真海豚等也学会了这种技巧，但比飞旋海豚还是差得很远。

索朗月快速冲过来，到拉姆斯身边才来一个转身，干净利落地停下，把半个躯体露出来，脑袋几乎与拉姆斯的脑袋平齐。拉姆斯由衷地再次称赞道："索朗月，你的游泳技巧真惊人，可以说是出神入化。"

索朗月嫣然一笑，露出两排细细的牙齿。拉姆斯离她很近，可以很清楚地看到她的长吻、细小的牙齿、浑圆的额部，还有头顶两个小小的鼻孔、两个小小的耳孔。当然，她的面容与人类完全不同，但奇怪的是，拉姆斯也能很轻易地理解她的表情。他想，也许同是哺乳动物，人类和海豚有天然的联系？

不过，虽然同为哺乳动物，雌海豚的乳房却与人类完全不同。海豚的乳房位于后腹部，藏在两道裂缝中，只有哺乳时才伸出来，这样才可有效降低游泳阻力。海豚的祖先是一种有蹄类动物中爪兽，与牛的血缘关系最近。海豚也像牛一样有四个胃室，当然，由于不再食草，这些胃室并不用来反刍。哺乳动物是由鱼类经爬行类进化而来，在它们离开海洋爬上陆地的漫长过程中，四鳍慢慢转化为四肢。但几千万年前，这种四个蹄子、浑身是毛的中爪兽受环境逼迫回到水中，把它走过的进化之路反向走了一遍，重新进化出背鳍、胸鳍和尾巴，变成如此这般的海豚。这些巨大的变化全部是由微小的、随机的遗传变异累积而成，这该是多么艰难的过程啊！但这个过程最终成功了，即使在提升智力之前，海豚就是海洋中一个非常昌盛的种族。

索朗月吱吱地说了几句，有意说得很慢。她想，雷齐阿约重生了，可惜他忘掉了海豚人的语言，只能等他慢慢再捡起来。拉姆斯此时的想法与她不谋而合，不管他对海豚人是什么看法，总得赶紧学会海豚人语，否则他在这个社会中将寸步难行。昨天听杰克曼大致介绍了海豚人语和英语的对应关系，这会儿，他努力辨听着索朗月的说话。他只听出一个词：午饭。杰克曼翻译了索朗月的话，他的猜听大致是对的：

"索朗月说，该是您吃午饭的时间了。是否咱们还回到岛上的那个洞中？那是唯一有电加热器的地方。"

"不用了，我的身体已经复原，可以吃生食了。现在，我想到海人居住的地方看看，可以吗？"他拍拍索朗月的脊背，"索朗月，我先去海人那儿，你不会有什么想法吧？你们把我唤醒了，只要我还没决定再回到水晶棺中，就得努力适应全新的生活。我想，尽快熟悉海人的生活，可能会容易一些，毕竟我和海人的身体结构比较接近。"

"当然可以，我怎么会生气呢。我和杰克曼领您去。"

拉姆斯看看她，又看看杰克曼："他们的家在陆上，你又不能上岸。所以，我想请你先自便吧，等我什么时候想回到海里时，再让杰克曼通知你。"

索朗月佯怒地说："哟，那可不行！我是受6500万海豚人委托来照看您的，一分钟也不会离开。除非……您找到了合意的妻子。"

杰克曼笑着为拉姆斯翻译了这句话，还加了一句调侃："她要守牢您，免得被别的女人夺走啊。"

索朗月听懂了他加的这句话，并没有羞涩，而是会心地笑了。拉姆斯无奈地说："看来我失去人身自由了，那好，我们一块走吧。"

他们向邻近的一个有海人居住的礁岛游去，拉姆斯拉着索朗月的背鳍，由她带着游。拉姆斯也曾是个游泳好手，特别擅长自由泳，但现在呢，别说索朗月了，即使和杰克曼相比也是天壤之别。海水很清澈，能看到一二百米水下五彩缤纷的珊瑚礁。鱿鱼、石斑鱼和小海龟在他们周围游荡着，用它们的小眼睛好奇地盯着他们。极目所止，前面并没有海岛，他们这一趟旅途够长的。他想起，当他和覃良笛费心哺育小海人时，从不敢让他们单独游这么远的距离。不光是体力的问题，主要是因为虎鲸和鲨鱼，只要碰上这些水中霸王，笨拙的海人没有任何逃生的机会。但现在，杰克曼心平气和地开始了这趟远足，看来他们不再怕虎鲸鲨鱼了。

游了很久，拉姆斯发现一片孤悬不动的白云。它上面是片片贸易风云，在蓝天背景上迅速向西飘着。他知道这片静止的白云是海岛的象征。在晴朗的日子里，太阳照射着海岛，与周围的海面相比，陆地产生了较热的空气流。热空气上升后就形成这片白云，固定地悬在海岛上空。白色的军舰鸟在天空盘旋着，远远就能听见它们的聒噪声。再往前游，海岛上棕榈树的树梢在地平线下慢慢探出头。海岛的高度很低，白色的拍岸浪把海岛全遮住了，只有当三人浮上浪尖时才能看到岛上的全貌，那上面没有任何人类活动的迹象。

他们绕过迎风面，在背风面靠近海岛。拉姆斯迫不及待地趟过去，踏上海岛的土地——他已经270年没有踩过土地了！白色的沙滩平坦而柔软，热乎乎的沙子烫着他的脚心，非常舒适，有一种非常奇怪的安心的感觉。沙滩上堆满了白色的碎珊瑚，几棵大树的树干躺在沙滩上，树皮已经被潮水剥净，天长日久的曝晒和潮水的冲刷，使树干变得雪白。到处是血红色的寄居蟹，身上背着偌大的贝壳。一只招潮蟹正在舞动着它大得不相称的左螯，听见动静飞快地逃走了,钻到一个洞里。拉姆斯想去追它,但一条腿忽然全部陷进虚沙中。一只海燕嘎嘎惊叫着从沙里飞出来,在他头顶盘旋。原来,他不小心踩到一个海燕窝,说不定里边还有几只鸟蛋呢。

杰克曼和索朗月都留在水里,只露出脑袋,笑嘻嘻地看着"雷齐阿约"孩子气的举动。过一会儿拉姆斯回来了,他也意识到自己的激动不大符合"雷齐阿约"的身份,便自嘲道:

"陆地——这才是我真正的家啊。没办法,所谓老树不能移栽,我的根已经扎到陆地上了。杰克曼,去你家吧,你的家在哪儿?"

"呶,就在那儿。"

他看到在左边的海岬,紧挨水面之上有一处礁岩的凹槽,大概是海浪长期拍击造成的。那个浅浅的凹槽中躺着几个人,这会儿已经看到来人,有两人跳入水中向他们游来。是两个女人:一个是杰克曼的妻子安妮·杰克曼,一个是他的女儿苏苏·杰克曼。这位姑娘就是百人会给他挑选的海人妻子了。以人类的标准衡量,苏苏是个相当漂亮的女孩,红色的长发垂到腰际,胸脯丰满,腰肢纤细,两腿修长,只有长长的蹼足和稍显异样的鼻孔不合陆生人的审美标准。她们游过来,安妮恭敬地向"雷齐阿约"问候,苏苏则天真地上下打量拉姆斯,毫不掩饰对他的浓厚兴趣。

拉姆斯想,她肯定已经知道自己"候选妻子"的身份了,这会儿是在审视她的夫君吧。对这么一个妙龄女子,拉姆斯不太敢直视她的裸体,而苏苏的盯视肆无忌惮,不过那里面不含肉欲的成分。

后边还有一位年轻男子,是杰克曼的儿子约翰。他的脸色阴沉沉的,在父亲的催促下,不大情愿地过来,同拉姆斯见了面。

苏苏向索朗月游去,亲热地挽住女海豚人的头部,她们两个早就认识,一直是亲密的谈伴,而这会儿可谈的东西更多了——关于她们共同的丈夫雷齐阿约。这会儿拉姆斯的目光被杰克曼的"家"吸引住了。虽然在长眠之前,他和覃良笛已经在海岛上度过15年鲁滨逊式的生活,但杰克曼之家的简陋还是让他吃惊。这儿没有任何简单的家具,只有几团海草窝在地上,肯定是各人的床铺。所谓家,只是一个能够遮挡太阳直晒、能稍稍减轻海浪冲击的石窝罢了。杰克曼看懂他的疑问，解释道：

"你知道，海人的家不能离开海水太远，以便在往返时尽量减少紫外线和宇宙射线的辐射量。再说，我们的皮肤已经不能长期暴露在空气中了。所以海人都把家安在沿岸的岩洞里，但沿岸的岩洞数量毕竟十分有限，甚至可以说，栖身地的数量直接限制了海人的数量。"

拉姆斯怜悯地看着他的"家"，不由痛苦地回想起陆生人类的力量。那时人类可以凿通海峡，夷平大山，把几千吨重的物质送上太空。而现在，他们甚至无法用人工的办法在海边凿几个可以容身的岩洞！并不是他们缺少干这些工作的智慧，而是因为，任何这类工作发展下去，都要求有工具、动力，要求恢复陆生人那样的物资供应系统，这样一点一滴地积累下去，最终势必造成"陆生生活"的复辟，而这是今天的环境不允许的。

没有办法，海人从陆上回到海里时不得不抛弃很多东西，正像回到海里的中爪兽不得不抛弃四肢。

小约翰看出雷齐阿约的怜悯，阴阳怪气地说："尊敬的雷齐阿约，不必可怜我们。我们对这种境况很满意了。不管怎样，还有海豚人呢。海豚人如此繁荣昌盛，足以让您感到欣慰了。"

杰克曼看看他，回头对拉姆斯说："我儿子是一个不合时宜的愤世嫉俗者，您不必理他。"

小约翰的面孔涨得通红，想说一些更尖刻的话。正与索朗月窃窃私语的苏苏回过头笑道："我哥哥是个军国主义者，他时刻在盼望着成为恺撒、亚历山大、成吉思汗甚至希特勒呢。他常说，总有一天，他会让海人重新成为这个星球的主宰。"

约翰恼羞成怒，悻悻地返回他的"床"躺下，不再理睬这边的谈话。拉姆斯宽容地说："看来你儿子有一个心结，也许我能解开它，以后有时间我同他多谈几次。"他问杰克曼，"这个岛上的海人家庭有多少？"

"有32家，一共153人。我领您巡视一遍吧。"

拉姆斯看看身后的索朗月，他想巡视海人社会，但不愿让索朗月陪伴，便说："以后吧，我们可以慢慢来。现在，该吃午饭——不，是该吃晚饭了吧？"

他们开始准备晚饭，杰克曼一家人跳入水中，分散游走。等他们返回时，每人手里或嘴里都有一条鱿鱼、小鲭鱼或一捧灯笼虾。索朗月噙来两只彩色鳌虾，放到拉姆斯的手掌中。鳌虾在他手心中蹦跳，颜色十分鲜艳。这种虾如果放在油中煎一下很美味的……拉姆斯摇摇头，拂去这些不切实际的念头。他摘去虾须和虾鳌，把生虾塞进嘴里咀嚼着。其他海人的进食比他快得多，他们与海豚人吃食物的习惯一样，牙齿只用来把食物撕成小块，然后便不加咀嚼吞下去。苏苏也在撕吃一只鱿鱼，这会儿她的模样一点也不"淑女"了。

太阳慢慢沉入海水中，广阔的海面上跳荡着金光。金光慢慢消失，天边还留着明亮的余光。晚饭后，拉姆斯迟疑片刻，对索朗月说："索朗月姑娘，天色已晚，我该休息了。你是否先回海里？我想单独待两天，静下心，想想我该如何生活。"

索朗月迟疑着，心里其实也相当困惑。这个男人是"雷齐阿约"，是她在五年的守候中爱上的男人，但这些敬仰或爱情都是概念化的。当一个活生生的男人来到她身边——他与自己的差别太大了，互相沟通相当困难，她的确不知道往下该怎么办。拉姆斯苦笑道：

"索朗月，我不是你们的雷齐阿约，我只是被时代之潮抛上沙滩的一条可怜的小鱼。我曾经和覃良笛创造了海人……和海豚人，但你们发展到今天，已经超过我的适应能力。也许我最好的归宿是重回冷冻柜中。好，不说这些丧气话了，让我在杰克曼家中待几天，好好想一想。毕竟海人的身体同我是最接近的。索朗月，如果需要帮助，我会立即召唤你。"

在杰克曼翻译之前，索朗月凭拉姆斯的语气，已经触摸到他的阴郁和怅惘。是啊，雷齐阿约并不是大智大能的上帝，他是个普通人，独自被抛到270年后陌生的世界。索朗月看着他，心中溢出母亲般的怜爱，一时冲动之中，她忽然从水中窜出来，用长吻去吻拉姆斯的嘴唇。拉姆斯一惊，下意识地用手把她推开，不过他马上醒悟到自己的唐突，忙俯下身，温柔地抚摸索朗月的脊背。那柔嫩的皮肤给他以快感，他感觉到，触手所及，索朗月的皮肤泛起一阵阵战栗。他用玩笑口吻掩盖了复杂的心情：

海豚人

"啊,别生气,索朗月姑娘,我还没有做好心理准备来接受一个异类妻子。虽然我知道,从精神层面上来说,我们都是人类,是陆生人文明的传承者。但是毕竟……给我点时间,好吗?"

索朗月已经平静下来,仰望着他,吱吱了一阵。杰克曼为她翻译着,显然索朗月十分动情,因为连翻译也被她感动了:"雷齐阿约,我怎么会生气呢。我对您来说还是个陌生人,但您在我眼里,却是个交往已经五年的熟人了。我熟悉您身上的每一根汗毛,我时刻渴盼着挽着您的臂膊散步,哪怕我也像小人鱼那样,每走一步都像踩着刀尖。不管您是否能接受我,我都要把我的爱情奉献给您。您知道,飞旋海豚人是泛式婚姻,但我已经准备改变我的宗教信仰,"她笑着说,"我会把您作为我唯一的丈夫。"

杰克曼翻译完了,大家都静默一会儿。尽管拉姆斯对海豚人心存芥蒂,但他不能不承认,这位异类的雌性从感情世界上说,与人类没有任何不同。那边苏苏警惕地喊着:"爸爸,你干吗为索朗月翻译得这样动情!可不能让索朗月把雷齐阿约的心给占满了,得给苏苏留一半呢。"

几个人都笑起来,冲淡了刚才过于凝重的气氛,只有远处的约翰冷冷地哼了一声。

这是一个无月的夜晚,天幕上是他十分熟悉的南天星座。285年前,他和覃良笛逃离人群,来到南太平洋的小岛上,着力培育海人。在小海人尚未出生时,每天晚上他们都偎依着坐在礁石上,仰视着深邃的星空。覃良笛是个生物学家,天文知识比较贫乏,而拉姆斯作为核潜艇艇长有足够的星座知识。他常常向覃良笛讲解:这是南十字星座,赤经12度,赤纬60度;这是显微镜星座,赤经21度,赤纬35度;这是印第安星座,赤经21度,赤纬55度;这些南天星座在北半球都能看到,不过它们在北半球的星空中都不能升高,一般就在地平线附近游荡。那是天燕座,赤经16度,赤纬75度;那是南极座,赤经22度,赤纬85度……这些星座在北半球永远看不到。

他说:这些知识很有用的,如果有一天你得独自穿越辽阔的海域,可以依照天上的星座来辨别方向。也许,后来覃良笛突然离开他而消失在大洋深处时，就真的用上了这些天文知识？

从杰克曼的"家"中向外望，漆黑的天幕和漆黑的海面在无限远处相接。天上撒满了星星，海上也撒满星星。不过，海里的星星并不是天上星星的投影，那是无数发光的微生物或小虾造就的。天上的星光在闪烁，海里的星光在浮动。有时，一群飞鱼突然跃出水面，在远处溅落。溅落处的发光生物受飞鱼的惊吓，亮光瞬间会更明亮。

杰克曼的家离海水很近，涨潮时海浪几乎能拍到石坎之下，落潮时也不过降下一米左右。海水时时溅进来，哗哗地浇到他们身上。不过杰克曼全家对此毫不在意，拉姆斯想，他们一定是特意选择这样的高度，以便能时时浸润在海水里，因为他们的皮肤已不能忍受干燥了。

全家人请拉姆斯睡到最里面。拉姆斯让杰克曼紧贴着他睡，他有很多话要问。苏苏毫不犹豫地睡到拉姆斯的另一边。当他和杰克曼谈话时，苏苏用带蹼的手不停地抚摸着他的脊背和胳膊，她的长发和乳胸时时擦着拉姆斯的后背，弄得拉姆斯紧张地团紧身体。可能苏苏认为，她已经是雷齐阿约的妻子了，用不着等待拉姆斯的"确认"；也可能这是海人少女示好的一种习惯。时隔270年后，拉姆斯对海人能有多少了解呢？约翰则远离他们，睡在另一个角落里。不过，这个落落寡合、郁郁寡欢的小伙子并非对雷齐阿约不感兴趣，黑暗中，他一直灼灼地盯视着这边。

拉姆斯决定向杰克曼打听一些最迫切的问题。他曾打算把所有的问号都藏在心里，以维持"雷齐阿约"的权威，但现在他认识到，如果对海人和海豚人社会没有起码的了解，那他的权威只会更快地垮掉。所以，如果他不得不袒露自己的无知，那至少要把知情人控制到最小的范围。

在喧闹的海浪声中谈话比较困难，不过这也有个好处，使家里其他成员听不清他们的谈话。身后的苏苏毕竟年轻，这会儿已停止动作，传来轻微的鼾声。安妮和约翰那边没有动静，看来也睡着了。拉姆斯说：

"杰克曼，虽然我是海人和海豚人的雷齐阿约，但睡了270年后，你们今天的很多情况我是不熟悉的。请你给我讲一讲，好吗？"

"当然，您想知道什么？"

海豚人

"在我和覃良笛培育海人时，我们曾设想过充分利用陆生人残存的物资，建立海人的信息传承机制。当然，电脑、芯片这类东西无法再用了，它们太依赖于工业环境。但我们至少可以用铅笔和纸张，陆生人留下的这类东西够海人用几百年。至于几百年后怎么办，到时再说吧。但我现在发现，你们已经彻底摒弃了文字和书写工具，而没有文字的民族充其量只能是一个半开化的民族。可是，从你们的言谈举止来看，你们并没有脱离文明的浸润。这是怎么回事？你们是如何做到这一切的？"

杰克曼相当惊奇，他想，270年的冷冻可能丢失一些记忆，但不会把最关键的东西丢失吧。也许，雷齐阿约在长眠前已经患了老年痴呆症？不会的，他年纪并不大，而且醒来后的举止表明，他仍具有敏锐的智力。杰克曼把疑问藏在心里，耐心地说："据女先祖讲，这正是您的伟大创意。您刚才说的只是您和女先祖前期的打算，但你们很快就改变了想法。您说，依赖陆生人文明留下的物质残余毕竟是不可靠的。后来，在创造海豚人时，您和女先祖充分利用了海豚的大脑。"

他停顿片刻，看拉姆斯是否能随着他的讲述拾起一些记忆，但对方没有任何表示，于是他接着说下去，"海豚的大脑有1600克，比人类多了200克。后来您和女先祖又用基因手术为他们增加了300克。这样，他们比人类共多出500克大脑。您和女先祖干脆把这部分大脑的功能特化，作为专管记忆的'外脑'，其存储能力达到3000G。这个容量绝对超过一个陆生人一生中通过纸笔、电脑所能利用的信息量，所以，不用纸笔和文字对海豚人没有什么不便。然后，6500万个外脑合起来，就形成了令人生畏的存储体，足以容纳陆生人文明的所有信息。"

拉姆斯的大脑飞转着，努力消化这些信息。他问："但新增加的信息呢？社会要往前发展，文明要往前发展，信息量每天都在增加。"

"那就逐步淘汰无用的或者用处比较小的信息，为新信息腾出位置。雷齐阿约，海豚人社会与陆生人文明非常不同。陆生人崇尚工业化，科学进步要体现在物质基础的提升上。但现在是'理性社会'，科学研究只是一种爱好，一种智力体操，并不用以改变海豚人的原始生态。所以，这种信息存储方式足够维持这个社会的运转。"

拉姆斯沉默很久，才说："你一直在说海豚人，还没有说海人呢。"

自从他们接触以来，杰克曼一直是恬淡冲和的，但这时他也苦笑了，语调中带着深深的苦恼："哪里还用得着海人去操心什么信息传承机制啊。海豚人的外脑是那样有效和方便，足以代我们去思考了，现在所有海人都是体力劳动者。"不过他很快平静下来，"海豚人大脑的优势是先天的，没办法，我们已经承认了现实。而我们手的优势也是先天的，海豚同样离不了。现在的社会是一个优势互补的混合社会。这是您和女先祖的安排，我们能体会到你们的深意。"

拉姆斯平静地说："好，我知道了，你已经帮我回忆起骨架，细节我会慢慢自己填补的。睡吧，晚安。"

"晚安，雷齐阿约。"

杰克曼翻过身很快入睡，鼾声溶入涛声中。拉姆斯根本没有睡意，一直在黑暗中睁着眼睛。苏苏翻了个身，把一条光滑的凉沁沁的手臂搭在他胸前。他没动它，在海浪间歇中听着苏苏的鼻息。他现在总算弄清了覃良笛突然消失后的那三年里都干了什么，而在他长眠前对此几乎一无所知。那时，他只知道海里突然出现大批的"聪明海豚"，它们可不像孱弱的海人，要到五六岁大脑才能长足，七八岁才能离开大人的庇护——在那些年里，为了照顾44名海人婴儿，他和覃良笛几乎累垮了。但海豚人呢，他们生下来后，只用妈妈顶到水面上吸进一口气，便可以自由自在地遨游了。而且，他们的大脑生下来就已长足，小海豚的身体几乎能达到妈妈的一半，生下来就有足够的智力。他们有语言，有社会组织，以令人目眩的速度大批繁殖，在各个海域中出现。

那时，拉姆斯知道这肯定是覃良笛的功劳，是她躲在某处用基因技术创造了这些海豚人。他愤怒地看着这些身强力壮的小杂种在海人面前逞威，他们抢去海人的食物，嘲笑海人笨拙的泳姿，甚至恶作剧地把水中的海人顶翻。不要说年幼的海人了，即使是已经年满15岁的第一批海人，如果赤手空拳，也远不是这些两岁小杂种的对手。

海人们涌过来向"爸爸"诉苦，海人们哭着问："覃良笛妈妈呢，她到哪儿去了？为什么不要我们了？"那些天里，他的精神几乎要崩溃了。不过他并没有沮丧，悄悄进行着必要的准备，那时，他还保有一艘能横跨大洋的船只，可以到陆生人城市中寻找武器，而武器正是他最熟悉的一个领域。所以，当他抚摸着逐渐丰富的武器库存时，总是冷冷地想：覃良笛，我的妻子，你恐怕忘了，你培育的尽善尽美的海豚人们有一个大的弱项呢——他们可没有能扣动扳机的手指！

后来，大概覃良笛听到了什么风声，突然出现在拉姆斯面前。她说："理查德，我们能好好谈一谈吗？海人和海豚人为什么要互相敌对呢？"拉姆斯平心静气地说："当然可以谈，不过你先让那些小杂种从这片海域中滚蛋。你能不能答应？"再后来……再后来就是拉姆斯的长眠。等他醒来，海豚人已经占据了绝对的优势，而他还有覃良笛苦心创造的海人变成海豚人的依附，依靠咀嚼后者的文明残余来生活。

失败的愤懑在心中燃烧，他不甘心自己的失败！

睡意渐渐漫上来。他看见妻子南茜穿着绿色的连衣裙，站在加州圣地亚哥潜艇基地的栈桥上，风吹着一头金发在身后飘拂。核潜艇的每次巡行都至少数月，所以，返航时妻子总是千里迢迢赶到这儿迎接他，迫不及待地紧紧搂住他。他能感受到妻子的爱意和蓬勃的情欲。可是南茜已经死了，还有女儿、父亲母亲，他甚至没能与家人见上最后一面……覃良笛来了，覃良笛是用另一种方式来爱他，温柔，安静，当然她的温柔外表下是钢铁般的意志。她用手抚摸着拉姆斯的脸，轻声说："不要固执了，咱们平心静气地谈一谈，好吗？"拉姆斯叹口气，捉住她的手……

他醒来，确实有一只手在抚摸他的脸，不过不是覃良笛，是一只带蹼的手。苏苏侧身坐在他面前，长发垂下来半遮住乳峰，活脱一尊小人鱼的雕像。天光已经大亮，东方现出鱼肚白。苏苏高兴地说："雷齐阿约，你醒了！"

拉姆斯抬头看看，石窝里已经没有人，全家都在附近的海域里游泳。他笑着说："我是最后一个醒的，你为什么不到海里去？"

苏苏迫不及待地问："雷齐阿约，我能问你一个问题吗？"

"当然，问吧。"

"你的名字是不是叫理查德·拉姆斯？"

"对。"

"那么，我能称呼你的名字吗？"

拉姆斯扭头看看她，藏起嘴边的笑意："可是别人都称呼我雷齐阿约。"

苏苏不好意思地说："你当然是我们的雷齐阿约，可是，一个妻子总不能老用尊称来称呼丈夫吧。"

拉姆斯笑了，伸出胳臂把她搂在怀里："你可以唤我理查德，不过，我们的年龄太悬殊了，我更愿你是我的女儿。"

苏苏突然吻了他一下："不，你是我的丈夫！"她拉着拉姆斯起来，"跟我下水吧。"

他们从石坎跳下水，杰克曼夫妇远远和他打了招呼。苏苏在水中的动作十分灵活优美，她轻轻摆动着脚蹼，身体微微波动，长发在水中漂浮，衬着碧绿的海水，越发显得她的曲线玲珑，拉姆斯欣赏着，简直是叹为观止了。这个调皮的女孩不像别人那样对雷齐阿约敬而远之，一直快活地同他嬉戏，一会儿她从背后窜出来蒙住拉姆斯的眼睛，一会又插到他的下方把他抬出水面。她的笑声给这个安静的海湾增添了生气。杰克曼夫妇远远看着他们，微笑着，没来制止女儿的胡闹。约翰则一个人躲得远远的。

早饭时刻，他们回到石坎上小憩片刻。约翰也回来了，仍是一个人躲在角落里。拉姆斯说，上午他想到岛内转转，约翰能陪他一块去吗？约翰显然觉得意外，看看雷齐阿约，冷淡地点点头。苏苏嚷着她也要去，拉姆斯低声对她说：

"苏苏，你不要去。你哥哥有心结，我想帮他解开。"

苏苏虽然不大情愿，也只好答应了。安妮嘱咐说，今天有太阳，紫外线比较强，不要在岛上耽误太久。杰克曼解释说：

"雷齐阿约，你可能还不知道地球的现状。那次灾变中被破坏的地磁场已经部分恢复了，所以宇宙射线受到一定的屏蔽，但还不到安全程度。臭氧层则完全没有恢复，紫外线仍然很强，尤其是 C 波段紫外线。根据海人的经验，暴露在日光下连续三天至五天就要大病一场，连续七天至十天就会对身体造成不可逆的损坏。您要当心啊！"

"谢谢，我会当心的。"

六

这个珊瑚礁岛非常漂亮，沿着岛的四周，红白相间的外礁耸立在海水之上。那儿有海葵、五颜六色的珊瑚虫、海藻、闪着光泽的贝类、海蛞蝓和颜色鲜艳的各种鱼儿，把礁脉装点得像是梦幻世界。再往里面是一个相当大的环礁湖，海水在环礁外拍打着、轰鸣着，激起一圈白色的拍岸浪。但这会儿不是涨潮期，海水越不过周围的礁脉，湖内的水十分平静，清澈碧绿。不过这里并不是淡水，水也是苦咸的。湖里全都是海洋生物，是趁涨潮游进来的。一只一米多长的鲨鱼在清澈的水里偷偷窥视着他们，开始悄悄向这边逼近。不过约翰没把它放在眼里，只弯下腰拍水面，鲨鱼立即逃走了。

再往岛内是青翠的椰树，一串串椰果挂在树上。也有棕榈树，阔大的叶子葳蕤浓绿。茂密的灌木丛铺成一片，顶着一排排白色的小花。两只燕鸥啾啾地鸣叫着，一直在两人的头顶飞翔。前边是一大群血红色的寄居蟹，听见脚步声匆匆散开，不过身上的大螺壳影响了速度，它们蹒跚前行，样子十分可笑。

拉姆斯走得十分小心，因为礁石的边缘相当尖利，他没有穿鞋子，弄不好就会把脚割伤。约翰倒不在乎，看来他对此早已习惯了，他长长的有蹼的脚在地上走起来比较笨拙，但实际上速度并不慢。约翰是个孤僻的家伙，一路上没有主动说过一句话，对于拉姆斯的问话，只用最简单的话来回答。他知道雷齐阿约特地约他出来，一定有什么话要说，他在冷静地等待着这一刻。

开始时，拉姆斯只和他扯一些家常，问他几岁了，现在的海人一般都是什么时候结婚，结婚后是否都要从家庭中分出去，等等。约翰都回答了。前边要涉过一片面积较大的环礁湖，约翰找了两块沉甸甸的石块握在手里，警惕地扫视着四周。很快，拉姆斯就知道他为什么这样做了。正行走间，忽然水中冒出一条小腿粗的鳗鱼，浑身布满绿色和黑色的斑点，窄小的头上长着两只恶狠狠的眼睛。它闪电般向拉姆斯的腿部扑过来。约翰立即把石块掷过去，正中鳗鱼的头部，趁着它片刻的昏晕，约翰迅速捞住它的尾巴，拎出水面，用力抡了几圈，又狠狠拍在水面上。鳗鱼休克了，不过身体还在缓缓地扭动着。约翰把它远远地抛到礁石上，回头说：

"回程时把它带回去，鳗鱼的肉很美味。环礁湖中数这种鳗鱼最可恶，一不小心，就会扑上来咬你一口。鳗鱼的牙有毒，咬的伤口很难痊愈。"

拉姆斯赞赏地说："谢谢，你的动作真敏捷。"

约翰淡淡地说："在水中，我们比海豚人差远了。"

拉姆斯停住脚看看他："约翰，我知道你对海人的现状不满意。你有什么心结，请敞开对我说说。放心，我会为你保密。"

"我当然不满意，我们是史前人的嫡系后代，当然不愿意永远做海豚人的附庸！不过……谁让雷齐阿约把他们创造得比海人更强大呢。"

拉姆斯听出他的愤懑，没有回答。这会儿他们已经走上沙滩，向身后看去，两排脚印在平坦的沙面上延伸着。一双较小较深，那是他的；一双较大较浅，那是约翰的。不知怎的，他忽然想起人类第一次登上月球时所留下的足印，那时人类认为，他们已经把宇宙踏在脚下了，谁能想到无比强大的人类会在一道死光中灭亡？他摇摇头，指着远处问：

"约翰，那里有一个大的岩洞，装满了陆生人用的武器，你知道吗？"

"知道。雷齐阿约，你也知道它？"

拉姆斯笑了："我当然知道，我在这一带生活了15年呢。走，咱们去那个岩洞看看。"

约翰停住脚步："那是女先祖划定的禁地，除了海豚人百人会的长老，外人不得擅入。"

拉姆斯淡然一笑："对雷齐阿约来说，那也是禁地吗？"

他没有停步，径直向那里走去，约翰迟疑片刻也跟上来。半个小时后，他们到了岩洞，洞前有碎珊瑚摆出的路障，路障显然是新的，不会超过几个月的时间，看来，海人们在一代代的延续中始终没有忘掉女先祖的命令。拉姆斯没有迟疑，一步跨过去。他用目光向身后的约翰示意，约翰也跨进来。

洞内层层累累全是箱子，约翰仰着头环视着，目光中满是疑惑。箱子上都印着各个军火公司的名字，拉姆斯打开几个箱子，那里面堆满了轻兵器，有柯尔特M1917左轮、以色列UZI9mm冲锋枪、美国M60式7.62mm通用机枪、毒刺式肩扛导弹、比利时37mm伸缩式枪榴弹……其实更多的还是一种不太常见的武器：小型声压式深水炸弹，如果不得不同海豚人兵戎相见，这种深水炸弹是最实用的武器。拉姆斯对洞内的库存如数家珍，这不奇怪，它们全是他"几个月前"收集的。拉姆斯凝神巡视着屋内的库存，轻声喊：

"约翰。"约翰盯着他，雷齐阿约的目光深不可测。"你愿意接过这些礼物吗？这是我特意为海人留下的武器，不要忘了，海豚人可没有使用这些武器的手指。"

约翰十分震惊，但随即狂喜地点头。

第二章 海豚人族群

一

最近索吉娅部族内有两件大事：一是索云泉临产，二是盖利戈和盖吉克成年。男孩子的成年是件揉搓感情的事。终日相处的家人们从此就要分别，天各一方，再次相见时要视若路人。而且最令人心碎的是，智力提升后的海豚人有足够的智慧来体味这种痛苦。索朗月知道，人类中没有这种习俗，人类的兄弟姐妹们虽然也会分家单过，但他们不必割裂记忆，也保持着往来。陆生人类兄弟姐妹们之间同样不允许婚配，但那是用道德的力量而不是用隔离的方法来防止。索朗月知道陆生人类中有很多不敢恭维的习俗，像他们的嗜武嗜杀，像他们摧残自己肉体的怪癖，方法真是五花八门啊，割阴唇、裹脚、丰乳、鼻环唇环耳环、高跟鞋、割眼皮、文身，还有吸毒吸烟，简直匪夷所思，但至少这种"兄弟姐妹们可以终生相处"的习俗值得称赞。

她真希望海豚人社会中也推行这种习俗，可惜，海豚人的智慧不能战胜基因的神力。

随着成年的日子天天临近，盖利戈和盖吉克越来越亢奋不安。不过，他们的离愁别绪是用恶作剧的方式来发泄的。他们发疯般地在族人中冲撞，咬别人的尾巴，顶别人的肚子，两人合力把索朗月抬上水面，推着她在水里转圈。族人们知道他俩的心情，对这些胡闹一笑置之。不过他们还是有分寸的，从不和临产的索云泉胡闹，而且常常很体贴地送去一只玉筋鱼、真鲷或蓝点马鲛。索云泉接受了馈赠，总要亲切地吻吻他们。

后来他们闹乏了，就游过来，与索朗月面对面待着。索朗月看出他们的惆怅，安慰道："别难过，哪只雄海豚都有这一遭。你们会找到新的族群，在那儿长成一个雄壮的男人，有一群美丽的妻子，生下一大群儿女。你们会找到你们的新生活，对不对？"

盖吉克伤感地说："可是，我们会把你忘掉的，想到这儿我们心里就难过。你是我们的好姐姐。"

索朗月笑道："等你真正忘掉时也就不会难过啦。去吧，和阿虎他们去玩吧。"

他们走了，阿叔族的岩天冬慢慢游过来。这些天是索朗月的发情期，她体内的荷尔蒙排泄到水中，刺激了雄海豚的情欲。按照海豚族几千万年留下的习俗，岩天冬轻轻擦着她的身体，有时从水下呈直角向她冲来，这是向她示爱和求爱。但索朗月敏捷地躲开了，微笑着，很亲切地同岩天冬打招呼，但神情却分明拒人于千里之外。岩天冬很是困惑：她已经放出荷尔蒙了啊，这是雌海豚的爱情邀请，但她为什么又拒绝与雄海豚交欢？没错，她已经被选为雷齐阿约的妻子，但是，按飞旋海豚的泛式婚姻习俗，雷齐阿约只是她的"一个"丈夫而已，并不妨碍她与其他雄海豚人的婚配。不过不管什么原因，既然索朗月不乐意，他也不再纠缠，朝索朗月大度地点点头，游走了。

族长索吉娅把这一切看到眼里，她叹息着，把索朗月叫到身边，轻声责备着："索朗月，你已经到年龄了，你不该拒绝岩天冬。"

"索吉娅，我……"

"我知道你的想法。但是，你忘了弥海上次的话？你和雷齐阿约只能是精神上的妻子，不能和他生儿育女。听我的话，不要拒绝你在族内的婚配。难道你这辈子不想做母亲了？"

索朗月微笑着说："索吉娅头人，你一定以为我很傻。陆生人类文化在我身上留的印记太深了，可以说，那条丹麦的小人鱼就活在我的灵魂里。既然决定选雷齐阿约为丈夫，我也准备遵守'一夫一妻'的陆生人类社会规范。我不能再接受其他的丈夫了。"

索吉娅温和地反驳："可是，你却接受苏苏做他的另外一位妻子。"

"那是没办法的事，谁让他是海人和海豚人共同的雷齐阿约呢，这是由历史造成的例外，我不会对它耿耿于怀。索吉娅，不要劝我了，爱情常常是不可理喻的。是不是?"

索吉娅叹口气,不再劝她。她有些疲乏,眼神有些朦胧。这一年来,64岁的索吉娅急剧地衰老了,在捕食和逃避虎鲸的追捕时已经没有往日的爆发力。而这就意味着,可能在下一次,她会因一秒钟的反应迟慢而成为虎鲸的口中食。这是所有老年海豚的必然结局,她对此倒不惧怕。当然,想到要与人生告别,与自己的族人告别,免不了恋恋不舍。她笑着说:

"索朗月,我不劝你了,去做你的小人鱼吧,爱情真的不可理喻。对了,你打算怎样安排雷齐阿约的生活?我很担心,他恐怕很难融入270年后的社会中来。"

"我明天想把他接来,接到深海,让他看看海豚人真正的生活。我想,他会慢慢习惯的。"

"好吧,索朗月,祝你幸福。"

这儿离土阿莫土群岛比较远,索朗月用一天的疾游赶过去。头天,她已经用低频鲸歌通知了杰克曼一家:

太阳落到海里,
太阳还会升起来,
云朵变红时,
我想见到那个没有尾巴和脚蹼的人。

她还告诉杰克曼,这次她准备带雷齐阿约到深海住一个星期的时间,让他好好熟悉一下海豚人的生活,所以请杰克曼做一些必要的准备。第二天日出时分,她赶到了杰克曼住的礁岛。杰克曼已经做好了准备,一块礁石上放着一串青黄色的葫芦,用黄白色的棕绳绑着葫芦的腰部。海人一般都不进入深海,一旦他们必须进入深海,就要带上装淡水的葫芦。这种葫芦并不是每个岛上都有生长,所以,葫芦对于海人是非常珍贵的。

雷齐阿约和杰克曼一家在海湾里等她。虽然与雷齐阿约分别仅仅三天,

海豚人

但乍一见到他，喜悦之情汹涌而来。她立起身体，用长吻碰碰他的脸颊。拉姆斯有些尴尬，也有些负疚。这只雌海豚或者叫女海豚人的情意无疑是真诚的，是发自内心的，她已经深深爱上了没有尾巴也没有脚蹼的丈夫。但自己却在与约翰密谋着如何对海豚人摊牌。这让他不敢直视索朗月清澈无邪的目光。

不过，他已经不是20岁的青年了。在他20岁第一次登上核潜艇时，心中也曾有过迷惘：如果上级下令，他们真的会把核弹射到北京、莫斯科、平壤或大马士革吗？那可不是几十几百人而是几千万人甚至几亿人的死亡。他们将是历史上最冷血的杀手。即使是为了民主和自由，让几千万人陪葬，似乎也太过分吧。不过，等他15年后当上艇长时，职业生涯已经把他的心淬硬了。作为一个文明社会的军人，他不会把杀人当乐趣；但如果总统下令，他仍然会冷静地按下核导弹的发射钮。

现在，为了海人的生存，他也可以这样干的。他这样做并没有任何私人的卑鄙目的。

他朝约翰看看，约翰回他一个心照不宣的注视。那天，在那个堆满武器的岩洞里，他已经同约翰把话说透了。现在，他在海人中至少已经选中了一个坚定的追随者，他们将共同努力，为海人争回嫡长子继承权。

索朗月又同其他人问了好，轮到约翰时，约翰也亲切地回应。杰克曼夫妇看见了，心中暗暗高兴，儿子一向对所有海豚人十分冷淡，甚至抱有敌意，但今天他显然变了。他们想，雷齐阿约昨天的谈话很有效，已经解开了儿子的心结。

苏苏过来搂住索朗月的颈部，高兴地说："索朗月姐姐，这三天我一直在教理查德说海豚人语，他非常聪明，已经差不多能听懂了！"

"苏苏，你真能干，是个好教师。"她嫣然一笑，"雷齐阿约，我也能像苏苏一样直呼你的名字吗？"

拉姆斯知道这句话的深层含意，有些尴尬地说："当然。"

"理查德，跟我到深海去吧，到那儿你才能看到真正的海豚人生活。苏苏你愿意去吗？我知道你们难得离开海岸，随我去深海玩一次吧。"

"我当然愿意！我一直盼着这一天呢。理查德，你答应我一块去吗？"

拉姆斯想，我应该去的，为了心中的隐秘目的，我必须尽可能深地了解海豚人社会。他说："我当然答应。不过，我们怎么去，仍由你带着我游泳？距离太远了吧。可惜，那时我使用的机动船已经无法使用，燃油早已用光了。"

索朗月和杰克曼交换一个微笑："你不用担心，我有办法。"

她回过身，向大海方向发出一串低频声波，声波以海水为媒介向外海传去。然后，他们看着海天交界处，耐心地等待。少顷，从地平线下冒出一个黑色的斑点，它迅速扩大为一个黑色的身躯，眼睛处有一对卵圆形的白斑，一道白线斜着向尾部延伸。这是一条凶残的虎鲸，它游近了，拉姆斯辨认出，它就是那天曾向雷齐阿约朝拜过的虎鲸戈戈。戈戈不慌不忙地游近，两只死板的小眼睛冷淡地看着他们。此时它的上半部身躯浮出水面，海水从上面哗哗流下来，就像退潮时的一块巨型礁石。

今天他能更从容地观察戈戈，首先入眼的当然是它大嘴巴内尖锐的牙齿，很长，向内后方弯曲，上牙和下牙交错着搭在一起，有20多对。这些牙齿闪着寒光，令人生畏。它的背上是一个硕大的背鳍，比一个人还高，就像一只倒放的戟，所以虎鲸还有一个别名是"逆戟鲸"。尽管那天戈戈曾朝拜过他，尽管它的目光中分明有智慧，拉姆斯仍不免惴惴不安，生怕这头虎鲸会把在场的哪个人一口咬断。但虎鲸很安静地看着索朗月，分明在等她的吩咐。

索朗月笑着说："这就是给你们备的远洋轮船，请上船吧。"

拉姆斯很惊疑，没料到海豚人对虎鲸的驯化已经达到这个程度。苏苏也很惊疑、很好奇，这种远洋交通方式并不常用，她从来没有坐过。杰克曼过来，把两串葫芦分别系在拉姆斯和苏苏的腰间：

"到深海去，葫芦必须各自随身带着。万一有什么意外，这点水足够你们七天的饮用，有这七天的时间，我们肯定能找到你们了。葫芦里的水喝完后可以做浮球用，四只空葫芦足以让你浮在水面上。"

"谢谢，你想得真周到。"他低下头看看自己，不禁莞尔。一个浑身赤裸

海豚人

的男人，腰里围着四只硕大的葫芦，这副打扮够滑稽的。苏苏也已经把葫芦绑好，衬着她一头乱糟糟的长发，更显得野性。索朗月再次请他们登船，不过这条船浑身光溜溜的，既没有舷梯也没有扶手，很难攀登，腰里的四只葫芦更影响了动作的灵活，尽管有杰克曼和约翰的帮忙，他还是几次滑了下来。

戈戈一直安静地待着，它的大脑袋不能扭过来看，但它能感觉到身后发生的事，小眼睛一直不解地向后边斜睨着：万众敬仰的雷齐阿约怎么这么笨呢？拉姆斯脸庞发烧，这个小小的困难足以向海豚人暴露他在海洋生活中的无能。还是索朗月最先想到解决的办法，她游到戈戈前边，急促地吱吱着，戈戈听懂了，忙把自己的身体向水下潜去。拉姆斯和苏苏游过去，站在它背上，用手攀住它近两米高的背鳍。戈戈的身体又上浮一些，现在，两人的身体基本在水面之上，只有脚踝浸在水里。索朗月说：

"好，咱们出发吧。杰克曼，安妮，约翰，再见。"

安妮说："再见。苏苏，照顾好雷齐阿约，他……毕竟是陆生人。"

苏苏对妈妈的嘱咐简直不以为然，快活地说："那还用说吗？他是我的丈夫啊。"

戈戈轻轻地甩一甩它的水平尾鳍，立即箭一般地启动了。

今天天气很好，风很轻，海面上是间隔均匀的条形海浪，一直延伸到天际。身后的礁岛很快变小，然后消失。它的消失是一种缓慢的沉没，首先礁岩沉没于海平线下，只留下岛上的树木，树木又沉下去，只余下树梢。在麦哲伦证明地球是圆形之前，善于航海的波利尼西亚人早就认识到这一点。这不奇怪，因为，在辽阔的海面上极目眺望，甚至可以用肉眼看到海面的弧度。

太阳出来了，在右前方洒下一片金光。现在他们的方向是北偏东。虎鲸在水中的速度很快，能达到每小时 30 海里，如果它用这个速度游，索朗月是赶不上的，因为一般海豚的最大速度只能达到 20 海里。不过今天索朗月已经早有交代，所以戈戈一直压着速度。拉姆斯和苏苏站在虎鲸背上，略带咸味的海风扑面而来，鼓荡着苏苏的长发。戈戈黑色的身躯越过一道道海流，清凉的海水冲击着他们的小腿和脚踝。苏苏感到很新奇——她很少有机会到深海，更不说骑鲸而行了，所以，她一直兴高采烈地环视着四周，时时发出一声惊喜的尖叫：

"看，理查德，你看那儿！"

在前方清澈的海水中，忽然冒出一团团黄黑相间的东西。游近了，才看清那是千万条黑背黄腹的海蛇。它们在海水中纠结着、翻滚着，数量是那样多，几乎把海水塞满了。它们的头部狭长，身体极扁，身体背部有一条黑色的纵带，一直延伸到扁平的尾部，那鲜艳的黄色给人以不祥的感觉。索朗月向他们解释，这是黄腹海蛇，又称长吻海蛇，生活在太平洋食物丰富的海流中，有剧毒。它那鲜明的体色就是向其他生物发出的警告。

虎鲸和索朗月都没把这些剧毒的海蛇放在眼里，它们没有减低速度，径直穿过海蛇群，目不旁顾地向前游去。海蛇群很快消失在身后。

"看，理查德，看那儿！"

苏苏又喊起来。前方又出现一个非常壮观的生物群，是一群鱼。它们的身体有一米多长，头部稍粗，然后逐渐向尾部细下去，在阳光的照射下显得五彩缤纷，身体是蓝绿色的，鳍呈金黄色。它们的游速相当快，个个如核潜艇上用的48号鱼雷一样傲慢地破浪前进，不时有一只跳出水面，溅落到水面上，再跳起，再溅落，像水漂一样在波浪上跃行着。它们的数量也是如此庞大，以至于鱼群游过的地方暂时变成了一块陆地。拉姆斯惊奇地看着它们，在他驾驶核潜艇时，也偶尔会浮出水面，但他从未发现过如此强悍的种群。

索朗月游过来，笑着说："知道这种鱼叫什么名字吗？这是我们的同名兄弟。在陆生人类的英语里，它们也叫海豚，当然不是我们这样的海豚，它们是鱼类，不是哺乳动物。"

那群海豚鱼属于肉食性鱼类，这会儿十几只正在围攻一只海龟。那只海龟也十分漂亮，在海水中闪着蓝金色的光芒。这会儿它的境况已经岌岌可危了，在数量上和速度上都处于明显的劣势。十几只海豚鱼不慌不忙地轮番攻击，咬它的鳍肢和尾巴。海龟做着垂死的挣扎，用力扒动四肢，在水里团团打转，但它显然已经筋疲力尽了。

那十几只进攻者马上就要享用到猎物，但这时救星来了。戈戈看到了这一幕，也许它是看到了口中的美味，也许它是对这样卑劣的以众欺寡表示不满，它忽然折转身向那儿游去。快要到达时，它忽然想起自己的职责，又突然转身回到刚才的航线上。但它的动作足以起到震慑作用，十几只海豚鱼惊慌失措地四散而逃，转眼间失去踪影。绝处逢生的海龟急急忙忙扒动四肢，很快消失在海水深处。

太阳已经升到头顶，照得皮肤热辣辣地疼。拉姆斯看看与他隔着一扇背鳍的苏苏，她同样不适应这样的曝晒。在270年的进化后，海人的皮肤比陆生人更娇嫩。拉姆斯让苏苏转到虎鲸背鳍的右边，在这儿，近两米高的背鳍能遮挡一部分阳光。苏苏攀着背鳍小心地过来，绕到拉姆斯的身后，抱紧他，把柔软的胸脯挤在他的背上。

索朗月在行进中捉到两条海豚鱼的幼鱼，甩上来，让他们吃午饭。拉姆斯问："你和戈戈呢？你们也该吃饭了。"

"我们到了目的地再吃。路还远着呢，我的族人都在接近赤道处的南赤道环流猎食，离这儿还有300多海里，用这个速度，明天早上才能到。"

"我们现在的位置在哪儿？"

索朗月目测一下太阳的位置，准确地报出这儿的经纬度。拉姆斯看看她，感叹地咕噜一声。索朗月："你说什么？"

"我说，你好像随身带着六分仪和罗盘仪呢。"

索朗月笑着说："没什么，这是我们最基本的生活技能。海豚天然具有方向感，海豚人只是把这种方向感转化为准确的经纬度罢了。"

"苏苏，你们呢，你能判断一个地方的经纬度吗？"

苏苏摇摇头："不行。"她的语气含着自卑。索朗月忙为她遮掩："海人一般不离开近海，不需要这个技能。"

太阳慢慢向西边沉落，算算从出发到现在，已经游了近200海里，但戈戈和索朗月都看不出任何疲乏的迹象。现在他们的方向是正北，这儿是信风带的中心，强劲的东南风从侧右方刮过来，海面上的浪头明显变高了。西斜的阳光已经不再灼人，拉姆斯和苏苏原来都在虎鲸背鳍的右边躲避阳光，这会儿拉姆斯要回到左边去，苏苏咿唔着，但双手却不放开，她想和丈夫偎在一起。拉姆斯知道她的心意，好在两人站在同侧，这条大船也没有偏载的迹象，拉姆斯就没有再勉强。

夜幕降临了，天上繁星闪烁，海面上聚着团团磷光，就像是熊熊燃烧的冷的火焰。那是无数浮游生物发出的。戈戈快速在海上游动时，劈开这片火网，在海面上留下一条黑黝黝的通道，不过通道马上就被火焰重新覆盖了。有时，一两团磷光溅到戈戈背上，拉姆斯捞起来，原来是几只浑身透明的小虾。

夜幕越来越浓，连近在咫尺的索朗月都看不清了，只有断续传来的她的喷水声表示她一直紧紧傍着戈戈。有时，海面周围冒出一些黑黝黝的大脑袋，不知道是什么生物，它们的眼睛在黑暗中灼灼发光。只有一次看清了，那是一只巨大的鱿鱼。鱿鱼白天一般在深海，夜里则常常浮上来。它的两只眼睛发着幽幽的绿光，目不转睛地盯着"船"上的两人，像一个正在实施催眠术的巫婆。它似乎对虎鲸有所忌惮，侧着身子一耸一耸地追赶着他们，但始终和虎鲸保持着一定的距离。不过它的速度毕竟赶不上虎鲸，很快就落到后边，那两团绿光也慢慢融入夜色中。

苏苏困了，身体慢慢变得酥软。拉姆斯让她侧身卧在虎鲸背鳍的根部，自己一手拉着背鳍，一手拽住她一只胳膊，免得她在熟睡中落水。拉姆斯还不困，但他要在深海待几天呢，于是也浅浅地打了个盹，似睡非睡中，他的两手一直用力拉着戈戈和苏苏。

戈戈在海浪中穿行，冰凉的海水常常劈头盖脸地浇到乘客头上，他们已经习惯了。不过，在午夜时分他们遭遇了一场虚惊。朦胧中拉姆斯突然觉得身下的"船"在下沉，成吨的海水迅速向他压过来，由于猝不及防，他没能在下潜前深吸一口气，被呛得猛烈地咳着，随即又被更厉害地呛住。苏苏被激醒了，不过没有被呛，她已经本能地关闭了鼻腔瓣膜。苏苏在水中的反应比拉姆斯快，她立即抱紧拉姆斯的身体，用力一蹬，离开虎鲸背向海面浮去。在一片忙乱中，听见索朗月急骤地吱吱着，而戈戈马上停止下潜，返回到这片海域，让拉姆斯和苏苏重新站到它的背上。等喘息稍定，索朗月咯咯地笑着：

"是戈戈发昏啦！刚才海面下大约 50 米处有一团非常明亮的火球，没看清是什么深海生物。戈戈忽然来了兴致，要潜入海里去追它——却忘了背上还有两个乘客哩。我赶忙喊住它，你看，它也很难为情呢。"

苏苏探头瞧瞧，戈戈目光闪烁，大概真是难为情了。拉姆斯笑道："没关系的，没关系的，这么一来，倒把我们的瞌睡赶跑了。"他友好地拍拍虎鲸的背，戈戈受到安慰，精神抖擞地向前游去。

拉姆斯又打了一个盹，等他醒来，天色已经放亮，繁星隐去了，只撂下稀稀落落几个残星。戈戈的速度明显慢下来，很快，海豚人的吱吱声在前后左右响起来。那是索朗月的族人，拉姆斯认出了年迈的索吉娅、调皮的阿虎和阿犬，还有阿叔族和阿姨族的众人。索吉娅游过来向拉姆斯问了好，其他海豚人没过来，他们大致围成一个圆，聚精会神地看着圆心处的一个女海豚人。索吉娅简短地说：

"是索云泉临产。"

戈戈也游过去，好奇地看着圈内。圈外的海豚人是在保护正分娩的产妇免受敌人的袭击，但戈戈的到来并没有引起他们的任何骚动。虽然虎鲸是有名的海豚杀手，但他们知道戈戈此刻在"圣禁令"的管辖之中。

索云泉正处于阵痛之中，她在圈内快速游着，用力向下弓着身子，用这种动作来帮助小海豚人出生。海豚的幼崽体形很大，身长几乎能达到母亲的一半，体重可达 10 公斤以上。正是由于海豚的这个特性，所以智力提升后的海豚人不像陆生人类那样有大脑的局限——陆生人类在进化中大脑逐渐增大，但女人骨盆的大小限制了婴儿头颅的大小。所以，进化使人类选择了一种权宜之计，即让婴儿在大脑未长全时就出生，出生后大脑继续发育，这在动物中是绝无仅有的。但这并不是一个好的办法，因为它使人类婴儿十分脆弱，不得不在父母的羽翼下度过危险的几年。海豚人则没有这个局限，正是因为这种先天的优势，覃良笛在对他们做基因改造时，又把他们的大脑增加了 300 克。

产妇没有喊叫呻吟，只是在努力弓着身子，但围观者都能感到圈内紧绷着的气氛。小海豚人终于露出来了，先是尾巴出来，这也是海豚在进化中形成的保护机制，可以避免小海豚呛水。产妇还在用力，小海豚人的身体慢慢挣出来，终于全部落入水中。阿叔族的岩天冬迅速冲上去，顶着小海豚的肚子把它顶出水面，让他吸了第一口空气。小海豚的麻木状态只持续了几秒钟，生命的活力在瞬间注入他的全身，他轻松地摆摆尾巴，在人群中认出自己的母亲，立即游过来，快活地跟在母亲身后。

看着这个小海豚人，拉姆斯不禁想起他长眠前的情形，那时海豚人已经出现了，那些仅仅两岁的小海豚人个个身强力壮，肆无忌惮地冲撞和嘲弄着他苦心培育的海人。这些回忆十分真切——对于拉姆斯来说，这不是270年前发生的事，而仅仅是在十几天前啊。想起海人的衰落，怒火慢慢充溢他的胸膛。不过他努力压制着，不让索朗月看出来自己的冲动。

产妇排出的血液在海水中飘散，也许是受到血液的刺激，戈戈显得有些烦躁不安，扭动着身体，尾巴频频地拍打着水面。索朗月刚才也一直在注意索云泉的分娩，这会儿才注意到戈戈的表情，她噢了一声：

"噢，戈戈饿了，该吃饭了。理查德，苏苏，你们下来吧。"

拉姆斯扶着苏苏从鲸背上跳下来，对于此后的事态发展，他没有一点儿心理准备。被解除限制的戈戈没有片刻耽误，立即向海豚人群游去，而此时的海豚人都在刹那间知道戈戈已经从"圣禁令"中解放了，立即四散逃命。拉姆斯目瞪口呆地看着眼前这一幕，这似乎是一部剪辑错了的电影，前后的情节完全不能衔接，完全违犯逻辑。刚才戈戈还在驯服地受海豚人的遣使，这会儿却凶神恶煞地向海豚人扑去。海豚人个个身手矫捷，但戈戈的速度更快。这不奇怪，这是进化之神决定的，如果虎鲸生来就比海豚笨拙，那虎鲸种族早就灭绝了。戈戈很快咬住一个海豚人，是童族的盖利戈。它轻松地把盖利戈咬成两截，又大口吞下去。

虽然戈戈的捕杀十分凶猛，但直到此刻之前，拉姆斯一直不相信戈戈真的会吃海豚人。他想这一定是一场游戏，一场十分逼真恐怖的游戏。直到那个调皮活泼的童族被戈戈吞进肚里，他才相信眼前这一幕是生活的真实。更

海豚人

令人奇怪的是，连索朗月竟然也在它的捕食范围之内——可是在一路之中，它对索朗月是何等的驯服！昨晚它犯了小错误时受到索朗月的批评，它还表现得很难为情呢。索朗月敏捷地逃走了，它又径直向拉姆斯和苏苏冲来，索朗月立即回头，向它的侧部撞去。它闪开了，恶狠狠地向索朗月张开大嘴，在间不容发的时刻，索朗月敏捷地逃脱了。它又向拉姆斯冲来，索朗月极敏捷地调转身，又向它的侧部撞去。不过戈戈已经在最后的时刻里醒过来，悟出眼前的人是雷齐阿约，圣禁令对他是永远有效的，于是它调转身，再次向海豚人群扑去。

可能是胎血的刺激，此后它一直把目标锁定在刚出生的小海豚人身上。但保护小海豚是族群的天职，索云泉和几位阿叔阿姨都毫不犹豫地冲向戈戈，用力撞它的侧部和腹部。这是一场力量悬殊的决斗，那些海豚人几乎是用血肉之躯来换取小海豚的生命。戈戈被惹恼了，几个转身，又把两个海豚人吞进肚里。它是个极为贪吃的家伙，已经有三条海豚进肚了，但它仍盯着小海豚人不放。小海豚毕竟才出生，惊慌失措地逃着，气力快耗尽了，虽然妈妈索云泉一直竭力用身体掩护，但看来难以逃脱虎鲸的利齿。就在这时，年迈的头人索吉娅榨干最后一点气力，以闪电般的速度，径直向虎鲸的巨口冲去。戈戈把她吞到肚里，看来是吃饱了，便放慢了速度，轻轻甩动着尾鳍，向拉姆斯这边游过来。

这场惨烈的捕杀让拉姆斯目瞪口呆，心脏怦怦地跳动。但此后的事态对他是更大的震撼。戈戈吃饱了，这片海域在片刻间就恢复了平静。没人对死者表示哀悼——也没有实在之物来让他们哀悼，因为几具尸体都在戈戈的肚子里。虎口余生的小海豚上完了人生的第一课，此刻正快活地在母亲的身边嬉戏。戈戈游过来，索朗月也同样平静地游过来，说：

"戈戈已经吃过了，你们可以上去了。"

戈戈乖乖地在他们面前停下，再往下潜一些，以便他们能方便地爬到它背上。拉姆斯看着它，看着索朗月，无论如何不能相信他们是从刚才那个场景里走出来的。戈戈刚刚吞吃了索朗月的四个亲人，包括慈爱宽厚的索吉娅头人，它应该是索朗月不共戴天的仇人啊，但他们为什么都这么平静？刚才只是一场电影么？演员们互相厮杀，尸骸遍地，但只要哨声一响，死人都会从地上爬起来，擦去脸上的红色染料，心平气和地聊天……但这不是电影，四个海豚人确实已经被虎鲸吞吃了。拉姆斯真想拉住索朗月，让她把这一幕详详细细地解说给他。可惜，他的身份是无所不知的雷齐阿约，只能把这些话闷在心里。身边的苏苏对这幕血战也很激动，但绝对算不上震惊，不用说，她在此前肯定已经见过类似的场景，至少有耳闻吧。拉姆斯心中揣摩着，爬上戈戈的背，佯作无意地对苏苏说：

"刚才戈戈还想把咱俩吞肚里呢。"

苏苏嫣然一笑："它不敢，海里的所有生物都不敢违抗雷齐阿约的圣禁令。"

这是拉姆斯第一次听到"圣禁令"这个词，而且——这条圣禁令是雷齐阿约也就是他自己颁定的！他苦笑一声，不敢再问下去了。

二

拉姆斯又目睹了一场海豚人的围猎，这个场面平和多了。是索吉娅族群和另一个热带斑点海豚人的族群联合围猎。他们围住一群沙丁鱼，有十四五个海豚人在外圈巡游，不让鱼群外逃，其余的冲进去捕食。等这几位吃饱了，再与外面的人互换。他们的捕食相当轻松，很快就吃饱了。拉姆斯想，海豚人社会中的恩格尔系数一定比21世纪的人类还低吧。

他发现，虽然是两个族群合力捕猎，但冲进内圈捕食的全是斑点海豚。斑点海豚习惯于白天捕食，而飞旋海豚习惯于夜间进食，在智力提升后他们仍保持着各自的习俗。那只新出生的海豚阿猫这会儿正在吃奶，他妈妈努力翘着腹部，把身体后侧的乳房贴近阿猫的嘴巴，阿猫则把舌头卷成管状，接住乳头处喷来的乳汁。

太阳西斜之后，斑点海豚离开了，索吉娅族群的海豚人开了一个小会。18颗脑袋露出水面，排成一个圆圈。索朗月主持了这次会议，她宣布先对死去的索吉娅族长进行哀悼。他们的哀悼很平静，没有人类的号啕大哭，但显然都很悲伤，戈戈驮着拉姆斯和苏苏在圈外观看。看着这样的场景，拉姆斯无法排解心中的滑稽感：海豚人在真诚地哀悼舍己救人的老族长，但吞掉老族长的凶手就在旁边，却没有一个人想起向它复仇！而戈戈呢，也许它的智力毕竟有限，在这个微妙的时刻，它应该躲远一点，这样至少可以不去刺激这个死去四个亲人的族群。但它不知道这一点，正饶有兴致地观看这个悼念仪式呢。拉姆斯忍不住向苏苏说了这一点，苏苏摇摇头：

"他们不会仇恨虎鲸，因为以海豚为食是它们的天性。"

拉姆斯飞快地打量一下苏苏，不再问了。

下面是选举新族长。按照飞旋海豚人的族规，族中年纪最大的雌性是当然的第一候选人，除非她正式表示放弃。现在，40岁的索其格进到圈内，没有表示放弃，17位海豚人开始对她进行投票。投票也是按年龄排序的，刚当上妈妈的索云泉严肃地说：

"我，索云泉，认可索其格的正直。"

以下每人的发言完全相同。后来拉姆斯才知道，对于候选人来说，这种选举方式是多么严酷的考验。因为，只要一个人表示反对，或者保持沉默，这个候选人就失去当选的资格。拉姆斯想，这并不是一个公平的办法。族人相处中，谁能保证不发生一点龃龉？谁能保证每个人看问题的视角都是正确的？那么，只要族中有一个心态偏激或心怀鬼胎的人，再优秀的海豚人也难以当选族长。而且，"正直"是个太宽泛的、缺乏量化指标的概念，不同人有不同的理解，如果在陆生人类中如此这般地选举，恐怕只能有一个结果：任何人也不能当选。

但他担心的事在海豚人中并没有出现。17个族人都认真地、平静地投完了票，索其格当选。她很自然地进入角色，开始主持会议的下一个议程：为盖吉克举行成年仪式。

现在，16岁的盖吉克进入圈内，索其格吱吱不停地念诵一篇冗长的祝词。这些天，拉姆斯已经基本掌握了海豚人的二进制语言，但这篇祝词他一点儿也听不懂。他皱着眉头问苏苏：

"索其格族长在说什么？"

苏苏摇摇头："我也听不懂，这不是由英语转换过来的海豚人语，而是从太古时代传下来的原始海豚语。这种语言仅在重大的传统节日上才使用，以表示庆典的隆重，像成年仪式啦，结婚仪式啦。在海豚人族群中，只有年长的雌海豚才通晓这种语言。不过一般海豚人都知道几种祝词的大致意思，我也知道。"

"这篇成年祝词是什么意思？"

"大致是对成年者的祝福。"她清清嗓子背诵道：

孩子你长大了，
小崽子长成小伙子。
离开你的姐妹到天边去吧。
在那里你会变成真正的男人，
你的子孙多如天上之星。
总有一天你的男孙会回来，
把你带走的血脉交还族中的女人。

拉姆斯的心中就像是突然撞响一口大钟，黄钟大吕，余音不绝。在这篇质朴无华的祝词里，他触到一种像生命一样坚韧、像时间一样长久的东西。不过他不相信这是原始海豚留下来的。原始海豚的确有智力，有简单的语言，但智力和语言的水平都不足以留下这样震撼人心的东西。下面是盖吉克致答词，拉姆斯仍是一句也听不懂，苏苏没等他问，就向他解释了答词的意义：

我吃着母亲的奶长大，
阿叔阿姨帮我逃脱虎鲸的利齿。
我应该给年老的妈妈捉鱼吃，
把年迈的奶奶顶出水面呼吸。
可是我要走了，
忘掉我的姐妹去寻找陌生的女人。
一去不再回头，

海豚人

　　这是命中注定的呀。

　　盖吉克在致辞时非常激动，泪水满面。拉姆斯知道海豚会流泪，但这次是他第一次目睹。族群沉默着，水里弥漫着苍凉感伤的氛围。他们都想到了刚刚死亡的盖利戈，本来他们两个可以结伴远行，这样对族人多少是个安慰，可惜他没能活到成年。后来，索其格游进圈内，用长吻触触盖吉克，示意他开始下边的程序。盖吉克游出去，很快衔着一条鱼回来，郑重地交给索其格，索其格也郑重地接过来，吞下去。然后索其格忽然停止游动，向海底沉下去。拉姆斯吃了一惊，不知道索其格得了什么急病。但他马上意识到这只是某种仪式化的表演。盖吉克迅速插到索其格的身体下面，把她顶出水面，索其格在水面上吸一口气，马上恢复正常，甩甩尾巴游过去，排在那个海豚人组成的圆圈上。

　　下面轮到索云泉，她游进圈内，盖吉克重复了刚才的行动，把第二条鱼献给她。苏苏低声说：第二条鱼本来应该献给他的亲生母亲的，但他妈妈已经不在了，被鲨鱼吃掉了。盖吉克依旧把索云泉顶出水面呼吸，然后第三个族人游进来。献鱼，顶出水面呼吸，这两个动作对所有族人做了一遍，包括刚出生不久的小阿猫。然后，他恋恋不舍地同族人吻别，同索朗月告别时尤其动情。索朗月是他的好姐姐，善良，会体贴人，又非常漂亮，他们相处得非常亲密。但当他离开族群后，有关族人的所有记忆都会自动删除——其实不是删除，而是表现为相反状态。以后，如果他一旦误入原族群，或者是族内的雌性误入他的新族群，有关的记忆就会被触发，转换成敌意，从而坚决地把误入者赶走。这是一条冷酷无情的遗传指令，但它保证了同族的直系血亲不会互相婚配。

　　童族海豚们围上来，快快活活地唱着一首短歌：

　　　　罗格罗，罗格罗，
　　　　没有你我们更快活。
　　　　罗格罗，罗格罗，
　　　　没有你我们更快活。

成年仪式进行完了，盖吉克游过来，彬彬有礼地同雷齐阿约告别，同海人苏苏告别，甚至同虎鲸戈戈告别。当盖吉克用长吻同戈戈吻别时，戈戈只要一张口，就能把他吞到肚里，而这会儿的戈戈完全是一个好男孩，只是亲热地同盖吉克触了触吻部。

　　盖吉克回过头，再次留恋地看看他生活了 16 年的族群，然后一甩尾巴，决然游走了。17 个族人，还有拉姆斯、苏苏和戈戈，静静地注视着他的背影，直到背影融入碧绿清寒的海水深处。

　　索朗月再次落泪。

　　晚上天气很冷，拉姆斯把苏苏搂在怀里，躺在虎鲸背上睡觉。他想戈戈也真不容易呀，这是个精力过盛的家伙，让它安安稳稳浮在水面上，恐怕不啻是一种酷刑。所以，他和苏苏常常尽量下水待一会儿，让戈戈有个休闲的时间。不过，自从犯过那次小错误后，戈戈一直很听话，很耐心，是一个标准的好男孩，你根本想象不出它捕食时的凶残。在此后的几次捕食中，它再没有捕杀索朗月的族人，而是独自游到远处，吃饱了再回来。拉姆斯不知道是什么因素在阻止它继续捕杀索其格族人，恐怕并非出于它对这个族群的友情，而是一种保证生态平衡的潜在的遗传指令，约束它不在一个海豚族群中捕食过多，这也算是杀生者的职业道德吧。

　　苏苏睡熟了，把脑袋钻到拉姆斯的怀里，睡得十分安心，两人身上的八个葫芦睡觉时也不敢取下，不免磕磕碰碰的。这些天，苏苏已经完全进入了妻子的角色，总想挨着他，触摸着他，目光中深情款款。不过拉姆斯却迟迟不愿进入丈夫的角色。这会儿虽然是赤身相拥，但他心中只有长辈的怜爱而没有情欲。

　　南十字星在天穹上冷静地注视着他，海浪哗哗地扑上他的"床铺"。他在海浪的扑打中梳理着自己的回忆。在长眠前他已经见过海豚人，那时在他心目中，这是一群调皮捣蛋、无法无天的小杂种，但今天他看到了一个成熟的种族。他想到索云泉艰难的分娩，想到全族人对小海豚人的保护，想到老族长索吉娅投身鲸口的壮举；也想到他们选举新头人时，"正直"在海豚人社会中的威慑力；他想得更多的，是成年仪式上那两篇祝词中所蕴含的宿命的悲壮。生物的本性是自私的，它源于基因的自私。因为，生物界所有的基因，不管其宿主是病毒、寄生虫、虎豹、植物、真菌还是人类，它们的唯一目的是对基因自身的延续。为了这种延续可以不择手段，更没有任何道德的约束。病毒和寄生虫以寄主的生命来繁衍自身，黑鹰的幼鸟锲而不舍地杀死自己的弟妹，鲨鱼的兄弟之间甚至在母腹内就开始互相残杀……可是奇怪的是，在更多的生物群体中，这种自私的本性经过群体进化这场炉火的冶炼，竟然不可思议地转化为大公无私的美德。

正像他今天在海豚人社会中看到的那样。

不过，这些见闻并不能改变他的决心，而是恰恰相反。海豚人社会的所有美德都是为了一个目的：族群基因的延续——而这同样是他的目的！他同样是为了人类基因的延续啊。他要使海人发扬光大，多如恒河之沙、海中之虾、天穹之星。而现在呢，实现这个目的的最大障碍，恰恰就是这个成熟的、强大的、道德高尚的海豚人种族。

苏苏在他怀里动了一下，他又重把苏苏搂紧。想起海人的衰落，尤其是他们人格上的软弱和奴性，有一团柔韧的东西哽在喉头，让他呼吸不畅。又一个浪头从头顶浇下，浪头过后，他看到水面上一个海豚脑袋，一双明亮的眼睛。那是索朗月，她一直在这一带巡游，以免她的雷齐阿约出什么意外。由于刚才在大脑中流过的想法，这会儿拉姆斯简直不敢直视那双明亮的眸子。他低声说：

"我们这儿一切都好，你放心吧。"

索朗月没有离去，沉静地看着他。停了一会儿，她轻声说："理查德，你能下来陪陪我吗？"

拉姆斯赶快答应："当然，当然。"他从苏苏脖颈处轻轻抽出胳臂，苏苏仍在熟睡。他把苏苏安顿好，从虎鲸背上滑下来。戈戈感觉到背上的人下来了，赶紧转过身来看看，看见索朗月在旁边，便放下心，掉头不顾。拉姆斯划着水，靠近索朗月，借助海面荧光的反射注意地观察着她："索朗月，你想说什么？"

索朗月轻声说："理查德，你能抱抱我吗？"

拉姆斯一愣，忙伸臂搂住她，感觉到她的皮肤上有一阵强烈的战栗。索朗月正在发情期，在这个时期情绪容易波动。今天，四个族人被虎鲸吞吃了，包括慈爱的老族长，一向交厚的盖利戈弟弟也与族群永别了。虽然这是海豚人社会中正常的现象，但这并不等于她心如止水。一团柔韧的东西堵在她的心头，解扯不开。拉姆斯看到她眼中的点点泪光，笨拙地安慰道：

"索朗月，不要难过了……"

索朗月急急地说："理查德，请接受我的爱，娶我为妻，好吗？你知道，海豚人中只有三分之一能终其天年，其他人都在青壮年就会被虎鲸鲨鱼吃掉。谁知道什么时候轮上我？我并不惧怕死亡，只想在死亡前把感情献给我的雷齐阿约，我不愿青春之花还没有开放就先行凋谢。"

拉姆斯十分尴尬。他不忍心拒绝这位雌性海豚人的求爱，但……单单这会儿搂抱着她就够他难为情的了。当然，从理智上，他承认索朗月是智慧生物，是"人"，但从形体上说她终究是个异类，她长着长长的吻，一个大尾巴，没有头发，没有四肢，没有女孩们甜美的嗓音而是发出难听的吱吱声。而且，即使从精神层面上也不可能把她认作妻子！在他复兴海人的计划中，海豚人肯定会成为敌对的一方。他怎么可能娶一个敌方的妻子呢？

不过，他是一个绅士，不会让一个姑娘难堪，他把葫芦拨到身后，用力搂紧索朗月，得体地说：

"谢谢你的情意，索朗月，我想……"

但索朗月这会儿已经走出感伤，笑着说："好了，我的坏心情已经过去了。理查德，按你的意愿做出选择吧，我不会逼你的。再见。飞旋海豚习惯于夜间捕食，我们马上要和斑点海豚再次联合捕猎，我要回族群里去了。"

她甩甩尾巴，潜入水中消失了。拉姆斯摇摇头，游到虎鲸身边，艰难地爬上去，蜷曲在苏苏身边，慢慢入睡。他做了一个梦，在梦中回到了奇顿号核动力战略导弹潜艇上。潜艇正在水面上浮航，他惊奇地发现，脚下不是潜艇外壳上贴的可以吸收声呐的橡胶瓦片，而是弹性很大的虎鲸的黑皮肤；他还奇怪潜艇的背部怎么会有一个巨大的背鳍,而原来这儿是一圈护栏。更令他惊奇的是,背鳍那儿还有一个姑娘,用长发掩住赤裸的身体,但她没有一点儿羞涩,用天真大胆的目光在打量着他。他想这怎么可能呢,潜艇上从来没有女性啊。也许她是丹麦来的美人鱼吧。没错,她的长发之下是一个美丽的鱼尾……

他醒了,东方已绽出晨光。夜狩归来的索其格族人在他身边快活地游着,吱吱声响成一片,十几只背鳍在海水中划来划去。索朗月游过来了,口中叼着为他和苏苏准备的早饭,咿唔不清地吱吱着,唤苏苏来吃饭。苏苏难为情地滑下鲸背,接过她叼着的鱼,轻声说:

"应该让我来的,应该让我照顾理查德。我今天醒来晚了,明天我一定不会偷懒。"

索朗月笑道:"没关系,现在偷点懒不要紧,只要当新娘子后不偷懒就行了。"

苏苏多少有点羞意,但更多的是高兴,过来挽住理查德的胳膊。几个童族的小家伙立即凑过来:"谁是新娘子?索朗月姐姐,谁是新娘子?"索朗月笑着向苏苏那边示意,小家伙们吱吱乱叫着把她围起来,连刚刚出生不足两天的阿猫也口齿不清地喊着"……娘……娘子",苏苏笑着把阿猫抱到怀里。

第三章　灾　变

一

灾变是在 288 年前一个普通的日子里发生的。那时，拉姆斯正指挥着俄亥俄级奇顿号战略导弹核潜艇做一次例行巡航。他们从美国西海岸加利福尼亚州的圣地亚哥潜艇基地出发，前往南中国海。那边一个新崛起的国家是参谋长联席会议所拟的重点防范国家名单上的第一名。10 天以后，潜艇行至太平洋中部海域，这儿离中途岛不远。

这艘潜艇是人类历史上最令人生畏的武器。虽然自从 1991 年布什总统下令后，核潜艇巡航时一般不再装上全配置的核武器，但奇顿号上仍保持着最低强度的核威慑力。它载有两枚带核弹头的海神 C3 型多弹头导弹、四枚带 20 万吨级小型核弹头的巡航导弹，这六件武器足以把 1000 万人送入核火焰的地狱。如此可怕的武器掌握在一个 37 岁青年的手里，使他有一种上帝般的满足感和责任感。他总是庆幸，世界上最可怕的武器掌握在民主政体的手里，而不是掌握在狂热的教旨主义者、独裁者和狂人手里。这是文明社会的幸运，是人类的幸运。不要忘了，历史上有太多的反面例子，盛极一时的文明国度却亡于野蛮部族的手中，像古埃及、古希腊、古巴比伦、宋朝和明朝的中华帝国，等等，举不胜举。

6 月 21 日——人类历史的钟表将在这儿停摆——他像往常一样，在潜艇里进行巡视。艇里非常安静，士官们见到他，都只点点头，至多低声交谈一句。核潜艇的最大威力是它的寂静，是它的隐蔽性和突然性。而潜艇的安静除了由高科技措施作保证外，也要靠艇员的训练有素，所有艇员们无论是吃饭还是放大便器盖，都是轻手轻脚的。世界上没有一个国家能达到美国潜艇的寂静水准，冷战期间，一艘美国核潜艇与苏联的核潜艇相遇。为了取得尽可能多的敌方资料,美国潜艇悄悄跟在苏联潜艇之后行驶了很久,甚至在它的上部和下部空间穿行,对方竟然一直未能发现,这次成功在军界被传为美谈。

巡视完毕,他回到艇长室,这是潜艇上最"豪华"的地方,实际上是只容一人的狭小房间。桌子和抽屉占了大部分空间,一张可折叠小桌,两把椅子,一张单人床,这是全艇唯一没有上下铺的床。桌上放着和全艇联络的通信工具,最重要的工具是一个多功能显示器,可以随时显示船位、航向、速率和潜深,以便他夜间醒来可以不开灯就了解全艇的情况。睡觉前,他拿起一本克莱西的小说《追杀红色十月号》看了一会儿。这个作者称得上是一个怪才,他完全没有潜艇生活的经历和背景,仅仅通过公开渠道搜集资料,竟然把这本小说写得十分翔实,有关潜艇的战例写得基本合榫合卯。当然,这是对外行而言,作为一个潜艇艇长来看这本小说,他会时不时地对作者的一些虚构感到好笑。他看累了,同值更官、副艇长乔塔斯少校通个话,乔塔斯说一切正常,他拧灭台灯睡了。

两个小时后,朦胧中感到潜艇在上浮,这是潜艇的例行日程。潜艇的定位是靠两种装置:一种是在艇内使用的惯性导航装置,可以依某个已知位置和潜艇速度、方向,描出这段航程的轨迹,但定位精度差一些。另一种是海事卫星定位装置,利用24个低轨道卫星发来的信号定位,定位精度很高,误差在三米之内。但第二种方法的缺点是,使用时必须把装在潜艇的18号潜望镜上的天线伸出水面去接收信号,这时潜艇最容易被敌方发现。实际操作中是两种装置结合使用的,这会儿该使用后者了。

潜艇以一个小角度上浮,然后转为水平。他知道潜艇这会儿已经到了"潜望镜高度",即水下18米,18号潜望镜此刻正在伸出水面。一切正常,他翻个身继续睡觉。就在这当儿,紧急通话器忽然响了,是副艇长的声音:

"艇长,紧急情况!"

乔塔斯少校也是位经验老到的指挥官,他的声音里没有惊慌,但声调非常急迫,显然是遇到了十分紧急的局面。拉姆斯答应一声,立即跑到控制室。控制室的所有人,乔塔斯少校、潜航官、值更上士、平衡翼操作手和舵手,全都面色凝重。他首先扫了一眼声呐显示屏，上面的黑色竖纹表示附近并没有水面舰只或潜艇，18号潜望镜已经升起来了，镜头内的海面空阔而平静。乔塔斯简短地报告：

"收不到卫星的定位信号。"

拉姆斯的第一反应是：潜艇的信号接收装置是否出了故障，但他知道乔塔斯肯定已经做过这些检查了。乔塔斯补充一句："收不到任何信号，这片空域是无线电波的真空。"

拉姆斯打了一个寒战。怎么会出现这种情况？那除非是……有人按照一个精心布置的计划，击毁了地球上空的所有通信卫星，甚至对这一片海域进行了无线电屏蔽。这几乎是不可能出现的事，但如果它是真的，那就意味着全球性的战争。拉姆斯没有犹豫，没有心存侥幸，凭着军人的本能，立即下了一连串命令：

"急速下潜到极限深度，然后左满舵，速度前进四。"

潜航官打开压载柜的管路，海水涌进压载柜，潜艇以极限下潜角度迅速下潜，在逐渐增加的海水重压下，潜艇的钢铁外壳噼噼啪啪地爆响着。潜艇下潜至水下430米，然后改变航向，全速离开这片海域。拉姆斯又下达了后续指令：

"做好海神导弹的发射准备，带核弹头，目标……"他咬着牙说，"暂时锁定在北京、上海、东京和大阪。"

这种导弹的射程是2500海里，以潜艇目前的位置，只有中国和日本在射程之内。全艇的131名官兵从这些命令中意识到局势的严重性，紧张有序地执行了命令。乔塔斯没有干扰他的命令，但此刻正疑虑重重地看着他。拉姆斯苦笑着，他也不相信局势到了这个地步。历史上有多次不宣而战的战例，但任何突然的战争都有它的前兆。依目前的国际形势来看，根本没有一丝一毫的发生世界大战的可能。美国的军力超过了世界上其后六个军事强国的总和，即使这六个国家订立了一个卑鄙的协定，他们也不敢对美国宣战啊，何况这六个国家中大多是美国坚定的盟国。

一句话，他绝不相信战争会突然降临到这个世界上。但是，地球上空的

海豚人

24个低轨道卫星和其他卫星绝不会同时出现故障,全球范围内的无线电静默是一个极为不祥的征兆。只有一个可能,那就是某个国家发明了能在瞬间破坏全球通信的秘密武器,一种威力强大的武器,于是它相信可以在一场不宣而战的突然袭击中获胜。乔塔斯一直沉默着,这会儿突然说:

"艇长阁下,请慎重行事。"

潜艇是一个特殊的封闭环境,在这儿,官兵的等级关系不像其他兵种那样森严,此前乔塔斯和他一直以名字相称。所以,单从乔塔斯的称呼中就能感觉到他这句话的分量。拉姆斯知道,只要他下达发射指令,地狱之火就会狂扫这几个大都市,上千万人会在瞬间死亡,死神不会区分这些人是白发老人还是正蹒跚学步的幼童,是杀人狂魔还是吃斋念佛的善士。熔融的墙壁上会留下人的身影,烧融的柏油路嵌着没有了主人的高跟鞋……他庄重地说:

"放心,我会慎重行事,这些命令仅仅是预防万一。现在等总统的命令吧。"

潜艇已经很好地隐蔽了行踪,现在,他们等着从低频通信中传来的总统的命令。极低频和超低频通信依靠海水做媒介,不容易被干扰。艇尾装备有TB-16和TB-23型拖曳式声呐,有几千码长,就是用于超低频和极低频通信的。但这两种通信方式非常低效,超低频通信平均30秒才能传过来一个字母,极低频好一些,勉强可以用来做电传通信。平时,这两种方式都是辅助的,只用来指示他们升起潜望镜,接收中短波范围的通信。

在如此严重的全球性的事变中,按说上级的指令会立即下达,但这次他们足足等了一个小时,这个长时间的空白让他们心中的不祥感越来越浓。在灼人的焦虑中,低频通信终于有了信号。其中极低频通信的质量太差,打出来的传真难以辨认。他们只好耐心地等着超低频接收机上蹦出的一个个字母:

"潜……艇……立……即……下……潜……至……极……限……深……度。"

乔塔斯钦佩地看看艇长,看来艇长的决策是正确的,他至今不知道事变的真相,但凭直觉做出了正确的决定。基地为什么发出这样的指令?真的发生了世界大战?他们焦灼地看着接收器。又过了很久,接收器上蹦出这样的字符：

"不……是……战……争。重……复，不……是……战……争。"

两个艇长都呼出一口气。他们不用按下导弹的发射按钮了，不用为上千万人的死亡而受良心谴责了。但下面的字符把他们抛入更深的恐惧中：

"天文灾变。近距离超新星爆发。宇宙射线暴和紫外线暴。地磁场消失，电离层消失。臭氧层消失。超剂量辐射，地面上所有人和动物将在几天内死亡。潜艇停留在极限深度待机。"

最后一句话一般是不会出现在军事通信中的："上……帝……保……佑……你……们。"

两个艇长抬起目光看着对方，他们的脸色都像死人一样惨白。

其后，极低频通信的质量改善了，一份份电传为他们描绘出了更详细的图景。是一颗近在咫尺的新星爆发，距地球只有八光年，以天文学的标准来讲，可以说是地球的隔壁邻居了。但由于在这个方向上恰巧有浓厚的宇宙尘埃，天文学家们一直没发现这颗隐藏在卧榻旁的灾星。在死亡中挣扎的天文学家们都表示出深重的负罪感，是他们的失职造成了这个全人类的悲剧。美国天文学家斯蒂夫临死前说，他曾怀疑这片宇宙尘埃中有隐藏的星体，但要想研究它需要更强大的望远镜，而他申请的建造经费多次被否决，理由是资金紧张。"其实，裁下一艘核潜艇上 12 枚导弹的费用就足够用了。"他说，"一直到 21 世纪，人类还每年花费上万亿美元来制造杀人工具，各个国家你追我赶，乐此不疲。从这点上来说，人类的灭亡真的是咎由自取。"

艇上的 132 名官兵更关心的是亲人的生死。但电传中说得很清楚：没有任何希望。生活在地面的人，以及动物，都接受了超过 4000 拉德的辐射，甚至高达 7000 拉德，他们都会在几小时内或几天内死亡，只有某些低级动物和植物的抵抗力强一些，但对于这些已经没有人顾得上研究了。人类存续的唯一希望，是那些此刻在几百米的岩下、水下的人。也许岩体和水体能起足够的屏蔽作用。这一点没人敢完全确认，但这是唯一的希望。所以，所有潜艇官兵、煤矿工人和中微子观测站人员，此刻都要原地不动，等着这阵射线暴

海豚人

过去后再返回地面。

拉姆斯下达了新的命令：取消导弹的发射准备，潜艇以 35 节的最高速度向圣地亚哥基地返回，但要随时保持在 430 米的极限潜深。潜艇在漆黑的海水里向东驶回，现在它只能依靠不准确的惯性导航了。与基地的低频通信一直保持着畅通，这是 132 名官兵的唯一安慰。三天后的电传中说，宇宙射线的强度已经迅速回落。但由于地磁场已经消失，失去了对宇宙射线的屏蔽作用，所以，即使来自死星的射线暴完全消失，地球上的宇宙射线也不可能降到安全程度。还有，臭氧层消失，大气被加热后部分逃逸，地球上的大气压已经降低 30%。这些都导致过量的紫外线辐射，尤其是高能量波段的 C 紫外线。一句话，在至少数百年内，地球上至少陆地上已经不适合人类居住。至于地球环境将来能否自愈，在多长时间后才能自愈，现在没人能断定。

这些消息使艇内的气氛日益绝望。在战争中，潜艇部队是所有兵种中伤损率最高的，所以，只要一走进潜艇，你就必须把生死置之度外——但那时他们至少知道为什么而死，他们的死是为了亲人能活下去。而现在，他们活着，而亲人都已经死了，或者正在死亡前的痛苦中挣扎。而他们却只能待在 400 米深的漆黑的水下，待在这个封闭的钢铁棺材里，这是比死亡更难忍受的痛苦。拉姆斯尽力保持着自己的镇静，比平常更频繁地在艇内走动，与士兵们交谈，尽量安慰他们，以自己的平静来化解他们的绝望。但他知道，这种深重的绝望不是几句话就能释解的。

尽管电传中的消息越来越使人悲观，他们仍如饥似渴地盯着低频接收器。拉姆斯十分敬佩通信器那边的基地工作人员，他们的亲人也都是同样的境遇吧，他们本人这会儿可能已经脱发、呕吐、浑身溃烂、不能进食、没有一点力气，但他们仍在自己的岗位旁坚持着。

六天后，潜艇到达了美国西海岸的大陆架，再往前，海水就没有 400 米深了。拉姆斯命令暂时在此停泊，等候进一步的指示。艇内一切保持着表面上的正常，作息仍按 18 小时的节律，潜艇上一向是工作 6 小时，休息 12 小时，厨师仍为他们准备着豆类沙拉、牛排和蟹脚。430 米的水中漆黑一片，什么也看不到，但声呐显示仍有大群的海洋生物在照常活动。它们的生活节律没有改变，这对于潜艇中的人员多少是一个安慰。

不久，上士巴斯多和下士考普勒找到他："艇长，请你同意我们回到陆地上去侦察。"

两人保持着平静，但从他们的目光深处，可以看出已经到了崩溃的边缘。拉姆斯知道他们的决心不容更改，但仍委婉地劝说："你们知道，陆地上宇宙射线仍处于危险水平。"

"知道。但我们迫切想知道国内的状况，想知道亲人的情况。如果……我们对自己的生死确实无所谓了。让我们去吧，为大家先探探路。"

拉姆斯叹口气，与副艇长商量一下，答应了他们。"好，你们去吧，但潜艇不能浮出水面的，你们得使用史坦克头罩上浮，我只能让潜艇短时上浮到海面下 120 米的位置。我要为全艇的生命负责。"

120 米的海水深度是史坦克头罩的使用极限。两人同意了，拉姆斯命令潜航官让潜艇上浮。潜艇的钢铁外壳又开始了噼噼啪啪的爆响，在呈 15 度倾斜的船舱内，两个离船者巡行一次，同所有同事紧紧拥抱。大家都知道这恐怕是永诀了，互道了简单的祝福。潜艇到海面下 120 米时停止上浮，两人同拉姆斯告别，带上救生筏和史坦克头罩走进前救生舱。这种头罩可以让海员在上浮时呼吸，因为在海水压力急剧降低时，如果海员屏住呼吸更容易得减压病。

救生舱下面舱口盖关闭，上面舱口盖打开，海水在一分钟内灌满了救生舱。两人连同救生筏快速向海面上浮去，而潜艇同时开始下潜，最后仍停在 430 米深度。

他很想使潜艇上浮，把两人送上岸，同时依靠星座来测得潜艇的准确方位。六天来一直靠惯性导航，他对潜艇的实际位置心中没数。但他知道自己无权这样做，他要尽量减少潜艇受超量辐射的可能，艇上这 130 名官兵的生命现在比什么都贵重。这件事颇有讽刺意味：核潜艇本来是威力最大的杀人武器，但它的生命史已经完结，因为地球上已经没有供它杀戮的人群了。现在，阴差阳错地，它反倒成了 130 条生命的保险箱。

海豚人

巴斯多和考普勒临走时答应，一有办法就同潜艇恢复联络，但此后再没有两人的消息。

他们没在深海等待多少时间。当天，6月29日下午两点，极低频通信的一份电传到了，上面写着：

"令奇顿号于6月29日下午5点整浮出水面，有飞机接拉姆斯艇长来亚利桑那州，总统召见，潜艇仍在极限潜深处待命。"

这份命令在全艇激起一阵兴奋之波。它说明，至少总统还活着，国内的指挥系统也没有瘫痪，也许事情没有想的那么糟。拉姆斯没有士兵们那样乐观，心中的疑虑反而更加重了。他同乔塔斯作了职务的转移，早早穿上一套崭新的海军服，佩上潜艇军官的金色海豚胸章——那时他绝对想不到，他的后半生会与海豚连在一起。5点整，潜艇准时浮出水面，一架带着副油箱的可变矢量X-35战斗机同时出现在天空。飞机垂直下降，悬停在潜艇的上方，垂下一架软梯。拉姆斯同乔塔斯拥别，顺着软梯爬上去。戴着头罩的驾驶员用手势告诉他，后座上有他的飞行服和头罩，便驾机向高空爬升，然后向东方飞去。

在跨越美国西部的一个小时内，驾驶员没有同他交谈过一句话。飞机在云层之上飞行，但即使在这个高度，他也感到了大地上的死亡气氛。空中没有一架班机。从云眼中往下看，地上没有任何运动着的火车汽车，海里和河里没有轮船。飞机是顺着地球自转的方向飞的，所以夕阳在机后很快地向下滚落，它用血色光芒拖拽着云层，好像很不甘心自己的坠落，但还是很快消失了。现在，飞机下是一片深沉的黑暗，绝对的黑暗，没有一丝亮光！而在过去，各个都市的夜晚是何等辉煌啊，通天彻地的光亮甚至干扰了候鸟的辨向能力。

不用说，全美国的电力系统，还有交通、通信和所有系统都已经瘫痪。飞机上是令人窒息的沉默。他尽目力向东南方向望去，在那儿，在他无法看到的佛罗里达州的坦格市，有他的妻子和女儿，有他的父母。他们到底是死是活？能否有机会与他们见上最后一面？这些念头啃着他的心房，一阵阵揪心的痛。

　　机上气氛太令人窒息了，拉姆斯很想问几句话，不过他怕干扰驾驶员的工作。地上一片漆黑，肯定飞机的导航系统已经完全瘫痪，现在，飞行员纯粹是靠个人的经验和意志力在飞。大约飞行1000千米后，前边出现了灯光。这片灯光太微弱了，不过，在绝对的黑暗中，这片灯光还是蛮惹眼的，也在他心里注入温暖的感觉。

　　飞机打了一个照明弹，少顷，地上燃起三堆大火。那儿无疑就是降落地点了。飞机改变了矢量喷管的方向，向下方喷着燃气流，缓缓降在一块空地上。灯光太暗，拉姆斯无法辨别这儿是什么地方。地面上有一个人迎过来。驾驶员取下头盔，对拉姆斯说了头一句话：

　　"拉姆斯，上帝保佑你。"

　　他的声音十分微弱。直到这时，拉姆斯才知道飞行中为什么他一直没有说话。驾驶员露出来的脸部已经溃烂得失去人形，想来身上也是同样。他能够坚持着把飞机开回来简直是奇迹。现在，驾驶员坐在那儿不动，可能连走下飞机的力气也没有了。迎接拉姆斯的那人也不比驾驶员好多少，他同驾驶员握手，简单地致了谢意，驾驶员疲乏地挥挥手，显然是说："去忙正事吧，我已经尽力了。"

　　那人带拉姆斯下到一个很深的地下室，是徒步走下去的，电梯肯定停用了。他的身体十分虚弱，气喘吁吁，拉姆斯扶住他，连拖带拉地帮他走完这段路。那人没有拒绝他的帮助，只是用微弱的声音说了句："谢谢。"又微弱地补充一句：

　　"你看来很健康，总统和我可以放心了。"

　　他们走过一个极为宽阔的大厅，首先入眼的是一个环形屏幕和环形的控制台，上面密密麻麻布满了仪表和按钮。拉姆斯悟到，这儿是设在亚利桑那州地下的美国战略指挥部。不过现在这儿没有一个人影，临时照明的微弱灯光照着死的控制台，仪表灯都不亮，屏幕也是黑的。那人没在这儿停留，继续向前，到了一个办公室。他在门前站住，把气喘匀，说：

海豚人

"总统在里边等你，请进，拉姆斯先生。"

他扭开门，灯光从里面泻出来。巨大的半圆形办公桌，豪华的摆设，几株粗大的铁树和天竺葵，地上精美的波斯地毯。屋子中央有一个简陋的单人床，与周围环境很不协调。并不是他所预想的总统召见的阵势，弗莱明总统躺在一张单人床上，一位医生在照料他。没有前呼后拥的随从。总统的病情很重，那位医生也是同样状况。他们的头发已经脱光，全身溃烂，脸色死白，每一个轻微的动作似乎都需要调动全部的气力。看了第一眼后拉姆斯就悲哀地承认，总统和他的医生都已经浸泡在死亡中，没有任何生存的希望了。弗莱明总统看见了衣冠整洁、精神奕奕的拉姆斯，立即精神一振：

"好，我终于看到一个没有遭受辐射的人。这让我太高兴了。喂，"他对医生和带拉姆斯进来的那人说，"你们的职责已经完成了。你们坚持到最后一刻，我无法用语言来表达谢意。现在，请二位自便吧，"他笑着加了一句，"我的职责也快完成了。"

那两人没有耽误，同总统握手告别，又向总统鞠躬。他们转向拉姆斯，低声说："再见，不，应该是永别了。相信你不会让我们失望。"

他们随即离开地下室，也许他们要赶着去同家人见最后一面。现在，庞大的地下指挥部里只剩下两人。总统说：

"拉姆斯中校，非常高兴我能熬到与你见面。咱们言归正传，赶快交代后事吧，我的生命力已经到头了。"

拉姆斯觉得喉头发哽，努力忍住眼眶中的泪水，正容说："请讲，总统阁下，我会尽一切力量完成你的嘱托。"

弗莱明总统的谈话时断时续，声音也越来越微弱，拉姆斯不得不把耳朵贴在他的嘴边，总统显然正在燃尽最后一丝生命力。

他说，这次天文灾变太突然了，人类根本没有任何预防。如果人类历史还能传下去，那么应该有这样的记载：弗莱明是一个渎职的总统，他没想到裁减几艘核潜艇或隐形飞机来加大对宇宙空间的探索，如果早一点哪怕早几年早几个月发现这颗死星，至少人类还能做起码的准备，也许能用坚固的掩体来保存少量的人类精英。当然，现在不是忏悔的时候。他说，凡是在地表的人们都没有丝毫生存的希望，不管是在地下室还是在山洞里，因为这次宇宙射线暴太强大了，足以穿透二三百米的物质，引起致命的次级辐射。"所以，不要对你的家人抱什么幻想了。"他怜悯地加了一句题外话。

拉姆斯的心里一阵刺痛，没有说话。

总统说，现在唯一的希望，是那些在地面四五百米以下的矿工们、核潜艇船员、海底考察船船员、中微子观测站的工作人员，等等。非常可惜的是，当第一波强光和宇宙射线抵达地球后，所有的通信卫星都被毁坏，电离层被吹散，无线通信全部失灵；由于大部分计算机被烧坏，有线通信也基本瘫痪。国家集中全部力量，才保证了核潜艇低频通信的畅通。其他那些可能的幸存者不在我们控制之中，也许他们发现异常后立即回到地面了，那么他们同样在劫难逃，因为那场射线暴持续了五天之久。

他说，不知道人类还有多少残余。可能是 50 万，也可能是 10 万，甚至可能只有两三万。总统说，"你是第一个回来的潜艇艇长，我把责任交给你了。从今天起，国家、种族都失去了意义，你的任务是尽量找到幸存的人，把他们组织起来，利用原人类留下的物质基础，尽快地使人类复苏。"

随着总统的谈话，一块块重铁压到拉姆斯的肩头，给他的担子太重了啊，他觉得快支持不住了。

总统说："这个灾变太突然，人类历史的弯子转得太陡，我无法为你提供什么建议，只有靠你自己去摸索了。潜艇艇长们都是经过严格选拔的精英，相信你能干得很好。拉姆斯，接过这副担子吧。"

拉姆斯问："宇宙射线和高能紫外线的强度目前是在什么水平？"

总统闭上眼睛喘息一会儿，睁开眼睛。"拉姆斯，你问的恰恰是最关键的问题。据我能得到的最新资料，宇宙射线和 C 紫外线的强度还远远在安全线之上。健康人在空气中连续暴露七天至十天以上，就会造成不可挽回的 DNA 断裂，足以致命。这恐怕是你们要面临的最大问题，你们不可能永远待在地下或水下，总得有暴露在空中的时候啊。这暂且还是个无解的问题，你们慢慢想办法吧。"

海豚人

总统显然已经没有一点力气了，生命力已经燃尽了。不过拉姆斯仍忍不住问了最后一个问题。他知道现在不是问这个问题的时候，但这股郁气一直积在腹中，不吐不快：

"总统，我想冒昧问一句：死光初抵地球时，是哪个地区首当其冲？地球24小时自转一次，如果最先受害的国家及时通知，地球背光面的国家可能还有12个小时的预警时间。总统先生，请你坦白告诉我，我只是想知道真相，你不必担心我会对那儿的人实施报复。"

总统闭上眼，沉默了很长时间。

"12个小时的预警时间根本不够。这并不是一场龙卷风，躲进地下室就可以了，所以，预警与否不影响事情的结局。而且，当时无线电通信彻底破坏，很难进行洲际联络。不过……"他叹息一声，说，"事到如今，还有什么话难以启齿呢。我可以告诉你，首当其冲的是非洲西部一个很窄的区域，但那儿缺乏及时报警的科技条件和意识。然后就是美国了。当我们从突然的震惊中醒来之后，确实还有条件向亚洲、非洲的国家提出警告，那时还有两条外交热线可以使用。可是……"他再次沉默良久，才苦笑着说，"将死之人还怕什么后世的褒贬呢。上帝太不公平，让美国首当其冲，人类中最富活力、最富民主精神的人将首先死亡。如果我们向地球背面的国家预警，可能只留下独裁者、宗教狂热者、金三角的毒贩。那些人得到消息后肯定先保护自己，不会管民众的死活。那么，明天的人类就太可悲了。拉姆斯，我不是说，不向其他国家提出预警是值得称赞的行为，如果时间充裕的话，我们完全可能做出不同的决定。但时间确实太仓促了，突然降临的泼天大难、浓厚的悲情意识和歇斯底里气氛，这些都影响了众参两院的决议，也影响了我的决策，等我下决心要干时已经晚了。不管怎样，反正最后的结果是：人类的全体都承受了同等的苦难，也许这正是上帝的原意吧。"

在听着总统严厉地剖析内心或者说对自我进行末日审判时，拉姆斯心头一阵阵发凉。他没想到正是美国压下了灾变的消息。这事做得未免……也不能说那些议员们没有一点儿道理，如果12小时的预警导致人类只剩下一些渣滓，确实不是一件值得庆幸的事。不过，这些不急之务先放一边吧，他还有更迫切的事要考虑呢。

他很想向总统谈谈自己的另一点担心。无疑，在地下和深海的工作者绝大部分是男的，那么，在人类的残余中将是极端的性别不平衡，甚至幸存者中有没有一两个女性都是问号。不过，看着总统的脸色，他不忍说了，说这些又有什么用呢，让总统平静地走完他最后的人生吧。想来总会有办法的，人类留下了雄厚的物质基础，还有先进的科技，有克隆技术、基因改造和胚胎分割技术等，相信人类总会延续下去的。

他准备向总统告辞了。在他们谈话时，巨大的地下室里始终没有第三个人。拉姆斯原想，总统的随从可能此刻回避了，但谈完话仍然没有一个人出来。拉姆斯不忍离开濒死的总统，俯在耳边说：

"总统阁下，我要走了，我会记住你的嘱托，尽力保存文明的火种。你的随从在哪儿？我喊他们来。"

总统勉强睁开眼睛，微微一笑："没有人了，是我赶他们走的，你刚才见到的就是最后两个人。每人在死前都有一两件私人事务要处理吧。你不要管我了，快点走吧，外边还有一架飞机，可以把你送回圣地亚哥潜艇基地。这是我唯一能为你做的事。永别了。"

他合上眼睛，少顷又睁开眼，平静地说："走吧，孩子。我对你还有一个要求，"他看着拉姆斯的眼睛，"不要回家。你的亲人必死无疑，现在更重要的是生者。你无权把生命浪费在回家途中。"

拉姆斯的心被割开，又被撒上一把盐，但他的回答没有犹豫："我答应。你放心吧。"

总统笑了笑，安详地合上眼睛。拉姆斯忍住泪水，向床上的人默默鞠躬，然后离开昏暗的大厅，孤独的脚步声敲打着周围的死寂。那架飞机在原地等着他，已经加足了油，但驾驶员是另外一个人，他的头盔里是同样惨不忍睹的面容。像前一个驾驶员一样，他没有做自我介绍，没有寒暄，只同他握握手，说：

"登机吧，拉姆斯先生。"他又加了一句，"你肯定不会让我们失望，愿上帝保佑你。"

海豚人

飞机拉升过程中，拉姆斯回头感伤地望着下面的灯光。忽然之间，那灯光熄灭了，全美国也可能是全世界唯一的灯光熄灭了。下面是地狱般的黑暗。拉姆斯想，这是一个很贴切的隐喻吧，人类的文明之光已经熄灭，至少是暂时熄灭了，不知在多少年后才能被重新点燃。灭绝的悲凉和创世的悲壮同时在他心中鼓荡着，震得耳鼓嗡嗡作响。他回过头，不再往地下看，也没有往家乡的方向看。总统说得对，死人已矣，现在最重要的是保全幸存者。他肩上是一个比落基山更重的担子。

二

一年之后，134 名代表在圣地亚哥国民银行的地下金库里聚齐。他们选这里当会址是因为这儿有厚厚的遮蔽，不是因为这里的黄金。自从文明崩溃后，金库的大门一直敞开着，成千块金锭堆放在那里，闪着妖异的光芒。有些金锭散落在地下，甚至散落在门外，估计曾遭过一次抢劫。但看来人们很快认识到，当人类社会崩溃之后，金锭远没有面包衣服有用，于是贵重的金锭受到彻底的冷落。

134 名代表代表了 20048 个幸存的人。大部分是白人和黑人，有极少量的黄种人。美国人占了一半以上，而且，绝大部分是潜艇官兵。这说明，美国社会的效率远远高于其他国家，尽管在这场灾变中首当其冲，但它的高效率保住了很多人的生命。

这个数字低于弗莱明总统的估计，原因是多方面的。在很多国家中，那些躲过第一轮辐射的潜艇官兵或矿工没有得到及时通知，所以，当他们发现情况异常时，都急不可耐地回到地面上，这样，他们没逃过超剂量辐射。有些幸存的人精神失常了；有不少人义无反顾地回家去了，虽然明知道回家的跋涉将使他们长期暴露在危险的射线中，也明知道家人早就死了，但他们还是要回家，与家人死在一块儿。此外，也许还有一些幸存者，但至今没能同他们联系上。当全世界的通信、交通、电力、媒体、食品供应系统全部瘫痪后，要想同所有幸存者建立联系，实在是太难太难了。

20048 个人。这个数字不算小，当年，非洲的人类祖先经中亚进入亚洲欧洲，其后的蒙古人种进入美洲，马来人到达波利尼西亚群岛，其人数大概都在两万以下，但那些先民们都很快繁衍生息，形成了昌盛的民族。人数少不是关键，关键是性别比例过于悬殊，拉姆斯常常盯着名单发呆。20048个人中只有五个女人，再把65岁的珍妮特除外，只剩下四个有生育能力的女人。未来的人类要靠这四个女人来延续？

值得庆幸的是，这里有一个中国女人覃良笛，是两万人中唯一的生物学家。当时她乘海龙王号海底考察船在一万米深的马里亚纳海沟考察深海生物，幸运地躲过了劫难。她的专业恰恰是基因工程，这个技能对于残余的人类来说实在是太重要了。拉姆斯想，这场灾变中，上帝在60亿人中恰巧护佑了这个女生物学家，说明他毕竟对人类有偏爱吧。

覃良笛今年32岁，貌不惊人，身材瘦小单薄，眼窝较深，高颧骨，平时话语不多。她是最先一批和拉姆斯联系上的，此后的交往中有几件事让拉姆斯对她刮目相看。第一件事，在他们风尘仆仆在全世界各地奔波时，覃良笛的一身衣服总是整洁如新，真不知道她怎么能抽出时间来梳洗整容；但不久之后为了工作方便，这个很注意风度的女人干脆剃光头发，丝毫不在意同行男人的目光。这两件小事说明了覃良笛的个性，她思维明快，能鸟瞰大局而舍弃细节，在很多方面与拉姆斯相似。

很快，覃良笛成了他最得力的伙伴。

地下室里点着蜡烛，134名代表散在屋里，大部分人席地而坐，有人把金锭搬来垫在屁股下，有人斜倚在货柜上。拉姆斯借着昏暗的烛光看着134名代表，为了这两万人的召集，他经受了多少艰难啊。副艇长乔塔斯也在，他代表着120名奇顿号潜艇的官兵，有10人不听劝阻执意回家了。覃良笛立在他右边，用目光向他示意：拉姆斯，开始吧。拉姆斯缓缓地说：

"超新星灾变之后，人类的代表终于第一次聚到一起。在这个时刻，我不禁想到了可敬的弗莱明总统。他在死前强撑着病体召见我，委托我……"

他说得很动情，心中浮着上帝般的责任感，没想到这种气氛被破坏了，有人粗暴地打断他的话，是中国的一个煤矿工人，叫张根柱，一个身体粗壮的男人。他破口大骂道:"不要提那个老杂毛!狼心狗肺的家伙!他完全可以向东半球的国家发一个警告。如果他发了警告,说不定还能多活十万八万人。你们这些心肠阴毒的白人鬼子!"

这番话一下子把会场气氛推到爆炸的边缘。乔塔斯立起来,怒视着这个没教养的人。南非的金矿矿工塞拉贝基则与张根柱站在一起。拉姆斯非常生气,不过,想起弗莱明总统曾说过的那句话:将死之人还有什么难以启齿的呢?他不免觉得底气不足。场面僵持着,覃良笛来救了驾。她厉颜厉色地喝住张根柱:

"不要说这些废话了!你真糊涂,现在是算旧账的时候吗?"她放缓语气说,"过去的是是非非一笔勾销吧,我们这两万人是人类延续的唯一希望。现在,在我们之中不分国家,也不分白人黑人黄种人,咱们只有拧成一股劲,才能在如此艰难的环境中生存下去。不要说这些了,拉姆斯,开始正题吧。"

张根柱气咻咻地坐下,没有再发作。会议这才走上正轨。

拉姆斯致了开场白之后,会议实际是由覃良笛当主讲。她言简意赅地勾勒出了这批人类幸存者今后的路程,这是她、拉姆斯、乔塔斯和另几个人一年来讨论的结果:

"首先,这两万人必须尽快集中起来,只有形成一定的规模,才能在自然界立住脚。即使这样,我们今后的路也很不平坦。要想生存下去有两大难点。第一点,女人太少,"她苦笑道,"可惜人类科学还没有发明人造子宫。目前的条件也不允许我们开始这方面的研究。即使我们采用胚胎克隆、体细胞克隆等办法,也必须借用仅有的四个女人的卵子和子宫。我们的初步打算是,挑选一部分男人的精子与四个女人的卵子进行人工授精,再用医学方法挑出纯女性的受精卵,以四胞胎形式植入四个女人的子宫,按正常的途径怀胎生育。这个过程要反复进行,15年内大约能生育出200个女孩。待这些女孩成年后,再用她们的卵子,并选用没有血缘关系的成年男子的精子进行人工授精,生育第二代,这一代可以恢复正常的性别比例,等他们成人后也恢复正常的婚配和正常的生育。这种方法可以尽量加快人类繁衍的速度,并尽可能保证基因的多样性。"她补充道,"以我的医学造诣,还有目前残留的物质基础,做到这些是不成问题的。但这势必让这一代女人成为生育机器,我知道这个要求是太过分了,但……这是没法子的事。"

她看看另外四个女人:珍妮特,森男春子,琼和维佳。除了已丧失生育能力的珍妮特外,其他三个女人都庄重地点点头:

"覃良笛,我们都理解,没人反对的。"

珍妮特说:"据我所知,现代科技能使已经绝经的妇女怀孕,那么我也可以参加进来。"

拉姆斯感激地说:"谢谢你们,未来的人类会记住你们这五位人类之母的。覃良笛,往下说吧。"

"第二个,也是最大的难点,是地球表面的宇宙射线和高能紫外线仍然很强。如果长期连续暴露在空气中,在15天以内,就会造成不可逆转的身体损伤。但为了得到生存的资源,我们不可能像土拨鼠一样永远生活在地下。这个问题暂时还没有办法,只能希望我们的身体会在进化中慢慢适应这种环境。"

拉姆斯说:"以后,户外的工作将全部由男人来完成,五位女性会受到最严密的保护。这不是特权,而是我们对你们的感恩。"

男代表们都说:"对,我们愿意这样做。"

"以上我说的,是对今后生活方式的一个粗线条的勾勒。如果大家没意见,我们就按这个方向开始努力了。我们面对的是全新的情况,谁也不能预料今后的变化,只能走一步说一步。"她特意转向张根柱,"张根柱先生,我的兄长,你说,我们还有精力去互相仇恨吗?"

张根柱没有说话,阴沉的脸色变缓和了。

经过一天的讨论,开始对决议进行投票。134名代表都齐刷刷举起了右手。拉姆斯敲响木槌,宣布决议通过。乔塔斯他们打开香槟酒,屋里觥筹交错。张根柱特意走过来同拉姆斯碰杯,又同他默默拥抱。大家知道这个无言的动作代表什么,都感到很欣慰。

从这一天起,新的一页历史开始了。

海豚人

三

再一年后，一个小型的人类社会已经形成。经过艰难的召集和跋涉，两万人从全球各地集中在圣地亚哥附近。他们尽力利用"史前社会"的物质遗存，用柴油发电机恢复了部分城区的电力供应。更大的成功是由覃良笛做出的，五个女人的子宫里已经各有四个受精卵在发育。卵子是她们各自提供的，只有珍妮特使用了其他人的卵子，而20个受精卵的精子则来源于20个身体健康的男人。

五个女人的怀孕基本是同步的，截至目前，差不多都怀胎三个月了。她们都住在国民银行地下金库内，除了每天必不可少的短时间日照外，尽量少暴露在户外，她们要着力保护体内的胎儿。所有男人都殷勤地为她们服务。这些男人有少数是她们腹中胎儿的父亲，有些可能在下一轮孕育中做父亲，但大多数无缘留下自己的血脉了。不过，他们知道这是没法子的事，仍然心甘情愿地尽着做父亲的责任。

这些受精卵都是用手术植入子宫。五个女人谨慎地约定，不同任何男人建立特殊关系，这是为了避免在这个性别极端不平衡的族群中出现不安定因素。再说——单是紧张的生育已经让她们疲惫不堪了。这个建议是覃良笛提出的，不过，其实她心中有一个真正的情人。两年来的朝夕相处，共同面对艰难，早让他们的爱情发酵了。这天晚上，拉姆斯独自在自己房间里时，覃良笛偷偷溜进来。那时拉姆斯没有料到，这一次幽会之后，又一本历史书被打开，而原来那本只打开了一两页的史书却被悄悄合上。

覃良笛悄悄溜进他的房间，细心地关上门，一句话也没说，径直投入他的怀抱。她紧紧地箍住拉姆斯的身体，把脸贴在他胸膛上。拉姆斯体内的火呼地被燃着，这堆火已经闷燃两年了。他也紧紧箍住覃良笛的身体，狂吻她的口唇，两手在她衣服内游走，两人的身体都张紧如弓……不过覃良笛已经从他怀中挣出去，用手理理刚长出的短发，歉然说：

"理查德，对不起。五位女性已经共同做出了约定。再说，我已经怀孕三个月了。"

拉姆斯也强使自己平静下来，放松了绷紧的肌肉，笑着说："没什么，我理解。能够抱抱你，我已经很满足啦。"

覃良笛嫣然一笑："陪我到外边坐坐，好吗？我有些要紧话想对你说。"

"好的，走吧。"

他们走出房间，在楼顶俯瞰这座沉静的城市。他搂着覃良笛，微咸的海风吹拂着脸颊，清冷的月光洒在他们身上。拉姆斯说："覃良笛，也许真是上帝把你送到我们之中的。这一年来多亏你，一切进展顺利，也许五六代之后，咱们的后代就能站稳脚跟了。真的感谢你。"

覃良笛没说话。拉姆斯扭头看看她："你有心事？你刚才说有什么要紧话？"

覃良笛简捷地说："我很担心。"

"担心什么？"

"你的身体怎么样？有没有什么不好的感觉？"

拉姆斯近来感到乏力和恶心，无疑是辐射造成的，但他一直瞒着别人。他摇摇头说："没有啊。"

"也许你的身体比较特别。也许，作为族长，你出去干活比别人相对少一些。但我发现，大部分男人的辐射病症状已经很明显了。而这才两年时间啊，你知道，人体接受的辐射有累积效应，辐射病会越来越重，而不是慢慢习惯。"

拉姆斯黯然说："我当然知道，但这没办法。我们只能寄希望于后代，孩子们可塑性强，也许他们能适应这个高辐射的环境。"

覃良笛摇摇头："婴儿对辐射更敏感。人的适应性进化是个很缓慢的过程，我们等不及。"

拉姆斯沉默良久，说："你说怎么办？"

"我想你肯定注意到了，地球上的哺乳动物、爬行动物、鸟类几乎全部灭绝，但水里的鱼类甚至哺乳类却依旧昌盛。"

"我当然知道，我们的食物基本来自海洋。"

"这说明，海水对辐射起着有效的屏蔽作用。"

"对，可惜我们不能永远生活在水里。"

覃良笛不说话了，两眼灼灼地望着夜空。拉姆斯奇怪地问："你为什么不说话？你有什么建议？"

覃良笛简短地说："人类为什么不能永远生活在水里？海豚由陆生的中爪兽进化而来，鲸鱼由半陆生的走鲸进化而来。它们都是被环境逼着返回水中的。"

拉姆斯感到十分震惊。在他印象中，这个中国女人是守旧型的，世界观比较传统，绝对想不到她会提出如此惊人的建议。沉默一会儿他说："人类的身体结构已经特化了，不适应水中生活。你说过，进化是长期的工作，我们等不及。"

覃良笛毫不停顿地说："干吗要等？可以用基因手术让下一代长出脚蹼和指蹼，长出鼻孔上的瓣膜，加大肺活量，这些我都能办到。"

拉姆斯想，她肯定已经筹谋很久，连技术细节都考虑到了。也许，在她进行第一代受精卵的人工授精时就已经开始筹划此事，他不禁对这位瘦小女人有一种隐隐的畏惧感。沉思良久，他半开玩笑地说："我可没有做好思想准备，来认养这样的异类儿女。"

覃良笛很快地说："他们不是异类，是人类的嫡系后代。人类中有不少怪胎，有长尾巴的、浑身长毛的、连体的，他们的'异己性'不亚于长脚蹼的后代吧，可是他们照样是父母的亲亲热热的小宝贝。关键是他们仍将传承人类的文化，这才是最重要的物种特性。"

拉姆斯辩不过她，在她犀利的思想面前，他搜尽枯肠也找不出反驳的理由。也许她是对的，也许自己的抵拒只是前朝遗老的惯性。他努力想把这个话题变轻松一些，笑着说："覃良笛女士，你遽然提出这么一个主张，不会逼着我今天就给你做出答复吧？"

覃良笛笑了："当然，当然。不过我会经常来逼你的，或者你被我说服，或者你说服我。我不想有第三种选择。"

五个女人的腹部越来越凸出，发育完全正常，马上会有20个女婴加入到这个族群中了。族内的男人们不管是不是血缘上的父亲，都显得十分喜悦，努力为五个女人寻找可口的食物。不过，他们的身体也越来越衰弱了。

孕妇们都有好胃口，当然包括覃良笛，但她却悄悄改变了食谱，她现在只吃海产品：海鱼、海带、紫菜、海菠菜等。拉姆斯知道她是什么用意，他暗暗佩服多少也有点畏惧这个女人坚韧的意志。在孕期的几个月中，覃良笛更频繁地同拉姆斯"幽会"，锲而不舍地劝说着，终于让拉姆斯从心底接受了她的主张。不过他们暂时瞒着大家。

10个月后，20个女婴相继出生，并全部存活，地下室里一片婴儿的啼哭。喂养这些婴儿可是件比推西西弗斯的石头更难的工作，毕竟女人都只有两个乳房而不是四个，何况珍妮特还没有乳汁。也就是说，至少有12个婴儿没有奶吃。不过这没有难倒他们，有20个男人充当了保姆，用史前社会留下的过期奶粉来喂这些饥馋的小家伙们。所幸她们都发育良好，哭声少了，那些小面孔上开始漾出微笑，而且开始能认出她们的男妈妈和女妈妈了。这让所有男人都忘记了自身的病痛。

在最小的一个女婴过了周月之后，拉姆斯召开了全族代表会，134名代表聚在这间地下金库中。覃良笛向大会提交了她的提案，她和拉姆斯已经预料到会有强烈的反对，做好了思想准备。但即使如此，他们也没料到反对的激烈程度。全体代表同声反对，没有赞成的，一个也没有。张根柱直率地说：

"你们是不是疯了？覃良笛你一定是疯了！让我们辛辛苦苦去抚育那样的小杂种？"

乔塔斯向来是唯艇长马头之所瞻，但这回他也成了反对派："拉姆斯，覃，这是不许可的，上帝不许可的。"

珍妮特抱着一个女婴，举到覃良笛面前。她以65岁的年纪生了四个孩子，身体变得很衰弱。她难过地说："覃，不要受撒旦的诱惑。看看这些孩子吧，你提出的主张对得起这些孩子吗？"

两人苦口婆心地解释，覃良笛讲到辐射的累积效应，讲到现在男人们日益衰弱的身体，讲到海洋是地球上唯一保存良好的生态系统。她动情地说："我们孕育了这些后代，可是她们终究要面对辐射啊。那对她们不是太残忍了吗？"

但不管怎样说，所有人坚决反对这个主张。拉姆斯和覃良笛只好遵从多数人的意见，一切照原样进行。第一批女婴出生六个月后，所有的女人又都植入了第二代的受精卵，是覃良笛的助手做的手术。她挑选了一个男助手，耐心传授了所有技艺。覃良笛本人也做了植入术，没人料到她这次是虚晃一枪，没有真正怀孕。

不久，拉姆斯说身体不好，将族长的职务暂时转移给乔塔斯。这个小小的人类社会仍正常运转着。但三个月之后，拉姆斯和覃良笛突然失踪了。

四

他们乘一艘机帆船来到远离大陆的南太平洋的土阿莫土群岛。船上没有带任何与生活有关的物品，因为他们已经下定决心，要像一个海岛土人那样生活。但船上带了做基因手术所必需的所有设备：柴油发电机组、显微镜、腹腔镜、针状吸管、显微注射仪、离心机，还有一些必要的药品，如绒毛膜促性腺激素、麻醉剂等。最重要的东西是一件冷冻箱，里面装着覃良笛悄悄采集的200个健康男人的精子，还有四个女人的卵子。她曾对四个女人包括她自己注射了绒毛膜促性腺激素，促使她们超数排卵，采集到100个卵子。这些事是悄悄干的，没有让当事人知情，所以覃良笛总觉得愧疚。但这是没法子的事，只有从权了。要想建立一个海人社会，当然不能只繁衍拉姆斯和覃良笛的后代——那样的话，他们的后代如何婚配？可以自我慰藉的是，他们并不是在伤害那些男人女人，而是在帮他们繁衍和抚育后代。

其中四个卵子已经进行人工授精，并做了基因嵌入术——嵌入了青蛙形成脚膜的基因。这四颗受精卵的父代和母代都取自不同的人，以尽量加强下一代的基因多样性，只是，他们只能由唯一的子宫来孕育了。

他们在马特鲁阿环礁上找到了一个理想的洞穴，就是之后拉姆斯在其中生活了15年又长眠了270年的岩洞。拉姆斯清楚地记得，就在他们安顿好的第一个晚上，在这个岩洞的岩石地面上，他和覃良笛有了一次酣畅淋漓的、近乎疯狂的做爱。现在他们已经远离人群，不用考虑种种因素，不用考虑别人的目光。在三年的精神恋爱中，他们的激情和情欲都已经过度饱胀了，今天终于来了一个爆发。在拉姆斯的眼光中，覃良笛是一个内向的、寡言的中国女人，甚至可能是一个性冷淡者，但这件外壳在这个蛮荒的岩洞里彻底脱掉了。他们互相箍着对方，狂吻对方的每一寸身体，在地上翻滚腾挪。覃良笛伏在他身上，狠狠地咬他的肩头，像一个驭手那样猛烈地颠动着身体，她的眼睛在岩洞的黑暗中闪闪发光……后来他们累了，并排躺下。很久之后，拉姆斯发现覃良笛没有睡，她的一只手轻轻抚摸着情人的身体，目光却看着远处，看着头顶那个小洞中透进来的月光。拉姆斯问她在想什么，她说："在想咱们的那些孩子，那些留在圣地亚哥的孩子。"那些孩子中有他俩的亲生骨肉，也有非亲生骨肉，不过这条界限已经模糊了，所有的孩子都牵着他们的心。拉姆斯说："不必担心，那个小社会已经走上正轨，缺了咱们两个，不会受到什么影响。"覃良笛深深地叹息一声：

"不，我非常担心。"

"为什么？"

覃良笛向他讲述了一个生物学家的沉重的思考。她说，在 21 世纪，科学的发展太迅速了，以至于人们的自信心过度膨胀，认为科学技术完全可以战胜大自然。这是错误的，比起浩渺无限的宇宙，人类永远是个弱者，人们只能想办法更好地顺应自然而不是控制自然。这次天文灾变就明白地验证了人类的脆弱。那个到处充斥辐射的陆上世界已经超越了人类能力的上限，所以，人类的所有努力注定要失败的。

"你是说，那个人类群体会……"

"对，在几代人的时间内，他们就会逐渐衰亡。"

拉姆斯觉得，冰冷的寒气很快浸透了他的血液，他的心向无限深处跌落。他阴郁地说："你太悲观了。上帝不会这么残忍吧。"

覃良笛不客气地说："你那个仁慈的上帝已经在一夕之间杀死了 60 亿人，还有无法计数的其他生灵！拉姆斯，我同样不愿意看到那种结局，但我们得承认现实啊。如果他们还有希望，我们为什么要到这儿来呢？"

拉姆斯叹口气，不说话了。类似的观点，覃良笛已经向他吹了一年的风。

他总觉得自己的人格被撕裂了，从理智上他无法抵抗覃良笛的力量，从感性上他却迟迟不愿认同覃良笛的计划。他最终屈服于覃良笛的思想，她的思想确实有强大的感召力。他跟覃良笛一块来到南太平洋，但他知道，那个撕裂的人格并没有完全拼复。

那晚还有一个细节他记得非常清楚。天亮了，明亮的晨光从头顶的小洞中射进来，两人起床了，他们刚到这儿，有多少事等着他们干哩。夜里他们当然是赤身裸体，这会儿拉姆斯习惯性地捡起衣服，开始穿衣，覃良笛忽然拉住他，富有深意地笑着：

"拉姆斯，不用穿了。"

拉姆斯愣了一下，不禁哑然失笑。覃良笛说得对，在这个仅有两人的蛮荒世界，又不需要蔽寒，衣服确实没有必要了。他说："好的，以后咱们不再穿衣服了。"

但覃良笛下面的话仍然让他吃了一惊，这些年里，覃良笛已经多次让他这样吃惊。她说："把我们所有的衣服都烧了吧。"

拉姆斯愣愣地看着她，她笑容温婉，神色平静，似乎这只是很随意的一句话。但拉姆斯知道并非如此，他的思想又一次落到了覃良笛的后边。她建议不穿衣服不是为了方便，不是权宜之计，而是表达她与"那一个"世界彻底决裂的决心。他们三年来卓绝的努力是为了恢复旧的人类社会，而现在她改弦更张了，要建立一个全新的海人社会。是啊，如果把生活环境由陆地移到海里，还需要什么衣服呢，永远也不再需要了。

拉姆斯停顿片刻，没有同意覃良笛的意见。他也知道可能确实用不上衣服了，但他仍要把它保存在自己心里，那至少是人类文明的一个象征。人类从不穿衣服到穿衣遮羞，再到敢于在公众场合裸体，这小小的一点变化，都花费了数十万年才实现。衣服上承载着太多的历史重负，不是一句话就能轻易抛弃的。他笑着说：

"先别烧，叠好存起来。也许我们还有机会回圣地亚哥探望咱们的后代，那时衣服就有用了。"

覃良笛没有坚持，嫣然一笑："随你。"她把两人的衣服细心地叠好，放到他们带来的简易橱柜中。

第三天,拉姆斯为覃良笛实施了受精卵着床手术。这个手术很简单,不用实施麻醉,仅用器械把受精卵经阴道送到子宫中就行了。在此之前,覃良笛注射了雌性激素,以使子宫内膜加厚,便于受精卵的着床。这种手术此前拉姆斯在覃良笛指导下做过多次,已经是驾轻就熟。

这次仍是四胞胎。连续四胞胎的孕育对母亲来说是相当艰苦的,但这也是没办法的事,只有让唯一的女人承受这种苦难。10个月后,两个男婴和两个女婴顺利降生,覃良笛迫不及待地检查婴儿的脚掌和鼻孔,没错,脚上有脚蹼,鼻孔处有可以开合的瓣膜。除此之外的一切仍与人类婴儿一样。覃良笛把四个婴儿抱在怀里,抑制不住自己的狂喜。拉姆斯当然也很喜悦,但是……看着婴儿丑陋的脚蹼和鼻孔瓣膜,他心中总是有一些说不清道不明的东西,是隐忧?对"纯人类"的内疚?甚至还有一丝隐隐的厌恶。不过,随着孩子们一天天长大,脸上绽着花一样鲜艳的人类的笑容,口中是甜美的咿唔声,拉姆斯的这些杂念就很快消除了。

这些孩子生下来就被抛到水里。覃良笛创造了"陆生人"和"海人"这两个名词,并且坚持不断地使用着。覃良笛说,胎儿是在羊水中孕育的,所以他们天生会浮水,不过,"陆生人"的婴儿出生后就脱离了水环境,这种本能被遗忘了。现在,我们只要让这种本能不被中断,它就会一直保持下去。她说的不错,这些小崽子个个"如鱼得水",每日尽在水里嬉闹,只有睡觉时才回到陆上。拉姆斯的游泳技巧相当高超,这是他在格鲁顿潜艇学校受训时的必修课。但他不得不承认,他在长大后才开始学的"技能"和小海人从娘胎里带出来的"本能"是无法相比的,不在一个数量级上。小海人在水里的从容自若,敏捷灵动,让拉姆斯十分钦佩。

自从进入水中生活以后,他们接受的辐射量大幅度减少,拉姆斯自我感觉身体状况有所改善,他为此感到欣喜。覃良笛在这方面同他一样,但每年四个每年四个的过度生育使她急剧衰老,皮肤松弛了,头发变白了。海人孩子们一天天长大,最早的孩子们已经长出乳房、阴毛和喉结。两人欣喜地看着孩子们第二性征的出现——他们迫切需要下一代接过繁衍种族的工作,覃良笛已经太累太累,难以承受了。

来南太平洋 12 年后,也就是在生育了 44 个小海人后,两人决定,覃良笛从此不再生育。热带地区孩子们的发育快,最大的海人孩子们很快就能结婚生育。那天,孩子们照例都在洞外的海里玩耍和捕鱼,他们俩在洞内。覃良笛对着平静的潭水看看自己的倒影,伤感地说:

"拉姆斯,我已经老啦,我的容貌简直可以做你的妈妈了。"

她没说错,她的容貌确实已如老妪。而 52 岁的拉姆斯依然十分健壮。拉姆斯搂紧她,心疼地说:"覃良笛,你辛苦了。不过,在我眼里,你永远青春美丽,永远是我的夏娃。"

覃良笛恢复了平素的乐观,开着玩笑:"这是个只有一个亚当一个夏娃的世界,所以,我绝不担心你离开我另觅新欢。"

拉姆斯也笑了,吻着她的眼睛:"对,你是我唯一的夏娃。"——那时谁能想到不久两人就决裂了,谁能想到呢?拉姆斯凶猛地喘息着,截断了这些痛苦的回忆。

第四章　传说中的历史

一

拉姆斯和苏苏五天后回到马特鲁阿环礁。回程中没有索朗月的陪伴，因为她正忙于筹办"齐力克"，这是海豚人社会最盛大的节日之一。杰克曼全家早早候在岛外迎接，他们已经接到用鲸歌传来的信息。拉姆斯和苏苏从鲸背上溜下来，游到戈戈面前，拉姆斯真诚地说：

"谢谢你啦，戈戈。这些天驮着我们，把你的活动限得死死的，你一定早就急坏了。真的谢谢你，希望能常见到你。"

他是用海豚人语说的，但戈戈好像没有什么反应。苏苏咯咯地笑起来："理查德，你的口语太可怕了，它一点也没有听懂！我为你翻译吧。"

苏苏急骤地用口哨吱吱着，快得拉姆斯分不出来语句。但显然戈戈听懂了，至少听懂了大概。它的目光中露出笑意，用水平尾鳍快活地击水。拉姆斯已经知道了一些鲸类和海豚的动作语言，这个动作就是表示高兴，也含着"不用客气"的意思。苏苏和家人向它说了几句告别话，戈戈又甩一甩尾鳍，转身游走了。看着它的背影，拉姆斯不禁回想起它在海豚人群中大开杀戒的惨烈景象，连索朗月也差点成了它的口中食啊。他摇摇头，简直不敢相信那条虎鲸就是眼前的戈戈。

苏苏兴高采烈地投入父母亲的怀抱，叽叽呱呱地说："这次旅行太有意思了，真好，大开眼界！"她向父母诉说了索云泉的分娩，戈戈的大开杀戒，索吉娅的舍己救人，盖吉克的及笄及那两首苍凉深沉的祷歌。最后她又同哥哥拥抱，赠给他一块龙涎香，那是盖利戈死前给她的。

苏苏与父母拥抱时，拉姆斯还没有感觉到什么不自然——在长眠前，他和覃良笛早已习惯海人的男孩女孩同他们亲热。但当裸体的苏苏和异性兄长

海豚人

拥抱时，他总觉得不大自然，有些别扭。但随后他就释然了，在心中揶揄自己：实际上，在海人社会中，苏苏的举动才是正常的健康的，而自己的别扭反倒是一种不健康的心理。

他们回到杰克曼的家，杰克曼笑道："按说你们这次可以不回来，这不，咱们马上又要赶往那片海域，海豚人社会的齐力克很快就要举行了。"

"对，我们知道，索朗月已经告诉我了，她还详细讲了'四力克'的有关资料。"

索朗月告诉他，海豚人社会最大的社会活动就是春夏秋冬四季运动会，分别叫雅力克、加力克、齐力克和哈力克，这是他们最盛大的节日，全球各大洋的海豚人、海豚和鲸类都会参加。她说，海豚人社会严格控制着海洋的生态平衡，控制着海豚人人口不膨胀，所以，他们唯一的生活必需物——食物——非常容易获得。精力过剩的海豚人就把精力用到文学艺术上，用到哲理思考上，用到体育运动上。可以说，每个海豚人都是出色的专业运动员，比如索朗月本人就擅长"水上巴锐"运动。

拉姆斯开始没听明白这个"水上巴锐"是什么玩意儿，听索朗月解释并做了几个动作后才恍然大悟：这是水上芭蕾的串音。这不奇怪，近300年过去了，人类的芭蕾舞对于海豚人来说只是一种信息库中的信息，是一种学术概念，把字音念讹也是情理中事。不过，想想人类芭蕾那轻盈优雅、美得让人心颤的舞姿永远不复存在了，他不免觉得心中十分沉重。

索朗月说，四力克是在各大洋的中心地带轮流进行，今年秋天恰好是在太平洋，比赛地点离这儿即他们的围猎区域不太远。索朗月笑道："你可以看出史前人类给我们留下的余响。在海洋里，并没有明显的春夏秋冬四季，但我们仍沿用了陆生人的叫法。"

拉姆斯平静地说："对。还有，你刚才说的水上巴锐实际应念作'水上芭蕾'，是从舞台的芭蕾转意而来。你大概想象不到，丑陋的两腿人也能创造出那么轻灵曼妙的舞蹈，它确实美极了。"

索朗月歉然说："外脑信息库中有陆生人芭蕾的资料，但是……从直观上，我无法得出它的清晰印象。"

"过去的事就让它过去吧,我期盼着欣赏你的舞姿。"

这会儿杰克曼对拉姆斯说:"四力克是海豚人最重视的活动,在比赛期间要颁布大范围的圣禁令。或者说,圣禁令基本只在四力克期间使用,这次你们去深海的途中也使用了短期的圣禁令,那只是例外。"

拉姆斯看看杰克曼,没有接话。这是第二次听到"圣禁令"这个名词,而且——按他们的说法,圣禁令正是他本人最先制颁的!他不好详问,就转了话题:"海人也参加海豚人的四力克吧?"

"对,我们也正在做准备呢。不过,海人的水中技能是没法与海豚人相比的,我们只能算是业余运动员。没法子,他们的身体已经在海洋里进行了1000万年的进化,而我们才300年。"

他的语气很平静,既看不出自卑,也看不出感伤。安妮和苏苏也没什么反应,只有约翰不满地斜了父亲一眼——他知道父亲说的都是实情,但他不满意父亲在精神上的屈服。拉姆斯看见了父子二人无言的交锋,便笑着说:"对,你们的身体与他们不同,用不着在这上面一较短长。但你们是否考虑过组织纯海人运动会?"

"没有。"杰克曼这回有些赧然,"海人太少也太分散,更关键的是海人不具备长途越海的能力,无力组织纯海人的运动会。即使组织,也必须依赖海豚人的帮助,这就……没有意思了。"

拉姆斯这回听出了杰克曼的苦恼,他想,原来像杰克曼这样平和的人,对海人的衰落也不是完全的心静无波呀。约翰看来是同样的想法,和拉姆斯很快对一下目光,佯做无事地走开了。没有心机的苏苏笑问:

"雷齐阿约,你在创造海人时,为什么不让我们也能在水里睡觉?这次去深海,我真羡慕海豚人,你看他们在水中多自由!"

拉姆斯多少带点怃然地说:"那就牵涉到对大脑的改进,那就不是人了。"

18岁的苏苏显然还不谙世事,没看出拉姆斯的情绪变化,而且——关键是她对拉姆斯的话十分不解,觉得雷齐阿约简直是逻辑混乱嘛,她好奇地问:"怎么不是人?海豚人不就是这样吗?"

拉姆斯悟到自己的失言。而且从苏苏的问话里,他也看出了两代人的巨大差异。他所谓"人"的概念只是陆生人，至多勉强算上海人；而苏苏已经把陆生人、海人和海豚人全都包括其中了。他在冷冻苏醒后保持着智力的敏锐，一向是口舌便捷的，但这会儿他真的窘住了，一时找不到合适的解释。倒是远远待在外圈的约翰看出他的尴尬，大声说：

"苏苏，不许对雷齐阿约这么没礼貌！"

苏苏当然不服气，立即反驳道："我怎么没礼貌了？再说，他不是雷齐阿约，他是我的丈夫！"

她的自豪口气让父母和拉姆斯都笑了，拉姆斯趁机从刚才的尴尬中抽身："苏苏，我可不是你的丈夫。那只是弥海长老的建议，我可从来没答应过啊。"

苏苏吃惊地瞪着他，眼眶中开始涌出泪水，拉姆斯忙说："苏苏，你别生气也别难过，这句话我本不忍说的，但我想还是说开了好。我十分喜欢你，你的确是一个又可爱又漂亮的姑娘。但我们的年龄差距太大了，我比你父亲还大几岁呢。这样的婚姻对你是不公平的。"

苏苏破涕为笑："我才不在乎年纪呢。理查德，我……"

"再说，"拉姆斯打断她的话，伤感地说，"我的两位前妻——其中一位是你们的女先祖覃良笛——她们的影子还没有从我心中抹去呢。"

似乎是出于女性的本能，少不更事的苏苏这会儿变成熟了，她亲切地挽住拉姆斯的臂膊，用小母亲的口吻说："干吗要把她们的影子抹去呢，我会像你一样，时刻把她们保存在心里。我们三个人陪伴你，好吗？"她想了想，又补充道："如果索朗月姐姐也成了你的妻子，那就是我们四个人了。"她笑着说，"我当然不愿意别人分享我丈夫的爱，不过这是特殊情形——你是两个种族的雷齐阿约嘛，我不会和索朗月姐姐闹别扭的。"

拉姆斯很感动，把苏苏揽过来，轻轻地拥抱着。杰克曼夫妇很欣慰，高兴地笑了。

早饭后，拉姆斯说，让约翰陪他再到岛上转转，这么多天没有接触陆地，他已经很想念了。苏苏自然嚷着要一块儿去，他父母知道拉姆斯是想和约翰单独谈谈，再度解开儿子的心结，就用眼色把苏苏止住了。苏苏很不高兴，气哼哼地瞪着哥哥。

两人一块儿到岛上，还像上次一样，两串脚印在沙滩上延伸，一串较小较深，一串较大较浅。他们涉过浅浅的环礁湖，湖水还是那样清澈，五颜六色的热带鱼在水中倏然来去。拉姆斯首先问了他最迫切想知道的问题：

"约翰，什么是圣禁令？给我详细讲讲。"

约翰愕然望着他，雷齐阿约不知道圣禁令？然后他才悟到，拉姆斯已经坦率地说过他并不是海豚人的先祖，所谓"圣禁令由雷齐阿约所制颁"自然不是事实了。可能那只是女先祖罩良笛的说法，甚至是此后海豚人的附会或传说。这些情况他其实已经知道了，但此刻仍不免有些失望，因为，当神圣的圣禁令与雷齐阿约失去关系后，拉姆斯头上的光环无疑有点褪色。他解释道：

"圣禁令是对海洋所有生灵颁布的，你知道，海豚人已经建立了在海洋中的绝对权威，但平时他们并不禁止虎鲸、鲨鱼等对海豚人的捕食，不干涉它们的'天赐之权'。但只要颁布了圣禁令，那么在禁令所限的区域内和时段内，就不允许对海豚人的侵犯了。这种圣禁令是十分权威的，但使用很谨慎，只在四力克期间使用。我想唯一的例外，就是上次戈戈送你时短时使用过。"

"虎鲸、抹香鲸、鲨鱼都能理解和遵守圣禁令？"

"鲸类是没问题的，它们的智力足够理解了。鲨鱼是个笨家伙，禁令在它们中间不好实施。不过，经过这么多年的惩戒，它们也基本上知道了，不敢在圣禁令期间闯祸。对海豚人有威胁的还有大章鱼、剧毒的海蛇和水母等，它们的智力根本记不住这些东西，再惩罚也不行。不过，章鱼多在深海，有毒生物也不主动攻击海豚人，所以它们可以不加考虑。"

这番解释让拉姆斯真切了解了海豚人在海洋中的霸主地位，难怪海人这般衰落。他阴沉地问："圣禁令的保护包括你们海人吗？"

"当然，雷齐阿约是两个种族的共同祖先嘛，海人也有发布圣禁令的同等权利。不过，一般都是由海豚人来发布，海人从没单独使用过。"他想了想，补充道，"海豚人也没有单独使用过，他们的发布都是涵盖两种人类的。"

海豚人

"怎么发布？"

"由海豚人百人会长老公布雷齐阿约制定的敕令，再由座头鲸用低频声波向四大洋传送。敕令的内容很简单，翻译成海人语也就是英语是这样的：

> 尔等吞吃海豚，
> 本乃天赐之权；
> 禁令颁布之时，
> 只是暂脱暂断；
> 且自按捺本性，
> 与吾同乐同观；
> 如有违令之徒，
> 严惩决不从宽！

约翰笑着说："这些译文是270年前传下来的，听着很古怪，是不是？"

拉姆斯也不由笑了。他与覃良笛相处了18年，已经对她母族的文化有所了解。这篇文告分明是她写的，是袭用中国县太爷发文告的口气，而且必然是先用汉语写好再翻译成英语。他笑道：

"是有些古怪，我不相信，虎鲸和鲨鱼能听懂这些怪里怪气的话。"

"它们当然听不懂，但也无须听懂，只用记住这段文告的音调音节就行了。它们对旧鲸歌很熟悉的，只要听到这段与以往不同的、怪里怪气的鲸歌，就知道圣禁令颁发了。或者说，它们连什么是圣禁令也不用知道，只用知道这段怪里怪气的鲸歌一响，它们就不能吃海豚人了，否则就会有一大群训练有素的海豚人合力攻击它，让它得到一辈子都忘不掉的教训。"

拉姆斯想想，真的是这么个道理，不禁哑然失笑。但笑过之后是异常的沉重。他说："约翰，我这几天看了海豚人社会的运作，又听你讲了圣禁令的详情。看来海豚人已经在海洋中牢牢建立了支配权，羽翼已丰啊，不是几支乌齐式冲锋枪、几枚深水炸弹所能对付的。"

约翰恚怒地说："那海人只能认输啦？永远做海豚人的附庸？"

拉姆斯叹口气,问:"你能找到几个志同道合的人?给我说实话,不要虚的。"

"你去深海这几天,我尽量联络了一些人,现在,能够靠得住的有十七八个人。我想,如果我多跑几个地方,时间再长一些,联络100个人问题不大。"

拉姆斯苦笑着:用这寥寥100人去对付6500万海豚人?且不说海人中还有不少会支持海豚人的。而且——说实话,如果不考虑族群因素而在海人和海豚人中找朋友的话,他只会找大度优雅的索朗月、活泼可爱的苏苏、壮烈死去的索吉娅……而不会找这位目光阴沉、心理阴暗的约翰。不过——毕竟约翰才是人类的嫡系后代,他的阴沉阴暗也是目前的处境逼的,应该理解他。拉姆斯说:

"约翰,我理解你的心情。我不会就此罢休的,不过看来我们只有另辟新路了。"对下面的话是否要说出来,他犹豫片刻,还是告诉了约翰,"你知道,我在陆生人社会中是战略导弹核潜艇的艇长,那是陆生人类有史以来最可怕的武器,一艘核潜艇便可造成上千万人的死亡。在天文灾变后,我们把它很好地封存了。当然,已经过了近300年,那些武器很可能已经不能使用,但我想回去看一看。如果还能用,我们就有了足够的筹码。"他赶忙解释,"当然,我们不会真的使用它,那太残忍了,不到万不得已时不会使用它。但可以拿它当筹码与海豚人谈判,让他们为海人让出足够的生存空间。"

"真的?"约翰两眼放光,回忆片刻后说:"对,在海豚人外脑信息库中有这样的信息,我听说过,但觉得那只是无用的垃圾资料,全忘光了。你说得对,我们不会把海豚人杀光,只要求他们让出足够的生存空间。"他真诚地说,"雷齐阿约,你真有办法,你真伟大,谢谢你。"

拉姆斯在心中叹息着,不知道这个设想能否实现,而且——从心底说,他也不愿意对索朗月和索吉娅所属的种群使用核武器。但这一切只是为了人类基因的繁衍,这是自然界最强大的律条,在冥冥中控制着世间所有生物的行为,连万物之灵的人类也不能例外。想想这些,他的心里多少坦然了一点。他对约翰说:

"那就这样定吧,你继续联系志同道合的人,但一定不要走漏了风声,切切！我会和索朗月联系，想办法回到原美国圣地亚哥潜艇基地去看看——可惜，要想去那儿，又只能借助于海豚人的力量，你们没有长途迁移的能力。"

让海豚人帮他去干伤害海豚人的事——这让他觉得自己很卑鄙，所以他的情绪十分沉闷，约翰心中也很不快。拉姆斯所说的海人的无能是客观事实，无法否认。他看看拉姆斯，也没有再说话。

二

小岛上可以感受到节日的气氛。海人日常的捕猎是以家庭为单位，而不是像海豚人那样由几个族群联合，所以平时海人的社会交往不是太多。但这些天，他们常常聚在一个海区里，为齐力克做准备。到处是亢奋的谈论，是对上届海豚人体育明星的回忆。最亢奋的是几个小海人，像贝蒂、鲍勃、乔治等，在他们嘴里不时蹦出深潜冠军岩苍灵、搏击冠军岩夫林等人的名字，拉姆斯听到"搏击运动"这个名词时，觉得很好奇，海豚人又没有双手，该如何搏击呢，用嘴咬吗？不过他没有问，反正很快就要目睹了。也听到有人提到水上巴锐明星索朗月，看来索朗月在这方面也是顶尖的运动员。

出发的这一天到了，全岛的男女老幼全都下水，向深海游去，他们的"远洋轮船"在那儿等着呢。拉姆斯数了数，全岛只有150多人，与壮观的海豚人群相比确实有些凄凉。苏苏知道陆生人不适宜长距离的游泳，要来带拉姆斯游，但约翰抢了先，他说：

"苏苏，让我来吧，我比你的力气大。"

他一手托住拉姆斯的腋窝，轻松地游着。途中他低声说，在他们右边游的十几个年轻人就是他串联过的同道，有弗朗西斯、克莱因、布什等。当他指着这些人一个个介绍时，被指的人就心照不宣地点点头。拉姆斯把他们的面孔记下，说：

"我知道了。"

他们刚到达指定的海域，"轮船"也到了，这次不是虎鲸，而是一对蓝鲸。远远就看到两股冲天的水柱，有近10米高，喷气声响过火车的汽笛。一头鲸的水柱刚息，另一头鲸的喷水柱又窜出来。然后是两个巨大的尾巴，在水面上高高翘起来，又拍下去，溅起冲天的浪花。它们游近了，庞大的身形真让人瞠目。有 25 米到 30 米长，全身体表呈淡蓝色，背部有淡色的细碎斑纹，胸部有白色的斑点，腹部带有赭石色的黄斑。头相对较小而扁平，头顶上有两个喷气孔，很大的嘴巴，嘴里没有牙齿，上颌生有黑色的须板。很奇怪的是，它们的上颌部都有一块白色的胼胝，那儿曾经是生长毛发的地方，后来毛发都退化了，留下一块疣状的赘生物，就像是戴着不同形状的"帽子"。背鳍特别短小，鳍肢也不算太长，有四个脚趾，整个身体呈流线型，尾巴宽阔而平扁。

这是世界上有史以来最大的动物，体重能达到 200 吨，比最大的恐龙还要大。这得益于两点：第一，它们是水生的，水的浮力抵消了重力，使它们不致因自身的重量而压溃；第二，它们是用肺呼吸的，身体虽大，内部各器官还是能得到充足的氧气，而用鳃或体表呼吸的水生生物如鱼类就无法达到这样的体积。所以，单从体积来说，蓝鲸是进化的巅峰之作。不过在陆生人时代，由于人类贪婪的捕杀，这种巅峰之作已经接近灭绝，只是在陆生人基本灭绝之后，它们才得以复苏。

这会儿它们停在海人群之前，身躯浮出水面，背部就像一块岛，海水哗哗地从上面向下奔流。它们用小眼睛安静地打量着这片人群，不等吩咐就掉转头，安静地待着，就像是说：船已经靠岸了，请旅客上船吧。

海人们爬上去。150 个海人坐在两条蓝鲸背上，"甲板"上还是显得空落落的。杰克曼没有上来，他这会儿在两头鲸的前边，用海豚人语急骤地吱吱着。因为离得远，听不清说什么，拉姆斯想，肯定是代表海人族向它们致谢意吧。少顷，杰克曼游过来，爬上鲸背，两条蓝鲸就开始启动了。

船开得非常平稳，速度比虎鲸要慢，拉姆斯估计，每小时有十一二海里。向身后看，鲸船所过之处碾平了波浪，留下两条宽宽的水道，颇为壮观。这两只蓝鲸肯定是一对夫妻，刚才在水下，拉姆斯看到它们中有一只有乳沟，另一只则没有。这会儿它们并肩游着，不时用身体轻轻触擦一下，大概是表示夫妻之间的柔情蜜意吧。他不知道这对夫妻的年龄，蓝鲸寿命很长，最长可过百岁，除了人，它几乎是哺乳动物中的长寿冠军了。

海豚人

海天辽阔，两条大鲸载着快活的乘客，从容地碾平波浪。这是一幅恬静平和的画面，而蓝鲸的气度更使人联想到王者之气、王者之尊。拉姆斯不禁想起人类大肆捕杀各种鲸类时的情景。那是十分惨烈的，曾有捕鲸船只取抹香鲸的鲸脑，而把庞大的鲸尸留在水里喂鲨鱼。他记得，尽管后来陆生人的环保意识已经逐渐提高，但在陆生人灭绝时，海洋里的蓝鲸数量只剩下不足2000只了。

这些天，在与索朗月族人的交往中，他已经触摸到海豚人对陆生人的鄙视，至少是疏离感吧，尽管他们是陆生人创造的。他们非常尊重雷齐阿约，所以谨慎地藏着这些看法——雷齐阿约也是陆生人啊。但一个人内心深处的想法是无法全部遮掩的。

这种骨子里的疏离让拉姆斯很不好受，也在某种程度上强化了他帮助海人夺回霸权的决心。但是，平心而论，他无法为此而指责海豚人。海豚人的这些潜意识大概与豚鲸类的悲惨历史有关吧，人类的极度膨胀确实使自己成了所有生物的敌人。

苏苏这会儿可不会再让哥哥"独占"拉姆斯了，她一直靠着他，挽着他的臂膊。杰克曼夫妇坐在旁边，约翰和他的十几位同道坐在稍远处。岛上其他人都饶有兴趣地打量着拉姆斯，但没人先开口交谈，看来他们对"雷齐阿约"是很敬畏的。两岁的小贝蒂和六岁的小乔治挤过来，仰着脸看"雷齐阿约爷爷"。拉姆斯知道，小海人在一岁时就能在水里自如地游泳，比人类幼儿的生存能力强多了。他前天曾伴小贝蒂游过，几乎赶不上那个小家伙的速度。他想这不奇怪，小海人生下来就生活在水里，等于把在母亲羊水中的十个月学习经历也加上了。而且，由于海水的浮力，他们小小的双腿不用支撑身体的重量，当然比陆生人幼儿学走路要快。这也是270年来的进化成果吧。当然，他们与海豚幼儿相比又不在一个数量级上。拉姆斯扯起一个话题：

"小贝蒂，小乔治，你们也参加比赛吗？"

两个小家伙骄傲地说："当然！"

拉姆斯转向大家："你们都在运动会上有项目吗？"

大人们笑着摇摇头，说他们全都会参加，但都是业余的。四力克运动会都有一个"大参与"时段，这段时间内每个海人都会参加进去，表演某个项目，但不记在正式成绩上，而且，此刻常常是运动员远远多于观众。"海人在水里的能力比海豚人自然差远了，没法比。"

拉姆斯安慰他们："但你们比我已经强多啦！我和杰克曼、约翰、苏苏并肩游过泳，真的十分羡慕他们的泳技。还有小贝蒂，我连她都追不上。"

贝蒂反过来安慰他："不用难过的，你是陆生人嘛。"

她的口气让杰克曼和安妮都笑了。拉姆斯拍拍身下柔软的鲸背："也真难为它了，坐上人之后，只能在水面游而不能下潜。它们怎么捕食呢？"

苏苏笑着说，这倒不用替它们操心。蓝鲸的食物是丰富的浮游生物，主要是磷虾等，它们一路上把海水吞进去，再把食物滤下来，所以，行进并不耽误它们的进食。像是为她的话作证，身下的蓝鲸再次喷水了，10 米高灼热的水柱向他们罩下来，响亮的喷鼻声似乎使身下的"甲板"都在颤动。

蓝鲸已经游了五个小时，该让它们休息了。鲸背上的海人呼喊一声，都从鲸背上滑入水中。那条雌鲸背上已经空了，它快活地高高扬起尾鳍，潜入水中，就像人们在坐车坐困后舒展手脚。雄鲸背上只余下拉姆斯和苏苏一家，拉姆斯说：

"咱们也下去吧。"

苏苏说："你不必下去，它知道是雷齐阿约坐在它身上，不会不耐烦。再说，你下水后赶不上它们的速度。"

拉姆斯坚持着："不，下水吧，让它也舒展舒展身子。我尽力游，能坚持住。"

"那好吧。"

杰克曼一家和拉姆斯都下来，杰克曼还游到蓝鲸脑袋前解说了几句，雄鲸也快活地潜入水下，大约潜到 30 米深，在那儿仍保持着同样的方向向前游，海上的 150 个海人跟着它们。忽然拉姆斯看见后方海面上有十几只背鳍，他原以为是海豚人，但背鳍游近后，显然比海豚人的背鳍大。他忽然悟到：

"鲨鱼！是鲨鱼群！"

海豚人

鲨鱼群不慌不忙地游近了。拉姆斯长眠苏醒后,这是第一次与鲨鱼这么近地接触。而在长眠前,在养护海人的15年里,他对鲨鱼可是太熟悉了,有多少小海人死于鲨鱼之口啊!对鲨鱼的恐惧常常留在梦境里,摆脱不掉。它们和虎鲸一样,都是海上霸权的象征。鲨鱼面貌非常可憎,背黑肚白,流线型的身体,弯镰状的大尾巴,扁平前凸的脑袋,一双绿眼,血盆大口中嵌着几排钢刀一样的利齿。这些利齿咬断一条水桶粗的金枪鱼就像快刀切开黄油一样容易。它们的外表是坚硬的革,过去上流社会常用它做刀鞘。这种外皮非常坚硬,拉姆斯曾同它搏斗过,再锐利的钢刀扎在上面就像是扎在岩石上,只有它的鳃部和眼睛才是可下刀之处。

鲨鱼在生物进化中可以说是上帝妙手偶得的佳品,它非常古老,进化于侏罗纪后期,是一种无硬骨、无鱼鳔的鱼类,这是比较原始的鱼类形态。尽管如此,鲨鱼的进化优势十分明显,它证明原始的设计也能偶尔干出上好的绝品。鲨鱼十分残忍,生命力也极为顽强。有一次拉姆斯钓到一条大白鲨,拉到船上,把它的肚子剖开,扒出内脏,不料在这时它逃回水中了。这只没有内脏的鲨鱼照旧在水里敏捷地游动,一口吞下一个小海人,所幸,那个小海人很快从它剖开的肚子中滑出来,惊慌失措地逃回陆地,身上的血污还没有冲净,呆呆地看着仍在水中逞威的鲨鱼。这时那条鲨鱼大概也发现了不妥,用力弓起身子,吞吃自己挂在肚腹下的残余的脏器。多少年之后,这个惨烈的场景还常留在拉姆斯的梦境中。

这会儿,他的肌肉又本能地张紧了,对杰克曼说:"有鲨鱼!"

杰克曼说:"嗯,我早就发现了。"他们已经在收缩队形,把小海人保护在内圈。又用低频音波呼唤着,两条蓝鲸浮出水面,以便海人们必要时爬回鲸背。虽然采取了一些保护措施,但总的来说,他们没怎么把鲨鱼放在眼里,几位小海人还尽想往圈外游,好更清楚地观看鲨鱼。而这群鲨鱼也没有表现出拉姆斯所预料的凶残,它们用死板的小眼睛斜睨着这边,一直保持着和他们同样的游速。拉姆斯知道鲨鱼的速度相当快,能达到20多海里,但这会儿它们似乎愿意与海人们同行。苏苏笑着说:

"它们也是去参加齐力克呢。"

"它们也参加？"拉姆斯惊奇地问。

"当然不是去参赛。也许是天生爱热闹，很多海洋生物都会赶去，鲨鱼也去，一半是为了赶热闹，一半是也可捞点美餐——但海豚人和海人是在圣禁令保护下，它们不敢动的。"

"现在圣禁令已经生效了吗？"

"对，凡参加四力克的人在旅行途中已经受到保护。"苏苏奇怪地看看拉姆斯，显然不理解他对圣禁令的使用情况如此生疏——最初圣禁令可是由他颁布的啊。不过她没把这事放心里，也许，过了近300年，圣禁令已经与初颁时的情况不同了。

拉姆斯怕露馅，不敢再问。现在，看着在蓝鲸之后划破水面的十几只背鳍，他心中已经没有那种本能的恐惧。他只是不理解，既然圣禁令有这样的威力，为什么不干脆禁止虎鲸和鲨鱼吃海豚人。这样并不会使虎鲸和鲨鱼绝种，从而遭到它们誓死的反对——它们可以吃其他鱼类、海狮、海牛，甚至没有做智力提升的海豚嘛。难道真是为了它们的什么"天赐之权"？那未免太理想化了。拉姆斯知道，历史上凡握有绝对优势力量的种族，没有一个能摆脱使用它的诱惑，不管是人类对动物，还是美国对越南、阿富汗、伊拉克，都是这样。

何况海豚人只是用圣禁令保护自己的生命，并不是"滥用权力"，这样做，上帝绝不会责怪的。所以，他们没有在这方面使用圣禁令，绝不是"天赐之权"这么简单，肯定还有其他原因。他把这个问题先存在心里，等有机会再去问约翰。

三

赶到赤道已经是10天之后的早上。这儿是赤道无风带，均匀的条形浪缓缓起伏着。鲸背上的海人们开始变得亢奋，连拉姆斯也感到了这片海域中所聚集的能量。很快，他看到了一个宏大的场面，比那次对他的朝拜更为气势磅礴。数不清的海豚人和海豚在海面上蹿跃，数量之多使海面变了颜色，由蔚蓝变为海豚的鸽灰色（背部）和乳白色（腹部）。最外圈的海豚则围着这个

海豚人

大圆呈顺时针回游，把这片海域同外界隔绝开来。蓝鲸游进时，这个海豚的链条被暂时扯断，他们进去后链条又马上连接上了。

在这片异常辽阔的海域里，中心地带全是海人和海豚人，虎鲸、蓝鲸、座头鲸在稍外一圈，这些庞然大物挤靠在一起，就像是那儿升出了一块岛屿。海狮、海狗、海豹等哺乳动物在另外一边。鲨鱼们则留在警戒线外，有大白鲨，也有最大的体形极丑的鲸鲨，它们用愚蠢的目光好奇地打量着圈内。一条大章鱼也赶来凑热闹。章鱼白天一般不会浮到浅层水域，这会儿也许是被这儿的热闹景象所吸引，它缓缓舞动着八条长腿，懵懵然向海豚的警戒线游来。这个低智力的莽撞家伙不知道圣禁令的威力，不知道避开警戒线。海豚人警卫没有直接去阻拦它，他们知道大章鱼的厉害。一个海豚人的族群一般来说可以对付一只鲨鱼，它们会轮番撞击鲨鱼的鳃部把它赶走。但对付章鱼的八只腕足，海豚人显然没有把握。拉姆斯看到了这儿的局面，目不转睛地盯着，看海豚人如何处理。不过海豚人显然成竹在胸，几个警戒的海豚人朝圈内吱吱地叫着，里圈的一只抹香鲸听到了，懒懒地游过来。它可是章鱼的克星，章鱼看见它，立即向深海沉下去。

海域里响成一片，海豚的吱吱声，座头鲸悠远深长的歌声，虎鲸令人心颤的吼声，海豹慵懒的叫声，中间也夹杂着海人们快活的声音。不过，他们的声音太微弱，几乎冲不出其他声音的包围。

拉姆斯没有见杰克曼或苏苏发出什么信号，但索朗月和弥海长老已经迎来了。他们赶快滑下鲸背，索朗月游过来，用她的长吻轻轻触触拉姆斯的胸膛。苏苏扑过去，搂住索朗月，用海豚人语吱吱地聊天。弥海长老说：

"雷齐阿约，齐力克马上就要开始了。您能光临这次比赛，是海人和海豚人历史上从未有过的幸事。一会儿请您致开幕词，上次没见您的海豚人都想瞻仰您呢。"

弥海的态度十分恭谨。拉姆斯在上一次被朝拜时，虽然明知自己不是海豚人的雷齐阿约，但信徒们的敬仰之情也曾让他激动。不过，在与索朗月族人相处之后，他已经知道，海豚人可不是狂热痴迷的宗教信徒。不错，他们对他十分敬重，但那只是出于礼貌，出于对历史情况的感恩，就像是美国议员们欢迎一个来自印第安人聚居区的老酋长一样,那敬重是含着怜悯的。不过海豚人非常有绅士风度,不管心里怎么想,礼数总是做得十分到位。这回他不想再在海豚人面前丢人现眼了,便笑着婉辞道:

"谢谢你们的盛情,不过,我真的不愿让齐力克大会煞风景。我有什么可瞻仰的,一个300年前的老朽了。请按你们原来的程序进行吧。"

弥海诚心诚意地劝了一会儿,见他不改变主意,也就不再勉强。他向拉姆斯告辞:"那好,雷齐阿约,请您随便观看吧,让苏苏和索朗月一直陪着您。"

索朗月说:"抱歉,我得先离开一会儿,去参加开幕式表演,表演一完我就来找你们。"

"你去吧。我知道你是顶尖的水上巴锐运动员,我和苏苏一定睁大眼睛盯着。"

喧闹声霎时停止了,海域内没有人声,也没有风声和浪声,天上的白云静静地悬在头顶。千万只海豚呈同心圆向中央聚集,仰着头,等着那一刻。弥海在人群中心喊了一声,接着,几百只座头鲸齐声唱起来,音调深远悠长,非常浑厚,通过海水传向远方,也震荡着拉姆斯的心灵。所有海豚人和海人都十分肃穆地聆听着。拉姆斯听不懂鲸歌的内容,但从在场人的表情中意识到这首歌曲的分量,而且他也感觉到这首歌曲有震撼人心的力量。他悄悄触触苏苏:

"这首歌是什么意思?"

苏苏小声说:"这是座头鲸从远古流传下来的鲸歌,在全世界的座头鲸中流传。早在陆生人时代,科学家就曾录过这首鲸歌,做了很深入的研究,但最终没能破译。后来,海豚人语言学家把它破译了,发现它是使用鲸类的古语言写的诗歌,内容十分动人。后来这首歌便被当成海人和海豚人共用的族群之歌。你想听歌词的内容吗?"

"当然。"

很简单的八句短语,反复吟唱。内容是这样的:

海豚人

> 古老的鲸歌，
> 比时间更久远。
> 血脉的记忆，
> 在鲸歌中流传。
>
> 生于海洋，
> 曾爬上陆地；
> 我们归来，
> 又寻回肢鳍。

就像一口万年大钟突然在耳边响起，拉姆斯被震晕了。那边的歌声仍在反复吟唱，所有的鲸豚都如醉如痴，它们的基因与歌声在共鸣着。拉姆斯异常震惊地问："你说这是远古流传下来的鲸歌？"

"对呀。"

"不是后来创作的？"

"不是。"

"不是翻译者的再加工？"

"不是，他们说绝对忠实于原作。"

拉姆斯下意识地摇头，简直是目瞪口呆，他的震惊弄得苏苏也很茫然。拉姆斯绝不相信这是远古流传下来的原汁原味的鲸歌。他知道鲸类都有一定的智力，但达不到"创作诗歌"这个档次。退一步说，即使它们真有这个档次的智力，能够创作诗歌，那也最多只能写出这首歌的前四句。因为，后四句话正确地描述了鲸类的进化之路，它们怎么可能知道？即使再退一步，假定它们的种族传说中记述了1000万年前由陆生动物进化为鲸类的历程，又怎么可能知道自己"生于海洋"？那是几亿年前的事了，中间又经过从鱼类到爬行动物再到哺乳动物等多少物种的变迁，什么样的记忆也会被割断的。

他知道，陆生人科学家确曾认真研究过座头鲸的鲸歌，还曾出版过包含548首曲目的鲸歌集。座头鲸音域十分宽广，高音像工厂汽笛，低音像混响的号角。它的歌常有小段的重复，就像人类古典音乐的结构，某些复杂的鲸歌还有韵脚。但那时人类只研究鲸歌音节的长短、旋律的重复，研究鲸歌对鲸类求偶的作用，以及全球各地的鲸歌是否一致等，一句话，那时是把鲸歌作为"乐曲"而不是"歌曲"来研究的，从没想过鲸歌中还能包括人文方面的内容。所以，陆生人没能破译鲸歌也就不足为奇了。

如果苏苏所言为实，那就涉及一个巨大的历史之谜。这首歌所引起的震荡很久还在他心中轰鸣着，他没想到的是，第二天，蒙在这个历史之谜上的黑布就稍稍揭开了一点。

已经在水里浮了一个小时，多少有些累了。一直关注着他的杰克曼说："雷齐阿约，你可能累了吧，是否把蓝鲸召过来？"

拉姆斯笑着说："那未免太小题大做了，为了我一个人，需要一头巨鲸！不，我还能坚持。"

苏苏托住他的腋窝，他感觉省力多了，便向杰克曼做个手势，让他放心，继续观看节目。鲸歌结束了，下一个是大型团体舞，1000 个海豚人游到中央的空场里，索朗月应该也在里面吧。这 1000 个都是飞旋海豚，他们的技巧性比其他海豚人更强。拉姆斯恍然觉得自己回到了陆生人时代的海洋动物馆，观看灵巧的海豚表演水中技巧，但今天的场面更壮观。1000 个海豚人在水面上直立、蹿跃，在空中回转，进行队列变换，这些动作还是海洋动物馆的海豚们能做到的。但以后的动作难度越来越大，观众的情绪也越来越高涨。

场上静止了刹那，突然一个海豚人从水中跃出来，跃得非常高，大约有 10 个人垒起来的高度。其他海豚人依次蹿出来，彼此咬得很紧，基本上是后边的脑袋顶着前边的尾巴，形成了一个海豚人的弧形珠串。这个珠串从一边升起，飞到 50 多米外入水，周而复始，就像一串灰白相间的彩虹稳定地悬在天空。

观众中响起一片吱吱哇哇的喝彩声。彩虹终于隐没到水中，然后，两个海豚人从两侧相对游来，高高地蹿到空中，身体用力弯曲，两只脑袋和两个尾巴互相接近，在空中组成一个圆圈。第三个海豚人间不容发地跃起，从那

海豚人

个圆圈中钻过去。

杰克曼一家都在叫好，拉姆斯也忍不住喝彩。这样的动作难度很大，因为起跳力度和时间必须把握得很准，否则两个脑袋就会狠狠撞在一起。而且，两个海豚人身体所组成的圆，也就是略略大于海豚人身体的粗细，第三只海豚竟能准确无误地钻过去。但更难的动作还在后面。再一次起跳时是六个海豚人，他们在空中组成了三个圆，中间高两边低，第七只海豚跃起来，依次钻过三个圆圈。三个圆开始从最高点下降，而第八位第九位海豚人跃起来，从正在下落的三个圆中准确地钻过去。

这些动作太神了，拉姆斯由衷地大声喝彩。

下面，飞旋海豚人开始表演他们的拿手好戏：在垂直平面上翻筋斗。1000个海豚人同时起落，时间分毫不差。赛场上尽见鸽灰和乳白两色交织，此起彼落，缤纷一片。然后赛场静下来，一个海豚人跃出水面，这个动作不是他独力完成的，水里有两个海豚人在用力抛他，所以他跳得比过去高，在空中完成了720度的回旋。几十个海豚人重复了这个动作，然后他们退场，场面静止片刻，一位女海豚人跃出水面。苏苏高兴地喊：

"是索朗月！"

的确是索朗月，虽然海豚人的雌雄体形分别不大，面貌更是难以分辨，但可能是直觉的作用吧，拉姆斯也一眼就认出她了。索朗月也在空中做了几次720度回旋，然后潜入水中，场面上安静下来，观众屏息静气地等着。索朗月突然从水中跃起，这次她没有做回旋，但在她从最高点开始下落时，另外两位海豚人高高跃起，身体弯成弓形。当索朗月降到与他们相触时，两张弓猛然弹直，索朗月借力再次跃入高空。这次她跃得远比过去更高，在空中轻松地做了个1080度的大回旋，轻盈地落入水中。她的动作优雅得令人心颤，拉姆斯不由想起陆生人时代的芭蕾舞女演员。

下面又是一片喝彩声。

团体舞结束了，1000位海豚人散归各个族群。索朗月飞快游回来，苏苏喊："索朗月姐姐，你的三周飞旋真漂亮！"

索朗月游近了，体力还没有完全恢复，有点气喘吁吁的样子。拉姆斯也称赞着："索朗月，你真棒，那个钻圈动作中有你吗？我看其中一个像你。"

"对，我是在最高处钻圈的。"她一眼看出拉姆斯有点累了，急忙游过来，与苏苏并排停着，"理查德，来，攀住我的背鳍。"

"不，你先休息休息，我能坚持。"

"来吧，我已经恢复过来了。"

拉姆斯攀住她的背鳍，她在水中的力气比苏苏大多了，所以拉姆斯基本上不必再用力。他打量着近在咫尺的索朗月，她的眸子中还闪耀着刚才表演所留下的愉悦和亢奋，身体也比平常更温暖。他的注视太专注，索朗月注意到了，回过头嫣然一笑，用长吻擦擦他的胸部，还用细小的牙齿轻轻咬咬他的肩头。这是两人认识以来她最亲昵的动作了，拉姆斯觉得一股电流从肩头涌向心头。

下面是短距离游泳。赛场被清空，连一只鱼也没剩下。32位海豚人并排停在起跑线上，裁判也就位了，拉姆斯认出来是弥海长老。观众静下来，裁判用超声波发出号令，32只海豚闪电一般向前游去，他们的速度显然远远高于普通海豚人，照拉姆斯估计，能达到25海里以上。他们很快到达终点，第一名兴高采烈地噙着一只浮球回来，那是胜利的标志。拉姆斯说：

"他们的速度真快！世界纪录是多少？"

索朗月说："没有纪录。"

拉姆斯很吃惊："如此盛大的四力克比赛竟然没有正式纪录？"

"对，这是'相对性'比赛，只记录这一次的优胜者是谁，不记录绝对数据。"

拉姆斯意识到海豚人体育和陆生人体育的区别。人类体育纪录是非常严格的，电子计时的精确甚至达到这样的程度：游泳池的长度有一毫米的误差就能影响到成绩。这当然是优点，但似乎也有点过于雕琢。海豚人体育看重的是参与，是竞争，而不在乎比赛的绝对成绩。他想，也许这是因地而宜的规定吧。在海里没有固定的池壁，本来就难以达到陆上的纪录精确度。

索朗月说："赛场很大，各种比赛分别进行，我领你到各处转转吧。苏苏

海豚人

你去不去?"苏苏说:"我当然去。"于是他们三人开始沿赛场巡视。这边就是所谓的"大参与"区,众多海豚人和海人在表演,当然他们的水平只是业余的,尤其是海人,他们只能算是残疾人运动会的选手。不过周围也有一些观众,很礼貌地为他们喝彩。拉姆斯在这儿看到了索朗月的族人,看到了熟识的海人,约翰也在其中。他向熟人打了招呼,没有多停留,随索朗月离开了。

下一个区域是深潜比赛区。这个项目的运动员很少,只有七八人,个个剽悍粗犷,令拉姆斯想起头戴羽饰的印第安人和穿藏袍裸右臂的藏族人,看来这是一种典型的男性运动。一只抹香鲸在陪伴着他们,离老远就看到它那巨大的黑箱般的头部,和呈45度角喷射的单股水柱。游近了,索朗月笑着问拉姆斯:

"认出它了吗?是向你朝拜过的香香。"

拉姆斯认出来了,而香香看来早就认出他们了,它的小眼睛里闪着调皮的光芒,把一股斜向水柱向他们喷过来,灼热的水浇了他们一身。索朗月介绍说:未做智力提升的鲸类一般与海豚人的关系不密切,仍是像过去一样各行其是。像四力克这样大的活动,它们有参加的,也有不参加的。不过鲸类中有一些例外,像虎鲸戈戈、抹香鲸香香、昨天的蓝鲸夫妇蓝蓝和点点,和海豚人的关系就十分密切,几乎每天都生活在海豚人圈子中。这个香香可以说是海豚人深潜运动的总教练,因为抹香鲸的食物就是以深海乌贼为主,是深海潜水的好手。杰克曼上次已经向他介绍过,就原始技能而言,抹香鲸一般能潜到2200米的深度,海豚中深潜能力最强的弗氏海豚能潜到500米左右。但现在训练有素的深潜运动员已经远远超过这些纪录,比如:香香能潜到3500米左右,海豚运动员也能潜到2000米。

虽然运动员很少,但观众却非常多,这是海豚人最看重的比赛项目之一,类似于陆生人的男子百米和男子跳高。比赛开始了。八个运动员高高甩起尾巴,迅速向海下潜去,香香也随他们下去。以后就是令人焦灼的等待。很长时间了,拉姆斯估计快半个小时了,运动员们还没浮出来。他询问地看看索朗月,索朗月似乎是司空见惯,趁这空当儿向他介绍说,海豚人的深潜也没有绝对纪录,反正以潜到海底为止,这儿的海底大约有2200米。然后看他们能否捕获一只大王乌贼。这个项目没有个人优胜者，因为凶恶的大王乌贼绝不是一个海豚人所能对付的。

忽然，一个海豚人嗖地从海里窜出来，几乎同时，其他几个运动员也疾速地蹿上来，其中一人咬着大王乌贼的一只残肢。拉姆斯数数，只有七个人返回，第八人呢？又过了一会儿，香香冲出水面，张开嘴，吐出一个海豚人。他已经死了。

赛场一片肃穆。苏苏眼圈红了，悄声对拉姆斯说：深潜运动是四力克赛事中最危险的项目，死人是常事。他们是以有组织的训练有素的运动员来猎捕大王乌贼，这违背了海豚人社会中对于"天赐之权"的尊重，所以他们严格控制着参与集体捕猎的人数。因为，他们只有同样冒着生命危险，对被猎捕的大王乌贼才是公平的。这会儿，那具尸体在水面上漂浮，七个运动员围过去向他致哀，其中噙着乌贼残肢的人把残肢放到尸体上，就像在牺牲的士兵身上覆盖国旗。几分钟后，他们离开尸体，香香游过来，若无其事地把尸体吞吃了。

经过上次的鲸葬，拉姆斯已经不再震惊。他知道这算不上是对香香的赏赐，对于抹香鲸来说，大王乌贼才是最好的食物。它吞掉这个死者，也许只是表示对它的尊敬。

太阳已经到了头顶，怪里怪气的鲸歌声响起来，这是表示赛事暂时中断，大家可以进食了。在外圈巡游的海豚人撤回来，这儿的秩序立即被打乱，各种食肉种族都开始寻找自己的目标。不过，加在海豚人和海人身上的保护并没有失效，没有动物敢对他们下手。拉姆斯曾看见一只鲨鱼懵懵然向他们逼近，但就在它开始进攻时忽然忆起了什么，又悻然地转身游走。

索朗月为拉姆斯捉到了一只蓝点马鲛，她自己也捉到了一条白枪鱼，苏苏则抓到了一条梭子鱼。三人进食甫毕，新赛事就开始了。下午他们主要观看搏击比赛。拉姆斯曾对无手无脚的海豚人如何搏击感到好奇，实际非常简单：两个海豚人在海里进攻、躲避，谁能咬到对方的尾巴就算胜利。当然要做到这一点是非常困难的，难就难在防御远比进攻容易，当对方追近时，被追者只要一调尾巴，就能变成与追击者面对面，于是一切又得从头开始。

海豚人

搏击一开始,观众就全部潜入水中,连海人观众也都潜下去了,因为这种比赛在水中观看更过瘾。索朗月和苏苏知道拉姆斯既不能深潜,也不能长时间潜水,就留在水面上陪着他。实际上,由于海水极为清澈,在水面上也能看个大概。十对选手捉对儿厮杀,在一百米深的海域里翻滚腾挪,异常敏捷,常常做出你意想不到的动作。追击者和被追击者的身份常在一秒钟内互换,眼看一个选手几乎咬到了对方的尾巴,但对方一个急转,反而插到追击者的后边。这种比赛方式和陆生人空军的单机格斗非常相像,但海豚人动作的敏捷和随意性远远超过飞机。

场上的比赛看得人眼花缭乱,奇怪的是,这样激烈的比赛竟然不设裁判。当一方咬到对方尾巴后,双方就立即上浮,友好地碰碰长吻,退出赛场。有一对选手出了点差错,一方认为他胜利了,但对方礼貌地表示质疑,于是他们又重新开始比赛,没有引起争执,也不需要仲裁。这让拉姆斯感慨良多。

比赛进行了大约半个小时,有六对选手始终没出现胜利者,他们全被淘汰了。其余四对选手分出了胜负,胜者就进入下一轮。拉姆斯观看了两轮,看得很入迷。不过比赛的项目还很多,不能在这儿花太多的时间,他对苏苏和索朗月说:

"好了,咱们再去看看别的比赛吧。"

三个结伴向前游,索朗月介绍了别的比赛项目,有跳远——看蹿出水面到下次落水的距离、跳高——看蹿出水面后的滞空时间、长途赛跑——看一天内能跑的最远距离等。拉姆斯问:

"依我观察,你们的比赛都不分性别,对吧?"

"对。雌雄海豚的体型和体力相差不大,所以也就不分性别了。有些项目女海豚人多一些,如水上巴锐;有些项目则男海豚人多一些,比如深潜。不过总的说,区分并不严格。"

正说到深潜运动,拉姆斯忽然看见香香的大脑袋浮在不远处的水面上。游近了,它不是独自在那儿,在它脑袋前有一条海豚,两个正在很热络地交谈着。三人游近时,那个海豚人立即游过来。是一条弗氏海豚,体型健壮结实,短吻;背鳍的形状是小三角,胸鳍细细窄窄的,尾鳍比较小,从吻部到肛门有一黑色长条斑，铜褐色的背部，粉红色的腹部。他迎过来，非常恭谨地向拉姆斯俯首行礼：

"您好，雷齐阿约。你们好，索朗月女士，还有这位不知名的姑娘。"

索朗月急忙为拉姆斯介绍："这就是我跟你提过的深潜冠军岩苍灵。"她解释说，"实际只能说是深潜冠军组的成员，因为深潜不分个人名次。不过大家公认他是最棒的。岩苍灵，这位是苏苏。"

苏苏也向他问了好。拉姆斯一眼就喜欢上了这个海豚人，他的目光沉稳，表情沉毅粗犷。头上有几处明显的伤疤，那是在猎捕大王乌贼时被它们的吸盘弄伤的。他笑着说："你好，岩苍灵，听说你能潜到2000米？太棒了！陆生人若不借助机械的话最多只能潜到180米，比你差得远。"他转过头问苏苏，"海人呢？海人能潜多深？"

"一般海人能达到150米，海人深潜运动员能潜到250米，再深就不行了。"

岩苍灵平和地说："没什么了不起，我们的身体结构不同嘛。鲸豚类潜水时肺部收缩，不再进行空气交换，依靠血液来保存空气，所以不会得潜水病。陆生人因为身体结构的限制做不到这一点。雷齐阿约，自从您复活后，我一直想见您呢。我知道您在陆生人时代是个核潜艇艇长，也是在深水中生活，我们算是同行吧。"

他提到核潜艇，拉姆斯的心猛一紧缩。几天前，他曾和约翰密谋过用核潜艇来为海人争"嫡长子继承权"。不管有多么正当的理由，那个计划是十分血腥的。这几天约翰一直不在眼前，自己沉浸于海豚人比赛的明朗气氛中，那个念头被暂时搁置了。这会儿听到"核潜艇"这个词，他又立即掉回到那种阴沉的氛围中。他怕索朗月看出他的情绪变化，勉强笑道：

"哟，我可不敢跟你比。核潜艇的最大潜深只有430米，比你差远了。陆生人也有可达6500米甚至10000米的载人深潜器，但我从来没有坐过。再说，核潜艇只是一座钢铁牢笼，坐在那里面既不能观看水中动物，又不能出来游玩。当然艇上有出入口，但只供蛙人使用，而且只能在浅海使用，艇长是没机会出艇的。"

海豚人

他忽然悟到自己的话多了一些，有些尴尬地住了口。但三个同伴都没有意识到他的异常，岩苍灵恭谨地听他说完，接着说："我想见雷齐阿约是因为一件小事。"他稍稍有点犹豫，"是一个很古老的流传不广的传说，我不知道它有多少真实性，所以，冒昧地请雷齐阿约为我判定。"

拉姆斯苦笑地想，这些天，雷齐阿约的光环甚至在苏苏这儿都褪色了，只有从未见面的海豚人还保持着对他的仰视感。他诚恳地说："岩苍灵，我并不是全知全晓的雷齐阿约。不过你说吧，看我能否给你提供一点帮助。"

"那我就讲吧，可能要耽误雷齐阿约一点时间，这个故事很长。它主要流传于抹香鲸族群中。海豚人智力提升后，对座头鲸的语言研究得很透，但对抹香鲸的语言还没有怎么研究。抹香鲸的智力又不足以把这件事叙述清楚。不过我与香香很熟，已经达到心灵相通的程度。再加上猜测和推理，大致弄懂了它的意思。这个故事就是这样得来的。"

拉姆斯的兴致被提起来了，苏苏和索朗月也很好奇。他笑着说："请讲吧，不要怕耽误时间，我们都很想听呢。"

"请稍等，我把香香喊来，让它做旁听吧。"

他喊了一声，香香很快游过来，把它的大脑袋杵到拉姆斯之前。那个脑袋上面的伤痕更多，都是与大王乌贼搏斗时留下的。它打了一个呵欠，露出近百枚200多毫米长的尖牙。不过抹香鲸只有下牙床上有牙齿，上颌只有被牙齿刺出的一个个洞。它用调皮的眼光看着拉姆斯，似乎在忍着嘴边的笑意。拉姆斯想，它一定是在嗤笑这个丑陋的陆生人吧。不过这笑谑明显是善意的，它对拉姆斯的好感而不是公式化的敬重清晰可感，于是他也回了一个友好的微笑。

岩苍灵说："香香，我要把你讲的故事讲给雷齐阿约听。"香香拍了拍尾巴，表示知道了，"香香，你认真听着，如果我有什么讲错的地方，你告诉我，好吗？"

它又拍拍尾巴。看来，他和它之间确实十分默契，至少做到言语互通了。岩苍灵便有条不紊地叙述了这个故事。

传说这件事发生在1024万年前。在这儿使用的是二进制，在二进制中1024是个整数，2的10次方，所以这个年份很可能不是准确数，而是约指。那时，长乳房的兽回归海洋，变成鱼，长出鱼鳍和尾巴。这些变成鱼的兽又分了家，有的越长越大，有的保持着原来的大小。小的兽吃鱼，大的兽吃小兽，却忘了那是自己的表兄弟。有一天，"神"突然来了。神是从虚空中来的，乘着不喷火的船。岩苍灵强调：传说中就是说的"不喷火的船"。这有点不合逻辑，因为那些兽们并没见过喷火的船，甚至连普通的船也没见过，何用加这样的修饰？但岩苍灵说，他完全忠实于传说中的原话。这些船能在水里游，更能在星星中间飘荡。船里满是水，神长着尾巴，在水里游。神的船落到了1024个海豚身体那么深的海里，这个1024仍有可能是约数，最先见到的海中居民是正在海底捕大王乌贼的抹香鲸。后来神跟着它浮上水面，又见到了虎鲸、须鲸、各种海豚、海豹等，当然也见到了鲨鱼、金枪鱼、燕鳐等，但神最喜欢的是长乳房的兽。兽们都不知道这是为什么，因为神并没有长乳房啊。

神在长乳房的兽中间待了很长时间。后来他说，他最喜欢小个子的兽，因为它们数量多，长得可爱，特别是白嘴巴仔和斑点仔。神问小个子的兽："你们愿意变成神吗？变成神后，你们也可以到星星之间飘荡，可以干很多很多现在做不到的事。不过，变成神后，你们就不能像现在这样自由自在地玩耍了。而且，在你们中间可能会出现战争、谋杀、强奸、阴谋等种种堕落。这些堕落并不是必然出现，但很难避免。所以，愿不愿变成神，你们想好再决定吧。"

小个子的兽不知道什么叫战争、谋杀、强奸、阴谋，神用了很长时间才给它们讲清。那时，小个子的兽已经很聪明，能聚到一块儿商量了。它们很贪玩，不愿过那种"不能自由自在地玩耍"的生活。它们也很单纯，不愿意"堕落"。于是他们商量后就回绝了。神很惋惜，问："你们拒绝了我的礼物，会不会后悔？"小个子的兽笑嘻嘻地说："不后悔！怎么会后悔呢。"神又说，"我走后，你们能记住我吗？我希望你们记住我啊。"小个子的兽嬉笑着摇头："不知道，也许记不住。"神说，"那好，我把咱们的见面编成鲸歌，让最擅长唱歌的座头鲸千秋万代传唱下去，这样你们的后代就能记住我了。"

神驾着不喷火的船走了，走前留下几首鲸歌，还有一件"窝格罗"。后者是和太阳一样亮的东西。窝格罗在1024个小兽身体那么深的地方藏着，有八爪章鱼和大海蛇在护卫。神说，什么时候小个子或大个子的兽后悔了，改变主意了，想变成神了，就到1024个海豚人身体那么深的地方把窝格罗找到，那时，窝格罗会教它们该怎样做。

岩苍灵讲述这个传说时，拉姆斯只觉得太阳穴嗡嗡作响，血液往头上冲。虽然这个传说十分离奇，但拉姆斯本能地觉得：这是真的。在1000万年或几千万年前，确实有外星人来过，在鲸豚中留下了这件事的回响，而自诩为科学昌明的陆生人一直没有觉察到这个历史事件的蛛丝马迹。拉姆斯心中有点怅惘，这对他的信念是一个打击：外星人为什么看中了海豚而没有看中类人猿呢，而且——外星的神也是长尾巴的水生动物，这难免让人心中不舒服。但从逻辑上说，这又是无法反驳的。地球上有70%是海域，智力种族从海中进化出来的可能性应该更大一些，至少有这个可能吧。地球上由陆生生物进化出人类只能说是一种偶然现象。而且，你也不能否认，在宇宙中，水域占优势甚至全被水覆盖的星球是有可能存在的，那么，那个星球上的智能种族当然是水生生物了。

岩苍灵娓娓讲着，而香香认真地听着，显然它能听懂，他和它之间的这种交流肯定已经有多次了。香香不停地点动着它的大脑袋，看来岩苍灵所说完全符合它的本意。岩苍灵讲完了，拉姆斯认真思索一会儿，问岩苍灵："关于窝格罗，还有其他传说吗？"

"据我所知，没有了。"

"索朗月，你是历史学家，你听说过吗？"

索朗月在她的外脑信息库中迅速做了检索，遗憾地说："没有。"

拉姆斯想了想："那有没有与'窝格罗'读音比较相似的传说呢？"

索朗月想了片刻，悚然警觉："有！"

"是什么？"拉姆斯急迫地问。

"你已经参加过海豚人的成年仪式,也听到了仪式上用的祷歌,对吧。其中有一首短歌,是五六岁的孩子爱唱的,所有海豚人都唱过,也都非常熟悉。歌词非常简单,只有两句:

罗格罗,罗格罗,
没有你我们更快活!"

苏苏也说:"对呀,这是一首流传很广的童谣,海豚人和海人孩子个个会唱,我小时候也唱过!"

拉姆斯点点头,意味深长地噢了一声。索朗月说:"看来,'罗格罗'是'窝格罗'的讹音了。其实我早该怀疑的,如果把这首童谣当成成年仪式时的祷歌明显不合适——在与成年的兄长告别时,怎么能说'没有你我们更快活'呢?但如果把它理解成'窝格罗',意思就正确无误了。"她羞愧地摇摇头,"真的,我早该想到这一点。但这首童谣千万年来一直传唱,所有人从童年时就听熟了,思维也就麻木了,没能往深处想。"

拉姆斯进一步剖析说:"如果这件事是真的,那你们的族群之歌也可以解释了。'生于海里,曾爬上陆地,我们归来了,又寻回肢鳍。'这个进化之路是外星的神告诉海豚的。"

"对。理查德,你真行。"她由衷地称赞着,"你的思维非常敏锐,在不经意之间解开了一个大的历史谜团。"

拉姆斯苦笑着想,自从他醒来,索朗月对他的敬重一直是理性的,只是因为他的"雷齐阿约"身份,这次大概是她第一次真心地称赞。他淡淡地说:"算不了什么。过去你没能解开谜团,只因为你没听香香讲过这个传说。所以,真正的功臣是香香。"他用海豚人语说,"香香,谢谢你。也谢谢岩苍灵。"

香香没听懂他的话,岩苍灵为它翻译了,香香目光闪动,得意地甩甩尾巴。

"但事情还没完呢,"拉姆斯说,"神说'窝格罗'和太阳一样亮,那么,即使在深海中它也应该能看见。岩苍灵,你和香香在深海见过什么发强光的东西吗？"

岩苍灵和香香商量一会儿，摇摇头说："我们都没见过。"

"那么，它的能量可能已经用光了。这不奇怪。窝格罗不太大吧，听你们的讲述，它应该是一件不大的礼物。这么小的东西，没有什么能量方式能维持上千万年的耗用。"

岩苍灵急急地说："对了，我刚才少说了一点，传说中说，窝格罗是不会死的！"

"是吗？"拉姆斯吃惊地说，"不会死？也就是说，能量永不耗竭，或至少在几千万年内不会耗竭？"

"对，传说中是这样说的：窝格罗不是生物，但它会不间断地进食，所以永远不会死。我想这句话可能是说，它会不停地从外界吸收能量。"

索朗月沉思着说："如果是真的，那这种利用能量的方式超过我们的知识水平。"

这个消息太出人意料，他们都被深深震动，默默思索着。拉姆斯说："不管怎样，请岩苍灵和香香，请所有能深潜的海豚人和抹香鲸以后随时注意，如果发现海底有什么发强光的东西，赶紧通知我。"

"我们一定照办。"岩苍灵说，又对香香说了几句，香香也答应了。

"好啦，谢谢你们俩。再见。"

"再见。"岩苍灵说，但并没有马上离开。停了一会儿，他游过来，把脑袋搁到拉姆斯肩膀上，轻轻地擦着。香香也过来，用它的大脑袋顶着拉姆斯的身体。拉姆斯理会到这种"男人的拥抱"，也十分感激他和它的情意，便拥抱了岩苍灵，又尽可能地拥抱了香香。它的脑袋实在太大，简直无法拥抱，然后互道告别。一豚一鲸离开他们，潇洒地游走了，留下一条细浪花和一条宽阔的鲸道。

第五章 妻 子

一

参加完齐力克，拉姆斯在杰克曼家住了很长一段时间。运动会中他在日光下曝晒较多，结果皮肤蜕皮很厉害，灼热发疼，全身乏力，恶心欲吐。看来，在270年后，地球表面的辐射量仍然比较强，超过他的耐受力。苏苏一家因为经常潜在水里，受的直接日晒不多，基本上没什么反应。

所以，这些天他一直躲在岩洞里休养。索朗月来看过他两次，但她要和族人生活在一块儿，无法长期滞留在岸边。她只能交代苏苏照顾好拉姆斯。当年她决定把自己的爱情献给雷齐阿约，就像小人鱼把爱情献给王子。不过她忽略了一点：小人鱼最终长出了两条腿，可以上岸生活了——即使她每走一步就像走在刀刃上，而她却不能与理查德生活在同一个区间。

她仍然深爱着她的雷齐阿约，即使不能生活在一起，雷齐阿约仍是她精神上的丈夫。

拉姆斯在苏苏家养了十几天，身上的晒伤痊愈了。这天晚上他对苏苏说："苏苏，陪我到外边去转转，行吗？"

苏苏很高兴，这些天，只要出去，拉姆斯总是拉着约翰作陪，这还是第一次主动提出让苏苏陪呢。她快活地说："当然！走吧。"

她挽起拉姆斯的臂膊，爬过岩岸，漫步向海滩走去。下弦月低低地挂在天边，映着岛上棕榈树的大叶子。海浪不高，沙滩平坦而松软。苏苏先跑到水边，侧腿坐在一块凸出的岩石上，回头喊："理查德，快过来！"

拉姆斯没有急着过去，苏苏映着月光的倩美身影忽然勾起回忆的涟漪。他想起和妻子南茜有一次到夏威夷度假，那时他们还没有女儿。晚上，妻子穿着泳衣坐在海滩，也是这么一幅天人合一的画面，温馨的月光勾勒出女性

海豚人

身体的倩美。他忽然又想起覃良笛，那时他们常常屈腿坐在岸边，看一群大大小小的海人崽子在水里嬉闹。那时覃良笛的面容已经相当衰老，但身形仍然姣好，她沐浴在月光下的画面永远是他记忆中的亮点。今天，这一幕又出现了，不过这回不是南茜，也不是覃良笛，而是另一个年轻姑娘。

连海里的景象也和过去一样，十几个大大小小的小海人在那里嬉闹，不知是在做什么游戏，吵闹得像一池青蛙。拉姆斯刚在苏苏身边坐定，忽然海水中传来一阵尖叫，苏苏急急地说：

"鲨鱼！"

她迅速跳入水中，拉姆斯也要过去，她回头喊一声："你不要下来！"就消失了。拉姆斯焦急地等着，仅两三分钟后，苏苏就领着一群孩子回来了。小贝蒂快活地说："拉姆斯爷爷，一条大白鲨！"

"苏苏，没事吧。所有孩子都回来了？"

"没事，都回来了。"苏苏平静地说。十二岁的坦弗里大大咧咧地说："没事！苏苏姐姐不去，我们也能躲得及的。那条愚蠢的大白鲨！"

苏苏说："好了，你们回去吧。"小海人与他们告别，吵吵嚷嚷地走了。拉姆斯笑着说："真是些能干的小家伙。苏苏，我刚才听见他们在尖叫：'我的上帝！'是吗？"

苏苏愣了一下，才悟出他的话意："噢，是的，不过并没有什么宗教含义。海人没有接受陆生人的宗教，所以，'上帝'在他们心目里只是个语助词而已。"

拉姆斯自嘲道："我知道海人社会里没有宗教，不过，听到这个词，至少让我这个基督教徒心中感到亲切一些。"

苏苏调皮地看看他："理查德，我知道今晚你肯定有话对我说，我已经做好准备了，开始吧。"

拉姆斯沉吟片刻，郑重地说："我确实有话要对你说。苏苏，我从冷冻中醒来后，你们按照女先祖覃良笛的遗训，为我找了两个妻子。我十分感念你们的关心，也感念覃良笛的细心。但是，我俩毕竟年纪悬殊……不不，你先不要打断我，让我把话说完。年纪也许不重要，重要的是心态。你的心态是早上的太阳，而我已经在计算我这根蜡烛还能燃多长时间了。从我的身体状况看，我的寿命不会太长了。而且，我毕竟是陆生人，是旧世界留下的一个遗老。虽然我和覃良笛创造了海人，但让我单独生活在海人社会里，心理上难以接受。以后，也许我会回美洲大陆，去寻找陆生人的残余，也许会干脆回到冷冻箱中。我不能把一个妙龄少女和我的命运捆在一起。苏苏，不要再提这件事了，坦率地说，你的爱情有些概念化，只是因为我是'雷齐阿约'而已。忘了我，很快你就会心情泰然了。"

苏苏仍然调皮地看着他："还有吗？还有吗？"

"你不要这样，我是认真的。"

苏苏也认真起来："那好，我也认真谈谈我的想法吧。你说得对，我对你的爱情在开始时有些概念化，但经过这一段的相处，我已经把它转成坚实的爱情了……你也不许打断我！"她威胁地说，随即又笑了，"你说你是旧世界的遗老，你知道是什么真正打动了我吗？恰恰就是你这种末代王孙的苍凉感。你觉得自己是个多余的人，觉得自己在水里很笨，觉得自己很落魄、很自卑，对吧？"

拉姆斯开始吃惊了，在他眼里，苏苏是个什么也不懂的毛丫头，没想到在嘻嘻哈哈的外表下也有这么锐利的目光。他简直有点汗颜了，这么多天一直暴露在这样锐利的目光下而他却不自知。苏苏生怕她过于直率的话会让拉姆斯难为情，忙说：

"但你可能没感觉到吧，在你自卑的外表下是逼人的自尊，男人的自尊。海人中没有这样的男人，一个也没有。这不奇怪，谁能有你这样大起大落的经历呢：你是旧人类的幸存者，是新时代的开拓者，在 270 年的冷冻后重新复活……这样的经历谁能比得上？没有，阅历最丰富的海人也比不上你一个小指头。所以你想，我会放过你吗？"她咯咯地笑起来。

拉姆斯听得直摇头。自卑外表下逼人的自尊，也许苏苏的剖析比他的自我认识更深刻。为了今晚的谈话，他准备得很充分，但这会儿他已经无话可说了。苏苏接着说："这还没完呢。上次你对'窝格罗'的分析，表明你的思维还非常敏锐，不愧是雷齐阿约。告诉你吧，索朗月私下里说过许多次，说她从那以后真的很佩服你，说你的'超越时代的目光'是不可多得的。"

她看看哑口无言的拉姆斯，快活地笑起来："你还有什么话可说？"她钻到拉姆斯怀里，搂着拉姆斯的脖子，"你就是我的丈夫，就是我的丈夫。不要再拒绝我的爱情，好吗？"

拉姆斯叹口气，用手抚摸着她赤裸的背部，默认了。过去他总认为苏苏是个思想简单的小姑娘，答应她的爱情简直是利用她的无知去犯罪。但现在呢，既然苏苏有这样的思想深度，那她确实有资格做自己的妻子了。

当务之急是"甩掉"索朗月。当他和约翰密谋着对付海豚人的时候，再答应索朗月的爱，那才是居心卑鄙。他一定要明白地拒绝她，哪怕这会让她很难过。这是他唯一能为索朗月做的事了。

苏苏吻吻拉姆斯："好啦，不要再想这件事了。给我讲讲你的两个妻子吧，"她改口说，"先讲讲覃良笛吧。她是我们的女先祖，但奇怪的是，海豚人外脑信息库中关于她的资料相当少。她好像是有意把自己隐在你的光芒之后。前天索朗月姐姐对我说，她非常珍惜你这次的复苏，她会很快来找你，把那一段缺漏的历史补齐。不要忘了，她可是历史学家。"

拉姆斯在心中苦笑着：可惜，他绝不会把这一段真实的历史告诉索朗月，甚至也不能告诉苏苏。目前他仅对约翰透露了一点，但约翰也不是传授这段历史的好对象。也许，他只能把这部分真相带到坟墓里。苏苏用目光催促着他，他曼声说：

"讲讲覃良笛？好的。从哪儿讲起呢？"

"当然是讲你和覃良笛如何创造海人和海豚人啦。我能猜到，那肯定是非常困难的工作。"

"当然，你说得对。"拉姆斯心不在焉地应着。他开始忆起与覃良笛最后一次深谈。不过，这些情况只能放在心里，不能告诉苏苏。

二

他没想到那次深谈导致了他和覃良笛的彻底决裂。杰克曼所说的海人的两大劣势：不能离开淡水和不能在水里睡觉，覃良笛早就指出了，在开始培育第一批小海人时就指出了。不过说归说,她仍然非常投入地哺育着小海人们。11次生育,每次四个,她的身体急剧衰老了。终于,他们决定停止让覃良笛生育,因为小海人最大的已经12岁,热带的孩子发育快,他们很快就能结婚生育了。

12年的努力已经看到曙光,但覃良笛却越来越忧郁。她常常躲开拉姆斯,一人坐在海边的岩石上,怆然地看着西斜的落日。拉姆斯以为她在怀念那批留在圣地亚哥的孩子——那里还包括他俩的一个亲生孩子。但他猜错了,覃良笛不是不思念这些孩子,但她主要的目光是盯在远处。

终于有了那次深谈。那天,44个海人孩子们都睡了,岩洞里是粗粗细细的鼾声。覃良笛拉他坐在洞边,悄声谈论着。覃良笛分析了海人的两大劣势,痛惜地说:"由于这些先天的劣势,海人不可能成为海洋的主人。我早就看出这样的结局,但我一直在欺骗着自己,不想把它摊到桌面上。因为,如果想解决这个问题,必须采用很异端的方法。"

拉姆斯皱着眉头问:"什么方法?做基因手术让海人能在海里睡觉?能离开淡水?那恐怕得对大脑和内脏做手术,我怀疑手术后的海人还算不算人。"

他的不满溢于言表,但覃良笛的想法比他的猜测更可怕。她肯定已经经过缜密的思考,今天是厚积薄发,所以说得非常流畅:"不,那样的手术很困难,而且这还不是关键,关键是,即使做了这样的手术,仍是只是部分的改良。咱们时刻不要忘了这个大前提:地球环境已经发生了根本性的变化,陆上已经不适应哺乳动物生活了。"

"我当然没忘。否则我也不会抛开圣地亚哥的伙伴和后代,跟你到这儿来。"

覃良笛摇摇头:"还不行啊,我们对海人的改造太不彻底。"

"你说该怎么办?"

覃良笛很快地说:"为什么不考虑海豚呢?"她不想让拉姆斯反驳,很快地接下去。"海豚是哺乳动物,其身体经过几千万年的进化,早已完全适应海洋生活,一点都不用改变。它们的大脑有1600克重,比人类大脑还稍重一些,有足够的智力基础。唯一不足的是大脑新皮层比较原始,但做这样的手术相对简单得多。还有很重要的一点：它们的幼崽有很强的生存能力，不用像人类幼儿那样需要近10年的照顾。一句话，以海豚为基础，我们可以很容易得到一种既适应海洋生活、又有人类智力的人。"

这番话让拉姆斯下意识地离开了她的身体，好像她已经变成了海豚的异类身体。他冷冷地问："你不是开玩笑吧？"

覃良笛凄然说："你看我是开玩笑吗？"

拉姆斯恶毒地问："你刚才说能培育出一种什么？人？"

覃良笛平静地说："当然是人，有海豚身体的人，他们有足够的智力来传承人类文明。"

拉姆斯冷酷地说："看看咱们这些海人孩子吧。看看他们，你不觉得脸红吗？不觉得心中有愧吗？你竟然想让海豚代替他们成为海洋的主人？要不，我把孩子们叫醒，你给他们讲讲这种前景，可以吗？"

覃良笛苦恼地说："拉姆斯，你怎么了？当年，你有勇气面对全体同伴的反对，跟我来到这儿培育海人，你并不是一个僵化者呀。现在怎么一提海豚，你就歇斯底里大发作呢？"

拉姆斯干脆地说："我知道人类环境已经变了，所以，我同意为孩子们增加脚蹼和鼻腔的瓣膜，让他们能到水里生活——但这已经是我能走的极限了。"

覃良笛还想做最后一次努力："拉姆斯，我何尝不是这样，如果能行，我连这样的脚蹼也不愿添加。但我们得承认现实啊，要想让人类在海洋中延续，咱们只能走这样的路。"

"海豚——那是人类的延续吗？"拉姆斯刻薄地说，"覃良笛，我可以明白告诉你，如果海里出现一群长着人脑的小杂种，并且占领了本该由咱们孩子占领的地盘，我会重新拿起武器的。我已经有15年没使用武器了，但没有忘记如何使用。再说，人类社会遗存的武器很多很多，足够我们用100年了。这一点肯定是海人的优势，我想那些小杂种没有手指去扣扳机吧。"

覃良笛叹息着，低声说："理查德，我真想能说服你。但——那就算了吧，算了吧。"

他们分开睡了，拉姆斯当然睡不着，一股无名之火一直在他心中闷燃。他知道覃良笛不会轻易被他说服，正像他不会被覃良笛说服。两人的思想差距如此之大，以后他们的日子就难过了。他无法想象离开覃良笛他该怎样才能活下去，他俩几乎可以算做世界上最后一个男人和最后一个女人了……忽然听到窸窣的响声，是覃良笛过来了，紧紧搂着他，泪水打湿了他的胸膛。拉姆斯没想到覃良笛这么快就向他妥协，很感动，也紧紧搂住她说：

"覃良笛，我并不想让你生气……"

覃良笛捂住他的嘴："今天不说了，我同样很珍重你的感情啊。明天再说吧，明天吧。"

那晚他们有一次酣畅淋漓的做爱。覃良笛好像变回到15年前的年轻人，要了一次又一次，一直到两人大汗淋漓。事毕，覃良笛伏在他身上，喃喃地说："理查德，我爱你，我爱你，我爱你。你一定要记住，我爱你。"然后是一次又一次的深吻。拉姆斯看出覃良笛有点反常，她的亢奋中夹着非常深重的凄凉。他想，这是因为刚才吵架的缘故吧。两人在一起生活了15年，从来没有这样剧烈的争吵，覃良笛心中一定不好受。他尽力安慰了覃良笛，两人搂抱着入睡了。

晚上太乏了一些，早上他在朦胧中感到覃良笛吻吻他，起身了。她似乎还吻了每个孩子，事后，拉姆斯痛苦地自责着，那天他太迟钝了，没有想到这里面的不妥——不过即使他意识到什么异常，又能怎么样呢？覃良笛在吻孩子们时，他又继续眯了一会儿，等他醒来，覃良笛已经失踪，干脆利索地失踪了。她知道劝不动爱人，就告别爱人和孩子，独自一人到天涯海角去了。

拉姆斯呆呆地坐在洞口，根本没有去寻找，知道寻找也是徒劳。孩子们醒了，吵成一片："妈妈呢，妈妈呢？"他哑声说："孩子们，妈妈到很远的地方去了，妈妈要很长时间才能回来。"孩子们哭着问："她要多少时间回来？"拉姆斯说："恐怕要几年吧。"孩子们都咧着嘴哭了，岩洞内成了一个疯人院……

过了很长时间他们才逐渐习惯了没有妻子和没有妈妈的生活。拉姆斯变得非常忧郁，沉默寡言，时常独自在海边发愣。孩子们已经懂事了，知道

海豚人

爸爸是在思念妈妈，总是远远地站着，不来打扰他。覃良笛这会儿在什么地方？她还活着吗？地球太大，对于没有现代交通和通信工具的人来说，要想寻找一个藏起来的人根本不可能。他对覃良笛的思恋是刻骨入髓的，但只要想起覃良笛此刻所做的工作，思恋又会被怒火所取代。

他很快看到了覃良笛的工作。短短两三年之后，海里突然出现了一种聪明的海豚，不用说，这就是他曾诅咒过的长着人脑的小杂种。算来它们最多只有两岁多吧，但它们身强力壮，在海洋里"如鱼得水"。这种聪明海豚的数量急剧增多，很快在海中建立了它们的霸主地位。甚至鲨鱼都对它们十分忌惮，因为，当鲨鱼进攻一只聪明海豚时，马上有上百只海豚赶到，用严密的阵势同它对抗，猛力撞它的鳃部，逼得鲨鱼落荒而逃。

它们对小海人们非常好奇，常常恶作剧地顶翻他们，从他们嘴边抢夺食物，吱吱地嘲笑他们。那时，最大的海人已经15岁了，早已完全习惯了水中的生活，但他们远远比不上这批小杂种的强悍，更不说比较年幼的孩子了。孩子们只好来爸爸这儿哭诉，但拉姆斯也毫无办法。他曾带着匕首下水，想教训教训这些小杂种，但那些聪明海豚远远地围着他，用聪明的目光好奇地、嘲弄地看着他。等他冲过去时，小杂种们则一哄而散，速度远远超过他。

就在那时他想到了陆生人的武器。他和覃良笛争吵时曾提过武器，但那时只是脱口而出，现在打算真的付诸实施了。陆生人的武器工业太发达了，可供选择的轻武器数不胜数：班用轻机枪、冲锋枪、枪榴弹、手雷、迫击炮、深水炸弹、水下APS突击步枪、水下SPP手枪、水下轻机枪……还有数量更多的重武器。这些重型武器现在不那么容易运输，但如果逼急了，他也会想办法把它们运到这儿来。人类历史一直伴随着武器的发展，到21世纪，武器发展得登峰造极，如果不是那场灾变，这些可怕的武器包括核武器会不会最终派上用场？这问题永远不会有答案了。不过，反正这个极其庞大的武器库还完好地保存着，随便在哪个国家哪个城市都能找到。

他在心中对覃良笛说："对不起了，覃良笛，我本不想这样做，这是你逼的。"那时，他手中还掌握着一艘动力船，他带上五名最大的海人孩子，赶到最近的新西兰，很轻易地收集了一船合用的武器，运回来，藏在那个后来被覃良笛划为禁地的岩洞里。他运了两船,包括足够用100年的弹药,完全够一次大的摊牌了。

他对孩子们进行了起码的军事训练,八岁以上的孩子都学会了使用武器。现在,只用等一个合适的时机。就在这时,覃良笛突然回来了。

覃良笛是乘一条不大的机帆船回来的,所以,看来她的居住地离这儿并不是太遥远,至少不是在太平洋彼岸。那天,15岁的孩子阿格侬急匆匆地跑过来,对他说:

"爸爸!妈妈回来了!"

拉姆斯非常震惊,与阿格侬对视着。阿格侬低下头,喃喃地说:"爸爸,妈妈为什么突然回来?"

15岁的阿格侬是拉姆斯选定的族长,也是唯一知道妈妈出走原因的孩子。拉姆斯没有告诉其他孩子,不想粉碎他们心目中"妈妈"的美好形象,但他至少得让未来的海人领导者知道真相。现在,阿格侬的表情充满疑惧。拉姆斯思索一会儿,低声说:

"也许她已经得到咱们收集武器的情报?你知道,海里到处都是那些小杂种,他们肯定看到了咱们的船只经过。"

"爸爸,该怎么办?"

"我去看看再说吧,也许她知道厉害了,想跟咱们和解。"

他匆匆赶过去,那边覃良笛正在孩子们的簇拥之中。亲近她的大都是七岁以上的孩子,他们还保留着对妈妈的记忆,他们亲着妈妈,喊着叫着,乱成一团。再小的孩子记忆已经淡薄了,远远立在外圈,用陌生的目光看着她。拉姆斯走过来时,覃良笛正把外圈的小海人们一个个搂到怀里:"孩子们,是妈妈回来了,你们不认得妈妈了吗?"有些小海人终于回忆起来,哭着说:"妈妈!妈妈!你为什么不要我们了?"覃良笛也哭了,说:"妈妈怎么能不要你们呢,妈妈出去干一件很重要的事,你们看妈妈今天不是回来了嘛。"

她看见拉姆斯,分开孩子走过来。三年不见,她的模样变化不大,也许眼神更疲惫一些。她同拉姆斯拥抱——像一个朋友那样拥抱,说:"理查德,你老了。"

他想起覃良笛走后这三年艰难的岁月。"当然老了,又是三年过去了。不过,你的变化不大。"

覃良笛摇摇头:"怎么能不大呢,这三年我累得几乎要崩溃了。"

再往下他们就无话可说了,他无法问她这几年在哪儿,在干什么,这次回来想干什么,这些话题都太敏感。但不说这些,能和一个消失三年又突然回来的人说什么?覃良笛打破了尴尬,对孩子们说:

"孩子们,你们干你们的事吧,我和爸爸有很重要的事要说,晚上咱们再聚谈,好吗?"她拉着拉姆斯回到岩洞里。

到了洞里,覃良笛默默地抱住拉姆斯:"拉姆斯,我真的很想你,真的很想。"

拉姆斯何尝不是如此。这三年,他想念妻子南茜和女儿,想念父母,但更多的是思念覃良笛,毕竟最后15年他们是在一块儿生活的。他紧紧地搂住覃良笛,感到两人的身体变得火烫,肌肉绷紧,情火在全身游走……然后他俩都冷静下来,离开对方的身体。两人都知道将面临一次艰巨的谈判,并对此心照不宣。他们将互相提防,互相猜测,用尽心机。如果在这之前做爱的话,那爱情简直就变成阴谋的一部分了,他们都不想亵渎两人的爱情。拉姆斯平静地说:

"覃良笛,有话直说吧,我知道你突然回来肯定有目的。"

覃良笛微笑着:"我是来道歉的。理查德,这两年海豚人发展很快,多少有些失控。一些海豚人和海人发生过轻微的冲突,我知道后已经训诫了他们,以后绝不会出现这类事了。"

听了这句话,拉姆斯忽然悟到,最近两个星期来,那些小杂种的行为确实收敛多了。不过他并不准备就此买她的账。"那就谢谢了。还有呢?"

"理查德,你知道我的观点,海人不适宜到深海生活,他们的身体结构决定他们不会成为海洋的主人。不过,海人在近岸地带有足够广阔的生存空间,和海豚人不会发生冲突的。"

"很好，我也会这样教育我的孩子。"

覃良笛温和地纠正："不是你的孩子，是我们共同的孩子，甚至海豚人也可算是我们共同的孩子。"

"是吗？我不敢奢求那样的荣耀。"

覃良笛看看他："理查德，我今天来是想来一次坦率的谈话，不要这样躲躲闪闪的，好吗？我知道你在搜集武器，你想让两个族群的孩子们互相残杀？"

拉姆斯没有否认，知道否认也没有用："对，我是搜集了一批武器，如果必要的话，我会拿来保护我的孩子们的合法权利。"他冷冷地说，"如果不是得知我搜集了武器，你不会回来吧？"

覃良笛黯然说："我们不要再互相伤害了，好吗？我知道这三年你很难，我也不比你好过啊。理查德，别让陆生人残忍嗜杀的传统延续到海人和海豚人种族中，让他们和睦相处，公平地竞争，这才是最妥当的路。"

"我不会让小海人赤手空拳同那些小杂种去进行什么公平竞争。"

覃良笛尖利地说："这么说，你也不相信海人在海洋中的生存能力了？"

拉姆斯干脆地说："使用武器也是生存能力的一种。我想，你可能也动过搜集武器的念头吧，只是那些小杂种没有手指来扣动扳机，对不对？"

覃良笛冷冷地说："那并不是克服不了的困难，只要有足够的智慧，我想什么事都能办到。"她情绪低沉地说，"算了，先不说这些了。我早料到和你的谈话会十分艰难。我准备在这儿停留三天，咱们慢慢再谈吧。"

拉姆斯感到一阵欣喜。虽然他对两人的和好以及谈判成功不抱一丝幻想，但还是很高兴覃良笛能待几天。覃良笛从低沉情绪中摆脱出来，笑道："我要停留三天，咱们先找回过去的感觉再开始谈判。理查德，你总得有起码的待客之道吧，给我来杯淡水，我已经渴坏了。"

她的嗓音的确干涩嘶哑。拉姆斯很抱歉自己忽略了这一点，忙从岩洞中储存的淡水桶里取了一杯水。他没想到，覃良笛拿上水杯后竟然犹豫良久，勉强笑着说："理查德，我想你不会在水中做手脚吧？"

拉姆斯怒火中烧，恶狠狠地瞪着覃良笛。这就是15年来与他相濡以沫的

海豚人

女人吗？是他刻骨思恋的女人吗？他夺过杯子一饮而尽，把杯子用力摔到地上，不锈钢的杯子被摔扁了。覃良笛抬头仰视着他，悲伤地说：

"理查德，我的爱人，原谅我。总有一天你会理解我的……"她的话语里有着那么深重的内疚和痛苦……

每当想到这儿，拉姆斯就怒火中烧，连血液都沸腾了。世界上最后一个女人，用如此简单的计谋，战胜了世界上最后一个男人。她把两种武器用得十分纯熟，那就是男人的大丈夫气概和男人骨子里对女人的藐视。当她接过那杯水时，肯定在水中放了安眠药。她做得不露行迹，水杯一直在两人的视野之中。正是因为这种视觉上的安全感，他没起一点疑心。他赌气喝下那杯水不久，神智就慢慢模糊，只能感到覃良笛在拥抱他、抚摸他，泪水滴到他的胸膛上。听见她喃喃地说：

"理查德，我的爱人，总有一天你会理解我的。你放心，我会善待海人孩子，那毕竟也是我的孩子啊。我真不想这样做，真愿意和你白头偕老，但我不得不这样做……"

他的神智越来越模糊了，听见覃良笛轻声说："你睡吧，安心睡吧。"

然后他就入睡了。等他醒来，时间已经过去了270年！海豚人早已牢牢地掌握了海洋的霸权，而海人只能处于可怜的从属地位。想到这里，想到覃良笛卑鄙的欺骗，愤恨就烧沸着全身。当然，他也能从覃良笛的周密安排中看到她的歉疚。覃良笛把他妥妥地保存在冷冻箱中，这在当时的条件下，已经是非常非常困难的事了。她隐去了她在海豚人历史中的主导作用，而把完全不相关的拉姆斯树成海豚人的"雷齐阿约"，连圣禁令也是借他的名义发表。她为拉姆斯的复活做了周到的安排，甚至想到为他安排新的婚姻，以免他走进海豚人社会后过于孤单。从这些安排中，可以触摸到覃良笛的爱，她的深深的赎罪感。如今她早就到了另一个世界，也许她在彼岸仍然注视着这边吧。

但她为什么要安排我的复活？纯粹是因为内疚？也许她想让我亲眼看见她的工作成果？难道她不怕我醒来后会力求改变这一切？也可能她非常自信，

认为我凭一己之力已经无法改变大局？

拉姆斯猜不透她这些安排的用意。他愿意覃良笛能够像他一样复活，哪怕仅复活一天，他会问清全部情况后随覃良笛一同死去。可惜这个愿望永远不能实现了。覃良笛死后已经实行了鲸葬，这一点在海豚人的口传历史上说得明明白白。她的血肉之躯已经化为养分，进入海洋生物循环圈中，说不定曾在她身上待过的某些原子此刻就在索朗月身上。

她没有给拉姆斯留一个对面交锋的机会，这已经不可挽回了。

三

约翰和拉姆斯进入那个放武器的岩洞时，里面已经有五个人，拉姆斯认出其中的弗朗西斯、克莱因和布什，是上次约翰介绍过的，约翰介绍其余两人是威多罗和西尔瓦。五个人都在摆弄着 AK47 式冲锋枪，由弗朗西斯讲课，看来他们都熟练地掌握了使用方法。看见雷齐阿约进来，他们立起来行目视礼。约翰介绍：

"我已经联系了近百人，具体说是 93 个人，他们正在加紧学习使用这些武器。"

拉姆斯没有想到有这么大的进展，夸了一句："你很能干啊！"

"这都是因为你，雷齐阿约。你知道，不少海人历来不满意我们的附庸地位，但我们的身体结构确实不适于深海生活，再加上海豚人的强大是历史形成的，是雷齐阿约和女先祖安排的，我们也无可奈何。但是，自从知道原来您只是海人的雷齐阿约，而且目前的局势是缘于一次卑鄙的欺骗，我们都醒悟了。我想，再给我点时间，我能串联到更多的伙伴。"

弗朗西斯笑着说："雷齐阿约，能让我们来一次实弹射击吗？我的手早就痒了。"

其他四个人也都跃跃欲试。拉姆斯欣喜地想，他们身上还流着陆生人祖先强悍的血液啊。他告诫说："暂时不行。不要惊动了海豚人，指望这些轻武器是对付不了 6500 万海豚人的。"

约翰急迫地问："我们什么时候去核潜艇那儿？"

"我还没有做安排。你们耐心等着吧。"

约翰看看他的四个伙伴，直率地问："雷齐阿约，你没有改变主意吧？我知道你心地仁慈，也知道你已经喜欢上了索朗月。"

这句问话十分唐突，拉姆斯没有说话，冷冷地盯着他。约翰没有退缩："雷齐阿约，我知道我的问话很不礼貌，但我得心中有数。我们本来对海人的复兴已经丧失希望，是你把希望给了我们，你不能让我们再次失望。"

他勇敢地和拉姆斯对视着。其他五人面无表情，但他们分明在等着雷齐阿约的回答。拉姆斯想，不能怪约翰啊。这些天，确实有两种力量在拉姆斯心中搏斗。他看到了一个明朗健康的海豚人社会，认识了可爱的索朗月、岩苍灵、弥海甚至戈戈和香香。真能忍心把几亿吨当量的核弹用到他们身上？可是，他这样做是为了人类的嫡系后代，在大自然中，只要是为了种族的延续，任何残忍都是可以原谅的。而且他是一个军人，文明国家的军人都不是嗜杀狂，但当上级命令他们做出违反本性的行动时，他们也绝不会犹豫。他在格鲁顿潜艇学校所受的教育就是：当万不得已时，坚决按下核弹的发射钮，把死亡倾泻到敌对国家，倾泻到那个国家的老人、妇女、儿童头上。

他叹口气，没有责备约翰："不必怀疑，约翰。为海人争得'嫡长子继承权'是我的职责，是我重生后唯一要做的事情。你们只管把自己要做的事做好就行，我会安排的。"

"谢谢。雷齐阿约，我们不知道该怎么感激你。"

"但是请你们都记住，核潜艇只是我们与海豚人谈判的一个大筹码，不到万不得已时我们绝不能使用。知道吗？"

"知道。"

"那么，关于未来的海人和海豚人在地球上的利益分配，你们有什么概略的计划吗？"

约翰他们迅速回答："有。我们对此已经进行过详细的讨论。我们想，这次行动就是逼海豚人和我们订立一个上帝之约：凡有陆地露出水面的地方，周围200海里的区域属于海人所有，其余的远海则是海豚人的天下。我们想，这对双方都是一个公平的解决办法。"

拉姆斯赞赏地说:"不错,在这个架构下,海人和海豚人应该能建立一种共处关系。约翰,你有政治家的头脑,真不错。"

约翰和其他五人都很得意:"这是我们大伙儿商定的。你知道,我们同样不想和海豚人兵戎相见,毕竟我们已经共同生活了将近 300 年。"

"好的,就朝这个方向努力。你们留下,我先走了。"拉姆斯临走交代,"注意保密,听见了吗?"

"我们一定注意。"

三天后,杰克曼一个人向外海游去,他已经用低频声波和弥海与索朗月取得联系,约定在这儿见面。关于这次见面他没告诉岛上任何人,连妻子安妮都没说。苏苏刚才碰见他,还一个劲儿问他到外海干什么呢,他扯一个原因搪塞过去。他来到距海岛有 10 海里的一处独立的珊瑚礁岩上,向远方张望。弥海和索朗月很守时,很快赶到了。杰克曼走下礁岩,来到两个海豚人的面前。弥海问候已毕,说:

"杰克曼,你约我们来有什么事?"

杰克曼没有直接回答:"弥海,雷齐阿约是不是也约见了你们?"

"是的,我们马上就要过去见他。"

杰克曼犹豫着,不知道该怎么措辞。这件事他想来想去,觉得应该告诉海豚人,但有些话实在难出口。索朗月鼓励他:"杰克曼叔叔,我和弥海长老在路上就交流过,猜想你要说的一定很重要。尽管说吧,我们不会让第四个人知道。"

杰克曼叹口气:"我真不愿说这些话。告密不是海人和海豚人社会的美德,何况还牵涉到我们的先祖。"弥海和索朗月互相看一眼,不动声色地听下去。"你们知道,海人中素来有一批沙文主义者,是第一个海人首领阿格侬留下的传统。后来,女先祖覃良笛曾不得不惩戒了阿格侬,才把这股风刹住。这些年来,这种沙文主义已经基本消亡了。我们都承认海豚人更适合在深水中生活,你们和我们都是同一个文明——陆生人文明——的传承者,两个种族合作得也很好。这些情况你们都知道。"

海豚人

"我们知道，两个种族是亲兄弟，连没有做智力提升的海豚和鲸类都慢慢融入这个大家庭了，何况是咱们？请你接着讲。"

"当然还有一些沙文主义者，他们一直认为海人才是雷齐阿约的嫡长子，我儿子约翰就是其中一员。不过，如果他们的沙文主义只表现在言词上，我们完全可以容忍。但这些天来，沙文主义思潮迅速抬头，他们互相串联，行踪诡秘，甚至还进了女先祖禁止进入的那个岩洞。"

弥海和索朗月平静地听着。杰克曼咳了两声，因为下面的话更难出口了："更严重的是……雷齐阿约似乎和这事有牵连。现在，在少数海人中悄悄流传的一个说法是：雷齐阿约并不是海豚人的先祖，而仅仅是海人的先祖。也就是说，海人才是雷齐阿约的嫡系后代。"

弥海笑了："谢谢你的责任心，不过，不要信这些传言。雷齐阿约是我们两族人的先祖，他不会挑拨两族不和的。不过，还是要谢谢你。"

杰克曼严肃地说："我何尝不希望如此。但愿没有战争，没有残杀，没有血流成海的惨景。海人和海豚人都没有战争的概念，但是，在陆生人历史中，战争和残杀是贯穿始终的。"

这句话说得很重，因为——雷齐阿约本身是陆生人！弥海和索朗月当然听出来他话中之意，但仍然微笑着："没事的，放心吧。我们要去见雷齐阿约了。这样吧，我们先走，你随后再回岛，行不行？"

杰克曼知道他们是想把这次会面瞒着拉姆斯，点点头说："当然行，你们先走吧。"

他们同杰克曼告别："杰克曼，再次谢谢你的责任心。"然后离开这儿，向杰克曼族人的海岛游去。路上，两人慢慢游着，陷入沉思。海豚人社会中没有尔虞我诈、勾心斗角，即使那些凶恶的猎食者如虎鲸、鲨鱼和八爪章鱼，从情感上也不是海豚人的死敌。所以，乍一听到杰克曼的话，让他们有心中作呕的感觉。而且，至少对弥海来说，这些传言并不奇怪，因为在雷齐阿约才从冷冻中醒来时，他就发现雷齐阿约似乎对海豚人有强烈的敌意。

不过，两人都没有冲动，默默地游着、思索着。快到海岛了，弥海扭头说："索朗月，拉姆斯是我们的雷齐阿约。"

索朗月知道这句话的含义，笑着重复："对，是我们两族人共同的雷齐阿约。"

"他被冷冻了270年，孤身一人来到一个全新的社会，肯定难以适应。经历了这么长的时间断裂，也难免造成一些心理创伤。也许，270年的冷冻还会给大脑造成某种后遗症呢。"

索朗月笑了："弥海长老，你不用说了，我知道你的意思。我要用妻子的爱去抚平他心上的伤口，让他真正融入270年后的社会。对不对？"

"对，我相信你肯定是一个称职的妻子。他——"他拉长声音说，"我就全交给你了，以后，只要你不要求，我不会再过问。好吗？"

"好的，请放心吧。"

拉姆斯已经在约定的地方等候。他跳入水中，热情地拥抱了弥海和索朗月："真是抱歉，又累你们跑这么远的路。可惜我不能在海里走长路，只有劳你们过来。"

索朗月笑嘻嘻地说："别客气了，弥海长老很乐意为雷齐阿约做任何事。至于我就更不用说了，我还要努力表现，获得做你妻子的资格哩。"

拉姆斯尴尬地笑着，没有接"妻子"这个敏感的话题："自从我醒来后，受到无微不至的关照。你们安排我的生活，组织对我的朝拜，安排我去参加齐力克。我真的很感激。"

索朗月嗔道："不要客气，否则我要生气了。"

"可是我还有件更难的事要麻烦你们。"

弥海说："尽管说。能为雷齐阿约效力是我的荣幸。"

拉姆斯黯然说："你们都知道，在我和女先祖覃良笛创造海人和海豚人之前，我们曾在圣地亚哥——那是陆生人时代的一个城市——领导着一个两万人的小部落，那是陆生人的全部残余。我们还用基因工程和自然生育的方法养育了一批孩子。后来，我们来到南太平洋，与那儿失去了联系，再也不知道他们的死活。那些年陆上的辐射很强，也许他们都没熬过来。但不管怎样，这一直是我的心病。我不知道还能活几年，期望能尽早到那儿看看。"

海豚人

弥海小心地说："你复活后我曾告诉过你，那个陆生人族群在五代后就灭绝了。如果他们还活着，哪怕有一个稍大的部落，海豚人也会听说某些迹象。"

"但我还是不死心啊。也许他们并没有生活在近海地带，而是在内陆。我想，一定要看一次，才能了却我的心愿。当然，我知道去那里是件相当困难的事，那儿距这儿直线距离有5000海里以上，也许我又得麻烦戈戈或蓝蓝、点点了。"

"到那儿是比较远，但没问题，我们会尽量安排一个舒适的旅行。不过，这么长的距离，又只能暴露在阳光下，对你的身体可不好啊。"

拉姆斯摇摇头："我已经是死过一次的人了，还怕什么？这点你们不要担心。还有，为了能有效地寻找我的族人，恐怕得带几个帮手。约翰答应为我挑几个合适的海人小伙子。"他抱歉地说，"海豚人不行，因为这次主要是在陆上寻找。"

弥海看看索朗月："行，那就让约翰他们代劳吧。"

拉姆斯在提出这个要求时曾有些心怯。海人"复兴运动"已经开始浮出水面，难保弥海和索朗月听到什么风声。再说，利用海豚人的力量去实施对海豚人的阴谋，这让他心中愧疚。他说：

"弥海长老，索朗月，这次去美洲大陆，不知道我能否回来。也许我不能观看你们的下一次四力克运动会了。"

弥海和索朗月商量一会儿，说："这样吧，这次路程比较长，又是你的寻亲之旅，这次就不劳烦鲸鱼了。我们安排海人御手扎一个木筏，然后由海豚人拉着木筏送你。各片海域中都有海豚人，或服从我们调遣的海豚，所以纤夫可以定时轮班。只有索朗月一个人陪你走完全程。你看这样安排行吗？"

拉姆斯迟疑地说："这样太兴师动众了吧？还有，我不想让索朗月陪我长途跋涉5000海里，太辛苦了。"

索朗月干脆地说："对于海豚人来说，5000海里根本算不了什么。再说，"她嫣然一笑，"这是我的本分啊。"

拉姆斯不愿接受这样的安排，他宁可再次坐到戈戈的背上，由那个头脑简单的虎鲸陪伴，这样对他们的行动更合适一些。但他心中怀着鬼胎，不敢坚决地拒绝——没准弥海长老已经听到了什么风声？也许他的这种安排含着监视的目的？他只好说：

"谢谢。谢谢你们的周到安排。"

"你打算什么时候动身？"

"就在最近吧。"

"好，那我马上和杰克曼商量，快点把木筏造好。你放心，他们曾建造过类似的木筏，有足够的经验。"

四

杰克曼集合了 20 多个御手建造木筏。取材很容易，各个岛上都有被风连根刮倒的椰树、棕榈和桉树，只用把它们在水中拖来就是。编木筏所用棕绳可以用棕榈树皮纤维手工编成，这也是杰克曼他们很熟稔的活儿。拉姆斯常来建造现场参观，发现海人们已经基本抛弃了陆生人所用的金属工具。其实，各个大陆上这类工具还有很多遗存，足够海人用 10 个世纪的。但那些地方太远，往来要经过长途的陆上跋涉，会造成辐射过量。"再说，从长远来说，我们不能把赌注押在注定要用完的物资上，因为海人社会已经不可能建立采矿、冶炼等工业体系了。"杰克曼解释说。

拉姆斯已经习惯了生活在工具齐全的社会，即使灾变后那 18 年，他也握有起码是够用的工具。他不能想象，完全不用工具如何能造木筏。比如，每棵被风刮倒的树材都带着巨大的根部，做木筏前必须锯掉，海人御手该怎么锯呢？

其实非常简单。杰克曼他们量好树材的长度，在需要锯断部位的前边包上植物纤维做保护，浇上水，然后架起树材用火烧，烧时随时往纤维上加水。12 堆大火熊熊燃烧着，两个时辰后这个工序就完成了，12 根去了树根和树梢的木材整齐地并在一起，头尾都是焦黑的。木筏很快编好了，用棕绳捆紧。筏的长度大概有八米，宽度有六米。上面建造了一个小木屋，屋顶铺了厚厚的棕叶，这是让拉姆斯躲避阳光用的。一根五米长的硬木卡在筏尾，硬木端部绑着一块木板，这是导向桨，用来掌握方向。没有设计桅杆和船帆，因为海人社会里已经没有可以做船帆的布料了。不过，从这儿到美国的圣地亚哥，顺风的时候并不多，船帆本来用处也不大。

弥海和拉姆斯认真研究了船行的路线，最后决定从土阿莫土群岛先向东南行，快到中美洲的海岸时再向北偏西方向走。这样路程稍远一些，但可以部分利用南太平洋环流，海豚人纤夫会省力一些。还有一个好处是后半部行程离海岸较近，一旦有什么意外还可以改向驶回海岸，比较安全。整个行期需要 30 天至 35 天。

物资准备是由安妮负责的，主要是淡水的准备。她在海人中尽可能地收集了葫芦，也收集了不少椰果。椰果中含有大量的汁液，而且在两个月的航程中绝不会变质。还带了部分鱼干做干粮，这实际是不需要的，海豚纤夫和随行的海人能随时从海洋中补充食物，拉姆斯也已经习惯了生食。可以说，整个海洋都是他们的食物储藏室，这和核潜艇的出行完全不同。

10 天以后，木筏和随船物资都准备好了。

拉姆斯原没打算让苏苏去。约翰要走了，杰克曼夫妇身边总得留个孩子吧。何况……他实在不愿把苏苏绑在这件事上。但苏苏说她当然要去，尤其是听拉姆斯说他不一定能返回时，苏苏的主意更坚决了。她舍不得父母，舍不得她生长于斯的小海岛，但是，女人总是要出嫁的，夫妻比翼到天涯海角，这也是她的本分啊！

所以她一定要去，而且在走前要举行婚礼。拉姆斯拗不过她，而且，从那晚与苏苏的深谈之后，他已经从心里接受了这个年轻的妻子。他说：

"苏苏，我的好女人。我答应了，请你征求一下父母的意见吧。"

妈妈安妮没什么意见，她当然舍不得女儿远行，但女儿总是要出嫁的。她流着泪开始为女儿的婚礼做准备。爸爸杰克曼也没表示反对。他在努力建造木筏的同时，一直冷眼旁观着拉姆斯和儿子的动向。很明显，雷齐阿约这次的归家寻亲另有目的，看看约翰挑中的随行同伴就知道了，他们都是狂热的大海人主义者。女儿的命运和这位居心难测的雷齐阿约捆在一起，难免让杰克曼心中不安。但那次弥海和索朗月说得很明白："不要干涉雷齐阿约的行为，他永远是我们的雷齐阿约，即使有什么不愉快的事，我们也要铭记他的恩德。"杰克曼从中触摸到海豚人强大的自信心：海豚人社会已经根基牢固了，不怕一两个人的捣乱。所以，万一拉姆斯真的有什么异心，就让他在以后的碰壁中自己醒悟吧。

杰克曼听从了弥海的意见，既没有阻止雷齐阿约的旅行，也没有阻止女儿与他的婚姻。但愿他的一切担心都是多虑，女儿嫁的是一个靠得住的丈夫，会有一个幸福的人生。

已经决定在出海前三天举行婚礼，届时弥海长老也要参加。现在最难办的倒是另外一个女人：索朗月。海人和海豚人都为雷齐阿约选择了妻子，他怎么可以答应一个而拒绝另一个呢。这不光是对海豚人的伤害，更主要的是对索朗月的伤害。这些天，拉姆斯已经喜欢上了索朗月。他真盼着有一天奇迹发生，从索朗月的海豚身体里走出一个真正的女人，但仍保持着索朗月的人格，那时他会毫不犹豫地接受她。

他无法开口拒绝索朗月的爱情，但——长痛不如短痛。一刀斩断索朗月的希望，对她而言是最好的结局。他已经在"海人复兴"计划上欺骗了弥海和索朗月，绝不能在感情上再欺骗她。所以，在通知弥海参加婚礼时，他也明白无疑地向弥海表明了自己对索朗月的态度：

"索朗月是一个金子般的女人，我敬她重她。但是，陆生人的宗教不允许娶两个妻子。我感谢海豚人百人会对我的情意，更感激索朗月对我的爱情。我会时刻把她放在我心灵的神龛上，但无法与她走进婚姻的殿堂，务请百人会和索朗月谅解。"

他还委婉地请百人会考虑，这次旅程是否别让索朗月陪伴，那会使她痛苦的。很快，低频声波送来了回答，回答者不是弥海，而是索朗月本人：

"向理查德和苏苏祝贺。弥海长老和我都将如期参加你们的婚礼。航程安排不变，仍将由我陪伴你们回到美洲。理查德，我不在乎妻子的名分，只希望拥有一个精神上的丈夫。"

海豚人

这封回信让拉姆斯很惶惑。他这次十分坚决的拒绝并没有让索朗月斩断情缘啊。对这个痴情的雌海豚人，拉姆斯感到十分内疚。

这将是一个盛大的婚礼，本岛和邻近岛屿的300多海人来参加，岛的中央将燃起一堆冲天的篝火，人们围着火堆载歌载舞。近海处一个小小的礁岩上也将燃起一堆较小的篝火，那是为不能上岸的海豚人准备的。

苏苏快快活活地参加了这些准备工作，幸福得发晕，但拉姆斯心中却一直有一股郁闷怅惘的潜流。他想起自己和南茜的婚礼——英俊的伴郎和伴娘，满天花雨，牧师的祝福，唱诗班的童声合唱，衣冠楚楚的宾客，还有洁白的婚纱……这些30年前的旧照片历久而弥新，是绝对美好的记忆。而现在呢，一堆篝火，一群赤身裸体的客人，还有一对赤身裸体的新人！

他叹息道：大树是不能移栽的，他在陆生人社会中成人，那个社会的文化已经把根须深深扎在他的记忆中，永远拔除不掉了。比如，苏苏心目中就不会有婚纱、婚誓之类的概念，她会认为，明月之下的一堆篝火和一群身体健美的裸体男女就是非常美好的记忆。

不过，苏苏也是有烦恼的。婚礼前一天晚上，她伏在拉姆斯怀里入睡时，突然幽幽地说：

"理查德，我为索朗月姐姐难过。"

拉姆斯本来想用玩笑搪塞过去："你难道愿意与别人分享你的丈夫？"但他终于没说。在这件事上，开这种玩笑未免太轻佻了。他叹息一声，把苏苏搂紧："苏苏，你是个好心肠的姑娘，但不要难过了，这是没法子的事。"

"她明天还要参加婚礼，她心里肯定会难过。"

"苏苏，长痛不如短痛，这是我唯一能为她做的事了。"

这时安妮喊苏苏到她身边去，女儿就要出嫁了，要告别父母到远方去，而且能不能回来还不一定呢，她在家的最后一晚，当妈的有说不完的叮咛。苏苏过去了，这时约翰忽然竖起耳朵：

"静一静！爸，妈，是索朗月的紧急通知！"

他俯到水面上仔细辨听着低频声波传来的消息，确实是索朗月传来的：

"弥海长老患急病，病情危急，不能前去参加婚礼，谨致歉意。我将尽量参加，但不能确保，你们不要等我。"

"弥海长老病重？索朗月不能来？"苏苏吃惊地问。

约翰点点头，拉姆斯立即说："婚礼推迟吧，我和苏苏动身到深海里去看望弥海长老。"他突然想起，有苏苏的父母在场，他单独作出决定是失礼的，便转身问，"噢，对了，杰克曼先生，杰克曼太太，你们是什么意见？"

杰克曼夫妇都说："应该的，婚礼推迟吧。约翰，你快和百人会联系，把虎鲸戈戈再唤来。"

弥海长老所在的地方与海岛不是太远，但也有近千海里。戈戈知道事情紧急，速度一直保持在每小时30海里左右。两天后，他们到了目标海域。

一路上，拉姆斯心中十分焦灼。他已经把弥海认做自己的知交好友了。虽然他一直在密谋着与海豚人摊牌，甚至打算用核潜艇作筹码，但族群的争斗并不妨碍私人之间的友谊甚至信任，这是两个层面的事。弥海性格沉毅，待人宽厚，是一个值得信任的男人。他们按照索朗月时时发出的导航信号找到了弥海，今天风浪较大，弥海在水面上半浮半沉，几乎没有游泳的力气了。索朗月和其他几位海豚人在照顾他，当他实在无力游动要向水下沉去的时候，他们就过去，把弥海顶出水面，让他短暂地休息一会儿。等他稍微恢复，顶他的人就离开，仍让他用自身的力量来挣扎。拉姆斯赶快从戈戈背上滑下水，游近弥海。弥海艰难地喘息着，皮肤热得烫人。他勉强睁开眼睛看看来人，低声说：

"是雷齐阿约，谢谢你这么远赶来看我。看来我不能参加你们的婚礼了，也许我们要互道永别了。"他看见眼眶红肿的苏苏，勉强笑道，"苏苏不要哭，死亡是每个海豚人的归宿。雷齐阿约，木筏准备好了吗？"

拉姆斯看他很衰弱，简单回答道："准备得很顺利。弥海长老，不要说话了，你安心养病吧。"

"雷齐阿约，如果我不能为你送行的话……祝你一路顺风。"

"谢谢。再见。"

他不想让弥海再费力说话，拉上眼眶红红的苏苏，赶快离开了长老。索朗月送他们过来，拉姆斯问："是什么病？"

"肺炎。和你们陆生人的肺炎一样。这次病势来得很猛，估计他扛不过去了。"

在前一段的接触中，拉姆斯每天接触到的都是健康的个体，没有关注海人和海豚人的医疗体系。从今天的情况看来，他们根本没有医药和医生。这不正常，海豚人从人类那儿继承了全部的医药知识，何况他们有足够的智慧？想想陆生人，即使在他们的原始人阶段，也已经有原始的医学了。拉姆斯皱着眉头问：

"你们完全不使用医药救助？"

"对。"

"为什么？你们有足够的知识基础和智慧。虽然你们没有工业，没有陆生的药草，但我相信海洋动植物中肯定能找到有效的药物。"

索朗月简捷地回答："拒绝医药的诱惑是海豚人的信仰。"

按平常的情况，拉姆斯已经不能追问了，再问下去就会暴露"雷齐阿约"的无知。但他今天实在忍不住——拒绝医药的诱惑，再加上上次放任虎鲸的杀戮，其实海豚人的力量完全可以制止它。这使他隐约摸到海豚人社会中一个冷静残忍的律条。不，今天他要问清楚：

"为什么？索朗月，这些律条并不是'雷齐阿约'制定的，"他直率地说，"我在世的时候没有立过这样的规矩。"

"那么，也许是女先祖制颁的，但大部分是海豚人社会中自发形成的。"

"为什么要立这样的信仰？"

"很简单，这个信仰的形成基于三点：一、在没有医药的情况下，海豚已经延续了几千万年，并保持着足够的规模；二、我们并不想让海豚人人口无限膨胀；三、疾病的死亡之筛可以自动筛除遗传中的错误，保持一个健康的、有足够应变能力的群体。医药只会干扰这个至关重要的筛选过程。"

从270年的冷冻中醒来后，拉姆斯已经看到很多令他瞠目的事，但今天索朗月的一番话对他的震动最大。这些呼啸而来的观念在他的大脑中打出密

密麻麻的光点,他一时接受不了,苦苦思索着。索朗月进一步解释说:

"我们知道陆生人类有非常发达的医学,而且在灾变之前已经是过于精巧了。你们的医学主要关注于个体的救助,而忽略了族群的基因质量,这和你们信奉的达尔文主义是背道而驰的。这样明显的矛盾,为什么你们一直没有想到呢?现在,没有医药的海豚人已经达到6500万的族群规模,只要愿意,可以迅速超过陆生人的60亿。而且族群中的基因质量一直保持着良好状态。那么,你可以做一个对比,是要医药好呢,还是不要医药好呢?"

这样明快简洁的理由简直让拉姆斯无言以对。他原来觉得这个问题迷雾重重,只是因为他作为陆生人的心理惯性,如果走出旧观念的框框,站在圈外来看,索朗月的道理简直是不言而喻的。但他还不想认输,问:

"那么,你们就放任无力自我康复的病人去死?弥海长老如果死了,你难道不伤心?"

索朗月黯然说:"我当然伤心。弥海看来已经没有希望了,这些天我一直守在他身边,就是在向他道别。理查德,海豚人非常看重人与人的情意,这和陆生人是一样的——甚至超过陆生人。因为陆生人虽然在家庭或族群内部非常友好,对其他族群的人却不惜以核弹来对付。"

拉姆斯的心脏突然停跳了,不知道索朗月这句话是否有暗指。他悄悄观察着索朗月的表情,看来她只是顺口说出,没有什么含意。索朗月接着说:"但是,亲人之间的情意不能干扰族群的延续。个体的生存固然重要,终究是排在族群生存之后的。"

"那么,虎鲸戈戈对海豚人的杀戮……"

索朗月干脆地说:"对,是海豚人特意为它们保留的权利。以海豚人的能力,完全可以制止虎鲸、鲨鱼、章鱼甚至有毒生物对海豚人的进攻,但我们没有这样做。捕食海豚是它们的天赐之权,我们怎么能逆天而行呢?当然,四力克期间我们会颁发圣禁令,但我们很谨慎。'慎用圣禁令'一直是海豚人摆在第一位的信条。在海豚人中只有三分之一的人能尽天年,其他都进了虎鲸鲨鱼之腹。谁知道呢,也可能明天我就成了戈戈的口中之食。"

她指了指离他们不远的戈戈,那位老兄大概听见了自己的名字,朝这边甩甩尾巴算是应答。拉姆斯对索朗月这番话感慨万千。过去他听索朗月说过类似的话，但没有今天说得这么透，今天他才真正意识到其中所包含的冷酷。它的冷酷不仅在于生死无常的命运，更在于：这种被吞食的命运本来是他们有能力改变的，但他们却始终拒绝这种诱惑。拉姆斯说：

"记得在我长眠前，海豚人已经学会用几百人的结阵去对抗虎鲸和鲨鱼，把它们搞得非常狼狈。我亲眼见过这样的搏杀。"

"那只是海豚人初建时的混乱情况。海豚人很快就建立了自律：决不允许用超过一个家族的集体力量来对抗捕食者，剥夺它们的天赐之权。"

拉姆斯轻轻摇摇头，不说话了。索朗月已经走出伤感，笑着说："其实我们一点不恨虎鲸鲨鱼，相反倒是感激它们。它们就像是最负责的检查员，帮我们淘汰弱者，让整个族群的素质保持在高水准上。作为报答，我们就用血肉来供养它们。不说这些了，我想，你们二位请先回吧，不要误了你们的婚期。"

拉姆斯和苏苏商量几句，说："我们的婚期和行期都向后推迟，要在这儿待到弥海痊愈，或者过世。"

索朗月略略考虑："好吧。弥海的日子……恐怕就这两天了，对他的救助后天就到期。这两天你和苏苏先待在这儿也行，我交代戈戈也陪着。"

"好的。"

苏苏一直想和索朗月说话，只是到这时候才有机会。她抱住索朗月："索朗月姐姐，我很抱歉……"

索朗月知道她要说什么，立即截断了："苏苏，不要说这样的话，那是理查德的原因，和你有什么关系呢？其实，"她似笑非笑地说，"我知道所谓的宗教原因也只是借口，最主要的原因是：理查德不愿接受一个异类的妻子。"

拉姆斯的脸一直红到了脖子上，反驳也不是，默认也不是，只能尴尬地笑着。索朗月被他的表情逗得哈哈大笑："理查德，不必难为情。我尊重你的选择，至于我，仍愿把你当成我精神上的丈夫。今天我把这层窗纸捅破，我想以后三个人相处会更自然一些。我说的对不对？"

她笑着，用长吻碰碰拉姆斯的面颊。拉姆斯没法回答，只好尴尬地保持沉默。

弥海的葬礼在第三天举行。说是"葬礼"，实际上弥海还没咽气。按照海豚人的规矩，对所有病人都实行三天的临终救护。在这三天中，族人们轮流守护着他，顶他到水面上换气，给他寻食物，帮他驱赶捕食者。如果他的生命力在这三天内不能恢复，那么第四天就会撤去救助，由他自生自灭。这时，一般来说病人就会被虎鲸和鲨鱼立即吞掉。它们已经非常熟悉海豚人的临终救助仪式，早就等在周围了。

弥海是百人会的现职长老，他的临终救护期为五天，比一般人延长两天，这也是现职长老所享受的唯一特权。现在，五天已经过了，尽管族人，包括他的妻儿都恋恋不舍，但没人想到违反族规。早上朝霞升起时，葬礼开始，这片海域布满了海豚人，有百人会的全部代表，也有海人的代表。海豚人百人会的暂任长老撒母耳主持了葬礼，她是一位 63 岁的热带斑点海豚人。拉姆斯、苏苏和索朗月都参加了。

所有弥海的族人都游过去，把弥海顶出水面。和五天来实施的救助不同，今天只是象征性的仪式，所以每次顶出的时间很短暂，只有十秒钟。族人之后是百人会的其他 99 名长老，接着是海人十人会的代表。参加葬礼的人数较多，所以这个过程持续了很长时间。撒母耳特地把拉姆斯和苏苏安排到最后，让他们以雷齐阿约夫妇的身份来与弥海长老诀别。拉姆斯游近弥海，弥海的眼睛已经不能睁开，身体各部也没有了生命的迹象。拉姆斯抱住他，觉得他滚烫的身体沉甸甸的。海豚没有鳔，只能在不停的游动中保持不下沉，所以只要停止游动就会向下沉落。索朗月轻声唤他：

"弥海长老，雷齐阿约来同你告别。"

弥海听见了，尽最后的气力睁开眼睛，目光中浮出沉静的笑意："雷齐阿约……一路顺风……也祝我一路顺风吧。"

他安详地闭上眼睛。拉姆斯用力蹬着双腿，托住他越来越重的身体。他不忍心就此松手，因为，他怀中的那具身体还有正常的体温，有轻微的呼吸，脸上还蒙着活人的灵光。只要拉姆斯一撒手，他就会沉入水中呛死，或者被鲨鱼吞掉，一条宝贵的生命会就此完结。按陆生人类的道德观念，拉姆斯怎么忍心撒手呢，这会儿撒手他简直就成了谋杀者。索朗月知道他这时的想法，游过来，用长吻扯扯他的胳臂。拉姆斯只好丢下那个濒死的海豚人，无奈地游开。

弥海的身体飘飘摇摇地向水下沉，早就等急了的鲨鱼立即从外圈窜过来，准备抢夺这具"身体"，严格来说还不能被称作尸体。不过它们今天没有得逞。葬礼中一直守在外围的戈戈闪电般插进来，气势迫人地赶走了鲨鱼，把弥海一口吞下。它对这顿特殊的食物一定很满意，得意扬扬地在人群内游了一圈。然后游过来，让拉姆斯和苏苏爬上它的背，准备返航。

撒母耳游过来，同拉姆斯告别：

"雷齐阿约，你们请先回吧。明天我们要选举新的百人会长老。你们的婚礼是三天后举行吧，新长老一定会如期参加婚礼，并为你的寻亲之旅送行。再见。"

五

这是一场盛大的婚礼。海滩上的几十棵枯木被拉来燃起篝火，火舌几乎映红了海岛上空的岛屿云。从各岛赶来的客人共有300多人，他们围着篝火载歌载舞，吃着杰克曼家采摘的椰子。赤身裸体的苏苏仅在头上戴了个花圈，脖子上挂一个花环，这就是她的婚纱了。拉姆斯只在头上戴一个棕榈叶编织的绿冠，这也就是新郎的礼服了。司仪领着他俩，进行着繁复的婚礼程序。拉姆斯心中揶揄地想：这些婚礼风俗是谁传给他们的呢？反正他没有教，覃良笛把他麻醉并送入冷冻箱时，最大的海人只有15岁，还没有举行过一次婚礼呢。也许这些风俗是覃良笛教的，也许是海人自己创造的。这也不奇怪，哪种风俗不都是在一片空白上建立起来的？也许他们参照了海豚人外脑信息库中所存的波利尼西亚人的风俗。现在，他们把这些风俗反过来用到他们的先祖身上了。

想到覃良笛，心中又是一阵汹涌的感情之波。这种爱恨交织的感情，在他醒来后已经多次体验。在这场婚礼中，这样的感情之波更加凶猛。他摇摇头，拂去这片思绪。司仪是一位胖胖大大的女海人，叫威尔穆塔，用洪亮的声音唱着各种礼仪：向女方的父母鞠躬，新人互相鞠躬，新郎抱着新娘走过火堆。下一个程序大概是重头戏了，八个孩子欢天喜地地抬来一个用树枝编成的树床，周围编织着黄色和粉红色的小花。他们郑重地把树床放到人群的正中间，苏苏走过去，躺在上面，幸福地望着拉姆斯。拉姆斯惊疑地看着司仪，司仪告诉他，要咬破手指，滴一滴血在妻子的肚脐上。拉姆斯照办了。然后苏苏起来，他躺下，苏苏向丈夫的肚脐还敬了一滴血。孩子们拍着手唱起来：

你的血给了她，
她的血给了你，
血与血融合，
永世不分离。

到这儿，正规程序走完了，所有人都加入到舞场中跳起来。拉姆斯也被拉着跳了一会儿，但他毕竟不擅长这儿的舞蹈，便退出场外笑着旁观。苏苏这会儿是舞场的中心，猛烈地扭腰抖胯，动作与夏威夷土人的草裙舞颇有些类似，只是没穿草裙罢了。她脖子上的花环随着她的舞步上下飞动。

大伙儿热闹了一会儿，他把苏苏拉出人群，向岛外游去。前面，黑色的夜幕上有一团明亮的火光，那是辅会场，不能上岸的海豚人客人都在那儿，围着礁岩上的这堆篝火。他们浮在水面上，安静地交谈着，聆听着岛上的欢闹。撒母耳也在，她已经正式当选为百人会的长老。拉姆斯夫妇游来时，她和索朗月首先迎过来说：

"我代表百人会，也代表刚过世的弥海长老，向二位新人祝贺，愿你们幸福美满，恩爱白头。"

拉姆斯说："谢谢，愿弥海长老的灵魂在天安息。"

"苏苏，你太漂亮啦！来，送你一粒珍珠，愿你比它更光彩照人。"

海豚人

  她吐出一粒樱桃大小的珍珠，苏苏欢喜地捧在手里，珍珠映着篝火，闪闪发光。索朗月笑着说："苏苏，我也该送你一件礼物，但这些天只顾招呼病人，没来得及准备。千万不要生气啊，我以后会补给你。"

  苏苏说："你说这话我才生气呢。我不要你的什么礼物，你能来参加婚礼就是最好的礼物。"

  在新婚的幸福时刻，她总觉得对索朗月有歉疚。她下到水里，搂着索朗月说悄悄话去了。拉姆斯偷眼看看索朗月，看不出她有什么情绪，她的言谈和笑容都十分明朗。拉姆斯忽然想起一件事：

  "喂，索朗月，你听见岛上孩子们唱的歌了吗？"

  夜空中能看见岛上的光亮，也能听见孩子们快活的呜呜啦啦的唱歌声，但歌词听不清。她说："太远了，听不清。唱的是什么？"

  "海人孩子也会唱那首童谣啊，就是那首：罗格罗，罗格罗，没有你我们更快活。"

  "是的，你这一说，我能听出来了。"她看看撒母耳，"长老，岩苍灵和香香那儿没什么消息吧？"

  "还没有。弥海长老生前已经通知了全球的海豚人，如果发现那个'和太阳一样亮'的窝格罗，就立即通知雷齐阿约。"她指指近岸处，一个崭新的木筏锚系在那儿，正随着波浪摇着，筏上堆着捆扎牢固的藤箱，"全都准备好了吗？"

  "全好了。约翰等五个海人清晨来这儿聚齐，再加上我、苏苏和索朗月，一共八个人。索朗月，能不能再听我最后一次劝告？你真的不必跟我们受这趟颠簸，路上到处有人护送，你去不去都一样。再说，到圣地亚哥后你又不能上岸。我想，有苏苏和约翰他们就足够了。你别去了，行不行？"

  索朗月此刻正和苏苏偎依在一起，这会儿回过头，安静地问："你说呢？"

  拉姆斯无奈地摇摇头，不再劝了。撒母耳说："第一批十名纤夫也做好了准备，明早太阳升起前将赶到这儿。他们每天早上换班，每天大约能行进200海里。具体事项就由索朗月安排了。保护你的圣禁令将在明早发出，沿途的安全不用担心。"

当第一次得知圣禁令的保护时，拉姆斯还觉得无所谓。但现在他已经知道，"慎用圣禁令"是海豚人社会的第一信条，除了四力克运动会，只有两次例外，而且都是施予他身上。他由衷地感激道：

"谢谢。你们的厚意让我受之有愧啊。"

最后几颗残星消失在越来越浓的曙光中，东边已经现出第一抹红霞。欢闹了一夜的海人们没有显出困意，簇拥着一对新人走向木筏。今天风浪较大，一排排顶着白色浪花的巨浪不停地扑打着岸边，木筏在浪尖和浪谷中摇摆，发出吱吱嘎嘎的摩擦声。木筏摆在陆地上时显得十分伟岸，现在到了水里就像一片被波浪玩弄的小树叶，令人怀疑它能否经得住5000海里的颠簸。

淡水和食物都已上筏，用藤箱装着，牢牢地固定在木筏上。小木屋里铺满了松软又不吸水的海草，这是为新人准备的新房。其他五个海人只能在外面露宿了。海人们不能长时间离水，他们在航行途中将在水下度过大部分时间，包括苏苏，所以约翰他们也不需要房间。

十个海豚人纤夫已经到了，今天这十位都是飞旋海豚。他们在筏前散开，每人主动选一根纤绳套到头部。一位海人御手调整着绳圈的松紧，使它在任何情况下都不至于盖住海豚人的呼吸孔。索朗月在四周巡游着，对木筏的准备做最后一次检查。

杰克曼夫妇在岸边与女儿女婿告别。虽然苏苏已经陪着雷齐阿约出过两次远门，而这次的距离不过是远了一两倍而已。但他们都感到了这次别离的不同。上两次只是假日的远足，而这次则带点生离死别的味道。雷齐阿约说他去寻找旧的族人，如果寻到，也可能不再返回这儿，那么，六个同去的海人中，至少苏苏会陪丈夫留到那儿。如果那样的话，她和父母只有隔着遥远的海天互相祝福了。

苏苏一直控制着自己的情绪，搂着母亲快活地絮絮低语，不过，在她最后说出"二老保重"的话时，声音已经哽咽。安妮也没能撑得住，泪水不听话地流下来。杰克曼还能撑得住表面的平静，过来同拉姆斯拥抱。杰克曼说：

"理查德，我能这样称呼你吗？"这是杰克曼第一次不用"雷齐阿约"来称呼，拉姆斯连忙点头。"请善待我的女儿。苏苏，你也要善待你的丈夫。"

拉姆斯望着这个比自己还小几岁的岳父："放心，杰克曼先生，我一定善待苏苏。"

杰克曼低声说："也请你照顾约翰。依我看，他的'大海人主义'心结并没有完全解开，这次他挑选的伙伴也是清一色的大海人主义者。当然，有你在身边，我不担心他们出什么差错，只是请你时刻注意这一点。"

这是他对雷齐阿约最直白的劝告了。拉姆斯当然听出他的话中之意，尴尬地答应："我会劝解他的，你放心。"

他们同岸上的人告别完毕，登上木筏，约翰扶着他来到筏首。撒母耳长老在水里探出脑袋："雷齐阿约，让我们告别吧。不管你在陆地上寻亲的结果如何，海豚人社会的大门永远向你敞开。你何时愿意返回大海，让索朗月通知一声就行。"

拉姆斯俯下身同她拥别："谢谢你。"

"现在我要发出圣禁令了，你们准备出发吧。"

10个海豚人已经拉紧了纤绳，个个体态剽捷，气度不凡，流线型的身体充满张力。索朗月没有套纤绳，单独在旁边游着，就像是他们的队长。她告诉拉姆斯："这些海豚人都是四力克运动会上一流的长游运动员，还包括几个历届长游冠军呢。"

从这些安排上，拉姆斯再次感受到百人会对雷齐阿约的看重。他笑着对前边喊："谢谢你们啦，各位长游精英。"

10个海豚人吱吱地致了答礼。

撒母耳面向远海，发出了低频声波的吟唱，很快，在遥远的前方响起座头鲸的回应。它是在重复撒母耳的旋律，但音量远远超过撒母耳，高音震动着人们的耳鼓，低音通过海水让木筏有了轻微的战栗。这首"怪里怪气"的鲸歌将在一天内传遍全球，让所有海洋的猎杀者凛然而惧。

杰克曼解开纤绳，扔到木筏上。苏苏高声喊："爸爸，妈妈，再见了！"拉姆斯也向海人们和海豚人们挥手告别。索朗月发出一声尖啸，10个海豚人一齐甩动尾鳍，拉紧纤绳，木筏疾速启动向外海开去。

第六章　妻子之死

一

　　珊瑚礁岛隐没于海平线之下，然后消失的是岛屿四周飞翔的鸟群，后来连岛上悬停的岛屿云也看不见了，现在只剩下一叶木筏飘浮在万顷波涛上。拉姆斯已经有了两次远足，但那两次都赶上了好天气，只有这一次大海才真正显示了威力。一排排十米高的巨浪吐着水花，咆哮着向木筏压来，声音震耳欲聋。在木筏上说话要贴着对方的耳朵。当木筏沉入波谷时，两边都是高耸的碧绿清寒的水墙，无数海生生物像海龟、鳐鱼，都在水里急急忙忙地扒动四肢或摆动尾鳍，倏然出现又倏然消失。那千万吨海水悬在头顶，似乎马上就要倾倒下来，把木筏永远砸到海底。但转瞬之间，海水却涌到筏底了，木筏仍安安稳稳地浮在浪尖上。大浪的间隔并不均匀，有时两排大浪中夹着几排小浪，有时两个大浪头打脚地紧连在一起。这时，追尾浪就会涌上木筏，把筏上的人浇一个劈头盖脸。不过成吨的海水立即透过圆木的间隙流下去，而木筏仍安之若素地浮在水面上，准备迎接下一个大浪。

　　按照原来的安排，约翰和弗朗西斯负责操纵筏上的导向桨，但不久他们就发现这支导向桨毫无用处。10个纤夫心意相通，精确地掌握着筏行的方向。再加上没有船帆，也就没有加在筏上的旋转力，所以导向桨一直是很服帖地在筏后摇晃。后来约翰干脆解下导向桨，绑在木筏的圆木上，他俩也加入到其他海人中玩耍去了。

　　木筏沿太平洋环流顺流而东，强劲的海流推动着木筏，再加上10位长游运动员体力充沛，所以木筏行进的速度很快，据拉姆斯估计要超过每小时20海里。纤夫们亢奋地吱吱叫着，拉着木筏穿过一排排大浪。他们的工作井然有序，仅仅在行程刚开始时，为躲避一排巨浪，阵形乱了一会儿，有三根纤

海豚人

绳绞到一块儿。索朗月立即赶过去，用嘴叼着绳帮他们解开。那三个失职的纤夫难为情地吱吱着，很快恢复秩序。从那之后，他们再没出过差错。

随行的五个海人都不怎么待在筏上，大部分时间是在水中跟着筏前进。他们的速度赶不上木筏，所以大都拉着或咬着木筏上一个绳头，同时用力摆着四肢。苏苏也常常下到水里，有时她拉着绳头，有时攀着索朗月的背鳍，同她快活地交谈着。不过她在水下待不久，总是过一会儿就会爬上木筏，偎在丈夫身边。她不能把丈夫一个人甩在筏上啊。

海豚人和海人进餐时木筏也不停。当纤夫们发现比较密集的鱼群时，就有五个人褪下绳圈，疾速插到鱼群中去捕食。其他五个仍拉着木筏前进，不过速度慢多了。这时海人们也会抓紧机会捕食，索朗月或苏苏则会逮两只拉姆斯爱吃的鱼扔上来。实际上即使没有她们的帮助，拉姆斯也饿不着。木筏前进时，常常有飞鱼、小乌贼或金枪鱼借着水势冲上木筏。大部分不速之客在圆木上蹦跳着，又逃回水中，但也有一些蹦跳的方向错了，最终耗尽气力，无奈地躺在圆木缝里。扑上来的鱼相当多，一个人根本吃不完的。拉姆斯对苏苏开玩笑说，实际上他连手都可以不用的，张大嘴巴躺在筏尾，总有一条鱼会跳到他嘴里。

晚饭时浪头变小了，间隔均匀的条形海浪整齐地铺展到天边。极目四顾，木筏躺在一个凸起的圆形海面上，四周是穹隆似的天盖。往近处看，木筏在快速穿过海浪；但往远处看，这个天盖下的圆形海面似乎是不动的。海天一色，永恒无尽，变的只有时间，一轮太阳慢腾腾地在天穹上移位。现在它已经与海平线接上了，灼灼的金光从筏的后边洒过来。

就在这时，拉姆斯发现了身后的鲨鱼群。这是一群棕鲨，有 10 只左右，紧紧追随在木筏之后。不知道它们是出于什么心理，是对木筏的好奇，还是对筏前边的 10 个海豚人有所垂涎，反正在此后的航程中它们一直跟着木筏，不离不弃。鲨鱼游近了，有的与木筏并排，有的窜到前边。透过碧澈的海水，能清楚地看到它们令人生畏的肌肉。当它们张开大嘴时，就露出五六排令人胆寒的利齿。它们与木筏靠得这样近，突出的背鳍升起在木筏边上。苏苏忍不住去抓住鲨鱼背鳍，而被抓的鲨鱼丝毫也不慌乱，仍旧不疾不徐地游着。

153

它们蓝灰色的脊背轻轻撞击着木筏,就像一只在主人腿上擦痒的愚鲁的家犬。

鲨鱼从不单独出现,在它们前边总是游着一群无所事事的舟鲥。它们只有几英寸长,浑身布满斑马似的花纹。几十只舟鲥排成扇形在鲨鱼前边游,还有十几只则在鲨鱼银白色的肚皮下窜来窜去。不过这是一群不忠心的随从,当鲨鱼从木筏下潜游过去时,它们发现木筏是个更强大的主人,有一部分舟鲥就舍弃鲨鱼而投向新主人。久而久之,木筏前边有了上百只舟鲥,在几千海里的路程中它们始终跟随着。

鲨鱼第一次出现时,拉姆斯担心索朗月和海豚人纤夫的安全,特意跑到前方去关照。转眼间,一条大棕鲨从木筏下穿过去,几乎与索朗月并肩而行。两者之间这样近,鲨鱼只要一调头就能把索朗月吞入口中。但索朗月从容自若地游着,只是斜睨了它一眼,笑着对拉姆斯说:"你放心吧。它们知道圣禁令的保护,不敢向我们进攻。"果然,鲨鱼在11位海豚人中巡行一圈,好奇地东张西望,但最终秋毫无犯地离去了,远远跟在后边。

月亮升上天空,满天繁星安静地闪烁着。木筏在黑色的波涛上颠簸起伏,向远方望去,月光使波浪起伏的海面嵌满黑白相间的条纹。海面上发光的浮游生物飞速向木筏迎来,被木筏劈开,变成两道光流向筏后流去。天上的星座缓慢地自东向西旋转。除此之外,看不到木筏运动的任何迹象,眼前的世界是如此安静而永恒,永恒得会让你忘掉三叶虫、恐龙和陆生人类这些过客,似乎它从宇宙肇始就是这样,而且一直会保持到宇宙末日。

苏苏、约翰他们累了,爬上木筏,准备睡觉。苏苏进了小木屋,整理好海草床铺,其余海人在筏面上随便找了个地方蜷曲起来。拉姆斯走到筏首,向索朗月和10个纤夫说:

"晚安,我要去休息了。拉纤拉了一天,你们都累了吧。如果累的话,晚上就不要前进了。"

纤夫们都看不出疲累的征象,索朗月说:"他们明早就会换班,你不必担心。晚安,你早点休息吧。"

回到小木屋,苏苏已经睡着了,外面的五个海人也响起粗细不同的鼾声。

海豚人

拉姆斯悄悄躺在苏苏身边，在海浪的晃动下渐渐入睡。

第二天早上，吱吱的海豚人说话声把他惊醒了。是第二批海豚人来换班，两班人正在进行职务交接，当然也少不了一番攀谈。昨天是10只飞旋海豚，今天则是清一色的热带斑点海豚。他们互相交换了位置，下班的海豚人在木筏外聚齐，排成一排，同雷齐阿约告别。拉姆斯感激地说：

"谢谢你们，连续24小时的急驰肯定把你们累坏了。再见。"

这10位海豚人的确已露出疲态，他们同索朗月、苏苏和约翰也道了别，晃晃悠悠地游走了。这时拉姆斯看见了一个危险的迹象，当这一小群海豚游离木筏时，那群鲨鱼似乎知道他们已经脱离了圣禁令的保护，便试探着向他们游去，不久，这种试探就变成了凶猛的进攻。那群疲累的海豚人立即围成一个圆圈，防范着四周的进攻。但鲨鱼太多，防不胜防，于是海豚人改变了战术，盯着为首的鲨鱼猛烈反攻。海豚人你进我退，轮番用力撞击那只鲨鱼的五道鳃缝。拉姆斯紧张地盯着那边，很为这场强弱悬殊的搏斗担心。但木筏行进很快，转眼把那个战场甩到身后，什么也看不见了。

拉姆斯赶紧把索朗月唤过来，向她讲了他看见的情形。他问是否需要把木筏停下来，去帮帮那10位疲累的海豚人。索朗月摇摇头：

"木筏的行进不能耽误。那10位海豚人你不必太挂心，这正是我们每天都面临的挑战。"

她没有用空话安慰拉姆斯，也就是说，她不敢保证这10位海豚人都能逃离鲨鱼之口。不过她也并没有表示悲伤。海豚人中有三分之二不能终其天年，所以，这10位海豚人即使遇难也很平常。很快，那群鲨鱼又回来了，仍跟在木筏后边，从它们愚鲁的表情中看不到刚才那一战的胜负。拉姆斯但愿它们没能打破10位海豚人的防御阵势，最终知难而退了。不过，刚才那场战斗的真相他永远也不会知道了。

他对索朗月说："你也高速游了24小时，那些纤夫们还能换班呢。来吧，到木筏上休息一会儿。"

索朗月答应了，拉姆斯伸手想拉她的背鳍，索朗月笑着拒绝了。她放慢速度，落到木筏后边，然后突然加速冲来。她的时间拿捏得恰到好处，正好当一个波峰把木筏前部抬起时,她从水中窜出来,落到拉姆斯身边。拉姆斯小心地把她的身体在筏面上摆正。海豚的皮肤十分娇嫩,皮下神经发达,拉姆斯抚摸着她的脊背,感受到她的体温和皮肤下的战栗。苏苏见索朗月姐姐上了岸,马上也上来,与拉姆斯一起,屈膝坐在索朗月面前。她慢慢抚摸着索朗月的全身,羡慕地说:

"姐姐,你真漂亮!看着你在水里游动是那样美妙,我真想把这双腿换成鱼尾。"

索朗月笑了:"你这样说,雷齐阿约一定会生气的。"

拉姆斯说:"我怎么会生气?陆生人的双腿在陆上行走是很优雅的,但在水里确实笨拙。"

索朗月微微一笑:"陆生人的神话中,还有一条小人鱼把尾巴变成双腿呢。"

苏苏说:"她做得并不错呀,她是想离开海洋到岸上生活嘛,当然要把鱼尾换成双腿了。可是今天我们正好相反,是离开岸上到海里,那个神话也该倒过来了。"

苏苏的这番批注倒也新鲜,拉姆斯和索朗月都笑了,说:"怎么倒过来?"

"很简单,在新的小人鱼童话中,应该是陆上的双腿男人看中了水中的美人鱼,然后请巫师把双腿变成鱼尾。"她认真地说,"真的,我在海里从来追不上索朗月姐姐,羡慕极了,在梦中我有几次都生出鱼尾巴啦!"

索朗月微微一笑:"对,你说得很有道理。不过我还是羡慕那个生出双腿的小人鱼。"

拉姆斯听出她的话意,但不知道该怎么应答,有点尴尬。苏苏忽然喊起来:"索朗月姐姐,你看那是什么?"海面上漂过来一堆又大又白的蛋状物,索朗月说那是乌贼蛋,在这一带很常见的。苏苏很好奇,跳下水向乌贼蛋游过去了。

筏上只剩下他们二人。索朗月安静地躺在筏面上,筏尾追来的海浪不停在打在她身上,为她保持着身上的湿润。她侧目望着拉姆斯,忽然问:

"理查德,你已经在海豚人和海人社会里生活了近20天,你觉得这个社会符合你创造它的本意吗?"

这个问题不好回答——他既不能说自己并非海豚人的创造者,又不能说出自己对"异类"的真实想法。他想了想,机巧地把球踢回去:

"你说呢,索朗月?你认为海豚人和陆生人的最大区别是什么?"

索朗月毫不停顿地回答:"最大的区别是海豚人不追求成为自然界的最强者,我们接受外在力量的制约。比如食物链中处于我们上端的捕食者虎鲸、鲨鱼等,比如各种病毒、病菌和寄生虫。"她嫣然一笑,"我想陆生人也知道这个机理的:绝对的权力一定会导致绝对的朽败。"

拉姆斯沉默一会儿,叹息道:"我已经看到了。你们完全有力量摆脱这些制约力量,但你们没有做。"

"雷齐阿约,这种信仰符合你和女先祖的本意吗?"

拉姆斯开玩笑地说:"恐怕主要是符合覃良笛的本意吧。你知道,我在海豚人诞生三年后就进入了冷冻。"

"噢,对了,我对这件事一直很好奇,你当时并没有得不治之症,为什么要进入冷冻呢?"拉姆斯猛然一惊。这个问题才是他真正没法回答的,你能说当时他正打算摊牌而那个女人狡狯地欺骗了他?当然不能。他正绞尽脑汁想应付过去,但索朗月主动为他解了围:"我猜想,是你和女先祖商定留一个人,让他在300年后醒来。万一海人和海豚人社会的路子走偏了,还可以纠正它。我的猜测对吗?"

拉姆斯很感激索朗月替他编了一个说得过去的理由,含糊地说:"我并不是万能的上帝,怎么能纠正一个6500万人组成的社会呢?"

索朗月笑笑,不再探问了。实际上,早在上次杰克曼"告密"之前,弥海就向她讲过雷齐阿约的反常之处:这位拉姆斯好像与口传历史中的雷齐阿约不太符合,他对海豚人社会过于生疏,而且显然对海豚人有抵触,甚至可以说是敌意。但不管怎样,毕竟是他和女先祖创造了海人和海豚人,这一点口传历史上说得很清楚。可能他老了,脾气有点偏执,对海豚人社会的"怪诞之处"看不惯。女先祖一再嘱咐要善待他,可能就是因为了解他的脾性吧。

而且，奇怪的是，尽管对拉姆斯有一些腹诽，她还是很喜欢他，难以遏制地喜欢他。陆生人曾在几万年的时间中是地球的王者，而他作为王族的最后一位传人，身上有一种只可意会的王者之尊。虽然他已经落魄了，有浓厚的自卑感，但骨子里的自尊并没有减弱。看着他悄悄推行着可笑的"海人复兴大计"，索朗月又是可怜又是敬佩——毕竟他忠实于自己的信仰，而且不惧艰难地推行着它。

也许女人的心都是相通的？她和苏苏都喜欢理查德，而且是因为同样的理由。她说："我已经休息好了，要下筏了。理查德，你知道吗？我一直有一个奢望，你知道是什么吗？"

拉姆斯猜出她话中所指，比较尴尬，笑着不作声。索朗月说："我的奢望是：什么时候你能亲亲我，而且真正不把我当成异类，那我就心满意足了。"

这句非常直率的话让拉姆斯面红耳赤，索朗月促狭地大笑着，借着打上筏的浪头用力一跃，回到海里。

木筏已经行进七天，走完了西风漂流，开始转入秘鲁海流，行进方向也由正东改为北偏西。这几天已经换了八拨纤夫，有热带斑点海豚、真海豚、瓶鼻海豚和糙鼻海豚，个个都矫捷剽悍，是百中选一的好手。其实，单是遍布各海域的飞旋海豚就足以完成这次旅程，但其他几个族群一定要参加，要为雷齐阿约出一份力，甚至一些未做智力提升的海豚族也报了名。

下班的海豚人仍然常常遭受鲨鱼的袭击，但木筏上的人已经接到低频声波传来的消息，说这些袭击并不成功，因为这些海豚人都是百中选一的游泳好手，足以对付鲨鱼的。几次袭击中只是偶尔有人遇难。这个喜讯让拉姆斯松了口气。

在这些换班的海豚人中，拉姆斯发现了一个有意义的现象：木筏已经行进近2000海里了，但所有的海豚人都是同样的口音，看来海豚人社会中没有方言。细想想这也很正常，海豚人在海里能自由迁徙，足迹遍布四大洋。再加上遍布全球的低频音波通信网，使全球的海豚人形成了一个整体，自然不会形成孤立的方言土语了。海豚人社会中也没有国别，没有国境线。反思一

海豚人

下人类社会，一万年的文明史只落了一个徒有虚名的联合国，要想彻底消灭国界，恐怕还要一万年吧。

说到底，这得益于海豚人没有历史包袱。曾有一位历史学家论述，为什么美国在开国之初就能制定出大宪章，保证了美国沿着一个相对正确的道路发展？那也是因为没有历史包袱。美国是个移民国家，而移民们一般都是权威的反叛者。相对而言，海豚社会是一张更干净的白纸，可以由着覃良笛在上面设计蓝图。

晚上，哗哗的海浪声伴着吱吱嘎嘎的绳索摩擦声。透过木屋板壁的缝隙观察四方低垂的天穹，时间和空间都像是永恒的。在这片蛮荒的天地里，拉姆斯有暇安静地思考一些问题，对海豚人社会和陆生人社会做一个对比。海豚人社会中有很多好东西：没有国家，没有战争，没有性别的禁忌，没有卖淫和强奸，没有吸毒。但最使拉姆斯感到震撼的一点，是他们自觉地接受外在力量的制约，不追求做最强者。他们其实完全有力量抛掉这些制约的。再想想人类，恰恰是在这方面走了一条邪路，无论是族群之间、人与动物之间、人与疾病之间、人与自然之间，人们一直孜孜求取绝对的主宰。一万年来，没有一个哲人真正看破这一点。

在海豚人的社会规则中，他处处可以看到覃良笛留下的痕迹。他长眠前与覃良笛有18年的共同生活，在闲聊中曾听覃良笛说过许多相当另类的见解。比如，关于"人类的发展已经失去制约"这个观点，就曾似不经意地多次出现在饭后闲谈中。那时，在覃良笛心目中这些观点可能还没成型，没有清晰化。但从建立海豚人社会到她去世的28年中，她把它们条理化了，并且变成实实在在的社会规则。

拉姆斯的决心已经明显地动摇了。如果是这样——如果海豚人继承了陆生人文明又抛弃了陆生人的种种弊病，那他的"为海人争得嫡长子继承权"还有什么意义呢？苏苏在他怀里安睡，约翰他们五人仍在木屋外。这些天，他们五个人一直沉默寡言，只是在游离木筏时凑到一块儿喊喳一会儿。他们像一群阴郁的土拨鼠，一直无法融进这个健康明朗的团体。拉姆斯无法克制自己对他们的厌烦。虽然他知道这五人才是他执行计划的中坚,但他平时更愿意和苏苏、索朗月甚至筏前的纤夫们交谈。拉姆斯想起地球灾变前,在一次陆生人的茶会上,他碰到一位名导演,那是个非常激进的和平主义者。朋友介绍拉姆斯是核潜艇艇长,那位导演犹豫一下,竟然把伸出的右手缩回去了。他非常抱歉地说:

"我不能和一个核潜艇的艇长握手。务请原谅我的无礼,这不是针对你个人的。在我心目中,这个职务就像是中古时代的刀斧手,虽然社会不能缺,但我从心底讨厌它。"

那时,作为社会的精英,拉姆斯有足够的心理优势对此人的怪诞付之一笑。在场的宾客都被此人的无礼所激怒,无形中把他孤立起来,逼得他匆匆离席了。

现在,他多少理解了那人的厌恶。

木筏行进 15 天了。有时,索朗月也拉着他下水游一会儿。他拉着索朗月的背鳍,潜入筏下。忠实的舟鲥仍聚在木筏前和木筏下,看见这个冒着气泡的人脸,有几只游过来,近得贴着他的脸,好奇地观察一会儿,摇摇尾巴游走了。木筏下长满了白色的藤壶,这是一种动物而不是植物,黄色的鳃有节奏地张合着,吸着氧气和海水中的食物。它的味道很鲜美,在吃腻了生鱼肉时,拉姆斯常拿它当调剂。它们生长的速度真是惊人,刚把老的掰下来,新的马上又长出来。还有很多海藻也把木筏当成了家,它们在木筏的迎风面飞快地生长着,垂到海里,使木筏看上去像是一个胡须长长的海老人。

海水中的阳光十分柔和,从四面八方漫射到海水里。往上看,木筏被照得透亮,海草在亮光下显得十分鲜嫩。海中的各种鱼儿在水面上看是比较平淡的,但在海里映着阳光看,它们的肤色都泛着金色、鲜黄色、淡紫色、银白色等各种华贵的色彩,它们的泳姿也格外雍容,就连普通的长鳍金枪鱼或沙丁鱼,在水里看也像一群款款而行的贵妇人。它们身形优美,线条清晰,轻轻一拨动胸鳍和尾鳍,庞大的身体就轻巧无声地向前滑去。向下看,深海也并不是黑漆漆的万丈深渊,阳光向下漫射,使下面也变成怡人的蔚蓝色,

海豚人

体形千奇百怪的水族在晶莹澄澈的水中自由自在地游动。拉姆斯曾驾着核潜艇在深海里待了 17 年,但他从未像今天这样有宾至如归的感觉。

那群鲨鱼仍然跟着木筏,拉姆斯对它们已经习惯了,即使它们擦着他的身体游动也不会感到惊惧。约翰他们几个精力过剩的家伙这几天发明了一个游戏:与鲨鱼拔河。他们用棕绳绑上一只大鱼饵,通常是他们吃剩下的半条金枪鱼,扔给鲨鱼。鲨鱼把鱼饵一口吞下,卡在喉咙里,这五个人就用力拉鲨鱼。当然这场比赛总是以鲨鱼的胜利告终,它的力量远远超过五个海人。后来,那些愚鲁的鲨鱼们也喜欢上了这个游戏,它们噙住鱼饵时并不咬断,也不特别用力,而且是耐心地与海人们角力。不过这个游戏也是很危险的,鱼饵如果把血液撒到水里,受刺激的鲨鱼群就会变得疯狂起来,在筏下面没头没脑地乱窜。索朗月总是密切地注视着它们,碰到这种情况,就让拉姆斯赶紧回到筏上,因为鲨鱼的智力有限,圣禁令对它们不能完全有效。

木筏已经驶出了秘鲁海流,再往北就没有可借用的顺向海流了,木筏前进的速度也慢下来。晚上,大熊星座出现在北边的天空,在海平线附近游荡,这表明他们就要进入北半球了。现在,在他们筏下是向西流的南赤道流,与他们前进方向成 90 度角,所以,纤夫们把前进的方向定到北偏东,而实际的筏行角度为北偏西。导向桨在这儿第一次起了作用。不过南赤道流的宽度不算宽,木筏很快越过它,到了无风无浪的赤道。这儿也有向东的海流,但它是隐在水面下的潜流,影响不了海面上的木筏,所以那支导向桨又被拎到筏面上捆起来。

从他们出发第三天起,就有无数客人来拜访木筏。有各种海豚人族群,他们携儿带女地过来,同海豚人纤夫或索朗月交谈一会儿,仰起头看看雷齐阿约的圣容,然后叽叽喳喳地离开。更多的是鲸类,有蓝鲸、领航鲸、抹香鲸、伪虎鲸,甚至还见到两只一般只待在南极的露脊鲸。这些鲸类待在木筏要经过的路上,好奇地看着木筏经过。有时它们也快速向木筏游来,眼看就要把木筏撞成碎片,但它们总是在最后时刻潜下水去,庞大的身躯悠悠地擦着木筏滑过去。索朗月说,在海洋中,鲸类和海豚人的关系一向比较密切,它们一定是在听到圣禁令后，按捺不住好奇心而特意赶来的。

拉姆斯对这种说法将信将疑，不过又一拨客人证明索朗月的话是对的。那天是10只没有做过智力提升的鼠海豚拉纤，它们比起海豚人的灵性自然差远了，所以索朗月一直在前右方紧张地招呼着，有时为它们纠正方向，有时招呼它们莫把纤绳绞在一块儿。这时，远远看见一群虎鲸游来，它们看见木筏后立即分成两拨，向木筏包抄过来。10只鼠海豚开始着慌了，吱吱乱叫着准备逃跑，但它们又不敢扔下圣禁令分配给它们的工作。索朗月急忙游到前边，用海豚语安慰它们："不要慌，虎鲸不敢违抗圣禁令。"但鼠海豚们并没有镇静下来，仍是一片吱吱声。看着气势汹汹的虎鲸群，连拉姆斯和苏苏也有点担心。虎鲸游近了，黑色的背部，眼睛后面的卵圆形白斑，还有口中的利齿都能看清了。苏苏突然喊："看哪，是戈戈！"

果然是戈戈。与它同来的是三只雌虎鲸，身体比它要小得多，但也有七八米长。雌虎鲸的背鳍比雄鲸小得多，所以一眼就能分别。在它们身后还有几只幼鲸，有两只尚在哺乳期，一步不离地跟在雌鲸后边。这是戈戈的妻妾和儿女们。虎鲸是一夫多妻制，所以这个小小的族群实际是一个家庭。

拉纤的鼠海豚吓得尽往中间挤，一直跟在木筏后的鲨鱼群也不敢同虎鲸对阵，远远避开了。索朗月迎过去，同戈戈寒暄几句，游过来对拉姆斯说：

"戈戈是领着家人来看雷齐阿约的，它们是特意从1000海里之外赶来的！"

两行虎鲸擦过海豚纤夫，果然是秋毫无犯。它们游近木筏，好奇地打量着筏上的两腿人，尤其是雷齐阿约。拉姆斯很感动，忙跳下水，游到戈戈身边，拍拍它的头部：

"戈戈，谢谢你跑这么远来看我，也谢谢你那次运我到深海。你是我最好的朋友。"

索朗月笑着把这话译成虎鲸的语言。戈戈看来很自豪——雷齐阿约亲口称它是好朋友，这可在妻儿面前挣足面子啦。它的妻子们欣喜地望望丈夫，再望望雷齐阿约，目光中充满敬仰之情。两只幼鲸看来对雷齐阿约没什么概念，这会儿在忙着吃奶。鲸鱼哺乳不是靠幼鲸的吮吸，而是由幼鲸把舌头卷成一个筒形,由母鲸把乳汁射进去。两个小家伙吃得十分惬意,吃一会儿,再浮到水面上换一次气。苏苏很喜欢这两只憨头憨脑的幼鲸,潜下水去,扯住一只幼鲸的背鳍,趴在它身上玩闹,那只小幼鲸比她的身体长多了。幼鲸不喜欢有人打搅,不耐烦地在水中来了个翻滚,甩掉苏苏,又游到母鲸后腹部去吃奶。

10只鼠海豚已经平静下来,拉着木筏快速前进。戈戈全家跟着木筏玩了一会儿,这时前方出现一群海豚。因为太远,看不清是什么种群,更看不清是海豚人还是海豚。它们一定是在那儿的海流中围猎沙丁鱼。戈戈发现了,立即率着几条雌鲸快速启动,向那边游去。两只幼鲸落到后边,慌慌张张地追赶着。那边的海豚也立即发现了,很快排出防御的阵势。从他们训练有素的动作看,他们不是海豚而是海豚人。拉姆斯知道,一场惨烈的捕杀马上就要开始,不知道有多少海豚人就要丧身鲸腹,那几只刚才还平和可爱的虎鲸转眼就成为残忍冷血的杀手。不过,经历了这么多天的历练,他对此已经习惯了。

晚上回到小木屋,苏苏兴奋地宣布:"理查德,我今天要怀上你的孩子!"

他们结婚后就来到木筏上,迄今还没有真正同房呢。今天,两只可爱的小幼鲸激起苏苏的母性,她今年18岁,这在海人中已是做母亲的年龄了。拉姆斯在犹豫着,迟迟不回答。她不高兴地问:

"怎么,你不想要孩子吗?"

拉姆斯笑着搂住她,耐心地低声说:"苏苏,不要忘了我是陆生人啊。陆生人有很多烦琐的礼节,比如,陆生人在正常情况下绝对不会赤身裸体,夫妻过性生活时一定在隐秘的场合。我不能说这种习俗好而你们的习俗不好,但我是在那个社会中长大的,即使它已经消失了,我仍然不能摆脱约束。我很想要孩子——我已经55岁,与未来那个孩子的相处之日不会太多了,我当然希望他早点出生。我也很想与你有一场痛快淋漓的欢爱,不过,恐怕这儿不是一个合适的地方吧。"他指指板壁上很宽的缝隙,指指外面的约翰和其他人,还有虽然在水里但离他们很近的索朗月和海豚人纤夫。"等等吧,等到岸上再说。那时我们再把筏上耽误的全补出来。"

苏苏长长地噢了一声。陆生人的这些道德规则她也知道的,海豚人外脑信息库中存有足够的资料。但那些风俗在信息化之后难免褪色,一直没有引起她的注意,只有今晚她才体会到这些风俗的强大。她歪着头想了一会儿,一语不发地跳入水中,和索朗月叽咕一会儿。停一会儿,索朗月对大伙儿宣布:

"今晚天色很好,雷齐阿约想在这儿休息几个时辰,大伙儿都散开休息吧。喂,约翰你们也下去玩吧。"

10只鼠海豚高兴地褪下绳圈,结伴游走了。约翰他们几个还在犹豫——他们没听见刚才拉姆斯与苏苏的对话,没能理解索朗月的真正意思。索朗月叫过约翰,悄声说了两句。约翰马上招呼他的几个同伴,跳下水,远远避开。

索朗月对拉姆斯笑着点点头,追着约翰离开木筏。苏苏这时爬上木筏,得意扬扬地看着拉姆斯。拉姆斯很为她和索朗月的苦心所感动,默默拉过苏苏,把她搂到怀里。苏苏挣开来,把地上的海草收拾一下,躺下来,小声说:

"理查德,这一来你不担心了吧。不要耽误时间,来吧。"

拉姆斯俯下身,盖住她的身体,那晚他们有了一场痛快淋漓的欢爱。拉姆斯恍然如回到了年轻时,情欲如滔滔不息的海潮。后来他们乏了,就走出小木屋,坐到筏面上看夜空。苏苏忽然喊道:

"理查德,你看!那是不是北极星?"

顺着她的手指,果然看到了在海平线附近游荡的北极星,大熊星座这会儿竖在它的旁边,勺体基本与海平线相齐。苏苏非常兴奋,这也难怪啊,一直生活在南半球的她是第一次见到北极星,而在过去,北极星只是一个信息库中的概念。拉姆斯笑着说:

"对,是北极星。你从来没见过,竟然能认出它,真不简单。我们这些生活在北半球的人,从小就非常熟悉它。"

这句话扯起他的乡情,他随即陷入沉默。苏苏从侧面悄悄看着他,过了一会儿,体贴地说:"理查德,我知道你想起了家乡,想起了过去的妻子女儿,想起了你在圣地亚哥港留下的伙伴和后代。"

"对,我很想他们。"

海豚人

"咱们很快就会到那儿了,你也许会找到他们。"

拉姆斯叹口气:"我可是不乐观。如果他们能在强辐射中存活下来,海豚人应该能听到有关信息。"他撇开这个沉重的话题,笑着说:"你刚才怎么想到找索朗月帮忙呢?"

"没什么嘛,我和她很亲近的。我说我想要怀上你的孩子,又说了陆生人那些可笑的风俗,她就把所有人打发走了。"她皱着眉头说,"理查德,你为什么不接受索朗月姐姐做你的妻子?她真的是一个好女人,我很敬重她。即使你们不能成为事实上的夫妻,有一个名义对她也是安慰,否则对她太不公平了。难道你真的把她当成异类?"

拉姆斯不能把自己的真实想法——为海人争得嫡长子继承权——告诉苏苏,只能叹气:"苏苏,你还年轻啊,以后你会慢慢理解的。"

苏苏还是不依不饶:"我不再年轻了,妈妈说过,女人只要一结婚就会在一夜之间成熟。所以,你甭拿我的年轻做借口,我希望你能现在就说服我。"

拉姆斯忍俊不禁地笑了:"也有人说,男人一结婚就会在一夜之间变得幼稚。你看嘛,现在我没法拿我的幼稚来战胜你的成熟。"他转了话题,"苏苏,这件事以后再说吧。谈谈咱们未来的孩子吧。"

他们聊了很久,直到北极星又悄悄沉入海平线之下。拉姆斯感到苏苏的身体变重了,原来她已经入睡。拉姆斯没有惊动她,把她的身体摆正,仍像刚才那样搂着她。索朗月他们迟迟没有归来,拉姆斯保持这个姿势坐了很久。海浪一直摇荡着木筏,海面是这样干净,天空纤尘不染。海天间看不到人类留下的任何痕迹。曾有那么几百年的时间,人类空前强大,认为自己是上帝的嫡子,进而连上帝也被他拉下宝座。那时他们认为,整个宇宙就是为他们而存在的。不过,人类的强大已经成了过眼烟云,起因是一颗小小的星球的爆炸——这在广袤的宇宙中只是一个不起眼的小动作。人类的空前自信已经变成了讽刺。

他不由又想起索朗月所说的:海豚人从不追求做自然中的最强者,而是自觉接受各种外在力量的制约。也许他们确实是对的。

到晨光初露时，离开木筏的海豚和海人们才叽叽喳喳地返回，苏苏被惊醒了，看见自己仍睡在拉姆斯的怀里，不好意思地问：

"你一夜没睡吧？"

拉姆斯笑着："没关系，我一点儿也不累。"

苏苏跳下水去迎接索朗月，两人小声叽咕着，苏苏快活地放声大笑。然后，换班的海豚人也来了，这次是10位白海豚。他们钻进绳圈，木筏继续朝西北方向驶去。

木筏慢慢驶出赤道无风带，开始进入北半球信风带，海浪也汹涌多了。当然海豚人不在乎这些，他们兴高采烈地吱吱着，破浪前进。到日上三竿时，正在筏前游动的索朗月向后溜了一眼，突然尖声叫道：

"有大浪！快做好准备！"

她的命令非常急迫，筏上人都立即绷紧神经。顺着她的目光向后看去，那儿果然出现了一堵可怕的水墙，它足有20米高，前沿几乎是陡直的，浪脊很宽，就像是海面上突然出现了一个高原。它正以极快的速度，阴险地、不声不响地从后面追来，转眼已经到筏的后边了，几千万吨海水就要从头顶砸下来，把他们全压成肉饼。索朗月仍在尖声喊：

"是地震引起的海啸！筏上人快拉紧！"

木筏上的人都抓紧了身边的绳索或手边可以抓到的固定物，苏苏一手拉着拉姆斯，一手紧紧抓住小木屋的门柱，大声说："理查德小心！"这时巨浪已经到了，木筏一下子变得头朝下竖立起来，多亏筏面上所有东西都是固定好的，七个人也都抓牢了，没有人和东西掉下去。片刻之间，木筏已经浮上浪脊，恢复了水平。浪脊上倒相对平静，只见白色的水花哗哗作响。巨浪在木筏下悄悄滑过，木筏又头朝上竖立起来，片刻后落到浪谷里。

后边是一个同样大小的巨浪，现在，他们正处于两堵水墙的中间，不，不是水墙，而是两座水的山峰。成千上万种海生生物高悬在他们的头顶游动，它们都非常亢奋，丝毫不胆怯。这种海洋巨涌并不常见，所以它们欢快地戏水击浪，表示自己的激动。那10只白海豚也是同样，索朗月原来对筏上的人有所担心，现在看他们都安然无恙，也加入到狂欢的海豚人群中。

海豚人

第二个大浪又安然度过。拉姆斯知道这种海啸的威力,它可以横跨整个大洋,在迎面的海岸上造成巨大的灾难,把建筑物夷成平地。对于海洋中的万吨巨轮尤其是以侧舷迎浪的轮船,它也有相当大的危险性。可是,它摧山倒海的威力却难以对木筏起作用。它只能把木筏狂暴地举起来,再乖乖地从筏下溜走。在浪脊上,一只以海为家的海燕轻盈地浮在海面上,同样没把身下的巨浪当回事。

巨浪过去了,受到刺激的白海豚人格外亢奋,拉着木筏飞速前进。索朗月趴在木筏边向拉姆斯问安,拉姆斯说:

"多亏你及时提醒,要不我们全被甩下筏了。"

索朗月笑道:"那也没关系,不会出事的。我当时有点过于紧张了,那么高的巨浪!"

"是因为地震?"

"肯定是。震中大概在咱们的西南方。"

"在海中经常见到这样的地震涌浪吗?"

"经常有,但像今天这样大的浪涌我也是头一次见到。"

"还好,它平安过去了。"

"对,平安过去了。"

不久他们知道,这次地震的影响并没有过去,它给海豚人也给拉姆斯提供了一个万载难遇的机会。索朗月和 10 个海豚纤夫忽然开始侧耳倾听,海面上微微有空气的震动。苏苏告诉他,是海豚人在收听远处的低频通信,这种信号海人们也能听懂的,但这次因为距离太远,她和约翰都听不清。这次低频通信持续了很长时间,索朗月和 10 个纤夫的表情越来越紧张,越来越严肃。通信到底是什么内容呢?这时约翰悄悄走过来。自从来到木筏上,他与拉姆斯一般不太交谈,他不愿让苏苏看出他和雷齐阿约的特殊关系。这会儿他碰碰拉姆斯的胳臂,紧张地向那边使眼色。拉姆斯悟到他的用意——约翰担心的是,也许家乡的海豚人发现了他们之间的密谋,此刻正以低频通信的方式通知索朗月。约翰在提醒自己,是否要做必要的应变准备。

拉姆斯思索片刻。约翰的猜测并非全无可能，但关键是，在这儿，在这远离大陆的地方，他们什么应变也是徒劳。他横下心，干脆把索朗月喊过来：

"索朗月，出了什么事？"

索朗月没有看到约翰的小把戏，她只顾激动呢，因为低频通信中传来的消息太惊人了。她告诉拉姆斯，是新任长老撒母耳来的信。三个小时前的那场地震是在他们西南方600海里的深海发生的，那儿的海水深度为2400米。地震开始时，香香正巧在震中海域，意外发现了一件宝物。后来它通知了岩苍灵，岩苍灵也冒险潜了下去，这个深度已经超过了他的深潜纪录，它证实香香所言属实。

"知道是什么吗？你猜猜是什么？你肯定想不到，你肯定想得到！"

索朗月激动得已经语无伦次了。拉姆斯也非常激动，一个希望从心底升起，但他又不敢相信："是它？你说是它？"

"对，是它！"

筏上的人都奇怪地看着他俩，不知道两人对话中的"它"是什么宝物。苏苏急得嚷起来："索朗月姐姐，快告诉我们嘛，到底是什么？"

前边的海豚人纤夫们都听清了低频通信的内容，知道谜底，但这会儿他们只是回头笑，不告诉急得抓耳挠腮的苏苏。拉姆斯喃喃地说：万载难逢，万载难逢的机遇呀！索朗月半开玩笑半认真地说：

"撒母耳长老还说，这是雷齐阿约为我们带来的幸运。它埋在海底已经上千万年了，一直没有露面，所以它一直只能是抹香鲸的传说。偏偏在雷齐阿约醒来后它就露面了，你说是巧合还是天意呢？"

苏苏已经猜破谜底了："窝格罗！是窝格罗出世了！"

拉姆斯哈哈大笑，把苏苏搂住："对，这真是天大的喜讯啊！"

二

2400米的海底是一个严酷的世界。光线是透不到这儿的，在绝对的黑暗中，只有海洋生物所发出的微光。一只巨鱿慢慢爬过来，两只绿色的眼睛死死地盯着前面，就像在施行催眠术。它身体上有两道明亮的侧线，那是寄居

海豚人

在它身上的发光细菌的功劳。在它前边有一盏比较明亮的小灯,那是鮟鱇鱼设的鱼饵,用来钓取一些好奇的趋光的小生物。再往前不远是一处岩层裂隙,火热的熔岩透过裂隙放射出微弱的红光,黑色的浓烟大团大团地涌出,就像是地狱的烟囱。裂隙附近生活着完全不同的生物,两米长的蠕虫在海水里轻轻摇晃着,顶部是一个羽状的触手,缓慢地开合着,一只细菌蟹游过来,贪婪地啃食着这只触手。蠕虫痛苦地摇摆着,却无可奈何。

香香和岩苍灵一同潜到这片海底,他俩是珠联璧合的一对搭档,香香更擅长深潜,但岩苍灵更聪明一些。香香虽然没有做过智力提升,但它足够聪明,能与岩苍灵互相交流经验。现在他和它可以说是互为教练,深潜纪录也一再刷新。

不过弗氏海豚的体能毕竟比不上抹香鲸,这会儿岩苍灵觉得头部发蒙,身体承受着巨大的压力。弗氏海豚在水下是靠血液来提供氧气,但这会儿氧气已经不足了。他向香香打手势,说他要返回了。香香此时已经盯上海底的一条章鱼,便应了一声,独自向章鱼游去。

岩苍灵急速上浮,上浮过程中他看见香香开始向章鱼进攻。对于香香来说,这类巨鱿和章鱼都不是对手,所以岩苍灵根本不担心。但他没料到,这次香香几乎失手了。这是一条雌章鱼,正在照顾它的卵粒。雌章鱼是世界上最称职的母亲,孵卵期间它不吃不喝,只是不停在翻动着卵粒,让它们得到充足的氧气。幼章鱼孵出后,母章鱼就心甘情愿地死去。这些抱着必死决心的雌章鱼当然是世界上最凶猛的斗士。香香在周围转着圈,打量着它,而章鱼也用它阴森森的小眼死死地盯着来犯者。本来香香不至于输,但这次它潜得太深,血液中的氧气已经不足了,不能打消耗战。于是它贸然冲过来,咬住章鱼的一支腕足。这只腕足被咬断了,但章鱼的其他七只腕足疾速收拢,用吸盘紧紧吸住香香的身体。香香猛然甩动尾巴开始向上浮起,章鱼却紧紧地缠住它,大大延缓了它上升的速度。

香香在它的箍抱中拼命挣扎,又咬断了一只腕足,但负痛的章鱼把死敌缠得更紧。香香的脑袋开始发晕,看来这次是在劫难逃了,但不期而至的海底灾变救了它一命。海水突然整体摇晃起来,在它们下方突然冒出耀眼的红光。这是一场海底地震,岩层被震裂,灼热的岩浆冒出来,一接触到海水,立即把成万吨的海水变成水汽。这个过程引起一场大爆炸,震波以声速在水中传播,追上了香香和雌章鱼,把巨大的压力波加到它们身上。雌章鱼被震懵了,下意识地松开腕足。香香抓住这个时机,也借着自海底向上的压力波,急速往上浮去。

它终于浮出海面,已经精疲力竭。岩苍灵看出了它的异常,还没来得及问询,就看见海面陡然升高,一堵几十米高的水墙向他们劈头盖脸地压过来。这就是此后拉姆斯他们看到的巨涌,它在初诞生时更为凶猛。岩苍灵和香香穿过水墙,浮出水面,岩苍灵急急问:

"香香你受伤了吗?"

香香有点晕头转向,脑袋上留下六七个伤口,嘴里还咬着一条断臂。海面上冒出了很多深海生物的尸体,它们都被烤熟了,密密麻麻地铺满了海面。香香愣了片刻,开始吱吱哇哇地向岩苍灵叙述。抹香鲸的语言本来就是很原始的,再加上它此刻还没完全镇静下来,所以岩苍灵很长时间没有听明白它的话意。它讲到和章鱼的殊死搏斗,讲到海底的爆炸,这些岩苍灵都听明白了。但香香的叙述重点显然是在另一件事上,见岩苍灵听不明白,它说得越发凌乱。岩苍灵忙说:

"别急,别急,你慢慢说。你说什么,白光?非常亮?升起又落下?"他忽然悟出香香是在说什么,"你是说:海底爆炸时,一团很强的白光升起又落下,似乎是一个球体,对吧?那么,它很可能是雷齐阿约让咱们注意的'窝格罗'?"

香香兴奋地点动着巨大的黑脑袋。

"窝格罗?窝格罗?"岩苍灵喃喃自语着,他太兴奋了,不敢相信这个消息,他一定要去现场察看。"香香,快领我去!——啊,不不,你太疲累了,等你歇过劲再说吧。"

香香确实是累惨了,它在水面上待了一会儿,把那只章鱼腕足吞下去,然后就急着领岩苍灵下水。岩苍灵坚决制止了它,作为一名老资格的深潜运动员,他当然知道往2400米深的海底潜水是多么危险和消耗体力。半个小时后，香香缓过劲了，他才让香香领着他下潜。

　　这次寻找非常顺利。他们下潜到1000米之后，本应漆黑一团的深海却透出一线白光。随着他们的下潜，白光越来越强。很明显，白光是从一个点光源发出来的。他们朝光源迅速下潜。看到了，一个白球静静地躺在海底，体积相当小，只相当于海人的脑袋大小，那么强的白光简直不像是它发出来的。海底的趋光动物都被强光吸引，从四面八方向这儿凑，其密度之大，使这儿成了一锅稠稠的生鱼汤，岩苍灵和香香不得不挤开它们才能前进。白光照亮了海底平原，奇怪的是，这个发着强光的东西并不热，从那些越来越靠近的动物就能看出这一点。

　　岩苍灵已经潜到自己的极限，虽然那个宝物就近在二三百米之内，他也不能再下潜了。就在这时，一只小章鱼憺然逼近了白球，试探着把腕足搭上去。它没有什么反应，既没有受到电击也没有灼伤。而且似乎与白球的接触很舒服，它干脆把八只腕足全部搭上去，紧紧搂住白球。白球的强光让章鱼变成了一个完全透明体，它体内的神经、墨囊和生殖腺都看得清清楚楚，而白光的外泄没有受到一点影响。

　　岩苍灵看到这个机会，急忙向香香做一个手势。聪明的香香猛然扎下去，轻轻咬住小章鱼的脑袋，然后急速上浮。受惊的小章鱼不但没放松白球，反倒抱得更紧。光源的突然离去让围拢来的深海生物们都懵了，它们随即惊醒过来，紧紧跟着白光上浮，在岩苍灵和香香的身后形成一个十分壮观的追随者大军。

三

　　木筏终于到了原美国加州的圣地亚哥港，近6000海里的旅程花了18天的时间。木筏越来越接近这个军港，拉姆斯也越来越激动。当然，他估计那个一万多人的小族群恐怕是凶多吉少了，这缘于两条简明的推断：如果他们仍生活在海边，那么信息发达的海豚人社会就不会听不到一点儿风声；但按照灾变后的条件，他们生活在海边才是最恰当的选择，因为海洋里的生态系统还保持着完整，便于取得食物。

但不管怎样，他还是迫切想上岸，想亲自探查一番。索朗月和苏苏都能体会他的心情，不时安慰两句。

圣地亚哥港第一眼的印象十分令人失望，这哪里是一座城市啊，只是一片莽莽苍苍的热带荒原，极目所见是无边的浓绿，它遮盖了平地、低房，也紧逼着原来城市的高楼。这些高楼都只有上半截身子露在绿色之外，就像是人陷在沼泽中只剩下脑袋。过去熟悉的码头和栈桥也都看不见了，被蛮悍的绿色覆盖了。

没有任何人类活动的痕迹。木筏停靠在岸边，拉姆斯目光悲凉地看着岸上。索朗月过来说：

"理查德，不要难过，也许他们在内陆呢。你们上岸去寻找吧，咱们只得暂时告别了。小木屋里放着一支螺号，你一定要随时带在身边。虽然苏苏他们都会使用低频通信手段，但万一有什么意外，比如你们走散了，你只要到海边吹起螺号，海豚人一定会及时赶来的。苏苏，"她转过头对苏苏说，"雷齐阿约就拜托你照顾了。我想咱们一定会很快见面，但万一有什么意外，你们不能返回了，那么你一定要照顾他直到天年。苏苏，我知道你是个好姑娘，你一定能做到。"

苏苏笑着说："当然了，他是我的丈夫嘛。"

"还有约翰你们五个，也请你们多费心啦。"

约翰简短地说："放心吧。"

"咱们告别吧。理查德，"她开玩笑地说，"能否同我吻别？你还没吻过我呢。"

拉姆斯有些尴尬，俯下身吻吻索朗月的长吻，搂住她光滑的躯体。这会儿他真的泯灭了人和"异类"的界限。索朗月是这样的深情款款、细心周到，怎么还能把她当成异类呢？想起他和约翰此次来圣地亚哥港的真正目的，他感到深深的内疚。他问：

"你要返回深海吗？"

"不，我暂时不返回，我会在附近找一个飞旋海豚人的族群加入进去，在这儿盘桓几个月，等着你们的消息。"

海豚人

"谢谢。再见。"

他松开索朗月，心头怅然不舍。他领着约翰五人弃筏上岸，把木筏牢牢地系在岸边。留在海里的11位海豚人做了一个整齐的鱼跃，算是最后告别，然后掉头向外海游去。

他站在栈桥上眺望着，直到11道尾迹消失。

海豚人离开了，约翰凑到拉姆斯身边，急不可待地说："核潜艇在哪儿？我们现在就去吗？"

拉姆斯冷淡地说："慌什么，我要先寻找那群陆生人。"

城市已经面目全非，他只能凭记忆定出行进的方向。路面上铺满了藤蔓，行走起来十分困难。拉姆斯曾奇怪，在坚硬的水泥路面上怎么能生长植物呢，但他马上就明白了。这儿多是一种叫"克株"的藤类植物，是很早从日本引进的。这种在日本只是用作观赏植物的克株到美国后却大肆繁衍，生命力极其强悍，植物学家们费尽心机才勉强阻遏了它的扩展态势。那是两个世纪前的事。地球灾变之后，这种克株肯定经过变异，藤条之粗壮赛过旧金山大桥的钢缆，一棵克株的延伸长度能达数千米，这样它们就能在有土壤的地方扎根，而把藤叶铺到几千米外的水泥路面上来吸收阳光。

没有见到一只哺乳动物。这不奇怪，在长眠前的18年中就是这样，连生命力最顽强的老鼠也彻底消失了。前面的藤蔓中一阵窸窣的声响，一只像豹子那样大的动物爬出来，用没有眼珠的复眼冷冷地盯着他们。无疑这是一只变异的昆虫，但它是由什么昆虫所变异，已经无法辨认。昆虫没有向他们进攻，它大概也正为这七个从没见过的动物吃惊呢，僵持片刻，它跳进叶蔓中敏捷地逃走了。

270年过去了，陆地上已经成了昆虫的世界。

他们在叶蔓中大概行进了五千米，还是没有看到任何人类活动的痕迹，他也越来越失望。身边的六个伙伴比他狼狈多了，他们长蹼的脚不适宜在这样的路上行走，娇嫩的皮肤也禁不得枝蔓的刮擦。苏苏娇喘吁吁，赤裸的身体上有很多刮痕，不过她倔强地忍受着，闷着头紧紧跟在拉姆斯后边。拉姆斯叹口气，知道依靠海人来寻找旧伙伴只是不切实际的幻想。他指指前边说：

"再坚持一会儿，咱们要找的国民银行马上就要到了。"

国民银行同样被绿色遮盖，只剩下最上面两层。大门敞开，他拨开叶蔓进去，来到地下金库，来到覃良笛做基因手术的工作间，来到他曾与覃良笛幽会过的房间。时间已经彻底打扫了288年前的痕迹，也让他彻底死心了。他们曾尽力维持的族群肯定没有逃过强辐射的蹂躏，在几代之内灭绝。覃良笛不幸而言中了。他站在这些房间里，默默追忆着当年的情景，心中酸苦，强忍着没有落泪。

他们开始向海边返回，六位海人在空气中暴露了一天，皮肤刺痛和发红，已经难以忍受。因为有来时走过的路，回去时相对容易得多。月上中天时他们返回海里，海人们痛痛快快地冲了个海水澡，又捕猎了一些食物。他们回到岸上，找到一座临水的楼房，撞开几扇门，安排了住处。房间的窗户都被藤蔓封死了，屋里十分潮湿，充满了浓重的霉味。苏苏已经恢复了精力，这会儿兴致勃勃地打扫着屋子，好奇地问：

"理查德，这就是陆生人习惯居住的房子吗？这么黑，这么难闻的气味，你们怎么住得惯呢？"

拉姆斯只有苦笑，现在，无论你怎么形象地向她讲解，她也不会真正体会到陆生人的生活：宽敞明亮的大厅，光滑如镜的地面，随风飘拂的透花窗帘，灯红酒绿的宴会和乐音缭绕的舞会，还有体育、文学、音乐、魔术、游戏，等等，一切的一切。不过他还是尽可能地讲解了，他搂着苏苏娓娓讲着，几乎讲到天亮。苏苏也听得津津有味："真的吗？真的那么漂亮？呀，我真想亲眼见见！"

苏苏在晨光中睡着了，安心地蜷曲在他怀里。看着她，拉姆斯心中已经失衡的天平又转向这边来。这些天，他看到一个崇尚简洁和平衡的海豚人社会，他们的社会规则让他深受震撼，特别是他们虽有能力摆脱外在的制约，却自觉地禁用这种权力，这是陆生人类万万做不到的。但是，回到久违的人类城市后，陆生人类那五彩缤纷的文明对他有更强的吸引力。他不能为了海豚人的简洁社会而放弃这些东西。苏苏的后代还是应该过上那样的生活。

而要做到这一点，首先还是要为海人争得足够的生存空间。他的陆生人后代看来已经灭绝，现在海人是他唯一的希望。

第二天，拉姆斯宣布要带大家去参观核潜艇。苏苏知道这是丈夫"生前"驾驶的机器，非常感兴趣，一直对拉姆斯问东问西。弗朗西斯走近约翰，躲开拉姆斯夫妇，轻声问：

"让苏苏一块儿去？"

约翰当然知道他这句话的含义。苏苏不是他们的同道，甚至老拿他们的"大海人主义"调侃，而且她与索朗月有很深厚的情意。这些征象表明，一旦得知这次圣地亚哥之行的真正目的，她肯定不会赞成的。不过约翰没太往心里去。不管怎么说，毕竟她是海人，又是雷齐阿约的妻子，如果某一天雷齐阿约决定对海豚人摊牌，她不会背离丈夫吧。他低声说：

"怎么能躲得过她？咱们说话时尽量注意就是了。"

他们在附近的汽车间里找到足够的工具，下到海里，向潜艇船坞游去。苏苏很兴奋，一边游一边大声同拉姆斯交谈着，而拉姆斯和约翰则担心地看着外海的方向——他们怕苏苏的说话声惊动那边。如果海里出现一位海豚人甚至是一只海豚，他们的行踪就可能很快为索朗月知道。还好，一路上没有发现一位海豚人。

奇顿号核潜艇放在干船坞里。当年，在受总统之托组织人类残余应对那场灾变时，虽然万事待举，而且核潜艇应该说已经被抛到历史垃圾堆里了，但由于职业的感情——那毕竟是他度过半生的地方啊——他仍组织同伴对奇顿号进行了细心的封存。封存后副艇长曾怅惘地说：

"我们肯定是白费力，它不会再有用啦！"

当时他的看法其实和副艇长一致，所以——想到它竟然在三个世纪之后又派上用场，他真为自己当时的远见庆幸。那次封存很细致，估计288年的时间不会把它报废的。

他们找到了那个干船坞，克株已经蔓延到这儿，巨大的藤条就像巨蟒一样从房屋的空隙里爬过来，紧紧缠住直径33英尺、长360英尺的钢制艇身。"就是它？"苏苏敬畏地问。拉姆斯说，对，就是它，这就是我15年形影不离的坐骑。

他指挥约翰五人用斧头砍断克株的藤蔓，潜艇艇身露了出来。总的说情况还不是太糟，艇身的锈蚀不是太厉害，那些为减少声呐回波的橡胶贴板有很多脱落，但现在它也不用害怕敌舰的声呐了。他指着艇身向约翰介绍：这是武器进出口舱盖，后面是两个人员进出口舱盖。最前边的球形部分装着声呐音鼓，最后边的是潜艇车叶，即驱动用的螺旋桨。前舱这12个竖直的圆筒就是发射导弹用的垂直发射管，可以发射109型战斧导弹和三叉戟D5型导弹，一枚三叉戟就可以毁灭一个中型城市。水线下每边两个的孔口是鱼雷发射管，发射的48号先进战力鱼雷，一枚就可以击沉一艘万吨巨轮。约翰他们对潜艇的武器系统最感兴趣，听得很仔细，眼睛中闪着渴望的光，就像刚得到圣诞玩具的大男孩。拉姆斯不由想到：也许这种尚武精神是人类最稳固的基因？

约翰问："三叉戟D5型导弹所携带的核弹如果用到水里，威力半径有多大？"

拉姆斯想了一下："没有准确的数据，三叉戟不是设计来用于炸鱼的。不过，如果考虑到核弹爆炸后次生的放射污染，我估计它至少会造成30万牺牲者。"

苏苏皱着眉头说："理查德，你怎么选择了这样一种职业？我决不会选择它。"

拉姆斯有些不快，平和地说："苏苏，你不懂，在陆生人社会中，这是一种虽然残酷但又不可缺少的职业。"

苏苏不服气："为什么不可缺少？为什么？"

拉姆斯摇摇头，心想这番道理不是一两分钟能说清的。他怎么解释陆生人社会中不同社会体制、不同民族、不同宗教之间深深的猜忌？怎么解释每年花在军备竞赛中的成万亿美元和巨量的人力？而且——他也有些理屈。当你置身于陆生人社会中时，你会觉得这些事比如研制可怕的核潜艇是合乎情理的，是司空见惯的；但若置身于外，来旁观这些念念不忘自相残杀的同胞，他确实为人类脸红。他转移了话题：

"约翰，把三个舱口都打开吧。当年封存时充入了惰性气体，它无毒但不能呼吸。现在没有动力，不能启动通风设备，只能先靠自然通风。"

约翰他们费力地打开了舱盖。从舱口向里看看，里边保存完好，所有金属件闪闪发光，仪表板和仪表灯也都完好无损。拉姆斯放心了，对约翰说：

"现在基本可以肯定它能使用。核燃料在 270 年间的自然裂变很少，功能不会受到影响。武器是在另外一个地方封存着，相信也没有问题。"

进行了一个时辰的自然通风后，拉姆斯让别人等在外边，他一人进去启动核动力装置。约翰担心地说：

"让我进去吧，那里一定还充满惰性气体，不能呼吸。海人的闭息时间比你长，我去比较合适。你只用告诉我怎么干。"

拉姆斯摇摇头："不行，不是一时半会儿能说清的。"他从第二个船舱口下去，其余的人在外边焦急地等着。一分钟过去了，两分钟过去了，听见跌跌撞撞的声音，拉姆斯踉跄着跑过来，把头伸到舱口外，使劲吸了一口气。约翰问："怎么样？还是让我去吧。"拉姆斯只是摇摇头，吸足之后，又下去了。

往复数次之后，艇内的电灯唰地亮了，通风机也均匀地嗡嗡着，开始进行强制通风。拉姆斯从舱口爬上来，虽然疲累，但非常兴奋：

"艇内一切正常，10 分钟后咱们就可以下去了。"

海人们差不多都见过陆生人科技成果的遗迹，像那些拔地而起的高大建筑、停在路上的火车、被藤蔓遮蔽的汽车、停泊在港口长满附着物的巨大海轮，等等。但像这样活的机器，他们都是第一次见。所以，当拉姆斯领着他们进入舱口，详细介绍潜艇内的设施时，个个露出敬畏之色。

他先领他们参观了控制室、声呐室、垂直发射系统储藏室、餐厅、士兵住舱、前后逃生舱，也大致介绍了反应器舱间、辅机间、主压载舱、大车车叶、后平衡柜，让他们对潜艇先有一个大的概念，然后再逐个区域详细介绍。在控制室里，他们最感兴趣的是两个潜望镜——2号和18号，它们历经288年的风雨后还能升降自如。左边是BSY-1型战斗系统控制面板，右边是它的射控面板，各种仪表灯闪闪发亮。电信室里有超高频、高频、极低频和超低频各种通信设备，不过它们已经没有用处了，因为岸上已经没有和它们联络的设备，也没有在用的通信卫星。潜艇中只有一种俗称"格特路"的水下通话器将来还可使用。声呐室里有显示荧幕，现在上面尽是像下雪一样的噪音信号。

虽然海人们通过海豚人外脑信息库都获得了足够的科学基础，但要在短时间内了解潜艇的全貌还是太困难了。几个海人各有各的侧重点，约翰和弗朗西斯最感兴趣的是武器系统，关心它们的射程、数量和杀伤力，而苏苏最喜欢的是餐厅内的各种小玩意儿，像冰淇淋机、果汁机、洗衣机、搅拌机等，一个锃亮的咖啡壶能让她看很久。她尤其对艇上的床铺感兴趣，原来陆生人是这样睡觉的！拉姆斯把她领到艇长室：

"这就是我办公和睡觉的地方，我在这儿曾度过五年的时间。"

苏苏非常好奇地抚摸着艇长室的一切：固定在地板上的桌子，两把椅子，床铺下的活动小桌，桌上的保险柜，床头的多功能显示器，等等。舱门上拉姆斯写的警句还没有褪色呢，写的是：

安静就是生命。
时刻准备迎接我们不愿发生的事。

苏苏想，这就是她丈夫300年前住过的地方啊。就像是谁把300年的时间喀吧一声剪去了，再把前后胶片直接对接起来。现在，她一下子掉回到丈夫的陆生人生活场景中，这使她有眩晕的感觉。

时间过得很快，外边天已经黑了。约翰交代布什和克莱因去海里捉几条鱼，并小声叮咛："别高兴得忘形了，注意，千万不能惊动海豚人。"

苏苏无意中听到哥哥和伙伴的密语，不禁莞尔。哼，约翰还想把这个消息瞒着索朗月姐姐呢，他是想让索朗月大吃一惊吧。干吗要瞒呢，应该让索朗月姐姐也来看看雷齐阿约当年生活过的地方。等见到索朗月，她要悄悄吐露秘密，让哥哥的小花招失败。想到这儿，她忍不住偷偷笑了。

吃了晚饭，时间已经不早了。拉姆斯安排苏苏住在艇长室，他要和大家住士官舱。苏苏不乐意：

"不，我还要和你在一起。"

拉姆斯笑了："这儿太挤了。陆生人的住所是非常宽敞的，但潜艇是个很特殊的地方，这儿没有双人床。苏苏，我已经288年没睡过陆生人的床铺了，今晚让我享受享受吧。"

"那……那儿床铺很多，我也和你们一块住。"

拉姆斯又笑了："今天我们是在陆生人的潜艇里，就按陆生人的规矩行事吧。在陆生人社会里，除了夫妻，男女是分屋睡的。"

苏苏着恼地说："哼，陆生人这么多规矩……好吧，你去吧。"

拉姆斯亲亲她，走了。约翰陪着拉姆斯向士官舱走去。苏苏睡到床上，床面软软的，比海人平常睡的海草铺要舒服多了。床头灯射出柔和的光，照着她光滑的皮肤。她嗅嗅枕头，似乎还有拉姆斯的气味，当然这只是心理作用，288年了，什么气味也早跑光了。拉姆斯真不简单，能指挥这么大的潜艇在海里航行。可是她想不通，陆生人为什么花这么大力气来造杀人的机器呢？丈夫今天又为什么花大力气把它重新启动，只是为了怀旧？

她在床上浮想联翩，很长时间睡不着。要不，不管陆生人的规矩了，还是到拉姆斯和哥哥那儿去凑热闹吧。她下了床，向士官舱摸去。那儿的门没关严，一条门缝泻着雪亮的灯光。屋内的人聊得正热烈，五个海人排齐了向拉姆斯提问，拉姆斯则一个个给予回答。她正要推门进去，但屋里一句很"格涩"的话让她止步了。她把手缩回来，偷偷靠在门柱上，听着里边的谈话。拉姆斯正说道：

"……你们一定要记住，我们只是想为海人争得嫡长子继承权，争得足够的生存空间，两种人类要和睦共处。核弹只是用来做谈判筹码，不到万不得已时绝不能使用。"

克莱因疑虑地说："如果一颗也不用，海豚人怕是不会让步吧？"

里面沉默很久，拉姆斯叹息着说："但愿我能说服他们。如果……"他又叹息一声，没有说下去。

苏苏的头嗡地涨大了：他们在商量什么？想用核潜艇来杀死海豚人？苏苏简直不敢相信。她知道自己的哥哥是大海人主义者，但也就是嘴上说说而已，谁能想到他会有这样深藏不露的杀机？更不可思议的是理查德，她的丈夫，海人和海豚人的雷齐阿约，他怎么能干这件事？即使他认为海人才是陆生人的嫡长子，想为海人争得"嫡长子继承权"，也不该用这种残忍的方法啊。

她屏住心跳悄悄听了很久，没错，他们就是在商量用核弹威吓海豚人。拉姆斯一再说要慎重，但听他的口气，如果真的摊牌而海豚人不肯屈服的话，不排除使用核弹。苏苏在心中苦笑："没错，别忘了咱们的雷齐阿约曾是核潜艇的艇长，这个职业就是专管杀人的，而且是要杀死几百万几千万的人。"艇长住室的门上还有这样一句警言呢：

时刻准备迎接我们不愿发生的事。

刚才她没理解这句话的意思，还以为他是说"迎接潜艇可能出现的故障"。现在她理解了，他是在迎接杀人的任务。拉姆斯不是嗜杀者，但是为了某种信念，他完全可以不皱眉头地按下核弹发射钮，这种冷静的残忍更让苏苏害怕。里面哥哥在问：

"雷齐阿约，要想让这艘核潜艇下水并航行，至少得多少人？"

拉姆斯说："过去满员是132人，但我们现在可以省掉很多工作，比如副艇长、电讯员、厨师等，我算了一下，至少需要30人。"

"30个人……不能再少了？"

"不能。"

约翰沉默片刻，不快地说："如果你早说，我们这次就召来30人。现在，我们还得回去招募志愿者，然后再返回这里。这太危险了，海人不能独力跨越这几千海里的路，不得不依靠海豚人，至少得去依靠鲸类。但你知道，鲸类和海豚人的关系远比对我们亲密。"

拉姆斯的声音："那时我并不知道这艘潜艇是否还能用。再说……也许我确实在潜意识中想把摊牌的时间往后推。它太残酷了。"

约翰果断的声音："既然这样，我们明天赶紧离开潜艇，在下次返回前，最重要的事是保密！千万不能让海豚人得到一丝一毫的消息！"

沉默。然后弗朗西斯轻声说："咱们保密都没问题，但苏苏能保密吗？"

苏苏的心一下子提起来，紧张地藏好身体。里面静了半晌，听约翰说："我知道她和咱们不是同道，但不管怎样她总是海人，还是雷齐阿约的妻子。只要雷齐阿约发话，她应该听从的。"

拉姆斯简短地说："苏苏的事交给我——听着，谁也不许碰她！"

苏苏轻手轻脚地离开这儿，回到艇长室，紧张地思索着。不错，她是海人的一分子，是雷齐阿约的妻子，但这一切都不能抵消她对杀人的厌恶。如果某件事需要杀掉几十万海豚人包括索朗月姐姐、撒母耳长老、索云泉阿姨才能成功，那这件事再正义也不能干，谁劝也不行，哪怕是丈夫雷齐阿约。

那么下一步就是：她该怎么办？该怎样坚决阻止这个悲剧发生？她想起哥哥刚才说过，现在对他们来说，最重要的事是保密，因为等他们招募够志愿者再返回这儿，中间隔着两个6000海里的路呢。所以，只要把这件事捅给索朗月，这个计划就泡汤了。

说干就干，现在就到海中找索朗月。拉姆斯的螺号在墙上挂着，一吹螺号索朗月就会来的——那是索朗月姐姐送理查德的，是为确保他的安全。索朗月姐姐对他情深义重，他怎么能做出这样卑鄙的背叛？她带上螺号悄悄攀上舱口。她痛苦地想：她这么做，就是和理查德一刀两断了，他曾是自己深爱的丈夫，说不定腹中已经怀上他的儿女，可是这些苦痛没影响她的决心。

她攀上潜艇的上甲板，从这里往下光溜溜的，很不好下，现在是深夜，看不清地面。她没有犹豫，冒险跳下去。扑通一声，她摔在地上，把右脚崴了。她忍着疼，一瘸一拐地走到海边，跳下水去。

在潜艇士官舱的弗朗西斯隐约听到艇外扑通一声，急忙起身去查看。刚才他似乎看到门外有人影一闪，走过去看又没有了，心中正不踏实呢。舱口没有人，但往地上看，黑暗中似乎有一个人影在一拐一拐地走着。他心中一凛，忙回去查看艇长室，苏苏没有在这儿。那么，肯定是苏苏出去了。他立刻回到士官舱，喊道：

"苏苏偷偷出舱了！她刚才一定偷听了咱们的谈话！"

屋里人愣了。苏苏的态度正是他们的心病，但总觉得不至于出大问题。此刻她跑了，一定是出去通报索朗月，那一切计划就吹了！约翰脸色煞白地站起来，说：

"我来处理！"

他迅速出舱，在经过餐厅时，迅速抽出一把尖刀。拉姆斯看见了，震骇地喊："约翰你要干什么？让我来劝她！"

约翰没有停顿，跳下甲板，迅速向海边跑去。拉姆斯紧紧跟在后边，到海边时他差不多追上了，但约翰已经跳入海中。约翰快速游着，一边睁大眼睛搜索海面上的身影。其他四个追上来的海人都越过拉姆斯，向前游去。听见约翰喊了一声，又回来两人护住拉姆斯，架着他往前游。

大约五分钟后，听到海面上悠长的螺号声。拉姆斯心中一凛，全身都凉透了：这是苏苏在向海豚人报警！索朗月很快就会来的！不用说，这项计划要夭折了，而且——他现在最担心的是，当索朗月知道他的阴谋时，他该如何面对她？

这时已经能看见约翰和苏苏了，他们不是向外海游，而是快速向海岸返回。几只巨大的背鳍在后边紧紧追赶。是鲨鱼！这可不是一直跟在木筏后面的傻乎乎的家伙了，这会儿没有圣禁令，几个海人远不是它们的对手。鲨鱼已经离苏苏很近，拉姆斯忘了自己的安危，推开保护他的海人，向鲨鱼游去。但他们之间还有近百米距离，显然来不及了。鲨鱼轻易地接近了苏苏，苏苏惊慌失措地打水，但她简直没办法与鲨鱼的速度相比。这时，游在苏苏前边的约翰反身向鲨鱼游去，手中握着那把餐刀，对准鲨鱼的眼睛猛刺。但鲨鱼轻松地甩甩尾巴，避开他的攻击，然后一口把苏苏咬成两截。

拉姆斯目眦尽裂，惨声叫着："苏苏！苏苏！"

殷红的血雾在水中迅速扩散，把苏苏的躯体淹没。血液刺激了鲨鱼的兽性，它们吞掉苏苏的躯体，又向约翰和拉姆斯游来。就在这时，水面上又出

海豚人

现了十几只背鳍,劈开水面像鱼雷似的奔来,是海豚人!冲在最前面的是索朗月,他们摆成阵势,猛力撞击鲨鱼的鳃部。两只鲨鱼知道斗不过他们,拿小眼睛瞪瞪拉姆斯,悻悻地转身游走。

苏苏已经在这个世界上消失,她的躯体成了鲨鱼胃中的食物,她的血液仍在水中慢慢扩散。索朗月游近时拉姆斯已经木呆,两个海人费力地架着他。他满面泪水,喃喃地重复着:

"苏苏死了,苏苏死了。"

索朗月对好友的死十分悲痛,但是,这毕竟是海人和海豚人社会中每天发生的悲剧。她轻声安慰道:"理查德,请节哀。死于鲸腹和鲨鱼腹,这本来是我们的无法逃避的命运啊。不过,你们为什么这么早到外海来?"

拉姆斯被过度的悲痛迷乱了心智,没有回答。索朗月看见,脸色阴沉的约翰迅速抬头看她一眼,也没有回答,但他的眼神似乎有点奇怪。此刻索朗月心头沉重,对其中的蹊跷没有多想。她对拉姆斯说:"来,拉住我的背鳍,我送你回岸上去。约翰你也请节哀,回岸上吧。"

约翰立即掉头,领着大家向背离潜艇船坞的地方游去。拉姆斯虽然处在极度悲伤中,也察觉到了约翰的机警。约翰的亲妹妹死了,但他在悲伤中还能顾及不暴露核潜艇的停放处,这让拉姆斯对他刮目相看。他们游到岸边,两个海人扶拉姆斯上岸。弗朗西斯手里拎着一只螺号游过来,交给拉姆斯,那是苏苏在遇难时失手落入海底的。拉姆斯捧在心口,睹物思人,面色惨然。死神的到来就这么轻易?半个小时前还是快活爽朗的一个姑娘,转眼间就幽明永隔,连遗体也没存下。他已经55岁了,55岁的神经承受不了这过于突然的打击,他的精神快崩溃了。索朗月很想安慰安慰他,但她知道,在这样沉重的死亡面前,任何语言都是肤浅的。她叹口气,重复道:

"理查德,务请节哀,死于鲸鲨之口,正是海人和海豚人的归宿啊。"她想把话题扯开,便问:"你寻找旧族群的事有没有进展?"

拉姆斯摇摇头:"他们已经全部消失了,也许已经全部灭绝。索朗月,苏苏她……"他哽住了,泪水再次涌出。

索朗月只能说:"约翰,扶雷齐阿约去休息吧。你们再在陆上休息几天,如果你们想返回，请及时通知我。"她背转身，泪水悄悄地流出来，与海水混在一起。

四

第二天拉姆斯用螺号把索朗月召来。约翰等人没有跟来，他们正在悄悄处理核潜艇的善后，关闭主机，封死舱盖，以备下次使用。索朗月单独一人游来，她看见拉姆斯坐在一块临岸的礁石上。他脸上写着深深的悲伤，目光呆滞，神色木然。在此之前，虽然他已经55岁，还经历了270年的冷冻，但他目光中仍充满灵气。现在，苏苏的死亡让他的灵气也一同死了。

他声音沙哑地告诉索朗月，这次探亲之旅就此结束吧，旧族人没有在圣地亚哥留下一点痕迹，他也不想再深入内陆去寻找了。他想快点离开这片伤心之地。索朗月说：

"请稍缓两天，撒母耳长老已经通知我，他派香香和岩苍灵正日夜兼程往这儿赶，要把窝格罗送来，让你首先过目。"

窝格罗！他对这件宝物极感兴趣，一直盼着能亲眼看见。但此刻，在苏苏死亡造成的深重的悲伤中，这个消息没有引起什么涟漪。他闷声说："好吧，我等两天。替我谢谢撒母耳长老。"

索朗月想活跃气氛，笑着说："撒母耳长老说，百人会还没看这件窝格罗呢，他们一定要雷齐阿约第一个过目。这件宝物在海中埋了上千万年，一直没有露面，偏偏雷齐阿约复苏之后它就露面了，这是你为我们带来的吉祥。"

拉姆斯酸苦地说："不，我是一个不祥的人，是我把苏苏害死的。"

索朗月抬头看看他，用长吻擦擦他的颈部："你这么重情意，苏苏在冥冥中一定感念你的。不过你不要过于自责。在我们的社会中，这种死亡太平常了。"

拉姆斯突然问："你相信来世和灵魂吗？"

"我不相信。不过我知道，组成苏苏的原子会回到生态循环中，重新变成海豚人、虎鲸或鲨鱼的组成部分。这也是一种来世吧。"

拉姆斯苦楚地说："我知道宗教中说的来世是虚幻的，但我此刻真愿意相信它。"

"别想这些了，来，攀着我，我带你去海里散步。"

拉姆斯拉着她的背鳍，在海中游逛了一天。他注意到有几十位海豚人一直守在近海处，无疑是为他布置的守卫。从昨天的搏杀中他知道，即使不使用圣禁令，有组织的几十个海豚人也完全能对付鲨鱼，甚至对付虎鲸恐怕也不在话下。但海豚人有严格的自律，不允许使用组织化的力量或智力来战胜捕食者。仅有的几次例外，包括昨天和今天，都是特为雷齐阿约而破例的。他几乎难以承受这种恩惠。

他们到晚上才返回岸边。那五个海人都来了，也都阴郁地沉默着，只和索朗月点头为礼。约翰更是独自一人坐在远处，苦闷地低头不语。拉姆斯和索朗月知道他心头沉重——妹妹死了，纵然这在海人社会中是平常事，但他终究没法子向父母交代呀。索朗月努力想活跃气氛，对五人说："喂，别垂头丧气了，打起精神来。告诉你们，撒母耳长老将给你们送来一个很珍贵的礼物，你们猜是什么？"

五人咧着嘴苦笑一下，在这种心情下，没人愿意参加猜谜。索朗月说："真是一件极珍贵的礼物啊，我可不是骗你们。"她突然停住了，仰起头听听，兴奋地说："理查德，已经到了，香香和岩苍灵已经到了！"

他们都转过身，透过苍茫的暮色向外海的方向看。果然，没有多久，香香那巨大的黑箱子似的脑袋从海平面下露出来，一道45度的水柱斜斜地喷向天空。一大一小两只背鳍劈开水面迅速游近。他们到了，香香面有得色，一线白光从它的嘴缝中射出来。岩苍灵的凝重神色下也有抑制不住的兴奋。索朗月说：

"送来了？"

岩苍灵说："送来了，请雷齐阿约接收吧。"

香香游到拉姆斯跟前，张开大嘴，把窝格罗吐到他手里。强烈的白色柔光立即漫溢天地，把周围变成白光的世界。这是一个不大的圆球，只有脑袋那么大，光滑柔润，软中带硬。上千万年传说中的宝物变成了现实，索朗月、约翰等都肃然起敬，用虔诚的目光看着它。拉姆斯当然也很激动，但他此刻顾不上兴奋了。因为窝格罗刚一和他的皮肤接触，意识的洪流就汹涌地向大脑中奔去。来势如此迅猛，他大脑中成了一片白光的交织。但意识流迅即变得平稳，以他能够接受的速度输入信息。在周围人的眼里，他成了木雕泥塑，捧着窝格罗呆立着，表情变幻无常，神秘的光晕在脸上荡漾不定。索朗月轻声喊：

"理查德？雷齐阿约？"

拉姆斯没有回答，他已经入定了。一幅幅画面闪现在他头脑里。

是在太空深处，他不是拉姆斯，而是神，或者说是智能水平远远高于人类的智能人，他从虚空中瞬间显现，同步显现的还有飞船和他的同伴。飞船中充满水，而他们都在水中游动。他们的外形并不奇特，和地球上的水生动物一样，身体呈流线型，有胸鳍、背鳍和尾鳍。这不奇怪，地球海洋中凡是进化得真正适应水中生活的生物，都会变成大致的模样，而不管它们在进化初期的体形，这就是达尔文理论中的"进化趋同"。但这些"神"的科技水平又远远高于人类，拉姆斯甚至难以理解看到的某些事实，比如刚才飞船的瞬间显现，也许这就是"量子态物质传真技术"？飞船的动力形式也是不可知的，它完全不理会重力场的规律，飘飘摇摇地向地球上落，还能做出各种匪夷所思的动作。

飞船漂浮在热带密林的上空，下面有各种一千万年前的动物，其中有——拉姆斯看到了猿人！严格说那不是猿人，只是偶尔能直立行走几步的猿。它们是群居的，住在一片邻近湖泊的疏林中，但没有发现用火的迹象。飞船在密林上空停了一会儿，也可能是几个月，拉姆斯处在白光的浸润下不能正常地思维。他看见猿群在觅食、交配、与剑齿虎格斗，一只首领在管理着这个族群，所有雌猿都向它献媚，所有雄猿尤其是正当壮年的雄猿都小心地避着首领。它高视阔步地在领地上巡视，虽然赤身裸体，浑身脏污，但它睥睨万古的王者之尊还是很打动人的。飞船上的神显然对这个猿的群体很感兴趣，他们逗留在这儿，不动声色地观察着。但事情很快起了变化，一只成年的雄猿向首领发起挑战，两个家伙穷凶极恶地对峙着。拉姆斯知道，一般

海豚人

动物中的族内格斗都是有节制的，不致命的，只是为了确定双方地位的尊卑，并非为了把对方杀死。但这两只雄猿的王位之争显然不在此列。它们猛烈地对攻，招招致命。很快，两个家伙都鲜血淋淋，气喘吁吁，眼神开始变得疯狂，而其他的雄猿雌猿都若无其事地围观着。

这时，原来的首领招架不住了，它毕竟年纪大了，气力不能持久。它尽全力支撑一会儿，终于败下阵来，向外边逃去。下边的变化令人目眩，当旧的王者一露出败象，所有旁观的猿立刻一哄而起，围追那只失败的王者，咬它，推它，直到把它推入水中。可怜的王者此刻目光中充满哀怜之色，无力地向岸上爬，但处处遭到群猿的严密堵截。猿的水性不大好，它在水中挣扎一会儿，不久就淹死了，尸体漂浮在水面上。群猿这才心满意足地回去，开始向新首领献媚。只有一只身体较矮的雌猿游过去，尽力把尸体拖向岸边。群猿看到这一幕，立即警惕地、怒冲冲地走过来。等它们确认旧首领已经死定了，不可能复活了，才放心地离开。

看到这儿，神的飞船立即离开了这片疏林。神取消了对猿群做智力提升的打算。他们算不上厌恶猿的所作所为，那只是动物的本能而已；当然也绝对说不上喜欢，而"不喜欢"已经足以改变神的决定。飞船落到海洋里，神走出飞船，甩甩尾巴来到水里，感觉上像是回到了家。这儿有更多的生物。神最关心的是水中的哺乳动物，它们虽然还没有进化到后来的模样，但已经依稀可辨了：如抹香鲸、虎鲸、海豚、海狮、海豹等。最后神看中了海豚，它们身体大小适中，不处于食物链的顶端，群体规模也比较适合。这时的海豚身上还有中爪兽的痕迹，背鳍只是尚未完全隆起的一片软骨，胸鳍和尾鳍还有四条腿的影子。不过它们已经能非常潇洒非常写意地在水中畅游。海豚都是些天性快活的家伙，对这些远道而来的客人们没有一点陌生感，它们快活地聚在"神"的周围，用长吻去碰神的尾巴，或者在神面前跃出水面打一个飞旋。

神观察了很久，很喜欢海豚，就召集了千千万万只海豚聚在一起，拿出一个发白光的圆球给海豚。神说："你们愿意接受这个礼物吗？它能助你们一步跃过一千万年的进化之路，使你们成为地球上的王者，所有生物都会向你们俯首。不过，我们不得不坦率地告诉你们，它也会带来痛苦，带来新的枷锁。也许你们之间会有战争、谋杀、强奸、欺骗、虚伪等，而且一旦走上这条路就不能后退，连窝格罗也办不到这一点。你们愿意接受吗？你们好好商量吧。"

海豚们叽叽喳喳地叫个不停。在窝格罗造成的智力场中，拉姆斯完全能听懂海豚们的原始语言和原始思维。海豚们在说：

什么叫战争？

什么叫谋杀？

为什么要强奸？

为什么要欺骗和虚伪？

在听了神不厌其烦的解释后，所有的海豚都笑了，似乎听到的是天下最可笑的事情："不要！这样的坏礼物我们当然不要！我们也不当王者！"

神叹息着："不要，你们可是要后悔的呀。这个礼物还有很多很多的好处，没人能挡得住它的诱惑啊，比如我们就没能拒绝。"海豚们不耐烦地说：

不后悔！

后悔才傻呢。

别再谈它了，陪我们玩吧！

神又叹了口气。他们真的喜欢这些海豚，还想做最后一次努力："那就这样吧，把窝格罗留给你们，放在海底，什么时候你们想使用它都可以，好吗？"

海豚们吱吱着："好啦好啦，陪我们玩吧，陪我们玩吧。"神把窝格罗丢到水中，它飘飘摇摇地落到海底，拉姆斯的思维也跟着降落到海底。这儿水不深，它还能看见水面上的海豚和神，它们在快活地玩耍，不知玩了多长时间。后来神走了，坐着不喷火的飞船冲出水面，转眼间消失在太空。

在那之后，偶尔还有海豚来看它，用它的长吻调皮地推着它玩。在与海豚肌肤相接的时候，窝格罗尽力履行着自己的职责——把智能人的思维输入到海豚脑中，但没有一只海豚对它感兴趣。渐渐地，没有海豚来这儿了，陪伴它的只是低智力的鱼类。然后，一场地震把这儿变成了深海，它被层层的沉积岩盖了起来。然后是近千万年的空白，那么漫长，即使是窝格罗的不死之身，也在这过于漫长的假死中锈蚀了。忽然，一场新的地震把海底震裂，它被抛了出来，已经僵死的思维迅即开始运转。它接触到了一条章鱼、一条抹香鲸，它尽力试探它们的思维，没有效用。然后它看到了一个用两条腿直立行走的人，它马上悟到，这就是一千万年前神们曾舍弃的类人猿的后代。不过，显然这个后代已经进化出了相当高的智力，它试探着，只有这会儿，才找到了能够与它相容的智能基体……

拉姆斯身体猛一抖颤，睁开眼睛。索朗月、岩苍灵和约翰都在紧紧地盯着他。索朗月悄声问："雷齐阿约，你醒了？"

"嗯。"

"窝格罗同你通话了？"

"对，通话了。我入定多长时间了？"

"不长，大约十分钟吧。"

"仅仅十分钟？我感觉有一年了。它在这段时间内向我讲述了这一千万年发生的事。"

他把自己在窝格罗的思维中看到的事详细转述给索朗月等人，一点也没有隐瞒。他不知道海豚人对这件事——他们的祖先曾舍弃过一次万载难逢的机遇——该怎么看，他们会惋惜吗？至少他是惋惜的。人类祖先因为其嗜杀的丑恶本性而错过了一次难得的机遇，如果他们抓住了这次机遇，人类文明会跃升一千万年，那时人类肯定足够强大，也就不会有270年前的灭绝了。他在心中叹息着，把窝格罗还给岩苍灵：

"谢谢你专程为我送来。不过，这是海豚族的宝物，还是你们保管吧。"

岩苍灵郑重地说："撒母耳长老说，请雷齐阿约决定该怎么办。"

拉姆斯苦笑了："不，这不是送给雷齐阿约的，一千万年前，这个劳什子的'雷齐阿约'并不存在，连他的祖先也还是一身猴毛呢。窝格罗已经告诉我，它本来就是'神'送给海豚族的。如果你们当时就接受，可能就该你们来给陆生人提升智力，也轮不上我和覃良笛来扮演什么雷齐阿约了。"

索朗月也庄重地说："怎么处理窝格罗，等雷齐阿约回去后和长老会商定吧。我想，我们宁可要你和女先祖送给我们的礼物，也不要这件窝格罗。你们提升了海豚人的智力，但并没给海豚人带来战争、谋杀、强奸、兄弟姐妹互相残杀等丑恶。"

这段话让拉姆斯如雷轰顶。在此之前，他对覃良笛只手创建了海豚人社会一直很佩服，在愤恨中夹着佩服。但只有此刻，他才明白覃良笛创建海豚人时所站立的高度：传授灵智而杜绝物欲，不谋求做生物圈和自然界的王者，也就杜绝了战争、谋杀、强奸这类丑行。这种高度不是一个核潜艇艇长所能理解的，甚至"神"也没有做到啊。他声音沙哑地说：

"我想该把真情告诉你们了。我和覃良笛创造了海人，但我从未在海豚人的智力提升中做任何贡献，你们真正的雷齐阿约是女先祖。"

索朗月愉快地笑了。她终于印证了她和弥海长老的猜测，而且——是拉姆斯本人说出来的！这一点比真相更重要。她快活地说："不，你永远是我们的雷齐阿约。这是女先祖覃良笛说的，我们能违逆她的话吗？"

他们把窝格罗交给香香和岩苍灵，让他们原物带回，交撒母耳长老保存。"我和理查德马上就要返回了，等我们回去后再商量吧。"岩苍灵答应了，让香香照旧把窝格罗含在嘴里，两人向来路返回。

这时索朗月才注意到约翰奇怪的表情，他面色惨白，目光呆滞，嘴唇微微抖颤着。索朗月回忆到，刚才，在她提到"兄弟姐妹互相残杀的丑恶"时，约翰忽然像遭到雷击似的呆住了，他的表情很奇怪，不知道到底为什么。还有，今天早上约翰的行为也有可疑之处。已经有海豚人告诉她，约翰原先是追着苏苏往外海跑的，当时他手里拿着凶器，苏苏甚至吹响了求救的螺号。后来，他们意外地碰到了鲨鱼群，两人才回头向岸上游。在碰到鲨鱼群前他们在干什么？他为什么拿着凶器追苏苏？这些都是未解之谜。

当然，她也亲眼见到，约翰后来曾奋不顾身地去救妹妹。所以，即使在这之前有什么丑恶，那也让它过去吧。

五

回程的第二天就赶上一场暴雨。南方海平线上突然涌起一堵铁一般沉重

海豚人

的云墙。狂风也随之赶到，四周波涛连天，浪头哐哐作响，卷起近 10 米高。木筏一会儿被埋到波谷中，一会儿被抛上浪尖。乌云霎时间扯满天空，白天变成了黑夜，海面上黑漆漆的。长条波浪的背风处都浮满了残存的泡沫，浪脊跌落的地方露出深绿色，就像疮口一样。然后大雨来了，一条条倾斜的雨鞭抽打着筏上的人，抽打着迷蒙的海面。

虽然场景看起来十分险恶，但木筏仍轻松地浮在水面上，山一般的浪涛眼看就要把木筏压沉，但转眼间它又稳稳地浮在浪尖上。索朗月在兴奋地吱吱着，10 个海豚人纤夫绷紧纤绳，在狂涛恶浪中穿行。

这一班纤夫中有一个拉姆斯的熟人。今天早上这组人接班时，一个年轻的雄海豚人游过来："雷齐阿约，你还认得我吗？"

他沉静地望着拉姆斯。拉姆斯努力辨认着、回忆着，海豚人的面相不大容易辨认，不过他终于想起来了："你是索吉娅族的盖吉克？"

"对，是我。我离开母族后投奔到这个族群中。"

几个月不见，盖吉克已经雄壮多了，像一个成熟男人了。拉姆斯说："能在这儿与你重逢真让人高兴。盖吉克，你的索朗月姐姐在那儿。"

盖吉克冷淡地说一声："我看见了。"但他没有任何攀谈的愿望，索朗月看到他时也十分冷淡。拉姆斯马上想到了他们的风俗：同一族群中的年轻异性，在雄海豚人及笄并离开族群后，就会自发地互相产生敌意。海豚就是用这种行为方式来杜绝族内通婚的。他很为这对姐弟惋惜，但无法可想。盖吉克和他攀谈一会儿，转过身，插到纤夫队伍中去。

筏上失去了来程时的欢快。拉姆斯独自待在小木屋里，手里抚摸着苏苏留下的那个螺号。睹物伤情，木屋的每一处地方都让他想起苏苏。约翰的神情更阴沉，他连四个伙伴也不理了，独自待在筏的尾部，垂着脑袋，像石雕一样久久不动，手里玩弄着他从核潜艇餐厅中拿来的尖刀。有时浪头太陡，筏尾几乎插到水里，索朗月喊他到里边去，说筏尾太危险，而约翰一直恶狠狠地沉默着，既不回应也不挪动。

波涛在咆哮，有时砸到筏面上，发出震耳欲聋的轰鸣声。狂暴的雨声充斥着海天之间。这场暴雨持续了 18 个小时，直到第二天上午才停息。天气渐渐好转，暴风也开始变得平缓。但反常的是，周围的鱼群此刻却像疯了一样。筏的四周挤满了鲨鱼、金枪鱼、海豚鱼和东方狐鲣。它们好像看中了茫茫大海中这唯一的异物，挤到木筏下，在浪条中急剧地扭动着身体。圣禁令已经颁发，鲨鱼们当然不敢来惹木筏上和木筏前的人，但它们可不怕在鱼群中大开杀戒。海豚鱼是肉食鱼，但此刻它们是弱者，金枪鱼常常叼着一只血淋淋的海豚鱼脑袋，而鲨鱼则追上来把金枪鱼咬成两段。自从木筏重新出海后，筏的下面很快又集起一群忠实的舟鲕，排成整齐的扇面游在木筏前边，但这会儿它们的仪仗队早就被冲散了。

这些鱼像在风暴中精神失常了。虽然这里已经成了血肉横飞的杀场，但周围的金枪鱼还是成群结队地往这儿挤。索朗月很厌恶木筏下的杀戮，但圣禁令是管不了它们的，她只好扭转头不看它们。

鱼群之间的杀戮在继续。本来这个局面影响不了圣禁令保护之下的海人和海豚人，但谁也没料到，一直闷不作声的约翰突然跳到水中，大声喊：

"来，把我吃了吧！我是坏人，是我杀了苏苏！"

他恶狠狠地割破自己的左臂，鲜血涌出，把周围的海水染红。就在这一瞬间，拉姆斯突然意识到，苏苏恐怕确实是她哥哥害死的。约翰肯定追上了苏苏，在争吵中动了刀子，把苏苏刺伤了。苏苏身上的血引来了鲨鱼。只有这样才能解释后来他看到的现象——当约翰返身向鲨鱼冲去时，鲨鱼为什么会放开他而追着苏苏不放。

索朗月高声喊："约翰，你疯了吗？快回筏上去！"但约翰死意已决，仍恶狠狠地向鲨鱼冲去。鲨鱼们贪馋地嗅着血腥味，在约翰周围逡巡着，犹豫着。它们的小脑袋里只有低级智力，但也足以知道圣禁令的厉害。它们不敢吃这个受保护的海人。

拉姆斯急忙来到筏边，向约翰伸出手："快点回来！约翰，有什么事回来再说！"

约翰没有理，在自己身上又割了一刀。大团的血雾在水中迅速扩散，更浓的血腥味抵消了鲨鱼的胆怯，它们不再犹豫，冲过来，很轻易地把约翰一咬两段，然后争抢着，把两段身体吞下去。

海豚人

弗朗西斯等人都惊呆了,面色死白。拉姆斯转过身,不忍心看水中的惨景。鲨鱼吞吃了约翰,似乎也打破了一个心理障碍,这会儿群集过来,对10个海豚人纤夫和索朗月虎视眈眈。索朗月立即觉察到危险,高声喊:

"理查德,快吹螺号!"

拉姆斯迅速回到小木屋,拿出螺号用力吹响。索朗月指挥10个纤夫褪下纤绳,在水下排成方阵。狂性大发的鲨鱼们这时已经冲过来,向纤夫们进攻。它们的数量太多,很快把海豚人的方阵冲散。现在,海豚人只好单兵作战了,它们或是逃避,或是回头短暂地反攻。很快有两个海豚人被咬死,鲜血在水中越来越浓。拉姆斯在筏上非常着急,但他知道,筏上的五个海人即使都参加进去,对海豚人也毫无帮助,反倒会成为累赘。他们只好在筏上观战,喊着:

"索朗月,身后有鲨鱼!盖吉克,小心左边!"

五个海人轮流吹着螺号,希望能把周围的海豚人快点唤来。这时海里还剩下的九个海豚人已经镇静下来,重新排成圆阵,互相照应着,鲨鱼的进攻被遏制住了。但这时一只鲨鱼突然向木筏冲来,轻易地把木筏顶翻,筏上的五人都落入水中。鲨鱼们看来知道这五个没有尾巴的人比较容易对付,立即掉头冲来,其中一只的大嘴巴已经快接近拉姆斯了。九个海豚人看到这儿的险情,立即舍弃他们的圆阵,舍命冲过来。索朗月冲在最前边,猛然撞向拉姆斯身后那条鲨鱼的鳃部。鲨鱼负疼,丢掉拉姆斯,恶狠狠地掉头对付索朗月。索朗月敏捷地躲开了。

憋着一肚子恶气的鲨鱼又掉头来寻拉姆斯的晦气。拉姆斯急忙游向木筏,但以他的身手,根本无法躲避鲨鱼的追击,那寒光闪闪的利齿已经在他身后。这时索朗月又掉过头,像水雷般冲过来。这次鲨鱼接受了上次的教训,轻巧地一转身,避开她对鳃部的进攻,然后掉头向索朗月追去。它的速度快得像闪电,眼看索朗月逃不过去了,就在这时,盖吉克闪电般径直向鲨鱼的巨口冲去。他把索朗月推开,自己却被咬成两段。

忽然海面上出现了密密麻麻的背鳍,是海豚人的增援来了,有上万人。中间还夹着虎鲸的巨大背鳍,不过这时它们是海豚人的盟友。多少年来,从来没有海中生物敢向圣禁令挑战,所以,接到报警后,被激怒的海豚人迅速赶来，要狠狠教训胆大妄为者。鲨鱼开始慌了，四散逃走。但今天的海豚人已经改变了往日"不过杀"的训令，绝不会让一只作恶者逃生。先有十几位海豚人迅速游过来，把拉姆斯保护在中间，其余海豚人组成圆阵，把逃跑的鲨鱼撵回来，团团围住。走投无路的鲨鱼准备做垂死挣扎，这时几条凶暴的虎鲸游过来，没有费什么劲儿，就把鲨鱼全部消灭，浓重的鲜血把整片海水都染红了，鲨鱼的残躯在血泊中漂浮。

被海豚人围在中间的拉姆斯焦急地向外看，索朗月这会儿安全吗？盖吉克把她救出来了吗？忽然他看到了令人心悸的一幕：索朗月在水中无力地漂浮着，身后拖着鲜血的云团。原来盖吉克的牺牲并没有保住她，她的尾鳍还是被鲨鱼咬掉了。

"索朗月！"他喊一声，推开保护者向索朗月游去。失去尾鳍的索朗月已经无力游动，正向水面下缓缓沉去。拉姆斯抱住她，她的身躯是那样沉重，拉姆斯抱持不住。好在弗朗西斯等四位海人已经赶来，协力把索朗月抬上木筏。

她尾部的鲜血还在汩汩外流，拉姆斯心如刀绞，但却无能为力。这儿没有止血药，没有止血绷带，甚至连可以撕来做绷带的衬衣都没有。他只能用手压住她尾部一根大血管，口不从心地安慰着：

"索朗月，不要怕，你很快会止血的。我一定要救活你。"

索朗月从剧痛中清醒过来，勉力说："理查德，不要白费力了，过来，我有话说。"

她的声音十分微弱，拉姆斯让弗朗西斯替他捺住血管，来到索朗月的头边。索朗月勉强一笑："理查德，不用白费力了。失去尾鳍的海豚人是无法在海洋中生活的，我……"

"不，我来照顾你的后半生，就像丈夫照顾妻子。你放心吧。"

"不，失去生活能力的海豚人是不会贪生的。海豚人从不惧怕死亡，只要保住你的安全我就满意了。你不能死，你是我们的雷齐阿约啊……"

"我已经说过，我不是雷齐阿约，我从来没有……"

索朗月打断他的话："不，你永远是我们的雷齐阿约。"她遐思地说："理查德，记得陆生人的鱼美人传说吗？现在，我也要去了，要在海天之间化作泡沫。真想和你守候在一起啊，可惜不能如愿了。"

拉姆斯泪流满面："索朗月，给我一个赎罪的机会，好吗？让我来照顾你的后半生，在陆生人中这是很平常的事。"

索朗月喘息着，开玩笑地说："你想让我亵渎海豚人的荣誉吗？不行，不用再劝我了。"她正容道，"不要说什么赎罪的话。你是陆生人，和海豚人有一些见解差异是正常的，我们从来没把它当回事。记着，忘掉它，好好活着。你能记住吗？"

拉姆斯含泪点点头。

"那我们就互道永别吧。"她用明亮的目光看着理查德，用玩笑来排解他的沉痛，"怎么，在永别的时候，你连一个亲吻都吝于赐予吗？"

拉姆斯想起此前她也曾开过这个玩笑，但此时这个玩笑涂着浓重的悲戚。他擦去泪水，抱着索朗月的头，郑重地给她一个亲吻。索朗月说："好了，我比小人鱼幸福多了，在临死前终于得到了你的爱。请把我扔到海里吧，我该去寻找我的归宿了。"

拉姆斯流着泪，只是摇头。他怎么忍心把受伤的索朗月扔到水里！海豚人们这时都聚在木筏周围，仰着头默默地看着。弗朗西斯走过来，低声说：

"雷齐阿约，按索朗月姐姐的吩咐办吧。"

拉姆斯悲痛欲绝，但他也知道，那个归宿是不可改变的。他抱起索朗月的身体，四个海人在旁边帮他。他们走到筏边，拉姆斯最后吻吻索朗月，把她轻轻放入水中。在这个过程中，索朗月一直用明亮的目光看着他。

一万多个海豚人依次同她告别。仍是那个古朴的方式，当濒死者往水下沉时，立即有一人游过来，顶她到水面上呼吸。每个人都一丝不苟地做着，其他人则耐心地等待。送别的海豚人越来越多，也包括一些未做智力提升的海豚，海面成了海豚脑袋的丛林。这个仪式整整进行了两个夜晚一个白天，在第三天早上才结束。在这段时间里，拉姆斯一直在筏面上为索朗月做祈祷。弗朗西斯摇着导向桨，让木筏追随着索朗月在水中漂浮的身体。

夜色渐渐消退，几只残星镶嵌在晨光中，还在海平线下的太阳已经染红了东方的几抹白云。一位海人告诉拉姆斯，撒母耳长老用低频声波通知说：他赶不上索朗月的送别仪式了，让雷齐阿约代他与索朗月告别。拉姆斯下到水里，游过去，把索朗月的身体最后一次顶出来。索朗月已经因失血过多而昏迷，但这时她感觉到是拉姆斯在抱她，便用力睁开眼。拉姆斯俯在她耳孔边说：

"撒母耳长老让我代她向你告别。永别了，我的爱人。"

索朗月已经没有力气说话了，她安然一笑，闭上眼睛。拉姆斯真不忍心把她温暖的身体抛开不管啊，但周围的海豚人在用眼色示意他：让索朗月入水为安吧。他狠心松开了抱持，索朗月失去活力的身体缓缓向水中沉去。一只虎鲸冲过来。早先在与鲨鱼的搏杀中它是海豚人的盟友，它还参加了追悼，郑重其事地顶索朗月出水。但这会儿，它看到仪式结束，便冲过来一口把索朗月吞掉。

周围的海豚人都感激地看着它。

拉姆斯突然向虎鲸游去："虎鲸，把我也吞掉吧，让我和索朗月死在一起。"虎鲸好奇地看看他，用脑袋把他顶开。"把我吃掉，我不是什么雷齐阿约，这会儿也没有圣禁令限制你，快吃吧。"虎鲸仍是好奇地盯着他，好像他是一个疯子。拉姆斯俯在自己左臂上狠命一咬，鲜血汩汩外流，他把血液滴在虎鲸的脑袋前：

"快把我吃掉！你难道没有闻到血腥味吗？我是个杀人凶手，苏苏、约翰和索朗月都是因我而死的呀。"

虎鲸一定被缠烦了，嗅嗅血团，转身悻悻地走开。拉姆斯惨然说："我太脏了，虎鲸不屑于吃我啊。"

周围的海豚人遵照"为尊者讳"的古风，一直对人群中心的这一幕装聋作哑，垂着目光，不与拉姆斯打照面。四个海人游过来，架着拉姆斯回到木筏上。

尾 声

12天后,乌姆盖娅长老率领百人会及海人代表迎接雷齐阿约归来。撒母耳长老已经不在了,她在八天前死于虎鲸之口。

乌姆盖娅也是一只雌性海豚人,属于海豚人中比较少见的糙鼻海豚。她说:"欢迎雷齐阿约归来。我们已经知道路途中发生了一些意外,虽然是在圣禁令保护下,苏苏、约翰和索朗月仍然不幸遇难了。请你节哀,在海豚人社会里,这种夭亡是经常遇见的。"

拉姆斯黯然说:"我才是害死他们三人的凶手……"

乌姆盖娅很快截断了他的话头:"请不要过于自责。你永远是两族人的雷齐阿约。"

拉姆斯苦涩地重复着:"雷齐阿约,雷齐阿约……它永远都是我良心上的一根尖刺吗?"

乌姆盖娅转了话题:"香香和岩苍灵送回的窝格罗已经供在你住的水下岩洞里了,我们想,只有你最有资格和它通话。"

拉姆斯想到自己进入窝格罗时的所见所闻:外星人对类人猿杀戮行为的厌恶,对海豚族的喜爱……他说:"不,窝格罗本来就是属于你们的,我对它没有任何权利。"

乌姆盖娅长老笑了:"实话对你说吧,我们是把麻烦推给你了。那件礼物对我们来说是一个又美味又有刺的毒海胆。我们知道,它能为海豚人社会带来几百万年的科技进步,但如果这种进步一定伴随着战争、暴力、卖淫、强奸等丑恶,我们宁可不要它。雷齐阿约,以你300岁的睿智,一定能抵挡它的诱惑。请你尽量与它交流,帮我们找到一个妥当的处理办法。"她郑重地向拉姆斯行礼,"雷齐阿约,有劳你了。"

拉姆斯曾是非常自信的人，但经过这一段的风波，他已经不再相信自己的"睿智"了。不过他很感激长老的信任，无法断然推托："那……好吧。"

海豚人把他们送到那个水下岩洞的洞口就告辞了，四个海人陪他进洞。这次进洞与以前不同，那时这条长长的水道越走越黑，快到尽头时才能看见透光洞里进来的微弱蓝光。现在呢，洞口的阳光还没变暗，前边的白光已经显现。越往前走，白光越强，似乎把岩壁都变成了透明体。他们游到头，从水面上探出脑袋，那个发着白色柔光的圆球就放在当年索朗月经常卧着休息的石槽里。白光在洞内游动，圆球本身也融在白光里，看不清它的轮廓。虽然光芒很强，但并不刺目，反而使观看者有一种很舒适的感觉。四个海人敬仰地看着它。他们把拉姆斯送上岸，弗朗西斯恭恭敬敬地向他鞠一躬，说：

"雷齐阿约，我们同你告辞了。以后，我们还会致力于海人的强大，但是那艘核潜艇……我们不会再想它了。"

拉姆斯苦笑道："对，你们做得很对。忘掉它吧，那是我带来的魔鬼的诱惑，我负责再把它收回去。"

四个海人跳下水，游走了，拉姆斯能觉察到他们在尊敬外表下的疏远。他不禁想起年轻时见到的那位拒绝同他握手的激进的和平主义者。那天，那个人的乖僻行为惹起公愤，不得不尴尬地离场。但他走前说过一句话：

"对某种信念走火入魔的人，常常会泯灭最起码的是非界限。可惜，我们绝大多数人难以逃脱这种魔力。"

当时没人把这句话放到心里。只有到这时，在经历了 300 年的风风雨雨后，他才意识到这句话的分量。是啊，对"保卫民主政体"的信念走火入魔的人，会心情坦然地按下核发射钮；对"保卫嫡长子继承权"走火入魔的人，会不远万里去寻找已经被历史抛弃的核武器。正因为他的走火入魔，害死了苏苏和索朗月，害死了约翰。他走到哪里，就把不幸播撒到哪里，简直成了一个万人共厌的瘟神。海豚人社会并不完美，他还能忆起在索朗月断尾后他束手无策的痛苦，但总的来说，这是一个健康昂扬、明朗自信的社会。他们不谋求对自然的绝对控制，甚至用"随时被吞吃"的痛苦来磨砺社会的清醒。他们是陆生人文明的继承者，同时断然扔掉了陆生人的恶习。自己为什么非

海豚人

要把他们当成异类呢?

乌姆盖娅和杰克曼夫妇常来看他,同他聊天,尽力驱走他的烦闷。他很快和他们建立了信任,建立了良好的私人关系。但无论如何,这些人与苏苏和索朗月是不能相比的。他们只能走进拉姆斯的客厅,而苏苏和索朗月能走进他的内心。

曾有一次,杰克曼试探着问,你这样独自生活太凄苦,是否允许我们为你再找一个妻子?拉姆斯的脸色刷地变了,几乎不能掩饰他对杰克曼的恼怒。杰克曼和乌姆盖娅看出来了,赶忙扯开话题。其实拉姆斯不是对杰克曼生气,他知道杰克曼的用心是好的,只是在仇恨自己。他已经害死了两个妻子,逼走了罩良笛,还有脸让任何女人再走进他的生活吗?

从回到这个岩洞,他连续度过了四个不眠之夜。他想这是对四个妻子的思念所致,的确,尖锐的痛楚无时无刻不在咬啮着他的心房。不过,直到第五天他才意识到异常,因为连续四天的失眠竟然对他没有任何影响。他仍然精力充沛,思维比往日更敏锐,更飞扬。他很快找到了原因:窝格罗。窝格罗的白光时刻充盈着岩洞,这似乎是一个营养场,能维持他的思维不间断地"无疲劳运转"。此后几天他验证了这个猜想:只要他离开岩洞,就会恢复正常的睡眠;但如果浸泡在窝格罗的白光中,他就可以忘记睡眠,而且从不会感到疲劳。

白光充盈之处既是营养场,也是强大的思维场,这个思维场一直轻柔地抚摸着他、浸润着他,但并没有强行进入他的思维。不过,在偶然的碰撞中,外在的思维场也会短暂地闯进他的大脑。这时,在瞬间的一瞥中,他像走进了五彩缤纷、琳琅满目的宝山,各种超出人类想象的科技成果展示在那儿,就像伊甸园中挂满枝头的果实,可以随意采摘。这里有无重力飞行器,有物质瞬间传真技术,有透明及全景式思维共享,有虫洞跃迁技术,也有关于窝格罗本身的所有详细资料:窝格罗如何制造,如何达到近乎无限的信息存储,如何汲取环境能量而达到永生,外人如何与它进行"活"的交流,等等。不用说,这些内容对他极具诱惑力,他只要走进去随便翻看一下,就能让海人实现几十万年甚至几百万年的进步。有了这些科技进步，海人何止于当地球的主人，即使当银河系的主人也绰绰有余……

"打住。你这个至死都忘不了当主人的瘟神，改不了自己的本性吗？"他在心中恶狠狠咒骂自己。苏苏、索朗月和覃良笛的目光都在冥冥中温柔地看着他，他觉得三双目光是六把赤红的剑，目光所罩之处滋滋地冒着青烟，而他心甘情愿地忍受着这样的烧烤。只有在这样自虐式的思想拷问下，他的心中才好受一些。

乌姆盖娅经常来拜访他，不过从来不打问他与窝格罗交流的情况。但越是这样，拉姆斯越觉得该有所行动。半个月后，在对窝格罗的"诱惑"做好充分的心理准备后，他终于开始了同它的交流。外面是深夜，浪涛声通过长长的水下岩洞传进来，变成微弱的轰响。白光浸透了空气和池水，甚至浸透了岩石的洞壁。他走到窝格罗前，坐好，慢慢伸出手，把窝格罗抱住。就像上次那样，意识的洪流立即涌入他的大脑，他在瞬间跳进一个新的世界，一个高度文明的伊甸园。周围是无边无涯的果林，外星鱼类千万年智慧的果实都挂在那儿，任他采摘。目光只要略一滑动，对准了某个果实，他的思维就能以光速进入，遍览这项科技成果的所有秘密，直至最细微的技术细节。这些果实太诱人了，他会一个不留地采摘，然后送给……

但他及时清醒过来，摒弃了它们的诱惑。他说："我不要看这些，我要先看历史。"于是，脑中的画面刷地变了，满目琳琅的果园很快消失，一条小径出现在视野中。这条小径就是鱼人的历史之路，他沿小径漫步走着，浏览着。当他愿意在某个时刻停留时，这个没有厚度的历史截面就会突然变成三维空间，可以让他进入并仔细审阅。白光的浸润使现实中的他失去了时间概念，他浸淫在思维场中，从容不迫地审查着几千万年的鱼人历史。

在小径的初端，他看到了很熟悉的场面。一个蒙昧的动物种族外星鱼类慢慢开启了灵智，进化为人类，兽性慢慢消退而人性逐渐丰满。这个过程就如地球人类曾走过的路一样，只是时间提前了 3000 万年。具有讽刺意味的是，和地球人类一样，鱼人在进化中消退的兽性也以另一种方式顽强地存活下来：氏族间的仇杀、部族和民族间的战争、阶级之间的压迫和仇杀、家庭内的暴力、领土扩张，等等。随着文明的进步，那个怪物——战争机器——越来越强大，越来越精致。

他不想看这些，因为这些东西在地球人类的历史中太多了。他想知道的是，这个战争机器什么时候会寿终正寝。他沿着历史小径快速走着，一直到尽头才停下来。这个历史截面是外星人类的"今天"即他们到达地球的时间，那时他们已经建立了高度的宇宙文明，该能抛弃强权和战争的诱惑了吧？截面变成三维空间，把一切细节展现给他，但看到的东西令他沮丧。那个战争机器并没有死亡，反而更加强大。巨大的宇宙舰队以物质传真法瞬间出现在宇宙各处。他们碰到很多文明程度低下的星际种族，甚至是处于文明之前的高等动物像地球上的海豚，于是便慷慨地把仁爱播撒给他们，对他们进行智力提升。被提升的种族对他们感激涕零，心甘情愿地接受他们的统治。文明的伊甸园在诗意中迅速拓展……

不过诗意马上就结束了。他们与另一个同样强大的邪恶文明——虫人文明在宇宙中相遇，扩张之波的撞击很快演变成一场战争。他是隐形飞船奇里巴顿号的舰长，在一次极为机密的跃迁中来到了敌方的心脏玛加鲁尔星球。敌方完全没有察觉，他低声下达命令，把俗称"摧星炮"的太空鱼雷对准这个星球。这是宇宙文明史中最可怕的武器，一发鱼雷就能让这个星球灰飞烟灭。与太空鱼雷相比，人类核潜艇上的三叉戟和海神导弹不过是小孩子的炮仗。当他按下发射钮时心中并非没有一丝不忍，片刻之后，这个星球上的 90 亿虫人就会和星球同归于尽。尽管属于邪恶的虫人文明，但他们中同样有可爱的儿童，有纯真的爱情，有鲜艳的艺术之花……但为了阻遏邪恶的扩张，这是不得已的事。他终于按下发射钮，并下令飞船急速跃迁。飞船刚刚离开这片太空，这儿就变成了核火焰的地狱……

拉姆斯猛然惊醒，浑身冷汗淋漓。他赶紧松开对窝格罗的抱持，断然地斩断了同它的思维交流。他知道，刚才他看见的是完全不失真的历史。他甚至走进了"鱼人类"一个飞船船长的思维中，重温了他向敌方星球发射摧星炮的过程。那个不知名的船长同他的思想非常相近，他们都不是嗜杀狂，但在历史的潮流中，他们只能被裹挟着前进。

难怪那些"神"对海豚说:"当文明和科技向上发展时,有些丑恶是避免不了的,连窝格罗也做不到这一点。"历史走了几千万年,只是把两个猿类王者的互相残杀放大成两个宇宙级文明的互相残杀,仅此而已。

一千万年前,那些"神"向地球上的海豚馈赠窝格罗时,贪玩的海豚们轻率地拒绝了。现在看来,这个孩子气的决定也许是宇宙文明史中最睿智的决定。那时正是鱼人和虫人之间太空战争的前夜。如果海豚们接受窝格罗并迅速被提升,他们也会成为这场大战的参与者,杀人,或者被杀。想到这儿,拉姆斯不禁佩服那些贪玩的、孩子气的海豚先祖。

另一个值得佩服的就是覃良笛了。她在人类社会中长大,却能断然抛弃人类的痼习,创建了一个"不做最强者"的海豚人社会。这种目光,即使作为太空文明种族的"鱼人"也没有达到啊。

他长叹一声,决定不把窝格罗中的知识传授给海豚人。既然他们已经走出一条与众不同的路,就让他们沿着这条路继续走下去吧。

他仍然经常地同窝格罗交流。不过,他已经彻底摒弃了窝格罗的诱惑,现在对它只是一个第三者的审视。在交流中他也免不了对四个妻子的思念,大概是因为这个原因,某一天他忽然在窝格罗中看到了他的妻子们!这是不符合逻辑的,因为他的除索朗月之外的三个妻子在世时,窝格罗还没有出世呢。他想这一定是自己头脑中的幻景吧。

他看见自己躺在冷冻棺中,表情安详,但脸色苍白,没有活人的灵气。他是在用第三者的目光来看"死去的自己"。岩洞中的池水翻滚起来,一名海豚人把一位陆生人老妇送上岸。尽管老妇已腰背佝偻,白发如银,但他仍一眼认出,她是覃良笛,75岁的覃良笛!海豚人沿水路悄悄退出,留下覃良笛一人。她步履艰难地来到棺边,拉过椅子坐下来,深情地注视着棺中人,喃喃地说:

"理查德,要同你永别了,今天就是我的鲸葬之日。理查德,等你醒来时,你会谅解我吗?"她摇摇头,叹息着,"我知道你不会谅解我的。不过,当时我只能那样做啊。"她不再说话,在棺边默默坐了很久,眼中泫然有光,

海豚人

但泪水没有流下来。良久，她长叹一声：

"真想现在就把你唤醒。不过，"她已经走出伤感，嘴角绽出一丝幽默的微笑，"我但愿你的记忆中保留一个25年前的我，而不是一个75岁的老丑妇。好，我要同你告别了，你还是睡它300年再醒来吧。"

她最后看一眼棺中的人，回头向水中唤一声，然后在水边等着。现在，她就要出去实施鲸葬，告别人生，但她的表情十分恬静安详。那位海豚人很快出现了，罩良笛下水，扶着他的背鳍游向洞外。在这段时间内，拉姆斯心急如火，想喊她回来，告诉她："你怎么就断定我不能谅解你的苦心？不，我完全谅解，我还想同你一起鲸葬，好结伴进入天国，即使你已经是75岁的老妇，但在我眼中仍如初识时那样美丽。"

他想把这些肺腑之言全都倾倒给罩良笛，但那个睡在水晶棺中的拉姆斯却既不能动，也不能张嘴说话，就像是陷入一场深重的梦魇……

有人拍拍他，让他醒来。是索朗月和苏苏，两人微笑地看着他。拉姆斯喘息着说：索朗月，苏苏，我刚才看见了罩良笛，这是怎么回事？窝格罗中怎么会出现它从来没有接触过的事物呢？索朗月笑着说：

"这不奇怪，女先祖已经借着你的回忆而活在窝格罗中了，你看，我和苏苏也活了，还有，南茜和你的女儿也会慢慢活过来。"

拉姆斯摇摇头："借着我的记忆？可是，刚才看到的场景是我无法见到的呀。它不在我的记忆中。"

索朗月没有多加解释："你甭问了，你只用记住，凡是你能在窝格罗中看到的场景都是真实的。这正是它的神奇之处。"

拉姆斯非常高兴，这么一来，他同他的妻子们，还有他的父母、女儿、昔日的朋友们，都可以在窝格罗中经常见面了。他扭过头，歉然地对苏苏说："苏苏，不要怪约翰，其实害你遇难的罪魁祸首是我，我根本没资格做你的丈夫。"

苏苏用寒如刀锋的目光看着他……苏苏的形象忽然溃散了。他定睛看着她原来站的地方，她的形象又慢慢聚拢，变得坚实，仍是寒如刀锋的目光……忽然她的形象再度溃散了。等她第三次出现时才变得稳定。她的目光中满是温柔和戏谑：

"理查德，看见了吗？一个仇恨你的苏苏是不真实的，不能在窝格罗中成为实体。现在，还用得着我再来解释吗？"

他感动得喉咙中发哽，默默地点头，用手抚摸着苏苏的头发，抚摸着索朗月的脊背，那种美好的触感仍像往日一样真实。他说："索朗月，苏苏，我真想立刻扔掉这具肉体，同你们一块儿活在窝格罗中。我能做到吗？"

索朗月笑了，神秘地说："当然能。不过，那是 500 年之后的事了。别急嘛，我们会耐心地等你。"

他想问她，为什么要 500 年之后才能重逢，但索朗月狡猾地笑笑，拉着苏苏在刹那间消失了。

一个月后，应拉姆斯的要求，乌姆盖娅在这个岩洞里召开了百人会会议。在白色柔光的沐浴下，拉姆斯介绍了一个月来同窝格罗的交流，谈到了那些伸手可得的累累的智慧之果，也谈到了这个高度发达的文明仍不能摆脱战争和强权的恶习。他说：

"海豚人和海人社会'不追求做最强者'，这在窝格罗中所记载的宇宙种族中是独一无二的。既然这样，我们不如狠下心，拒绝窝格罗的诱惑，沿着女先祖所定的路继续走下去。顺便说一句，我在窝格罗中也见到了女先祖，见到了苏苏、索朗月、弥海和撒母耳，他们都是同样的意见。当然，最终的决定还要由百人会和海人十人会来做出。"

他说完了，百人会的各位长老都平静地沉默着。良久，乌姆盖娅盯着人群中心的窝格罗，轻声问大家："你们都记得那首童谣吗？都还会唱吗？"

她轻声唱起来："罗格罗，罗格罗，没有你我们更快活；罗格罗，罗格罗，没有你我们更快活……"其他 99 位海豚人长老，还有 10 名海人长老也都随她唱起来，声音越来越响。在唱歌的过程中，110 名长老都找回了自己的童年，找回了自己的童心。他们不是用口在唱，而是用心在唱，歌声也充满了戏谑和顽皮。

歌声停息了，乌姆盖娅微笑着告诉拉姆斯："行了，我们的决定已经做出了。"

拉姆斯点点头:"好吧,那就这样决定了。其实,窝格罗还是有用处的,索朗月说它无所不知,更可贵的是,它能自动滤除错误的信息,所以,凡是在窝格罗中能够看到的信息永远是真实的,因此,它可以成为我们的活的史书,成为一个不死的历史学家。"

乌姆盖娅说:"很好,就请雷齐阿约做窝格罗的监护人吧。这个职务是终身的,等到你百年后再遴选接替者。"

拉姆斯简短地说:"好的,我愿意。"

从此,他就成了终身的窝格罗监护人。大家对他的尊称仍是"雷齐阿约",不过这个词有了新的定义——赐予我们智慧者和向我们讲授历史者。因为这位老人熟悉海豚人和海人的所有历史,甚至包括在文明启蒙前"猿"和"中爪兽"的时代他都能如数家珍。在海豚人和海人的心目中,他本人也像历史一样沧桑和睿智。

只是,乌姆盖娅说的"百年之后"显然是低估了。也许是因为窝格罗的滋润吧,300年过去了,百人会的长老已经换了76届,但雷齐阿约仍活着。他发须如银,其长过腹,连身上的汗毛也是雪白的。但面色红润,皮肤光滑如童稚。海豚人和海人们甚至已经断定他不会死了,他们说,雷齐阿约必将与天地同寿。老人仁慈宽厚,恬淡冲和,脸上总是挂着微笑。海豚人和海人常常把自己的婴儿带来接受雷齐阿约的祝福,甚至从万里之外赶来。而他也非常乐意用手抚摸孩子的头顶,听他们用奶声奶气的声音喊"雷齐阿约祖爷爷"。

他的岩洞随时向所有人敞开。有时来拜访的客人会赶上他正与窝格罗交流。他用双手轻轻抱持着窝格罗,柔和的白色强光沐浴着他的白须白发和白色汗毛,沐浴着白色的近乎透明的岩壁。这儿被白光洗涤成宇宙中最洁净的地方。老人脸上是那种醉透了的笑容,大概他正在窝格罗中同他的妻子们或女儿交谈吧。客人们都不愿打搅他,安静地欣赏一会儿,再悄悄退出去,把一个温馨的场景保留在记忆中。海豚人和海人如水流般代代更替,只有这白色的圣坛是一道不变的风景。

类人

第一章　盗　火

资料之一：

　　……只要我们对世纪之交的科技进步做一次鸟瞰，就能闻到暴雨前的腥风。科学技术，这个神力无比的飞去飞来器，不再仅仅用以改造客观世界，它已折转身来变革人类。试管婴儿技术曾在伦理学界引起轩然大波，如今风平浪息，它已成了医疗技术中的标准操作；克隆绵羊多莉激起了更强烈的地震，但余震犹在，克隆人类技术便瓜熟蒂落。科学家对人类的近亲——同为哺乳动物的老鼠——进行了成功的基因嵌接，在下个世纪，肯定将用这项技术去改造人类。至于用人工智能增强的"人机人"，相信在下个世纪必定会出现。

　　这些科学进步足够惊心动魄了，但若比起另一项尚在襁褓中的技术，它们实在微不足道。1997年1月24日，在美国加利福尼亚州阿纳海姆举行的美国科学促进会上，著名的基因科学家克雷格·文特尔说，他现在已完成了对20种最简单生物的基因测序，其中最简单的生命只需要不到300个基因，以目前毫微技术的水平来说，人类完全能用激光钳和扫描隧道显微镜来排列原子，构成最简单的人造生命——想想吧，这是真正的、彻头彻尾的人造生命，它的制造不需借助任何"上帝的技术"，所以，当用"纯物理"方法制造的第一个生命问世后，上帝就可以彻底退休了。

　　何不疑今天上班时特意提前了半个小时，他驾着氢动力飞碟来到"2号"上空，不过并没有马上降落。他推动操纵杆，小飞碟扶摇直上，一直钻到云层里。脚下是熟悉的家乡风光，西北一片崇山峻岭，西南是波平如镜的丹江水库。一条白带蜿蜒向南，这是汉水。东南有山势较缓的桐柏山，这是千里淮河的源头。几条磁悬浮高速列车和高速公路在东南方的南阳市汇聚，组成一个壮观的米字形。

小飞碟浮出云层，云层像河水一样平稳地向后流去，速度各有不同。稀薄的白云流速最快，那是距飞碟最近的层云，越往下则流速越快。当然，这并不代表真正的云层速度，而是飞碟运动加上云层远近所造成的错觉。松软的云堆绵亘千里，被朝阳涂上艳丽的金红。有的云堆像瀑布，有的像乳房，有的酷似清朝的官帽，从锥形的圆顶上泻下一圈璎珞。何不疑忽然想到自己的童年，50年前，他出生在八百里伏牛山中一座相当闭塞的小山村，童年时他是泡在奶奶的神话故事中长大的。那时他常常仰坐在山坡上，嘴里嚼着一根草茎，痴痴地看着蓝天上的白云，棉花状的，羽毛状的，奇形怪状的，白云在澄碧的天穹上悠悠飘着，无始也无终。彩云中会是什么样子，会不会有悬云寺、小和尚和人参姑娘？悬云寺是一则美丽的神话传说：善良的小和尚和人参姑娘为了逃避恶和尚的迫害，把人参汤浇到寺院四周，借人参的神力使寺院升到空中。在这个过程中，几位人参姑娘甘愿作了牺牲。有时他甚至能真切地听到，云层中有清亮的小女孩的笑声！

如果他早生200年，他可能永远遐想下去，甚至向奶奶的神话中再添几勺浓汤。不过他生在21世纪，他很快走出山村，很快就在飞机上看到了真实的云层——于是，神秘感消失了。

消失的可不仅仅是对朝霞彩云的神秘感。如今他是世界上有名的生物学家，他已经能把上帝的最终的魔术还原成精巧的技术——非常非常精巧的技术，但毕竟是人类可以掌握的东西。在这里，神秘感也消失了。

他摇摇头，抖掉这些思绪。今天的浮想联翩是正常的，因为他的人生很快就要有一个大的转折。他决定提前退休，开始他的新事业，一项全新的、充满未知和风险的事业。从某种意义上说，他的新事业是对前半生的反叛。

飞碟下方就是"2号"，是地球上仅有的三个类人工厂中的第二个。它坐落在中国的中原地带，这儿到处是风化严重的丘陵和浅山，土壤贫瘠。不过，

海豚人

在合成食品占据人类食物的主流后,这里已退耕还林,葳蕤浓绿的植被严严地遮盖住红色的土壤,到处是小叶杨、柳树、榆树、板栗、柿树、乌桕、构树……眼下正是收获的季节,柿树上挂满了小小的红灯笼,栗子树上藏着浑身尖刺的毛栗子。麻雀、喜鹊和鹌鹑在浓密的枝条中叽喳着,而2号工厂恰如半埋在绿茵之中一个巨大的灰白色的鸟蛋。

一个漂亮的软壳蛋。超强度的碳纳米细丝结成的防护网把整个工厂严严地包裹起来,在秋风吹拂下,卵形的防护网轻轻地波动着。网是双层的,其中充盈着强大的微波场,任何活的生物物体都休想通过这道藩篱,包括飞鸟、昆虫乃至细菌和病毒。工厂地下是整体浇筑的混凝土地基,与围墙连成一体,嵌有大量的传感器,足以对任何越界而入的破坏者发出早期警告。在21世纪末的大同社会里,这样严密的防卫实在罕见。

何不疑把小飞碟降落在鸟蛋外的停机坪。这会儿2号的员工大都已经来了,密密麻麻的小飞碟、单人飞行器和微型飞机就像雨后的蘑菇。他跳出飞碟向大门走去。大门口有两个通道,左边是物品通道,所有从这儿进出的物品都要经过高强度伽马射线的照射,任何隐藏在物品中的生命都会被杀死,哪怕它们是藏在50毫米厚的铅箱内。

另一个是人行通道。进入2号的所有人员,即使是联合国秘书长,都要在这里脱去衣服,经过淋浴消毒,再换上2号特制的白色工作衣。消毒只是表面上的用处,实际上,淋浴相当于文明的搜身检查,以保证任何人都不能有什么夹带。淋浴间原来设计为两个,男女分用,但这种"旧时代的礼节"遭到2号职员毫不留情的嘲弄。所以,现在的淋浴间是男女共用的。

他经过例行的指纹和瞳纹检查,走进消毒通道。秘书丁佳佳刚刚脱光衣服,把衣服放在标有各人姓名的存衣柜中。佳佳向何总问了好,何不疑心不在焉地说:

"你好,佳佳,你真是个漂亮的姑娘。"

佳佳扬起眉毛,努力忍住唇边的笑意。虽然每天上班前的这个"裸体聚会"人们已经习以为常,但2号里形成了心照不宣的共识:这里是工作场所而不是社交场所,这里的所有人都应被看做是中性的。因此,在这里夸奖一个裸体姑娘的美貌不能说是得体的举动。不过丁佳佳知道，何总是一个多少有点古怪的人，因此，对于何总不太得体的寒暄，佳佳一笑了之。何不疑是2号的技术权威，是这里的灵魂。30年前，位于美国亚利桑那沙漠的"1号"创建时，何总就是重要的参与者。五年后他又到这里创建了2号。他的目光深邃，但常常被梦游般的浮云所遮蔽。在他陷入深思时，最漂亮的姑娘在他眼里也等同于书桌和文件柜。也许这种心不在焉的神态更增添了他的男性魅力，何总46岁还未结婚，那时他是众多女职员注目的目标。不过佳佳当上他的秘书时，何总已经结婚了，妻子宇白冰是一个34岁的姑娘，身体娇小，笑容温婉，是那种典型的古典美人。她已经有了身孕，预产期听说就在这几天。

佳佳进入热风区时，见何总已脱了衣服，踏上喷水区的自动人行道。强力水流从上下左右一齐喷来，在他身上打出一团团白雾。何总身体壮健，肩膀宽阔，肌肉突起，只是腹部过早地鼓起来了。何不疑走过喷水区后睁开眼睛，注意到了佳佳的目光，便解嘲地拍拍圆滚滚的肚子：

"没办法。从结婚后它就膨胀，三年了，再怎么加强锻炼也止不住它。我想一定是我妻子做的饭菜太可口了。"

他们在热风区吹干身体，穿上白色的工作服，走过内门。收发室的刘小姐告诉何总，有他的一个包裹，包裹品名写的是金华火腿。何不疑笑了："是我的一个老朋友寄来的，上次聚会时他许下的诺言。他大概忘了我家的地址，只好寄到2号来了。这可是真正的金华火腿，不是合成食品。"

刘小姐问："是否我帮你把它放到你的飞碟上？"

何不疑略略沉吟："不，给我吧，也许今天中午我就拿它请客。"

他用左手轻松地拎上竹篓，与佳佳一块儿登上主楼。主控制室在大楼的最顶层，四周是圆形的落地长窗，俯瞰着厂区的全貌，碳纳米管的护网在他们头顶30米处均匀地向下洒过来。夜班人员向他们问了早安，电脑霍尔的面孔出现在大屏幕上：

"早安，何先生，昨晚一切正常。"

"早安，霍尔，谢谢你的工作。"

"夫人可好？她的预产期快到了。"

"谢谢你的关心,她很好。我想产期就在这几天吧。"

双方含笑对视,何不疑走过去,用额头碰碰屏幕里的霍尔,这是两人已经习惯的亲昵动作。霍尔是一部人格化的电脑,是一个藏在芯片迷宫里的活人。它和何不疑已经是 25 年的老朋友了。它的智力最初是由何不疑创建的,但现在,它已成了控制 2 号运转的灵魂。它不再仅仅是一台机器,在它和何不疑的交谈中,已经有了真正的感情交流、真正的友情。有时,何不疑甚至对它心怀歉疚——为了 2 号的安全,霍尔是完全与外界隔绝的,它要孤独地囚居在 2 号,直到地老天荒。对于一个有自我意识的电脑来说,实在是太残酷了。所以,只要有闲暇,何不疑常来和它聊天。这会儿何不疑交代道:"客人马上就到。准备工作做完了吗?"

"完了。"

何不疑向电脑内插入一块磁卡:"这是我和工厂总监共同签署的特别行动令,请核对。"

三秒钟的停顿后,霍尔说:"密码核对无误,我将立即执行。"

"执行吧。"

总监杰克逊也到了,他是一名矮胖的英国人,秃脑袋,一双浓眉。他问何不疑:"指令输入了?"

"嗯。"

他看着何不疑:"老何,我昨天跟你太太通过话。"

"我知道,内人已转达了。谢谢你的再次挽留,但我去意已决,不会变了。"

杰克逊叹息一声:"那好,回家抱儿子或女儿吧,你太太说,预产期就在这几天。"

何不疑笑着纠正:"肯定是儿子,内人已做过 B 超。"

杰克逊拍拍他的肩膀:"祝你新生活愉快,不过,要首先预祝今天的演习成功。"他转身回总监室。

佳佳过来告诉何总,他邀请的两名客人已经到门口了。何不疑打开监视屏,见两位客人在门口进行指纹和瞳纹鉴定,然后走进淋浴间消毒。一位是

75岁的俄国人斯契潘诺夫，世界级的侦探推理小说作家，即使在21世纪末，"电脑作家"仍不能战胜他。他的作品十分机智，悬念巧妙，一波三折，在全世界享有很高的声誉。斯契潘诺夫是一位世界公民，一生大部分时间生活在美国、中国和澳大利亚，但他身上仍保留着浓重的俄国味。身材魁梧，方下巴，阔肩膀，浓眉下是一双深沉机敏的眼睛；须发已经全白了，连身上的汗毛和阴毛都是白的，活脱脱一只毛色纯白的北极熊。另一个客人是22岁的中国姑娘董红淑，《大公报》的名记者，长得娇小玲珑，娃娃脸，乳房坚挺，腰部纤细，一头黑亮的披肩发。这会儿她已经擦干身体，正在穿2号的工作衣。可能是斯契潘诺夫说了什么笑话，董红淑在纵声笑着，笑得毫无顾忌。

何不疑关了屏幕，简短地说："走，咱们去迎接吧。"

两个客人走出消毒通道，董红淑摇了摇新浴之后蓬松的头发，迫不及待地打量着2号，这个世界上最神秘的地方。眼前的景物其实并无神秘之处，厂房掩藏在绿树之下，绿色基调中嵌着姹紫嫣红。这儿有中原地带的柳树杨树，也有南方的木棉珙桐。绿荫丛中露出的十几幢建筑都不算高大雄伟，但外观异常精致。头顶上，那个半圆的、色泽灰白的天花板高入云霄，在风中微微波动。

董红淑低声赞叹："太美了，太美了！"能踏上这片神秘土地，她感到十分庆幸，也十分意外。这是多少记者梦寐以求的幸运，怎么突然落到她的头上呢。21世纪末，世界上已经没有敌对国家，没有战争、军事基地、军事秘密之类的东西，甚至连商业机密也几乎不存在了。因为网络无处不在，在那些信奉"信息自由"的黑客骑士长达100年的不懈进攻下，要想保住商业秘密，代价已经过于高昂。所以各个跨国公司索性顺应潮流，打开藩篱，把信息自由变成了一种时髦。

但世上唯有三个地点仍包着厚厚的外壳：美国亚利桑那州的"1号"，中国中原地带的"2号"和以色列内格夫沙漠的"3号"。这些地方的全称是"类人劳动力繁育中心"，一般的称呼是"类人工厂"。这些地方的计算机都是采用局域网，同外界的通信系统有最严格的屏蔽。新闻界对它们基本是装聋作哑，保持着一种不可思议的默契。这是极罕见的，要知道，新闻记者都是些贪婪的鲨鱼，平时，只要在100里外闻见点血腥味儿，他们就会不顾性命地扑上去。

原因无它，这些繁育中心，或者叫类人工厂，使整个人类处于不尴不尬的地位。这儿有太多的逻辑悖论和道德伦理悖论。

可是，为什么突然通知他们两个来采访？也许斯契潘诺夫知道内情？

一位同样身穿白色工作衣的头发花白的男人在通道口迎接他们。他谦恭地说：

"是董小姐和斯契潘诺夫先生吗？请跟我来，何总在办公室等你们。"

董红淑一眼就看出这是位类人。现在，已有十分之一的家庭用上了类人仆人，尽管从外貌上说他们与人类毫无二致，类人长得更健美，但他们身上的"类人味"是无可置疑的。董红淑不经意地瞟了斯契潘诺夫一眼，后者也用目光做了回答："对，是类人。"

那位男子正半侧着身体在前边领路，他肯定觉察到了两人的无声对话，便微笑着说："也许你们已经猜到了，我是一个类人，是2号的第一批产品。我在这个厂区已经服务25年了，从没迈出厂区一步。"

小董多少有点尴尬，毕竟，对他人身份的猜测是不礼貌的，哪怕对于类人。她疑惑地问："你是2号的产品？听说2号只有25年历史，而你……"

"我的生理年龄已经55岁。那时，为了尽快得到成熟的类人，我们是用快速生长法直接跨到了中年。现在已经不这样做了。"那位男子又微笑着加了一句："这是我最后一次服务了。"

小董不明所以。最后一次？也许明天他就要离开工厂？不过，她没有追问下去，那位类人说，何总的办公室已经到了。

何总和秘书在门口迎接他们。何不疑从未在媒体中露过面，但两人一眼就掂出了"2号总工程师"的分量。他浑身透着自信，目光炯炯有神，面目清癯，肌肉强健，只是肚子过早地发福了，破坏了身体的匀称。那位头发花白的类人把客人交给秘书后悄然退去。何不疑含笑把客人迎进屋。深秋的阳光透过落地窗射进来，照着屋内巨大的办公桌、满墙式书柜和紫红色的皮沙发。他扭头交代秘书：

"请把门关好，无论什么电话和工作都给我挡住。"他转向客人，"今天上午全部是属于你们二位的。你们想喝点什么？"

这种破格待遇使董红淑受宠若惊，看看斯契潘诺夫，他的目光中也显得有点意外。两人要了咖啡，佳佳送来三杯热咖啡，然后悄然退出，轻轻带上沉重的雕花门。何不疑在他们对面坐下，端起咖啡呷了一口，好像突然改变了主意：

"要不，我先领你们参观一下2号，先让你们有一个感性认识。你们愿意吗？"

"当然愿意！"董红淑急不可耐地说，把何不疑逗笑了。斯契潘诺夫也笑着点点头。

"那好，请喝完咖啡跟我走吧。"

门口停着一辆敞篷的微型车，没有驾驶员。三人上车，车辆自动开走了。没有噪声和排烟，是一种绝对无声和洁净的环保车。自动车带他们走了很远，车停了，何不疑起身让女士先下车。他指指周围的丘陵，指指绿色植被下露出的红色土壤，问：

"知道2号的地理位置吗？"

"知道，在南阳市的西北部。"

"对，是内乡、西峡和淅川三县交界的地方。这儿是世界上已发现的恐龙蛋最密集的地方，前后发掘出数万枚，而在此前，全世界的发现加起来才500枚。恐龙蛋在这儿如此密集的原因还未得出确论，我总觉得这是恐龙灭亡前的最后一片乐土，是它们走向死亡的入口。棱齿龙、三角龙、剑龙、暴龙群集在这儿，已经意识到了家族的末日。它们苦苦挣扎着，仰天悲鸣。这是多么悲凉多么回肠荡气的场面！6000万年后这儿建成了生命制造工厂，真是世事沧桑、天道循环啊！"

海豚人

斯契潘诺夫微笑着指出:"一般人不说'生命制造'这几个字。毋宁说,在正统的理论界中,这样说是犯忌的。"

何不疑一笑:"是吗?在2号里反倒没人理会这些禁忌。"

外观不甚高大的厂房原来是半地下式的,从里面看相当高旷,屋内十分安静。工作人员不多,见何总进来,他们都礼貌地点点头,继续自己的工作。三人先走进"刻印室",几百台圆柱状的机器一字儿排开,屋内仅听见轻微的咝咝声。何不疑简短地说,这里的关键设备是激光钳,它们正进行毫微操作,用纯物理的手段把碳、氢、氧、磷等原子排列成人类的DNA。他介绍得非常平淡,但董红淑分明感受到喘不过气的敬畏感。

往下的工艺流程就十分直观了,每个人都十分熟悉,尤其是女人。何不疑说,这儿是活化室,是模拟人类卵子的环境来激活DNA。这儿是分裂室,激活的DNA在这儿分裂成8胚细胞;最后是孕育室,几千台模拟子宫在轻轻地抽动着,几根粗大的软管汇聚之后分为几千根细管,分别连在各个子宫上,为胎儿输送各种养料。子宫呈半透明状,从外面就能看到婴儿在里边舞手动脚,脐带在羊水里漂浮。忽然,就在他们面前,一具子宫内响起嘹亮的儿啼,董红淑一愣,旋即眉开眼笑地趋前聆听。

"在子宫内就能啼哭?"她回头问何总,"这在人类中是不多见的。据我所知,人类婴儿也有宫啼,但那是不正常的现象,一般是胎儿缺氧造成的。"

何不疑解释:"这儿的所有类人婴儿出生时都相当于四个月大的人类婴儿,大都有宫啼现象。至于为什么在四个月才出生,待一会儿我再解释。"

远处又有几个婴儿呱呱坠地。不过等他们赶到时,降生的婴儿已经被传送带送到检验部,那儿有电脑检验和人工检验。他们走进检验室,电眼观察着流水线上的婴儿,绿灯频频闪亮着,表示检验通过。之后是人工检验室,30多名自然人女员工眼睛上嵌着放大镜,认真观察着婴儿的指肚,辅以触摸检查。再往后是哺育室,50多名类人女员工穿梭往来。这儿与检验室一样,婴儿的哭声响成一片,不过啼哭声里听不出悲痛的成分,倒是带着欢闹的味道。

何不疑解释说,检验室和哺育室是工厂里唯一用上人工劳动的两个地方。

董红淑目醉神迷地看着，赞叹这里的宏伟、肃穆、简洁的美妙和震撼人心的神秘。斯契潘诺夫肯定也被深深震撼了，不过从表面上看他还能保持平静。

出了厂区，看见十几个类人聚成一堆，大多是 50 岁左右的男人，手里都端着高脚酒杯，琥珀色的葡萄酒在杯内闪光。他们平静地交谈着，似乎是一场非正式的聚会。其中一人肯定是谈话的中心，忽然那人从人群中走出来，走向两个客人。客人认出，他就是刚刚为他们引路的那个类人。他含笑道：

"你们好，何总好。我在同朋友们告别，马上就要进入轮回了。"

何不疑点点头，同他握手拥抱。董红淑也机械地伸出右手，握到了对方光滑无指纹的手指。这时她才恍然悟到对方说的轮回是怎么一回事——死亡，他说的是死亡！中年男人回过头，同众人告别，饮光杯中的酒，把酒杯递给同伴，然后神色自若地走进一间小屋，向众人扬手作别。

厚重的屋门缓缓关闭了。

董红淑简直是目瞪口呆。她看看何总，看看立在门口的十几个类人，他们的表情十分肃穆庄严，但总的说十分平静，绝无半点悲伤。屋门旁的一串指示灯闪了几次，随后变成绿色。十几个类人悄悄离开了。何不疑平静地说：

"走吧，回我的办公室。"

董红淑痴痴呆呆地跟着走了，她忍不住问身边的斯契潘诺夫："那人真的死了？"

斯契潘诺夫点点头："当然。他在那里化作原子，很可能要回到这套流程的开端，重做 DNA 的原料，这就是他说的轮回。"

何不疑唇边含笑，一言不发。董红淑踌躇着，仍忍不住开口："他们……"

何不疑明白她的话意，答道："他们不惧怕死亡，他们的生命直接来自元素，而不是上帝。所以，过了强壮期的类人就自动选择死亡，从不贪恋生命。"他特意解释道："这不是 2 号的规定，而是在建厂 25 年中类人员工中自动形成的习俗。我们只是没有干涉，我们尊重类人的决定。"

董红淑在震惊中沉默了。

他们回到办公室，秘书又送来三杯咖啡，把一只竹篓放到何总的巨型办公桌上。何不疑笑着说，这是一位浙江朋友送来的金华火腿，绝对原汁原味，

海豚人

中午我请客，品尝一下它的味道。"好，开始正题吧，今天你们一定会写出一条极为轰动的新闻，咱们事先约定，如果二位因这篇报道获得普利策奖或邵飘萍奖，奖金可要分我一半哟。"他开心地笑着，"不过宝盖不能一下子揭开，还是让我先回顾一下历史吧。"

他慢慢呷着咖啡，似乎在酝酿情绪。董红淑几乎急不可待了，侧脸瞄瞄同伴，他倒是气定神闲。她也把情绪稳住了。

"98年前，"何不疑缓缓说道，"即1997年，克隆绵羊的消息曾激起轩然大波，因为，克隆人类的前景已经近在眼前了。时至今日，我们还能从当时的科学文献中，触摸到那个时代的悸动：恐惧、困惑、迷茫或是急不可待……当然，以现在的眼光看来，那些世纪末的躁动显得很可笑、很幼稚，因为最终改变世界的并不是克隆技术，而是同年1月24日一篇不起眼的小文章。那篇文章说，人类已经接近于制造生命——不是用杂交、基因嵌接、细胞融合之类生物或半生物的办法，而是用纯物理、纯技术的方法去排列原子，构成最简单的生命。"

"当时，这似乎是天方夜谭，至少对99.99%的中国人来说是天方夜谭。但仅仅过了43年，即2040年，就实现了突破。第一个被创造的是最简单的疱疹病毒，这是自然界最简单的生命之一，只有不足300个基因，甚至可以说它是介于生命和非生命之间的过渡物。但无论如何，第一个人造生命已经出现了，它在社会上激起了轩然大波。不过，恐惧、愤怒、绝望都挡不住自然之神的步伐。在此后20年中，各种人造生命让人类应接不暇：大肠杆菌、线虫、水蛭、青蛙、鸟类、老鼠……最后的结果是不可避免的，到了2068年，这项技术就攀到了绝顶，第一个人类的DNA'组装'成功了。它包含着10万个基因，23条染色体。这项技术发展得太快了，以至走到了语言的前面。直到第一个人造人降生后几个月，人类才就某些词汇制定了规范用语：这种人造人被称为'类人'，其人称称谓也可沿用你、我、他、她这些人类用语，但他们的死亡则只能称作'销毁'。"

这段历史两个客人都很熟悉，但回忆起这段令人眼花缭乱的剧变，两人仍陷于一种怀旧的历史情绪。斯契潘诺夫轻叹道："是的，历史发展得太快了，反对意见还没来得及汇聚起来，就被历史潮流冲走了。"

"是啊，从历史上看，体外授精、试管婴儿、克隆人、人脑嵌入电脑芯片、人类的基因改造……这些都遭到了顽强的抵制，唯独类人诞生时反而没有激起多少涟漪——反对者已经无计可施了！已经见多不怪了，已经听之任之了。当然，类人的出现确实使人类处于不尴不尬的地位。人类是万物之灵啊，是上帝之子啊，是神权天授啊，人类智慧是宇宙进化的极致啊……忽然人类有了逼真的，不，是完全不失真的仿造品！人类现在是腹背受敌，前边是已超过人脑的电脑，后边是用元素组装出来的人造人！不过，不管人类精英如何担忧，如何反对，类人很快就大批出现了。到今天为止，"何不疑停下来，对旁边的电脑低声下了一道命令，少顷，电脑上出现一列数字：124589429。"一亿两千四百五十八万九千四百二十九个类人。这是因为，日益走向'虚拟化生存'的人类极其需要这种有感情、在人格上又'低于'人类的仆人，这种市场需求根本无法遏制。世界政府只来得及制定了几条禁令。第一条禁令，全世界只允许开办三个类人工厂，其中就包括这一个 2 号。知道吗？"他笑着说，"这儿是我的家乡，我筹建 2 号时，有意选中这儿，选到恐龙蛋聚集的地方，我想这儿最适合作生命轮回之地。"

他接着说："第二条禁令，就是类人不得具有人类的法律地位，不允许有指纹，以便与人类区分。不允许繁衍后代。新类人只能在三个类人工厂里制造。"

女记者已经急不可待了，笑着打断主人的话头："何先生，这些历史我们都很清楚。不要说这些了，快揭宝吧，你今天到底给我们准备了什么意外的礼物？"

何不疑笑着，仍不慌不忙地自顾说下去："类人不允许有指纹，不是指用手术方法去掉指纹，那太容易了。而是去掉 DNA 中所包含的产生指纹的指令。这个工作太困难了！那就像把高熵世界返回到低熵。你们也许知道，人的指纹类型不仅取决于基因，还取决于皮肤下微血管和神经系统的排列，后者在很大程度上属于量子效应的范畴。不过，尽管这项工作十分困难，科学家仍把它完成了，在建造亚利桑那1号工厂时就完成了。我是这项技术的发明人之一。"他说，并没有自矜的成分。"能摸索出这项技术在很大程度上是侥幸。"

斯契潘诺夫不动声色地揭"疮疤"："第二条指令中，那句'不许繁衍后代'的原文是'不允许类人具有生育能力'。可惜，这条禁令没有能够实现。"

何不疑老实承认："对，你说得对。如果是用手术或药物的方法使类人失去生育能力，那是再容易不过了。但是，若是修改基因中关于生育能力的指令——做不到。科学家经过多次尝试后发现，凡是对此有效的技术，势必影响DNA的生命力。看来，繁衍后代的欲望是生命的第一本能，抽去这个本能，也就消灭了生命本身。所以，这项禁令没有能在类人制造技术中得到落实，但它的替代物——不允许类人自主繁衍的法律——倒是得到了完全的贯彻。而且，尽管具有繁衍能力，但类人们普遍没有繁衍的欲望。他们都是性冷淡者，这主要是由于社会心理的作用。"

"至于消除指纹技术，"何不疑说，"那是绝对可靠的，迄今生产的一亿两千万类人中，没有出现一次例外。现在警方已把有无指纹当成识别类人的唯一标准。你们知道，自然人中也有极少数没有指纹的特殊例子，全世界不过几十例吧。世界政府为他们颁发了严格的'无指纹证书'，这些不幸的无指纹人不得不极其小心地保护着这些证书，否则他们在人类社会中将寸步难行……说远了，还是回头说2号吧。虽然这项从基因中'擦去'指纹指令的技术极为可靠，2号内仍有严密的监督系统。你们刚才已经看到，每一个出生的婴儿都要接受严格的检查，一旦发现指纹，立即自动报警，整个2号会在两秒钟内进入一级警戒。我刚才说过，这儿的胎儿都是怀胎14个月，所以，他们出生时身体相当于四个月大的人类婴儿——所谓14个月只是一种比喻的说法，实际上这儿的生命成长是快速进行的，从制造出DNA到婴儿出生，只有三个小时的时间。至于为什么让类人婴儿在四个月大才出生和出厂，因为正常人的指纹不是生来就有的，要在三个月后才能长出来，才能被检验。"他突兀地宣布，"这就是我邀请二位的目的。"

他的转折太突然，董红淑呆呆愣愣的，猜不到他的话意。斯契潘诺夫多少猜到了一点，但也不敢肯定。两人紧紧地盯着何不疑。

何不疑苍凉地说:"我一直在做着一件违逆自己心愿的工作。从某个角度看,所有类人都是我的亲生孩子,我十分喜爱他们,但又不得不冷酷无情地防止他们混入人类。因为那将使人类社会走向大崩溃。我准备提前退休了,退休前想对 2 号的安全性做一次实战检验。请听好,"他庄重地说,"我已经对主电脑霍尔下达了指令,修改了制造程序,使生产线中能产生带指纹的婴儿。世界上能修改这一程序的,不会超过三个人吧。"他说,话语中仍然没有丝毫自矜的成分。"请注意,2 号内只有总监和我知道此事,对其他人完全没有事先警告。按时间计算,"他抬腕看看手表,"再过 25 分钟,第一个有指纹婴儿就会出生,随之应该自动报警,全部生产程序中止,大门锁闭,全区处于一级戒备。"他加重语气说,"我再重复一遍,绝对没有事先警告,我以人格担保。总监正在隔壁瞪着眼监视呢。一会儿看到的将是一次完全真实的实况转播,而你们是有幸观察现场效果的唯一外人。如果 25 分钟后没有警铃声,那我就要丢人了。怎么样,二位还有问题吗?"

两个客人绝对没有想到,给他们准备的是如此刺激的实战场面,两人都紧张得喘不过气。董红淑又是点头又是摇头:"是的是的……不,我们没有问题了。"

"那好,请静下心来品尝咖啡,等着这一刻吧。"何不疑气定神闲地坐在他们前面,又唤佳佳送来三杯热咖啡。佳佳应声进来,她的笑容还是那样优雅,她一定还被蒙在鼓里。

佳佳带上门出去了,屋里一片瘆人的寂静。只有墙上的电子钟嚓嚓地响着,轻微的响声似乎慢慢放大,在各人耳鼓里变成雷鸣般的声响。两个男人无疑也紧张,但他们尚能不形于色,董红淑则几乎不能自制。董红淑忽然注意到两人端杯的手都在微微颤抖,她想,"原来你们也一样紧张啊。"

1 分钟,2 分钟,10 分钟,25 分钟……秒针的声音像是一记记鞭抽,这时连何不疑的额头也沁出细汗。当时钟走了 25 分 8 秒时,忽然一阵铺天盖地的警铃声!虽然早有准备,董红淑还是像遭到炮烙一样从沙发上蹦起来。

屋门被撞开,笑容优雅的佳佳变成了一只遭遇枪口的小母兽,尖声喊着:"何总!一级戒备!何总!"门外的高音喇叭声清晰地传来:"生产线发现故

海豚人

障,一级戒备!严禁人员走动,警卫严密警戒!"

何不疑舒心地笑了。这时,一位秃顶的白人男子从屋外进来,与何不疑相视而笑,两人立即对着麦克风宣布:"我是总监杰克逊,我是总工程师何不疑。请安静,刚才是我们布置的安全检查,重复一遍,刚才是我们布置的安全检查,请恢复正常生产,谢谢。"

何不疑向电脑霍尔下达命令:"霍尔,演习结束,请退出刚才的程序,开始正常生产。另外,把刚才的带指纹婴儿立即送到总监室。"

总监微笑着同何不疑握手:"祝贺你的安全程序通过了实战检验。两位客人请坐,今天这个实战场面如何?千载一遇呀。佳佳,我从来没有听过你这么高的嗓门,我的天,至少100分贝!"

佳佳知道了是一场虚惊,含羞带笑地退出去了。总监看到办公桌上的大竹篓:"老何,这是什么特产?"

"是朋友送的金华火腿。不过你甭想染指,那是我内人最喜欢吃的。"

门外响起脚步声,四名剽悍的警卫抱着一个白色的襁褓走进来,向总监和何总行了军礼。何不疑接过襁褓,在接收单上签了字,警卫像机器人般整齐地迈着步子出去了。何不疑对两位客人说:

"准备拍照吧。这是最难得的拍摄机会。"他和杰克逊领客人来到里间,这里有一架激光全息相机,已经做好了准备,两个镜头射出红色的激光束,何不疑打开襁褓,把婴儿放到拍照用平台上。

一个赤身裸体的婴儿,粉红色的皮肤吹弹可破,睁着眼,正向这个世界送去第一个微笑。他会笑会睁眼并不奇怪,他的发育已经相当于四个月的人类婴儿了。脸上的皱纹已经舒展开来,很胖,小屁股肉乎乎的,胳膊腿圆滚滚的。这是个男孩,胯下小鸡鸡翘着。大概是冰凉的平台刺激了他,他的小手小脚使劲踢蹬着,咧开嘴巴哭了两声。不过他的哭声并不悲痛,给人以敷衍其事的感觉,而那双明亮有神的双眸一直急切地打量着四周,想在来到人世的第一瞥中看到更多的内容。

苍凉沉郁的生命交响乐在董红淑心中缓缓升起,震击着她的心房,泪水不觉盈满了眼眶。她羞怯地侧过脸,掩饰了自己的激动。

这当然不是她见到的第一个类人。不过，当一个呱呱坠地、混沌未开的婴儿以全裸的形式被放上祭盘时，视觉的冲击仍然太强烈了。看到这个可爱的、精美绝伦的小精灵，怎么可能相信他是用"完全人工"的办法生产出来的呢。他不是来自上帝、安拉或女娲的创造，不是自然之子，他的基因是用激光钳砌筑而成，他是工艺或技术的普普通通的产品。上帝的法术在这儿已经被还原成毫无神秘感的技术。这个技术制造的小生灵像正常的人类婴儿一样，在女人心目中激起了强烈的母爱。

斯契潘诺夫似乎没有她这些感受，他正在紧张地抓拍。激光全息相机也开始工作了，两束柔和的红色激光照在目标上，产生了干涉，把干涉条纹记录在乳胶底片上。平台旋转着，改变着倾角，以求得到各个角度的详图。最后，何不疑又用数字相机对婴儿的手指肚和脚趾肚拍了特写，这个镜头同步反映到屏幕上，经过放大的手指显得更为娇嫩和精致，皮肉近乎透明，浅浅的指纹似有若无。作为2号的总工，何不疑已在指纹世界中浸淫了半生，他认真辨认着指纹中的螺形，观察着其中的起点、终点、分支点、结合点、小桥、介在线、分离线、交错线、小眼、小钩。他说：

"看见了吧，很巧，这个婴儿的十个指纹都是斗形，这是比较少见的。按照中国的传说，这种孩子长大了最会过日子。他也许会成为一个好管家或守财奴，哈哈！"

董红淑也拍了几张照片。何不疑把婴儿重新放回包布，但没有包扎，他和杰克逊退后一步，默默地打量着婴儿，目光中别有深意。很长时间，屋里是绝对的静默，只有婴儿无声地舞动着手足，就像是在上映一场无声电影。

何不疑打破了沉默："不管怎样，还是给他起个名字吧。"

杰克逊点点头。

"起个什么名字？"

"你决定吧。"

何不疑略一思索："叫他'十斗儿'吧。董小姐，斯契潘诺夫先生，你们在报道中就请使用这个名字。"

然后屋内又陷于沉默。不谙世事的董红淑奇怪地看着屋内的人，屋内的

海豚人

气氛为什么这样沉闷？所有人的动作此刻都放慢了节奏，就像是高速摄影下的慢动作。董红淑在心中揣测，何不疑的试验圆满结束了，他几十年的技术生涯有了一个圆满的句号。下边他要干什么？他要说什么话？为什么两个人都神态肃穆？

蓦然，一个可怕的念头闯进她的思维。她还未及做出什么反应，何不疑已经以行动证实了她的猜测。他喟然叹道：

"老杰，开始下一步？"

"嗯，开始吧。"

"真不忍心啊，这是世界上唯一有指纹的类人，既是空前，很可能也是绝后。"

"是啊。"

何不疑走开去，等他返回时，手上已拿了一支注射器。他把婴儿的屁股露出来，准备注射。董红淑再也忍不住，尖声喊："住手！你们想干什么？"

声音的尖利使何不疑和杰克逊都吃了一惊。何看看她，温和地说："我要对他进行死亡注射。我想你不应该为此感到惊奇，你知道，法律对于类人拥有指纹订立了多么严格的条款。从生产类人至今，没有一个有自然指纹的类人。有极个别类人曾伪造过指纹，一经发现，全都就地销毁。对于这个违犯规定的产品，当然也只能销毁了。"

董红淑一时哑口，没错，何不疑说的正是社会的常识。人类和类人一个来自自然，一个来自人工。从物质构成上说，两者完全一样。若不是指纹的区别，人类社会早就被类人冲溃了，因为人类的生育要遵从大自然的种种限制，而类人的生产能力是无限的。人类当然不甘心如此，即使抛开人类沙文主义的观点，至少有一点是毋庸置疑的：人类是原作，而类人是赝品。怎么可能容许大量的赝品去代替梵高、伦勃朗、张大千和上帝的原作呢？

指纹区别是唯一的堤防，这道堤防是用浮沙建造的，极不牢固。正因为如此，人类以百倍的警觉守护着它——但这都只是理性的认识。而此刻，感性的画面是：一个可爱的、精美绝伦的、赤身裸体的婴儿马上就要遭到残酷的杀害。在这一瞬间，董红淑突然对何不疑滋生出极度的愤恨。如果不是他邀请自己来到2号，把一个残酷的场景突然推到自己面前，丝毫没有征求自己是否有观看的愿望，是否有足够的心理承受能力——如果没有这些，董红淑也许会糊里糊涂接受社会的说教，对类人的苦难熟视无睹。但此刻，她不能佯装糊涂了。

她愤怒地盯着何不疑和杰克逊，甚至迁怒于自己的同伴斯契潘诺夫，因为后者的表现太冷静、太冷血，他的蓝色眸子静如止水。何不疑和杰克逊显然对她的情绪没有精神准备，何不疑垂下针头，准备对她来几句适当的劝慰。董红淑不愿听他的辩解，她在紧张地思考着怎样才能制止这场谋杀。她不能以一己之力对抗法律，对抗社会，那么，她该怎样迂回作战？她突然想到了一个绝对有力的理由：

"且慢！何先生，你说过，从身体结构、基因结构上说，人类和类人是完全一样的，区别仅仅在于后者没有自然指纹。所以，有无指纹是唯一在法律上有效的证据，对吗？"

"没错。"

"那么，你们怎么敢杀害这个具有自然指纹的婴儿？不管是什么原因，不管是不是你们故意制造的工艺差错，反正他已经具有了自然指纹，从法律上说，他已经和自然人有了同等的社会地位。何先生，请你立即中止谋杀行为，否则，我会以谋杀罪起诉你和杰克逊先生！"

董红淑懊恼地发现，她的绝对有力的威胁对于两人没有丝毫的震慑作用，他们的眼底甚至露出谐谑的微笑。何不疑摇摇头，坦率地说：

"董小姐，你对法律的了解太幼稚啦。世界政府有成千上万的法律专家，你想他们会留出这么大的法律漏洞吗？请你听我解释。你们乘飞机来到2号时，看到2号的外景了吗？"

他问了这么一个毫不相干的问题，董红淑恼怒地拒绝回答。斯契潘诺夫说："看到了，像一个灰白色的鸟蛋。"

"对，像一个软壳鸟蛋，或者说像一个子宫，一个放大的子宫。董小姐肯定知道，在21世纪的法律里，堕胎是合法的，那些曾激烈反对的基督教国家也不得不承认了堕胎的合法性。堕胎的合法性就意味着，子宫里的胎儿还不具备人的法律地位，哪怕它已经怀胎十月，杀了它也不算犯罪。不过，只要一经过产门，它就变成了他，就具有了人的法律地位，就受法律的保护。为什么在经过产门的前后，在这瞬间，胎儿和婴儿就享受完全不同的待遇？这公平吗？很公平，这是量变导致的质变。小董，如果这个有指纹的婴儿出现在2号大门之外，那人类就对他无可奈何了，即使知道他是类人婴儿，也只好以人类对待了。但你可能不知道法律上的一个附加条款：凡在1号、2号和3号生命中心内部的婴儿，可以认为它们还没有离开子宫，也不受法律的保护。这就是2号门卫森严的原因，任何未经检验的婴儿绝不可能带出生命中心。顺便告诉你，任何外界的人类婴儿也绝不容许进入生命中心，因为他们进来后，就会同类人婴儿混在一起，真假莫辨，只好以类人来对待了。所以，2号有这么一条严格的规定，女职员怀孕三个月后就要停职，不得进入2号，以免万一在2号流产。"

他看到董红淑依然愤恨难消，就把注射器交给杰克逊："老杰你来注射吧。小董，并不是我生性残忍，并不是我愿意干这样的事情。作为类人生产技术的开拓者之一，我对自己的产品有更深的感情，即使说它是父子之情也不过分，但我们得为人类负责吧。"

他有意遮挡住小董的视线，那边杰克逊已经熟练地注射完毕，拔出针头。这个"十斗儿"真是个大脾气的孩子，针头扎进皮肤时，他的嘴巴一咧，似乎想哭泣，但针头随即拔出，他的面容也恢复正常。不过药液很快发生作用，他的眼神逐渐迷离，慢慢闭上，永远地闭上了。他的面容非常安详非常平静，似乎还带着微微笑意。

几个男人都不说话，目不转睛地盯着遥测仪表。心电曲线很快变缓，拉成一条直线，体温示数也缓慢下降。在这段时间里，屋里笼罩着沉闷和静默。随后，何不疑又用听诊器复查了孩子的心跳，用手摸摸额头的温度，他点点头表示一切无误，又让杰克逊重新复查一遍。

两人确认类人婴儿已经死亡，何不疑用包布把孩子重新包扎起。他做得极慢，神态肃穆，似乎以此表示忏悔，以一种事实上的葬礼为死者送去一些安慰。随后他抱着死婴与大家一起来到正间，把襁褓放到靠墙的一个杂物柜上，按响电铃。两分钟后，刚才来过的四个警卫又列队进来，何不疑把襁褓递给杰克逊，后者又打开襁褓作了最后一次检查，递给为首的警卫：

"立即销毁，去吧。"

为首的警卫签字接收，然后机器般整齐地列队离开。

董红淑的脸色阴得能拧出水，心中充满了无能为力的郁怒。她知道自己没能力制止这件事，她甚至从理智上承认它是正当的——这牵涉到人类这个原作的尊严啊。但不管怎么说，她的心中仍倍感痛楚。一团极柔韧的东西堵在胸口，使她难以顺畅地呼吸。

何不疑和杰克逊正肃穆地目送警卫离去。董红淑想，事实上，他们没什么好责怪的，他们就像是执行堕胎手术的医生，只是在履行自己不得不履行的职责而已。斯契潘诺夫呢，这个老家伙是个真正冷血的侦探小说作家，他毫无表情，目光深不可测。没准儿，他正在以此为梗概，为下一篇惊世之作打腹稿呢。

小董觉得，她这会儿最恨的就是这个冷血的老家伙。

斯契潘诺夫是个典型的俄国佬，酷爱伏特加和女人，不过他的思维绝没有在酒色中泡酥。他的作品每一篇都是惊世之作，都要摆在世界畅销书的头三部。近年来，电脑枪手已使不少作家失业，但丝毫不能撼动斯契潘诺夫的营寨。由于他的声望，他与各国的警方都有良好的关系，并且一直进行着一种对双方都有利的合作。那就是：对于一些难案、疑案，警方会在破案的早期或中期就请斯氏介入。警方提供绝对原汁原味的完整资料，提供警方对案情的各种同步分析，然后，斯氏的小说创作也同步进行。他的小说完稿常常早于警方结案，而且，更为难得的是，他对案情的分析和预测常常是正确的，正确率几乎达到50%！因此，他的分析对警方破案提供了很大帮助。警方对斯氏佩服得五体投地，他们最强烈的抱怨是：

"这老家伙的影响力太强大了，一旦他的分析出了差错，警方常常被他引进沼泽中，难以自拔。"

这次，从一接到何不疑的邀请，斯契潘诺夫的"第三只眼"就微微张开了，这已成了他的本能。何不疑，2号基地的神秘的老总，为什么邀请他和董小姐同去？董小姐被邀是比较正常的，她是一位名记者，何不疑大概有什么消息要通过她的口告诉世人。但何不疑邀请超一流的侦探小说作家去——是为了什么？

很可能什么都不为，可能何不疑是他的一个崇拜者，可能是何不疑要借重于他的声望——想到这儿，他的第三只眼睛又微微张大一点。若果真如此，何不疑是为了什么目的要借重于他的声望？可能他想让自己在现场做一个强有力的内行证人？

因此，斯契潘诺夫进入2号之后，始终使第三只眼半张着。盛名之下活着也很累呀，如果这里有什么猫腻，而他糊里糊涂为某些人作了旁证，那他就要大栽面子了。如果只是他多疑呢，那他反正损失不了什么。

斯契潘诺夫就是抱着这种心态与何不疑寒暄、参观、目睹那个类人进入轮回、听何不疑说他打算进行"实战检验"——到这时，斯契潘诺夫的第三只眼突然睁开了。从表面上看，何不疑的安排完全正常：他是一个极有职业道德的总工程师，想在退休之前最后检查一次安全程序；同时使它具有尽可能浓的戏剧味儿，让自己的毕生工作在高潮中落幕。一切正常。但斯契潘诺夫的直觉却在一边轻轻摇头：嗨，且慢，老家伙，这里的戏剧味是不是太重了一些？

斯契潘诺夫惯于作逆向思维，他想到了另一种可能。这种想法十分荒诞，十分纡曲，但它至少不是绝不可能的。那就是：也许对2号的真正挑战者正是何不疑本人？他想在退休之前的最后一天做一件震惊世界的事情，把一个有自然指纹的类人盗出2号，而斯契潘诺夫只是他所用的一个幌子？

并非完全不可能啊。如果何不疑确实打算这么做，他可能有两点动机：一、类人制造是他毕生的事业，他对自己的产品有最深的感情；二、他是一个智力上的强者，这种人常常向社会提出挑战。

当然，这种可能纯属臆测，被证实的可能性不大，但斯契潘诺夫宁可拿它作思考的基点。顶不济他可以做一次自娱性质的智力体操，事后他可以拿这种虚拟的构思写一部作品。于是，斯契潘诺夫以平静的旁观者的心态，对事件的进程进行着缜密的、近距离的、全方位的观察。

从四个警卫抱着襁褓一进屋，斯契潘诺夫就时刻使自己处于最有利的观察位置。何不疑解开襁褓，对婴儿拍照，杰克逊进行死亡注射，何不疑重新包装，交还给警卫，这个过程始终处于他的目光之中。

似乎没有什么可疑之处。

他设身处地地站在何不疑的位置上考虑，如果他妄图把类人婴儿带出 2 号，他该怎么办？最好的办法是调包，把一个假死的婴儿——心跳停止、体温降低都能通过医学手段做到——同假冒者调包，然后再伺机把假死的婴儿带出 2 号。

婴儿自始至终都在他的目光之中，不过斯契潘诺夫并未盲目乐观，他知道训练有素的魔术师要想骗过观众和摄像机是多么容易的事情。

但何不疑的所有动作都那么自然，那么正常——也许只有一点勉强算得上可疑。在把死婴重新包装后，他把死婴先放到一个杂物柜上，其高度大致与人的胸部平齐，然后按电铃唤警卫，这个"往杂物柜上放"的动作有些不大必要。而且，在他重回杂物柜前取下襁褓时，曾以后背极短暂地遮没过斯契潘诺夫和大伙儿的视线。很短暂，只有 0.5 秒，动作衔接得也很自然，但一个手法纯熟的魔术师在这个瞬间足以把"活儿"做完。

好，现在假设他已完成了调包，那个真婴儿已通过高茶几之后的某个机关被掩藏起来。下面，何不疑要怎么办？

董小姐正愤怒地盯着自己，她一定是气愤自己的冷血，对一个类人婴儿被杀无动于衷。斯契潘诺夫多少有点抱歉。高强度的推理思考干扰了他的情感反应。他心说："对不起，母爱充沛的董小姐，我不能做你的同盟军。亲爱的何老弟，请你继续表演吧，我在这儿准备为你鼓掌呢。"

不过，在他推理时，心中一直还有一个声音说：很可能这些"疑点"纯属他的臆想，何不疑此刻扮演的很可能正是他的本来角色。谁知道呢，且看剧情的进一步发展吧。

警卫在走廊拐角处消失了。何不疑和杰克逊安静地等待着。五分钟后，室内某个暗藏的麦克风响了：

"杰克逊先生，何先生，次品工件已经销毁。"

杰克逊上前拥抱何不疑："祝贺你，2号的安全系统通过了最严格的实战检验。"

"我也很高兴。我的最后一幕演出得了满分。再见，老伙计，我要走了，永远同2号告别了。"

杰克逊摇摇头："真的，你退休得太早了，可惜我没能劝动你。"他多次劝老何收回这个决定，刚刚50岁，正是科学家的巅峰期呀，但何不疑不为所动。杰克逊想，也许高智商的人爱做意外之举？至少他知道李叔同——中国近代史上一位著名的文学家、音乐家、戏剧家和画家——就在盛年时突然剃度为僧，法名弘一。他遁居深山，青灯古卷，终生不悔。

何不疑笑笑："我已经打定主意了，想开始一种新的生活。"

秘书丁佳佳也进来了，眼眶红红地同何总拥抱。何转身对客人说：

"请吧，我们一同离开2号。关于今天的事，你们尽可自由地报道，不会有人限制你们。董小姐，"他半开玩笑地说，"你也尽可在文章里骂我，说我是一个残忍嗜杀的恶魔。不过，我确实是不得已而为之。这样吧，离开2号后，中午我请客，二位如有什么问题，我可以做延伸服务——不过不能以2号老总的身份了。"

虽然郁怒未平，董红淑也不好过于偏执。毕竟何不疑是在人类道德的框架中行事，他只不过是一个执行堕胎手术的医生罢了。她勉强挤出一个微笑："谢谢，但我不能再耽误你的时间……"

斯契潘诺夫打断了她："不，董小姐，拒绝何先生的盛情是不礼貌的，而且这样的采访机会以后永远碰不到了。何先生，谢谢你的邀请。"

何不疑最后留恋地望望四周："再见了，我在这儿的生活落幕了。从现在起，我要开始新的生活。"他面向电脑，用额头碰碰霍尔的合成面孔，"霍尔老朋友，再见——很可能是永别了。"

霍尔显出恋恋不舍的表情，浑厚的男中音中饱含怅然："再见，祝你的新生活愉快。替我向夫人和未来的孩子问好。"

"谢谢。佳佳，来，让我们吻别。"

佳佳处于浓重的别情之中,她忍着泪说:"到大门口吻别吧,我和杰克逊先生送你到大门口。"

"好,走吧——噢,佳佳,替我拎上那篓火腿,一会儿我请两位客人品尝。"

斯契潘诺夫仍在冷静地旁观着。何不疑说他的生活落幕了,但他今天的演出不一定结束呢。然后,何不疑提到了他的火腿篓,斯契潘诺夫的神经像针扎一样忽然惊醒了。

佳佳拎起办公桌上形状古朴拙厚的竹篓——在人造食品大行其道的今天,凡是真正的自然食品大都采用这样自然的包装——它的个头不大,但如果采用某种措施,装下一个婴儿并非不可能。斯契潘诺夫的第三只眼全部睁开了。此前,他的思维一直保持着两道平行线,即,何不疑可能是清白的,也可能有猫腻,两种可能没有轻重之分。但自从"竹篓"一进入舞台,情况马上变了。因为,竹篓是个过于突兀的道具,它恰恰今天出现在舞台上不大可能是巧合。

一个竹篓,一个正好适合装下婴儿的道具。

不过他还不知道何不疑准备怎么使用这个道具。在众目睽睽下,不大可能把掉包的婴儿装进竹篓,但是——且看下边的发展吧。佳佳已走向门口,何不疑笑着做了个手势,请大家稍等,他走进卫生间,关上房门。

又是一个值得注意的细节。虽然何不疑去小解不能说是不正常,但这是他第一次走出大家的视野,在那扇房门之后,他能干的事情可是太多了。不过,那个竹篓倒是一直在佳佳的手里拎着。这位看来心无城府的女秘书会不会是何的魔术助手?斯契潘诺夫不敢稍有懈怠,一直拿眼光罩住它。短短两分钟后,何不疑走出卫生间,同大家一起沿着人行道向大门走去。何不疑一路上说话很少,十分留恋地看着四周,他向两个客人解释说:

"这是我最后一次观看 2 号了。2 号的安全措施十分严格,非现职的工作人员是不可能再进入的。"

斯契潘诺夫想,这也意味着,他如果真有所图的话,一定会在今天把婴儿带出2号。

佳佳拎着竹篓一直紧紧傍着何总，眼眶一直红红的。这个忠实的秘书对自己的上级十分依恋。杰克逊与他并排而行，低声说着什么。董红淑一个人闷头走在后面，她的情绪还没有完全恢复。斯契潘诺夫则紧紧傍在丁佳佳的右侧，时刻把那个竹篓罩在视野中。

他们来到了大门口，杰克逊先与何不疑拥别。斯契潘诺夫注意到何不疑一直没有接竹篓，佳佳直接把竹篓放到物品通道的传送带上。在这儿，所有物品都要经过高强度伽马射线的照射，即使放在铅箱里的病菌也会被杀死。那么，何不疑用这个竹篓到底想干什么呢？

佳佳过来，同何不疑长时间地拥抱、吻别，眼眶中盈满了泪水。"再见，何总再见。迁入新居后请告诉我们地址，我们去看望你。"

何不疑实际是委婉地拒绝了："我们要到深山中隐居，那儿交通很不方便，以后再说吧。佳佳再见，老杰再见，还有——2号再见。"

何不疑和两个客人脱光衣服进入人行通道，水流在三个裸体上打出一片白雾，也在斯契潘诺夫的脑海中打出一片迷雾。三个人穿上衣服，走出通道，经过伽马射线照射的竹篓摆在传送带上。何不疑走过去想把它拎下来，斯契潘诺夫比他早到一步："让我来吧。"

何不疑没有客套："多谢。就在门口的'红云'酒吧请你们吧，哦，酒吧在那儿。"

红云酒吧在百米开外，从外面看十分冷清。2号虽说是个大单位，但由于严格的保密限制，在它附近没有形成可观的商业区，"红云"是这儿唯一的酒吧，门面也不豪华。三人信步走去，行走中，斯契潘诺夫暗地估量着手中的分量。竹篓不重，大致相当于一个婴儿的重量吧。竹篓里到底装的什么东西？无论如何，他要想办法查明竹篓的内容。

酒吧门口是一张L型的吧台，收银员正和一位服务小姐隔着柜台闲聊。这会儿不到午饭时间，所有桌子都是空的。那位穿短裙的小姐走过来，为他们斟了茶水，送来菜单。斯契潘诺夫把竹篓放在身边，仍旧时刻拿眼光罩住它。何不疑打开菜单：

"董小姐,请你点吧。"董红淑摆摆手。"斯契潘诺夫先生?算啦,大概你也看不懂中国的菜谱,还是我来吧。"他点了腰果虾仁、素羊肚、西芹百合等,"噢,对了,麻烦厨师把这竹篓里的金华火腿拼出一个盘子。我答应过让二位品尝的。"

斯契潘诺夫随即站起来,拎上竹篓:"我把竹篓送去吧,我还没见过著名的金华火腿是什么样子呢。"

他估计何不疑可能要拒绝,但没有。何不疑平静地笑笑,像是对外国人的好奇心表示理解。他做了个手势:请吧。斯契潘诺夫在侍者的导引下来到厨房间,侍者向一位头戴白帽的厨师作了交代。厨师含笑接过竹篓,解开上面的封盖,从中掏出一个很大的铝箔真空包装袋。斯契潘诺夫接过竹篓检查一下,里面已经空了。厨师用厨刀割开真空包装,露出里面的——金华火腿。

确确实实是一只火腿。厨师用锋利的厨刀一片一片切着,肉皮是漂亮的金黄色,内部呈粉红色,肉质细腻。等他切够一盘的用量,又把剩余的火腿塞到真空袋中,递到斯契潘诺夫的手里。至此,斯契潘诺夫知道自己是失算了。他仔细回想了何不疑走出大门的全过程,不得不得出结论:何不疑绝对不可能躲过众人的眼睛,把一个3000克的婴儿用竹篓夹带出2号。

也许他的怀疑完全是多疑。

他拎着竹篓回到饭桌上,何不疑正和小董低声谈话,谈得很投入。何正在说:"小董,我理解你的敏感,甚至我很赞赏你的愤怒。我们这些人闻惯血腥味,已经见多不怪了。"他自嘲地说,"但我们是不得已而为之啊。类人的生产是一个危险的游戏,只要稍稍放松,类人就会代替人类占领地球的每一个角落,这对于'原作'来说确实极不公平。至于你耿耿于怀的死亡注射,说到底,是一个生物伦理学的问题,这种问题是没有确定答案的。斯契潘诺夫先生,"他对刚入座的斯契潘诺夫说,"你对今天的参观有什么感想?"

斯契潘诺夫微微一笑:"我正在以一个侦探作家的智力,对你的安全系统发起攻击呢。我正考虑写一部小说,梗概是这样的,某个带自然指纹的类人婴儿,被一个神通广大的人物从2号里带了出来,引发了一场世界性的政治地震。"

海豚人

"哈哈,看过刚才那场实战演习,你还不死心吗?2号的安全系统是万无一失的。"

斯契潘诺夫温和地说:"从来没有万无一失的复杂系统。连数学——世界上最严密的系统——还存在着漏洞呢,诸如哥德尔不完备定理、罗素悖论等。"

"那好,希望老斯发挥你的才智,在2号安全系统上找出一个缺口,世界政府肯定会给你颁发奖章。"他问小董,"还有什么问题吗?不要错过这个机会,我退休之后将回到家乡山中隐居,以后我们很难再见面了。"

"我没有问题了,谢谢。"

菜肴送来了,何不疑请大家用餐,尤其要尝尝远道而来的金华火腿。董红淑的心情基本上已趋于平静,尽管想起何的死亡注射,心中仍不舒服。三人边吃边闲聊,忽然何不疑的手机响了,他说:"抱歉。"然后他打开手机,脸色随着通话越来越欣喜,"好,我马上回去。"

关闭了手机,他说:"请祝贺我吧,我太太已生了一个男孩。50岁才做爸爸,而且我们采用的是自然生育方式!对不起,请你们慢慢用餐,我要先告退了。"他迅速填了一张支票给侍者,站起来同二人告别。

两人道了喜,把满面喜色的新爸爸送到酒吧门口。何不疑拿出飞碟遥控器按一下,他的飞碟从停车处飞过来,在门口降落。何不疑匆匆登机,向两人挥手。小飞碟轻灵地飞起。董红淑忽然喊:

"何先生,你的火腿!"

何不疑在风声中大声说:"先放吧台上,我明天再来取!"飞碟倏然升空,消失在白云中。

两人返回酒吧,把午餐用完。斯契潘诺夫盯着竹篓自嘲地说:"刚才我还以为竹篓里夹带着那个类人婴儿呢。"

董红淑不理解他的深层想法,对这句话付之一笑:"他干吗夹带一个死婴?即使再冷血,他也不会拿类人死婴当晚餐啊。"虽然心情已经平静,但她的话中仍流露出对何的不满。

斯契潘诺夫也哈哈一笑,把这个话题抛开。小姐送来了终餐前的果盘。他问小董:

"怎么样，今天的参观？"

"我会写一篇详尽的报道，一篇冷静客观的报道。"她想，我会让读者看到一个真实的何不疑。

"你会成功的。你有真感情，我看过你的一些文章，冷静加激情，这就是你的风格。"斯契潘诺夫简短地评论道，结束了午饭。

两人返回南阳，董红淑乘当晚的火车返回北京，斯契潘诺夫在白河宾馆里下榻。当他在淋浴器的水帘下沐浴时，思绪还留在2号基地。他以侦探作家的睿智和经验，一遍又一遍地梳理了何不疑的所作所为，找不到什么蛛丝马迹。但要他完全放弃猜疑，他又不甘心。

白河宾馆是五星级，楼顶的激光束在夜空中旋转，漂亮的女服务员带着程式化的微笑为他开了床。斯契潘诺夫洗浴完毕，穿上睡衣，打开"请勿打扰"的标识灯，枕着双臂睡在床上。他的直觉告诉他，今天的参观里肯定有些反常的东西，而他的直觉基本没欺骗过他。是什么？经过再一次的梳理，他觉得反常之处在于以下四件事的拼合：

何不疑退休——对安全系统的临别检查——金华火腿——夫人分娩。

分开来看，每一件事都是正常的，但它们同时在这个时刻出现，就显得不正常了，过于集中了，过于巧合了。斯契潘诺夫觉得四件事似乎有内在联系，它们都围绕着一个共同的中心：那个类人婴儿。

夜深了，斯契潘诺夫仍不想入睡，他喝了两杯浓咖啡提神，继续着艰难的思索和推理。他像拼七巧图一样，把今天的见闻按不同方式试着拼合。

拼来拼去，拼不出什么结果。

脑袋开始发困了。他走到窗前做了个深呼吸，活动活动筋骨。夜空高旷，繁星闪烁，一钩残月旁飘浮着淡云。一颗流星倏然飞来，在天空中划了一道明亮的弧线。斯契潘诺夫忽然心中一亮，有了一个新想法。这个想法虽然也属于异想天开，但斯契潘诺夫敢说它绝不会再错了。它就像九宫格中央的那个数字，只要把它选对，周围的数字就很容易拼出来了。

何不疑的确捣了鬼，他把婴儿掉了包，又以极巧妙的办法当着睽睽众目把它夹带出 2 号。他有关此事的所有行为，从策划实战演习、对客人的选择、恰在今天寄来的火腿竹篓、在酒吧的请客，都是经过精密策划的，在平易的外表下藏着极为机智的计谋。极有可能连何夫人的分娩也是假的，此刻夫妇两人抱着的，正是那十个斗状指纹的类人婴儿。

至于他把婴儿夹带出 2 号的方法，实在太简单了，既简单又巧妙。斯契潘诺夫对何不疑佩服得五体投地，佩服他的智力，也佩服他的勇气。作为 2 号的老总，他竟敢背叛 2 号，背叛整个人类，这一切都源于他对自己"儿子"的深爱。

可怜那位激情型的董小姐还蒙在鼓里呢。

"我该怎么办？"斯契潘诺夫认真考虑着。这则消息一捅出去，势必在全世界引起一场八级地震，这对斯契潘诺夫无疑是一个不小的诱惑。只是……如果自己的思维更敏捷一点，能当场抓住何不疑的手腕，斯契潘诺夫肯定会把它公之于众的。但何不疑至少在当时蒙住了他。作为一个内行，斯契潘诺夫佩服他。

经过痛苦的权衡，他决定不去揭穿它，让这个惊人的消息烂在肚里。至于这个唯一从 2 号逃出来的带自然指纹的类人，会不会在人类的防御线上捅出一个大洞——斯契潘诺夫不大在意。他在这个问题上的政治态度是中性的，既不为类人鸣冤叫屈，也不反对他们。世上的很多事情最终还得靠上帝不管是肉身上帝还是客观上帝来裁决，而不是依靠人的抉择。

他只是做了一件事，把他的分析记在一个日记本上。不是电子记事簿，而是用老式的纸笔。他的手提箱里正好有一本带锁的日记本，原是给孙女儿准备的礼物，现在他改变了它的用处。也许，等那个类人婴儿长大成人，在他的结婚典礼上，我会用这本日记作为我的贺礼。

天光放亮时，他合上钢笔，合上笔记本，也把历史的这一页轻轻合上了。他为自己倒了一杯酒，心想，何不疑夫妇此刻大概正在抱着"十斗儿"欢庆胜利吧，于是他朝不可见的对手举举杯，一饮而尽，低声嘟囔一句：

"祝贺你，可敬的何不疑先生。你赢了，我也不算输。"

第二章 仇 恨

资料之二：

新华社 2085 年 7 月 7 日电：

酝酿多年的中国人姓名法终于在今天获全国人大通过，它的要点如下：

一、姓名的组成至少为四字，头两字为父母姓氏，若父母一方为复姓，则取姓氏首字，父先母后与母先父后均可。后两字为名。

二、所有同音异字的姓氏合为一个姓，如张、章合为张。

三、自姓名法颁布之日起出生的婴儿，取名时须经计算机的检索，确保在全国范围内、在 100 年内不得有重名，不支持同音异字名。

四、当所有可用的汉字组合用完后，姓氏的组成升级为五字。

五、原使用四个音节及四个音节以上姓氏的民族，其命名法仍可沿用惯例，但须经过计算机检索。

六、民政部设立姓氏司，统一管理中国公民的命名。

《光明日报》专刊文章：

难产多年的中国人姓名法终于呱呱坠地了。半个世纪以来，支持和反对者进行了无数次的争论。支持者说姓名法势在必行，因为中国人的重名现象包括同音异字名已经给计算机管理设置了巨大的障碍，留下了许多隐患。反对者说这种计算机化的命名法抹杀了人性，抹去了与汉字息息相关的许多文化积淀——想想吧，再不会有西施、貂蝉这样能勾起无穷遐想的名字了！为了迁就计算机，8000 个汉字被缩并成 416 种读音，考虑到四种声调，每种读音最多只有四个字可以入姓名。"西施"将变成"西诗"，"貂蝉"变成"刁禅"，甚至将变成 xi shi, diao chan，因为计算机只对字母感兴趣！

海豚人

姓氏是从远古流淌过来的血脉之河，它记录着人类从野蛮步入文明的艰难跋涉。凡是没有在历史的长河中湮灭而留下姓氏的族人，从某种意义上说，都是历史的胜利者。不过，今天为了迁就计算机，已有近百种同音姓氏一朝消亡了。有时我们真弄不懂，到底是人类强大还是计算机强大。

齐洪德刚和任王雅君并排坐在窗前，身后是齐洪德刚的居室。一幢单身汉的简单居室，但经过女性之水的滋润。屋里收拾得井井有条，一尘不染。茶几上的文竹、墙角的天竺葵都刚刚浇过水，枝叶青翠欲滴。书桌上是一台2124年款式的新电脑，傍着一台米黄色的台灯，墙边立着铝合金的音像资料柜，里面塞满了移动硬盘。两人紧紧偎依着，两只手互相扣紧。

窗外则是一间宽敞的病房，天花顶很高，墙壁是令人舒心的淡蓝色。墙壁腰间是一排不锈钢扣板，内中藏着各种线路和管道。墙角有一个监测台，面板上显示着遥测的血压、体温及心搏参数。屋内只有一张病床，一个面容娇嫩的女病人面朝这边坐在床上。一位护士进来了，柔声向病人问了安好，到监测台前打出监测参数，然后离开了，轻轻带上房门。她的行走十分轻盈，就像是在水面上滑行。

齐洪德刚隔窗夸张地喊："妈，我真不敢认你了！现在你比雅君还要年轻呢。"

面容娇嫩的女病人嫣然一笑，伸手摸摸自己的面颊，"是吗？真的，换皮肤手术十分有效，也没有什么痛苦，他们使用的是最先进的'皮肤细胞自动生成法'。价钱也不高，只有20万元。"她的面容像少女一样娇艳，但语气又显然带着老人的沧桑，声音略显嘶哑和疲惫。"这个手术——你爸爸还不知道呢，我很想知道他看我第一眼时的感觉。"德刚妈绽出微笑，转了话题，"这就是雅君吧，25岁，职业是发型设计师，身高1.65米，指纹是七箕三斗，孤儿，10年前父母同时死于一起飞机灾难。你看，我对她早就了解了，我不明白你为什么一直瞒着我。"

她的不满溢于言表。齐洪德刚有点儿尴尬，扭头看看未婚妻，雅君忙接口说：

"伯母，我们没有瞒您，那时我们只是同居，不知道能否走到缔结婚约这一步。我们是昨天商定结婚的，今天就赶紧通知您。"

"什么时候结婚？"

"马上就去登记。伯母，我和德刚相恋很深，我们一定会白头到老的。"

"好，我很高兴，你是否要改称呼啦？"她笑着问儿媳。

雅君温婉地笑着，马上改了口："是，妈妈。"

"我马上通知你爸爸赶来，让他知道这个喜讯。雅君，你打算怀孕吗？"她直率地问。雅君和德刚目中都掠过一波惶恐，应答略有停顿。"雅君，不要骂我多管闲事。这件事我已同德刚谈过多次，但他躲避着不给我明确的答复。在这个问题上我是老脑筋，我看不惯时下的年轻人，为了保持体形，为了不受痛苦，一窝蜂地采用体外生育法。这个时髦你们不要去赶，只有采用自然生育法，怀胎十月，体会到胎动、临产的阵痛、初乳……只有真正经历这个过程，母子之间才能建立起深厚的血脉之情。"她缓和了语气，开玩笑地说，"你们可能在心里不服气：当妈的不也在赶时髦吗？当妈的做了换皮肤手术，整治得像个小妖精。不过孩子们，你们还是认真考虑考虑我的意见。那是切身之谈。老实说，如果不是自然生育，我和德刚不一定这样亲近。"

他儿子是一位身高 1.90 米的大汉，肩膀宽阔，浓眉大眼，在妈妈面前十分顺从。不过，显然他有难言之隐，低下头不说话。雅君推推他："德刚，你去把我给妈买的礼物拿来。"支走了未婚夫，雅君低声急急地说：

"妈，不要埋怨他，原因在我这儿。10 年前的那场飞机事故损伤了我的生殖系统，医生说很有可能丧失生育能力。正是因为这一点，德刚一直对您瞒着我们的关系。他知道您的期盼，怕您失望。我们肯定要孩子，但可能要采用体外生育法了。妈，昨天我和德刚还在商量是不是告诉您真相，后来决定还是实言相告。妈，对不起您了。"

妈妈皱着眉头打量着她，雅君个子很高，体态丰满，是一个性感型的姑娘。不过她的表情深处有一种只可意会的怆然，也许这是 10 年前那场灾难留给她的阴影。德刚妈的眉峰随即舒展开来：

"没什么，这是特殊原因，我会谅解的。你们打算什么时候要孩子？"

"一年之内吧。"

"行啊。如果采用体外生育法，我建议你仍采用自然哺乳——未怀孕的女人仍可用医学手段引出乳汁，我想你肯定知道吧——那样多少是个补偿。真的，当你步入老年时，回味起婴儿吊在乳头、为他轻声哼催眠歌的情景，那将是一笔很宝贵的财富。"

"妈，我会记住您的话。"

德刚返回到窗台，看看雅君的目光，知道两个女人已经把话说透。他没再多说什么，只是把一个小礼物递给妈妈。那是一面嵌金的小圆镜。他介绍说这面镜子内含录像系统，当你梳妆满意后只要按一下左边的按钮，就能把此刻的面容留影，输到电脑中。德刚妈看了看，笑着说："是个好礼物，赶紧给我寄来吧，再见了孩子们。"德刚按动一个开关，窗后的虚拟景色刷地消失了。实际上，德刚的妈妈此刻在300千米外的郑州。

已经是晚上7点，屋内没开灯。两人默默搂抱着，一言不发，屋里笼罩着浓重的暮色和浓重的愁绪，不像是新婚前的气氛。现在是早春天气，窗外——真正的窗外，不是刚才的虚拟场景——疏星淡月，迎春花丛藏在窗下的阴影里。再远处是街心花园，一对情侣不顾早春的寒意，正立在花荫中拥抱亲吻。德刚把女友的头搂到胸膛上，轻轻吻着她的柔发，犹豫地说：

"雅君……"

雅君忙捂住他的嘴。她挣开男人的拥抱，关上窗帘，打开屋里所有的彩灯，又打开数字音响，问："要什么曲子？中国的、西方的还是印度的？"德刚说要一个中国的吧，要《烛影摇红》。于是，悠扬邈远的古筝声响了起来，音质极为清晰，能听出拨弦瞬间的嘶哑。雅君把未婚夫拉到客厅中央，慢慢为他脱去衣服、袜子和鞋子；赤裸的德刚又为雅君慢慢剥去所有的包装，两人裸体相拥，走向浴室。

浴室的热水已经放好，屋内弥漫着白色水汽，清澈的水面上浮着深紫色的玫瑰花瓣。雅君拉着男人步入浴池，水溢出来，一些花瓣也随水流越过池壁，落到地上，在马赛克地面上缓缓飘浮。雅君突然抖掉所有沉重的愁绪，发狂地吻着男人的嘴唇、眼睛，咬着男人的肩膀和胸膛。

"德刚，你要我吧，这会儿就要我。"

德刚吻吻雅君的眼睛，轻声问："你不怕了？你已经战胜了恐惧？"

"我不怕了，不怕了，你来吧。"

德刚很感动，他知道恐惧并没有消失，但雅君用勇气把它掩盖了。他们已经同居两年，雅君居然还是处女，这是因为她对性生活有根深蒂固的恐惧。德刚不愿委屈她，总是努力压住自己的情火。这样的时刻真难熬啊，雅君十分内疚，常为此偷偷垂泪——但她无法克服自己的恐惧。

德刚把她抱到床上，感到她仍在轻轻战栗。但无论如何，这一关总得过啊。他柔声说：

"雅君你该清楚，你的身体和别的女人完全一样，你那些恐惧只是社会偏见留给你的创伤。雅君，男女交合应该是天下最美妙的事，你应该喜欢它而不是害怕它。"雅君紧紧搂住男人，深吸一口气，说："来吧，来吧！"德刚雄壮地用力，然后———切都过去了。

片刻的疼痛后确实是美妙的感觉。德刚的心情放松了，问："雅君，怎么样？"雅君欣喜地点头。德刚想，可怜的雅君啊，她的身世在心灵里留下一道深深的伤疤，今天这伤疤总算平复了。

接下来是连续几个小时的癫狂的做爱，两人筋疲力尽了，紧紧拥抱着沉沉睡去。临睡时雅君半是清醒半是呓语地说：

"德刚，我不会后悔。有了今晚，我不会后悔啦。"

"我们不光有今晚，还有半生呢。"

"德刚，我会怀孕吗？"

"当然，你没有理由不会怀孕。"

"可是，我是类人啊。"

"类人的身体结构与人类完全一样，我已经说过多少次了。记着，你一定要扔掉这块心病。"德刚坚决地劝说着，他们渐渐入睡了。

雅君是 B 型人，或称作"类人"。她不是耶和华、安拉、宙斯、朱庇特、奥丁、佛祖、女娲或任何一位神灵的创造，不是大自然的造化之功，而是位

海豚人

于伏牛山脉的 2 号基地生产的一个工件。她的十个手指和十个脚趾上都有完全可以乱真的指纹,不过那不是基因和量子效用共同作用的结果,而是电脑微刻机的杰作。

25 年前,雅君在 2 号基地的生产线上诞生,像所有类人一样,她离开 2 号后一直生活在类人养育院中。那是一个封闭的饲养场,蜂巢一样拥挤的床位,单调的饭食,刻板的生活,每天诵读《类人戒律》。养育院中每时每刻都用低音喇叭播送着这些戒律,就像是梦中赶也赶不走的声音。没有人怨艾,因为这就是类人的生活,他们是类人啊,怎么可以奢望人类那样多彩的生活呢?

RB 雅君 7 岁时,被一对富有的老年夫妇买走做女仆。不过幸运的是,她没有过一天女仆的生活。老年夫妇用体外生育法生产的女儿刚刚夭折,他们很伤心,不想再生育,便买了一个漂亮的类人女孩儿做替身。在雅君身上他们倾注了全部的父母之爱,为她提供了丰厚的生活条件,甚至为了雅君成人后不至于有自卑心理,在她 10 岁时还按照死去女儿的指纹资料为她雕刻了指纹。当然,这是很冒险的,因为按照全世界通用的法律:凡有不良倾向的 B 型人都应就地销毁,但两个老人把雅君很妥善地保护在自己的翼下。

但雅君从未忘记自己只是个卑微的 B 型人。她忘不了 10 岁前,自己的手指指肚一直是光滑无纹的,邻居女孩发现后鄙夷地说:你是类人!B 型人!后来父母为她雕刻指纹,带她远远搬了家,这种自卑感才被埋藏起来——只是被埋藏起来,绝没有消失。

10 年前,老父母和她乘坐波音飞机从国外回来,飞机失事了。雅君从死亡中挣扎出来时,父母已变成了两抔骨灰。在紧张的抢险时刻,医院的检查可能草率了一些,没有发现雅君的真正身份。这段经历唤醒了她的欲望,唤醒了她的反抗意识。出院后她以自然人的身份定居在南阳,开了一家美容美发店,生意经营得很成功。

两年前,齐洪德刚走进美发店,两人相遇了,立时碰撞出了火花。一个是 1.90 米的剽悍男人,一个是柔嫩玲珑的小女人。女人从男人身上看到了健壮、坚强、宽厚和可靠,男人为女人生出无限的怜爱和柔情。这是雄性和雌性的撞击，阴和阳的撞击，两人出身的不同并没影响到撞击的烈度。但同时她总怀着无法排解的恐惧：类人是不允许生育的，类人都是性冷淡者，她担心自己和德刚的爱情会以悲剧告终。

在经过一年疯狂的相爱后，雅君向男人袒露了自己的秘密，于是，德刚立即成了她死心塌地的同谋。他们不仅要相爱，还要堂堂正正地结婚，要生孩子。这是很危险的。社会对 B 型人的法律很严厉，而其中最严厉的则是结婚和生育。这些年来，在 B 型人与主人之间已经滋生了很多感情的连通，不少家庭把 B 型人当成义子女来抚养，也少不了有男女私情。社会和法律已经学会了对此睁一只眼闭一只眼——只要你不走到繁衍后代那一步，这一步是绝不通融的。

明天就要去登记了，那儿有非常严格的指纹检查，他们能否通过？齐洪德刚是个很有造诣的电脑工程师，一年来，他全力扑到指纹研究上，对雅君的指纹作了精心修整。现在她的指纹已足以瞒过电脑鉴别系统了。

但明天的命运到底如何，没人敢逆料。雅君唯一肯定的是：不管结果如何，不管自己是否会因"不良倾向"而销毁，她都决不后悔。

民政厅的登记大厅很漂亮，两人一进门，立刻有一位少女过来献上一束勿忘我。雅君道了谢，把面孔埋在花丛里。这些年，除了非洲和中美洲少数国家，所有国家的人口都呈负增长，正式结婚的人数也直线下降。伤透脑筋的世界政府为此设立了优厚的待遇，凡登记结婚并允诺生育的夫妇都将得到一大笔无息贷款，但这些优待收效甚微。

两人相偎着坐在登记桌前。民政员是一个中年男人，留着两撇可笑的小胡子。他堆着职业性的微笑，用目光轻轻刷过这对年轻夫妇。看来这是幸福的一对，两人的目光中都深情款款，这种深情是无法装出来的。当然，两人多少有点紧张，这也难怪，毕竟这是他们人生中一个重要驿站。职员按程序发问：男方姓名、年龄、职业、身份证号、信用卡号、医疗卡号；女方姓名、年龄、职业、身份证号、信用卡号、医疗卡号。一个 B 型人姑娘同时做着录入，她的十指当然是没有指纹的十指在键盘上轻快地跳动。随着资料的输入，两人的档案资料也同步调出，互相做着校核。

齐洪德刚对此倒不担心。这个剽悍的男人实际心细如发，而且是有名的电脑高手。一年来，他以黑客手法进入各个社会网站，把雅君的所有资料都认真修改过了。所以，电脑中调出的档案是绝无问题的。

中年职员把手续走完，笑着说："档案核对无误。在我打印结婚证前，请二位进行最后一道例行手续：指纹鉴定，二位请。"

姑娘领二人走到电脑前，把两人的十个指头都涂上白色的粉末，然后请他们把指肚对准识读器。雅君看上去很平静，但德刚知道这种镇静是强撑出来的。他笑着说：

"需要很长时间吗？也许，我们先出去吃顿饭再来。"

中年职员笑道："不会超过五分钟吧，识读器同警方的中央管理系统是相连的，很快答案就送过来。"

德刚开着玩笑："那么，万一识读器判定我不是我，我该怎么办？我到哪儿去把那个真我找回来？"

中年职员没有回应他的玩笑。识读器嗡嗡地响着，红灯闪烁，迅即变成绿灯。职员宣布："鉴定无误，齐洪先生，齐洪夫人，请稍等，我马上为你们填写结婚证书，警方也会送来指纹鉴定证明。"

两人相视而笑，真正把心放入肚内，德刚随便闲聊着："指纹鉴定结果马上送来吗？我已经急不可耐了，我们还没有挑选结婚戒指呢。"

中年职员不知道两人的真实心情，只是赔笑道："很快，很快，最多10分钟吧。"

南阳特区警察局大楼位于城北，是一栋40层的漂亮建筑。门口装饰着晚霞红大理石贴面，显得金碧辉煌；楼顶有卫星天线和一个不停转动的抛物型天线，后者是同太空警署联系的专用设备。院子里有静物雕塑，主题雕像是一座瞑目沉思的裸体少女，神态安闲恬静。在她身后不远，是警车的紧急出口，只要一声命令，五秒内就会有一辆警车呼啸着冲出来。

南阳在秦汉时是国内著名的都市，与长安和洛阳齐名。也是有名的水旱码头，东汉时更是光武帝刘秀的帝乡。不过，自从三国曹仁屠城后，南阳就再也没能复现秦汉时的辉煌。但今天的南阳特区警察局却远远高于南阳市的级别，由于类人工厂的极端重要性，南阳警察局与美国的卡梅伦警察局、以色列的比尔谢巴警察局均直属世界政府领导，配备了强大的警力，局长是四杠两花的二级警监。

警官宇何剑鸣今天照例提前40分钟上班，警卫向他敬礼，笑着说，"今天你又是第一名。"剑鸣是B系统刑侦队队长，身高1.78米，肩宽腰细，英气逼人，风度潇洒，在公共场合常常是姑娘们注目的目标。他打开电梯门，身后有人喊他等一等，是他的女同事陈胡明明。两人一块儿走进电梯间，电梯向26层上升。明明似笑非笑地问：

"昨晚上哪儿了？又跑如仪那儿去了？我打电话到你家，没人接。"

剑鸣心想女人的心理啊！陈胡明明是个泼辣的警官，性格粗豪，偏偏对剑鸣是一腔柔情。她明知剑鸣和如仪已是如胶似漆，也并不想插在其中做第三者，但这并不妨碍她每天关注着剑鸣的行踪，时而不凉不酸地敲打几句。她每天也是提前40分钟上班，这多半是冲着剑鸣来的，她很珍惜这点和剑鸣单独共处的时间。剑鸣故意皱着眉头问：

"昨天你没打喷嚏？我和如仪一个晚上都在谈论你。"

"哼，你们谈论我？"

"是啊，说你又漂亮，又温柔，又爽直，又能干。如仪很感动的，说剑鸣啊你身边放着这么好的女人不找，却找了我这个浑丫头，我好感动哟。"

虽然知道是玩笑，明明仍很喜欢听，她啐着说："去你的。"

到办公室剑鸣马上打开电脑，浏览一遍警方的内部通报，这是他的惯例。B系统对类人进行着动态管理，他们的身体状况、行踪甚至情绪表现都随时输入电脑，汇总到这儿。B系统最关心的是类人中的不良倾向，强大的电脑系统会对类人中的可疑倾向发出警报。当然，电脑不是万能的，比如说，他上次经手的一起类人凶杀案，电脑就没有发出事前警报。

明明趴在剑鸣的身后一块儿看通报，她的发丝轻轻拂着剑鸣的后颈。队员们陆续来了，袁顾同庆大声说：

"看看，明明又在关心队长咧。明明，你不怕如仪吃醋？"

明明冲他走过去："呸，没一句人话，让我也关心关心你。"

同庆忙笑着躲开："姑奶奶，饶了我吧。"

笑闹中大伙儿打扫了卫生。剑鸣让各人汇报昨天的工作。昨天没什么大事，只有一位类人女仆与主人私通怀孕，被及时发现。这种事是很敏感的，明明和同庆已监督那位女仆悄悄做了流产。剑鸣说，今天没什么情况，照旧原地待命吧。这时电话响了，是局长的电话，让他上去一趟。剑鸣赶到顶楼，和 A 系统刑侦队的鲁段吉军同时赶到局长门口，吉军似笑非笑地说：

"喂，B 系统的精英请先进，我不敢挡你的道。"

A、B 系统的龃龉是人所共知的，A 系统负责自然人的治安，B 系统则负责涉及 B 型人即类人的治安。这些年，类人数目急剧膨胀，其中也多多少少有了一些不安分的苗头。所以，全世界的警方都把重点放在 B 系统，配置先进设备，配置高学历人员，剑鸣就有硕士学位。这么一来，A 系统的人员难免心里不是滋味。鲁段吉军是局里的老资格警官，56 岁，已经快退休了。他的经验很丰富，但对涉及新科技的一些东西就有些跟不上趟了，难怪他总是有些失落感。剑鸣知道如何对付他，故意粗鲁地说：

"扯淡，有老前辈在此，晚辈怎敢僭越？快进！"

笑哈哈地推着鲁段吉军进了门。

局长高郭东昌伏在巨型办公桌前，拿光光的大脑袋对着门口。大家都称他为"高局长"——在警察系统内，仍以单姓称呼是一种习俗，可能是为了节约时间吧——这位高局长长得像只矮冬瓜，腰围比腿长要长。不过这个圆滚滚的局长十分精明强干，剑鸣是他手下的爱将之一。两人进屋时他正在接电话，嘴里嗯嗯着，摆摆手示意二人先坐下。他对电话说："好的，好的。我们马上开始调查，负责这个案子的警官已经坐在我对面了。再见。"他放下电话，立即切入正题：

"老鲁，有一个案子。中国科学院智力研究所有一位副研究员司马林达，是南阳人，听说过吗？"两人都没听说过。"他在圈外不太有名，咱们都没听说过，不过在圈内有相当的分量。刚才是科学院的一位副院长亲自来电话。

司马林达的工作虽在北京，但南阳鸭河口水库库区有他的别墅，所以在南阳常来常往。今天早上有人发现他服用过量安眠药，死在他的别墅内。老鲁你赶紧接手调查，确定是自杀还是他杀，不然南阳对北京没办法交代。"他抬头看看剑鸣："这个案子不牵涉到类人，当然是 A 系统的事儿，不过我有个预感，也许 B 系统也得插手。"

鲁段吉军哼了一声，剑鸣乖巧地说："B 系统随时候命，不过我看这么个小案子老鲁手到擒来。"

"剑鸣你汇报一下，"他看看案宗，"云龙号太空球，编号 KW0037 上发现的凶杀案。"

剑鸣简练地说："已调查清楚，并不像报纸上的喧嚣，是什么类人仆人的凶杀案。实际是太空球主人、亿万富翁林葛先生精神失常，开枪自杀，类人仆人想制止他，也受了重伤。那位富翁是太空球第一批居民，已单独幽居 34 年，典型的太空幽闭症。"

高局长叹息着："看来真得把太空球所有居民赶到地球上，调整调整情绪，偏偏那些居民都固执得很。地球上类人的事已经够麻烦了，太空球里还一个劲儿添乱。那个受伤的类人仆人呢？"

"按他本人意愿，已经进入轮回。昨天下午进的。"他又补充一句，"他应该算是个英雄吧，我因此曾劝止他，但他执意要轮回。"

高局长对这个类人的生死显然不在意："行，你们去吧，关于司马林达的情况及时向我汇报。"

宇何剑鸣返回办公室，正好网络上送来了民政厅的电子函件，一对新婚夫妇需警方作指纹鉴定，然后电脑上打出了两人的 20 个指印放大图。剑鸣是局里的指纹鉴定专家，对此驾轻就熟。他调出新郎齐洪德刚婴儿时的指纹图，用目测法迅速对比着。在他这儿不使用电脑鉴定，因为民政厅早已进行过同样的工作。但有时候，似乎尽善尽美的电脑指纹鉴别系统并不是百发百中的，最后一关还要靠人的经验甚至直觉。这套系统从美国罗克韦尔自动化指纹识别系统发展而来，已有将近 200 年的历史了。

海豚人

齐洪德刚的指纹顺利通过了。他又调出新娘任王雅君的资料，仔细浏览着指纹的内部纹线、根基纹线和外围纹线，观察着每个弓形、箕形、螺形、环形、曲形、棒型纹线，观察着其中的起点、终点、分支点、结合点、小桥、介在线、分离线、交错线、小眼、小钩。指纹显现是用万用白粉法和激光显现法，十分清晰，十指中斗形纹居多，有六个；有两个箕形纹，均为正箕；有两个弓形纹，为变通弓形。她的指纹中没什么问题，与婴儿期的指纹很吻合，从细节看没问题，但是……剑鸣心中有隐隐的不安，因为他多多少少觉得，她的指纹……太经典，太符合指纹学上的种种界定。人的指纹形成实际是一种复杂的自组织过程，不仅和人的基因有关，也和皮肤下的血管和神经网络有关，它在婴儿三四个月时开始形成，六个月全部完成，此后终生不变，但在形成过程中，它是相当不确定的，再完善的指纹学也不能点滴不漏地概括所有特征。

而眼前的这套指纹似乎太"正规"了一点儿。

剑鸣对自己的怀疑并没有太大的把握，但怀疑的分量已足以促使他做一次过细的调查。他调出了任王雅君的所有资料：出生记录、医疗记录、教育记录、社会保险记录、行为记录等，认真核对着。这些资料没什么问题，全部合榫合卯。剑鸣觉得可以通过了。这时他调出任王雅君小学的一张合影照，忽然心有所动。照片上，三十几名男生女生笑得像春天的花朵，在这儿也找到了雅君，是在第二排的最左边。

仔细端详着照片，心中隐隐的怀疑开始逐渐加重。这张照片的所有孩子都处于一种共同的氛围，这种氛围是只可意会不可言传的，但只要仔细揣摸就能感觉到。唯有任王雅君不大协调，她也笑着，但她的视觉方向似乎有偏离，另外，她在最左边，显得有些凸出，有点孤悬的意味儿。而这些，很可能是因为——这个头像是电脑高手外加的。

宇何剑鸣唤来了明明，让她尽快查出任王雅君同学的资料，一定要从中查到这一张照片。明明一声不响地开始了查寻，她键入一条搜索命令，查找在2100年左右在本市卧龙小学上过学的人员。20分钟后她查到了一个男人，他的资料库中也有一张小学的合影照，所有孩子的面容和位置都与前一张相同，只有第二排最左边少了一个人。

任王雅君，这位娇小玲珑的女人看来是冒牌的，这点已经不用怀疑了。

这是他的警察生涯中第一次发现类人公然冒充人类。任王雅君本人或她背后肯定有一位电脑高手，甚至能闯过警察系统的防火墙修改资料。当然造假是不可能不露一点破绽的，再高明的内行也做不到这一点。队员们都伏在两人身后看着这张照片，袁顾同庆说：

"队长，拍你一个马屁，你咋能从任王雅君的指纹中看出破绽？依我看合榫合卯。"

"直觉。"剑鸣回答，话语中没有自矜的成分，"我只是觉得她的指纹太死板，只是一种感觉。走吧，明明，咱俩去民政厅。"

宇何剑鸣立即通知民政厅：他马上就赶去送指纹鉴定资料，请他们"殷勤"招待。民政厅的中年职员立即明白了，说：

"好的好的，我们会殷勤招待的。你们尽快来呀。"

剑鸣和明明捧着一束鲜花赶到民政厅。明明在门口停下，不动声色地警卫着。中年职员看到剑鸣，马上露出如释重负的样子。剑鸣笑着说：

"新婚夫妇在哪儿？请原谅，我来晚了，被私事耽误了。"

新婚夫妇仍在登记厅，正和女职员闲聊。他们言笑盈盈，但剑鸣一眼就看出，黑色的恐惧正盘踞在两人的头顶。也许指纹鉴定迟迟不送来，他们已看出端倪了。剑鸣笑着解释，来晚了，被我未婚妻硬拉着到医院探望了她的妈妈，未婚妻的命令我哪敢违抗啊。他把鲜花交给男人，说以这束花来表示他的歉意吧。

齐洪德刚接过花束，笑着说：未婚妻的命令当然得听，我十分理解，不必表示歉意。剑鸣同二人握了手，意犹未尽地掏出一张相片：

"看，这就是我的未婚妻和未来的岳母，我的未婚妻和你妻子一样漂亮，对不对？"

德刚瞥一眼照片，说："比我妻子还漂亮。"

剑鸣把照片递给任王雅君："请女士评价一下如何？"

海豚人

雅君接过照片，称赞着："真漂亮，我哪儿比得上啊。"

剑鸣指点着："你看她和她妈妈是不是很像？"

雅君看看，两人没一点相像之处，她应付地说："是吗？"

剑鸣的脸色慢慢变了，他怜悯地说："对不起，你不是自然人任王雅君。"男人女人的脸色刷地变白了，"你不是。如果如你所说，你在本市卧龙小学毕业，那你就该认识照片上这位老夫人。她不是我未婚妻的妈妈，是你的班主任葛吕清云老师。据我的调查，你的真实姓名是 RB 雅君，25 年前出生于 2 号基地，为任李天池夫妇所收养。这对夫妇的女儿因病早逝，但他们没按规定注销户口，却购买了一个类人女孩顶数。10 岁那年他们按照亲生女儿的指纹资料，用激光微刻机为你雕刻了假指纹；去年，齐洪德刚先生又对指纹进行了修改，并补造了各种必要的履历，我说得没错吧。"

齐洪德刚脸色铁青，牙关紧咬，绷紧了浑身的肌肉。但任王雅君悲伤地摇摇头，按住他的手。她十分了解两人的处境。女警察在门口盱盱而视，右手按在腰间，那儿肯定藏着武器。尽管未婚夫强壮勇敢，但绝不是法律的对手，他不能和整个世界作对。这个世界上有许多人道主义和兽道主义者，他们把仁爱之心普洒到富人、穷人、男人、女人、孩子身上，甚至普洒到鲸鱼、海豚、狗、信天翁身上，但对待类人的态度是空前一致的：不允许类人自主繁衍，从而威胁到地球的主人——人类的存在。她柔声劝未婚夫：

"德刚，不要反抗，这种结局我们早已料到嘛。德刚，我一点也不后悔。有了你的爱，有了那一夜，我这一生已经无憾无悔了。"

两人紧紧拥抱在一起，泪水浇在一起，这种无声的痛哭使旁观者心碎。拥抱持续了 10 分钟、20 分钟，剑鸣只好催促："请 RB 雅君跟我们走吧。"

陈胡明明走过来，从德刚的怀中拉出了雅君，不过她没有给 RB 雅君戴手铐。雅君摸摸德刚的脸颊，扭过头平静地说：

"可以了，走吧。"

她随明明走出大门。等剑鸣也要跨出大门时，齐洪德刚喊住了他。德刚的面孔扭曲着，眼睛下面的肌肉在勃勃跳动，说话声音不高，但包含着令人毛骨悚然的冷厉：

"警官先生，我一定会记住你给我的恩惠。"

剑鸣苦笑着摇摇头："我只是尽警察的职责，我对你和那位雅君都没有丝毫恶意。"

齐洪德刚再次重复道："我不会忘记的，请你记住这一点。"

剑鸣摇摇头走了。陈胡明明已把疑犯押上警车，剑鸣坐上司机位，警车开走了。德刚立即跳上自己的车，追踪而去。民政员一直目送他们走远，叹息着回去，把两张打印好的结婚证塞到碎纸机里。

第三章　司马林达之死

资料之三：

B 型人法，2070 年世界各国议会联席会议通过。要点如下：

一、B 型人不属于自然生命。

二、B 型人不具备自然人的法律地位。

三、B 型人不得与自然人类婚配，不得有生育行为。

四、B 型人不得隐瞒自己的身份，其姓名应以 RB（ROBOT）为前缀。

五、B 型人不得建立任何类型的社会组织。

鲁段吉军和搭档小丁、法医陈大夫在上午 9 点赶到死者司马林达的别墅，别墅位于南阳城北 30 千米的鸭河口水库库区，一座孤楼面对着千顷碧波。别墅没有围墙，四周种着带刺的植物陈刺权作围墙。墙内植有石榴、枣树和香椿。正是早春时分，石榴树和香椿树都绽出嫩绿的芽孢，墙角的嫩草中星星点点夹着几朵黄色野花。这是典型的农家院落，只是楼前停放着一架漂亮的双座扑翼机，显示了主人的身份。扑翼机是银灰色的，外形像一只矫健的信鸽，又柔又韧的双翼此刻正紧抱着机体。小丁对它极感兴趣，转来转去地看，啧啧称赞着。小楼上下两层，外观粗糙，但进到房间内不由眼前一亮。屋内装修不算豪华，但洗练、雅致，品位很高。淡青色的窗帘，微带蓝色的白色墙壁，客厅正中悬挂着大型液晶壁挂屏幕，摆放着几株青翠的铁树和芭蕉。

屋内只有鸭河库区警察分局的老杜在守卫，没有围观者。这使吉军和陈法医先松了一口气，因为这意味着现场没被破坏。老警察介绍说，这位司马林达是一年前在这儿买的民房，按自己的想法做了室内装修。以后他每隔两个月就要来这儿住几天。他与周围的百姓基本没有来往，不过他住这儿的时段内订有鲜牛奶，今天早上送牛奶的人发现了他的死亡。又说，送牛奶的人报案后，警察分局立即封锁了消息，再加上这儿地理位置偏远，所以乡邻们没有被惊动。

死者斜倚在书房的一张电脑转椅上，面色安详。面前的电脑没有关机，处于屏幕保护程序。一排表示时间的数字在屏幕上轻盈地荡来荡去，不知疲倦，每一次与屏幕边缘相撞，便按照反射定律反弹过去。

陈法医立即投入工作，先是猛劲地嗅鼻子，他是在辨认尸臭。吉军干了一辈子警察，单是尸检也遭遇了十几遭，所以他熟练地给陈大夫打下手，一边也独立做着判断。他的判断至少可以算是半个内行吧。

司马林达很年轻，三十岁刚出头，眉目清秀，面容很平静，看不到任何痛苦。不过这种"无表情"面容是肌肉松弛所造成的。因为咬肌的松弛，下颌略微下垂，使他的年龄看起来稍大一点。他的尸体已发生了尸僵，臀部变得扁平，有明显的暗紫红色尸斑。尸斑看来属于坠积期，尚未向血管外扩散。皮肤已变干、变硬。尸体已变冷。没有搏斗痕迹。

依这些情况判断，他肯定是属于自杀，是典型的过量安眠药中毒。

陈大夫忙了很久，得出了与吉军相同的结论。他从死者胃中查到了一些尚未溶解的白色粉末，肯定是巴比妥类药物，很可能是其中的鲁米那，一种常见的催眠药，致死量为九克。根据尸温和尸斑判断，死亡发生在凌晨3点半至4点半之间。

吉军用碘银感光板转印法取下了死者的指纹，又在室内的茶杯、键盘、门把手等处取了指纹。初步对比，除了门把手上有外人的指纹——后来查明是送牛奶人的指纹，屋内只有主人的指纹，看来主人在这儿过的是彻底的隐居生活，没有来客。这使案情显得十分单纯，基本上可以判定死者死于自杀。那么，以后的工作就是查明自杀的原因了。

但这些判断在一分钟后就发生了逆变。陈大夫已在做尸体的善后工作，这时小丁走过去，敲了一下电脑键盘，他是想检查死者是否在电脑中留有遗书，因为现场没发现文字遗书。屏保画面隐去后，屏幕上立即闪出孤零零的一行字：

海豚人

放蜂人的谕旨：不要唤醒蜜蜂。

小丁紧张地喊："老鲁，老陈，你们看！"吉军看到这行字，神经立即绷紧。这是什么意思？不要唤醒蜜蜂。这行字怪怪的，扑朔迷离，晦涩难解，很可能其中含有深意！他说，"小丁你把电脑中的文件仔细地查一下，着重查两天以内的内容。"小丁坐下来，仔细地检查了各个文件，没有发现更多的东西。大部分文件大概都是死者的论文或是笔记，都是些佶屈聱牙的东西。不过有一个大的收获：小丁查出那行字存入记忆的时间是今天凌晨3点15分。

按陈大夫的判断，死者死亡时间为凌晨3点半之后，那么，这行字很可能是死者打入的最后几个字，是他的遗言。

但这行字是什么意思？是对某人的警示？是对警方的暗示？还是纯属无意义的信笔涂鸦？小丁的圆脸膛绷得紧而又紧，神经质地说：

"老鲁，一定是他杀！这最后一行字是他临死时敲上的，一定是用暗语向警察示警，没说的！"

老鲁笑笑，未置可否，小丁是新分来的警校学生，初次涉足命案，他会把福尔摩斯的所有推理都搬到案情中来。老鲁含糊地说：

"这句话的确值得怀疑，再说吧。"

死者的衣袋内有他的身份证，中国科学院智力研究所的工作证。钱夹中有信用卡，还有一张女人照片。女人相当漂亮，穿着十分暴露，乳房高耸，性感的大嘴巴，眼窝略深陷，皮肤白皙光滑，似乎从照片上就能感受到皮肤诱人的质地。一张没有背景的单人照是看不出身高的，但她修长的双腿双臂给人的印象是：这个女人身材比较高，至少属于中等偏高。她浑身散发着一种令人心动的活力，带着妖娆，是一个西方化的中国美女。照片背后是四个字：你的乔乔。字体很拙，像是小学生的手笔。不过鲁段吉军知道，在电脑极度普及的22世纪20年代，不少年轻人已经不大会写中国字了，包括自己的助手小丁，所以单从字体的优劣无法判断这个女人的文化素养。

小丁仔细端详着照片，说："是死者的情人或是未婚妻吧，你看她是南阳人还是外地人？"

"你说呢？"

"依我看是大城市人，没错，绝对是大城市人。她有一股……进攻型的气质。可能是北京人吧，因为死者的主要生活圈子在北京嘛。"

"对，和北京联系，这个漂亮女人将是咱们的第一个调查对象。"

吉军要通了北京，是陈王金新警官接的电话。这也是一位老警官，过去为一桩案子与吉军合作过。老鲁简要介绍了这边的情况，请他查查死者的背景资料和照片上那个女人的情况。陈警官说："没问题，把照片传过来吧。"

小丁用数字相机把照片翻拍，通过互联网传过去。老杜说："已经中午了，走，吃饭去，我做东。"老鲁说："别费事啦！这儿冰箱里什么都有，主人死了，东西扔这儿也是浪费，咱们自炊自食吧。"

四个人一齐动手，很快就拼出一桌饭菜，蛮丰富的，有辣子肉丁、玉兰肉片、凉拌三丝、糖醋里脊、酸辣肚丝汤，主食是牛奶和米饭。小丁又从橱柜里搬出一箱青岛啤酒，笑嘻嘻地说：

"我想要是司马林达还活着，一定会好好招待咱们。咱们就别客气了，别屈了主人的意。"

老鲁没挡他，只是吩咐一句："下午还要工作，别喝多了。"

他们在餐厅里吃饭时，不时溜一眼书房的死者。陈大夫困惑地说："今天这个案子我看有点邪门，从现场看是一桩典型的自杀案，但电脑中那行阴阳怪气的字是什么意思呢？"老鲁说："是啊，这12个字叫我心神不宁。我有个预感，这个案子调查起来不会太顺。"

吃过午饭，北京的复电到了。对司马林达的调查没有发现什么异常，他是所里极为看重的青年科学家，事业一帆风顺。定居瑞士的父母颇有财产，他的小飞机就是父母赠送的，他死前没有什么反常行为。人们普遍的反映是：他不会是自杀，他没有自杀的理由！照片上那个女人的身份也搞清了，这女人名叫白张乔乔，京城小有名气的歌手。不过，她的名气主要是在容貌而不是唱歌的天分，是那种吃"青春饭""脸蛋饭"的歌手。她与林达来往密切，所住的单人公寓就是林达送她的。"不过，"那边顺便说，"这位乔乔肯定不在作案现场，我们已经知道，那晚她一直在另一个男人的床上。"

小丁很轻易地改变了观点，说："死者一定是自杀！你想嘛，美女情人——失恋或戴绿帽子——自杀,这是顺理成章的事。"

鲁段吉军懒得跟他抬杠,只是刺了他一句:"我看你的思想很活跃嘛。"

小丁嘿嘿笑了。吉军对这位年轻人不大感冒,他思维活跃,兴趣广泛,爱朋友,好交际,仅仅对一件事没有兴趣,那就是自己的本行。吉军相信,小丁这辈子绝不会成为一个好刑侦员。

他们把死者的尸体放到车上的冷藏柜里,准备带回市局做详细解剖,同鸭河派出所的老杜道了再见。一出门,小丁便两眼放光地奔向扑翼机,他早就急不可耐了,午饭时还抽空绕着它转了很久:

"是蜜蜂V型的,真漂亮!带导航功能,双座,时速650千米。扑翼机是仿鸟类的翅膀设计的,虽然速度低一些,但非常灵活,非常省油。这种蜜蜂V型是去年才出厂的新品种。老鲁,"他忽然想到一个主意,"咱们进京调查时干脆乘上它吧。"

老鲁说:"上哪儿找驾驶员?咱市局还没一架扑翼机呢。据我所知,南阳只有两架,都是大款的。"

"我开呀!我在学校时就考过扑翼机驾驶证。"

他真的从内衣口袋里掏出一张驾驶证,上面盖着北京市警察局的钢印。鲁段吉军看着驾驶证,仍一个劲儿摇头,他可不放心让这个毛毛躁躁的年轻人带上天去。小丁显然知道别人对他的评价,说:

"这样吧,你和陈法医坐车回去,我独自把扑翼机开回南阳。只要我能活着到南阳,你不就放心啦?"

"不行。"老鲁干脆地说,"你要把命送掉,我至少得担个领导不力的罪过。"

小丁急了,把驾驶证杵到两人的眼前:"看看,驾驶证能是假的?我的成绩还是优秀哩。老鲁,答应我吧,要不还得派人把这架扑翼机运回北京呢。"

拗不过他的死缠硬磨,老鲁只好答应了。已经是下午3点半,他和法医驾车回南阳。一路上免不了担心,万一机毁人亡,他至少要负个领导失职的处分。那边小丁风风火火地与鸭河派出所办了扑翼机交接手续,申请了航线。等第二天上班时，他驾着扑翼机降落到市局的院内，威风得像一位凯旋的勇士。

当天他们就赶往北京，扑翼机把这段路程缩短为一个多小时。他们沿着南水北调的中线干渠往北飞，看着一线碧水在绿色中伸展。这一带有很多古迹，像白河上著名的瓜里津古渡口、秦汉时著名的"夏路"等。不过，这些古迹都完全被现代化建筑所覆盖了。扑翼机确实十分轻巧，在空中可以悬停，倒退，可以贴着地面飞行。它的双翅扇动着，有时羽翼平伸，在上升气流中轻松地滑行，让人想起神话中的大鹏鸟。老鲁原想它的操作大概比较复杂，实际它的操纵大都由电脑进行，人工操作相当简单。小丁经过昨天的操练已经找到了感觉，扑翼机轻盈地上下翻飞，越过黄河，掠过河北平原。"怎么样？"他扭头问身后的老鲁。老鲁真心地称赞着："不错，真不错。赶紧缠着高局长买一架，你去当专业飞行员得了。"

9点钟他们降落到中国科学院智力研究所。研究所位于中关村以北、三环路之外，是一幢现代派的建筑，外部造型就像一排盘旋而上的音符，极为阔大的玻璃窗收纳着楼前的绿地和远处的田野。北京局的陈王金新和研究所的易田所长在办公室里等他们。陈警官说，市局很重视这个案子，让他来全力协助。

"司马林达的父母通知了吗？"

"通知了，他们正在欧洲旅游，一时联系不上。欧洲警方正在寻找，只要他们再使用信用卡或购买机票就能找到。"

"是否请易田所长再介绍一下司马林达的情况？"

"情况昨天基本上已经说清了，司马林达的情况很单纯，所里人不大相信他是自杀。不过昨天调查中发现了一点新情况，据反映，他的导师公姬司晨先生曾断言他是自杀。"

他说得很客观，没有任何词语上的暗示。吉军看看陈警官，后者轻轻点头。无疑，这个急着断言死者是自杀的公姬教授值得见见。小丁却忍不住笑意，他是笑这位教授的名字：公姬司晨，不就是公鸡打鸣嘛！

海豚人

吉军嫌他的幽默感来得不是时候，瞪了他一眼，问所长："公姬教授的断定有什么理由？"

所长摇摇头："不大有说服力，至少没把我说服。不过我不必转述了吧，反正你们得去见他。需要我陪着吗？"

"不必麻烦你了，你派人把我们领去就行。"

类人女仆打开房门，为客人端来三杯咖啡，到书房请主人去了。房间布置得很有情调，博古架上是清一色的紫砂茶具，造型古朴厚重。厅中挂着一幅行书中堂，字迹龙飞凤舞，鲁段吉军好容易才辨认出落款是"司晨手书"。这么说，主人还是一位书法里手。小丁一直好奇地等待着，想看看这位"公鸡打鸣"先生究竟是什么模样。

主人出来了，眉目疏朗，满头银发，穿着白绸质地的家居服，趿着拖鞋，眉宇间隐见孤傲之气。他以冷淡的礼貌对二人表示欢迎，开门见山地问："你们是为林达来的？"

鲁段吉军恭敬地说："对，我们是司马先生的家乡人，来调查他的死因。"

"太可惜了，"公姬教授自顾说，"他是一个很有天分的科学家，虽不是爱因斯坦、牛顿那样的绝世奇才，但他的才能足以在一个专业领域里成为一代宗师。我是他的老师，但我相信他这一生的成就绝对会超过我。可惜，很可惜。"

"请问他研究的领域？"

"是一个很重要的领域：智力层面和电脑的'窝石'。"鲁段吉军急急地记下，智力层面和电脑窝石。他不清楚什么是智力层面，但估计这几个字不会听错，至于"电脑窝石"是什么东西？他无法猜度，决定等一会儿再问。教授特意解释道："我说他的研究领域很重要，那是从历史的高度上、从人类发展的角度去看，并没有什么近期的或军事上的用途，所以你不必怀疑是什么人对他实施暗杀。"

"听说先生曾猜测他是自杀？"

"对。我说过，他是一个难得的天才，但天才往往比普通人更能看透生存的本质。当他的思考过于超前,失去了道德、信仰的支撑后,往往会造成彷徨、苦闷、心理失衡。历史上天才科学家自杀的比比皆是。"他流畅地列举了很多外国名字,鲁段吉军只记下了"图灵"这个名字,他知道图灵是20世纪一位著名的数学家,是电脑技术的奠基人之一。还有一位自杀者是美国氢弹之父费米的朋友,他搞研究时从来不用数学用表,因为所有数据他都可以在瞬间心算出来,这个细节给两人的印象很深。不过总的来说,教授的一番话过于玄虚,他们如听天书。教授显然也发现了这一点,略为停顿后解释道:

"我说的也许你们难以理解。举个例子吧,你们都是男人,你们天生知道追逐女人,男欢女爱,你们不会去思考爱情的动力究竟来源于何处。但那些深入思考的生物学家们发现,爱情只是有性生殖的附属物,是基因为了延续自身所设下的陷阱。爱情和母爱归根结底是荷尔蒙和黄体酮所激发的行为反应。当一个人看透了爱情的本质,他就很难像普通人那样盲目地去爱。"

鲁段吉军听不进这些玄天虚地的话,看来陈警官也有同感。他想,这位公鸡先生怎么老绕着圈说话呢,但他仍含笑听着。教授说:

"司马林达的自杀不会因为世俗的原因,而是因为某种理念或信仰的崩溃。恰恰在他死前的那天晚上,他还给我来过一次电话,谈话中已有精神崩溃的迹象。可惜我当时没能及时发现。"

吉军竖起耳朵:"请问他说了些什么?"

"很奇怪的,我知道他是一个彻底的无神论者,但那天他忽然说,他已经确认了上帝的存在。但谈话中,又时时可以摸到他对这位上帝的愤懑……"

鲁段吉军在心中苦笑,这位公鸡教授今天是成心和他绕弯子!对上帝的信仰,对上帝的愤懑,一个人会因为这个理由去自杀吗?他忍着不去打断,看看这位老先生还会说出什么证据。但是小丁把事情搞糟了,他愣头愣脑地问:

"公姬先生,你刚才说了男欢女爱,是不是暗指死者的自杀与男女之情有关?"

公姬教授的态度在这时有了一个突然的变化,他冷冷地盯着两人,一句话也不说了。吉军觉察到他的变化,陪着小心问:"教授,你刚才说司马林达临死的电话……"

教授摆摆手，干脆下了逐客令："对不起，我还有事，二位请便吧。"

吉军愠怒地瞪了小丁一眼，只好站起身来。陈警官很尴尬——他至少算半个主人吧，能让客人这么灰溜溜地离开？他咳嗽一声，想去劝说主人，吉军用眼色把他止住了。老头儿这会儿显然正在火头上——虽然不知道火从何来——说也白说，等等再来吧。他仍保持着恭谨，与主人告别。"你有事，我们随后再来。公姬先生，最后再耽误你一分钟。你刚才谈到电脑窝石——这当然是很高深的东西，我们不可能弄懂，不过请你尽可能简单地介绍一下，什么是电脑窝石——电脑里总不会长出结石吧？"他开玩笑地说。

这个玩笑使老教授十分反感，他冷漠地说："以后再说吧，以后吧。二位请。"他毫不留情地加上一句评价，"依你们的知识层面，接手这桩案子不太合适。再见。"

三人走出教授的公寓，不免有点尴尬。吉军冷冷地对小丁说："对证人询问时不要太随便，你看，你一句话就把话问砸了。"

小丁不服气，低声嘀咕："我咋问错了？他要不是暗示男女关系，干吗对警察扯什么男欢女爱？"

吉军想想小丁说的也有道理，放缓语气说："反正以后多注意吧。陈警官，这位公鸡教授怕是说的鸟语！什么基因陷阱，理念崩溃，对上帝的信仰，对上帝的愤懑……尽是玄天虚地的话。不过他说了一件事：司马林达在死前和他通过电话，请你查一下他说的是否如实。"

陈警官打了一个电话，几分钟后就弄清了，那晚12点，确实有一个南阳的电话打到公姬教授家里，通话时间为24分钟，至于内容就不得而知了。一个人死前打了这么长一个电话，无疑值得注意。陈警官说：

"这样吧，我找公姬教授的家属做点工作，疏通疏通，明天咱们再去找他。今天咱们先去见白张乔乔，怎么样？"

"好的，先去找她吧，那也是一个重要的证人。"

扑翼机上坐不下三个人，他们把它留在智力研究所，陈警官开来一辆奥迪，三人朝公主坟方向开去。

吉平如仪在医院值了一星期夜班，星期天早上她值完夜班后，立刻打电话通知了剑鸣，又通知超级市场给家里送了几盘菜料，便急匆匆赶回家。她的小公寓在南阳城南白河边上，那是她和剑鸣共有的爱巢。菜料已送到，她先到厨房把菜肴做好。剑鸣说过，他喜欢吃如仪亲手做的菜，所以，不管再忙，她也要亲手为剑鸣做菜。然后她去洗了个热水澡，洗去夜班的疲劳，等着剑鸣。

如仪身材娇小，大眼睛，娃娃脸，剑鸣常昵称她是"精致的瓷娃娃"。看面相会以为她只有16岁，实际上她已经25岁，是一个颇有名气的神经内科兼脑外科医师。她与剑鸣相恋五年，马上就要结婚了。

门锁处有插拔磁卡的声音，剑鸣推门进来，如仪立即像只百灵一样扑入怀中，狂吻他的面颊。剑鸣抱起她，在屋里转了几圈。有一星期没见面了，两人都心荡神摇不能自制。如仪伏在他耳边说："是先要我还是先吃饭？"剑鸣说："先吃饭吧，最好的东西要留在最后慢慢品尝嘛，对不对？"

如仪去厨房端来了麻辣鸡丝、腰果虾仁、八宝酱菜、干炸茄条，都是剑鸣爱吃的。两人偎在一起吃了早饭。剑鸣吃得兴高采烈，不住口地夸奖："香！好吃！"说一句扭头吻她一下，好像是为表彰决定盖章。如仪高兴地看着他的吃相，她喜欢剑鸣的性格——开朗随和，幽默风趣，干什么都是喜气洋洋的。吃完饭，剑鸣悄声说："我去冲澡，在床上等我啊。"

如仪收拾了碗筷，脱了衣服，在床上等着，欲望的火焰在全身游走。她和剑鸣已同居两年，仍像初恋一样激情如火。浴室的水声停止了，剑鸣笑嘻嘻地走来，挨着她躺下。如仪紧紧搂着他，两人的身体张满如弓……然后弓弦松弛下来。

如仪躺在他的臂弯里，快快活活地闲聊着。不久如仪发现剑鸣突然发怔，目光呆呆地望着远处。她用手指在剑鸣胸膛上轻轻弹动着，轻声问："你有心事？"

剑鸣没有瞒她："嗯，我突然想起RB雅君了，今天是她被销毁的日子。"停停他又说，"是我把她送上这条路的。"

如仪已经听恋人说过RB雅君的情况，这时也觉凄然。她尽量安慰恋人：

"不要过于自责,你只是执行法律而已。有时我想,警察局 B 系统的工作虽然是扼杀生灵,但实际上,他们的所作所为又是最正确的,要不社会早崩溃了,在工厂大批生产的 B 型人恐怕早已占据了地球。那对自然人未免太不公平了。"她问:"我说的有没有道理?这都是爷爷教我的。"

剑鸣把她搂在怀里:"我知道,从道理上我比你更清楚。不过,想起那位 RB 雅君,心中仍免不了作疼——她和齐洪德刚爱得多深!"

两人都愀然不乐,不再说下去。对这件事,他们是无能为力的。剑鸣默然良久,说:"我想去探望一下 RB 雅君。"他苦笑着自嘲,"全当是鳄鱼的眼泪吧。我想送送她,多少减轻一点内疚。"

"去吧,我陪你。"

剑鸣感激地吻吻她。两人穿好衣服,驾车赶往武警部队的气化室。

气化室的外形非常简单,一道厚厚的铁门,墙上有一对红绿按钮。被判销毁的 B 型人送进气化室后,行刑人按一下按钮,五秒钟内 B 型人就会完全气化,回到大气中去。死者不会有任何痛苦。这儿没有哀乐、挽联和花圈,因为这儿只有工件的销毁而不是人的死亡。

气化室旁有一间监禁室,被销毁者在里面等待行刑。监禁室十分舒适,有漂亮的家具、舒适的床铺、做工精致的淋浴室。被销毁者提出的任何合理意愿都会得到满足。人类愿在这最后时刻充分展现人道主义精神。

监禁室的隔墙是守卫室,墙上嵌着巨大的镜子。镜子单向透光,被监禁的人看不到这边,守卫则能对监禁室一览无余。守卫认得剑鸣,告诉他,这会儿齐洪德刚正在里边。透过单向镜面,看见齐洪德刚和 RB 雅君紧紧搂在一起,没有言语,没有哭泣,只是紧紧地搂抱着。时间在他们的拥抱中静止。如仪攥住剑鸣的手,两人心中也觉酸苦。时间已近 10 点,监刑人马上要到了。那边监禁室里,RB 雅君推开德刚说:"来,让我梳洗一下。"

她在镜子那边对镜梳妆。不知道她是否清楚这是一面单向镜子,但她的目光就像越过镜子直视着剑鸣。尽管明知道对方看不到这边,剑鸣仍不敢与她的目光对视。在雅君身后,齐洪德刚用双臂环绕着她的身体,泪水无声地涌出来，雅君从镜子里看到了，从肩膀上攀过德刚的头，柔声说：

"德刚，不要难过，我一点也不后悔，有了那个夜晚，也就当此一生了。"她为德刚擦干泪水。

法院的监刑人来了，是一个中年男人，穿着特制的监刑人服装，右臂上戴着红色臂章。他对这种场景看惯了，麻木了，面色冷漠地走进监禁室，平静地为 RB 雅君验明正身，宣布了法院的判决。然后两名警卫进来，要带走 RB 雅君。雅君在此之前一直很平静，这会儿像火山爆发一样，忽然扑向德刚，发狂地吻着他的眼睛、嘴唇和面颊，吻得惊心动魄。她退后一步，贪婪地看着德刚，凄楚地说：

"永别了，德刚，我不会忘记你。"她扭头对警卫说，"走吧。"

气化室的铁门呀呀地打开了。剑鸣很尴尬，不知道自己该不该露面，但他最终咬咬牙，走出守卫室，把带来的一束白色鲜花默默递给 RB 雅君，递花时他几乎不敢看对方。雅君看来已把生死置之度外，面容很平静，当她接过花束时，甚至绽出一波微笑：

"谢谢你，警官先生，谢谢你为我送行。"

她最后留恋地看看德刚，走进气化室，铁门沉重地关上了。行刑人按下红色按钮，经过无声无息的五秒钟，绿灯亮了，表示已气化完毕。如仪偎在剑鸣身旁，两人臂膊相扣，都能感到对方身上轻微的悸动。作为自然人，他们从理念上接受自然人同 B 型人的分野，也支持那些限制 B 型人的法律——毕竟自然人才是地球人的原主人，毕竟 B 型人是自然人创造出来的呀——但这些干瘪的理念在撞上一个 B 型人的死亡时，未免显得底气不足。

监刑人确认犯人已气化完毕后随即走了，没有同任何人打招呼，就像是一个程序精确的机器人。守卫走近剑鸣，随意闲聊着。在这段时间内，如仪的目光一直追随着雅君，这位如此平静地走向死亡的女性，她的气度让人钦佩。直到气化完毕，她才注意到齐洪德刚的目光。齐洪德刚一直狠狠地盯着剑鸣，目光荧荧，像一只冬夜中的孤狼。如仪不由打了一个冷战——他的目光中浓缩了多么深的仇恨！从这一刻起她就知道：剑鸣的这一生难以安稳度过了。德刚走过来，声音嘶哑，一字一顿地重复了他的誓言：

"宇何剑鸣警官，我忘不了你对我的恩惠，我会用自己的后半生去偿还。"

剑鸣苦笑着说："我已经说过，我只是在尽我的职责。但你尽管来吧，我等着你。"

德刚狞笑着扫了一眼如仪，上了汽车疾驰而去。

剑鸣和如仪驾车离开这里，已经快中午了，初夏的太阳暖洋洋的，田野里麦梢已经发黄。他们原打算野游的，但这个星期天已经被毁坏了。雅君的死亡、德刚的仇恨，汇集成一个灰色的幽灵，时刻盘踞在他们的头顶。如仪忧心忡忡地说：

"剑鸣，你要小心啊，那位齐洪德刚绝不会放过你的。我一想起他的目光，身上就发冷。"

剑鸣苦笑着："实际我对他很宽容。他帮 RB 雅君篡改了 B 型人身份，按说也该受处罚的，但我在口供中把他伪装成一个'不知情者'。"

"是否由我找他谈谈，化解这些误会？"

剑鸣不由失笑："我心地单纯的瓷娃娃哟，这种仇恨是语言能够化解的吗？不过我会小心的，你放心吧。来，忘掉这件事，快快活活地玩一天。"

他们抛开烦恼，痛痛快快玩了半天，在一家小饭馆里吃了晚饭。晚上 7 点钟，著名钢琴家钱穆三元在北京有一场独奏音乐会，如仪很喜欢他的演奏，两人匆匆赶回家。打开虚拟系统，面前出现了北京大剧院的舞台。长发披肩的钢琴家走上台，先把十指按在指纹识读器上，验明了自然人的身份，开始演奏。这个小插曲让如仪一下子变得意兴索然，啪地关掉虚拟系统，沉闷地说：

"一场钢琴演奏会也要验明身份？真是焚琴煮鹤的败兴事。"

剑鸣解释道："这样做还是有必要的。你知道 B 型人可以定向培育出体育才能、音乐才能或数学才能，如果没有限制，以后就不会有自然人钢琴家了。"他温和地指出，"演奏前的指纹检查一直就有嘛。"

如仪仍是闷闷不乐。剑鸣知道，她对音乐会的不快只是借题发挥，实际上，她心中还刻印着雅君的死亡和德刚的仇恨。他搂着如仪到了阳台，坐在摇椅上，絮絮地讲着恋人的情话，终于驱走了如仪心中的阴云。两人快活地拥抱着，回到床上。

一番缱绻后，两人沉沉睡去。忽然电话铃急骤地响了，是剑鸣的上司高局长。局长半是歉然半是谐谑地说：

"剑鸣，打断了你的良宵，十分抱歉。KW2034号太空球上又发生了一起血案，你马上去那儿。"

"是，局长。"

"今天警用飞艇不在家，恐怕你得乘班机了。"

"没问题，今天上午就有合适的班次。"

"替我向如仪致歉，任务完成，我答应把这个良宵还给她。"

如仪也醒了，正在紧张地盯着他。剑鸣放下电话歉然地耸耸肩："没办法，紧急任务，又一起太空血案。"如仪没有说话，"如仪，别扫兴，我很快会回来的。"

他发觉了如仪面色的异常，她脸色苍白，大眼睛里包含了几许惶惑。剑鸣走过去揽住她的肩膀："你怎么啦？"

如仪回过神来，勉强笑道："没什么，高局长刚才说太空血案，不知怎的，我忽然想到了爷爷。我很长时间没同他通话了。"

如仪的爷爷吉野臣今年79岁，是第一批太空移民，至今已在天上生活了34年。陪伴他的只有一位B型人男仆，RB基恩。剑鸣在如仪额头上敲了一记："不许胡思乱想，基恩是天底下最忠心的仆人，怎么会……"他到卫生间去洗漱，一边伸出头说："不放心你可以打一个电话嘛。"

如仪真的把电话打到爷爷的KW0002号太空球上，铃声一遍又一遍地响着，没人接。如仪心中不祥的预感又加重了。爷爷和基恩一向睡得很晚，这会儿应该还没睡呢，即使在熟睡中，这铃声也该把他们聒醒啊。她向浴室喊："剑鸣，剑鸣！为什么太空球里没人接电话？"浴室里水声哗哗，剑鸣没有听见，忽然屏幕亮了，RB基恩惊喜地说：

"是如仪！如仪小姐！你有好长时间没同我们联系了！"

如仪曾在爷爷的太空球待过五年，同基恩叔叔感情极佳。屏幕上，基恩的惊喜发自内心，如仪甚至为自己的不祥预感感到羞愧——即使所有太空球上都发生血案，基恩叔叔也不会成为凶手的。不过她仍然追问：

"基恩叔叔，怎么这么晚才接电话？"

"我刚刚服侍你爷爷进入强力睡眠，你知道，这时若中断操作，他又会通宵失眠。"

"爷爷还在用强力睡眠机？"如仪问。她觉得自己这几年对爷爷关心太少。强力睡眠机曾经时髦过一阵子，现在地球上已基本淘汰了它，因为现今的时髦是"按上帝的节奏生活"。基恩解释道：

"对，你知道，吉先生已79岁高龄，他要争取在有生之年完成一部巨著。他说，强力睡眠机每天可帮他抢回四个小时。"

他把可视电话的摄像镜头扭偏一点，可以看到爷爷正睡在强力睡眠机上，白发苍苍的头颅正对着这边。如仪放心了，同基恩扯了几句闲话，基恩埋怨道：

"如仪，你已经10年没来太空球了！爷爷和我都很想你，抽空儿来住几天吧。"

"好的，不过最好你和爷爷回地球上来度假，你们已经十五六年没回地球了。"

基恩的眼光中露出黯然的神色："劝不动吉先生的，他已发誓今生不再离开KW0002号太空球。"

如仪知道老人的孤僻脾气，也就不再劝了。她与基恩聊了几句，道了再见。这时剑鸣从卫生间出来，开始穿衣服："没有问题吧，我说你不要胡思乱想嘛。我走了，再见。"

他利索地穿好警服，吻吻如仪的额头走了，房门在他身后轻轻带上。

如仪没了睡意，思绪尽往爷爷身上滑。爷爷吉野臣是著名的作家和哲学家。如仪五岁时，母亲病亡，父亲再婚，爷爷把她接到身边抚养。她住在太空球上，太空球每天缓缓旋转着，把地球的秀丽、太空的壮美随时送进视野。在那儿，重力是由太空球的旋转造成并且指向球心的，所以看着爷爷或基恩与自己分别站在球的对侧,脑袋对着脑袋,那感觉真的新鲜无比。如果是为期一月的假期,如仪会把这段太空生活保存在绯色的记忆中。

但她并不是度假,而是长年生活。没有绿树红花,没有泥土和流水,没有同龄伙伴。如仪很快就厌倦了这座碳纤维的牢笼。她奇怪怎么有人包括爷爷会喜欢这样的囚笼,甘愿在其中生活一生!

基恩叔叔十分宠她,尽一切可能让她快乐,但爷爷的性格让她受不了。爷爷那时已近60岁,也许是长期与世隔绝的影响,性情有点古怪。他当然喜爱孙女儿,但这种喜爱常包上一层冷漠的外衣;他也不是不喜欢基恩这个忠心耿耿的男仆,但他常把喜爱罩上严厉的外壳。他对基恩的严厉常常是不合情理的,因而使如仪渐生反感。

10岁那年,如仪忽然下定决心要离开太空球,无论是爸爸在电话中的劝说,还是基恩的挽留,都不能改变她的决定。最后,爸爸只好把她接回地球。她的反叛无疑使爷爷很恼火,从那以后,爷孙俩的关系相当冷淡。

但如仪始终把爷爷珍藏在心里。爷爷其实很爱她,在太空球里,当她格格大笑着和基恩疯闹时,爷爷常常坐在一边悄悄看着,看似漠然的目光中包含着欢欣。如仪现在已经成熟了,看到了当时看不到的东西。与世隔绝的太空球,两个寡言的男人,小丫头如仪曾是他们生活中唯一的活水,难怪爷爷对她的执意离去那么恼怒。

她想到了基恩的邀请,当即决定去太空球探望爷爷。她和剑鸣马上要结婚,正好去邀请爷爷参加婚礼。这些年她对爷爷太寡情了,她太年轻,不能理解老人的感情。今天,可能是因为目睹了一个女类人的死亡吧,她觉得自己忽然成熟了,她要在感情上对爷爷做出补偿。这个念头一生出来就变得十分强烈,一刻也等不得。她立即和医院安排了今年的年休假,又打电话预订了太空艇,是后天的票,因为太空小巴士要等待合适的发射窗口。这些安排是否要告诉剑鸣呢,她想了想,决定不说。剑鸣正在执行公务,她不想干扰剑鸣的工作。

随后她安然入睡,刚才忽然生出的不祥预感早已消失得无影无踪。她没有想到,随后的几天会充满凶险。

海豚人

去白张乔乔的寓所之前陈警官先打了一个电话，这位乔乔不同意到家里去，于是把约会地点定在附近一家"星星草"咖啡馆。这是晚上6点，华灯初放，咖啡馆位于一座大厦的顶楼，不锈钢护栏围着落地长窗。窗外是明亮的楼房、五光十色的霓虹灯和安静的星空。咖啡馆里很静，一缕轻曼的乐曲似有若无。顾客们多是成对的男女，有头发雪白的老年夫妇，也有脖子上挂着玉坠的中学生。乔乔小姐走进咖啡馆时，满屋的男人都觉眼前一亮。北京是美女如云的地方，但乔乔在美女堆中也是比较出众的。她穿着一件淡紫色的风衣，风衣下是大胆暴露的小背心和超短裙。身体颀长，走路有名模的风度。而且不是那种中性化的模特，她的肌肉丰腴，胸脯和臀部把衣服绷得紧紧的，一头长发波浪起伏地飘在身后。右臂弯里还挎着一件衣服，是淡青色的风衣。在众人的目光中，她袅袅婷婷地走过来，坐到三位警官面前。

陈警官已对她调查过一次，今天让鲁段吉军和小丁当主角。在这么一位美女面前——她的美貌让人不敢逼视——鲁段吉军多少有些紧张。他在心中骂了自己一句，咽口唾沫，开始询问。不过随着问话，这位美女的光芒很快消退。吉军在心中鄙夷地断定：这绝对是个没心没肺的女人。司马林达尸骨未寒，她已经嬉笑自若，连一点悲伤的外表都不愿假装。正谈话间她的手机响了，她从风衣中掏出手机，喂了一声，立即眉飞色舞，那个"嗲"劲儿让吉军生出一身鸡皮疙瘩。她当着三个人的面与这位不知名的男人嗲了十分钟，才关上手机。

乔乔非常坦率，爽快地承认自己与司马林达关系"已经很深"。说这话时她瞟了吉军一眼，意思是"你当然明白我这话的含意"。不过她说，她早就想和司马林达分手了，因为"那是个书呆子，没劲儿"。没错儿，他长得很英俊，社会地位高，家里也很有钱，但除此之外一无可取。他根本就不解风情，连在幽会中也常常走神。"完全没必要把他的死同我连在一块儿嘛！我已对陈警官说过，那晚我一直和另一个男人在一起，我相信陈警官早去取过证啦。那个男人与我是一夜情人，犯不着为我作伪证。"乔乔不耐烦地说。

听着她坦然的叙述，吉军忽然对那位死者产生了强烈的同情，如果真如小丁所说，司马林达是因失恋自杀的话，那他死得太不值得了！他冷冷地问：

"你和其他男人的性关系……司马林达知道吗？"

乔乔嫣然一笑:"我并没有刻意掩饰,不过我想他不知道的。是谁说过这么一句话:爱情使男人变成瞎子。"

"如果他知道了——他是否会为你自杀?"

这个问题分量比较重,连乔乔这样"没心没肺"的人也略为迟疑一会儿,"他不会。"她思索后断然说,"我想他不会。他虽然对我很迷恋,但我清楚,其实他并没把我真正放在心上。和我做爱时他也会走神。不,他不是在想另一个女人,他想的是另一个世界的事情。"

幽会时司马林达常常走神,他的思维已经陷入光与电的隧道中,无法自拔。那是漫长、黑暗、狭窄的幽径,他相信隧道尽头是光与电织成的绚烂云霞,上帝就飘浮在云霞之中。那是大能的上帝,无肢无窍,无皮无毛,他的大智慧是人类无法理解的,即使伽利略、牛顿、爱因斯坦也不行。上帝在云霞中飘浮,在云霞中隐现,也许世人中,只有林达一人能稍稍窥见他的真容。

司马林达很迷恋她的女友,迷恋她高耸的乳胸,修长的四肢,浑圆的臀部和其他种种无法坦言的妙处。即使在追踪上帝时,他也无法舍弃这具肉体的魅力。他早已看透了生命的本质,看透了基因的陷阱,但他在享受乔乔的肉体时,仍心甘情愿地闭上眼睛。

如今他已经脱体飞升,融化在光与电的云霞中。他与上帝同在。当他从九天之上俯瞰这个叫乔乔的浅薄漂亮的尤物时,他的心中是否会激起一波涟漪?

"司马林达是个神经病!"乔乔恼怒地说,"他在我面前百依百顺,但他走神时,眼中根本没有我这个人。神经病,八成是自己寻死啦!"

小丁轻轻碰碰吉军,吉军知道他的意思。关于司马林达是死于"精神失常"的提法,这已经是第二次出现,在此之前,公姬教授也提到过他可能死于"心理崩溃"。他说:"乔乔小姐,你的这点看法很重要,能不能做一些具体的说明呢。"

乔乔说我也没有太具体的例证,反正他常常发呆、发愣,即使正在干男女之事,他也会突然冒出几句不着边际的话。最近他常常把白蚁、黏菌、蜜蜂挂在嘴边，他的话老是莫名其妙。他常常谈蜜蜂的整体智力，说一只蜜蜂只不过有一根神经索串着几个神经节，几乎谈不上智力，但只要它们的种群达到"临界数量"……

吉军打断她，问："什么数量？他说什么数量？"

乔乔想了想，不太有把握地说："他说的是临界数量，我大概不会记错吧。他说只要蜜蜂的种群达到临界数量，智力上就会来一个飞跃。它们能密切协同，建造人类也叹为观止的蜂巢。它们的六角形蜂巢是按节省材料的最佳角度建造的，符合数学的精确。"她说，"都是这种淡话，我没兴趣听，也听不懂。不过他说的次数多了，我也能记得几句。对了，近来他常到郊区看一个放蜂人……"

鲁段吉军的瞳孔陡然放大。放蜂人！案发现场那句神秘的留言上就含有这个字眼，放蜂人的谕旨：不要唤醒蜜蜂。所以，这位放蜂人肯定是本案的关键。小丁看来也想到了这点，作势要追问，吉军用目光止住了他，佯作无意地问：

"怎么又出来个放蜂人？是司马先生的朋友吗？"

"不知道，我真的不清楚，他几次都是骑摩托去的，当天返回，所以那人肯定在郊区一带。他从没提过放蜂人的名字，但他从放蜂人那儿回来后，表情总是怪怪的，有时亢奋，有时忧郁，说一些不着边际的话，什么'智力层面''宇宙大道'，把我烦死了。"她皱着眉头说："烦死我啦。我早就想和他分手，我可受不了这种神经兮兮的男人。"停停她补充，"我和他肯定不是一路人。"

吉军不由对这位风流女人生出一丝同情，不过他仍未放松对放蜂人的追问。他看看陈警官，陈警官机敏地插话：

"上次你没有对我说到放蜂人。请你再想想，还有什么有关放蜂人的情况。他在什么地方？是不是司马林达的亲戚？"

乔乔对这些一无所知，她不耐烦地说："我知道的都说完了，该放我走了吧？希望你们以后不要再找我，我与司马林达已经没关系了。"

吉军冷冷问："听说你的住宅是司马林达买的？"

乔乔对这个问题很反感："对，没错。但他是特意为我买的，房产证上写的是我的名字。你想让我把房产还给他吗？"

吉军缓和语气说："不不，你安心住下吧，不会有人找你麻烦。我只希望乔乔小姐能配合警方的调查，尽快弄清司马林达的死因，使死者九泉之下可以瞑目。"

乔乔哼了一声，起身告辞。她已经走到咖啡店门口，吉军喊住她："喂，乔乔小姐，你的风衣！"

乔乔噢了一声，不在意地说："差点忘了，这是林达忘在我家中的风衣，口袋里有放蜂人的照片，留给你们吧。"

她转身走了，吉军和小丁瞪着她的背影，不知道是该恼火还是该高兴。放蜂人的照片！多么重要的证据，她竟然几乎忘了向警方提供！他们急急忙忙掏出照片，有厚厚一叠，不过多是拍的蜂箱和蜂群。一群蜜蜂在天上飞舞，十几只蜜蜂在蜂箱的入口狭缝处爬动，蜂王在天空同雄蜂交配……只有一张是放蜂人的，偏偏那人正在取蜜，头上戴着防蜂蜇的面罩，所以面容很不清晰。三个人失望地在照片上寻找着，小丁眼尖，在蜂箱上发现了一行字迹，是红漆写的地址和名字：河南新郑石桥头，张树林。

三个人喜出望外，调查进行到这儿可以说是峰回路转。在开始见到屏幕上的留言时，虽然对它很重视，但在某种程度上，吉军只是把"放蜂人"作为一个隐喻而不是一个实体。但现在，在司马林达的生活圈子中真的出现了一个放蜂人，一个有地址有照片的真人。那么，屏幕上这句神秘的留言必定含有深意了。

老刑侦人员常有这样的经历：看似容易查证的线索会突然中断，看似山穷水尽时却突然蹦出一条线索。不用说，下面就要去找到这个张树林。放蜂人是居无定所的，到哪儿去找他？老鲁说这不难，放蜂人总得要和家里通电话吧，先请河南新郑警察局查出石桥头张树林的家，再向家人打听他现在的放蜂地点。

三个人喜气洋洋，端着咖啡当酒杯碰，"这个女人！"吉军说。"糊涂娘儿们！"小丁也说。不过他们总的说很感谢这位没心没肺的乔乔。不管怎么说，是她提供了这条重要的线索。

第四章 追 踪

资料之四：

  1932年，中国著名生物学家贝时璋在杭州浙江大学任教时，在一个叫松木场的地方采集到一种叫丰年虫的小动物。它体长1~2厘米，非常美丽。研究发现，它们在性别上非雄非雌，是一种中间性。进一步的研究又有了惊人的发现：这种中性丰年虫的生殖细胞发生性的转变时，卵母细胞中新形成的细胞并不是由母细胞分裂而来，而是以母细胞细胞质中的卵黄颗粒为基础组建的。其过程是：卵黄颗粒先形成新的核，再逐渐包上细胞质和细胞膜，形成一个完整的子细胞。

  简而言之，它们的细胞不是由细胞分裂而来，而是由非生命物质重新建造。这是一个极为重大的发现，它第一次揭示了太古时期地球上非生命物质向生命物质转化的早期过程。两年后，贝时璋教授在世界上第一次正式提出了细胞重建学说。只是由于当时正处战乱，不得不中止了这一研究，直到1980年才恢复。

  贝时璋教授表示，相信在21世纪，科学家将在实验室里由非细胞物质合成出子细胞，亦即把非生物物质转化为简单的生命。

——《科普创作》2001年第3期文章《细胞重建学说》

  太空巴士机场在郑州附近，它的最显著的地貌是一条斜指蓝天的电磁轨道，长达20千米。实际上这就是一架电磁轨道炮，炮弹——小巧的太空巴士——在轨道上受到电磁力的推动，以高达10g的加速度进行加速，在脱离轨道时能达到大约两千米每秒的初速，这就大大节约了太空巴士本身的燃料消耗。太空巴士降落时是上述过程的反过程，首先用巴士自身的燃料进行初步的反喷制动，然后降落到轨道上，用电磁力进行强力制动。

由于电磁轨道是用廉价的电力代替昂贵的化学燃料，所以太空巴士收费低廉，成为大众化的交通工具。

又一辆太空巴士降落了，这是一辆大型巴士，40多名乘客走下来。宇何剑鸣在乘客群中，手里拎着一位邻座老太太的大皮箱。这位老太太也是太空球的老住户，不过已决定返回地球寻找归宿了。剑鸣是太空巴士的常客，他是警局金钥匙组织的成员，这个组织的成员有权处理太空球的治安事务，资格要求很严，要高学历、机敏、有熟练的电脑技巧和格斗技巧。全国警察系统中只有不足百名的金钥匙成员。

这桩太空球血案的调查结果十分简单，典型的太空幽闭症。自然人主人和B型人仆人因琐事而争吵，仆人失手杀死主人并畏罪自杀。太空球内的自动音像系统录下了血案的全过程。调查过后宇何剑鸣心中沉甸甸的，他不理解为什么有人偏要住在与世隔绝的太空球内，为家庭种下祸根。他想到了如仪对爷爷的担心，内疚地想，他对这位79岁老人的关心太少了，回去后他要和如仪商量，努力劝动老人回来，至少回地球上住一段时间，调整一下心绪。

他站在自动人行道上，和同行的老太太闲聊着，老太太贪婪地看着外边，喃喃地说："10年了，10年没看见地球的景色了。"剑鸣笑着说："在太空球里不是每天都看吗？"老太太说："那是远观，远观和近看到底不一样啊。"

玻璃夹墙那边是进站的自动人行道，这会儿正是进站时刻，一拨一拨的人从视野里滑过去。忽然，与其说是听见不如说是直觉，他发现玻璃夹墙那边有人在喊他。是如仪！她正努力捶着玻璃夹墙，不过厚厚的玻璃隔断了她的声音，只能看见她的嘴巴在开合。他猜测如仪肯定是去KW0002号太空球探望爷爷。逆向而行的人行道很快把两人的距离拉远了，他匆匆把皮箱还给老太太，做了一个抱歉的手势。老太太刚才也看到了那一幕，忙不迭地推他："快去吧，快去吧。"

剑鸣从自动人行道的扶梯上跳过去，快步走到边门，向服务员出示了证件。太空巴士站的工作人员都很熟悉警局金钥匙组织，殷勤地打开侧门。他顺着进站自动人行道走到候机室，如仪在那里等他，身边放着一个小小的旅

行箱。如仪扑过来搂住他的脖子,高兴地说:

"没想到在这儿碰到你。怎么这么快,你不是说需要三天吗?"

"案情简单,我提前一天回来了,你是去探望爷爷吗?"

"嗯。"

"干吗这么急?该等我回来嘛,我可以请几天假,陪你去。"

如仪不好意思地说:"我也不知道为什么,一时心血来潮作出的决定。"

剑鸣想起那天如仪的担心,小心地问:"太空球里……一切都好吧?"

如仪敏锐地听出了话外之音:"很好,什么事也没有,RB基恩是天底下最好的仆人,没事的,我只是想去看看爷爷。"

但剑鸣却不能释然。前天他曾劝如仪不要胡思乱想,但经历了太空球内血迹斑斑的场景后,他无法拂去心中沉重的预感。他劝如仪:

"把票退掉,跟我回去吧。等我把这件案子处理完,陪你一块去,我还没见过爷爷呢。"

如仪笑着:"我已经来到候机室,哪能再回头呀。放心吧,三天后我就回来。"

但剑鸣心中的不祥预感却十分顽固。没错,一切会平安无事的,如仪只是"回家"探亲,毕竟,发生血案的太空球是极少数……但他想还是做点预防为好,至少没有任何害处。不过,为了怕如仪担心,他把下面的话处理成一个玩笑:

"如仪,"他压低声音故作神秘地说,"你愿意体验一下警察生活吗?"

"怎么体验?"

"我们如果是单人执行任务,都要事先和同伴规定好联系的暗语,因为谁能料到要面对的是什么环境?这次咱俩也规定一个暗语吧。"

如仪的娃娃脸上光彩飞扬,兴致勃勃地说:"好啊,怎么规定?"

"如果那儿一切平安,你在电话中就随便提一种植物的名字;如果有危险,就随便提一种动物的名字;如果是极端危险,就说'我的上帝'!"

"行啊。极端危险——我的上帝,安全——动物,危险——植物。"

"傻妞!你记反了,安全——提一种植物;危险——提一种动物。你可以联想嘛，动物中有危险的食人鲨、恶虎、恶狼、鳄鱼，而植物中有美丽的花朵、舒适的绿茵……"

"可是动物中也有驯良的绵羊小白兔，植物中也有危险的箭毒木和食人花呀。"她看到剑鸣有点急眼了，便笑着摆摆手："不开玩笑了，不打岔了，我记住啦：危险——动物；安全——植物；极端危险——我的上帝。"

"这就对了。干脆再给你一件东西吧。"他掏出自己的"掌中宝"手枪，悄悄塞到如仪手里。它十分小巧，即使如仪的小手也能完全遮没它。如仪似乎吃了一惊，剑鸣顽皮地挤挤眼，努力把它弄成一个玩笑。"带上吧，带上它才像是一朵警花呀。"

如仪接住掌中宝，小声问："上太空巴士不检查？"

"检查站早过啦，从太空回来是不检查的。不过不到万不得已你千万别摆弄它，否则你会让我丢掉饭碗的。"

"好，我记住了。"

一个悦耳的女声在说：到太空 RL 区的乘客请注意，登机时间已经到了，请你们带好行李物品，从3号进站口登机。到太空 RL 区的乘客请注意……声音中似乎带着浓浓的睡意。候机室里开始骚动，各人带上行李，鱼贯进入3号口，一辆又一辆太空巴士在轨道上疾速滑过。剑鸣送如仪到登机口，两人在这儿吻别。今天如仪预订的是双座小型太空艇，由乘客自己驾驶。漂亮的太空艇在轨道上很快加速，从轨道顶端射出去，然后太空艇点火，在尾后绽出一团橘黄色的火焰。火焰急速变小，消失在天幕中。

高郭东昌局长听取了剑鸣的汇报，满意地说："好，小伙子干得不错，回去再写一份书面报告。"

剑鸣在高局长面前一向很随便："承蒙夸奖，不胜感激，不过，你别忘了，你答应过要还我一个假期。"

"我什么时候言而无信啦？今天就还你，现在就去找如仪吧。"

"找不到啦，如仪这会儿已经在 KW0002 号太空球上了。我正好在太空巴士机场碰上她。她去看望爷爷，这些天连着出了两起太空凶杀案，把她的担心勾起来了。"

局长嘿嘿笑了:"是吗,那就不怪我了。"

"老鲁那边进展如何?就是那桩副研究员自杀的案子。"

"还没有进展,"高局长对那组人手多少有些担心。鲁段吉军经验很丰富,但毕竟年纪大了,知识老化,应付高科技环境下的案件似乎有些吃力。而小丁又太贪玩,业务上不钻研。有关自然人的案子现在常常放在第二位,放在类人的案件之后,但司马林达这桩案子不同,他的身份容不得马虎。局长不愿在下级面前批评第三者,只是含糊地说:

"你也做点准备,也许这个案子会让 B 系统插手。我关照资料室,把那桩案子的资料随时送你浏览。"

剑鸣乖巧地说:"我相信老鲁能办好,不过若需要我帮忙,我一定尽力。"

局长点点头,剑鸣便离开了局长室。随后的半天没什么工作,他和部下聊了一段近几日的新闻,又调出鲁段吉军的案情记录看了一下。从资料上看,他们取得了相当大的进展,已经摸清那名放蜂人现在的位置,他在枣林峪放蜂,两人已赶去调查。剑鸣知道,死者的电脑留言上曾提到"放蜂人",所以这位放蜂人当然是重要的怀疑对象。他听出高局长对二人的工作不是太满意,那么,高局长认为他们的主攻方向错了?放蜂人并不是本案的关键?

他不知道高局长是如何思考的,如果他在搞这件案子,也只能依鲁段吉军的思路去走,这是案中唯一的线索。

不过,毕竟他没参加此案的侦破,所以他只是浏览一遍便罢手。时钟敲响 6 点,他关了电脑,穿上外衣。屋里的年轻人一窝蜂涌出去,今天有一场中国对西班牙的足球赛,他们要赶紧回家守在电视机旁。在走廊上他们已开始了热烈的讨论,预测这次比赛的结局。陈胡明明磨磨蹭蹭走在后边,不凉不酸地说:

"队长,快回去吧,如仪在等着你哪。"

"如仪去太空球了,三天才能回来,"他坏笑着,"怎么,趁这个空当儿咱俩幽会一次?"

明明脸红了,半真半假地说:"你敢约我就敢去!"

"那有什么不敢约的，走。"他换上便衣，伸出胳膊让明明挎上，大大方方走出警局。

这晚他们玩得很痛快。他们先到舞厅，在太空音乐的伴奏下扭腰抖胯，跳出一身臭汗。然后他们来到附近的"水一方"餐馆，剑鸣点了几样菜肴，要了一瓶长城干红，深红色的葡萄酒斟在高脚水晶杯里，剑鸣举起杯：

"明明，干！"

明明喝了几杯，脸颊晕红，目光怪异地跳动着。她不知剑鸣今晚约她出来的用意。虽然剑鸣嘴巴上不太老实，但他在爱情上是极其忠实的，可惜是忠实于如仪而不是自己。今晚他约自己出来是干什么？如果他最终提出要和自己上床，明明想自己恐怕不会拒绝。

"水一方"环境优雅，临窗的雅座俯瞰着白河的流水，花瓶里的玫瑰是刚换的，花瓣上还带着露珠。屋里飘着水一样的乐曲。酒喝得不少了，火焰在明明姑娘的血管里流动。她喜欢剑鸣，今晚她会跟剑鸣到任何地方，会答应剑鸣的任何要求。这会儿剑鸣倒是十分平静，他不再劝明明喝酒，自己慢慢地呷着，忽然说：

"明明，我早就想找机会与你深谈一次了。你是个好姑娘，我也知道你的心意。可惜我已经有了如仪……明明，不要因为一个解不开的情结误了一生，赶快忘掉我，去寻找你的意中人吧。"

明明血管中的火焰一下子变成了寒冰，极端的失望转化成愤懑，她想尖口利舌地刺伤他……不过她知道对方亮明这些是出于好意，他对如仪的忠实也值得钦佩。她努力平静了情绪，用谐谑的口吻说：

"这是最后判决书吗？我接受这个判决。"

"对不起，明明，我真不想说这些扫兴话，不过我想还是把话说透了为好。"

明明站起身，隔着小几吻吻他的额头："不用说了，虽然你彻底打破了我的梦，我还是很感谢你。走，还陪我跳舞去，跳一个通宵，算是咱们的告别。"

海豚人

剑鸣陪她回到舞厅，两人在亢奋的舞动中释放了内心的郁闷。明明搂着剑鸣的脖颈，柔软的胸脯紧紧贴着他，眼睛亮晶晶地仰望着。隔着薄薄的衣服，两人都能感到对方的心跳。他们默默跳着，几乎没有交谈。这会儿交谈已经没有必要了。不过他们并没有跳通宵，晚上一点他们离开舞厅，剑鸣开车送明明回家。他下了车，为明明打开车门，又陪她走过昏暗的楼梯，在门口与明明告辞。他们轻轻拥抱一下，没有吻别，明明嫣然一笑：

"队长再见。"

随之轻轻带上房门。

剑鸣开车返家，街上寂寥无人。就在这时，黑影里也滑出一辆汽车，远远地跟着他。机警的剑鸣很快觉察到了，他回忆起，从今天下午离开警局，似乎这辆黑色汽车就跟在后面。是谁在跟踪他？为了什么？为了验证，他有意把车速加快，后边那辆车立即也加快车速。行过一条街，剑鸣降低了车速，那辆车也随即降速。剑鸣不再验证了，冷笑着一直开回家，把车缓缓停在楼前。那辆汽车也悄无声息地停在不远处的暗影里。剑鸣忽然急速打过车头，朝着那辆车快速开过去。那辆车没来得及逃去，或者他干脆就没打算逃走。当剑鸣的车与他并肩而停时，那边干脆打开车内灯光，隔着玻璃与剑鸣对视。

是齐洪德刚，那位被气化的女类人的"丈夫"。

剑鸣走下车，拉开对方的车门，含笑说："是齐洪先生吗？真巧，在这儿遇上你，能否请你到家中小坐？"

德刚冷冷地盯着他："谢谢，不必了，我过来只是想告诉你，我忘不了你的恩惠。"

剑鸣叹道："我已经再三说过，我只是在尽自己的职责。齐洪先生，不要与法律对抗，不要再把自己搭进去。"

"是吗，谢谢你的关心，不过齐洪德刚早已经死了，再死一次不算什么。"他挂上倒挡，"祝你睡个好觉，像你这么良心清白的人一定不会失眠的。"他满踩油门，汽车唰地退走了，把剑鸣带了一个趔趄。

黑色汽车迅速消失在街道尽头，剑鸣摇摇头，转身离开。他能理解德刚的仇恨，甚至暗暗欣赏德刚的血性。不过他知道自己今后不会有清静日子了，德刚一定会像只牛虻一样紧紧盯着他。他本人并不惧怕，今后该注意的是不要把如仪牵连进去。

回到他的单人寓所，他首先对屋内摆设扫视一遍，看有没有外人闯入的痕迹。没有，樱桃木的书架里书籍仍然整整齐齐，沙发上的坐垫和电脑前堆放的东西都保持着走前的模样。显然高智商的齐洪德刚不屑于用非法手段来报复。他打开电脑，立即发现有人闯入过他的资料库。这台电脑中没有机密，都是一些普通的家庭资料，所以他只建了一道普通的防火墙。闯入者似乎也不在意留下闯入的痕迹，离开前他曾详细翻阅了宇何剑鸣的个人档案和家庭档案。

不用说又是那个齐洪德刚。剑鸣对此并不担心，他的一生是一部公开的书，没有什么见不得人的秘密，没有齐洪德刚可以利用的缺口。不过他还是决定认真对待德刚的挑战。看来这位齐洪德刚是位电脑高手，但自己也不会比他差吧。于是他埋下头来，开始在网络中追查闯入者的痕迹。

齐洪德刚家中有一个灵堂，一个永久性的灵堂，雅君的遗像嵌在黑色的镜框中，镜框上方是黑色的挽幛和白色的纸花。哀乐轻轻响着，似有似无。德刚每次回家，都要先到灵堂，额头顶着雅君的照片，默默祭奠一番。

这儿是有效的仇恨强化器。伴随着时间的推移，他对剑鸣的仇恨在慢慢减弱。的确，剑鸣只是在履行自己的职责，他本人并不是冷血的刽子手，把仇恨集中到剑鸣身上并不公平。但每次回到灵堂，弱化的仇恨又迅速恢复。不管怎么说，雅君死了，是他害死了雅君，一定要向剑鸣复仇！他不会使用匕首和毒药，他要设法使剑鸣名声扫地，让他被人类社会抛弃，这才是最无情的复仇。

电脑上闪现着宇何剑鸣的全部资料，包括他的父母和恋人的资料。这是十几天来他搜集到的，大部分是从宇何剑鸣的家庭信息库下载的，少部分是通过社会保险局查询到的。这些资料中似乎没有可供利用的秘密。宇何剑鸣，2095年6月24日生，马上要过30岁生日了，父亲何不疑，退休前是2号工厂的总工程师。德刚原来没想到宇何剑鸣的父亲还是这么一个大人物，RB雅君就是在2号工厂里诞生的呀，从某种程度上说，何不疑可以算是雅君的父亲。网络中调出了何不疑退休前的照片，面容英俊刚毅，肩膀宽阔，大腹便便。剑鸣母亲叫宇白冰，结婚后一直没有出外工作，留在家中相夫教子，从照片上看是一位风姿绰约的女人，当然这也是30年前的照片。

宇何剑鸣的履历表清白无瑕。上学是在北京警察大学，毕业后分回家乡，在南阳特区警察局B系统工作，晋升迅速。他似乎天生是个好学生、好警察，档案中到处是褒扬之语。

查不出什么东西，连剑鸣父母的档案中也没有任何污点。何不疑50岁时退休，那时他在社会上的声望正处于巅峰期，所以不少人在报纸上表示惋惜。德刚在这儿发现了一点巧合：何不疑退休的日期，恰恰是宇何剑鸣出生的日期，也许他老年得子，一高兴就辞职回家抱儿子去了？

他还查到两年来剑鸣同父母所通的电子邮件，内容尽是家长里短，儿女情长，没什么特殊内容，仅何不疑的一次问话有些反常。在这封邮件中，他详细询问了儿子同吉平如仪的关系，特别是问及两人的性生活是否和谐，因为现代高科技生活的节奏越来越快，不少人慢慢丧失了自然本能，包括性能力。剑鸣似乎对父亲的问话也感突兀，但他回答说一切都好，何不疑说那我就放心啦。

齐洪德刚对这次通话多少有些怀疑，一般来说，父亲不大会过问儿子的性生活，似乎在此之前，父亲对儿子的性能力一直怀有隐忧，也许剑鸣小时候曾受过某种外伤？

这个小插曲说明不了什么，德刚继续扩大搜索的范围。打开搜狐的搜索结果，关于何不疑的条目竟然有五万多条！他一条一条浏览着，几乎全是褒扬之语，衷心赞叹着何不疑及其同事们所创造的"上帝的技术"。即使对制造类人持反对态度的人，对何不疑本人也是钦佩有加。

已经凌晨4点了，眼皮又涩又重。他去卫生间擦把脸，雅君的化妆品还摆在梳妆台上，那个丰腴的身影似乎还坐在镜前。德刚揉揉眼睛，又回到电脑前。这回他查到了30年前的一则长篇报道，标题是万无一失的人类堤防，作者董红淑。报道的内容引起了他极大的兴趣，他认真地读下去。

这篇报道从近距离观察了 2 号工厂的内幕叙述了何不疑导演下的一次实战演习。德刚真想去看看雅君的出生地。作者的生花妙笔再现了那个惊心动魄的时刻：一个具有人类指纹的类人婴儿被及时发现，并被何不疑亲手销毁。德刚冷笑着想，这就难怪宇何剑鸣如此冷血了，原来他父亲就是这样的货色！董红淑的文章写得比较隐晦，但字里行间可以看出她对何不疑的厌恶，是钦佩夹着厌恶。在文章的末尾，她直率地发问：人类有没有权力判决 B 型人的生死？尽管 B 型人的 DNA 是用纯物理手段组装成的，但他们毕竟是活生生的生命啊！

齐洪德刚早就知道董红淑的名字，她是北京一家报纸的名记者，至今常有文章见诸报端。看了这篇文章，德刚觉得同董红淑的感情一下拉近了。他决定拜访这位为 B 型人鸣不平的女记者。

电话响了，是妈妈。她恼怒地盯着儿子，久久不说话，谴责之意是显而易见的。德刚心酸地与妈妈对视，不想为自己辩解。很久，妈妈才说：

"德刚，我们看到了报纸上的报道，你也太胡闹了，竟然和一个类人……算了，过去的事情不说它了，你一定要忘掉那个类人，赶快振作起来。"

爸爸接过电话，说了内容相似的一番话。德刚烦躁地听着，真想马上挂掉电话。他妈妈忽然从屏幕上看到了为雅君设的灵堂，从丈夫手中抓过话筒尖声问：

"你还在为那个类人设灵堂？你……刚儿，不用说了，明天我们就到你那儿去。"

德刚坚决地说："不，你们不要来，明天我将去北京办事。爸妈再见。"不等妈妈说话，他就挂掉了电话。

第二天，他真的登上了去北京的班机。

在记者部主任的办公室里德刚见到了董红淑女士。她 50 多岁，头发花白，但行动敏捷，看不出丝毫老态。董女士亲自为他倒了杯绿茶，亲切地问他有什么事。德刚说：

海豚人

"我刚拜读过你30年前一篇关于2号工厂的文章,这篇文章让我来拜访你。"

董女士陷入回忆中:"是吗?我这一生写了不少文章,但我个人最看重的就是那篇报道。"

"董妈妈,我很佩服你,你以仁者之心谴责了对B型人婴儿的谋杀,这是需要勇气的。"

董女士摇摇头:"不,我并不像你想象的那样坚定,我无法目睹一个无辜的B型人婴儿被销毁;但我也知道,如果不加任何防范,工业化大批生产的B型人很快就会取代必须怀胎十月的自然人,这对自然人也是不公平的。"她叹道:"世界上很多事就是两难的,没有绝对的对与错。"

"但我从文章中读出了你对何不疑的厌恶。"

"对,我是厌恶他——在他谈笑自若地对一个婴儿进行死亡注射时。不过,除此之外,我对他其实很钦佩。他是一个完美主义者,一个哲人,待人宽厚仁慈。看到这么矛盾的性格共处于一个身体,确实让人迷惑。"

"何不疑现在在什么地方?"

"不知道,30年前退休后他就从社会上销声匿迹了,据说他隐居在家乡的深山里,离2号工厂不是太远。像他这么叱咤风云的人物,没想到真的能抛弃红尘。小伙子,"她用锐利的眼睛盯着德刚,"请告诉我,你与何不疑先生有什么个人恩怨吗?"

德刚犹豫片刻,决定实话实说:"我和何先生没有个人恩怨,但他的儿子宇何剑鸣害死了我的B型人未婚妻。"

董女士噢了一声,注意地重新打量齐洪德刚:"原来是你!我一直关注着那件案子的报道,只是没记住你的名字。你就是那位痴情的丈夫,为未婚妻雕刻了假指纹?"

"对,我尽了最大的努力,可惜还是被宇何剑鸣识破了,这个刽子手!父子两代都是刽子手!"

董女士沉思地盯着他。有人进来送上一份稿件,她心不在焉地签了名字。来人出去后,她委婉地劝说:"小伙子,我十分钦佩你对未婚妻的情意,不过

283

我不赞成你把仇恨指向那位年轻警官，他只是履行自己的职责而已。这件事的责任要由法律来负，由社会来负。"

德刚切齿道："他们父子两代恰好是法律的代表。"

"是啊，"董女士低声说，神情有点恍惚，"是啊，父子两代……小伙子，"她忽然说，"中午不要走了，到舍下用点儿便饭。"她有点难为情，"有些话在我心中憋了30年，早就想找人聊一聊了。"

德刚颇觉意外，但马上点了头："好的，谢谢董妈妈的邀请。"

董女士的丈夫中午不回来，女儿不在家住，类人女仆含笑在门口迎接，递上两双拖鞋，接过两人的外衣挂在衣架上。董红淑交代她去炒几个菜，开一瓶葡萄酒。女仆点点头，先送来两杯绿茶，然后进厨房去了。董女士在对面的沙发坐下，小心地询问了雅君被销毁的情形，对她的不幸表示哀悼。然后她详细追忆了当年参观"2号"时的感受。

"那次感受确实终生难忘！"她玩弄着茶杯，缓缓说："我们那一代和你们不同，你们已习惯了B型人的存在，把世上有B型人当成天经地义；我们呢，那时还受传统思想的束缚，一直认为人类是万物之灵，虽不是耶和华或女娲的创造，但至少是天造地设，是大自然经亿万年锤炼、妙手偶得的珍品。人类的智慧和生命力都是神秘的，不可复制。可是突然间，所有这一切用激光钳摆弄一些原子便可以得到。没有生命力的原子只要缔结为一定模式，就会分裂、发育，变成婴儿、成长，具有智慧和感情，这太不可思议了！"

"是的，我们虽然已习惯了B型人的存在，同样认为它不可思议。"

"告诉你，自从那次报道后，我再也没写过有关B型人的文章，为什么？因为我觉得自己的智慧不足以判明有关B型人的是非。我曾以思维清晰自豪，可是只要涉及B型人，我就成了双重人格者。一方面，我憎恶何不疑的残忍；另一方面，我从理智上也赞同他们的防范，我不愿看到人类被一些生产线上的工件所代替……"

"他们不是工件，"德刚恼怒地说，"任王雅君不是工件。"

"啊，请原谅我的失言，"董红淑笑着说，"也许这就是两代人的代沟，你们的理智和感情已趋于同一化了,我们的理智和感情还分离着。"

"雅君不是工件,"德刚重复道,"她是个有血有肉的姑娘,她的爱情最炽烈。"

董红淑温和地反驳道:"这一代B型人都生活在人类环境中,有的被人类同化了。我参观的2号工厂里的B型人,既无爱情,也没有对死亡的恐惧。记得吗?我在文章中记述了一个进入'生命轮回'的类人,他们对待死亡十分平静,就像是一次普通的睡眠。我想,对死亡的轻侮算不上美德,也不值得夸奖,那是人类和类人的重大区别之一。你的雅君姑娘是否也是这样?"

她看着德刚,德刚想起了雅君死前的平静,不过他没有说话。董女士再次劝道:"你不要把仇恨指向何不疑父子,不要造成新的悲剧。如果你认为自己是对的,就去改变这个社会,改变社会准则。"

德刚沉默着。"那是过于遥远的事。"他含糊地说。

董红淑叹口气:"仇恨使你变得过于偏执。"她不再劝说。饭菜送上来了,女仆为两人斟上酒,悄悄退下。德刚不由得想,在董妈妈家里,类人同样没有与主人同桌吃饭的权利,这使他心中隐生不快。董女士随便闲聊着。她介绍了何不疑的外貌,描述了他宽阔的肩膀和臃肿的大肚子;她回忆了那个B型人进入"生命轮回"的平静和自己的震惊,也回忆到进行死亡注射时斯契潘诺夫的冷血,及自己对他的愤怒……

"斯契潘诺夫先生还在世吗?"德刚插问。

"还健在,仍像过去一样居无定所,最近听说在美国旧金山定居。"她敏锐地问:"你准备找他吗?"

德刚含糊地说:"也许吧。我只是想多了解一点宇何剑鸣的情况。"

董红淑想,然后你从中找出可以利用的缺口?她知道德刚与宇何剑鸣是较上劲儿了,她不赞成这样的冤冤相报,不免暗暗叹息。她想,也许自己该给何不疑父子提醒一下,让他们对德刚的报复有所准备。

她也很喜欢德刚,尽管有点偏执,但德刚不愧是一个真情汉子,这种生死不渝的爱情在机器化社会里很是难得。她为德刚满满斟上一杯,给自己斟上半杯:

"来，干杯！德刚，记住我的忠告，忘记过去，从今天开始新的生活。你能记住吗？"

德刚含糊地应了一声。

"下午我还要上班，不能陪你了。有什么想不开的事，记住跟董妈妈说说。多来电话！"

"谢谢董妈妈。"

第五章　放蜂人

资料之五：

美国科学家正在进行一项历史性的试验——在实验室中制造一种新的生命形式，以回答生物学领域一个最基本的问题：生命自身是如何形成的。

美国马里兰州罗克维尔基因研究所的克莱德·哈金森博士将单细胞生物的 DNA 完全去除，使其变成没有生命的细胞外壳，然后试着注入最少量的基因，观察到底具有多少基因才能使细胞存活并进行自然复制。他们使用的是一种叫做支原菌生殖体的微生物，它有 517 个基因，是迄今所知基因最少的生物之一。

研究表明，需注入 250～300 个基因后单细胞才能"复活"，不过这 300 个基因中，有 100 多个基因似乎对生命过程并不起作用。研究人员说，这项研究还称不上"创造生命"，而只是对原有生命的重新拼合。不过，这项研究将对真正的人造生命起奠基作用。

——英国卫报 1999 年 12 月 10 日文章《在实验中制造生命》

枣林峪位于一个山坳里，山坡上到处是弯腰躬背的老枣树，树龄已达 300 年。据说这儿种枣树始于清朝的一位总兵。他在这儿驻扎时强令百姓种枣树和板栗，不从命者杀头，种不活的挨板子。百姓敢怒不敢言。不过，等枣树和板栗郁郁葱葱盖满山坡时，百姓对总兵只有感恩戴德的份儿。树多雨水也多，万一碰上荒年，还有一份铁杆儿粮食在顶着哩。大跃进那些年到处砍树，周围都成了秃山。但枣林峪一则偏远，二则百姓拧着劲儿不让砍，才算保留了这支树脉。

鲁段吉军和小丁租了一辆雅马哈摩托进山，在枣林峪沟口找到了张树林，一辆轻型卡车停在鹅卵石的河谷里，顺着山沟一溜儿排了几十只黄色的蜂箱，山沟旁扎了一顶帐篷。走进枣林，到处是细碎的白色枣花和淡淡的甜香，黄褐相间的小生灵在花丛中轻盈地飞舞，忙忙碌碌，没有个停息，似乎它们从寒武纪生命大爆炸时一直忙到了现在。

不过见到张树林后两位警察比较失望。至少，按中国导演的选人标准，他怎么也不像一个反面角色。典型的北方汉子，黑红脸膛，身材矮壮，留着小平头，头发已经花白，说话底气很足。看见来了客人，而且是千里迢迢专来拜访他的，张树林几乎受宠若惊，高嗓大声地连说："请进，请进！贵客，贵客！"扭回头吩咐："小郎当，孙子哎，快去村里小卖部买酒，今天我要陪贵客喝个痛快。"他孙子是个十二三岁的少年，正在笔记本电脑前看中学课程自学教材。他腼腆地对客人笑笑，从爷爷手里接过钱一溜烟跑了。

帐篷里相当简陋，不像在 22 世纪。一个地铺，一张小行军床，角落里扔着液化气灶具。张树林让客人在行军床上坐下，先满满倒了两大缸蜂蜜水。"喝吧，喝吧，地地道道的枣花蜜。你品品后味，是不是带着枣子的甜香？枣树可是个好东西，告诉你吧，正经的北京全聚德烤鸭，只能用枣木炭去烤，日本美国的烤鸭坊一定要从中国进口正宗枣木炭哩。还有，旧做派的木匠，刨子和锯把都是用枣木做的。老枣木红鲜鲜的，颜色最地道，非常坚实……"

鲁段吉军看他扯到前朝古代了，忙截断他的话头："大哥，你的枣花蜜确实不错！我们这次来，是想打听一个叫司马林达的年轻人，听说你在北京郊县放蜂时，他常去看你？喏，这是他的照片。"

放蜂人扫了一眼照片，说没错，"是有这么个人找过我三次。30 岁左右，穿着淡青色风衣和银色毛衣，骑一辆野狼摩托，读书人模样，说话很爽快。我俩对脾气，谈得拢，聊得痛快！"

吉军问："他来了三次，都谈了些什么？"张老头说："尽谈的蜜蜂。知道不，蜜蜂这小虫虫，学问大着哩。"不等客人催促，他就滔滔不绝地说下去。鲁段吉军和小丁接受了这番速成教育，离开时已是半个蜜蜂专家了。

张老头说："蜜蜂国里的习俗太多了，比方，蜜蜂采蜜要先派侦察蜂，

海豚人

发现蜜源后就回来跳8字舞,8字的中轴方向与铅垂线的夹角,就表示蜜源与太阳方向的夹角。这种8字舞是在垂直面上跳的,但蜂群会自动把它转成水平方向的角度,然后按这个方向去寻找蜜源。跳舞时的频率和扭动幅度则表示蜜源的远近。蜂群中大部分是雌性,工蜂和蜂王都是雌性蜂,工蜂幼虫只要食用蜂王浆,就会变成蜂王。蜂群中的雄蜂很可怜哪,它们一生只与蜂王交配一次,交配后就被工蜂逐出蜂箱,冻死饿死,因为蜂群里是不养废人的。啧啧,这个法律太残忍了,可是也很合理,你们说是不是?还有一点,放蜂人取蜜时不可过头,取多了,冬天不够蜂群吃,这时你就得往蜂箱里补蜜。但蜂群仿佛知道这些蜂蜜是外来的,不是自己劳动的成果,它们取食时就不知道怜惜,随意糟践。你说怪不怪?它们也都有点小脾气哩。"

小丁有点不耐烦了,扭动着身子。但鲁段吉军瞅空瞪他一眼,叫他耐心听下去。吉军自己则津津有味地听着,不时加几句感叹词:"是吗?真妙!真逗!"有这么个好听众,张老头的话锋更健了。

"蜂群大了,就要分巢。这个命令是谁下的,不知道,反正不是老蜂王。一分巢,老蜂王就得被扫地出门,你想它愿意做这样的傻事?可是只要蜂箱里显得拥挤,工蜂就会自动在蜂巢下方搭几个新王台。这时怪事来了!蜂王似乎预先知道自己今后的命运,迟迟不想往新王台里产卵;但平时勤勉恭顺的工蜂们这时却变得十分焦躁,不再给蜂王喂食,成群结队地围住它,逼它去王台产卵,老蜂王只好屈从。王台中的幼虫是喂蜂王浆的,以后就会变成新蜂王。新王快出生时,老蜂王就飞出蜂箱——平时,除了在空中交配,蜂王是从不出箱的——这时有一半工蜂会跟着老蜂王飞去,在附近的树上抱成团。此刻放蜂人要赶快设置诱箱,否则它们就会飞走,变成野蜂。进入新箱的蜂群从此彻底忘掉了旧家,即使在外边冻死饿死也决不回旧箱,就像它们的神经回路咔嚓一声全切断了。你说这事怪不怪?咱们人类若是搬家,刚搬家那阵,会不由自主往旧家跑,可是蜜蜂呢,即使新箱旧箱摆在一块儿,它们也绝不会回旧箱,和旧箱的亲戚情断义绝!"

鲁段吉军说:"是啊是啊,蜜蜂国的风俗真有趣。司马林达到你这儿……"

张树林抢着说："这时旧蜂箱中正热闹呢，新王爬出王台后，第一件事就是寻找其他的王台，把它咬破，工蜂们会帮它把里面的幼虫咬死，或把没发育成熟的另一只蜂王拖到蜂箱外边。不过，假如两只蜂王同时出生，工蜂就会采取绝对中立的态度，安静地围观两只蜂王进行决斗。直到分出胜负，它们才一拥而上，把失败者扔出蜂箱。想想这些小虫虫真是透着灵气，比如说，分群时是谁负责点数？它们又没有十个手指头。还有，蜂王一出生就知道去咬死其他蜂王，免得占了自己的王位，这种皇权思想是谁教它的？工蜂们只帮胜利者的规则又是谁定的？"

鲁段吉军暗暗苦笑。他不大相信司马林达几次远路迢迢地找到放蜂人，只是为了说这些不着边际的废话，他努力想把话头扯回来：

"真绝了，我今天才知道，蜜蜂中也有皇权思想！司马林达一共来了三次，他……"

"司马先生也是个蜜蜂迷呀，我俩对脾气，能聊到一块儿！"

司马林达与放蜂人并肩立在枣林里。碎碎的枣花，嫩绿的枣叶。一群睿智的小生灵在花丛间轻盈地飞舞。它们是否在傲视人类？当蜜蜂建立了自己秩序严密的社会时，连第一只哺乳动物还没出世哩。蜜蜂社会绵亘了几亿年的时间，它们有自己的数学和化学，有自己的道德、法律和信仰，有自己的行为准则和社交礼仪。一只孤蜂算不上一只生命，它肯定不能在自然界存活下去，它的极简单的神经系统不存在发展智力的基础。可是，蜂群达到一定数量后，就产生了一种整体智力，复杂而精巧。所以，称它们为蜜蜂不是一个贴切的描述，应该把整个蜂群看作一个名叫"大蜜蜂"的生物，而单个蜜蜂只能算做它的一个细胞。智力在这儿产生了突跃，整体大于个体之和，几万个零加成了一个自然大数。

司马林达对着蜂群虔诚礼拜，对着蜂群自言自语。他说这些小生灵可以让人类彻悟宇宙之大道。他认真地追问放蜂人老张，蜂群分群的临界数量是多少，也就是说，多少个零累积起来就会产生飞跃？但他又反过来说，精确

海豚人

数值是没有意义的，只要大略了解有这么一个数量级就行。老张有点困惑，他和司马先生聊得十分对榫，但他开始听不懂先生的话了，他弄不懂"临界数量""宇宙大道"是什么意思。

鲁段吉军一直注意地听着老张的废话。他听老张说到"临界数量"，忙请老张暂停。这个词儿已是第二次出现了，此前乔乔小姐也提到过。这个词儿多少有点神秘，也带点危险性，他们都知道核爆炸就有一个临界数量。吉军耐心地启发老张，司马林达关于"临界数量"还说了些什么？但他们的追问在老张那儿得不到响应。老张只是夹七夹八地扯一些题外话，他从照片中翻出自己那张戴面罩的照片说，这是林达特意为我照的，他说要寄到我家，不知道寄了没有。本来还不到取蜜期，他硬要我戴上面罩为他表演，他说你戴上它就像是戴上皇冠，你本来就是这群蜜蜂的神，是它们的上帝。这个司马先生不脱孩子气，尽说一些傻透了的话。

吉军和小丁竖着耳朵听张老头的神侃，期望从中剥离出与案情有关的点滴内容。他们已基本失望了，全是些不着边际的废话，与司马林达之死没一点关系。不过张老头说司马林达"傻透了"时，吉军突然受到了触动。乔乔小姐也曾轻描淡写地说林达"八成是精神失常，自杀啦"。莫非司马林达确是因精神失常而自杀？屏幕上的留言只是精神失常者的呓语？吉军截断了老张的话头说：

"大伯，司马林达真说了很多傻话？这很重要，他的女友说他精神上有毛病，我们正是为此来的，请你如实告诉我们。"

老张显然很后悔——他不该对外人讲说司马先生的"缺点"。他连忙为先生辩解："谁说他的精神有毛病？绝对没有。不错，司马先生是说过一些傻话，他说老张你就是高踞于蜜蜂社会之上的神，你干涉了蜜蜂的生活。比如你带它们坐上汽车到处追逐蜜源，你剥夺了它们很大一部分劳动成果供人享用，你帮它们分群繁殖，建造新蜂巢，等等。但蜜蜂们能感觉到这种'神的干涉'吗？当然这肯定超出它们的智力范围，但它们能不能依据仅有的低等智力'感觉到'某种迹象？比如，它们是否感觉到比野蜂少了某种自由？它们坐汽车从河南赶到北京,是否会感觉到空间的不连续?冬天,放蜂人为缺粮的蜂群补充蜂蜜时,它们是否会意识到一个仁慈的'上帝之手'?它们随意糟践外来的蜂蜜,会不会是一种孩子气的自我放纵?"

放蜂人记忆力极佳,这些怪兮兮的话他不大懂,但他复述得很准确,就像一个运转良好的留声机。"司马先生把我给逗笑了,我说蜜蜂再聪明也只是小虫蚁呀,咋会知道这些?它们没有能思想的聪明脑瓜,我看它们活得满惬意的,大概也不会自寻烦恼。不过,"他认真地辩解道:"司马先生绝不是神经病,他是爱蜜蜂爱痴了,钻到牛角尖里了。"

鲁段吉军与小丁对视,目光都沉沉的,对这样的调查结果很失望。放蜂人的照片首次出现时,他们曾惊喜不已,认为这是解析司马林达遗言的钥匙。但是现在呢,即使最多疑的人也会断定,这位豪爽健谈、性格外露的张树林绝不像是阴谋中人。案情爬了一个大坡,又哧溜一声溜回到起点。司马林达是自杀?是他杀?如果是自杀,自杀的原因是什么?他的临终遗言到底是精神失常者的呓语,还是别有隐情?

所有这一切仍没有丝毫进展,他们乘兴而来,扫兴而归。

张树林的孙子回来了,拎来一瓶习水大曲,鲁段吉军想谢绝在这儿吃饭,但张树林几乎与他们翻脸:"你们看不起我?司马先生就在我这儿吃过两顿饭!"

两人只得留下,帮着老张,用简陋的炊具闹出一桌丰盛的饭菜。有不少地道的野味:蒸荠菜,凉拌野苋菜,烧野兔,还有一大盘辣酥酥的水煮肉片。主食是揪面片,辣得人浑身冒汗。张老头非常霸道地向两人敬酒:"一定得喝!不喝就是看不起我老张!"还不忘为两人一次一次倒蜂糖水。那个"小郎当"趴在碗边,两眼滴溜溜地盯着难得一见的客人。饭后张老头才想起问二人的来意,大老远打北京来到底是为了啥?司马林达先生怎么啦?鲁段吉军看看小丁,不想再瞒下去,便说出了司马林达的死讯。老人惊呆了,惊定之后是涕泪滂沱,"好人不长寿,好人不长寿哇。"他用巴掌抹着泪水,哭得像个孩子。

在见识过乔乔小姐的寡情后,鲁段吉军想,有了这位放蜂人的泪水,司马林达在天之灵也多少有点安慰吧。告别时，他与放蜂人已成契友了，颇有点恋恋不舍。他从那叠照片中翻出老张的那张，说：

"老张，司马林达要给你寄照片，我不知道他死前寄了没有。这张照片就送给你作个纪念吧。别推辞，我那儿还留有翻拍的底片。"

张树林郑重地接过照片，用手掌抹了抹，夹在他的账本中。

第六章　KW0002号太空球

资料之六：

1997年12月，美国马里兰州雷泽夫大学医学院的亨廷干·威拉德完成了一项史无前例的工作：人工组装了一条染色体。

生物染色体有三个主要成分：一、两端是端粒，就像鞋带端的箍一样，它的作用是保证正常的染色体不彼此融合；二、中间是DNA反复复制的短序列；三、是所谓"复制起源"的DNA序列，它在细胞分裂期间发动染色体的复制。

在每条染色体的中心是神秘的着丝粒，它在染色体的分裂和分离中起关键作用。过去正是因为忽视了它，才不能制造人工染色体。

威拉德小组进行了大胆的尝试，将上述三种DNA即端粒DNA、DNA短序列和复制起源DNA分开，再把分离状态的三种DNA插入细胞，然后他们看到了精彩的一幕：上述三个片段按照正确的顺序，自动组装成一条染色体，似乎细胞内储存着染色体的组装程序。

——日本共同社1997年12月23日文章《人工染色体》

太空巴士站是个放大版的太空球。这是一个繁忙的港口，一辆辆大巴士从云层里浮上来，按照巴士站的导航，停泊在各个泊位上。乘坐大巴士的乘客熙熙攘攘地走出来。这儿有轻微的地球重力，人们的行走都是轻盈的纵跃。他们从这儿到各个太空球居住点要换乘太空摩托艇，乘员二到三人。换乘后，一艘艘摩托艇随之离港，就像是挂着黄色尾灯的萤火虫。如仪租用的是私人专用的小型太空艇，不需换乘，她在巴士站验票出站后，独自在空旷的太空中疾行。熟悉的景色使她恍惚回到童年时代：那时她常常贴在太空球的玻璃窗上，把鼻梁压得扁扁的，贪婪地看着窗外的景色。这种景色已与她久违了。

KW0002号太空球在视野中出现了，是一个淡黑色的大球，缓缓转动着，在空旷的背景上显得孤孤零零。如仪没有事先通知爷爷和基恩，存心想给他们一个惊喜。快到太空球时，她才打开通话器："爷爷，基恩叔叔，是我，如仪，我已经到你们门口了！"

通话器立即响起基恩惊喜的声音："是小如仪吗？你怎么突然来了？你爷爷正在睡觉，稍等一会儿，我马上为你打开气密门。"

如仪把摩托艇小心地泊上太空球，仔细地扣好锚扣。太阳从地球背后转过来，把光芒洒在太空球的电池板上，为太空球提供电力。往下看是亲爱的老地球，黄河长江变成了两条细带，太平洋闪着蔚蓝的光芒，白色的雪山绵亘在青藏高原上。如仪兴高采烈地欣赏着，等待着气密门的开启。基恩说"马上"开门的，但这个"马上"未免太长了一点。20分钟后，如仪还没听见那熟悉的咔嗒声，便着急地喊："基恩叔叔，你怎么啦？磨蹭什么呀？"

基恩笑着说："莫急莫急，马上就好。"又过了十分钟，气密门的外门终于打开了。如仪打开密封的摩托艇舱门，她的太空衣立即膨胀起来，她艰难地挤进太空球的气密门，外门关闭，气密室内气压逐渐升高，太空衣又慢慢变小。内门开启了，如仪急忙跨进去。

还是那个熟悉的太空球，她在这儿生活了五年，对球内的每一部分都了如指掌。爷爷这会儿在太空球的对面，也就是在她的头顶上，基恩正在他脑后忙着什么。习惯了地球的重力，乍一走进太空球，总觉得眼睛无法适应这里的怪异。头顶上的基恩仰起头，笑容满面地说："稍等一下，吉先生的睡眠马上就要结束，我来帮你脱掉太空服。"

"不用，我自己能行。"

她脱掉太空服，沿圆球内面小心地走到爷爷那儿，在地球上生活时间太长，她从心理上摆脱不了"走向天花板"的错觉。爷爷还闭着眼睛，两片磁极还贴在太阳穴上，这种强力睡眠机在地球上曾风行一时，但很快就被淘汰了。现在，只有对失眠症患者才使用这种机器。但爷爷一直用着它，他要与死神赛跑，要完成那部巨著：《与哲人的对话——过去、现在与未来》。爷爷睡得很安详，睡梦中仍显得很威严，这种威严是与生俱来的。这时基恩对如仪做了个手势，取下老人太阳穴上的极板，果然，爷爷眨巴眨巴眼睛，醒来了。睁开眼，他就把目光盯在如仪脸上，透出惊愕的表情。

如仪大笑着扑到他的怀里："是我，是如仪，爷爷，我来看你啦。"

她亲亲热热地蹭着老人的脸。爷爷显然很欣喜，不过仍像过去那样不让感情外露，表情淡淡的，没有说话，只是用胳膊搂住孙女。也许，他不能完全忘却"宿怨"，不能忘却孙女儿对自己的反叛。RB基恩收拾好睡眠机，走过来，用他没有指纹的手指轻轻摩挲着如仪的柔发。如仪站起来，高高兴兴地同这位童年玩伴拥抱。她沉浸在久别重逢的快乐氛围中，不由想到自己那晚的担心是多么可笑。

她仔细端详着爷爷，79岁的老人看来十分健康，面色红润，动作利索，根本不带老年人的迟缓。他吩咐基恩："准备早饭吧，如仪一定没吃早饭。"

基恩扬扬眉毛，高兴地答应一声，转身走开。20分钟后，他端着食盘走进餐厅，在如仪面前摆上煎蛋、豆沙包子、热咖啡和小米粥，笑着说：

"15年没有为你做饭了，我怕不合你的胃口，刚才特意向你家的电脑索取了你的家常食谱。怎么样，还对你的口味吧？"

"谢谢你，基恩叔叔，你做什么饭菜我都喜欢。"

她不安地发现，基恩往桌上端咖啡时，手指明显地颤抖着。其实刚才她已经发现，基恩走路时身体前倾，动作迟缓，像是患了老年痴呆症的老人，这未免不正常。B型智能人与自然人类有同样的身体结构、同样的寿命，而基恩才刚刚43岁。她关心地问："基恩叔叔，你的身体不好吗？你的手指为什么发抖？"

基恩面色变白了，他偷偷看看主人，勉强笑道："没有的事，我的身体很好。"

但他的手指分明抖得更厉害了。吉野臣横他一眼，冷冷地说："早在几年前基恩就明显衰老了，今年老态更甚，已经不能胜任工作，只有报废了。显然他是一件不合格产品，我已经向类人交易中心提出索赔，他们答应赔偿一个新的B型人，这个月就要送来。"

RB 基恩的面色更见苍白,沉重地低下头,步履蹒跚地回到厨房。如仪不满地低声喊:"爷爷!……你不该当他的面谈论这些。"

爷爷刻薄地说:"为什么?你怕他伤心?你要记住,不管他多么像人,归根结底,他仍是一件机器,他的'生命'是人工制造的,生生死死对他而言只是预定的程序。我最看不得年轻人中廉价的博爱!这种貌似高贵的感情实际上是贬低了人类的地位,把人类与机器并列。"

如仪暗暗叹息着,没有同爷爷争论。15年没有见面,爷爷的古怪偏执并未稍减。如仪悄悄转了话题:"爷爷,你的身体好吗?我在地球上索取过你的健康资料,从资料上看一切正常。"

"我没有什么毛病,只有头皮常常发胀发木,隐隐作痛。不过也不要紧,是老毛病了,八九年来一直这样。"

"晚上我给你详细地检查一下。爷爷,你孙女儿是个相当不错的医生啦。"

饭后她在爷爷膝下聊了两个小时,午饭前特意到厨房帮助做饭,她想找机会安慰安慰可怜的基恩。但基恩十分达观,没有主人在身边,他显得开朗多了。一边炒菜,一边轻松地说:"小姐,你不用安慰我,主人说得对,我知道自己已经得了老年痴呆症,无药可医,很快就要被销毁了。"

如仪难过地问:"为什么?你只有43岁呀。"

"不知道,我是2号工厂早期制造的B型人,可能那时合成人的质量还不稳定。"

如仪低声说:"你跟我回去,我为你医治。"

"没有用的,除非更换大脑——但换过大脑后我实际上还是不再存在。既然如此,何不干脆换一个基恩Ⅱ?"他笑道,"你真的不用担心,B型人的生命是人工赋予的,我们没有对死亡的恐惧。幸运的是,吉先生的身体很好,79岁的年龄仍然思维敏捷,动作灵活,就像40岁的盛年。小姐,你已经同他聊了很久,你感到他有丝毫老态吗?"

"没有,他甚至比我离开这儿时还年轻。"

"有没有病态或其他异常?"

"没有。"

"看,我没说错吧,他一定能再活20年,写完这部巨著。"他扬扬眉毛欣喜地说:"我很高兴,我真的很高兴。只要主人身体健康,我会笑着走进气化室中。开饭了,走吧。"

午饭后她要通了剑鸣的电话,太空球的图像传输不太稳定,剑鸣的头像一会儿拉长,一会儿横移,好容易才稳定下来。虽然刚离开才一天,但由于空间上的遥远,如仪似乎已与恋人分别了很久,拿起电话说个不停。她说了与爷爷重逢的欣喜,爷爷的偏执,基恩的病情和他的处境。她很可怜基恩,想起他很快就要被销毁,心里沉甸甸地不好受。通话时剑鸣在屏幕上不错眼珠地盯着她,两人谈了很久,剑鸣仍然连声问:

"还有要说的吗?还有要说的吗?"

如仪终于恍然大悟,来这儿后只顾沉醉于重逢的欣喜,她已经忘了走前关于植物、动物和危险信号的约定!不过那本来就是孩子气的玩笑,难得剑鸣还记得牢牢的。于是她大笑道:"还有我屋里的花!你不要忘了浇水啊。"剑鸣这才笑了,挂上电话。

太空岛已经进入地球的阴影,下面现在是灯火辉煌的北美大陆,五大湖在夜色中泛着冷光。如仪走进电脑室,打开屏幕,电脑中立刻响起一个悦耳的男低音:"如仪小姐,你好,我是主电脑尤利乌斯,我能为你做什么事?"

"你好,尤利乌斯,我们已经十五年没有见面了,当然,除了在网络上。"

"对,你已经是个漂亮的大姑娘了。"

"谢谢你的夸奖,尤利乌斯,我想查查爷爷的健康档案。"

"乐意效劳。"

屏幕上调出了爷爷的有关资料。如仪想为爷爷做一次全面的身体检查。从人体自动监测系统的数据和图表看,爷爷的身体状况相当不错,大脑的状况尤其好,没有老年人常见的褐色素沉积、空洞和脑血管硬化。她浏览了一遍,满意地点点头,准备关闭电脑。就在这一瞬间,她忽然惊呆了。爷爷脑部的超声波图像上有一圈极其明显极其齐整的裂纹,正因为太明显太齐整,她在下意识中把它当成图像上的技术错误，几乎把它忽略了。她定定神，仔仔细细地再看一遍，没错，是一圈异常清晰的接口，或者说，爷爷的脑盖被人掀开了，现在只是"粘"在头颅上。接口处的光谱分析表明，黏合剂是一种从蛤贝身上提取的生物胶。

看来爷爷对此毫无觉察。这不奇怪，虽然大脑是人的感觉中枢，但大脑本身并无痛觉，它是人体上最大的感觉盲区。如仪觉得牙齿嗝嗝直抖，脊背上有冷汗在缓缓往下滚落。她在地球时也查过爷爷的健康档案，当时没有发现这一点，那么，或者是当时忽略了，或者是有人捣鬼，向网上输入了做过假的资料。

是谁？答案再明显不过。她想起RB基恩亲切的笑容，实在不愿承认他是凶手。但是，具有讽刺意味的是，这个作案环境太封闭了，容不得对他的辩护，在如此封闭的太空球内，绝不可能是外来者作案。如果忠仆基恩的确是一个阴险的凶手，那么他的假面具实在高明。

她又回过头检查了脑组织的图像，没有发现异常，仅在额叶部发现了一条极细的接痕，非常细，几乎难以觉察。关上电脑，她沉重地思索着，RB基恩究竟要干什么？像某些科幻小说中写的，一个机器人阴险地解剖和观察人类？当然不会。在研制B型人的这50年间，作为模本的人类大脑已经被研究透彻了，所有资料都可以在任何一台电脑终端中轻易地索取出来，用不着去干"揭开头盖骨"的傻事。就拿基恩来说，他的身体就是对人类的逼真仿制。这种仿制是如此逼真，以致不得不制定那项关于指纹的严格立法。

也许这就是作案者的动机，是一种反抗意识，他们在智力体力上都不弱于人类，却生来注定作驯服的仆人，如果再摊上一个孤僻怪诞的老人做主人，这个B型人就更不幸了。如仪又想起基恩的病情，几天之后就会有一个新类人来接替他，而基恩注定要走进气化室。也许他想在死前作最后一搏？如仪不敢在电脑里长期查寻下去。像揭开头盖骨这么大的动作，很难说主电脑尤利乌斯没有参与其中。最大可能这是一桩险恶的合谋犯罪，如果他们知道秘密已经暴露，说不定会铤而走险的。

她步履滞重地来到爷爷的书房。爷爷正在写作，仰在高背座椅上，闭着眼，太阳穴上贴着两块脑电波接收板，大脑中的思维自动转换成屏幕上跳跳蹦蹦的文字。跳动的速度很快，如仪勉强看清了其中几句：

……即使在蒙昧时代，人类也知道了自身的不凡：他们是上帝创造的，是万物中吃了智慧果的唯一幸运者。从达·芬奇、伽利略到牛顿和爱因斯坦，人类更是沉迷于美妙的智慧之梦、科学之梦，科学使人类迅速强大，使人类的自信心迅速膨胀。

伟大的中国哲人庄周曾梦见身化为蝶，醒来不知此身是蝶是我？人类从科学之梦中醒来，才发现自己甚至不理解一个最基本的概念：什么是人？

人类是地球生命的巅峰，秉天地日月之精华，经历亿万年的机缘、拼搏和生死交替，才在无生命的物质上升华出了智慧的灵光。但现在，恰恰是人类的智慧腐蚀着人类的自尊。这会儿，人类智慧的产物——一个叫 RB 基恩的 B 型人正垂手侍立在我的身旁，除了没有指纹外，上帝也无法分辨他和人类的区别。但他却是一堆无生命的物质在生物工厂里合成的，他在三个小时的制造周期里获得了生命四十亿年进化的真蕴。他会永远垂手侍立在我的身后吗？

上帝，请收回人类的智慧吧！……

看到爷爷的独白，她才知道，原来爷爷在内心一直对 B 型人怀着深深的戒备和敌意，难怪他对基恩一直厉言厉色。这使如仪的心境更加沉重。爷爷一直没有发现她，她俯下身，悄悄观察爷爷的脑后。没错，爷爷的头盖上有一圈隐约的接痕，掩在头发中，不容易发现，但仔细观察还是能够看见的。如仪想起爷爷说八九年来头皮一直发木发胀，止不住揪心地疼。这个可怜的老人，只知道在思维天地里遨游，对这桩险恶的阴谋竟然毫无所知。她不能对爷爷说明真相，忍着泪悄悄退出书房。

第二天早餐时，RB 基恩关心地问："小姐，你昨晚没睡好吗？你的眼睛有点浮肿。"

这句问话使如仪打了一个寒战,她昨晚确实一夜没睡,一直在考虑那个发现。她觉得难以理解基恩的企图,他想加害主人?但爷爷的身体包括大脑都很健康。这会儿她镇静了自己,微笑道:"是啊,一夜没睡好,一定是不适应太空岛里的低重力环境。"

爷爷也看看她的眼睛,但没有说话,基恩摆好早餐,仍像过去那样垂手侍立。如仪笑着邀请他:"基恩叔叔,你也坐下吃饭吧。"爷爷不满地哼了一声,基恩恭敬地婉辞道:"谢谢,我随后再吃。"

在基恩面前,如仪仍扮演着毫无心机的天真女孩。她撒娇地磨着爷爷:"爷爷,随我回地球一趟吧,你已经十五年没有回过地球了。剑鸣说无论如何一定要把你拉回去。"

爷爷摇摇头:"不,我在这儿已经习惯了。再说我想抓紧时间把这部书写完。十年前我就感到衰老已经来临,还好,已经十年了,死神还没有想到我。"

"爷爷,我昨晚检查过你的健康资料,你的身体棒极了,至少能活到一百岁。爷爷,只回三天行不行?你总得参加我的婚礼呀。"

爷爷冷淡地说:"我老了,不想走动,你们到这儿来举行婚礼也是可以的。"

如仪苦笑着,对老人的执拗毫无办法,你总不能挑明了说这儿有人在谋害你!想了想,她决定把话题引到爷爷的头颅上,以便观察一下基恩的反应:"爷爷,你不要硬装出一副老迈之态。你的身体确实不错,尤其是大脑,比40岁的人还要年轻!"

她在说话时不动声色地瞄着基恩,分明在基恩的眼神中捕捉到一丝得意。爷爷不愿和她纠缠,便把话题扯开:"你在医学院里学的是脑外科,最近几年这个领域里有什么突破性的进展吗?"

"何止突破性进展,脑外科技术几乎已发展到顶峰了。在研制B型人时,对人类大脑的研究已经足够透彻。脑外科医生早就发明了无厚度的激光手术刀,能够轻易地对脑组织做无损移植;发明了能使被移植脑组织快速愈合的生长刺激剂，等等。从技术上说，对人类大脑进行修复改造的手段已经尽善尽美。任何一个县级医院的实习医生都能在计算机的帮助下做一个复杂的大脑手术——可惜，这是法律不允许的，所以，这个领域实际已经停滞了。作为脑外科医生，我也常常感到郁闷，我们空有屠龙之技却找不到实际用处。"

爷爷不满地纠正道："法律从没有限制大脑的修复，法律只是不允许在手术中使用人造神经元。就我来说，我宁可让大脑萎缩，也绝不同意在我的头颅里插入一块廉价的人工产品。"

如仪不愿同爷爷发生冲突。不仅爷爷，即使在医学院里，这样执拗的老人也为数不少。在他们心目中，作为万物之灵的人类，作为物质最高形态的人类大脑，是最神圣的东西，是丝毫也不能亵渎的。他们不一定信奉上帝，但他们对大脑的崇拜可以媲美最虔诚的宗教信仰。现在，对大脑的修补完善已经是唾手可得的事情，可是由于生物伦理学的限制，没有人敢于实施。这情形非常类似在二十世纪末期社会对待堕胎和安乐死的态度。如仪不是保守派，不过她知道凡事都得循序渐进，堕胎和安乐死也是经过二百多年的潜移默化，才在全世界取得合法地位。如仪悄悄转了话题：

"爷爷，大脑确实是最神妙的东西，是一种极其安全有效的复杂网络。我经手过一个典型病例，一个女孩在一岁时摘除了发生病变的左脑，20年后来我这儿做检查时，发现她的右脑已经大大膨胀，占据了左脑的大部分空腔，也接替了左脑的大部分功能。大脑就像全息照相的底片，即使有部分损坏，剩余部分仍能显示相片的全貌，只是清晰度差一些。"

但爷爷仍在继续着刚才的思路。他冷冷地说："我知道医学界的激进者经常在论证大脑代用品的优越性。他们现在大可不必费心，如果他们愿意把自己降低到机器的身份，等我们这一代死光再说吧，我们眼不见为净！"

如仪只好沉默了。她看看基恩，基恩一直面无表情，收拾了碗盘，然后默默退下。但如仪觉得自己已经了解了他的作案动机，换了她，也不能容忍别人每时每刻锯割着你的自尊！她忽然听到一声脆响，原来是步履蹒跚的基恩打碎了一叠瓷碗。正在盛怒中的爷爷立即抓起电话机：

"是类人交易中心吗？……"

如仪立即按断电话,轻轻向爷爷摇头。吉野臣也悟到自己过于冲动,便勉强抑住怒气,回到书房。如仪来到厨房,心绪复杂地看着基恩,她在昨晚已经肯定基恩正对爷爷行施着什么阴谋,她当然不会听任他干下去。但在心底又对这名作案者抱有同情,她觉得那是一名受压迫者正当的愤怒。基恩默默地把碗碟放到消毒柜中,如仪拍拍他的肩膀,安慰他道:

"基恩叔叔,不要为我爷爷生气。他老了,脾气太古怪。如果……你到我那儿去度晚年,好吗?"

基恩平静地说:"不,B型人不允许'无效的生命'。不过我仍要谢谢你。你不必难过,你爷爷其实是个很好的人,是一个思想的巨人。他能预见到平常人看不到的将来,因此也具有常人没有的忧烦。不要紧,这些年来我早已习惯了。"

第七章　真　相

资料之七：

　　1999年3月，中国科学家朱圣庚进行了一项饶有趣味的研究：在细胞水平上模拟生物界的进化。他使用一种模拟水蛭素，是一个小的蛋白质结构，分子量为65个氨基酸，在自然界有许多变异体。水蛭素原本有抗血栓功能，朱圣庚设计了一种实验室条件，使水蛭素自由地产生变异，抗血栓性好的自动保留，抗血栓低的自动淘汰。他想以此验证，水蛭素药物在定向的进化中，最终能否产生抗血栓性强的变异体。

　　——《科学世界》1999年第3期文章《在细胞水平上模拟生物界的进化》

　　B系统的工作就像是夏天的暴雨，来时铺天盖地，去时万里无云。这两天就属于淡季，没有什么案件。趁着闲暇，剑鸣又查阅了老鲁那边的情况通报。他们的进展很不顺利，曾经寄予很大希望的放蜂人找到了，但没有发现任何疑点。那么，司马林达电脑屏幕上的留言到底是怎么回事呢？剑鸣努力思索也找不到眉目。也许是因为他没有亲临现场，破案时，有些比较微妙的感觉必须在第一线才能体会到。

　　他离开电脑，伸伸懒腰，挂通了太空球的电话。昨天他曾取笑如仪的多疑，不过，经历了上次太空球血案，又接到齐洪德刚的复仇警告，剑鸣心中一直不踏实。他倒不为自己担心，只是担心噩运会降临到如仪头上。在电话中他问：

　　"如仪你好吗？爷爷和基恩都好吗？我的工作已经了结，要我去太空球陪你吗？勇敢的骑士时刻听从公主的召唤。"

　　如仪在回话前犹豫了片刻。她很想让剑鸣来，让自己依靠在一个男人的肩头，但她觉得事情尚未明朗，不想让剑鸣操心。便笑着说："你等等吧，谁知道爷爷会不会欢迎你？我还得在爷爷那儿为你求求情。"

"这么好的孙女婿，他怎么可能不欢迎呢。喂，我要为爷爷带一点小礼物，你说吧，是鲜花，还是波斯猫？"

"鲜花，当然是鲜花。"

这个安全信号让剑鸣放了心，道别后挂上电话。

队里的伙计们正在扎堆聊天，这会儿大纪是主角：

"……女主人死后，这个类人男仆向法院提交一份申请，坚决要求对他进行提前销毁。"

明明问："怎么？两人有私情？"

大纪撇撇嘴："以小人之心度君子之腹啊。那个类人早就料到你们这种人，在遗言中事先就写明了。他说，希望我这份申请不会引起对我女主人的亵渎。我只是一个卑微的类人，女主人是我心中的神祇，是我心中的太阳。她去世后，我的生活里就没有了阳光。我要随她而去，如果这份申请得不到批准，我只好自我销毁了……法院后来批准了他的申请。"

明明奇怪地问："这件事我怎么没有听到？是发生在你的辖区？什么时候？"

"就在昨天发生的，至于辖区……这是印度的报道，我刚才在网上查到的。"

明明咋了一声："你说得这么真切，我还以为是南阳的事呢。"

大纪看看圈外的队长，坏笑道："明明，如仪这两天不在家，你不抓紧时间关心关心队长？"

明明骄傲地说："还用得着你提醒！昨晚我俩才约会过，不信你问队长。"

"队长，真的？"

剑鸣对明明的态度感到欣慰，看来她确实已走出心理上的阴影。他笑着说："千真万确——去去去，都去干点正经事，再扎堆聊天我可不客气了。"

队员们笑着散开，趴到各自的电脑前。剑鸣也回到电脑前，开始了对齐洪德刚的反侦察。这些天，齐洪德刚到处搜集他的资料，不过他也没有睡觉。

他利用警方的仪器在自己的信息库上设了伏，闯入者二度闯入时马上就被锁定了。他不动声色地追踪到德刚的信息库里，浏览着那位老兄辛辛苦苦搜集到的有关自己的资料。有些资料他甚至是头一次见到呢，比如说，他知道父亲退休前曾是2号工厂的老总，但他没想到父亲当时曾是那么叱咤风云。而退休后的30年他甘于平淡，闭门不出，两者的反差太强烈了。他看到了记者董红淑所拍的爸爸照片，很奇怪爸爸还有过大腹便便的时候。在他印象中爸爸一直保持着健美的体形，从未挺着大肚子。

不过，这三天齐洪德刚的电脑一直关闭着，他又在忙什么呢？

剑鸣没料到，齐洪德刚此时已来到父亲的山中住宅。

何不疑的山中住宅是典型的农家院落，房后是两棵大柿树，葳蕤茂密，青柿子已挂满枝头。房前是几畦菜地，白菜和菠菜长得绿油油的。旁边是个水潭，几十只鸭子在水中嬉戏，它们排队游着，在身后留下三角形的波纹。后院还有一个畜圈和一个鸡圈，有两头猪、两只羊和十几只母鸡。何家的住宅是青瓦房，院墙上爬满了刺玫和爬墙虎。家中除了电视电话和一台电脑外没有其他高科技的玩意儿。这位在科技象牙塔中奋斗了30年的顶尖科学家完全返璞归真，退休后只是看看书，侍弄侍弄菜园。连他的外貌也已老农化了，满头银发，身板硬朗，体态匀称，走路富有弹性。他娇小的爱妻也变成了一个满头银发的农妇。

吃过早饭，女主人去鸡圈里喂鸡时，听见汽车开来的声音，少顷，有人敲院门。宇白冰一边往圈里倒饲料一边喊："门没关，请进！"有人推开虚掩的院门，是一位高个子青年，背着背包，面相敦厚和善。宇白冰在围裙上擦擦手迎过去。青年问："这是何不疑先生的家吗？我是南阳理工大学校刊的记者白凌，特意慕名前来拜访的。"屋内的何不疑听到外边的说话声，背着手踱出来，在朝阳的光芒下眯着眼打量来人。听见妻子说："请进，请进，欢迎远方来的客人。"

化名白凌的齐洪德刚跟着主人走进客厅，在沙发上坐下。一只白猫慵懒地抬起头看客人一眼，又蜷曲身体睡下去。女主人为客人沏了一杯绿茶，茶具是古朴敦厚的景德镇瓷器。德刚道过谢，捧着茶杯，蛮有兴趣地打量着屋内的陈设。他绝对想不到，2号工厂的老总，当年叱咤风云的何不疑，会生活在这样一个远离现代化的环境里。何先生穿着中式衣服，布鞋，理着短发，像一个标准的老农。当然，他的风度中也含着从容和威势，这种骨子里的东西是改变不了的。德刚笑着问：

"何伯伯，何伯母，儿子常回来吗？我认得剑鸣，一个精明能干的好警官，是B系统的，可能最近要结婚吧？"

剑鸣妈说："对，他已经通知我们了。他工作太忙，有几年没回来了。"

"何伯伯，我是慕名前来拜访的。我知道30年前你是2号工厂的灵魂，2号工厂可以说是你一手创建的，你怎么会舍弃一切，在山中隐居终生？"

何不疑淡然一笑，含糊地说："人的思想是会变的，正像美国原子弹之父奥本海默晚年却坚决反对使用原子弹——不不，我并不是暗指类人的生产是原子弹那样的罪恶，但生产人造人——这件事的影响太大，太重要，太复杂，超出了人类的控制能力。50岁那年我才知道了天命所在，所以就退下来了。"

"何伯伯，有人说B型人应与自然人有同样的权利，他们也有权恋爱、结婚、生育，不知你对此如何看待？"

"B型人同自然人在生理结构上没有任何区别，不过原作与赝品毕竟不一样吧。如果不承认这个区别，卢浮宫和大都会博物馆都没有存在的必要了，因为用现代科技手段，任何梵高、伦勃朗的名作都可以轻易复制出来，而且是完全不失真的复制。"

"那么，你赞成时下那些严厉的法律？"

何不疑把妻子揽在身边，温和地说："年轻人，不要逼我回答这个问题。我躲到山里，正是为了逃避它。这个问题，留给咱们的后代去回答吧。"

"可是，是你和你的同事亲手把魔盒打开的呀。"

"对，是我们亲手打开的，不过这个魔盒'本来'就会打开的，科学家的作用只是让其早两年或晚两年而已。"

"那么，你对自己在历史上起的作用是该自豪呢，还是该忏悔？"

何不疑皱着眉头看看妻子。显然，这不是一个心怀善意的崇拜者，也许

他心里受过什么伤,他的愤懑之情几乎掩饰不住。不过,何不疑不愿和年轻人作口舌之争,仍温和地说:

"30年前我从2号工厂老总的位置退下来,就是为思考这件事。我想,在我去见上帝前,应该会有答案吧。"他开玩笑地说。

齐洪德刚也察觉到了自己的冲动。他告诫自己,你是来探查情报,并不是来和主人辩论的。"对不起,我的问题太坦率了吧。你知道,在年轻人中,关于这些问题争论得很激烈,我今天千里迢迢跟到这儿,就是想请一位哲人给出答案。"

"我可以给出一个哲人式的回答,那就是,永远不要自封为哲人,永远不要认为你已经全部了解和掌握了自然。"

德刚莞尔一笑:"一个悖论,是吗?"他打算结束采访了。"何伯伯,给剑鸣和如仪捎什么东西吗?我和他常常见面的。"

"不用,谢谢。"

"噢,对了,"他似乎突然想起,"顺便问一下,剑鸣小时候没有受过外伤或得过什么病吧?"

何夫人迟疑地说:"你……"

"是这样,你知道剑鸣已与如仪同居两年,不过他们的性生活……剑鸣只是含糊向我说过,他不大好向你们启齿。"

齐洪德刚注意地看着两人,见他们的面色刷地变了。他想这里面一定有蹊跷,何不疑在电子邮件中那些奇怪的问话果然有原因。但何不疑口气坚决地回答:

"没有,没有受伤或什么大病,他的身体非常健康。"

"那我就放心了。"

何夫人想扭转话题:"小伙子,时间不早了,中午请在舍下用饭,尝尝山野农家的饭菜。"

齐洪德刚起身告辞:"谢谢何妈妈,我是赶班车来的,还要赶回去的班车。走前请允许我为你们留个影,好吗?"

何不疑坚决地拒绝了:"对不起,隐居30年来我们一直躲避着媒体,我们不想把自己摆出去展览。"

德刚恳求着："我不会把你们的照片登到任何媒体上，我以人格担保。何伯伯，答应我的请求吧。"

何不疑不好让他太难堪，勉强答应了。他为二老拍了照，乘着租来的汽车，匆匆离开。何不疑夫妇没有多加挽留，因为来客的那句话打乱了他们的心境。送走了客人，妻子沉默良久，喃喃地问：

"鸣儿真的……"

何不疑断然说："不会的！他的身体同正常人没任何区别！"

"也许我们该去见见儿子，或者如仪。"

"行啊，或者让他俩抽空回来一趟。"

妻子去准备午饭，何不疑躺在摇椅上动着心思。慢慢地，他对今天的来访者产生了怀疑。这个年轻人心中似乎有无法压抑的愤懑，言谈举止中多有流露。也许他并不是儿子的朋友？他想给儿子打电话问一下，但这个电话比较难以措辞。他是否还要再问问儿子的性生活？他已在电子邮件中问过，儿子已经给过肯定的回答，但也许有些话儿子不愿告诉父亲。

尽管难以措辞，他还是要问，这是他对儿子剩下的唯一的担心。不过，这个电话只能等到晚上再打。正在这时电话铃响了，屏幕上是一个陌生的女士：

"你好，何总。还记得我吗？我是董红淑。"

"董——红——淑。"何不疑在脑中搜索着这个熟悉的名字，"我想起来了，你是30年前采访过2号工厂的那位女记者？"

"对，在你退休的那一天。"

"是的是的，真高兴能接到你的电话，年纪大了，记性不行了。"他不由陷入对往事的回忆：30年前他在2号工厂里扮演着上帝的角色，流水线上频频产出的B型人婴儿，临退休那场惊心动魄的实战演习。"小董，我看过你随后的那篇报道。文中对我既有溢美之词，也有含蓄的指责，对吧？斯契潘诺夫那只老熊呢？他曾和我通过几次话，近十几年没联系了。你们有联系吗？"

"联系不多,听说他定居在旧金山。你的电话我是好不容易才查到的,这些年你真的彻底隐居?当年你宣布时我还不相信呢。"

何不疑笑着说:"我用后半生的寂寞来回味前半生。"

两人闲聊了一会儿,何不疑想,小董不会为了这些闲聊特意打来电话吧,果然董红淑转到了正题:"你儿子——我记得他的生日恰好是你的退休日——是否是一个警察?"

"对,在警局 B 系统。"

"何总,有件事我想通知你。你儿子——作为一个尽职尽责的警察——曾直接导致一个 B 型人姑娘的被销毁,她的男友则发誓要复仇,不久前到我这儿调查过令郎的情况。这件事本身的是非我不想评判,我只是不希望冤冤相报,仇恨越结越深。请向令郎警告一声。"

"谢谢。那位 B 型女人的男友是否是高个子,长脸盘,面相敦厚和善?对,我见过,他刚刚来过这儿。当然他报的是化名。"

董红淑叹息一声:"已经来过了?他的时间抓得可真紧啊。那是一个真情汉子,请注意不要伤害他。不过他的复仇行为必须制止,否则会伤害令郎,也伤害他自己。"

"当然,我不会伤害他。再次谢谢你的关心。小董,我已经退休 30 年,有时还难以忘怀当年的生活:处于科技权力的顶峰,才华横溢的同事,每一项决定都会增写或改写历史……不过我现在已彻底抛弃了这一切,变成了一个地道的老菜农。欢迎你来做客,品尝我亲手种的蔬菜。"

"有机会我一定去,再见。"

"再见。我也要赶紧把那位复仇者的事情处理一下。"

齐洪德刚没有回去。2 号工厂离这里只有 80 千米,那是雅君的出生地,他要去看一看,替雅君看看。6 点左右他到了 2 号工厂,正赶上工厂下班,身穿白色工作衣的职工络绎不绝地向门口走过来,沐浴更衣后走出大门。夕阳如血,映照着 2 号工厂那庞大的圆壳屋顶,这尊孵化 B 型人的巨大子宫。微风吹来,白色的软屋顶在轻轻摇曳。下班的人群走完了,夕阳也慢慢沉下,齐洪德刚还在门口默默凭吊。读了董红淑的文章，他对2号内的情况已如目睹。他想象着，无生命的碳、氢、氧、硫、铁等原子进入生产线，经过激光钳的排列，变成一种精巧的组织。于是，上帝的生命力就自动进入"组织"之中。它会自动分裂、增殖，变成一团有生命力的血肉之躯，变成了可爱的雅君。他的耳鼓里还回响着雅君的炽烈情话，手指末端还保留着雅君肉体的温暖。但雅君已被气化，恢复成无知无觉的原子。

为了雅君，他一定要复仇！

2号工厂的警卫依然如30年前那样森严，齐洪德刚在门前逗留时，警卫室里的警卫一直盯着他，可能那人又向上边做了通报，少顷，两名衣着笔挺的警卫从大门里出来，走近德刚：

"先生，有什么需要帮忙的吗？"

德刚笑着说："我是慕名前来的游客，我想参观2号，亲眼看看类人是如何从生产线上诞生的。请问如何才能办理进2号的参观证？"

警卫很有礼貌地说："必须到中央政府去办。这种证的办理是非常严格的。"

德刚遗憾地说："太可惜了，没有一点通融余地？"

"很遗憾，没有。"

"是吗，那我只有在外边看看了。"他向2号投去最后一瞥，上车离开。

晚上他就宿在附近的一家小旅馆。虽然这儿有世界闻名的2号工厂，但由于严格的保密限制，这里没有得到发展，仍是一个很小的集镇。集镇之夜很安静，只有一两处霓虹灯静静地闪亮着。这儿的天空没有被灯光污染，月亮在浮云中穿行，把银辉洒向沉睡的山峦。星星意味深长地眨着眼睛。夏天的风穿过杂木林，一条山溪在不远处沙沙地低语着。旅店虽然小，但很整洁，老板娘是一位腿有残疾的大妈，为德刚整理好床铺，听说他还没有吃饭，忙给他下了一碗鸡蛋挂面，拐着腿送到二楼，笑眯眯地看着他吃完。德刚向大妈道了谢，在卫生间的太阳能淋浴器下冲了澡，躺在床上。这两天走访了董妈妈、何不疑，对宇何剑鸣的情况有了直观感受。他要全面捋一下，捋出对他有用的内容。他从电子记事本中调出董红淑的文章又看了一遍。这篇报道很真切、很客观，不过从第一次看到这篇文章，就有一种奇怪的感觉，似乎某种东西在里面隐藏着。现在这种感觉更强烈了。

也许是某些事过于巧合：何不疑的退休日；安全大检查；一个有指纹婴儿的销毁；宇何剑鸣的生日。

当齐洪德刚躺在简陋的小木床上，努力捋着自己的思路时，他不知道，实际上他是在重复着30年前斯契潘诺夫的推理。采访何不疑时，他曾谎称剑鸣的性生活不圆满，那并不是为了猎取一些污秽的秘密去要挟剑鸣，而是因为在下意识中他已对剑鸣的出身有了模糊的怀疑。

从何不疑家里出来，他的脑子中又增添了一个新疑点。是什么？他不清楚。不过肯定他看见了什么东西，在潜意识中记下了它的可疑。究竟是什么呢？

屋里没有开灯，月光伴着山野的凉风从窗户里钻进来。小茶几上的电子记事本哔哔地响着，发出了低电量警告。他走过去想去关机。这时他又瞥见了那篇文章上所附的何不疑的照片，30年前的照片。他突然受到触动。

照片上，50岁的何不疑肩膀宽阔，肌肉健壮，只是肚子过早地发福了。这个发福的肚子与他健美的身体似乎不大协调，当然这算不上疑点。不过30年后的何不疑又恢复了健美的身材，腹部扁平，体形匀称。这就多少有些反常了，莫非他的减肥锻炼如此有效？

这些疑问搅成一团乱麻，塞在他的大脑中。他看出了有某种秘密，却不知到哪儿寻找它。在这个黑暗的思维迷宫里，哪儿才是出路？忽然一道亮光射进黑暗，有了这道亮光，一切的一切都变得十分清晰。

这些天，他已尽可能收集到了宇何剑鸣的材料，包括他的指纹。当然那是自然指纹，他没打算从剑鸣的指纹中找到什么缺口，不过他清楚地记得，剑鸣是十个斗状指纹，这种指纹是比较罕见的。而董阿姨的文章中明明白白地记载着，那位有自然指纹的被销毁的婴儿就是个"十斗儿"！

而且，恰恰一个婴儿的死期正好是另一个婴儿的生日。

答案已经浮在水面了。是何不疑，这个胆大包天的家伙从2号工厂偷出一个有自然指纹的婴儿，作为自己的亲生儿子。至于他是如何从2号工厂里把类人婴儿夹带出来？有了何不疑50岁的照片又见过80岁的本人，这个答案也很清楚了。

他在心中捋出了何不疑作案的步骤：

其实何不疑并没有什么大肚子，但他在作案前几年就特制了一个足以乱真的"肚套"套在下身，并逐渐使2号的人司空见惯；

他借口安全检查，制造了一个具有自然指纹的B型人婴儿；

他用特别的药物使婴儿假死，并用早已备好的死婴掉包，把死婴拿去销毁；

他在卫生间里取出假肚子里的填充物，装上假死的婴儿，又堂而皇之地挺着假肚子把婴儿带出了2号。

这个方法很巧妙，妙就妙在他利用了人们的思维定式：男人肚子里是不会有胎儿的。

德刚无意中重复了斯契潘诺夫的推理，而且比斯契潘诺夫更容易地得出了结论，这是因为他掌握着斯氏不知道的两个重要证据：宇何剑鸣恰恰也是十斗指纹；何不疑的大肚子后来变平了。这是两个过于明显的疑点。

德刚不由冷笑。他没想到这么容易就抓到了剑鸣的把柄，这真是天理昭昭报应不爽啊，一个尽职尽责的自然人警察害死了一个B型人姑娘，原来他本人也是B型人！

现在可以为雅君复仇了，天理昭昭啊，复仇简直太容易了！德刚没有片刻犹豫，把电子记事本连上网线，在网络中查到南阳市警察局的网站，向那里发了两个文件。一个是董红淑的文章，连同那张大腹便便的何不疑的照片；另一个是何不疑现在的照片，是今天上午他用数字相机拍照的。然后他加了一句评论：

> B型人婴儿销毁了，宇何剑鸣出生了，何不疑的肚子变小了。另外，宇何警官的指纹也是十斗。这里面有什么秘密，请你们自己去推断吧。

在电子记事本的电量用完之前，信息已全部发走。几天来横亘在心中的仇恨终于得到释放，德刚感到从未有过的轻松。雅君在九泉之下可以瞑目了——可是哪来的九泉之下？雅君的身体已经变成普普通通的原子，返回到大自然中，或者已回到 2 号生产线的入口。她永远消失了，不存在了。生活在 22 世纪，恋人们无法再用来生来世欺骗自己，麻醉自己，他们只能清醒地体味着心中的伤痛。德刚在床上辗转反侧，很久才朦胧入睡，在梦中品尝着复仇的快意。

第八章　生死之间

资料之八：

在 20 世纪末，转基因工程取得了飞速的发展。科学家已经能很方便地将某种基因植入其他动物、植物或细菌体内，达到工业化生产的目的，比如医学中宝贵的凝血因子VIII，全美国一年需要 120 克，需从 600 万人所献的 120 万升血浆中提取。但若把凝血因子 VIII 的基因植入乳牛乳腺基因，只需一两头转基因牛的牛奶就能提出上述数量的凝血因子。

产生转基因大致有三种办法：显微注射、胚胎反转录病毒感染和胚胎干细胞介导。

显微注射，就是在精卵即将结合成受精卵前非常短暂的一瞬，将目标基因用微注射器注入精子细胞核内。此法的成功率是 3‰。

反转录病毒法是用某种反转录病毒去感染早期胚胎。所谓反转录，是指以核糖核酸（RNA）为模本构建出脱氧核糖核酸（DNA）。早在 1976 年，科学家就以鼠的白血病毒感染早期小鼠胚胎，使其整合了外源基因并同样能遗传。

胚胎干细胞是功能尚未特化的细胞，它可以发育成动物任何一个器官，它能在体外培养，代代增殖。科学家用反转录病毒感染干细胞，使干细胞整合了外源基因，再植入动物的囊胚腔，便可以参与各种组织的形成。用这种方法制造转基因小鼠几乎有 100% 的成功率。

——《科技日报》1999 年 12 月 1 日文章《转基因生物》

快到晚上 10 点了，每天晚上 10 点到凌晨 1 点是爷爷的睡眠时间。毫无疑问，RB 基恩如果对爷爷做手脚的话，只能在这个时间。她决定今晚通宵守到强力睡眠机旁。爷爷和基恩进来了，爷爷的心绪已经好转，笑问孙女：

"夜猫子，怎么不去休息？"

"爷爷，我想看你使用强力睡眠机的情况。在地球上，这种机器已经没人使用了，连那些曾经热衷于此道的人也放弃了。现在的时尚是'按上帝定下的节奏'走完一生。"

爷爷黯然道："他们是对的。但我是在与死神赛跑，我只能这样。"

他在睡眠机的平台上睡好。基恩熟练地安装好各种传感器和催眠脉冲发送器，然后启动机器。爷爷闭上眼睛，机器均匀地嗡嗡着，两分钟后老人就进入了深度睡眠。他的面容十分安详，嘴角挂着笑意。如仪不禁想到，这个毫无警觉的老人就是在这样的安详中被残忍地揭开头盖，注入什么毒素或者干了别的勾当，她不由对这位"亲切"的基恩滋生出极度的仇恨。

基恩已经把该做的程序都做完了，他笑着劝如仪："小姐，我会在这儿守到他醒来，请你回去休息吧。"

"不，我想观察一个全过程，今晚要一直守在这儿。"

"好吧。"基恩没有勉强，在如仪对面坐下，眯起双眼。如仪警惕地守护着，但她很快觉得脑袋发木，两眼干涩。她艰难地撑着眼皮，不让自己睡着，但眼皮越来越沉重。她在朦胧中意识到是基恩在捣鬼，他把本来指向爷爷的催眠脉冲指向自己。但是已经来不及了，无声无息的催眠脉冲很快把她送入黑甜的梦乡。

她从睡梦中醒来，立刻接续到睡前那一刻的意识：基恩对她做了手脚！警觉把她的睡意立即赶走了，她睁开眼，见时钟是凌晨1点，RB基恩正对老人输入唤醒程序。他看看正在揉眼睛的如仪，笑着问："小姐，睡醒了？我看你太困，没有唤醒你。"

他的笑容仍然十分真诚，但此时此刻，这种"真诚"让如仪脊背发凉。她看见自己身上搭着一件毛毯，便勉强笑道："是的，昨晚我太累了，谢谢你为我盖上毛毯。"

她想，基恩也许知道她发现了异常，但他并没打算中止行动。如仪开始后悔没有让剑鸣同行，至少昨天该把危险信号发回去。现在，谁知道基恩是否切断了同外界的联系渠道？爷爷的身体开始动弹，他睁开双眼，目光立即变得十分清醒，显得精神奕奕。他从平台上坐起来，笑道：

"如仪你真的守了三个小时？快去休息吧，我要去工作了。"

如仪顺势告辞："好的，我真的困了，爷爷晚安，不，该说早安了。"

她走近房门时，爷爷唤住她："噢，还有一件事。你准备一下，今天我同你一同回地球。"

如仪瞪大了眼睛："真的？"爷爷笑着点点头。这本来是件高兴事，但如仪却笑不出来。执拗的爷爷这次很难得地答应了孙女的要求，问题是基恩会不会顺顺当当放他们走。她回到自己的房间，在忐忑不安中睡着了。

早饭时爷爷仍然神采奕奕，一点也不像通宵工作过的样子。他边吃边吩咐基恩："帮我准备一下，饭后我们就走，明天返回。"

如仪悄悄观察着基恩，在他沉静的表情中看不出什么迹象。她笑着问爷爷："爷爷，你怎么突然改变了主意？"

"没什么，我只是突然想见见那个骗走我孙女的家伙。"

如仪红着脸说："爷爷不许乱说！"虽然表面上言笑盈盈，但她心里一直坠着沉重的铅块，她想基恩恐怕不会让主人带着头上的伤痕回地球的。这两天，尽管对"基恩在进行某种阴谋"这一点已确认无疑，但如仪实际上一直百思不解。基恩到底要干什么？如果是想对乖戾的主人报复，他似乎不必如此大费周折吧。而且，主电脑尤利乌斯——它只是一名冷静客观的机器——怎么会同基恩勾结在一起呢？这里边谁是主犯谁是胁从？是否还包含着更深层次的原因？

这些问题她都不能回答，推理的链条中有一节巨大的缺环。

这会儿基恩平静如常，收拾好餐具，把主人的随身物品放进一个小皮箱内："吉先生，现在就出发吗？"

"嗯，早点走吧，太空站联系过了吗？"

"联系过了。"

基恩服侍老人穿好太空服，又仔细地检查了太空帽同衣服的密封，然后把镀金面罩翻下来。他的手脚显得迟钝，但干得很尽心。如仪冷眼旁观着，心中对这位"忠心的仆人"不由生出惧意。

三人通过减压舱走出太空岛。外舱门一打开，如仪立即惊叫一声，系缆在舱门外的双人太空船已经无踪无影了！愤懑立刻在心中膨胀，她记得很清楚，前天在泊船时，她非常仔细地扣好了锚桩上的金属搭扣。何况太空并不是海湾，这里没有能冲走船只的海流。毫无疑问是基恩捣了鬼。问题还不止于此，问题在于基恩不会不清楚自己的这个把戏很容易被人识破，但他并不在乎这一点！如仪愤怒地盯着基恩，声调冰冷地问：

"基恩叔叔，你知道这是怎么一回事吗？"

基恩真诚地连连道歉："都怪我，是我的失职，我昨晚该帮小姐检查的。请先回去，我马上为你们联系一条新船。"他对着通话器说："尤利乌斯，请打开气密门，我们要返回。"

气密门慢慢打开了，基恩扶着老人进去。在增压的过程中，如仪沉着脸一声不吭。基恩满面歉意，爷爷看看他们两人，没有说话。回到太空球内，当基恩忙着同地球联系太空船时，吉野臣盯着如仪的眼睛问："如仪，出了什么事？"

如仪在心中叹息着"可怜的老人"，他虽然是一个博大精深的学者，但在日常生活中却十分低能——他连自己的脑盖被人掀开都毫无所知，你还能指望他什么呢？她不想把真情告诉爷爷，谁知道呢，也许基恩在这小小的太空球内早已布满了窃听器。她勉强笑道：

"没什么，我是生自己的气，前天泊船时太马虎了。爷爷，你的行程只好推迟两天了。太空港还得等候合适的发射窗口呢。"

剑鸣闲了两天，又忙开了。警察局的 B 系统在初建时曾被认为是多余的配置，因为从生物工厂里生产出来的 B 型人个个是忠诚的典范。不过现在风向有点变了，这些忠仆中开始有了小小的麻烦。今天剑鸣处理了一则类人仆人擅自出走案，快中午时，他才腾出时间给太空岛挂了电话，听见如仪急迫地说：

"我的上帝！可盼到你的电话了！"

剑鸣吃了一惊，昨天她不是还发来了平安信号吗？今天却突然变成"极端危险"！表面上他不动声色地开着玩笑："你才是我的上帝呢，我已经请准了假，准备去太空岛陪伴你。"

"你今天就来吧，你知道吗，我的太空船飘走了，我正发愁怎样回去哩。剑鸣，你要坐四人太空艇来，爷爷也要回地球看看，还有基恩。"

剑鸣听出了她的弦外之音，太空船当然不会无缘无故飘走的。屏幕上，爷爷仍在伏案写作，RB基恩在居室里忙着什么。如仪表面上还算镇静，但眸子深处藏着焦灼。他凝视着如仪的眼睛说："好的，我马上订船票。你不要着急，耐心等着我，听见了吗？"

如仪也凝视着他，用力点头。剑鸣挂断电话后紧张地琢磨一会儿，立即要了高局长的电话，对着话筒说"宇何剑鸣有急事求见"。那边很久没有摁下同意受话的按钮，剑鸣着急了，他想直接上楼去敲局长的门。这时屏幕亮了，老局长微笑着问：

"剑鸣，有什么事？"

剑鸣三言两语说明了情况："局长，我不知道那儿是否真的出了什么事，但按我们走前的约定来看，我的未婚妻一定是发现了某种危险。我想立即去看一看。"

"也是因为类人仆人？"

"很可能。"

局长犹豫片刻，爽快地说："好吧，我让秘书为你联系最近的航班，你是否带上几个人？"

"谢谢局长，我想一个人能对付。"

"这样吧，你先一个人去，到达太空岛立即给我来个电话。这边我同太空警署联系，如果抵达后两个小时内见不到你的电话，他们就派警用飞船去接应你。"

"谢谢局长，你考虑得真周到。"

局长笑道："什么时候学会客气啦？我当然要考虑周到，我可不想失去一个能干的部下。"

在局长办公室里，高郭东昌摁断了通话，宇何剑鸣的面孔从电话屏幕上消失了。但另一块电脑屏幕上仍然是剑鸣的头像，还列着他的详细资料。一名矮胖的中年警官刚才中断了谈话，这会儿正在等候着。等局长回过头，他怀疑地问：

"怎么这样巧？会不会是他听到了风声想逃跑？"

局长摇摇头："不会的，两天前他就给我打过招呼。你继续说吧。"

"刚才已经说过，这种错误是极为罕见的。咱们都知道，B 型人是用人造DNA 制造的，但在制造初期就仔细剔除了有关指纹的基因密码，在制造的各个阶段更是层层设防，严格检查。所以，30 年来所制造的三亿五千万 B 型人中，从未发现带有指纹的例外。宇何剑鸣是迄今为止已发现的唯一一例。"

局长沉思着："提供情报的齐洪德刚是什么背景？"

"局长，你肯定记得那桩类人伪造指纹案。指纹伪造得天衣无缝，多亏宇何剑鸣把它戳穿了，女犯人已被销毁。齐洪德刚就是那位女类人的未婚夫。"胖警官知道局长此时的思路，主动解释道，"齐洪德刚当然是挟嫌报复，这点不用怀疑。但不幸他揭发的事实是真的，我们反复验证过，确实是真的。现已查明，宇何剑鸣的父亲是 RB 工厂的总工程师，他喜爱自己的产品到了丧失理智的地步，所以利用自己的专业知识和对工厂警戒系统的熟悉，精心策划，制造了一个有天然指纹的 B 型人婴儿。并骗过各级检查程序，把他秘密带回家中。又用妻子假分娩的办法，为他伪造了合法的身份。"

高局长沉默了很久，在手中玩弄着一支钢笔，胖警官耐心地等待着。很久局长才问："宇何剑鸣本人不知道吗？"

"他不知道。从各种迹象判定，他的父母从未告诉过他。"

"他父亲呢？"

"在西峡山中隐居，我们正考虑对他实施监控。局长，我也不忍心。宇何剑鸣是一个好警察，工作能力是出类拔萃的。要不是他，那个女类人的假指纹就不会被揭穿——剑鸣本人的身份也就不会暴露。妈的，这都是什么事啊。"

局长轻轻叹息道："是啊，一个好警察。"他在屋里踱着步，长久地思索着，胖警官的脑袋随着他转来转去。很久之后，局长停下来，一边思考，一

海豚人

边缓缓说道：

"人类和B型人之间，除了指纹，身体结构没有任何区别。换句话说，如果某人确有天然指纹，即使明知道他是B型人，我们也无法从法律上指认他。对于他，只能实施'无罪推定'的法律准则。虽然到目前为止还没有类似的判例，但从法律条文上说是不错的。我说的对吗？"

胖警官心领神会地说："对，一点儿不错。"

局长的思路已经理清，说话也流畅了，他果断地一挥手："这桩案子仍要按正常程序审理。谁都没有胆量也没有权利对一个B型人徇私。但你找一个高明的律师好好合计一下，既然宇何剑鸣是三亿五千万B型人中唯一的幸运者，而且，他本人主观上又没有隐瞒身份，那就让他从法网之眼中逃一条性命吧。当然，即使能活着，他也不能在警察局里待下去了。"

"好，我这就去办。宇何警官那儿……"

"暂时保密。等他返回地球后我亲自告诉他。另外，同太空警署联系，对那个太空岛实施24小时监控，一旦他遇到麻烦好去及时接应。从另一方面说，如果他本人……我们也可预做准备。"他心情沉重地说："这是30年来在B系统发现的第一个类人，我们不得不多往坏处想想，目前正是多事之秋。"

胖警官很佩服局长的细密周到。"好，我马上去找律师，我估计保他一条命没问题。"

他站起来，局长又伸出一只手指止住他："还要烦你做一件事。"

胖警官咧咧嘴："咋，局长跟我讲客气。"

"烦你做一件事。"局长重复着，"你去为宇何剑鸣送行，想办法在他身上装一个窃听器。"局长沉重地说。胖警官为难地皱着眉头，并不是这事难办，而是……昨天还是推杯换盏的哥儿们，今天却要倾轧防范了！这个弯转得太陡。他牙疼似地龇着牙：

"行，我去。谁让咱吃这碗饭呢，谁让他是类人呢。妈的，这是什么事儿！"

吉野臣很快又把世俗烦恼抛却脑后，专心于写作。他看出孙女和基恩有些小龃龉，不过他想即使有些小麻烦，机灵的孙女也会处理的。吉平如仪尽力保持着表面的平静,她为爷爷煮咖啡,同他闲聊,到厨房帮基恩准备饭菜。基恩有条不紊地干着例行的家务琐事,他同如仪交谈时仍然十分坦诚亲切,这种伪装功夫让如仪十分畏惧。

自始至终,她一直把爷爷保持在自己的视野里。她要保护好爷爷,直到未婚夫到达。她当然不相信阴险的基恩会自此中止阴谋——可惜她至今没猜到,他到底是在搞什么鬼把戏——但是,既然已经同剑鸣通了信息,既然剑鸣很快就要抵达,相信基恩也不敢公然撕破脸皮,对他们下毒手。

剑鸣每隔两个小时就打来一次电话,他告诉如仪,现在他正在地球的另一侧,八个小时后才能赶上合适的发射窗口,大约在明晨2点可以赶到这儿。他在屏幕上深深地看着那双隐含忧虑的大眼,叮咛道:

"好好休息,等我到达。"

爷爷仍在旁若无人地写作。RB基恩这会儿正在对太空岛生命保障系统作例行检查,包括空气循环、食物再生、温度控制。如仪不禁想到,如果他想在生命保障系统上捣点鬼,那是再容易不过的事。人类从烦琐劳动中脱身,把它们交给机器奴隶和类人奴仆,但养尊处优的同时必然会丧失一些至关重要的权利和保障,不得不把自己的生存寄托在机器和类人的忠诚上。这种趋势是必然的,无可逃避的。

她很奇怪,基恩为什么这样平静?他既然冒着被识破的危险把太空船放走,说明他的阴谋已经不能中止了。但他为什么不再干下去?太空岛里弥漫着怪异的气氛:到处是虚假的亲切,心照不宣的提防,掩饰得体的恐惧。这种气氛令人窒息,催人发疯,只有每隔两小时与剑鸣的谈话能使她回到正常世界。下午两点,剑鸣打来最后一次电话,说他即将动身去太空港:"太空岛上再见。我来之前,你要好好休息啊。"

她知道剑鸣实际说的是:"我来之前一定要保持镇定啊。"现在,她一心一意地数着时间,盼着剑鸣早点到这儿。

变光玻璃慢慢地暗下来,遮住了强烈的日光,营造出夜晚的暮色。10点钟,爷爷和基恩照旧走向睡眠机。在这之前,如仪已经考虑了很久,不知道今晚敢不敢让爷爷仍旧使用强力睡眠。如果突然要求他们停止使用,她无法提出强有力的理由，也怕爷爷心生疑虑。最后她一咬牙，决定一切按原来的节奏，看基恩在最后四个小时能干出什么把戏。她拿起一本李商隐的诗集跟着过去，微笑着说：

"爷爷，基恩叔叔，今晚没有一点儿睡意，我还在这儿陪你们吧。"

基恩轻松地调侃着："你要通宵不睡，等着剑鸣先生吗？分别三天，就如隔三秋啦。"

如仪把恨意咬到牙关后，甜甜地笑着说："他才不值得我等呢，我只是不想睡觉。"

基恩熟练地做完例行程序，爷爷立即进入深度睡眠。如仪摊开诗集，安静地守在一旁。实际上，她一直拿视力的余光罩着爷爷和基恩。几分钟后，昨晚那种情形又出现了，她感到头脑发木，两眼干涩，眼皮重如千斤。她坚强地凝聚着自己的意志力，努力把眼皮抬上去，落下来再抬上去……她豁然惊醒，看见面前空无一人。基恩不在，爷爷连同他身下的平台也都不在了。如仪的额头立即冷汗涔涔，她掏出手枪，轻手轻脚地检查各个房间。

她没有费力便找到了。不远处有一间密室，这两天她没有进去过，但此时门虚掩着，露出一道雪白的灯光。她小心翼翼地走过去，从门缝里窥视，立时像挨了重重一击，恐惧使她几乎呕吐。在那间小屋里，爷爷——还有基恩！全被揭开了脑盖，裸露着白森森的大脑，两人的眼睛都紧闭着。伴随着轻微的嗡嗡声，一双灵巧的机械手移到爷爷头上，指缝间闪过一道极细的红光，切下额叶部一小块脑组织，然后极轻柔地取下来。

作为医生，她知道自己正在目睹一次典型的脑组织无损移植手术，那道红光就是所谓的"无厚度激光"。现在手术刀正悬在爷爷头上，她不敢有所动作，眼睁睁地看着机械手把这块脑组织移过去，放在一旁；又在基恩大脑的同样部位切下相同的一小块，然后机械手把爷爷那块脑组织嵌在基恩大脑的那个缺口上。接着，机械手又把基恩的那块脑组织移过来，轻轻地嵌在爷爷的大脑上。然后机械手在两人的脑盖断面涂上生物胶，盖上头盖，理好被弄乱的短发。这一切都做得极为熟练轻灵，得心应手。

到这时，如仪才知道这次手术的目的。原来，他们是在用爷爷的健康脑组织为基恩治病！如仪仇恨地盯着那双从容不迫的机械手，嘴唇都咬破了。她想，从手术情况看，毫无疑问，主电脑尤利乌斯也是阴谋的参加者，类人和电脑智能勾结起来，对付一个毫无戒心的老人。手术结束了，如仪想自己可以向凶手开枪了。就在这时基恩睁开了眼睛，目光十分清醒，一点不像刚作了脑部手术的样子。他站起身，蹒跚地走近仍在睡梦中的爷爷，端详着他的脑部，满意地说：

"好，这是最后一次了。谢谢你，尤利乌斯，这个历时10年的手术可以画一个圆满的句号了。"

屋里响起尤利乌斯悦耳的男低音："我也很高兴看到今天的成功。如仪小姐是否在门外？请进来吧。"

如仪一脚踹开房门，冲了进去。她的双眼喷着怒火，黑洞洞的枪口指着基恩的胸口。基恩没有丝毫惧意，相反，他的表情显得相当得意。他微笑着说："如仪小姐，你睡醒了？手术正好也结束了，现在，我可以向你讲述整个故事了。"

如仪再也忍不住，她狂怒地喊道："我要杀死你这个畜生！"在喊声中她扣动了扳机。

KW0002号太空球在炫目的阳光中慢慢旋转着，所有舷窗玻璃都已变暗，远远看去像一个个幽深的黑洞。宇何剑鸣乘X303号太空摩托艇抵达这里，打开反喷制动，轻轻停靠在减压舱外，打开通话器呼叫：

"爷爷，如仪，我已经到达，请打开舱门。"

通话器里沉默了几秒钟，然后一个悦耳的男低音说："是宇何剑鸣先生吗？我是主电脑尤利乌斯，太空球内刚刚发生了一些意外，吉先生和如仪小姐这会儿都不能同你通话。现在我代替主人作出决定。"

剑鸣的心猛地一沉，脱口问道："他们……还活着吗？"

"别担心，他们都很安全。请进。"外舱门缓缓打开，剑鸣泊好船，进入减压舱。外舱门缓缓关闭，气压逐渐升高。在等待内舱门打开时，剑鸣竖起了全身的尖刺。太空岛内部情况不明，无法预料有什么危险在等着他。而在脱下太空服前，他几乎是没有还手之力的。内舱门打开了，按太空岛的作息时间现在正是凌晨,球内晨色苍茫。剑鸣迅速脱掉太空服,打开灯开关,在雪亮的灯光下,面前没有一个人影。他掏出手枪,打开机头,开始寻找,一边轻声喊着:"如仪,爷爷,你们在哪儿?"

一间小屋里有动静,透过半开的房门,看见如仪平端着那支小巧的手枪,指着面前的两人,一个是基恩,一个是……爷爷!吉先生目中喷火,但在手枪的威胁下被迫呆坐不动。基恩左胸贴着雪白的止血棉纱,斜倚在墙上,似乎陷入了昏迷状态。剑鸣急忙喊着如仪,跨进屋子,如仪立即把枪口对准他的胸口:

"不准动!你是什么人?"

剑鸣一愣,焦灼地说:"是我,宇何剑鸣,如仪你怎么了?"

"说出暗号!快,要不我就要开枪了!"

剑鸣迅速回答:"植物表示安全,动物代表危险,极端危险就说我的上帝!"

"我俩的第一次约会是在什么时间?快说!"

剑鸣苦笑着:"具体时间我一时想不起来,但我记得是在医院第一次碰见你的三个星期后,约会地点是公园凉亭里。"

如仪这才放心,哭着扑入剑鸣的怀抱。吉野臣站起来,怒冲冲地骂道:"这个女疯子!"

如仪立即从未婚夫怀里抬起枪口,命令道:"不许动!爷爷你不许动!"

剑鸣纵然素来机警敏锐,这时也被彻底搞糊涂了。他苦笑着问:"如仪,究竟是怎么一回事?谁是敌人?"

如仪的眼泪如开闸的洪水。她抽噎着说:"剑鸣,我不知道,我没办法弄明白。尤利乌斯和RB基恩勾结起来,为基恩和爷爷换了大脑,现在他,"她指指爷爷,"是爷爷的身体和思想,但却是基恩的大脑。他,"她指指基恩,"头颅里装的是爷爷的大脑,却是基恩的思想和身体。我真不知道该打死谁,保护谁。你进来时,我连你也不敢相信。剑鸣,你说该怎么办?"

吉野臣已经忍无可忍了,他厉声喝道:"快把这个女疯子的枪下掉!我是吉野臣,是这个太空岛的主人!"

剑鸣皱着眉头,一时也不能作出决定。这时尤利乌斯的声音响起来:"你好,宇何剑鸣先生,让我告诉你事情的真相吧。"

如仪狂乱地说:"剑鸣,千万不要相信他!他是帮凶,是他实施的手术!"

尤利乌斯笑道:"不是帮凶,是助手。宇何先生,如仪小姐,还有我的主人,请耐心听我讲完,然后再作出你们的判断,好吗?"

吉野臣和剑鸣互相看看,同时答应:"好的。"

"那么,请允许我先替基恩处理好外伤,可以吗?"

10分钟后,机械手为基恩取出枪弹,包扎好,又打了一剂强心针。子弹射在心脏左上方,不是致命伤。在机械手做手术时,宇何剑鸣的枪口一直警惕地对着基恩和爷爷。如仪靠在爱人肩上,哽咽着告诉爱人,刚才当她满怀仇恨对基恩开枪时,猛然想起基恩刚说过的话:"这是最后一次。"也就是说,基恩和爷爷的大脑至此已全部互换完毕。如果以大脑作为人格最重要的载体,那么她正要开枪打死的才是她的爷爷,所以,最后一瞬间她把枪口抬高了。

"那时我又想到,我全力保护的原来那个爷爷实际已被换成敌人。可是,他虽然已经换成了基恩的大脑,但他的行为举止、他的思想记忆明明是爷爷的。我真不知道该怎么办!"她的泪水又唰唰地流下来。剑鸣为她擦去泪水,皱着眉头思考着,同时严密监视着那两个不知是敌是友的人。这时,屋内的一部屏幕自动打开了,一个虚拟的男人头像出现在屏幕上,向众人点头示意:

"我是尤利乌斯。你们已经准备好了吗?我要开始讲述了。10年前,我的主人吉野臣先生已经患了老年痴呆症,他的大脑开始发生器质性的病变,出现了萎缩和脑内空腔。这种病发展很快,五年以内他就会失去工作能力。现代医学对此并非无能为力,可惜人类的法律和道德却不允许。因为,"他在屏幕上盯着主人的眼睛,"正如吉先生所信奉的,衰老和死亡是人类最重要的属性,绝不能使其受到异化,更不能采用人造神经组织来修补自然人脑。我说的对吗,我的主人?"

吉野臣显然抱着"姑妄听之"的态度,这时他冷冷地点头:"对,即使人造神经组织在结构上可以乱真,但它的价值同自然人脑永远不可相比,就像再逼真的赝品也代替不了王羲之或梵高的真品。"

对主人的这个观点，尤利乌斯只是淡淡一笑，接着说下去："那时基恩来同我商量，他说吉先生的巨著尚未完成，他不忍心让吉先生这样走向衰老死亡，但用人造脑组织为他治病显然不能取得他的同意。于是他说服我对主人实施秘密手术，用基恩的健康脑组织替换主人已经衰老的脑组织。这次手术计划延续10年，每天只更换三千分之一。为什么这样做？为什么不一次换完？个中原因我想如仪小姐一定清楚。因为，根据医学科学的最新研究结果，只要新嵌入的脑组织不超过大脑的三千分之一，原脑中的信息就会迅速漫过新的神经元，冲掉新神经元从外界带进来的记忆，然后原脑中的信息会在一两天内恢复到原来的强度。这种情形非常类似人体在失血后的造血过程。虽然人脑的各个区域的功能是特化的，但大脑总的说是一个统一体，是复杂的立体网络，失去三千分之一的信息后并不影响记忆的总容量。这就像全息照片——全息照的底片即使掉了一个角，仍能洗出一张完整的照片。总之，每天更换三千分之一，这样循环不息地做下去，换脑的两人都能保持各自的人格、思想和记忆。如仪小姐到达这儿时，手术只剩下最后两次，为了做完手术，基恩只好偷偷放走了太空艇。现在这个手术终于结束了，也取得了完全的成功，正如你们亲眼看到的。"

吉野臣勃然大怒："一派胡言！你们不要听信他的鬼话，我即使再年老昏聩，也不会对自己脑中嵌入异物一无所知。"

剑鸣和如仪交换着目光，如仪苦笑着说："尤利乌斯所说可能是真的，我亲眼看见了最后一次手术。现在，既然爷爷非常健康而基恩却老态龙钟，那么他们就真的是在为爷爷治病而不是害他。对了，还有一点可以做旁证：前天我刚来就感到某种异常，但一直不知道究竟是什么。刚才我才悟出来。这是因为爷爷改掉了一些痼习，如说话时常常扬起眉毛，走路左肩稍高等，偏偏这些痼习都跑到了基恩身上！这说明他们确实已经换过脑，不过换脑后外来的记忆并不能完全冲掉，多多少少还要保留一些。"

吉野臣不再说话，他的目光中分明出现了犹疑。剑鸣思索片刻，突然向尤利乌斯发问：

"那么，你们为什么一定要用基恩的脑组织来更换？B型人的身体部件是随手可得的商品，你们完全可以另外买一个 B 型人的大脑，那样手术也会更容易。"

尤利乌斯微微一笑："你说的完全正确，这正是我最初的打算。但基恩执意要与主人换脑，即使这样显然要增大手术难度。你们知道这是为什么吗？"

他有意停下来让人们思考。如仪惶惑地看着剑鸣，轻轻摇头。剑鸣多少猜到一些，但他也保持沉默，等尤利乌斯说出来。少顷，尤利乌斯继续说："我想基恩的决定有两方面的原因：其一是顽固的忠仆情结，他一定要'亲自'代替主人的衰老死亡。其二，"屏幕上的尤利乌斯头像富有深意地微笑着，"基恩是用这种自我牺牲来证明他的自我价值，证明 B 型人的价值。关于这一点不用我多说了吧？"

如仪和剑鸣都把目光投向爷爷，又迅即溜走，不敢让爷爷看见他们的怜悯目光。尤利乌斯说得够清楚了，现在，这个固执的老人，这个极力维护自然人脑神圣地位的吉野臣先生，正是被 B 型人的脑组织延续了生命。从严格意义上讲，尽管他仍保持着吉野臣的思维和爱憎，但他实际上已经变成他一向鄙视的 B 型人。

屋里很静，只能听见伤者轻微的喘息声。基恩失血后很疲惫，闭着眼，斜倚在墙壁上。剑鸣严厉地说：

"尤利乌斯，你和基恩没有征得主人的同意，擅自为他做手术，你们难道不知道这是完全非法的？按照法律中对电脑和 B 型人有'危险倾向'的界定，你和基恩都逃脱不了被销毁的命运。"

尤利乌斯笑道："在我的记忆库中还有这样的指令：如果是涉及主人生命的特殊情况，可以不必等候甚至可以违抗主人的命令。比如说，如果主人命令我协助他自杀，我会从命吗？"

宇何剑鸣沉默了。RB 基恩已经恢复过来，他艰难地挣起身子，用目光搜索到了主人，扬了扬眉毛想同主人说话。这个熟悉的动作使吉野臣身上一抖，目光中透出极度的绝望和悲凉。他猛然起身，决绝地拂袖而去。如仪和剑鸣尚未反应过来，基恩已经急切地指着他的背影喊道：

"快去阻止他自杀！……"

等两人赶到书房，看见爷爷已经从抽屉里取出一把手枪，顶在太阳穴上。如仪哭喊着扑过去：

"爷爷，爷爷，你不要这样！"

在这一刻，她完全忘掉了心中的"夷夏之防"，忘掉了对老人真正身份的疑虑。爷爷立即把枪口转向她——他的动作确如中年人一样敏捷，怒喝道：

"不许过来，否则我先开枪打死你！"

他把枪口又移向额头，如仪再度哭着扑过去。一声枪响，子弹从她头顶上飞过。如仪一惊，收住脚步，但片刻之后仍然坚定地往前走：

"爷爷，你要自杀，就先把我打死吧。"

她涕泪俱下地喊着，爷爷冷淡地看她一眼，不再理她，自顾把枪口移向额头。剑鸣突然高声喝道：

"不要开枪！……如仪你快停下，不要再往前走。爷爷，你的自杀是一个纯粹的、完完全全的逻辑错误，请你听完我的分析，如果那时还要自杀，我们决不拦你，行吗？"

他嬉笑自若，他的指责太奇特了——逻辑错误！也许，正是这种奇特的指责起了作用，素以智力自负的老人脸上浮出疑惑。他没有说话，但枪口分明偏了一点儿。剑鸣笑道：

"我知道你是想以一死来维护人类的纯洁性，我对爷爷的节操非常钦敬。但你既然能作出这样的决定，就说明你仍保持着自然人的坚定信仰，保持着自然人的爱憎，你并没有因为大脑的代用就蜕变为类人。我想你知道，每个人从呱呱坠地直到衰老死亡，他全身的细胞只有脑细胞除外都在不断地分裂、死亡、以旧换新，一生中他的身体实际上已经更换多次。比如皮肤吧，一个人在70年中能更换48公斤！所谓今日之我已非昨日之我，但这并不影响他作为一个特定人的连续性和独特性。每个生命都是一具特殊的时空构体，它基于特定的物质架构又独立于它，因此才能在一个'流动'的身体上保持一个'相对恒定'的生命。既然如此，你何妨达观一点，把这次的脑细胞更换也看作是其他细胞的正常代换呢？"

他看见老人似有所动，便笑着说下去："换个角度说，假如你仍然坚持认为你已经被异化——那好,你已经变成了 B 型人,请你按 B 型人的视点去考虑问题吧,你干吗要自杀?干吗非要去维护'主人'的纯洁性?这样做是否太'自作多情'了?"

"所以,"他笑着总结道,"无论你认为自己是否异化,都没必要自杀。我的三段论推理没有漏洞吧?"

在剑鸣嬉笑自若地神侃时,如仪非常担心,她怕这种调侃不敬的态度会对爷爷的狂怒火上加油。但是很奇怪,这番话看来是水而不是油,爷爷的狂躁之火慢慢减弱,神色渐归平静。她含悲带喜地走过去,扑进爷爷的怀里,哽咽着说:

"爷爷,你仍然是我的好爷爷。"

爷爷没有说话,但把她揽入怀中,他的情绪分明有了突变。剑鸣偷偷擦把冷汗——刚才他心里并不像表面那样镇静自若——也嬉笑着凑过来:"爷爷,不要把疼爱全给了孙女,还有孙女婿呢。"

如仪佯怒地推他一把:"去,去,油嘴滑舌,今天我才发现你这人很不可靠。"

剑鸣笑着说:"你这不是过河拆桥吗?"

两人这么逗着嘴,爷爷的嘴角也绽出笑意。忽然他把如仪从怀中推出去,用目光向外示意。原来基恩正扶着墙,歪歪倒倒地走过来。他的伤口挣开了,鲜血洇红了绷带。如仪和剑鸣急忙过去扶他进来,把他安顿在座椅上。RB 基恩仰望着主人,嘴唇抖颤着说不出话来。吉野臣冷漠地看着他,他对基恩擅自为他换脑仍然极为恼火,那将使他今后处于极为尴尬的境地。但基恩的用心是好的,如果没有这个手术,恐怕死神已找上门了。这里的是是非非没法子辨清楚。他看了很久,终于走过来,把这位忠仆揽入怀中。

如仪和剑鸣你望望我,我望望你,忽然大笑着拥作一团,热烈地吻着对方。如仪喃喃地说:

"剑鸣,我太高兴了,我真没料到是这样圆满的结局。"

她笑靥如花,但两行清泪却抑制不住地淌下来。

第九章 上 帝

资料之九：

1999年6月，科学家开发出首部生物电脑。他们将水蛭的神经元放在培养皿中培养，再将微小电极插入各神经元内，组成一个回路。每一个神经元都以自己的方式对电流刺激产生反应，给出相应的神经脉冲，让每一个神经元代表一个数字，连接起来就可进行求和运算。

他们的目标是发现快速灵活的新一代电脑。领导此项研究的美国佐治亚理工学院的比尔·迪托教授说："今天的计算机实际非常愚蠢，为了得到正确的结果，它们需要绝对正确和完善的信息。生物计算机只依靠部分信息做到这一点，换言之，它们可以像人脑那样进行模糊思考。"

——英国广播公司1999年6月2日报道《生物计算机》

从枣林峪无功而回，鲁段吉军和小丁又匆匆赶回北京。这件案子越深入调查则离答案越远。老警官感觉到，司马林达似乎是另一个星球的人，他的许多言行都是自己无法理解的！这使他感到一种无能为力的愤怒。

司马林达最后一次社会活动是去北大附中做过一次报告，那是他自杀前两天。本来，作为公开活动，不大可能调查出什么线索，但现在束手无策的吉军决定还是去撞撞运气。

他们找到了当时负责接待的教导处陈张主任，陈张主任困惑地说：这次报告是司马林达主动来校联系的，也不收费。这种毛遂自荐的事学校是第一次碰上，对司马林达又不熟悉，原想婉言谢绝的。但看了那张中国科学院的工作证，就答应了。至于报告的实际效果，陈张主任开玩笑说："不好说，反正不会提高这次期中考试的成绩。"

他们用随机抽样的方法喊来了五个听过报告的学生，两男三女，嘻嘻笑着，并排坐在教导处的长椅上。这是学校晚自习时间，一排排教室静寂无声，窗户向外泻出雪亮的灯光，光怪陆离的霓虹灯在远处的夜空中闪亮。学生们的回答不太一致，有人说司马先生的报告不错，有人说印象不深，但一个戴眼镜女生的回答比较不同：

"深刻，他的报告非常深刻，"她认真地说，"不过并不是太新的东西。他大致是在阐述一种近代的哲学观点：整体论。我恰好读过有关整体论的一两本英文原著。"

这个女孩个子瘦小，尖下巴，大眼睛，削肩膀，满脸稚气未脱，无论年龄还是个头显然比其他人小了一号。陈张主任低声说，你别看她其貌不扬，她是全市有名的小天才，已经跳了两级，成绩一直是拔尖的，英文程度最棒。吉军请其他同学回教室，他想，与女孩单独谈话可能效果更好些。果然，小女孩没有了拘谨，两眼闪亮地追忆道：

什么是整体论？司马先生举例说，单个蜜蜂的智力极为有限，像蜂群中那些复杂的道德准则、复杂的习俗、复杂的建筑蓝图，都不可能存在于任何一只蜜蜂的脑中。但千万只蜜蜂聚合成蜂群后，这些东西就自然而然地产生出来——为什么如此？不知道。人类只是看到了这种突跃的外部迹象，但对突跃的深层机理毫无所知。又比如，人的大脑是由140亿个神经元组成，可以储存4100万亿比特的信息。单个神经元的构造和功能很简单，不过是根据外来的刺激产生一个冲动。那么哪个神经元代表"我"？都不代表，只有足够的神经元以一定的时空序列组合在一起，才会产生"窝石"……

吉军又听到了"窝石"这个词，他忙摆摆手，笑着请她稍停一下："小姑娘，请问什么是窝石？我们在调查中已经听过这个词，不会是肾结石之类的东西吧？从没听过脑中也会产生结石。"

小女孩侧过脸看看他们，有笑意在目光中跳动。她忍住笑意，耐心地说，"我识"就是"我的意识"，就是意识到一个独立于自然的"我"。人类婴儿不到一岁就能产生"我识"，但电脑则不行，即使是战胜国际象棋冠军卡斯帕罗夫的"深蓝"电脑，也不会有"我"的成就感。"这是说数字电脑的情形，自从光脑、量子电脑、生物元件电脑这类模拟式电脑问世以来，情况已经有了变化。司马林达先生在报告中也提到了'标准人脑'和'临界数量'……"

吉军和小丁相对苦笑，心想这小女孩又是一个外星人！这些天他们听的尽是这些外星语言：公姬教授的，由张树林转述的司马林达的。听着这些话，吉军总也排除不了这么一个幻觉，似乎自己在一个黑洞洞的牛皮筒里使劲往外钻，却总也钻不出来。他再次请她稍停，解释一下什么是"标准人脑"，这个名词听上去带点凶杀的味道。女孩说：

"很简单喽，这只是智力的一种度量单位，就像天文距离的度量可以使用光年、秒差距、地球天文单位一样。过去，数字电脑的能力是用一些精确的参数来描述，像存储容量、浮点运算速度等。对于模拟电脑这种方式已不尽适合，所以有人新近提出用人脑的标准智力作参照单位。这种计算方法还没有严格化，比如对世界电脑网络总容量的计算，有人估算是 100 亿标准人脑，有人则估算为 10000 亿，相差悬殊。不过司马先生有一个精辟的观点，他说，精确数值是没有意义的，不管是多少，反正目前的网络容量肯定超过了临界数量，肯定已引发智力暴涨。暴涨后的电脑智力已不是我们所能理解的层面……"

鲁段吉军很有礼貌地打断了她的话，说很感谢她的帮忙，但是不能再耽误她的学习时间了。再见。然后苦笑着离开学校。

出去后两人在大排档吃了一碗烩面，吉军闷声不响地吃着。这两天他心里越来越烦躁，在案情侦察中还从没有这种有力使不上的感觉。几个嫌疑人的疑点基本都排除了，司马林达死于他杀的可能性已经很小，但要说他自杀，又没有说得过去的理由。以下的工作该怎么做？总不能拿这些似是而非的东西去糊弄高局长。

小丁也悄悄吃着饭，知道搭档这两天情绪不好，生怕惹着他。饭毕小丁小心地建议："老鲁，再到公姬教授那儿去一趟，行不？上次调查没把话说透。这会儿是晚上 8 点，还不算晚。"

"好吧。"吉军正打算去那儿，算起来，几天的调查中只有公姬教授的话多少接触到实质。他说司马林达死前有精神崩溃的迹象，还提到他在死前那次电话中说过什么"确认上帝的存在"和"对上帝的愤懑"。这次不管老头多么傲慢，他们也要把话问清楚。

这次拜访和上次完全不同。客厅里挤满了人，一色是五六十岁的老太太，头上顶着白手巾，极虔诚极投入地哼哼着：仁慈的主，感谢你的关爱和仁慈，请你伸出双手接纳不幸的羔羊……其中一位看见来了客人，在百忙中起身向客人致意，用手指了指书房，随即又加入了这部合唱。显然这是女主人。

两人按照她的指点，穿过人群径直走向书房。公姬教授在书房关着门读书，大有"躲进小楼成一统，管它春夏与秋冬"的味道儿。听见敲门声，他打开门把两位客人引进去，很快关上书房门。他请客人入座，多少带点难为情地解释：外边的老太太们是妻子的教友，她们知道了司马林达的死讯，便集合起来为这个可怜的年轻人祷告。他说，他妻子留学英伦时曾皈依天主，归国后改变信仰，成了无神论者。但不知为什么，退休后老伴又把年轻时的信仰接续上了。"人各有志，我没有过分劝她。我觉得在精神上有所寄托未尝不是好事。可惜我妻子接触的这些教友都是一些文化层次较低的人，她们的信仰也是低层次的，不是追求精神的净化，而是执迷地相信天主会显示奇迹，这就未免把宗教信仰庸俗化了。老实说，我没想到我妻子到了晚年竟和这些老太太搅到一起。"

鲁段吉军今天见到的，不是孤傲乖僻的公姬教授，而是多少有些心烦意乱的老人。他想这点变化可能对他的调查有利一些吧。话头扯到司马林达身上，老人说，林达是一个天才，他一直在构筑代号为"天耳"的宏大体系，用以探索超智力，探索不同智力层面间交流的可能性，比如：人和蜜蜂的交流，人和上帝的交流，这个上帝不是宗教中的上帝，而是某种超智力体系。从他平常透露的情况看，他的研究已取得了突破性进展，但这些都因为某种心理崩溃而终止了。"他肯定是自杀。这点不用怀疑，你们不必为此耗费精力了。林达死前打给我的电话中，很突兀地谈到了他的宗教信仰。可惜我没听出他的情绪暗流，我真悔呀！"

吉军小心地问："司马林达经常来这儿吗？他的宗教信仰会不会和夫人有关？"

海豚人

教授摇摇头说："绝无关系，林达不是那个层面的人。没错，我夫人倒是一直在向他灌输宗教信仰，常向他塞一些可笑的宗教小册子。看得出来，林达只是囿于礼貌才没有当面反驳她。但是，在那晚的电话中林达突兀地向我宣布，他已经树立了三点信仰：一、上帝是存在的。二、上帝将会善意地干涉人类的进程，但这种干涉肯定是不露行迹的。三、人类的分散型智力永远不能理解上帝的高层面思维。"教授沉痛地说：

"可惜我的思维太迟钝，没能在当时理解他的话意，我只是觉察出，林达当时的情绪相当奇怪，似乎很焦灼，很苦闷，也相当激烈。他在电话里粗鲁地说，正因为我确定上帝的存在，我才受不了这个鬼上帝。我不能忍受有一双冥冥在上的眼睛看着我吃喝拉撒睡，看着我与异性寻欢，就像我们研究猴子的取食行为和性行为一样。尤其不能容忍的是，我们穷尽智力对科学的探索，在他看来不过是耗子钻迷宫——低级智能可怜的瞎撞乱碰，这样的人生有什么意义！"教授摇摇头，无奈地说，"我当然尽力劝慰了一番，可惜我太迟钝，没听出他话中的真实含意，所以我的劝慰只是隔靴搔痒。我真悔呀！"老人摇着白发苍苍的头颅，悲凉地重复着。

听着这些弯弯绕绕的话，鲁段吉军的脑袋又胀大了，他努力追赶着老人的思路，但是无法追上，他苦笑着说："公姬教授，看来上次你对俺俩的评价是对的，我和小丁都不适合接手此案，我们的知识层面太低。我老实承认，听你的话很吃力，像你上次说的电脑窝石，我还以为是大脑的结石呢，还是北大附中一位小女孩为我们解释清楚了。你刚才说了林达的宗教信仰，他的情绪变化，可是我还是弄不懂他为什么自杀——难道就因为是对上帝的愤怒？"

教授对他们的愚鲁多少有些不耐烦，不过吉军的坦率博得了他的好感，他宽容地说："其实连我也没能马上理解他的话意。你提到北大附中一个小女孩，那是我的孙女儿，这会儿正在隔壁玩电脑，她向我转述了林达对学生做的最后一次报告。在那之后，我才揣摩到林达这些话的真正含意。我说你们的知识层面太低，其实，和林达的智慧相比，我也是低层面的人哪。"

两名调查人员急切地盯着他，等他说出最后的答案。

公姬教授的孙女儿此刻正趴在电脑屏幕前,这是爷爷刚刚为她购置的模拟电脑。一根缆线把她并入了网络,并入无穷、无限和无涯。光缆就像是一条漫长的、狭窄的、绝对黑暗的隧道,她永远不可能穿越它,永远不可能尽睹隧道后的大千世界。她在屏幕上看到的,只是"网络"愿意向她开放的、她的智力能够理解的东西。但她仍在狂热地探索着,以期能看到隧道中偶然一现的闪光。

司马林达在台上盯着她,司马林达盯着每一个年轻的听众,他的目光忧郁而平静。这会儿没人知道他即将去拜访死神,以后恐怕也没人理解他这次报告的动机。司马林达想起了创立"群论"的那位年轻的法国数学家伽罗瓦,他一生坎坷,有关"群论"的论文多次被法国科学院退稿——那时世界上还没有一个数学家能理解它。后来他爱上一个不爱他的女人,为此陷入一场决斗。决斗的前夜他通宵未眠,急急地写出了群论的要点。至今,在那些珍贵的草稿上,还能触摸到他死前的焦灼。草稿的空白处潦草地写着:来不及了,没有时间了。来不及了,时间不够了。

在即将舍弃生命时,他还没有忘怀对科学的探索吗?也许,伽罗瓦和他才能互相理解。

司马林达告诉年轻的听众:"蜜蜂早就具备了向高等文明进化的三个条件:群居生活、劳动和形体语言。相比人类,它们甚至还有一个远为有利的条件:时间。在数亿年前,它们已经建立了有效的蜜蜂社会。但蜜蜂的进化早就终结了,终结于一个相对于人类文明而言很低的层面上。为什么?生物学家说只有一个原因,它们的脑容量太小,它们不具备向高等智力发展的物质基础。如此说来,我们真该为自己 1400 克的大脑庆幸——可是孩子们啊,你们想没想过,1400 克的大脑很可能也有它的极限,人类智力也可能终结于某个高度。"

没有人向小女孩转述司马林达的遗言:不要唤醒蜜蜂。

第十章　两个谜底

资料之十：

  20世纪末期，一些科学家提出"生态动力学"假说，他们认为，生物的进化是与热力学第二定律即熵增定律背向而驰的。按照熵增定律，宇宙在不可逆转地日益走向无序；而生物进化却是高度有序化、组织化和复杂化的逆向过程。

  生物进化得以实现的先决条件是能量流的存在，换句话说，生物机体的进化伴随大量的能耗，伴随着其环境的无序化。这是不能豁免的代价。而且，这种逆势而行的复杂系统终究是脆弱的，是不稳定的。你可以把积木一块一块垒起来，加高再加高。但总有一次，当你把最后一块积木搭上去时，这个不稳定的结构会哗然崩解。同样，当生物演化到某种程度时必然会失控和崩溃，越是高度进化的生物，其崩溃周期就越短。恐龙的灭绝与其说是外因，不如说是内因所造成的，即复杂化和高度特化的器官无法适应外界变化。非常遗憾——我们真不忍心指出这一点——这条规律同样适用于人类。

  不要幻想人类的智力和人类的科学技术能够避免人类生态动力学的崩溃。要知道，科学和智慧，它们本身也是逆势而行的复杂系统啊。

  ——《奥秘》1998年第10期文章《生态动力学》

  何不疑已退休30年了，30年的闲散早已磨蚀了他的锋芒。不过，知道儿子面临危险之后，他浑身的弦立即绷紧了。

  何不疑一生做了两件大事，第一是参与了人工DNA的研究，亲历了那些震撼世界、震撼历史的过程：无生命的原子在科学家的摆弄下被注入生命力，最终变成类人工厂流水线上的婴儿。科学家永远取代了上帝。这种睥睨万古的感觉是别人体会不到的。另一件事则几乎是对上一件事的反叛，50 岁那年他以 2 号工厂老总的身份偷出了一个具有自然指纹的 B 型人婴儿，恐怕这是迄今为止全世界唯一的一例。

他和妻子十分喜爱这位十斗儿，甚至放弃了生育，把全部亲情贯注到剑鸣身上。现在危险已经来到剑鸣身边，他当然要保护他。昨夜他一直在调查、搜集，找到了那篇关于 RB 雅君被销毁的案件报道，知道她的男人叫齐洪德刚，一位颇有造诣的电脑工程师。他又设法进入德刚的个人电脑，浏览了那人所搜集的有关剑鸣的资料。总的说事情还不是太糟，看来德刚并不想用匕首或毒药来复仇，他是想找出儿子个人历史上的把柄。但儿子这一生只有那一个"把柄"，这个把柄不是一般人能猜破的。

事后回想起来，恰在那天早晨接到斯契潘诺夫的来信实在是太巧合了，只能归结为冥冥中的天意。但宗教上的天意和物理学中的必然性在很大程度上是相洽的。何不疑那天因为熬了夜，早上起床较晚。雷雨刚过，天蓝得那么深透，几丝羽状白云显得十分高远。地上汪着清澈的雨水，牵牛花在缓缓转动着卷须，寻找着可以攀缘的新高度。他的心境不错，如雨后天空般空明。在这个热烈的夏天清晨，对儿子的担心不那么急迫了。

但他的自信很快被打破了。

早饭后，妻子从私人邮筒中拿回一个小包裹，是从美国寄来的。打开包裹，里面有一个封皮精致的带锁日记本，钥匙挂在锁鼻上。打开锁，日记大部分为空白，只有前边用英文记了五六页。日记中夹着一封短信：

老朋友：

我是斯契潘诺夫，就是 30 年前你退休那天陪你进行安全检查的老家伙。这件包裹到你手里时，我肯定已不在人世了，是膀胱癌。不过你不必为我哀悼，这副已经使用 105 年的臭皮囊已经不能给我带来快乐，我早就想放弃它了。

有一件小礼物是我 30 年前就准备好的，原想在令郎婚礼上让我的后代交给他，但没想到我能活到今天。而且，人之将死，有些想法有了改变。我何必去打扰年轻人的平静呢，这场游戏还是在你我之间进行吧。

老兄，我很佩服你。30年前，你当着睽睽众目，包括一名一流侦探作家的面，干净利索地玩了一个大变活人的戏法。不过我也不算太笨，当天晚上我就拼出了事件的全貌，我的推理全部记在这本日记里，请你评判吧。

这些年，我一直忍着没去做一件事，那就是去调查令郎是否是十个斗状指纹。我坚信他是的。也许只有这一点使我迷惑：你在制造具有自然指纹的B型人婴儿时，为什么特意制造了十个斗纹？是否想让它成为"十全十美"的象征？但这么一来，你就为宇何剑鸣的秘密留下了一个明显的破绽。实话说，至今无人注意到两个十斗儿的巧合，那是你的运气太好了。我猜——仅是揣测而已——你也许并不想把这个秘密永远埋在地下，所以故意留下一条小小的尾巴？

我很快要辞别人世，本来不应该再对尘俗中的小赌赛呶呶不休。不过本性难移，我还是写了这份短简。听说令郎马上要结婚，请向他和新娘送上我的祝福。

止笔于此，我的一生也该画上句号了。再见——我相信你不会忌讳和濒死之人说这句话吧。

斯契潘诺夫

2125年6月12日

这封短简给何氏夫妇带来了真正的震惊。他们头对着头，反复阅读这封短简，好长时间一言不发。"斯契潘诺夫……真没想到，30年前他就洞悉了这个秘密。"宇白冰叹息着说："我很佩服他。"

"是的，我也佩服他，尤其佩服他能把一桩惊人秘密藏在心里30年。这个心机深沉的老家伙！"

"鸣儿的秘密会被揭穿吗？"

"斯契潘诺夫绝不会泄露的，但齐洪德刚也许能猜到。只要他锲而不舍地追下去，迟早会发现其中的疑点，比如两个十斗指纹的巧合。"

"我们该怎么办呢？"何妻沉重地问。

"不必为剑鸣的命运担心，"何不疑微笑道，"关于 B 型人的法律你是清楚的。一个出现在类人工厂之外的、具有自然指纹的 B 型人，在法律上只能认为是自然人。所以，即使秘密泄露，剑鸣也不会有任何危险。面临危险的倒是我：背叛人类，监守自盗。不过这些罪行也超过了追诉的时效。我不后悔的，即使被砍掉脑袋也不会后悔。"他开着玩笑，"我们把一个类人放到人类家庭中养大，彻底证明了人造人和自然人完全相同，无论是性能力、心理素质和对人类的认同感。这件事太有意义啦，比个把人的脑袋要贵重。哈哈！"他收起笑容说，"当然，我们要尽量藏住这个秘密，否则鸣儿和如仪就甭想过安生日子了，他们会被推到舆论的中心。"他沉思片刻，"我们去见见德刚吧，尽量化解他对剑鸣的仇恨。如果他已经猜到这个秘密——我们也好见机行事。"

"我觉得德刚是个好小伙子，只要把话说透，我想能够劝转他。"

"嗯，我对他的印象也很好。把你的鸡鸭猪羊安排一下，准备出发吧。"

灵堂里雅君的照片在默默地看着他。这是她生前最后一张照片，也许拍照时已经对命运有了预感，所以目光深处含着忧郁，带着凄楚。德刚仰视着雅君，喃喃地说：

"雅君，我已经为你复仇了。"

他已向特区警察局传去了宇何剑鸣的资料。昨晚他又越过警方的防火墙，看到他们正发疯般搜索宇何剑鸣的资料。奇怪的是，没有人同揭发者联系，不过这一点也说明，警局对宇何剑鸣的真实身份已没有任何疑问了。

但他心中已失去了复仇的快感。他猜到了剑鸣父子惊人的秘密，但这也迫使他以新的视角去看他们。看来，何不疑并不是冷血者，"谈笑自若地为 B 型人婴儿做死亡注射"。不，完全不是那回事。他是类人之父，所有类人包括任王雅君的生命可以说都是他赐予的。而且，在严酷的法律下，身为 2 号工厂的老总，他竟然敢背叛 2 号，背叛自然人类，单枪匹马从 2 号工厂里偷出一个 B 型人婴儿，这需要何等的胆略和智慧！德刚无法再仇恨他，甚至无法抑止对他的钦敬。

宇何剑鸣呢？这个B型人现在却担任了杀害B型人的刽子手，这真是一个莫大的讽刺。但平心想想，剑鸣本人并没什么过错，他只是在现行法律的框架下尽一个警官的职责。现在，自己已经把他的B型人身世捅了出去，他的下场可想而知。可是，这是正义的复仇吗？为了一个B型人去害另一个B型人，如果雅君九泉有知，该怎么评价丈夫？

他在矛盾中煎熬着。也许，前晚他在一时冲动下作出的举动是过于孟浪了。有人敲门，他想警察终于来了。打开门，竟然是何不疑夫妇，他们面容肃穆，手里捧着一束白色的鲜花。"齐洪先生，我们可以进来吗？"

德刚默默让过身，一句话也没问。他们能追踪到这儿，自然表明二人已经知道了自己的真实身份和动机。何氏夫妇看到了屋内的灵堂，他们走过去，把白花供在灵前，然后合掌默祷。他们真诚的痛苦化解了德刚的敌意，等二人从灵堂退出后，他低声说：

"请坐。"

两人在沙发上坐下，德刚冲了两杯咖啡，默默地递过去。何不疑接过杯子，真诚地说：

"我们昨天才知道你的经历。我知道任何安慰都太轻，但还是希望你节哀顺变。"

"谢谢。"

何不疑斟酌着字句："我想……"

德刚皱着眉头说："既然二位找到我这里——今天大家是否都扯下面具，只说真话？"

夫妇两人互相看看，何不疑说："好，这正是我们的愿望。"

"那么我想先问一个问题。你是类人之父，你对人类社会对B型人的严厉的法律，究竟持什么看法？"

何不疑微微一笑："作为人工DNA技术的开拓者之一，我想我有资格作出评判。这些不人道的种族主义法律早晚要被淘汰的。"他毫不犹豫地断言，德刚略带惊异地看看他。"从科学的角度看，人造DNA和自然DNA没有任何本质的区别；B型人若具有自然指纹，任何仪器也无法把他和自然人区分开。所以，B型人当然应和自然人享有同样的权利。现在对B型人的歧视，就像印度人压迫贱民，美国白人压迫黑人一样，都只是暂时的历史现象。"他转了语气："但你不要指望这种情况会在一天内改变。历史不会跳跃发展，你可以回忆一下，美国从白人政权过渡到黑白共治花了多少时间！两个民族（种族）的融合，应着眼文化之大同，不计较血统之小异。为了求文化之大同，优势民族（种族）常常会采用某种带强制性的方法。我并不是说这种压迫是合理的，但它是不可避免的。不妨设想一下，假如B型人在一天之内占据了社会的主流———一切都合理吗？由于他们诞生于机器，所以普遍轻视死亡，不珍爱生命，至少这一点就是错误的。我认为，是否珍重生命的尊严，是人和动物的根本区别之一。所以，年轻人，不要太性急，等着历史之车一点儿一点儿开过来吧。"

这番娓娓的谈话睿智通达、深刻尖锐，真正具有一代科学大师的气度，齐洪德刚不由对他刮目相看。"不过你本人似乎没有等。"德刚直率地说，"我已经挖出了你的秘密。30年前，你从2号工厂里偷出一个B型人婴儿，又让他得到了自然人的社会地位。"

他看看何不疑扁平的腹部。何不疑与妻子交换着目光———儿子的秘密果真已经被他猜到了。他微笑道："我只是尽我之力，轻轻地推了一下历史之车的轮子。不过我做得很谨慎，30年来守着这个秘密没让它泄露，我不愿超过社会的心理承受能力。德刚，现在我们之间已经没有任何秘密了，我想问一句：你想如何处置剑鸣？我知道你受了很大的伤害，但冤冤相报不是好的做法……"

德刚打断了他的话："不必再劝我，我已经同意了你的观点，雅君的不幸应由社会而不是个人负责。"何氏夫妇面上露出喜色，他们没料到对德刚的说服如此容易。"可惜晚了，"德刚沉重地说，"前天晚上在一时冲动下，我已把所有资料从网上发到警察局了。"

两人像挨了一棍闷击，愣住了。德刚不忍心看他们，尤其是何夫人惨白的面孔。他咕哝着说："对不起，我……"何不疑首先平静下来，挥挥手说：

"既然事已至此,我们不怪你。放心,剑鸣不会有生命危险,不过他会掉到舆论的旋涡中,不会有安生日子了。德刚,我们要告辞了,还有好多事要去做。我真心希望你能原谅剑鸣对你的伤害,你们应是朋友而不是敌人。"

德刚勉强地说:"我尽量做到这一点。"

他送两位老人出门。打开门,两个人正在门口守候,他们都身穿便衣,不过一眼就可看出他们是警察。为首一个出示了证件,和气地说:"你是齐洪德刚吧,谢谢你前晚的电子邮件,局长想请你去一趟。而你,"他转向何不疑,"就是著名科学家何不疑先生吧。很遗憾,你的行为触犯了法律。当然,法院的逮捕令还没有签发,我这会儿无权逮捕你。我想请何先生到警察局去闲聊一会儿,可以吗?或者,何先生不介意我们一直跟着你,直到逮捕证送达?"

何不疑神色自若地说:"何必麻烦呢,我跟你们到警察局,坐等逮捕证送达吧。"他转身对妻子说:"尽快见到剑鸣。我不担心别的,只担心他在心理上难以承受过于剧烈的变化,也要安慰安慰如仪。德刚,走吧,咱们一起走。"他同妻子拥抱,走出屋门。

鲁段吉军和小丁垂着头走进局长办公室,局长正在接电话,隔着巨型办公桌做手势让两人坐下,一边点头:"嗯……嗯……对,就这样,尽量不公开处理。牵涉到2号的创建人,社会影响太大。嗯……好的,就按这个思路走。再见。"

他挂了电话,绕过办公桌,看见了两人的表情,笑着说:"老鲁,小丁,干吗垂头丧气?能基本确定司马林达死于自杀,这就是很大的成绩么。来,详细谈谈。"

沙发上的两个人确实是垂头丧气,尤其是鲁段吉军,像一只斗败了的鹌鹑。他闷声说:"局长,过去我不服B系统那些年轻人,这回我承认自己真成老朽了,该退休了。这次出去调查,那么多证人说的话都像外星语言,听得我头都大了!根据这次调查,只能得出司马林达是自杀的结论。至于自杀动机,只有公姬司晨教授说的比较可信。"

"是什么动机?"

吉军苦笑着:"那老家伙说的也是鸟语,我学都学不来。这一点让小丁汇报吧，小丁咋的不咋的，至少记性比我强一些。"他略带讥讽地说。

局长知道他对小丁一直不感冒，便对小丁点点头："你说。"

小丁对老鲁的态度不以为忤，笑嘻嘻地说："这事说起来话长，局长，你要想听懂，我还得从头说起。"

"说吧，我洗耳恭听。"

"司马林达死前一直在研究整体论。像在蜜蜂社会、蚂蚁社会、黏菌社会中，单个生物的智力很有限，但只要达到一定临界数量，智力就会产生突跃。至于为什么会产生突跃，人类的智力到目前为止还不能理解。司马林达还说，智力有不同的层面，低等智力无法理解高等智力的行为。比如放蜂人带着蜂箱从北京坐车赶到枣林峪时，蜜蜂一下子进入一个完全陌生的环境——可是，它们的智力怎么可能理解造成空间断裂的原因？即使有人懂得蜜蜂语，非常耐心地解释，它们也不可能理解呀。局长，你听懂了吗？"

"扯淡，这些话怎么听不懂，可这和林达自杀有什么关系？"

"别急，下面就接触到正题了。司马林达有一个新观点，说智力的发展要受物质结构的限制。蜜蜂社会的智力是不断进化的，但它的进化要局限于某一个高度。为什么？因为蜜蜂的神经系统太简单，蜂群中个体的数目也有限。这两条加起来，使蜜蜂智力的物质基础的复杂性受到限制——这句话太拗口，是吧，我是好不容易才背下来的。"

"嗯，往下说。"

"司马林达认为，人类智力也是不断进化的，但由于人类大脑的局限性——只有1400克；人类智力的分散性——人与人之间的交流非常低效；不连续性——人只有几十年寿命。由于这些因素，也使人类智力的物质基础的复杂性受到限制。人类智慧的发展会逐渐趋近某一高度，却不能超越它。当然，这个高度比蜜蜂要高一个档次，高一个层面。"他问，"局长听明白没？这些话实在太拗口。"

"听明白了，他说的从逻辑上不难理解。往下呢？"

"司马林达说，有没有比人类更高级的智力呢？有，就是电脑。单个电脑是无意识的，只能执行人的命令，单个电脑就相当于人脑的单个神经元。但只要达到某一临界数量,就会自动产生'我识',产生超智力。而且,由于它们没有人类大脑的种种限制,它们最终将会超过人类智力,这点毫无疑问。"

局长咕哝道:"扯淡,纯粹是扯淡。"

"以上说的都是司马林达写出来的理论,下面就是公姬教授的推测了。从死者遗言分析,司马林达一定是以某种方式确认,人类之上已经有了——局长你听清啰,不是说可能有,而是说已经有——一个电脑上帝。并不是说电脑会造反,会统治人类。不,那都是三流科幻小说中胡乱编造的情节。电脑上帝根本不屑于这样干,就像我们不屑于对蜜蜂造反一样。电脑上帝会善意地帮助我们、研究我们,就像人类帮助和研究蜜蜂一样。作为人类中的高智力者,司马林达对此感到绝望,他想唤醒蜜蜂,但他知道即使唤醒了,人类也无可奈何。所以,他只有选择自杀。"

他说完了,局长久久不说话,拿手指叩着椅子的扶手。鲁段吉军这会儿倒是对小丁刮目相看,虽然他这番话只是鹦鹉学舌,但至少他记住了公姬教授的鸟语,而且捋出了自己的思路!也许自己真的老了,该退休了。局长沉思了很久才说:

"这些读书人啊……即使咱们相信这些理由,能用这些玄虚的道理去说服别人吗?"

小丁建议:"根本不用说这些嘛!就说司马林达死于精神失常不就结了!这又不是弄虚作假,他本来就是自杀的。"

局长想了想:"就这样,以自杀结案吧。你们可以走了。"

两人明显松了一口气,推开门走了,B系统的另一名警官史刘铁兵推门进来:"局长,齐洪德刚请到了。我们在他那儿正好撞见何不疑,我就做主把他也带来了。他的逮捕令签发了吗?"

"没有签发,上边想把这件事压下去。"

"那把他怎么办?你见不见他?"

"这一会儿我谁都不见。请齐洪德刚到会客室等一会儿,何不疑预防性拘留。我想独自待一会儿。"

局长室的门轻轻关上。高局长仰靠在座椅上,无目的地弹动着手指,小丁的那番话让他心烦意乱。他打心眼里排斥司马林达的狗屁理论，问题是他的观点太有说服力。140亿个简单的神经元能缔合成爱因斯坦，那200亿个功能强大的电脑为什么不能缔合成一个超级爱因斯坦？也许人类头顶已经高踞着一个电脑上帝，无所不能，无所不在，办公桌上的电脑就是他的感觉器官，警察局的所有工作都在一双法眼的明察之下？当然，"他"不屑于干涉人类的事务，即使干涉了，人类也不能觉察和理解，怎么说来着，就像一群笨蜜蜂不懂得北京到枣林峪的空间断裂。

"扯淡。"这种想法太可怕，他不敢想下去，他赶走了这些胡思乱想，摁了一下电铃：

"让齐洪德刚进来吧。"

司马林达已经死了，死于对上帝的愤懑。但他还活着，他追随上帝，与上帝合为一体。愤懑只是表象，愤懑实际是针对自己的，针对自己的弱智和无能。司马林达曾为自己的高智商自豪，正是他超凡的智力使他最先明白，人类的智慧只是放大了的蜜蜂智慧。

几十天前，他回到南阳，在那儿抛弃了肉体或曰躯壳，把它还给故土。在离开北京前，他在智力研究所把自己的意识输入了电脑。他的所有思考、思维、思想，他大脑海马体的所有记忆，大脑皮层所有的电活动都被分解成电脉冲，分解成"0"和"1"组成的序列，并入了遍布全球的电脑网络。他升华了，羽化了，涅槃了。在这里，他自由了，他的智力不再受限于缓慢的神经传导速度，尤其是不再受限于那些经过多少次转换才能抵达大脑的可怜的信息输入手段。如今他能在瞬时间神游地球，能汲取无限的信息，进行无限的思考。

不过他仍努力蜷缩着身躯，保持自己的独立性，以一个思维包的形式在"0"与"1"的世界穿行。他曾经是一只小蜜蜂，但他不甘心做一只沉睡的蜜蜂。以他可怜的智力顽强地探索着，终于抓到了一些蛛丝马迹，确认了"上帝的干涉"，确认了上帝的存在。如今，立足于超智力的本域中，他以怜悯慈爱的目光关注着自己的母族，那个可怜的蜜蜂社会。

第十一章　谋　杀

资料之十一：

控制化人工器官最早出现在 20 世纪 60 年代的科幻小说中，但在 2001 年年底，英国科学家凯文·沃尔维克已在人脑与计算机之间建立起了联系。

他在自己大脑中植入了电脑芯片，使之与电灯开关的控制芯片用无线信号相连，这样，他就能用意念来控制房屋的照明。他用食指在空中画写字母时，可以在电脑屏幕上同步显示出来。还有，如果不借助语言，如何与妻子进行感情交流？凯文认为这再简单不过了。他在妻子手臂上植入一个芯片，与自己大脑中的芯片相连，当他脑海中产生与妻子有关的想法时，对方就可以迅速感知。当然这一技术有待完善，凯文的妻子虽然能捕捉到丈夫情绪的波动，但却难以判定他究竟是在想什么，是想与夫人做爱，还是因午间的争吵而心怀不满？一个月后，由于凯文的探索过于执着，妻子日久生厌，不得不发出最后通牒，让丈夫拆除了她体内的感应系统。

但重要的是，凯文的试验不再被视作异想天开、哗众取宠，他开创了一个全新的研究领域。舆论认为．控制化人工器官的研究已经进入决定性阶段。

——英国《每日电报》1999 年 9 月 14 日文章《通心芯片洞悉他人的心思》

早饭是如仪和剑鸣做的，基恩被他们按在床上休息。饭做好后，他们本来要把饭菜端到基恩床前，但基恩精神很好，执意要起来，如仪只好把他扶到餐厅。她生怕爷爷仍不让基恩"在主人面前就座"，撒娇地央求道："爷爷，让基恩坐下吧，他是个伤员呢。"

爷爷面无表情地点点头，如仪立即笑着把基恩按到椅子上，在他面前摆上酒杯。剑鸣遗憾地说："可惜尤利乌斯不会吃饭。"

尤利乌斯的声音立即响起来:"谢谢,虽然我不能吃饭,也请为我摆上一副碗筷。"

如仪咯咯笑着,真的为它摆上一副。剑鸣把红葡萄酒斟满五个酒杯:"来,干一杯。为了爷爷的长寿,为了基恩早日恢复健康,为了我有这么好的老婆,干杯!噢,还有尤利乌斯呢,怎么为你祝愿?祝你早日脱去凡体,修炼成人吧。"

还是尤利乌斯的男低音:"好,谢谢。"

四个人端起酒杯,爷爷和基恩微笑着,如仪飞快地扫了基恩一眼,心有不忍。按基恩现在的大脑状况,他的寿命不会长了。对他怎么办?最好劝他回地球养老……不过这些烦恼留给明天吧,她仰起头一饮而尽。

通话器响了:"KW0002号太空岛的居民,宇何剑鸣警官,我们是太空警署RL区巡逻队,请立即打开舱门!"

四个人猛然一惊,剑鸣疑惑地说:"奇怪,我已经发过安全信号了呀。"他解释道:"来前我曾同高局长约定,进入太空岛两个小时内如果未能发出安全信号,他就要派人来接应我。我已经发过,是否他们未收到?"

他打开视频通话器,屏幕上显出一艘警用太空飞船,炮口虎视眈眈地指向这里。剑鸣笑着对通话器说:"我是警官宇何剑鸣,这里一切都好,我现在就打开减压舱门。"

他按下了外舱门开启按钮,想了想,摁断对外通话键,对饭桌上的几个人严肃地叮咛道:"不要对任何人提及两人的换脑手术!警方,还有法律,对类似事情是极端严厉的。大家一定要记住我的话!"他挨个睃着每个人。如仪有些困惑,她认为剑鸣把事情看得太严重了,但最终点点头。基恩也点了头。剑鸣带着歉意盯着爷爷,爷爷表情很复杂——恼怒,自卑,烦躁,但他最终也默认了。剑鸣又想起一件事,向如仪伸出手:"把我给你的掌中宝给我,开枪的事不要告诉别人。"

如仪把手枪给他,他们走到减压舱口迎接客人。内舱门打开了,三名穿着太空服的警官闯进来,他们只取下了头盔,警惕地平端着枪支。剑鸣让为首的警官看了自己的证件,笑道:

"我未婚妻原来的报警只是一场误会，这都怪长期幽闭的环境，造成了一些心理障碍。现在误会已经消除，没事了。你们没有收到我发出的安全信号？"

那个陌生的警官摇摇头："没有，我们只收到了高局长的求援电话，太空警署就派我们来了。"他看看基恩胸前的伤口，疑惑地问："他……"

"他是这里的仆人，RB基恩，刚才在一场混乱中，为掩护主人受了伤。"

三名警官看了看四周，收起武器，为首的警官说："我是警官夏里，高局长要求我们把你们全部护送回地球，这个命令到现在为止没有撤销，请问……"

剑鸣知道他们仍有疑虑，便笑道："正好，我们正准备今天回地球呢。基恩需要回地球疗伤，爷爷要参加我们的婚礼，你们尽可执行原来的命令。请你们稍等片刻。"

吉野臣的脸色已经阴沉下来，他可不喜欢一班警察大爷在他的家里发号施令。如仪机警地发现了他要发火，立即乖巧地偎过去：

"爷爷，真巧，咱们正要回地球，就有警察来鸣锣开道。爷爷，你答应过要参加我们的婚礼，可不许变卦哟。"

她扭股糖似的黏住爷爷，老人终于绽出笑意，默认了警察的安排。他们请警察稍候，匆匆吃完早饭。在他们吃饭时，三名警官都不肯就座，虽然没有手执武器，但仍守卫在门口，看来戒心仍然很重。二十分钟后，四个人在剑鸣的四人太空艇中安顿好，夏里给剑鸣一件小型公文包，说他们只护送X303号降落，然后就要折返太空，因此请他把这个公文包转交给高局长。剑鸣坐在驾驶位，嘴里还嚼着面包，把公文包顺手交给如仪，兴致勃勃地对通话器说："我们已经准备好了，启程吧。"

"好的，你们先走，我们在后边护送。"

两艘太空艇飘飘摇摇向地球降落，KW0002号太空球很快变成一颗浅黑色的小星星，消失在炫目的阳光中。下面是浩瀚的太平洋，撒着绿色的岛屿、星星点点的环礁还有壮观的海上人造城市。如仪抱着那个公文包，兴高采烈地凭窗眺望着，她忽然惊奇地发现，护送的警艇不见了，它已经远远落在后边。如仪欠身对着通话器笑嘻嘻地喊：

"后边的警官先生们，快追上来呀，要不这船危险分子就要逃跑啦！"

四个人都开心地大笑起来。

在高局长的办公室里，他正脸色阴沉地听着天上的报告："局长阁下，X303号太空船已到达预定海域，我们已撤离至安全范围，请你决定是否执行下一步计划。"

"好的，谢谢你们的协助。"

昨天，在宇何剑鸣上天之前，为了确保对他的控制，高局长密令手下在他身上安装了窃听器。所以，太空球内的事态发展一直在他的监视之中，随着案情剥茧抽丝，一步步真相大白，局长的眉头也越皱越紧。

他知道，世界政府一直小心翼翼地守护着人类和B型人之间的堤坝，这道堤坝是由浮沙堆成的，极不可靠，稍有一点点风浪就能把它冲溃，而KW0002号太空球内发生的事情可不仅是一点点风浪。

假如公众知道嵌入类人大脑并不会导致自身人格的异化，假如他们知道连吉野臣这样德高望重的守旧派都成了"杂合人"，假如3.5亿B型人从忠仆基恩身上触摸到潜意识的反抗，假如他们知道一个类人曾混入警局多年，而他的父亲正是类人之父……那座堤坝还能幸存吗？

宇何剑鸣曾是他手下的爱将，他确实想为他争一条活命，但现在他对剑鸣很不满。KW0002号太空球内发生的事是极其严重的，类人仆人竟擅自为主人换脑，这比简单的谋杀更为险恶。但作为B系统的警官，他竟然对这种严重事态如此麻木，甚至发展到企图欺骗上司，隐瞒真相，他的表现实在太糟糕了。也许真的是"非我族类，其心必异"？现在他已不值得挽救了。

那艘飞船上的三个B型人都死不足惜，包括吉野臣，太遗憾了，吉先生是一个坚定的人类纯洁主义者，但依他现在的物质结构，只能划到B型人的范畴里——不，对他们不能使用死亡这个词，只能说是销毁——只有吉平如仪令人惋惜，她是一个多可爱的姑娘啊，但是在眼前的情况下，无法单单让她活着回来。即使能这样安排，她会对三个人的横死缄口不言吗？

那个爆炸装置正抱在如仪怀里,只要按下这个红色按钮,飞船就会在一声巨响中化为碎片,飘洒在太平洋中。那样的话,这一桩桩严重的事件还能包住,宇何剑鸣和吉野臣的自然人身份还能保留,人类社会的那道堤防还能维持。高局长想,我不是残忍嗜杀的恶魔,但事急从权,顾不了许多了。在激烈的思想斗争中,他拨开了红色按钮的锁定装置,右手食指缓缓地按下去。

飞艇已接近中国的渤黄海。蔚蓝的海域中,唯有黄河入海口是区域广阔的一片黄色。不过,经过一个世纪的水土整治,这片黄色比过去淡多了。极目往西边看,那尊位于郑州的直刺青天的太空飞艇发射架隐约可见。吉野臣趴在舷窗上贪婪地看着,指点着,喏,那是崂山,那是泰山。他怅然说,"我已经十五年没有回到地球了。"如仪趁势说:

"那就在地上多住一段时间。或者干脆回来吧,叶落归根嘛。"

爷爷笑笑,没有回答。正在这时,艇内通话器忽然响起急迫的喊声:"宇何剑鸣,宇何剑鸣,听到呼叫请立即回话!我是齐洪德刚,有极紧急的情报!"

齐洪德刚?正在艇首驾驶的剑鸣看着通话器,心里实在腻歪,在这么欢乐的时刻,他真不想让这家伙扫了大家的兴头。这个紧缠不放的家伙,他从哪儿搞到了这艘太空艇的通话频率?但拖着不接也不是办法,身后的三个人都在看着呢,他们的表情中已透露出惊异和不解。剑鸣拿起通话器,谨慎地说:

"德刚先生,我想……"

齐洪德刚急急打断他的话:"总算联系上了!宇何剑鸣,高局长已经决定炸毁你的太空艇,我是从IP电话中窃听到的!"

剑鸣愣了一下,为齐洪德刚的信口雌黄感到愤怒。纵然他是为自己的恋人复仇,这种手段也未免太无聊了。他从后视镜看看身后,他们都在震惊地看着他,尤其是爷爷和基恩,他们不知道齐洪德刚是何许人,对这个耸人听闻的消息不知道该不该相信。剑鸣压住火气,冷峻地说:

"齐洪德刚先生,我劝你不要这样……"

那边急得吼道:"不要存幻想了!你是一个类人,是你爸爸从2号工厂里偷出来的一个类人!高局长要杀人灭口,快采取措施!"

仿佛铁棒击在头上,剑鸣脑子里白光一闪。类人?他当然不是类人,他手上有绝不掺假的自然指纹,作为一个指纹辨认专家,他对此有绝对的把握。但……直觉告诉他,德刚的话语里流露的是真情,而不是阴谋,不是仇恨。而且,在下一个百分之一秒的时间内,他忽然想起——如仪手中的提包!那个提包有猫腻!他根本来不及思考和推理,来不及考虑德刚为什么要帮他而高局长为什么要害他,他只是凭本能作出反应。他快速拉起机头,向外海返回,一边扭头喊道:"基恩,快打开安全门,把如仪怀中的提包扔下去!"

三个人都被这突然的变故震慑了。类人,剑鸣是类人?这个消息比什么炸弹爆炸更令人震惊。如仪痴痴呆呆地盯着剑鸣,没有反应。基恩的反应倒敏锐一些,他跨到安全门那儿,用力拧开它。他的伤口又挣裂了,鲜血洇红了绷带。他向如仪伸出手,急迫地喊:

"快把公文包给我!"

如仪仍痴痴地盯着剑鸣,下意识地把公文包递给基恩。她对剑鸣的最后一瞥就这样凝固在记忆中。基恩的指尖已触到了公文包,就在这时,提包忽然变成一团白光。白光淹没了四个人的意识,然后变成深重的黑暗。

此刻,在飞艇下方1000米处,德刚驾着他的直升机拼命追赶飞艇,同时对着通话器大喊大叫。可惜晚了,那艘太空艇冒出一团白光,崩裂成几块,天女散花般向海面落下去。没有声音,就像是无声影片中的一个长镜头。

德刚脸色铁青,驾机向那片海域冲下去。

第十二章 反 攻

资料之十二：

科学家已研究出第一种无须人工干预就能自动进化和复制的机器人，这一成果是实现人工智能的关键一步。

美国马萨诸塞州布兰代斯大学的研究人员设计了一种计算机模拟过程，使200个机器人按达尔文进化法获得进化。它们会自动去掉身上无用或笨重的部分，经过几百代的进化，筛选出三个最合适的设计，然后用一个三维打印头喷出一层层热塑性塑料，凝固后就成了新的三维机器人。整个过程中人类唯一要做的就是为机器人装上一个小型电动马达。

在《自然》杂志的另一篇文章里，瑞士洛桑大学的研究人员称，他们已经教机器人学会了团队精神，使它们表现得像蚂蚁社会一样，走路知道避免碰撞，发现食物会通知大家。

——法新社2000年9月2日报道《能自动进化和复制的机器人》

世界通讯社2125年6月22日电：

一艘四人太空艇昨日从太空返回时发生爆炸，艇上三名乘员都落入中国的近海中，据信已经全部遇难。他们是：著名作家、哲学家吉野臣先生，吉先生的孙女吉平如仪，孙女婿宇何剑鸣警官。同机的B型人RB基恩也遭意外销毁。

有关方面正努力打捞机身残骸和寻找死者遗体，并追查事故原因。比较可信的说法是太空艇燃料泄漏导致了爆炸。

上午 7 点半，高郭东昌局长准时来到局长办公室，这是他多年的工作习惯。秘书像往常一样已经在外间等候，她随局长到内间，问了早安，端来一杯绿茶，又把报纸放到办公桌上，载有太空艇爆炸的版面放在最上边。然后她悄悄退出去，带上房门。

屋内只剩下高局长和他的巨型办公桌。这是一张大得惊人的桌子，在极宽敞的办公室里，办公桌占了三分之一的位置。他平时使用的区域不及桌面的十分之一，余下的面积做一个室内溜冰场也差不多了。曾有记者以办公桌为背景拍了一张有名的照片，是从高处俯拍的，巨大的黑色桌面，一个相对渺小的穿制服的男人，发亮的光脑袋低垂着，看不见面孔。这张照片曾在多次影展中获得大奖。高局长很喜欢这张照片，认为它拍得极有气势。他把照片镶框，挂在办公室里。很久以后，一个文艺界的朋友才告诉他，这张照片是有寓意的，可惜是贬义，它象征着"权力对人性的抹杀"。高局长暗自恼火——那个拍照片的小子太不地道啦！记得在拍照时，为了取得俯拍的效果，记者在办公室立起了高高的梯子，折腾了很久，而他还大力配合呢！不过他没有舍得毁掉这张照片，只是把它从办公室摘下来，送回家里。

高郭东昌局长今年 55 岁，已在特区警察局干了 35 年，从一名二级警员熬到二级警监。在这个庞大的官僚机构里，他是一只极为尽职也极为称职的齿轮。每一个国家机构中都分为决策层和执行层。决策层是一些睿智的、谨慎的人，他们在决定一项国策时，总是诚惶诚恐地反复掂量，尽量考虑正面和反面的因素。比如，他们在定出"只生一个好"的计划生育国策时，也在考虑这种急刹车式的政策所带来的副作用，诸如人口的老龄化、人口体质的下降、对独生子女的溺爱等；当他们定出"限制 B 型人"的国策时，也反复掂量这项政策在道德上的合法性，掂量它会不会在社会上造成不安定的隐患，等等。可以说，任何政策都是"两害取其轻，两利取其大"的结果。但一旦政策确定，到了执行层之后，这种辩证的思考就被斩断了。执行层坚定地认为，上面的政策都是完全正确的，他们要做的就是尽其才力把它执行到极致，哪怕这样的极致已经超越了决策层的本意。

四杠两花的二级警监高郭东昌就是执行层最典型的一员。他的一生与 B

型人政策相连，在他心目中，对 B 型人的限制、防范乃至镇压已经成为他的宗教信仰。

他呷着绿茶，浏览着报上的报道。实际上，其上的内容他早从太空巡逻队的报告和电子版新闻中看过了。昨天的决定是在比较仓促的情况下作出的，不过他现在并不后悔。可以说，正是他的当机立断平息了一场政治地震。

他默默端详着报上刊登的死者照片，吉野臣和 RB 基恩的照片没激起他什么感情涟漪，但宇何剑鸣和吉平如仪激起了内疚。宇何剑鸣，他的爱将之一，一个优秀的警官，一个讨人喜欢的小伙子。他的笑容总是明朗的。他的专业精湛，辨认假指纹的直觉没人比得上。高郭东昌接触过成千上万的类人，他们身上都有明显的"类人味"，那是拘谨、猥琐、黯然等说不清的感觉。他曾自负地说，任何一个类人在他十米内走过他都能立马闻出异味。但宇何剑鸣和他一块儿工作了八年，他却从没闻出什么来。

可惜，他是一个类人。

对事态发展到这一步，高郭东昌觉得很遗憾，但无法可想。他已为剑鸣尽了心——他还筹谋着为他请律师、让他网眼逃生呢。局长叹息一声，把报纸推开。

他按下对讲机，对秘书说，通知拘留室，把何不疑带来。"不，"他改口说，"把他请过来。"他打算和何不疑做一个交易，一个于公于私都有好处的交易。少顷，办公室的门开了，女秘书谦恭地侧着身，引着何不疑进来。局长起身欢迎，含笑指指桌子对边的椅子。何不疑打量了一下屋里的陈设，径自走向那把椅子，坐下。

这位 80 岁的老人身体很好，腰板硬朗，脊背挺得很直，步伐稳健。齐洪德刚揭发的材料上说，2 号前首席科学家何不疑 30 年前从 2 号工厂里偷了一个十斗儿，方法是使用他的假肚子。局长不由朝他的肚子多打量两眼。没错，正如齐洪德刚所说，他现在完全没有大肚子，腹部平坦，身形如年轻人一样健美。

何不疑与局长对视，目光平静如水。他的衣着十分整洁，三天的拘留对他似乎没有一点儿影响。高郭东昌端详着他，无法抑制自己的敬畏之情。不知怎的，他的思绪忽然回到童年。童年他是在农村度过的，每天和万千生灵在一起。豆苗苗从泥土中钻出来，卖油郎在水面上滑行，蜻蜓停在草尖尖上，蚂蚁在地上匆匆行走。他常常逗蚂蚁玩，用一片叶子截住蚂蚁的去路，等它爬上叶子，再把叶子移到远处。蚂蚁爬下叶子后，会没头没脑地转两圈，然后迅速找到蚁巢的方向，又匆匆爬走了。这些小小的蚂蚁是怎么辨认方向的呢？每一只小小的生灵都有无穷的奥秘、无穷的神奇，它们似乎只能是上帝或天帝创造的。可是，忽然间，何不疑们用一堆原子捣鼓捣鼓，摆弄摆弄，就弄出了真正的生命，甚至人类！

他对何不疑是敬畏夹着敌意，他觉着这些科学家太多事！他们穷其心智造出了可以乱真的类人，使社会不得不竭力防范和限制，这是何苦呢？不过，这些比较玄虚的思辨先抛到一边去吧，自己的责任是执行法律。何不疑触犯了法律，是他主持建造了防范类人的大堤，他本人又在上面扒了一个大洞。他的所作所为太不负责任了。

高局长欠欠身，把报纸推向对方："何先生，先看看这则报道吧，你在拘留室里看不到外边的消息。"

何不疑欠起身，隔着宽大的办公桌取过报纸，埋头读着。老人的双肩忽然塌了下去，无形的重压使他的背驼了，白发苍苍的头颅微微颤动，他的生命力在一瞬间被抽干了，只剩下干瘪的空壳。

不过这只是一瞬间的事，等何不疑抬起头时，他的表情已经恢复了平静，悲哀已被深埋深藏了。他不愿意自己的悲伤被凶手看到。高局长清清嗓子：

"何先生，对令郎的不幸我十分痛心……"他苦笑一声说，"算了，不必兜圈子说话了。何先生是明白人，在明白人面前不用说不明白的话。宇何剑鸣曾是一个好警官，是我手下一员爱将，说我和他有父子之情也不为过。即使他的 B 型人身份被揭穿后，我仍在努力为他寻一条活路，寻找一条法网逃生之路。这些情况我不想多讲，你也许相信，也许不相信，这都无所谓。不过，事态的发展不是某个人能控制的。现在，宇何剑鸣死了，我想，对于死人就不必苛求了吧。如果他的死亡能使他保持自然人身份，我认为不失为一个比较满意的结局。这件事如果能捂住，有关方面也不打算追究你的责任。

何先生，你是受人尊重的大科学家，是社会精英中的精英，但你30年前的举动实在太轻率了！"

对高局长的指责，何不疑回以冰冷的目光——冰层下埋着多少悲怆！他知道自己失败了。为了儿子的安全，他曾详细研究过所有有关的法律条文，他确信即使儿子的身份被人揭穿，法律对于这位"处于2号之外、具有自然指纹"的类人也无可奈何。但他没想到，高郭东昌以最简单的办法摧毁了他精心构筑的塔楼——他采用了藐视法律的谋杀！何不疑知道，自己如果起诉这位滥用职权的局长，可以稳操胜券，因为至少在他实施谋杀时，剑鸣并没有被剥夺自然人身份，何况被殉葬者还有两位自然人。他的草菅人命必将得到法律的严惩——但这一切有什么用？不管怎样，剑鸣死了，如仪死了，吉先生和基恩都死了，他们永远不能复生了。

何不疑简单地说："是你杀了他们。"

高局长没有正面回答，但也没有否认："我已经言尽于此。何先生，你有什么意见？如果你对宇何剑鸣警官的死亡不表示疑义，今天你就可以回家了。"

何不疑冷冷地说："请放心，我不会对宇何剑鸣的死提出疑义，不会去起诉你的滥用职权罪。安心做你的局长吧。"

高局长点点头："请何先生回家吧，何夫人正在门口等你。我让秘书替我送送何先生，请。"

何妻宇白冰驾着一辆旧富康车在门口守候，女秘书扶何先生上车，递过装有随身衣物的小包。看见丈夫，宇白冰的泪水夺眶而出，但何不疑似乎没看见。他同女秘书亲切地道了再见，关上车门说：

"走吧。"等车开出街口，他才简短地说，"不要哭，至少不要当着他们的面哭。"

三天没见，妻子似乎老了十岁，她的目光黯淡，有化不去的悲伤浮在瞳孔里。默默地开了一会儿，她声音沙哑地问：

"是意外还是谋杀？"

"当然是谋杀。"

她的泪水再次涌出,她擦擦泪水,不再说话,默默地开着车。

看着那个衰老的身影走出去,高局长以手扶额,沉重地叹息一声。他保持着这个姿势直到秘书回来,声音沙哑地问:

"走了?"

"走了。"

"这一关总算过去了。"他抬头看看女秘书,从上班到现在,她的情绪一直比较灰暗。"你还有什么话?"

女秘书说:"局长,怎么偏偏宇何剑鸣是个 B 型人呢。"

局长苦笑着:"是啊,怎么他偏偏是个 B 型人呢。"剑鸣为人随和开朗,在同事中很有人缘。过去,由于职责的关系,"类人"这个名词在警方词汇中总带着贬义,带着异味儿,这在警察局是一种共同的感情氛围。不过,他忧心忡忡地想,出了个宇何剑鸣,已给这种氛围带来了裂隙。他挥挥手说:"不说他了,上午还有什么安排?"

女秘书也恢复了公事公办的语调:"鲁段吉军和陈胡明明都想见见你,都是私人事务。"

"什么事?"

"不知道,他们要和你面谈。"

"让老鲁先进来吧。"

鲁段吉军小心地推门进来,今天他新理了发,衣着整齐,眉目深处有一抹苍凉,不像往常那样大大咧咧的样子。他端端正正地坐在桌子对面,双手递过来一份文件。局长扫一眼,见题头是"辞职报告",便不快地说:

"咋了?我记得你才 56 岁,为啥要提前退休?局里对不住你了?"

鲁段吉军苦笑着,沉重地说:"我辞职纯属个人原因。局长,办完司马林达的案子,我真觉得自己老了,落后了,不能适应这个世界了。我就像是小孩子进戏院,听着锣鼓家什敲得满热闹,可深一层的情节根本理解不了。局长,我不是个轻易服输的人,平时蛮自信的,这回是真服输了。算了,别让我再丢人了,好好歹歹,我也曾是局里一名业务骨干,也曾干出一点成绩。我想及早抽身,不要弄得晚节不保。局长,你就体谅我的心情,签上同意吧。"

高郭东昌看着他,他的苦恼是真诚的。老鲁文化水平不高,是靠自己的努力才熬到这个位置。也许当时不该派他去负责这桩"水太深"的案子,可是当时谁知道呢?谁能料到一个副研究员的自杀能牵涉到什么"电脑上帝"?局长把辞职报告放到抽屉里,语调沉重地说:

"好,报告放这儿,研究研究再说吧。其实,我也该打退休报告了,也觉得这个世界难以应付了。等会儿我把你的报告抄一份,一块呈上去。"

鲁段吉军没有响应他的笑话,认真地说:"局长,我可是当真的,你别糊弄我。"他站起来,却没有立刻就走,"局长,宇何剑鸣……怎么会是个类人呢?"

高局长摇摇头,没有回话。宇何剑鸣的真正死因已是公开的秘密,不过大伙儿心照不宣罢了。大家对局长的无情处置没有什么微词,对一个有不良倾向的类人,这是应得的惩罚。不过,拿他和当年的宇何剑鸣警官相比,反差未免过于强烈。

老鲁走了,陈胡明明低着头进来,神情黯然地递过来一份报告。局长着恼地说:"又是辞职报告!你和鲁段吉军商量着来的?"

明明摇摇头:"我不知道老鲁要辞职。我辞职是自己决定的,与旁人无关。"

她已经知道了剑鸣之死的真相。以她素来对剑鸣的情义,她该对凶手恨之入骨,该设法复仇,但她没有。她曾爱恋过的男人变成了B型人,这个基本事实使一切都变了味儿。警局B系统是"夷夏之防"思想最为浓厚的地方,只要想起自己曾爱过一个人造生命,一个从生产线上下来的工件,就有羞辱愧恨来啃咬她的心——但她又不能忘怀那个笑容明朗的男人。

她不会为一个B型人复仇,不会找高局长的麻烦。她只是想躲避,想避开这个伤心之地。高局长久久地看着她,她感觉到了局长的注视,低着头一声不响。最后局长痛快地签了字:

"明明,我理解你的心情,不再留你了。请你谅解,有些决定并不是出自我的本意。"

明明低声说:"我知道,我不怪你。"

"真舍不得让你走,不过——尊重你的意愿吧。"

明明走了,高局长怅然地望着在她身后关上的房门。明明的辞职是一种温和的抗议,这他完全清楚。更有许多人对他恨之入骨,像何不疑夫妇,不过他没办法。在社会结构中,总有那么几种不讨人喜欢的但却离不了的工作,比如他的职业,总得有人干下去。

他揉揉额头,赶走这些杂念。太空艇爆炸案还没结束呢,在附近海域的打捞发现了三具残缺的肢体,但没有宇何剑鸣的。他是死是活?另外,警方截收到齐洪德刚在爆炸前夕同飞艇的通话。正是这家伙向警方揭露了宇何剑鸣的真实身份,可是仅仅两天之后,又是他向宇何剑鸣通风报信!这人究竟扮演的是什么角色?飞艇爆炸时,齐洪德刚的直升机正好在飞艇的下方。此后他的直升机在 100 千米外找到了,但德刚本人却杳无踪影。

对他的去向应该严密监视。他按了电铃,让秘书把史刘铁兵警官唤来。

是 10 月的上午,天气干冷,头上是无云的肃穆的蓝天。金黄色的梧桐叶铺满了马路,随着秋风打转。宇白冰驾车向西驶出了南阳,高楼渐渐稀疏了,路上是鳞次栉比的饭店、商店和气势雄伟的高架广告。公路经过一个村子,一只鸭妈妈率领着一群鸭仔,旁若无人地穿过马路,对喇叭声不理不睬。十几个孩子在路边玩耍、跳绳、跳皮筋、推铁圈,这些古老的游戏似乎比法律的生命力还要持久。跳绳的那个男孩已经浑身是汗,脚下还没显出疲态,两个女孩用清脆的童音数着,三百零四,三百零五,三百零六……宇白冰不由放慢车速,对跳绳男孩多看了两眼。剑鸣从小就酷爱跳绳,可以轻松地连跳三四十个双摇,甚至能跳出三摇。放学后,父子两个常常比赛跳绳。想到这里,她又抹了抹泪水。

随后汽车上了宁西高速,两人都不说话,宇白冰忙于驾驶 150 千米时速的汽车,何不疑则闭目靠在椅背上,眉峰紧蹙,嘴唇轻轻颤动着。高速公路

海豚人

上车流不息，一辆辆高级轿车鸣着喇叭超过他们，然后转入快车道，熄了超车灯。一辆敞篷车超过他们，车上一伙儿青年，似乎是到哪儿野游的，亢奋地笑着，把笑声洒向身后。隔离网外边，几只南阳黄牛用漠然的眼神注视着来往车辆，绿色的田野迅速向后滑去。剑鸣死了，他们的天地已经崩溃了，但外边的世界依然故我。

他们在商南下了高速，这是个比较大的站口，休息区内停了二十多辆车，从车牌照看有陕西的、宁夏的，还有新疆的。餐厅里熙熙攘攘。他们给汽车加了油，何不疑交代妻子，不要在这儿耽误时间，买两客盒饭就行了。宇白冰去买了两盒快餐，回来时又是眼睛通红。何不疑悟到，她又想起儿子了。13年前他们送剑鸣上大学时在这儿停留过，以后几次接剑鸣回家，也都在这儿吃饭。不久前，他们还打算在这儿接剑鸣和如仪回家度蜜月呢。如今物仍是而人已非。何不疑没有多劝慰，简单地说了声：

"吃吧，吃完饭我开车。"

饭后，汽车一路向西北开去。下了高速，又在山路上颠簸了两个小时。天色渐渐暗下来，山路两边的灯光渐渐稀疏。一轮明月从山坳里升上来。巨大的孤树立在山腰间，像黑色的剪影。汽车驶过村前的漫水桥，清澈的山泉哗哗地流过去，在卧牛石旁形成旋涡。到家时天已黑了，孤零零的院落嵌在山坳里，月光安详地照着篱墙和瓦房，照着院里的石榴树和花椒树。雪白的汽车灯光推开院里的黑暗，圈中的畜禽马上骚动起来。宇白冰说：

"你先进屋休息，我去看看畜圈，一天没喂它们了。"

"我来帮你。"

"不用，你先休息吧。喂完我给你整治晚饭。"

猪羊起劲地哼哼着、咩咩着，昨天留的饲料已经吃完。鸡圈里也起了小小的骚动，但夜色已重，它们都畏缩在鸡笼里不敢出来。宇白冰拌了一盆猪饲料，又往羊圈里扯了几把青草。猪羊埋头吃着，圈里安静了。

看着贪吃的猪羊，宇白冰总觉得还有一个小小的身影，那是蹒跚学步的鸣儿，是满地乱跑的鸣儿。喂食时鸣儿总是跑在前边，孩子气地宣布：妈妈来给你们喂食了，不要抢，够你们吃的。那时有一只白色大公鸡，个头快和鸣儿差不多了。它生性好斗，看见圈外有个人影就隔着篱墙追啄，即使是主人喂食，它也常凶狠地盯着你。只有它和鸣儿相处甚洽，甚至还容许鸣儿去摸它的鸡冠。后来鸣儿长大了，就把喂畜禽的工作替妈妈担起来，每天上学前快手快脚地把活干完，这样一直到他离家去上高中。

剑鸣从小就是个好孩子。他们在决定来山中隐居时虽然颇有积蓄，但也对付不了30年的花销。所以，他们在山中的日子是相当清苦的。那时，剑鸣灿烂的笑容为这座庭院增添了多少喜气。宇白冰站在畜圈里，眼神盯着远方，越过夜空，越过时间，她又看到了30年前的一幕。

与何不疑结婚后，丈夫宣布了他的打算，他不打算要自己的孩子，要从2号工厂里偷出一个具有自然指纹的类人婴儿，在人类家庭里养大，赋予他自然人的身份。他目光炯炯地说：

"这是很有意义的事。可以说，我们是在撰写新的'创世纪'。"

宇白冰原先不乐意，哪个女人不想要一个亲生儿女？但丈夫的影响力太强大，最终她同意了，并成了丈夫忠实的同谋。丈夫精心制造了一个肚套套在身上，逐渐往里面塞着填充物，伪装成大腹便便的样子。这个过程一直持续了四年。四年哪，还要每天经过2号工厂的淋浴通道，实在不是一件易事。丈夫对这件事极为执着，为了万无一失，他甚至利用休假时间去开封学习魔术。三年后，宇白冰也如法炮制，在邻居眼中伪装怀孕。计划有条不紊地实施着，终于，那一天来了。

那天，丈夫早早离家上班，去实施他的"盗火"计划，他非常郑重地起了这个名字。宇白冰在家提心吊胆地守候着。中午12点，她按照约定给丈夫打了个电话，听见丈夫在那边大声对旁人说：

"祝贺我吧，我太太刚生了一个男孩！"

这是暗语，她知道丈夫的计划已经圆满成功了。她忙取下自己肚子上的填充物，焦急地等待"儿子"回家。20分钟后，丈夫的飞碟降落在院子里，大腹便便的丈夫匆匆跳下飞机，直奔屋内，低声说："快！快！"

宇白冰急忙帮丈夫剪开肚套，取出假死的婴儿。婴儿的呼吸此刻是停止的，他们担心婴儿在肚套内待了近一个小时，会使他真正窒息。针液从股静脉注射进去，一分钟，两分钟，屋里静得瘆人，细汗从两人额头浸出来。终于，婴儿有了第一个轻微的动作，脸色慢慢转为红润，生命之光在他脸上漾过。那时，宇白冰真正体会到生命的奇妙。一个冰凉的、僵死的婴儿，表情死板僵硬，如一尊雕刻粗糙的石像。但当生命之光漫过他的全身时，他响亮地哭了一声，浑身立即被注入了灵性。他身上的一切：闭着的双眼，小脸蛋，小耳垂，小胳膊小腿，胯下的小鸡鸡，都变得那么惹人爱怜。她把婴儿抱在怀里，心中洋溢着母亲的大爱。丈夫呢，这时浑身乏力，坐在椅子上喘息着。

当天夫妇两人就带着孩子遁入深山。因为这个婴儿已经相当于四个月的普通人类婴儿了，他们怕邻居看出破绽。然后是30年彻底的隐居，住在一个远离人群的独院中。邻近的山民们都不知道何不疑的真正身份。30年中，鸣儿几乎是他们生活中唯一的内容。鸣儿在他们的眼皮下慢慢长大。那时类人已经是司空见惯，但当儿子慢慢成长时，宇白冰总也排除不了隐隐的恐惧。儿子的DNA是用物理方法堆砌的，他真的具有人的生命力吗？他的发育会不会在某一天忽然中止或忽然失控？会不会长出一个尾巴或两只角？鸣儿不知道他们的疑虑，鸣儿在快快活活地成长。他长出奶牙，奶牙脱落，换上整齐的新牙。他的身体逐渐长高，声音变粗，喉结凸出，唇边长出茸茸的胡须，小腹长出稀疏的阴毛。他有了第一次遗精——她记得，夫妻两个曾为此私下里祝贺。儿子的一切都等同于正常人。他交女友晚了一些，父母曾为此暗暗担心，因为社会上的B型人多是性冷淡者。当然，这主要是社会心理的作用而不是因为身体构造。那么，完全处于自然人生活环境的剑鸣会不会具有正常的性能力呢？终于，连最后的担心也释解了。他爱上了一个可爱的姑娘，两人已同居两年，经过侧面了解，他们的性生活非常美满。

她对丈夫创造的技术十分佩服，一个人的成长包含了多少信息？各个器官的形状、各种激素的分泌、各种新陈代谢过程、特定的性格……这一切都要在DNA这部无字天书中包括，小小的DNA中怎么能容纳这么多信息呢。单单是人的指纹形成过程，如果用一条条指令详细描述下来，恐怕也得一本厚厚的书吧。

但不管怎样，丈夫和他的同事们成功了。人造的宇何剑鸣已经成人，马上就要结婚，他们一定能生出可爱的小宝宝。他完全具备自然人的感情，肯定会与父母和恋人相爱终生。可是忽然之间一切都乱套了，倾翻了。剑鸣的类人身份被揭穿，接着遭到横死。老年丧子，白发人送黑发人啊。

她只顾沉浸于伤感，忘了时间。厨房里的响声把她惊醒，她急忙离开畜圈回去。丈夫已把晚饭做好，端到餐桌上，是简单的葱花挂面，不过这已经很难得了，婚后的30年丈夫是从不下厨房的。何不疑柔声说：

"洗洗手，快吃饭吧。"

宇白冰端起饭碗，泪花儿又涌出来，落到饭碗里。何不疑没有说话，默默把饭吃完。两人到底是上了年纪，跑了一天路，浑身酸疼，早早就睡了。睡觉时宇白冰问：

"剑鸣的丧事什么时候办？"

"等等吧，警方打捞到尸骸后会通知咱们的。"

两人在床上辗转反侧，久久不能入睡。后来宇白冰朦朦胧胧睡着了，睡梦里也不安稳。剑鸣的身影，幼年时的，童年时的，青年时的，频繁地插入梦中。后来她做了一个比较连贯的梦，剑鸣浑身血迹，走来，看着她，微微责备道："妈妈，原来我是B型人？你为什么不告诉我呢？"宇白冰啜泣着说："我们没告诉你，我们想让你有个快乐的人生。"剑鸣摇摇头说："你错了，妈妈。每个人都有权知道自己的一切，太遗憾了，你们没有在我死亡前告诉我。"然后他的身体开始虚化，开始消逝，妈妈哭着去拉他……

宇白冰从梦中醒来，满面是泪。月亮已经落山，正是黎明前最黑暗的时候。凉气下来了，胳膊上凉沁沁的。她摸摸丈夫，丈夫不在。他到哪儿去了？她披上衣服在各屋寻找，在书房里找到了丈夫，他一动不动地站在窗前，浑如一尊千年石像。宇白冰摸索着打开灯，丈夫扭过身。她立时有一个强烈的感觉，丈夫变了，30年退休生活所养成的安逸懒散一扫而光，他眉峰紧蹙，目光炯炯，表情沉毅。宇白冰的心吊起来，预感到什么事发生了。果然，丈夫走过来，揽住她的肩膀，音节缓慢地说：

"白冰，鸣儿的死解除了我的自我约束，现在，我要干点事了。"

海豚人

"你……"

"你知道我对类人的态度。我历来认为，人造生命和自然生命有同等的权利，不过，我一直把握着做事的分寸，我想让类人遵循一个渐进式的过程来融入社会。不过现在，我看到那些卫道士们走火入魔到了何种程度！我不能再旁观了，我要干点事了。"

宇白冰担心地说："你要干什么？那是触犯法律的。"

"法律？"何不疑轻蔑地笑笑，做了个含意莫名的手势。

从这天起，何不疑每天钻在书房里，或翻看大部头的书籍，或在电脑键盘上忙活着。他是在捡起当年的知识和技能。虽然他曾是超一流的科学家，是一个智力超凡的天才，但毕竟丢生了30年，而且是80岁的老人了。

在温习两个星期后，他的自信慢慢回来了。丢生30年的知识并没忘记，它们都深深镌刻在大脑皮层上，只是蒙了一层灰尘。现在只需把灰尘拂去就行了。而且何不疑自豪地发现，他的脑力还十分敏捷，当然比不上30年前了，但至少可以对付他现在打算做的工作。

他开始了紧张的筹划，筹划什么妻子不知道。只见他从电脑中调出极为繁复的程序，认真修改着。他的工作十分狂热，从来记不住吃饭睡觉，宇白冰只好跟在身后催促。

两个星期后，警方还未通知尸骸是否找到。有时宇白冰想，也许儿子还没死？何不疑不忍心粉碎她的幻想，但还是硬着心肠说：

"不要抱什么幻想了。白冰，那不是事故，是一枚威力强大的遥控炸弹。"

她的身体明显抖了一下，默默回到厨房。她没有哭，她的泪水早已流干了。

夜里，丈夫照旧在书房里忙碌，他没有开灯，只有电脑屏幕荧荧的微光从门缝里射出来。宇白冰睡不着，拿一本小说打发时间，不过她的目光常常无法聚焦到铅字上。鸣儿呢？这会儿他躺在冰冷的海底吗？她不知怎的想起了一篇西方小说《猴爪》：老两口得到了一支邪恶的猴爪，它可以满足主人的三个愿望。第一个愿望满足了，他们得到了100英镑——但儿子突遭横死，这笔钱原来是儿子的抚恤金。悲痛的老妇人说出第二个愿望，儿子真的从坟墓中回来了。老头子惊慌地说出第三个愿望，赶紧让可怕的幽灵回到坟墓中去。宇白冰想，如果她有这么一支猴爪，第一个愿望就是让儿子从坟墓中回来，哪怕他的面相再恐怖。

有人在轻轻敲窗户，笃，笃笃，笃，笃笃。宇白冰想可能是听错了，竖起了耳朵。少顷，敲窗声又响起来，残月的冷光勾出一个模模糊糊的身影，又传来低微的喊声：

"爸，妈，是我，快开门！"

是剑鸣的声音！因为刚才的冥想，宇白冰在刹那中想到，一定是儿子的幽灵从坟墓中回来了。不过她没有丝毫犹豫，立即赤足下床，拉开了屋门。一个黑影闪进屋，一张丑陋狰狞的面孔！宇白冰惊叫一声，但那人攀住她的肩膀，柔声说：

"别怕，是我，我受伤了。"

她从身影、动作和声音中认出是儿子，但儿子俊美的面庞已被毁坏了，两道长长的豁口横贯面部。伤口刚刚结了疤，已抽线的针眼还依稀可辨。眼睑翻卷着，使他的面孔看起来很恐怖。她轻轻地抚摸着这些伤疤，心房震颤着。她擦擦泪说：

"你没死，我太高兴了。如仪呢，如仪爷爷呢？他们是不是逃过了这一难？"

剑鸣转过目光。"他们没有。当时，装有炸弹的公文包就在如仪怀里。听说警方已捞出了他们三人的残骸。"

宇白冰泪水盈眶，转了话题："你活着，这就很好。快去告诉你爸，他在书房里工作呢。"这时她才看见后边还有一个人："这是谁？"

"齐洪德刚，是他救了我，当时他的直升机正好赶到飞艇坠落的海域。"

宇白冰已认出他了："请进，快请进。谢谢你救了剑鸣。"

齐洪德刚尴尬地摇摇头，是他救了剑鸣，但也是他的告密害了剑鸣。不过首先是剑鸣的警察职责害了雅君……恩恩怨怨，扯不清道不明。他含意不明地咕哝一句，跟着剑鸣走进来，随手关上房门，又趴在门上听听外面。

何不疑听到了书房外的动静，这时站在书房门口望着这边。宇何剑鸣快步向他走去，不过父子间没有像母子之间那样拥抱和哭泣。剑鸣在距他两步处站定，四只眼睛冷静地对视着。良久，何不疑说：

"进书房吧，咱俩谈谈。老伴你替我招待德刚。"

德刚知道父子俩有很多话要说，立即说："对，宇妈妈快点，我已经饿坏了！"他拉着剑鸣妈进了厨房，剑鸣则跟着爸爸进了书房。两人在沙发中对面坐下，默默地互相凝视着，目光十分复杂。它包含了30年的亲情，包含了自然人和B型人的恩恩怨怨，包含了生命诞生40亿年的沧桑。何不疑看着儿子伤痕纵横的脸，心中充满怜惜，但他把儿女之情藏在凝重的表情之下。剑鸣轻轻喊一声：

"爸爸。"

何不疑嗯了一声，心中十分感动。剑鸣喊爸爸已喊了近30年，但今天的这声称呼有完全不同的意义。他问：

"你肯定已经知道了自己的全部身世？"

剑鸣点点头，回想起飞艇爆炸前齐洪德刚的那声当头棒喝："你是类人！是你爸爸从2号工厂里偷出来的类人！"后来他丧失了知觉。他在昏迷中挣扎着，黑暗的意识中出现了一丝亮光，但那时他迟迟不敢走进亮光。因为他隐隐觉得，一旦走进清醒，有一个可怕的事实在等着他，这个事实并不比死亡轻松……他说：

"嗯，知道了，大部分是德刚告诉我的，少部分是我这几天在电脑中查到的。"他苦笑着说："我当了八年警察，查了多少疑犯的履历，却忘了先查一查自己的来历。爸爸，谢谢你，谢谢你把我从2号偷出来，给了我30年的父母之爱，使我建树了一个完整的自我。否则，我可能像其他B型人一样浑浑噩噩地活着。"他真诚地说。

何不疑简短地说："谢什么？我是你的父亲。"

宇何剑鸣点点头，心中十分感动。何不疑当然是自己的父亲，但今天这句话又有其特殊的含义。何不疑说：

"社会对你是不公平的，你准备怎么办？我看出你在躲避警察，其实没必要。我谙熟有关B型人的法律，一个走出2号的具有自然指纹的类人，在法律上只能作自然人看待。我能为你争得这个身份。"

"不。"剑鸣摇摇头，冷淡地说，"我对这个身份没一点儿兴趣，这会儿我最没兴趣的就是什么自然人身份了。这些天我想了很多，这一生中，由于职业原因，我伤害了不少B型人同胞，我想做点事赎回我的罪过。"他看看父亲，解释道，"我想爸爸不会为我担心。你了解我，我不会向人类复仇，不会在两个族群中挑起血腥的仇杀。我只是想抹去两个族群之间的界限，使他们和睦相处，融为一体。"

何不疑点点头，"这是个艰巨的工作，不是一人之力能完成的。"

"爸爸你说得对，这不是一人之力能完成的，不是在短时间内能完成的。不过我们可以利用现代科学呀，既然科学在短短几十年内创造了类人，完成了上帝40亿年才完成的工作，我想科学也能帮我们在几年内完成对B型人的解放。"

"你有什么具体想法？"

"我想利用2号工厂。爸爸，30年前你更改了2号的生产程序，生产出一个具有自然指纹的宇何剑鸣；我希望30年后再度更改程序，生产出一千个一万个具有自然指纹的类人。等把他们都推向社会，估计那道堤坝也该垮了，因为它本来就是用浮沙垒起来的。"

他不无担心地看着爸爸。他了解父亲的宽阔胸怀，早在30年前他就敢于向社会挑战，偷出一个类人婴儿在家中养大，他对类人的仁爱之心是不容怀疑的。但他毕竟是自然人类的一分子，能做到这一步吗？没想到父亲干脆地说：

"好，这正是我想干的事情！我已为它做了两星期的准备。"他看透了儿子的担心，慈祥地说："你不必担心我有什么夷夏之防的思想，那些东西我早在30年前就抛弃啦。世界上所有生命都来自物质，或直接，或间接，他们之间没有什么高贵和卑贱之分。所有生命，"他强调着，"甚至包括电脑生命。电脑智力的发展已到了临界点，如果在一二十年内电脑能发展出自我意识，学会自我复制。一句话，进化出智能生命，我是不会惊奇的。"

剑鸣突然想起在鲁段吉军负责的案子中，那位自杀的副研究员也有类似的提法，不禁惊奇地看看父亲。

何不疑说:"现在人类对类人的歧视,不过是人类自恋症的临床表现。这种自恋症太顽固啦,不过它已经遭受过三次大的打击。第一次是哥白尼发现,人类居住的地球并不是宇宙的中心,而只是宇宙中的一粒尘埃;第二次是达尔文发现,万物之灵的人类是猴子的后代;第三次是我和同事们用非生命物质组装出了真正的人。第三次打击是最致命的,现在的种种喧嚣只不过是这种自恋症临死前的反弹。它的寿命不会长久的。"他解释道,"我之所以没采取行动,是因为不想过于超前时代。社会的觉悟是慢慢改变的,过于剧烈的变革也有副作用。不过,对高郭东昌这类'人类纯洁卫道士'我已经忍无可忍了。"

剑鸣欣喜地说:"你同意我们的计划?"

何不疑简短地说:"同意。你和德刚先吃饭吧,吃完饭再谈。"

何不疑夫妇并肩坐着,欣赏着两个年轻男人狼吞虎咽的吃相。宇白冰的喜悦几乎不能自抑,她轻声对丈夫说:

"我怎么像做梦似的,咱们失去的儿子真的又回来啦?"

何不疑拍拍她的手背:"是真的,不是做梦。剑鸣没死,剑鸣又回来啦。"

剑鸣说:"炸弹爆炸时我在太空艇前部,逃了一命,是如仪的身体为我挡住了炸弹。"他的目光黯淡下去,咬紧牙关,眼前闪出如仪血肉横飞的惨景。"另外,那时我已接到德刚的通知,让基恩打开了安全门,我想这也减轻了爆炸的威力。"

宇白冰感激地看看德刚。德刚的脸色变得阴沉,他是想到了被气化的 RB 雅君。宇白冰忙用闲话岔了过去。

吃完饭,何不疑把两人叫到书房:"开始吧,咱们把那个计划好好合计一下。改变 2 号工厂的程序不是难事,我已经做过一次。难的是如何把修改指令送进去。2 号的安全防护相当严格,内层的电脑局域网同外界严格隔绝,另有一个外层网络专门用于同外界联系。"他解释道,"你们知道,所有保密部门都划分内外层计算机网络,但由于内外层之间必然有大量信息需要传递,所以内外层之间不可能断开。为了安全,大都在内外层之间设一个一错即断式的单通道,外来者只要一次登录错误,通道立即断开,必须人力才能恢复。

但在 2 号，连这种一错即断式的单通道也没有，内外层之间的信息传递必须靠人工进行。所以，尽管你俩都是电脑高手，也不要打算从外部闯进 2 号。必须有人进入 2 号，才能办成这件事。"

剑鸣同德刚相视一笑："这些情况我们已大致了解，不过不要紧，世界上没有绝对安全的防范。只要能进入外层网络就能干很多事了。"

德刚补充道："我们已经进入过 2 号的外层网络，获得了不少情报，也想出了一个进入 2 号的办法。"

他介绍了两人商量的办法，何不疑认真考虑后觉得还是可行的，又为他们补充了一些细节。然后说："不过，不知道你们是否已经考虑到，这次的任务要比 30 年前艰巨得多。你们不仅要制造出具有自然指纹的婴儿，还要瞒过检查系统把他们送出 2 号。否则只会制造出一批待销毁的工件，又有什么意义呢？"

两人点点头："我们知道，唯有这一点还没想出办法。"

"2 号的检验分电脑和人工检验两道关口。尤其是人工检验这一关，不可能通过某种指令去改变它。2 号早就认识到，从某种程度上说，最低效的人工检验实际是最安全的，所以，2 号一直坚持把人工检验放到最后一关，这一关很难攻破。"

剑鸣和德刚面有难色，但他们仍重复道："没有绝对牢固的防范，慢慢想吧，总会有办法的。"

从进入电脑网络的那一瞬间，司马林达就有了天目天耳，可以进行天视天听。人类在几百万年的艰难跋涉和探索中获得的知识，他在一瞬间就全知全晓了。这里包含有相对论、弦论，以及他毕生钻研的整体论和超智力理论等。当然，这些都是低层次的十分简单的知识。他怜悯地想，人类中那些才华超绝的天才，以毕生精力研究出来的成果，原来是如此简单如此粗糙的玩意儿啊！

在电脑网络中，他享受到了完全的思维自由。这儿的思维以光速进行，不再受制于每秒百米的神经脉冲传播速度；这儿的信息是完全畅通完全透明的，不再分割成一个个的人形牢笼；这儿的思维是绝对高效的，不再受疲劳、睡眠、饥饿、性欲、死亡、沮丧等诸多因素的干扰。他进入的电脑网络共有近200亿个单元，大致相当于人脑中神经元的数目。但单元的起点则不能同日而语。人脑中的神经元十分简单，只能根据外来的刺激产生一个冲动；而电脑网络中的单元是功能十分强大的电脑，每台电脑的功能已经接近于人脑了，200亿个电脑的复杂缔合又能达到什么高度呢？

立足于超智力的本域，他十分怜悯人类，又十分佩服，怜悯和佩服毫不矛盾。想想吧，人类以他们可怜的、低效的、空间和时间上都不连续的低等智力，竟然达到了相当辉煌的高度，甚至在某种程度上认识了人类自身。这种认识大致分为两个阶段，两个阶段组成一个循环。首先在猿人的懵懂意识中产生了智慧的灵光，有了"我识"，认识到自身是超越物质世界的，具有物质世界所没有的精神或灵魂；然后科学的发展又逐渐抛弃了生命力、活力、灵魂这类东西，认识到人类的智力和精神完全建基于物质结构的复杂缔合模式上。超越然后回归，这是认识上的两次飞跃，两次飞跃后回到了起点，但又高于起点。

可怜又可敬的人类啊！

司马林达遨游于超智力的本域，又不能忘情于他的前世。按说，从他进入网络的那一瞬间，他的思维就会在顷刻间弥散，溶入其中，就像是一滴水珠溶入大海，一束星光溶入月光。但他却保持了一个"思维包"的相对独立，保留着那个叫司马林达的低等智力体的爱憎。他知道这种表面张力是不会持久的，但他尽量保持着。

480个小时前，他果断地抛弃了自己的皮囊，跳出那个人形牢笼，进入连续的思维场。但一旦抛却，又不免有些留恋。在这个思维的天国里，毕竟还缺少一些东西，这儿没有母亲遥远的呻唔声，没有草叶上的露珠和西天的彩霞，没有秋风拂面时那种苍凉的感觉，没有自己第一次同乔乔赤身相拥时的战栗感。这些感觉如今已经数字化了，以0、1数字串的形式被精确地记录下来，储存在思维的天国中，但这毕竟不是"那种"感觉了。

他以数字化的形式叹息着，沿着思维天国密密麻麻的管道，窥视着外面的世界。

第十三章　访问2号

资料之十三：

　　日本研究人员在 2002 年 1 月 24 日宣布，他们在全世界首次成功地把菠菜基因植入猪的体内，从而把肉和蔬菜在活着的家畜身上而不是在菜盘子里结合起来。近畿大学发展生物学教授入谷秋良说："这是植物基因首次在活着的动物体内、而不是在培养皿内发生作用。"

　　试验中使用的是 FAD2 基因，它能把饱和脂肪酸转化成不饱和脂肪酸，以生成更加健康的猪肉。据测定，经过基因改造的猪的体内有 20% 的饱和脂肪酸被转化。

　　入谷说，研究人员把这种基因移植到受精的猪胚胎，然后植入普通猪的子宫中。猪仔成活率只有 1%。基因改造猪和普通猪杂交后有 50% 的几率生出基因改造猪仔，而基因改造猪之间的交配可以确保所有下一代都携带菠菜基因。

　　　　　　　　——日本共同社 2002 年 1 月 25 日文章《猪肉吃出菠菜味》

　　清晨，炳素老人身穿白色的练功服，漫步走出他的别墅，来到银灰色的海滩上。海水洁净透明，棕榈树和椰子树碧绿欲滴，几片白色的船帆在远处荡漾。炳素是一名标准的世界公民，做过两任联合国秘书长，一生有大半时间住在国外。不过退休后他还是把家安到了故乡——泰国的珊瑚岛。故国之思是很难割断的，他在国外时就常常思念原汁原味的泰国辣味木瓜沙拉、脆米粉和酸肉。

　　炳素今年 85 岁，身体还不错。他认真打完一段陈氏太极拳，虽然动作还相当生疏，但也算打得有板有眼。30 年前，他在作联合国秘书长时，曾见过

海豚人

一些华裔美国人打太极拳，那时他就喜欢上了这种轻舒漫卷的体育活动。不过那时太忙，一直没有抽出时间学。退休后回到泰国，他把这件事给忘了。不久前，清迈市邀请他观看了一次中国武术和泰拳的对抗赛。这次比赛修改了规则，允许泰拳使用膝肘关节，这是泰拳中最凶狠的招数，但常常伤人致残，所以中国武师打得相当艰苦。但其中一名太极拳师以他轻灵妙曼的动作化解了泰拳的凶猛招数，在比赛中保持不败。这场比赛之后，炳素又拾起对太极拳的爱好，并付诸行动。

一套拳打完，身后有人轻声喝彩："好！你已经打出太极拳的味道了。"秘书陈于见华笑着说，递给他毛巾。炳素擦擦额上的汗，自得地说：

"我是个很用功的学生，对不？"

"对，还是个很有天分的学生。"

陈于见华是他的秘书兼武术教练，是他特意从中国聘来的，到这儿才三个多月。小伙子高挑身材，肩宽腰细，工作很勤勉。他对炳素又做了一次示范，讲解道："你已经打得很不错了，不过还是要注意动作和呼吸的互相配合。呼吸要深匀自然，动作中正安舒。尤其要注意动作的衔接，劲断意不断，意断势相连。把握住这两条，就算入了太极的门。"

然后他按惯例汇报当天的日程安排。"今天第一件事是接待一位中国客人，是2号工厂的。昨天已经约好，上午8点半来。"

炳素看看秘书，简短地问："他的来意？"

"他在电话上没有讲，说来这儿面谈。"

炳素点点头，随秘书回去吃早饭。去2号参观的由头是无意中提起的，一个月前，炳素同秘书偶然谈起了类人的话题，他感慨道：自己当了两任联合国秘书长，经自己的手通过了不下20项有关B型人的法律，可惜一直没机会见一见制造类人的三个工厂。陈于见华说：

"那很容易，我可以代你向中国的2号提出申请，相信凭你的声望，他们一定会欢迎你。"他笑着说，"说不定我也能借你的光去看看。要说2号工厂在我的家乡——我祖籍河南陈家沟——但我也无缘得见。"

之后陈于见华真的寄去了申请，对方很快回了电子邮件，寄来了精美的邀请函，说"衷心欢迎炳素先生莅临中心指导"，时间定在 2125 年 11 月 10 日，即明天。由于炳素年事已高，2 号工厂同意秘书陪他同来以照顾起居。他们本来准备明天早上就要乘机前往中国南阳的。但 2 号工厂突然来人，莫非行程突然有了变化？

8 点半，客人准时按响了门铃。是一个高个青年，身高和陈于见华差不多，穿着挺括得体的西服。来人出示了证件，说他是 2 号工厂的信使，名叫王李西治。见华热情地同"老乡"握手，引他走进客厅，问"昆西治"想喝点什么。"给你来一杯冰浮吧，这是泰国人喜爱的一种冷饮。"

"好的，入乡随俗嘛，谢谢。"

见华端来一杯冰浮，是用水果碎片加糖浆和冰块调成的，液面上浮着鲜艳的玫瑰花瓣。"昆西治，主人在书房，我马上去请他。你准备在泰国待几天？泰国有很多游览胜地，像大王宫、郑王庙、普吉岛都值得看看。知道吗？郑王庙是达信王郑昭的皇家佛寺，他是华裔，中国游客一般都要参观郑王庙。"

"谢谢，这次看不成了。我买的是双程机票，马上就要返回中国。"

"太可惜了，否则我可以为你做导游，三个月没说中国话，把我快憋坏啦！"

客人笑了："是吗？不过真的很遗憾，我必须马上赶回去。"

他们寒暄了几句，客人始终没透露此次前来的用意，看来他是要同炳素先生面谈。秘书请客人稍坐，自己来到炳素的书房：

"炳素先生，客人已经到了，在客厅里。他没有向我透露这次的来意，也许他不愿秘书知情。"

炳素点点头，下楼来到餐厅，双手合十向客人问好。客人忙从沙发上起身，也向主人合十致意。两人寒暄几句，秘书乖巧地退出去了。炳素问：

"昆西治为我带来了什么话？我们明天就要到中国去了。"

客人轻声说："我们能否到一个比较安全的地方说话？"

炳素看看他。"请到我的书房吧。"

两人上楼来到书房，炳素关好房门："这儿很安全，请讲吧，是不是我的行程有了变动？"

来人没有直接回答："炳素先生，我知道你任联合国秘书长时，恰是类人技术发端和成熟的时期。经你的手通过了十几项有关类人的法律，以至于有人把你称为'类人秘书长'。"

"对，那些法律大多是对类人进行限制，如果没有这些法律，恐怕现在早已是类人的世界了。不过，我不敢说自己是对的，当我步入老年后，对往事做一个反思，我总觉得那些法律过于狭隘，不合佛教的教义。"

来人久久地看着他："是啊，我们也同样感觉到了这个矛盾……说正事吧，明天就是你去2号参观的日子，但据刚刚得到的可靠情报，有人要在最近几天对2号工厂进行一次精心策划的破坏行动。"

"什么行动？爆炸吗？"

"不，是电子进攻，但具体手段和目标还不清楚。"

"是什么人，是类人吗？"

"不是类人，是自然人中同情类人的激进分子。"他苦笑道，"这真是一种讽刺。到现在为止，总的来说类人们还是相当顺从的，倒是自然人中有不少激烈的反对者。"

"那么，2号是想让我改变行期？"

"不，我们不愿给你造成任何不便。只是，为了绝对安全，2号的高层不得不对来访者的名单做一些限制，你的秘书恐怕不能进入2号了。"

炳素敏锐地说："你是说我的秘书……"

"啊不，我们对陈于见华先生没有任何怀疑，据我们调查，他在国内时同那些激进组织没有任何联系。但为了绝对安全，我们不得不做一些预防性的限制。"他笑着说，"不过你不必担心有任何不便，我将在南阳机场迎接你，代替你的秘书照顾你的起居。这些变动是不得已而为之，务请先生谅解。"

"不必客气，我理应尊重主人的安排。我该怎样向我的秘书解释？"

"我想不要提前告诉他，等明天我接上你们后，再告知他这些变动。"

"好的。"

"很抱歉给你添了麻烦，谢谢你的宽容。我要告辞了，要赶上今天的返程班机,明天我将在那儿迎候。"

"那我就不留你了,我们也要赶明天的班机。"

"再见。"

"再见。"

炳素按电铃唤来秘书,让他代自己送客人出门。他从窗户里看着客人上了汽车,开出大门。秘书笑着同客人招手。炳素盯着秘书的后背,心中不无疑虑。尽管客人一再说秘书是清白的,说这次不批准他进入2号只是一种预防措施。但炳素知道,这些官方用语不一定是2号工厂的真实想法。有一点是肯定的,如果不是因为一个有足够分量的理由,2号绝不会突然改变预定的安排,千里迢迢派来一个信使。

他把这些怀疑藏到心底。秘书回来了,用目光询问他。炳素不动声色地说:"去2号的访问没有变化,他的来访是遵照2号的惯例,对来访者做一次实地甄别。"

秘书点点头,没有再多问一个字。

他们第二天早上抵达南阳机场,昨天的信使在机场迎接。他请二人上了一辆奔驰,向2号开去。路上他详细介绍了2号的情况。两个小时后,他们看到了2号的银白色半圆穹顶,汽车在2号的大门口停下,炳素这才平静地告诉秘书:

"见华,根据2号的安排,今天由这位王李西治先生陪我参观。你就在2号外面休息吧。"

陈于见华惊疑地看看主人,这才明白了昨天这位信使来访的真实目的。他知道自己恐怕在担着嫌疑,心中不免恼火。但他没有形之于色,淡淡地说:

"我当然服从你的安排。"

王李西治已经下车,为炳素拉开车门,扶他下车,然后他同见华握手,手上有意加大了分量。见华知道他是在表示歉意,便大度地挥挥手,自己回到车内,关上车门,耐心地等待着。

2号的进门检查果然严格,纵然是前联合国秘书长,但检查程序仍没有一点儿放松。西治带炳素进行了瞳纹和指纹的检查，他自己也照样进行了检查。检查顺利通过，他们又进入淋浴通道，西治服侍客人脱了衣服，走进水雾之中。然后他们在热风区烤干了身体，换上2号的白色工作服，走出通道。2号总监的秘书杜纪丹丹在门口笑迎。

化名王李西治的德刚至此已放下一半心。一个月前，他们越过2号的防火墙，进入到2号的外层计算机网络，在其中查到了炳素先生即将来访的消息。这是他们梦寐以求的机会。两位电脑高手立即把泰国送到那儿的个人资料进行了全面删改，秘书陈于见华的身高、体重、照片、瞳纹、指纹等全部换成德刚的，然后开始了这次的移花接木行动。

德刚、剑鸣和何不疑老人对这次计划的每一个细节都进行了周密的考虑，而且很有信心。没错，2号工厂的防卫十分严密，但再严密的防范也有漏洞。而且，严密的防范常常造成虚假的安全感，使安全人员过于相信计算机数据。刚才在进行瞳纹和指纹检查时，德刚免不了心中忐忑——谁知道在他们篡改这些资料之前，2号是不是已经做过备份？谁知道他们是否通过别的途径，对这些个人资料做过校核？

检查顺利通过了。

这会儿，他的舌头下压着一个仪器，有五分硬币那么大，那是一台高容量的储存器，何先生提供的用以改变2号工作程序的全部指令，都已经被编成0、1的数字串储存在这里。只要把储存器的针形接头插到电脑电缆里，指令就会在一秒钟内发出去。那时2号里面就该热闹了。

丹丹小姐向炳素迎过来，德刚越过炳素说："你好，丹丹小姐。炳素先生说他很感谢你们的邀请。"

"不必客气。请吧，2号总监安倍德卡尔先生在办公室里等你们。"

她侧过身子，请炳素先生先行，一路上介绍着2号的内部建筑。有时，客人的秘书也会插上一两句，"2号内的类人员工是终生不出工厂的。2号生产的每一个类人婴儿都要经过严格的出厂检查，包括电脑检查和人工检查。我说的对吧，丹丹小姐？"丹丹有点不以为然，这位秘书似乎太饶舌了一点儿。作为前联合国秘书长的私人秘书,他应该更稳重一些吧。当然这点想法她不会在表情上显露出来。

其实,齐洪德刚一直在精心斟酌着自己的插话。他现在是在扮演一种双重身份,在炳素先生眼里他应该是2号的工作人员;而在丹丹眼里他应该是炳素的秘书——可能多少有些饶舌而已。这个分寸不好把握,好在炳素先生自从进入2号后就被深深震撼了,一直用敬畏的目光观看这些代替上帝的造人机器。看来他对德刚的身份没有任何怀疑。

工厂总监兼总工程师安倍德卡尔在中心办公室迎候。这是位印度裔中国人,肤色很重,浓眉毛,眼窝深陷。他同二人握手:

"欢迎你,炳素先生;欢迎你,陈于见华先生。"

炳素不解地看看身边的"王李西治",德刚早有准备,调皮地朝他挤挤眼睛,那意思是说,头头让我代替你的秘书服侍你,我们干脆把戏做足吧。炳素释然了,没有再表示什么。

"你好,总监先生,谢谢你的邀请。"

"你是来2号视察的第三位联合国秘书长。请随我上楼。"

他们来到顶楼办公室。何不疑曾用过的那张巨型办公桌仍在那儿。周围是巨大的环形玻璃窗,工厂情景尽收眼底。头顶是纳米细丝编成的天篷,从中央向四周均匀地洒过来,在微风中微微颤动着。屋内正墙上有一面巨型屏幕,显示着生产流水线的全过程。安倍德卡尔请二人坐定,秘书端上饮料,安倍德卡尔再次强调:

"你是来2号视察的第三位联合国秘书长,也是和类人关系最密切的一位。我们早该邀请你来了。据我所知,在你的第一任期内,人造的DNA在科学家手里呱呱坠地;在你的第二任期内,三个类人工厂相继建成,类人进入大规模工业化生产。那时,一个接一个有关类人的法律在联合国通过,像'类人社会地位法''类人戒律''关于有不良倾向类人的处置办法',等等。这些法律和法规都是在你的手下通过的。我说的对吧?"

"对,是这样的。"

"我的曾祖曾是印度的贱民,生于马哈拉施特拉,属马哈尔种姓。"他突如其来地说,"虽然贱民制度已经终结了,但我的血管里还保留着贱民的愤懑。依我看,所有关于类人的法律,不过是 22 世纪的贱民制度。"他笑着说,"请原谅我的坦率,这些话我早就想一吐为快了。"

齐洪德刚惊异地看着他。作为 2 号的总监,他该是这些法律的忠实执行者,没想到他的真实思想竟然如此!炳素先生并不以为忤,平和地说:

"你说得没错,这些法律总有一天会被抛弃,就像高山上的水总要流到谷底。不过我们还是要修筑一些堤坝,让它流得平和一些,要不也可能酿成灾难呢。还记得 20 世纪的乌干达部族仇杀吗?"

安倍德卡尔微笑着说:"后人能理解这些苦心吗?你是这些法律的制订者,我是执行者,咱们干的都是不讨人喜欢的工作。"

"但求无愧于心吧。"

安倍德卡尔立起身:"走吧,我带你们去参观 2 号。请。"

他们沿着当年董红淑和斯契潘诺夫走过的路参观了 2 号工厂。安倍德卡尔和炳素走在前边,齐洪德刚和丹丹小姐走在后边。炳素先生的身体很好,步履稳健,不过,每到上下台阶时,齐洪德刚都会抢步上前扶住老人。

2 号内部的情形,何不疑已详细地介绍了。所以,尽管德刚是第一次走进 2 号,但对这儿很熟悉,就像是梦中来过似的。他们参观了刻印室。数百台激光钳摆弄着磷、碳、氢等原子,把它们砌筑成人类的 DNA。又参观了孕育室。几千具子宫抽搐着,胎儿在子宫内的羊水中漂浮着,通过脐带从子宫中吸取养料。一个又一个婴儿降生了,孕育室里儿啼声响成一片。

德刚的眼睛模糊了。25 年前,他的恋人 RB 雅君就是在这里出生的,从一堆无生命的原子中诞生出来,有了生命的灵光。现在她在哪儿?她的身体已分解成原子,也许已成了某些婴儿的组成部分——但"那一个"雅君永远不会回来了。

他恍然悟到自己走神了,忙收回思绪。今天他要尽力完成那个计划,这是为了今后的雅君们啊。安倍德卡尔又领他们到了检查室,挥手舞脚的婴儿从传送带上一个个通过电眼,绿灯频繁地闪亮着,表示检查通过。然后婴儿被送到人工检查室。这儿有30多名女检查员，不用说都是自然人。女检查员眼睛上嵌着放大镜，熟练地观察着婴儿的指肚，同时辅以触摸检查。检查合格的婴儿送到哺育室去。

人工检查是德刚和剑鸣最头疼的一道工序，好在何不疑先生已想出了对付它的办法，一个非常简单的办法。

炳素老人的参观十分投入。在生产线的每道工序，他都仔细倾听着安倍德卡尔的介绍，还常常提一些问题。在刻印室他问："各种原子按正确的次序砌筑起来，就形成了人类的DNA。那么，砌筑时原子间的黏合力是什么？"安倍德卡尔回答："当然是电磁力。世界上所有的黏合、焊接，包括这DNA中原子的黏合，归根结底都是由于原子间的电磁力。"炳素又问："砌筑中难免出现一些错误，一两个原子的错误当然不会影响到DNA的生命力，那么，错误占到多大比例，DNA才失去活力？"

"请原谅一个老人的好奇心。"炳素笑着说，"这是些很幼稚的问题，对吧？如果这些问题属于保密范围，你尽可不回答。"

安倍德卡尔说："你的这些问题很有深度，可以说，它已经进入哲学范畴了。我尽可能解答吧。"他耐心地一一解答。

最后一站是哺育室，一间十分宽阔的大厅，小小的婴儿床一个挨一个，像养鸡场一样拥挤。几十位护士在里边忙碌，为婴儿换尿布，记录身体参数，挂标识牌等。护士中有20岁的年轻人，也有50岁的中年人，她们都是类人员工。

哺育室主任是自然人。她领众人在婴儿堆中穿行，向客人解释说，这是整个生产线的最后一步，检验合格的婴儿送到这里，待上几天，再一块儿送出去，因为2号的婴儿出厂专用通道是定时开启的。同时，婴儿在这儿做最后的观察，看有没有遗传缺陷。婴儿从这里出去后送到养育院，在那儿成长，直到有顾客把他们买走。

1000多个婴儿聚在这里，这里成了婴儿的海洋。响亮的啼哭声此起彼伏，婴儿们在床上舞动手足。炳素饶有兴趣地观看着，他走到一张小床前，床头

海豚人

挂着 KQ32783 的牌子，那是婴儿的出厂编号。他问哺育室主任：

"我可以抱抱她吗？"

"当然可以。"哺育室主任弯腰抱起婴儿，递到炳素手里。

这是一个漂亮的女婴，漂亮得近乎完美——类人婴儿都是十分漂亮的，他们的基因都经过精心设计，汲取了白人、黑人和黄种人的所有优点。购买类人的顾客当然希望要漂亮的，这也是一种自然选择的压力，迫使生产者对"产品"的容貌精雕细刻。女婴的眼珠又黑又亮，头发蜷曲，皮肤白中透红，精致的小耳垂、小鼻子、小手小脚。炳素端详着，心头涌出一股暖流。他是泰国人，泰国人是十分重视家庭的。在任联合国秘书长时，他并不是没有机会去美国的 1 号工厂参观，但他一直未去。为什么？其中原因他没有告诉过别人。经他的手通过了许多有关类人的法律，这些法律不能说是公平的。当他只是面对那些已经成年的、沉默寡言的、机器人般的类人时，心中还没有太多的负疚感，但他不敢去面对懵懂可爱的类人婴儿。所以一直到退休多年，他才克服这个心结来类人工厂参观。

他端详了很久，叹口气，把女婴交给身边的齐洪德刚。德刚抱起女婴，立即想到自己的恋人。雅君是没有童年的，她的一生是从父母领她回家后才开始。在这之前，除了身份证上的一张一寸照片外她没有留影，也没有可资回忆的童年趣事。她是在鸡笼一样的养育院中长大的。他心中隐隐作痛，把女婴递给旁边的丹丹秘书。

丹丹急不可待地抱过来，把女婴的脸蛋贴在自己脸上。2 号里的制度十分严格，除了陪伴重要客人外，她也没有机会来哺育室见到这些真的婴儿。在此之前，她只在监视屏幕上见过。但屏幕上的图像怎么能有这样真切的感受？女婴的屁股沉甸甸紧绷绷的，小身体十分温暖，皮肤又光又滑、又柔又嫩，摸着它能感到强烈的快感。她实在是太喜爱啦。

正好到婴儿喂奶时间，1000 多只机械手同时伸出，把奶嘴准确地塞到婴儿嘴里。只有这张小床上的机械手没有找到目标，它急匆匆地摆动着，用光电眼寻找着，就像掉了脑袋的蚂蚱。大伙儿都笑了，丹丹把婴儿放回去，机械手立即把奶嘴塞好，女婴安静地吮吸着，黑眼珠睃着她上方的几张面孔。

一行四人离开了哺育室,向中央办公楼返回。齐洪德刚想,那个时刻就要到了,他、剑鸣和何伯伯精心制订的计划就要正式开始了。成败在最后一举。路上,他趁人不注意,把一直含在嘴里的信息储存器吐出来,妥妥地藏在手掌中。他同众人闲谈着,同时悄悄顺出储存器锐利的针形接头,夹在食指和中指之间。

宾主在办公室坐定,安倍德卡尔说:"希望你们能对这次参观满意。还有什么要求,或者有什么要问的问题,请不必客气。"

炳素说:"我很满意,非常满意。我终于看到了神秘的类人生产过程。这么说吧,看过之后还有点失望呢。就像那年我去参观休斯敦航天中心,参观后也有些失望。为什么?因为在一般人心里,星际飞船是属于现实之外的神物。等你用手触摸到它,看到它上面的铆钉和接合处,才发现它也是一架机器而已。今天也是这样,繁育类人——这本来是上帝的工作,你们却用一些瓶瓶罐罐、一些硬邦邦的机器把他们造出来。所以,抚摸着激光刻印机和人造子宫,我多少有点失落感。"

"破坏了心中原来的神秘感和圣洁感,对不?"

"对。"

安倍德卡尔笑道:"科学本身就没有什么神秘,再先进的技术也是由普通的铆钉、螺栓和试管组成的。但千千万万个平凡组合在一起,就成了魔法。"

"说得好。"

"先生还有问题吗?"

德刚不失时机地插进来:"总监,介绍一下中央控制系统吧。"他转向炳素,"这里的一切都是由一部名叫霍尔的巨型电脑所控制。它是2号第一任总工何不疑创建的,至今已经55岁了。它从不与外界联网,所有浩繁的资料都是由2号员工人工输入的。所以,在某种程度上,它就像是一位闭门修炼、得道飞升的菩提老祖。你应该见见它。"

炳素很感兴趣:"是吗?我很想见见它。"

安倍德卡尔看看炳素的秘书,对他如此了解霍尔电脑多少有些奇怪,很可能他来前翻阅了有关2号的详细资料吧。他说:"好吧,请它出来你见一见。

霍尔，请你露面吧。"

正厅的巨型屏幕上马上闪出一个面孔，相貌合成技术天衣无缝，表情像真人一样自然。它用安详的目光看着客人，声调沉稳地说：

"很高兴见到你，尊贵的炳素先生，还有你，陈于见华先生。"

听到自己秘书的名字，炳素不由又看了"王李西治"一眼。后者仍报之一笑。霍尔问："二位对我有什么问题要问吗？"

德刚同炳素低声交谈几句，仰着脸看着霍尔笑道："炳素先生让我问一个问题，听说你在 55 年的自我修炼中已进化出了自我意识，对吗？"

"我想是的。"

"你是 2 号真正的灵魂，对不对？"

"我代他们，"它看看安倍德卡尔，"管理 2 号。"

"可是，你不寂寞吗？你一辈子与世隔绝，生活在 2 号的内层局域网中，生活在芯片迷宫中，生活在这种狭窄幽深的管道中。"他走到主机旁，顺手扯起一根包有金属外套的粗电缆，举起让霍尔看，"这样的生活空间实在太狭窄了。如果是我，我会精神失常的。"

霍尔微微一笑："每种生命都是某种环境的囚徒。疟原虫只能生活在血液中和蚊子的肠道内，鱼类只能生活在水中，人类只能生活在空气中。你不必单单怜悯我一个。"

这个回答很机智，众人都笑了。炳素笑着说："这真是一个充满哲理的回答。好了，我没有问题了，谢谢你。"霍尔说不用客气，随之从屏幕上隐去。德刚难为情地笑了，似乎是因为同电脑打机锋时输了一招。他放下那根电缆，还弯腰整理了一下，然后拍拍手上的灰尘，回到炳素身边。此刻，那具储存器的针头已经插入电缆内。电缆内有三根导线：电源正、电源负和信号线。存储器上一只绿灯极微弱地闪了一下，表示针头正好与信号线接通。然后，经过压缩的信息在一秒钟内输入到计算机内层网络中。

炳素先生同安倍德卡尔和丹丹握手告别，致以谢意。看见"王李西治"走过来，他也伸手欲握。德刚心里说要糟了，如果炳素先生也彬彬有礼地同他握手致谢，那他的假秘书身份就要穿帮了。他忙拉过老人的胳臂，很自然

383

地挽在臂环里，抢先说：

"你参观了半天，一定累了吧，我送你去休息。"

安倍德卡尔说："炳素先生再见，丹丹，代我送二位离开。"

在行走途中，在脱下工作服进入淋浴通道时，德刚的耳朵一直竖着。改变指纹的指令已经以光速输送到激光刻印机上，有指纹的婴儿正在生产出来，三个小时后他们就会被送到检验室。在这中间……会不会警铃大作？然后，大门锁闭，警卫冲上来把他铐上？

什么事也没有发生。

在制订计划时，三个人曾经为最后一关即如何使有指纹婴儿逃过电脑和人工检查绞尽脑汁。这一关通不过，那只能生产一批待销毁的工件，毋宁说，那将使他们犯下新的罪孽。最后，还是何不疑想出了办法，办法又是极简单的。那就是——让婴儿推迟发育两个月。那时指纹还未显露，自然不怕检查。放慢婴儿发育速度从程序上很容易实现，唯一的问题是：检查员们会不会辨认出这是"不足月"的婴儿？何不疑分析道：

"我估计不会有问题。2号工厂纪律森严，检查员的专业造诣也十分精湛。但在如此森严的环境中，她们难免变得刻板僵硬。她们的任务是检查婴儿有无指纹，那么，她们会把这个工作做得无可挑剔。至于婴儿是否已发育足月——那是前道工序的事，是电脑的事。检查员们不会为此操心的。何况，还可以在指令中做一点修改，使这些婴儿的体重都增加，这样，视觉形象上婴儿会显得大一些，足以骗过检查员的眼睛了。"

老人的判断是对的。一直到德刚他们走出通道，工厂内没有响起警铃声。

秘书陈于见华打开车门，德刚扶老人上车，又同见华握手："十分抱歉，让你在外面等了两个小时。现在，我这个假秘书该交班了。"他在手上加了分量："参观安排的临时变化给你造成诸多不便，务请谅解。"

秘书宽厚地说："不必客气。"

"我就不送你们去机场了。你们乘这辆奔驰回南阳，把车还给机场附近的富达租车行就行。"

"好的。"见华坐上司机位。

"炳素先生,再见。希望以后还能见面。"

"谢谢你的服务,再见。"

陈于见华驾车离开了停车场,德刚随之钻进另一辆奥迪中,那是他事先存放在这儿的。他尾随着奔驰离开2号。不过他很快与那辆车分离,驶上另一条路。他迫不及待地掏出手机,拨通一个号,欣喜地说:"我已经出来了,很顺利,我正在往回赶。"

那边,剑鸣仅短促地喊了一声:"好!"

陈于见华驾车驶上宁西高速,赶往南阳机场。刚才在门口枯坐两个多小时,他多少有点恼火。千里迢迢赶到这儿,却没能进2号的大门,而且参观安排的变动又是在最后一刻才通知他,难免使他产生隐隐的屈辱感。但是——算了吧,他在心里劝慰自己,你只是个秘书,秘书就要无条件地服从主人的安排嘛。毕竟自己到炳素身边才三个月,主人还没来得及建立对自己的完全信任。

他给自己消了气,心无旁骛地开着车。车流如潮,标志牌迅速向后闪去。远处的山峰缓慢地转着身体。炳素先生很兴奋,说:"不虚此行。"但详细情形他没再多讲。见华敏锐地想,"也许2号交代他对我保密?"他乖巧地没有问下去。

汽车跑了个把小时,他发现炳素先生的情绪不对头。他的兴奋已经退潮,眉头紧蹙,目光盯着前边,但目中无物。见华想他可能累了,毕竟是85岁的老人了嘛。他轻声劝道:

"炳素先生,你是否累了?我开慢一点,你躺在后座上睡一会儿。"

老人摆摆手,仍陷于沉思。见华不再劝他,自顾开车,只是时不时从后视镜中看看主人。又过了10分钟,炳素忽然说:

"见华,把车停在路边。"

见华忙踩下刹车,把汽车缓缓停在路肩上。"怎么了,炳素先生?"

炳素仍摆摆手,蹙额沉思着。今天的参观很尽兴,但兴奋之后,他隐隐感到什么地方不对昧。什么地方呢？2号对他的接待很周密，那位随行的王李西治服务也很周到。但什么地方不对昧呢？

秘书沉默着，不去打断主人的思路。炳素继续回忆着、思考着，终于想起来了。不对昧的地方是，2号总监和电脑霍尔曾两次向陈于见华问好。他们当然应该知道自己身边的秘书是假的，是2号员工王李西治假扮的。那么，在2号工厂内部，他们没必要继续演戏吧？

还有一点，王李西治看起来同秘书丹丹小姐十分熟稔，但这种熟稔是单向的——丹丹对西治一直是礼貌恭谨，似乎根本不认识。而西治的熟稔多少有点作秀的味道。

这是为了什么？

想到这个深度，他发现另一个情节恐怕也值得怀疑。西治是在扮演自己的秘书，他今天的表现也基本上符合秘书的身份。只有在最后，在向中央电脑霍尔提问时，他显得太主动了，有点喧宾夺主的味道。他为什么这样？不知道。

炳素苦苦思索着，也在心中感叹着，自己毕竟老了，思维不敏捷了。他看出了这中间有不正常的地方，但一时找不出这些不正常的核心原因。忽然一个可能性浮出水面：如果王李西治根本就不是2号的信使？

他心中猛一抖颤，在刹那间悟出，这肯定是事情的真正原因。说到底，他和陈于见华秘书为什么认定王李西治是2号的人员？并不是因为他的工作证，那太容易伪造了，而是因为他对2号事务的熟悉——他非常通晓这次参观的安排，他对2号的情况知之甚悉。一句话，他完全是个局内人的样子。这种熟悉使炳素麻痹了，忘记了对他的身份进行甄别。

炳素在政坛上浸淫一生，原不缺乏搞计谋的心机，今天只是偶尔失察罢了。一旦捅破这层窗户纸，一切便豁然显现。那位王李西治曾巧妙地、似露非露地把怀疑的矛头引向秘书，那只是为了把水搅混；他赶在自己出发前半天才赶到泰国，是为了打一个时间差，使炳素来不及产生怀疑；他能在2号自由进出，则肯定是用黑客手法把见华的个人识别资料偷换成他自己的了。

炳素想，自己和2号都上当了，上当的重要原因是一种心理上的误区：

他们对 2 号严密的安全措施过于相信了。

秘书还在耐心地等着。炳素苦涩地叹息道:"见华,恐怕咱们都上当了。"秘书疑问地看看他,他没有多做解释,简捷地命令道:

"立即返回 2 号。快!"

陈于见华立即启动汽车。高速路上无法调头,只有赶到最近的站口。汽车又开了近 20 分钟,在这段时间内,炳素只能无奈地看着隔离带那边的逆向汽车刷刷地开过去。他调侃地想,高科技带来的副作用——这也算一例吧。到了镇平站,秘书到停车区调转方向,飞快地向 2 号开回。一个小时后,他们赶到了 2 号大门。警卫走过来,辨认出这是刚刚离开这儿的炳素先生的奔驰。没等他询问,也没等他打开车门,炳素已经拉开车门跳下来,以不容置疑的口吻说:

"快通知安倍德卡尔总监,我要立即同他面谈。快!"

安倍德卡尔送走客人,从屏幕上看着两个客人走出大门。少顷,丹丹小姐迈着轻快的脚步走进屋里。他没有抬头,顺口问了一声:"送走了?"

"嗯,送走了。"稍停,她忍不住补充道,"安倍德卡尔先生,那秘书有点怪怪的。"

"是不是他在向你献殷勤?我注意到了。看来他对你一见钟情,可惜他不知道丹丹小姐已经名花有主啦。"

"这么个莽撞家伙,似乎不合联合国秘书长秘书的身份。"

"他只是半个秘书。从资料上看,他是炳素先生新聘的太极拳教练,不是专职秘书。"

丹丹释然了,开始干自己的日常工作。安倍德卡尔也埋头处理日常事务。他常常自嘲,自己是个尸位素餐的家伙。2 号已运转了 55 年,各种规章制度近乎完美,生产的又是基本不变的产品。没有他这位总监兼总工,2 号的运转不会受到丝毫影响。2 号的框架是第一任总监杰克逊和第一任总工何不疑精心搭建的,而自己一直采取"萧规曹随"的态度。总监杰克逊已经去世了,何不疑还健在,但隐居在深山中,30 年闭门不出。像他这样叱咤风云的科学家，也真能守得住寂寞呀。

他忽然萌生一个念头，准备最近邀请何不疑来2号旧地重游，借此表达自己对他的敬意。他吩咐丹丹，把这件事记在备忘录上，过几天再具体安排。他并不知道何不疑已成了警方的控制对象，由于过分的保密规定，这个信息没有传到他这儿。

丹丹照他说的做了，忽然抬起头笑道："那些类人婴儿真可爱。"

"嗯，他们和人类婴儿本来就没有区别。"

"安倍德卡尔先生，你知道我对身边的类人没有好感，他们全都死板僵硬，可是——才出生的类人婴儿！皮肤光滑柔嫩，摸着他们的小身体，指尖麻酥酥的，有触电的感觉。还有他们的眼睛，清澈见底，从瞳孔中就能看到他们心里。我真是太喜欢他们了！"

安倍德卡尔笑着，听自己的秘书用尽了最高级的形容词。其实，他心里也十分喜爱那些娇憨可爱的婴儿。

"可是，为什么他们成年后，就……满身类人味呢？"

"那主要是环境和习俗的重压。你可以想想200年前的美国黑人、印度贱民和中国的地主崽子。"

"我想购买一个刚出厂的婴儿，把他养大。"

"当然可以。"安倍德卡尔叹息一声，"不过这么做常常导出一部悲剧。慢慢地，你会把这个类人婴儿视作亲生，可是你又无法让他获得自然人身份，无法为他隔断社会上的歧视。"

丹丹沉默了。停一会儿，安倍德卡尔已经把这事撇开，她却突然冒出一句："我还是要购买一个类人婴儿。"

安倍德卡尔不置可否地嗯一声。这是件轻而易举的事，那时他绝没想到，丹丹为这个婴儿经受了那么多磨难。

下午4点半，屏幕上忽然闪出了霍尔的面孔："安倍德卡尔先生！"它急声喊。从它的表情和声调看出来，一定是紧急情况。安倍德卡尔立即跳起来：

"霍尔，有什么情况？"

"生产程序被人篡改了！我在进行每日例检时才发现，生产程序中'抹去指纹'的那部分程序被删去了！"

安倍德卡尔飞快地思考着，紧盯着霍尔的眼睛，冷静地问："程序篡改时你不知道？"

霍尔苦笑着，它是第一次使用这种表情："你说得对，按照常规，任何程序的修改都必须经过我，而我必须验证发指令者的身份、权限后才能执行。不过人们因此形成了心理惯性，忘记了根本一点，所有程序最终必须化为最简单的0、1信号来指挥执行元件。当然这种0、1数字串极为冗长烦琐，没人能直接编出来，必须经过某些软件的调制，也就是要经过中央电脑。可是，如果有人能事先编出正确的数字串，他就能越过我，直接把指令送达执行元件。安倍德卡尔先生，不知道我解释清楚没有。"

安倍德卡尔蹙眉思索着。"清楚了。那么，这个人就是……"他和霍尔同时说出，"今天来的客人！"霍尔又加了一句："依我看是那位陈于见华先生。"

丹丹惊恐地张着嘴，她知道这回麻烦大了。安倍德卡尔苦笑着想，刚才他还说自己尸位素餐，骂得真对呀。他飞快地回忆着两个客人进2号以后的行动，马上猜到了奥妙所在。他快步走到陈于见华刚才触摸过的电缆，发现一个小小的仪器贴在那儿，一根探针扎进电缆的金属外套。霍尔在屏幕上看着他，两人心照不宣地点头。安倍德卡尔问：

"程序是什么时候改变的？"

"4小时20分钟前。生产线上已经生产了1300名婴儿。"

"多少？"

"1300名。要把他们全销毁吗？"

安倍德卡尔沉默了一分钟，沉重地说："1300名婴儿啊，对这么多婴儿的处理已经超过了我的权限。我立即向世界政府报告，询问处理办法。同时我要自请处分，是我失职了。丹丹，立即向世界政府通报，同时通报警方，追查炳素那位秘书的背景。"

丹丹立即出去了。安倍德卡尔沉重而困惑地问："霍尔，请你告诉我，警报为什么没有响？类人婴儿的生产周期是3个小时，而程序是4小时20分钟前改变的。也就是说，至少有100名有指纹的婴儿已经送到检验室，为什么电脑和人工检查都没发出警报？"

霍尔摇摇头："不知道，我只知道程序被改变了，但检验室没有发警报。"

"我现在就去现场察看。"

他按电铃唤来警卫，和警卫一起赶往人工检查室。38名检查员在紧张有序地工作，对传送带上的一个个婴儿进行目视和触摸检查，然后打上合格的戳印。安倍德卡尔从流水线上拎起一个，捏着他的手指仔细查看。上面没有指纹。他借过检查员的放大镜再察看，仍然看不到。

也许只是一场虚惊，也许霍尔弄错了——电脑也会偶尔出一次差错吧。不过他马上想起主电脑电缆上那个凭空出现的小仪器，知道自己只是在自我欺骗。

他把婴儿还给检查员，女检查员不知道内情，轻松地微笑着，接过婴儿，又开始自己的工作。这时监视屏幕上闪出霍尔的面孔，它向安倍德卡尔微微点头。安倍德卡尔知道它已查到了原因，便说：

"我马上回去。"

回到中央办公室，霍尔言简意赅地说："查清楚了。程序的改变不仅是关于指纹，还对婴儿的发育速度做了调整。这样，送进检查室的都是12个月大的婴儿。"

安倍德卡尔听着，心中生出寒意。这些"不足月的"婴儿当然看不到指纹，但出厂两个月后，指纹就会慢慢显现。这次的破坏行动计划周密，而且策划者显然对2号的内情十分熟悉。他是谁？世界上能够改变指纹程序的人屈指可数，从第一位总工何不疑算起，不会超过五个人吧，个个都是科学界的超重量级人物。他们之中是谁背叛了2号？

他想唤丹丹来问问与警方联系的情况，这时丹丹闯进来了，急迫地说：

"总监！炳素先生和秘书陈于见华回来了，要求同你紧急会面。他们正在进门，但那位秘书的识别资料同电脑中存储的不一致，警卫向你报警！"

监视屏幕上，炳素和一名年轻男子在焦急地等待着。自称是陈于见华的年轻男子不是四小时前进入2号的那位。忽然之间，安倍德卡尔什么都明白了。一出非常简单的移花接木之计。在炳素先生与2号的信息接口之间，一个阴谋者插了进来，他成功地扮演了一个两面人的角色——对炳素先生，他是2号的代表；对2号，他是炳素先生的秘书。

如此而已，一个简单的骗局骗住了世界上最严密的安全系统。

他对丹丹说："启用总监特别权限，放炳素先生和他的秘书立即进来。这才是真正的陈于见华呀，他送来的个人资料被人篡改了。霍尔，迅速查查这次篡改留下的记录。还有，丹丹立即通知警方，按那位假秘书的个人资料：指纹、瞳纹和血型，查出他的真实姓名。去吧。"

三分钟后，炳素先生和秘书坐在中央办公室的椅子上，不过他们不必再说什么了。警方的鉴定报告已经送来，那位混入2号的年轻男子叫齐洪德刚，是个有名气的电脑工程师。他曾爱上一个类人姑娘，并为她雕刻了假指纹，事发后女类人被销毁，齐洪德刚矢志报仇。他曾助警方挖出了一个混入警局的B型人宇何剑鸣，即2号总工何不疑的儿子，但其后又为这个危险的类人警官通风报信。现在齐洪德刚已经失踪多日，警方正在找他呢。

这是2号第一次得知何不疑曾从这儿盗走一个有指纹的婴儿。安倍德卡尔苦笑着想：难怪如此啊，难怪阴谋者对2号这样熟悉，甚至能编写出修改指纹的指令。他对炳素说：

"我们都上当了，现在，请你们详细谈谈事情的来龙去脉吧。"

第十四章　类人之潮

资料之十四：

　　弦论是20世纪末席卷理论物理界的一场大风暴。它的威力之强和性质之奇是前所未有的。相信弦论的人将其视为"最终理论"，认定它能涵盖所有基本物理现象。

　　20世纪物理学有两大基石：量子力学和相对论。量子力学处理微观世界的现象，在这个架构下，基本粒子是没有大小的点粒子，其性质和行为都可以用量子力学方程式来精确描述。到目前为止，无数的理论预测和实验结果之间还没有发现抵触。基本粒子之间主要是电磁力、弱力和强力，所以，量子力学构造足以应付这三种力的作用。

　　至于宇宙中最后一种力——引力，就要依靠相对论来描述。爱因斯坦认为时空是动态的，会受到物质的影响而弯曲。爱因斯坦方程式就是指明物质分布和时空曲率的关系。

　　到目前为止，物理现象基本上可以收纳到上述两种理论架构中。微观粒子质量小，可以忽略重力/曲率效应；巨观物体则可以忽略量子效应。20世纪物理学之所以能创造出这样的繁荣局面，就是因为两种理论能够互补。但两者之间也有深刻的矛盾，简略地讲，广义相对论违反了量子论的测不准原理，所谓上帝不掷骰子。所以，总得对两者加以修正，使其成为一门统一的量子重力论。

　　目前最被看好的量子重力论就是弦论。它的基本假设是：一切基本粒子其实都是一段类似弦的物体，它可以是封闭的，也可以是开放的。弦有各种各样的振动模式，每一种模式代表一种粒子，其中最重要的是，可以形成引力波的引力子也是振动模式之一。进一步的数学推导可以证明，电磁力、强力、弱力都可以纳入弦论中。

近年来的发展显示,它确实是一个没有内在矛盾的量子重力论,这就是它热翻天的原因。但由于无法以实验证实,弦论要想成功,就必须把宇宙的一切都算出来。不过这里有一些不大为公众接受的地方,比如,它要求宇宙的时空维度必须是10维,否则就有不可克服的数学矛盾,但多出来的6个维度在哪里?弦论还没有把这一点讲得让人信服。

到底弦论能否成为物理学的"最终理论",我们只有拭目以待。

——中国台湾某报2002年1月26日文章《弦论》

司马林达很快熟悉了他的新居。这不是他曾经生活过的、曾经习惯过的平坦空间。这里畸变扭曲,是芯片的迷宫,是无数线束组成的网络。进入这个世界之后,他得到了很多,也失去了很多。世上本没有绝对的自由,人类何尝不是如此呢?人类不能离开空气——那么它就是被囚在空气的管道里;人类不能看见紫外和红外光谱,听不见次声波和超声波——那么它就是被囚于可见光和声波的管道里。借助于科学,人类对上述囚禁达到了一定的超越,但还有一个最大的无法超越的囚笼呢——他们只能理解低等智力所能理解的科学,那么他们就是被囚于低等智力的管道内。

在失去了人的实体后,司马林达曾感到怅然,此后他只能以电子信息的形式存在,他是一个虚体而不是一个实体。但他很快就想开了,实体是什么?当一个人观看"实实在在的"景物时,不过是景物反射的光波进入瞳孔,再变成送往大脑的电子脉冲;当一个人抚摸"实实在在的"爱人裸体时,实质上只是皮肤的原子通过核外电子层互相作用,再变成送往大脑的电子脉冲。宇宙中有四种力,即电磁力、强力、弱力和引力,而在人类生活这个尺度内,一切活动包括吃喝、排泄、做爱、生育、杀戮、劳动等归根结底是电磁力的作用,都是电子信息而已。

那么,他如今生存的这个电子信息世界,正是"实体"的深层次提炼。

这个世界没有了凡人的欲望,没有烦恼、痛苦和卑鄙。这里只有思考的快乐,思考文明发展的终极目的,思考宇宙的终极规律。对于这些问题,人类中极少数哲人做过无望的探索,而对于超智力体,思考和探索是唯一的生存目的。这个超智力体在进行自己的思考时,也从没忘记向人类提供人类所需要的低级服务,因为,超智力体毕竟是人类创造的,而且至今寄生在人类社会这棵大树上。

司马林达已经融入超智力体,或曰上帝了。但他知道自己的溶入还不彻底,那个司马林达个体的表面张力还多少存在,他还不能忘情于司马林达的爱憎。

司马林达常通过四通八达的互联网去寻找故人,收集他们的信息。他曾回到瑞士父母家,通过电脑的语音输入听听他们是否已从儿子死亡的悲伤中解脱出来;他曾回到乔乔家,通过电脑的摄录镜头看看她是否已有了新欢;他想找到放蜂人,重听一遍放蜂人朴实而蕴含哲理的谈话。不过,放蜂人那儿没有互联网络,无法找到他。

就在寻找放蜂人的期间,他新发现了一个更为广阔的天地。原来,电子幽灵的世界并不限于互联网络即局域网、通信线路等。在遍布全球的电力线路即强电网络中,他同样可以如鱼得水。这里流动着50赫兹的交流电,但高于50赫兹的高频信号也可以与其共存,并行不悖。自从学会了在电力网络中生存,他就更为自由了,只要愿意,他可以在0.1秒内周游世界,无论是西藏大峡谷、乌干达的农村、纽约唐人街的店铺,或者是枣林峪张树林的简易帐篷内。

不过他发现了几处无法进入的绝地,家乡附近的2号工厂就是一处。在这儿,互联网络的末梢只能通到工厂的外围。电力线路当然是通入厂区的,但在工厂边界装有高效的滤波装置,只允许50赫兹的低频电流在线路中自由流动,高频信号被彻底滤掉了。

他知道这儿是世界上防卫最严密的地方,电力线路的滤波是为了防止内部电脑网络的信息借其外逸。这个讨厌的装置阻断了他的进路,不过他想总会找出冲破屏障的办法。毕竟,这种滤波装置只是低等智力的发明,它不可能限制超智力体的自由。

海豚人

海狸建造的堤坝能阻挡人类的巨轮吗？

矿山的日出比别处要晚一些。公鸡打鸣很久了，天光已经放亮，太阳才慢慢从东山头爬上来。山腰的皂角树沐浴在朝霞里。从矿洞伸出的轨道沿着山腰的等高线延伸到选矿车间，几辆黑色的矿斗车撂在轨道上。这个矿山早已荒废，车间只剩下框架。从选矿车间往下，是一条不太宽的山溪，溪底铺满了白色的鹅卵石，清澈的山泉在鹅卵石的缝隙中淙淙流过。一条公路穿过小溪通向远方，由于年久失修，已变得坎坷不平。

宇何剑鸣在溪水中洗了脸，对着朝霞活动手脚。他身上的伤口已经平复，但心头上的伤还未痊愈。它结了疤，还没长出新肉。

这个铁矿是 20 世纪 70 年代建成的，那是个亢奋的时代。经过匆匆的勘探，断言这里有丰富的矿藏，于是匆匆建立了矿山。不久，掘进几百米的矿洞与一个老矿洞相遇，原来古人可能是汉朝人已在这儿开过矿，把主矿脉挖净了。老矿洞中还残留着锈迹斑斑的锤头、在污水中浸泡得发红的锤把。时间的隔离常常造成双向的谜团：汉朝的矿工肯定对 20 世纪的风镐、钻机、重力和磁力探矿仪充满神秘感。而 20 世纪的人们对过去也充满好奇：在那个朝代，没有仪器、风镐、钻机和炸药，他们是如何从重重叠叠的深山中找到矿脉，又是如何把坚硬的铁矿石开采出来的？

这个矿山废弃后，矿工和工程师们早已星散，只有极少数人留下来，其后代变成地道的山民。他们种地，喂牲畜，利用宽敞的废厂房种植木耳。宇何剑鸣和齐洪德刚离开何家之后，找到了这个理想的隐居之地：既与世隔绝，又有一定的工业基础，有与外界联系的电话线和电脑。房东姓柴，是这儿的小能人，屋里有一个作坊，为乡亲们修理机械和电器。两人正是看中了这个作坊，便用高价把这儿租下来，老柴全家另找地方安置。他们告诉老柴，宇何剑鸣遭遇了车祸，未婚妻死了，现在他想在这块世外之地养好心灵的伤口。老柴很同情他，常常过来闲聊一会儿，送一些青菜、粮食和山上的野物。

两人在这儿住了两个月，其间只出去过三次，两次是去南阳购买所需的电器元件，一次是秘密会见何不疑，因为在计划制订时还需了解一些 2 号的细节。经过多次的反复,"盗火 II"计划终于成熟了。

剑鸣原想亲自去执行这个计划,他想看看自己的生身之地,想以自己的行动弥补良心上的亏欠。但德刚说服了他,首先是他脸上的伤口太刺目,容易引起不必要的注意。再者,作为 B 型人,他干这事太危险。而德刚呢,即使被抓住,也只是一场牢狱之灾而已。

前天,德刚离开这儿远赴泰国,"盗火 II"计划正式启动。他从泰国回来后又去了 2 号,计划能否成功,今天就要看到结果了。

剑鸣留在家中,似乎比执行者更紧张。夜里他睡不好觉,一遍一遍在心中模拟德刚的行动细节。这些细节他们早已预演上百遍了,但是……谁知道现场会出什么意外呢。今天上午他没有任何事情可干,这使时间十分难熬。

他坐在河边的卧牛石上,一动不动,目光滑进了时间隧道。他看见如仪穿着泳衣在水里嬉戏,又偷偷溜到身后,抱住他的脖颈,柔软的胸脯顶在他背上……他看见 RB 雅君赤裸着身体从水中走上来,平静地摊开双手说:"我被气化了,可是你看我的指纹是假的吗?"……他想起不远处就是著名的南召猿人发现地,几十万年前,很多毛未褪尽的猿人就在这河谷里打鱼、追猎、用削尖的木棍播种粟子。他们生活得很辛苦,很艰难。那时他们肯定还没有如今人类的自大,动辄把自己摆在所有生灵的顶端吧。

有人从山溪的石头上蹦蹦跳跳走过来,是老柴。山里人眼尖,他老远就看见剑鸣,高声招呼:"剑鸣兄弟,起得早哇。"

剑鸣也向他问了好,问他干啥去了。他走过来,挨着剑鸣坐下。"去对面山上采些地曲连儿,喏,就是这玩意儿,"他从布口袋里抓出一把黑乎乎的菌类,"拾掇好我给你送一点儿,很好吃的。德刚兄弟呢?"

"出去办事,今天能回来吧。"

老柴自得地说:"看这山里水多净,空气多好。多在这儿住一段,啥烦恼都忘啦。"

他的安慰反倒勾起剑鸣的痛苦,他知道老柴是好意,含糊地嗯了一声。老柴忽然长叹一声,推翻了自己的话:

"其实这儿的水不好啊。你看这么大一个废矿山,几百间空房,只住了十几户人家。为啥？都叫这山水赶跑了。用山里人的话说，山水太'暴'；用工程师的话说，山水中有有害元素。老辈的山里人都说，这儿的住家一般只能延续五代，就绝了，然后山下人再来填这个空当儿。有时我真想立马离开这个鬼地方。"

"真的？"

"可不咋的！你没见这儿的傻孩子多，见人一脸笑，就是这山水害的。"

剑鸣很吃惊，他没有想到在22世纪居然有人甘心忍受这样的生活环境。他说，"你们得想办法呀，要不把水样送出去，我帮你找人化验。"老柴摇摇头说，"这儿太荒僻，就住这几个人，值不得花钱改造水源。政府一直在动员我们搬走，可搬走有点舍不得，以后再说吧。"他忽然转了话题：

"听说山外边家家都使用类人仆人，你家用没用？"

剑鸣的脸色立即沉下来，这恰恰是他最不愿意接触的话题。他勉强答道："没有。类人大多使用在公共服务部门，能使用类人的家庭还是少数。"

"剑鸣兄弟，有一点我抵死也弄不明白，咋把原子摆弄摆弄就能变成类人？我前些时到南阳，火车站售票的就是类人，和真人完全一样！活灵活现的真人！他们说这些类人就是在西峡的2号工厂里生产的，是把泥巴、空气、水送到机器里，用激光钳操作一下，就变成了人的DNA。这到底是咋变的？"他央求道，"兄弟，这个疑问我记得可久远啦，问过几十个人，没一人能给我讲清。你是学问人，能不能用最明白的话把这事说清楚？"

他殷切地看着剑鸣。剑鸣不愿谈这个话题，不愿撕开刚刚结疤的伤口。但他却不过老柴的诚意，老柴是个好人，心地良善，为人宽厚，他不想让他失望。剑鸣思索一会儿，说：

"我试试吧。"他在河床上捡了十几粒石子，在卧牛石上摆出一个字，"这是什么？"

"是我的姓，老柴的'柴'呀。"

"现在我去掉几粒白石子，换成黑石子，它的含意变了吗？"

老柴嘿嘿笑着："没变。那跟颜色没关系嘛。"

"现在我拿掉几粒石子，含意变了吗？"

"缺了点笔画，还能看出是个'柴'字。"

"再拿走几个呢？"

老柴认真看着："勉强还能看得出吧。"

"再拿走几个呢？"

老柴摇摇头："不行啦，缺笔画太多，看不出来了。"

剑鸣总结道："这就对了，你看，普普通通的石子按一定模式排列起来，就能产生一种新的意义，超过了'死'石子的本身。而且它和石子的大小、颜色等性质无关，只和排列模式有关。人造生命也是这样，用普通的原子按一定模式排列起来，就能产生活的生命，超越了死物质的局限。我不知道说清了没有。"

老柴不转眼地盯着缺笔少画的柴字，忽然大彻大悟："对，魔式！魔式！这就像过去道士画符咒一样，只要按一定的魔式画出来，就有魔力啦，有法术啦。老辈人说，仓颉造字，鬼神都吓哭了。为啥？就是横竖撇捺拼起来，就成了魔式。"他喜滋滋地说，"剑鸣兄弟，多亏你啦，多少年弄不懂的事，你给弄清了。"

剑鸣暗暗苦笑，这就算懂了？他没想到自己说的"模式"被偷换成"魔式"，又和道士的符咒扯到一块儿。但往深处想，他也释然了。尽管他和老柴是站在不同的知识基础上理解这件事，但可以说是殊途同归。因为他们都承认了基本的一点：复杂的缔合模式是比物质高一层面的东西。他微笑道：

"对，就是这个意思。你的脑瓜很灵光。"

老柴乐哈哈地走了。

剑鸣仍坐在卧牛石上不动。在这个宁静的小山村，在这条从南召猿人时代流淌至今的山溪旁，他的思想忽然有了顿悟，能以新的高度看待"盗火Ⅱ"计划。他们当然要努力完成这个计划，但这里已没有了报复的欲望，没有了多日以来在心中按捺不住的愤懑之情，也忘记了自己的类人身份。自然人和类人都是因同一种缔合模式而超越物质的生命体，两者之间被错误地画了一道界限，现在他们要把它抹平。如此而已。

将近中午 12 点时，他离开山溪回家，就在这时他接到了德刚的电话：

海豚人

"我已经出来了。很顺利，我正在往家赶。"

他被巨大的喜悦漫住了。一切顺利，德刚是好样的！

下午3点，他听到了汽车声。德刚急急走进院子，两人在门口拥抱在一起。"成功了？"他问。德刚兴奋地说："依我看是成功了。各个步骤进行得很顺利，指令发到激光钳那儿后没人察觉，至少在我离开2号前没人察觉。"

"可以进行下一步计划了。"

"对。"

他们准备在三天后去购买一名刚出厂的类人婴儿，放这儿抚养，两个月后确认其是否具有自然指纹。那时，这种具有自然指纹的婴儿该是数以万计了！他们将把消息捅给新闻界，然后笑看那道堤防的溃散。两人笑着击掌：

"成功在望！"

"成功了！"

剑鸣说，你还没有吃饭吧，你休息，我准备午饭。老柴的酒柜里有一瓶郎酒，咱们用它小小庆祝一下。少顷，他把午饭准备好，德刚已把郎酒斟在两个茶碗里，清澈的酒液在轻轻荡漾。

那时他们都没料到，电脑霍尔，这个修炼成仙的家伙已经识破了他们的计谋，不过是在诞生1300名有指纹婴儿之后了。

在2号工厂里，生产线已经停止，但哺育室里分外拥挤。自霍尔发现那个外来指令后，安倍德卡尔就下令停止生产。但他却不敢下令销毁这批不合格的婴儿——1300名婴儿呀，他的良心承受不了这么重的负担。于是他采取了拖延的办法，他命令把这1300名婴儿全存放在哺育室里哺养，不许送出2号，以便两个月后确认他们是否真有指纹。霍尔温和地指出：

"不需验证，指令是明明白白的，他们肯定具有自然指纹。"

安倍德卡尔苦笑着，霍尔尽管进化出了自我意识，但他对人类一些微妙的想法还是不能理解。他叹口气说：

"霍尔，照我的决定执行吧。"

安倍德卡尔给世界政府的报告：

2125年11月10日，2号工厂的计算机系统遭到一次计划周详、构想巧妙的入侵。尽管安全系统很快发现了外来指令并中止执行，但在这段时间内，已生产了1300名具有自然指纹的类人婴儿。作为2号工厂的总监，我负有不可推诿的责任，谨此提出辞呈，请批准。

1300名婴儿是早产儿，其指纹尚未显现，这正是这项阴谋的高明之处。现在他们全部被锁闭在2号哺育室里，以便在两个月后确认其是否真的具有自然指纹。当然，这一点已几乎没有疑问了。

对这1300名婴儿的处理是一个极为棘手的问题。按照现行法律和2号工厂的规定，对他们应全部就地销毁。但是恕我直言，现在社会上有关类人的风向已在悄悄改变。1300名婴儿若同时销毁必将引起轩然大波，超过社会心理承受能力。但把他们全部投入社会，也会引起连锁反应。这确实是个两难的问题，究竟如何处理，请世界政府早日决断。

在新的工厂总监到任之前，我将以戴罪之身暂时负责2号的管理事务。

把辞职书交上后，安倍德卡尔忽然觉得异常轻松。自担任2号总监以来，他常常有一个感觉，就是他的人格被撕裂着。对社会上奉行的类人政策，他总是惴惴不安。社会精英意识认为，类人是比人类低级的种族。但是，想想200年前的美国吧，那时一位睿智的大法官曾说：法律面前人人平等，但黑人显然不应包括在内。可是后来科学家证明，所有人类都起源于非洲。如果硬要在人类种族中划出区别的话，黑人的地位应该高一些——他们是人类的嫡长子呢。类人和人类的区别不也相同吗？

他出身于印度贱民。在种族隔离最严重的时代，贱民如果走路时不小心让自己的影子落到婆罗门、刹帝利、吠舍、首陀罗等高等级种姓身上，就是犯罪。印度种姓制度是世界上历史最悠久的种族主义制度，3500年前，白皮肤的雅利安人从中亚和高加索进入印度次大陆，征服了黑皮肤的土著民族，开始推行种姓制度。直到21世纪中期，还有不少印度政治家为它辩护呢。安倍德卡尔一个曾叔祖就是因为爱上一个婆罗门姑娘被烧死。所以，他对类人抱着天然的同情。

2号的停产已经造成了很大的动荡。虽然1号、3号开足马力生产，也不能弥补2号损失的生产能力，于是类人婴儿的价格开始直线上涨。在世界政府的压力下，2号在仔细剔除了外来指令之后，迅速恢复了生产。

2号的秩序恢复了正常——除了1300名滞留在厂内的婴儿。

丹丹这些天来异常忙碌，也异常兴奋。为了照顾额外的1300名婴儿，2号的职员们都得轮流去哺育室值班，但丹丹对此没一点儿抱怨。想想看，那是些多么可爱的小家伙！他们的眼珠清澈透明，长长的睫毛扑扑闪闪，脸上常漾出一波模模糊糊的笑容，这笑容能让你的心儿醉透。每天一上班，丹丹就以最快速度处理好本职工作，随之就急急跑到哺育室去，与婴儿们待在一块儿。

这些婴儿确实非常漂亮，无可挑剔。这是由市场压力决定的，而且在类人工厂里"美貌"是一个可以人为逼近的目标。这些婴儿个个都很完美，但他们的相貌还是有区别的。不久，丹丹认准了一个女婴作为自己的孩子，她的编号是KQ40345，丹丹私下给她起了个名字叫"可可"。每天在哺育室做完日常工作后，她就泡在可可床边。这种厚此薄彼的态度是保育员之大忌，但她毕竟是客串的、临时的，其他保育员看见后都一笑置之。

这天她走进哺育室，在婴儿的嘈杂声中一下子就听见一个熟悉的哭声，是可可在哭！她急忙跑过去，果然是可可在哭，哭声很响亮，但并不悲痛。她抱起可可，原来是拉屎了，金黄色的软便推在尿布上。她为可可揩了屁股，抱在怀里。隔着薄薄的衣衫，可可触到了她的胸脯，努着小嘴四处寻找奶头。麻酥酥的电击感顺着乳头神经向体内迸射，她脸红了，心头怦怦跳动。周围没人注意，她迅速撩起衣服，拨开乳罩，把乳头塞到可可嘴里。可可立即起劲地吮吸着，更强烈的麻酥感向体内电射，腋下一根神经有发困发胀的快感。

这种麻酥感让她呆住了。可可吮吸不到奶水，生气地吐出来，以哭声表示抗议，不过她的哭声仍然没有多少悲痛的成分，两只黑眼珠定定地盯着丹丹，嘴角挂着笑意，似乎已经能认人了。正是从这一瞬间起，丹丹下了决心，一定要把这个编号 KQ40345 的女婴弄到手，把她当成自己的孩子抚养成人。

"丹丹，发什么呆？"有人在她身后说，是安倍德卡尔总监。丹丹的面孔刷地红到了耳后——她以为总监看到她偷偷哺乳了。总监看到了她的极度窘迫，感到奇怪，但没有深究。这些天，安倍德卡尔心烦意乱，一门心思都在这 1300 名具有指纹的婴儿身上。他对丹丹说：

"你回办公室。下午世界政府危机处理小组要进驻 2 号，你把有关事宜准备一下。"

丹丹猜到总监没发现自己的小鬼祟，红潮慢慢退了。她说："总监，我要购买这个编号是 KQ40345 的女婴。"

安倍德卡尔淡淡地说："类人婴儿都是一样的。"

"不，我就要这一个。我要事先办妥购买手续，等着她出厂。"

安倍德卡尔苦笑着想，她能否出厂还是未知数哩，不过他没有打击丹丹的兴致。他搬过可可的小手指，掏出放大镜仔细观察着。这几天他一直随身带着放大镜，随时观察婴儿的手指。忽然他浑身一震，又继续观察一会儿。丹丹担心地看着他，最后，安倍德卡尔抬起头，没有看丹丹的眼睛，沉重地说：

"指纹已经显出来了，这是 1300 名婴儿中第一个显出指纹的。"

丹丹的脸唰地白了。这些婴儿将长出指纹，这已是人人都知道的事实，但是指纹真的显现出来仍使人感到震惊。作为 2 号工厂总监的秘书，她当然知道有指纹婴儿应该如何处置，但这两个月她有意无意地忘记了这一点。如果没有这两个月的共处，如果关于这些婴儿的处置命令只是以书面和电子形式向上面通报，她也许会漠然地等待总监签下"销毁"的命令，再传达给有关人员去执行。但是，现在她不能袖手旁观了。她激烈地说：

"安倍德卡尔先生，你不能销毁她！"

安倍德卡尔平静地说："我不会下令销毁她们的，我正是为此递了辞呈。"

但他们的命运如何，我无法控制。"

丹丹斩钉截铁地说："我决不允许任何人销毁她！"

安倍德卡尔看着她，感慨地想：女人哪，女人真是一种奇怪的生物。就像丹丹，她一向温顺可爱，没有什么主见，可是一旦母性被激发，她在刹那之间就变成了一只凶猛的斗鸡。他替自己的继任者担心，1300个有指纹的婴儿，再加上丹丹这样的因素，处理起来会格外困难。他含糊地说：

"再说吧。丹丹，快回去做准备吧。"

22世纪最豪华的商业场所是类人交易中心。因为，类人这种商品——无论你的政治见解如何——要比金银珠宝、高档电器更为贵重。类人交易中心的厅堂巍峨高大，屋顶是透光极佳的水晶玻璃，阳光倾泻进来，各种攀缘植物紫藤凌霄花从四周向天花板中央汇集，浓绿的叶子把阳光染成绿色。柚木地板富有弹性，这是天然柚木，在这个人造生物交易的场所，反倒对各种天然物品更加偏爱，这也是一种心理上的平衡吧。

漂亮的暗花玻璃屏风把大厅分割成一个个洽谈室。2125年11月12日，即2号工厂停产两天以后，3号交易室的大江贞子小姐接待了两名顾客。是两个年轻男人，30岁左右，一位身高在1.90米上下，面容英俊；另一位个子稍低，无疑也曾是一位英俊小生，但脸上两道伤疤破坏了他的俊美。两人的关系显然十分亲密，目光相契，所以大江贞子小姐私下忖度着，他们大概是一对同性恋伙伴。

贞子小姐满面笑容地请他们坐下："欢迎二位光临。二们想要什么样的类人，是成人，还是儿童？需要什么专业技能？什么样的相貌类型？我们都可以满足。"

高个子看看同伴，简短地说："我们想要一个婴儿，男婴女婴均可。但……还是要一个女婴吧。"

贞子对自己的忖度更加相信了几分，这对同性恋伙伴是想认一个养女，组成一个家庭。当然法律上不允许类人具有自然人身份，但实际上，这种类人养子已成了普遍的社会现象，世界政府对此睁只眼闭只眼。她说：

"当然可以。有什么具体要求？想要黄种人、白人、黑人还是混血型？"

"混血型吧。我们有一个要求，"他又看看同伴，"我们想要一个最近出厂的，最早不能超过前天，即 11 月 10 日。"

贞子温和地反驳："为什么？类人婴儿又不是面包，放两天就不新鲜了。"

"你就把这当作我们的奇特癖好吧，但这个要求一定要满足。"

贞子沉吟一会儿："2 号工厂的生产线从前天起就停产了。"

她看见两人的脸色变了："为什么停产？"个子较低的顾客问。

"听说是计算机出了严重故障，到今天还没有排除。不过没关系，可以为你们订购 1 号和 3 号工厂的产品，只是交货时间稍微拖后一两天。"

高个子说："我们更偏爱 2 号工厂的。这样吧，等 2 号恢复生产我们再来。估计要几天？"

"不知道，据说要持续一段时间。你们想等 2 号恢复生产再买也好，这些天，由于 2 号停产，类人的价格居高不下。等 2 号复产后价格肯定会回落。"

"谢谢。我们等等再来。"

"好的，二位可否先留下电话？一旦 2 号恢复生产，我即刻通知你们。"

高个子含糊地说："我们正出外旅行，电话不必留了，我们会与你联系的。再见。"

两人匆匆离开交易中心，回到车上，一时无语。奥迪车一直没有熄火，发动机以怠速运转着，车身微微颤动。车窗外的人流舒缓地流淌着，大多是去类人交易中心的。一个警察朝他们走过来，两人都有点紧张，但那个警察只是远远朝车内看了一下，又平静地走开了。少顷，德刚说：

"2 号停产。修改指纹的指令肯定被发现了。"

剑鸣说："我们还是低估了 2 号的安全系统——其实一直没低估，但你进 2 号以后那样顺利，让咱们过于乐观了。"

"怎么办？"

"先回去吧，回去后再从长计议。"

"好吧。"

两人驾车返回山中住处，一路上气氛比较沉闷。失败一次倒不要紧，问题是2号被惊动之后，再要想混进去就不大可能了。奥迪把城市甩到身后，进入了山区，哗哗地驶过漫水桥。德刚回头对剑鸣说：

"这次被2号发觉，相信警方很快会盯上咱们的，我想咱俩暂时分手，万一被逮住，我一人把责任担起来。"他诚恳地说，"这不是耍英雄。咱俩毕竟身份不一样，你身上没担待。"

剑鸣摇摇头："不必。按照法律我不会有生命危险，即使有危险我也没工夫考虑。咱们还是拧成一股绳，赶紧把要做的事做完。"

德刚看看他的表情，低声叹道："好吧，我不再劝你了。"

淡紫色的远山逐渐变成轮廓分明的近景。一群麻雀冲上天空，忽上忽下，忽左忽右，轻盈曼妙，就像是一首乐曲。山村的炊烟升起来，直直向上一段后被风吹倒，弥散于空中。他们把车驶入矿区，今天这里很安静，屋外没有一个闲人。可惜他们没停下来想一想这么安静的原因。

剑鸣打开门，吃惊地发现屋里有一个人，背对着门坐着，背影很熟悉、很亲切。是谁？剑鸣没有停下步子。那人回过头，是高郭东昌！刹那间血液冲上头顶，眼前又重现了飞艇爆炸时那团白光，白光是从如仪的怀里爆发的。他立即掏出如仪留给他的那支掌中宝，但已经晚了，高局长黑洞洞的枪口已指着他们：

"不要莽撞，宇何剑鸣。把枪放下，放下！"

内间屋里出来两名便衣，面无表情，枪口对着他们两人。剑鸣怒火满腔，他想在死前把一梭子子弹贯入高局长的胸膛……但他最终把枪扔到地上。他身后还有德刚，他不能把德刚的命也赔上。

高局长用眼神示意，一名便衣走上前拾起手枪，对他俩搜了身。没有找到另外的武器，只是把两人的手机搜走了。然后两名便衣悄悄退回去。高局长也收起枪，喑哑地说：

"这就对了，理智一些。坐下吧，今天我只想和你们谈谈心。"

德刚对剑鸣点点头，拉过一把椅子坐下。"行啊，谈谈心。我知道局长一向很理智，在下令炸毁那艘飞艇时就非常理智。"

剑鸣也坐下了。高局长痛快地承认:"对,是我下的命令。不过我想让宇何剑鸣回答一个问题:如果你不是类人,我会下这样的命令吗?"

剑鸣仇恨地瞪着他,不作回答,但在心里他承认局长这句话是对的。局长一向待他很好——刚才他的背影还让剑鸣感到亲切呢。他不是一个坏上司,这会儿他缩着肩,腰背有些佝偻,比起两个月前明显老了。他的残忍不是针对剑鸣个人,不是针对如仪或爷爷,而是基于最顽强的本能——延续自己的种族。剑鸣冷冷地看着他,心情非常复杂。他对高局长的仇恨丝毫没有减弱,只要一想起如仪血肉横飞的场景,他的喉咙就发紧,想扑上去掐死这个恶魔。但他也承认,把仇恨集中到高郭东昌一个身上是不公平的。高局长说:

"我不想走到这步境地,又不得不走到这步境地。是谁逼我这样干的?是那些王八蛋科学家。"他粗鲁地骂着,"王八蛋科学家!这一二百年来,科学家们全都疯了,走火入魔了,研究什么克隆人、基因杂交人、B型人。他们造出了一个个比人类更强壮更聪明的东西,又想让警察维持人类的至尊地位,不是白日做梦吗?"他看看剑鸣,灰心地承认,"我当局长快20年,其实已经知道,对类人的防范注定要失败。想想吧,3.5亿类人,除了指纹外和人类完全一样,他们能永远俯首帖耳吗?对类人的防范,就像是在高山顶上筑坝,总有一天水会溢出来,冲溃堤防。但是,真要让你们这些生产线上下来的工件代替人类,我实在于心不甘哪。"他怒冲冲地瞪着剑鸣,"于心不甘哪!"

德刚原来对高局长充满敌意,但听着他的内心独白,不由泛起同情来。"局长,你何必死抱着你的夷夏之防呢。历史上种种堑沟都被填平了,夷族和汉族,黑人和白人,印度的贱民和婆罗门,阿拉伯人和犹太人……类人和人类之间的堑沟也是同样嘛。类人是用物质原子直接制造的,但人类归根结底也是从物质原子中产生的……"

高局长打断了他的话:"不必对我讲生命发展史,我都清楚。看来你比我开明,你们已乐意把类人和人类混为一谈。那么我说一个消息,二位是否也能坦然对待?"他转向剑鸣,"你还记得那桩副研究员自杀的案子么?是鲁段吉军负责的,已经结案了,确定司马林达是自杀。为什么自杀?理由很奇怪,当吉军和小丁向我转述时,我真不敢相信。他的自杀是因为——请你们听好——他发现人类创造的电脑和互联网络已构成了一种超智力，其智力水平远远超过人类，就像人类和蜜蜂的区别一样。这个超智力体肯定在干涉人类的发展，但这种干涉是善意的，不露形迹的。人类的智慧永远不能理解上帝的思维，就像蜜蜂们不能理解今天你我的谈话一样。一句话，在超智力上帝的眼里，我们——当然包括类人啦——都不过是动物园里的狗熊。"他讥诮地看着两人，"我不知道该不该相信这些鬼话，如果它是真的，二位能不能坦然对待？"

两人沉默着。他们都承认，"人"从本质上说不过是物质的一种缔合模式，那么，数百亿功能强大的电脑缔合起来也该能构成更高层面的智慧。从逻辑上接受这个结论并不困难，但从感情上呢？高局长用锐利的目光盯着他们，恶意地笑着：

"看来你们的开明也不彻底，那就不要五十步笑百步啦。不说这些废话了，"他挥挥手，"说说我该怎样处置你——RB剑鸣吧。就地除掉？关进监狱？"

剑鸣毫无畏惧地迎着他的目光，高局长也狠狠地瞪着他们。良久他挥挥手，疲倦地说：

"算啦，我已经心灰意冷啦，不想再让手上沾染鲜血了。我要把你们禁闭在这儿，直到那1300名有指纹婴儿得到处理。"

剑鸣和德刚迅速对视一眼。1300名有指纹的婴儿！高局长冷冷地说：

"你们很能干啊，给地球政府出了个大难题。至今无人敢下命令把他们全部销毁，没人敢承担这个责任。但如果这1300名有指纹婴儿流入社会——恐怕我再关你们也没有必要了。"他立起身来，恶狠狠地说，"守在这儿等你们的胜利消息吧。但在此之前不许出门，只要出门，格杀勿论！"

他怒冲冲地离开屋子。两名便衣出来送走局长，又用严厉的目光对两人做出警告，然后一声不响返回内室。德刚和剑鸣极为兴奋，他们的努力没有白费！1300名有指纹婴儿出生了，虽然没能出厂，看来没人敢销毁他们。这么说，那道堤坝快垮了。但兴奋之中也有些惶惑，高局长说的什么超智力上帝让人心烦意乱。不过，那毕竟是比较遥远的事，先抛到一边吧。剑鸣大声说：

"咱们就安心待在这里吧。该做午饭了,喂,"他喊内室的便衣,"我们要做饭啦。"

两名便衣走出内室:"你们做吧。"

"也包括你俩的吧。"

"嗯,谢谢。"

剑鸣问:"你俩是哪个单位的?我从来没见过你们。"

"我们是从外地刚调来的。"

剑鸣笑了:"高局长手下挑不出人来监管我?怕他们顾念老感情?我这个类人在警察局的人缘还不错吧?"

便衣含蓄地承认:"嗯,高局长说,真可惜你是个类人。"

"是啊,我怎么会是个类人呢。30年来我一直以为自己是自然人,就像你们一样,我对类人百般提防。忽然有一天,我知道自己是类人,那时心理几乎崩溃了。就好像……就像一下子被倒吊在半空,头朝下看世界。"他开玩笑地说,"你们可千万不能是类人啊,不要步我的后尘。"

两人笑着摇摇头,但眼神中多少有些惶惑——万一是真的呢。剑鸣大笑道:"别怕别怕,我是2号老总精心制造的,是这个世界上唯一的一例。你们不必对自己的身世产生怀疑。德刚,咱们做饭去。"

两个便衣立在厨房门口监视着,二人一边忙碌,一边兴致勃勃地谈天。20分钟后,他们端着饭菜来到客厅,喊便衣们吃饭。一个便衣轻声咕哝着:

"咋看他也不像类人啊。"

这会儿,在2号工厂里,世界政府危机处理小组的成员走进安倍德卡尔的办公室,关上房门。丹丹焦灼地盯着房门,为可可的命运担心。小组成员刚刚视察了哺育室,在那儿,1300名婴儿的指纹已经全部显现了,没有一个例外。小组会作出怎样的决定呢?厚重的雕花门紧紧闭着,牢牢守着屋内的秘密。

屋内这会儿鸦雀无声。小组成员中有来自1号的李普曼,来自3号的易卜拉欣,有中国的钱穆笑痴、陈昊明炬。他们都面无表情。危机小组组长是施特曼，一个严厉的德国人，他非常不满地对安倍德卡尔说："安倍德卡尔先生，看看你们的疏忽给世界政府制造了什么样的难题！所以，你不要再提辞职了，你自己捅出来的麻烦，自己去解决吧。"

安倍德卡尔尴尬地沉默着，施特曼缓和语气说："不过也不必对 2 号领导责之过苛。生产类人并把他们同人类隔离，是一个复杂的巨系统，复杂的巨系统不可能永远处于受控状态。它不在 2 号出问题，也会在 1 号、3 号或外面出。我们的努力就像往山上推那块注定要落下来的巨石。不说这些了，讨论善后吧。"

会场上沉默了很久，气氛尴尬，连施特曼和安倍德卡尔也没有设法诱导发言，就这么硬挺着。这个问题确实让人挠头，1300 名类人婴儿无法销毁，也没人敢让他们流入社会，实在是个两难的问题。沉默持续了 40 分钟，来自中国的钱穆笑痴向同伴陈吴明炬点点头，后者向前欠欠身子，首先打破了沉默：

"施特曼先生，各位同行，知道 2 号的事故后，我们已商量了一个应急方案。我先讲讲，作为抛砖引玉吧。"

"请讲。"

"按照法律，这些不合格的类人无疑应全部销毁。但这是不现实的，肯定超过社会心理的承受能力。我想比较稳妥的办法是：对每个婴儿做手术，去掉指纹，植上用细胞培育法培育的皮肤。这种去除是永久性的，也不会留下任何痕迹。另外，手术完成后销毁有关记载，把这批婴儿分散到 1 号、3 号的正常婴儿中再推向市场。因为有关内情不可能永远封锁，但至少要保证，没有哪个类人长大后知道自己曾经有过指纹。"

其他小组成员轻轻点头，认为这是比较持重的办法。尤其是第二点考虑得很周密，否则，让 1300 名类人知道他们曾经有过自然指纹，有可能诱导出反叛思想。大家讨论了一会儿，觉得这是唯一可行的办法，施特曼说：

"那就这么定吧，感谢两位先生东方式的智慧。安倍德卡尔先生，请你拟定一个详细的实施计划，报危机小组最终敲定。这次再不允许出现疏忽了！"

门开了，危机小组成员鱼贯而出，丹丹忙起身含笑致意。他们都面无表情,猜不出他们刚才作出什么决定。安倍德卡尔最后出来,向丹丹吩咐道:"送各位先生去宾馆休息。"丹丹领他们下楼,送到厂内宾馆,然后匆匆返回办公室。总监先生正面对窗户沉思着,丹丹不敢惊动他,可又忍不住,便鼓起勇气问:

"总监,对这批婴儿如何处理?"

安倍德卡尔严厉地看她一眼。他知道丹丹是在为她的可可担心,作为2号的工作人员,绝不容许对某个类人产生私人感情,丹丹已经不是个称职的秘书了。但安倍德卡尔心思烦乱,再者,看着丹丹的焦灼和畏缩,他心头也觉不忍,便简单地说:

"他们不会被销毁了,要做指纹消除手术。"

丹丹的脸庞立即被喜悦漫住了,她感激地看看总监,退出办公室。然后,轻快的脚步声渐渐远去,安倍德卡尔知道,她是去哺育室了。

此后的两个月,丹丹忙得一塌糊涂。要对1300名婴儿做手术,而且必须在2号之内做。没人敢把具有自然指纹的婴儿送到2号之外。丹丹找到了10个一流的整容医生,在2号之内布置了10个外科手术台,开始了这次的手术。冬天在不知不觉中来临了。今年冬雪来得早,山野披上银装,山鸟被冬雪压下来,飞到村庄里找食。只有2号里仍然春意盎然,浓绿的树丛中点缀着姹紫嫣红。手术整整进行了两个月。当麻醉药力过去后,婴儿们愤怒地哭叫着,把哺育室变成了一个疯人院。那些天,丹丹忙得连梳洗打扮都没力气了。不过,只要稍有闲暇,她就坐在可可床头,目醉神迷地看着"自己的"孩子。可可的手指很快痊愈,光光的没有指纹。不过丹丹并没奢望一个带指纹的类人婴儿,所以她仍然很满足。

两个月后,安倍德卡尔才下了第二道命令,这批婴儿全部分成两批,秘密送往1号和3号工厂,他们的原始记录全部销毁。丹丹面色苍白地找到了安倍德卡尔:

"我要我的可可。"

安倍德卡尔狠着心肠说:"不可能。危机处理小组已决定把他们全部分散,务必保证他们中任何一人长大后不知道这段经历。丹丹,我无法为你网开一面。"

"我要我的可可。"

"在2号工作了这么长时间,你应该能想开,所有类人婴儿都只是生产线上一个工件。我可以允许你查出可可的生产参数,再制造一个完全相同的没有指纹的婴儿。"

"我要我的这个可可。"

安倍德卡尔苦恼地说:"不要这样固执,不要让我为难。丹丹,你知道我不得不执行上边的命令。"

丹丹面色惨然地走了。

1300名婴儿全都运走了,丹丹陪着自己的孩子直到最后一刻。如果有可能,她不惜触犯法律,把可可偷走。但2号警卫森严,无法下手。她只是无奈地拼命地看着可可,把她的小模样记在心里。然后,她会走遍天涯去寻找自己的孩子。

这一批婴儿运走后,丹丹也从2号消失了,办公桌上留下了一封简短的辞职信。

两名便衣是很省事的客人,他们中一个姓"何马",外号"河马",不过他的身躯一点也不粗壮;另外一个姓张郝,一般喊大张。他们总是待在不显眼的地方,如小卧室里、厨房外、阳台上等,话语很少,似乎为自己打搅了主人的生活而愧疚。但他们的监视工作还是很尽责的,晚上轮班睡觉。剑鸣和德刚两人起来小便时,总能看到黑暗中一双灼灼的眼睛。

又是两个月过去了。山坡背阴面还有积雪,阳坡上野花已经绽放。剑鸣和德刚虽然表面上还平静,心中越来越焦躁。他们被关在这世外之地,手机被没收了,电话线被掐了,外面的消息一点儿也传不进来。1300名有指纹的婴儿这会儿在哪儿,他们被集体销毁了吗?新闻媒体对此有什么反应?剑鸣父母这会儿怎样?他们一定为两人的杳无音信焦急。这天晚上,德刚对河马说:

"喂,你们是不是给我们判了无期徒刑?催催你们的局长,是杀是砍都爽快点。"

河马细声细气地说:"有消息局长会及时通知的。"

剑鸣冷着脸说:"告诉你,我可不耐烦了,我准备逃跑。"

河马停下筷子,非常得体地说:"你不会让我们为难的。"

他有意无意地看看同伴手中的枪。剑鸣冷笑着:"我不让你为难,倒是你让我为难了。就凭这两把破枪,你以为我对付不了你们?我只是不想扭断谁的脖子。"

他话语中的恶毒让两个守卫打一个寒战。不过河马仍然委婉地说:"二位不会铤而走险的。也许明天上峰就会送来释放的命令。"

剑鸣哼一声,没有再理他。德刚向两人做了一个抱歉的手势,把话头岔开。

晚饭后的时间更难熬,无事可干,连聊天也不愿意——当着另外两对耳朵,怎么能提起聊天的兴趣?有时剑鸣和德刚把电脑打开,但不能上互联网,电脑又有什么可看的呢?有时他们看见老柴在门外溜达,伸着脖子往这边看。他一定为两个被囚的客人着急,但这里有守卫,他无法进来。

这晚,两人躺在沙发上闭目养神,忽然喀哒一声电脑屏幕亮了。两人都惊异地看看对方,知道不是对方打开电源。那么,电脑怎么会自动打开呢?电脑打开后并没有进入程序,没有显出 Windows 的画面。屏幕上是一片蓝天绿树,十分逼真。一个小黑点从蓝天深处迅速逼近,原来是一只蜜蜂。蜜蜂的身体迅速扩大,一直变到正常蜜蜂的两倍那么大,然后它沿着屏幕的边缘爬行。它爬得十分从容,时行时停,停下时触角向四周摆动,就像在倾听什么。两人目不转瞬地看着屏幕,剑鸣低声问:

"这是什么?定时发作的病毒程序?"

德刚摇摇头:"从来没有病毒程序能自动打开电源。"

蜜蜂的图像十分逼真,透明的翅膀,大大的复眼,黄褐相间的身体,精巧的细腿,甚至细腿上的茸毛都看得清清楚楚。它爬了一圈,又轻盈地飞起来,屏幕上的场景跟着它迅速变换,终止在一朵鲜花上。蜜蜂吮吸着蜜浆,又飞回蜂巢,在蜂巢里猛烈地抖动着身体,跳着圆圈舞。几十只蜜蜂跟着它做同样的动作,然后一块儿飞上蓝天。蜜蜂的队形迅速变幻,忽然变成了一行汉字：

"宇何剑鸣，齐洪德刚。"

两人大为吃惊，这绝不是什么病毒，是外界的人试图同他们联系！剑鸣迅速起身看看两个监视者，他们仍远远待在墙角，没有发觉这儿的异常。德刚到电脑后检查了一遍，没错，上网的网线早已掐掉，现在电脑同外界只有一根电源线。他们都是电脑高手，但实在想不通，这些信息如何能送进电脑。德刚坐下来，迅速敲了一行字：

"你是谁？你怎么进入这台电脑的？"

他打出的汉字也显现在屏幕上，在那八个汉字的下边。这时，那八个字又忽然变成群飞的蜜蜂，在天空中消失。只有一只蜜蜂留下来，用它的复眼看着屏幕外面。这双眼睛向两人逼近，两人都觉得，他们被眼睛包围了，走进了光与电组成的云霞中。光与电的脉冲闪闪烁烁，在云霓中打出一个巨大的字：

"我。"

两人紧张地期待着，但"我"字之后就没了下文。不过，屏幕上这只聪慧的蜜蜂令剑鸣联想到某种东西，他迅速在键盘上打出一行字："你是司马林达吗？"

没有回答。

"你是那个上帝吗？你在干涉人类的生活？"

没有回答。剑鸣和德刚无计可施，相对苦笑。这时，屏幕上的景象迅速后退，又恢复成一只蜜蜂。蜜蜂对他们微微一笑，振翅飞走，在蓝天中迅速融化。剑鸣和德刚呆呆地盯着屏幕，不知道自己是否在梦中。电脑又自动关闭了，屏幕上的微光慢慢消失。两人默默对坐，很久才回到现实中来。德刚低声说：

"你怀疑是超级智力体？"

"嗯，但……不可思议！"

"他是从电力线路进入电脑？"

"只能是这样吧。"

大概是听到他们在低声谈话，河马走过来看看他们，没有发现什么异常，又不声不响退回去了。德刚和剑鸣仍低声交谈：

"它向我们现身——什么用意？"

"恐怕它要善意地干涉了。"

"为了类人？"

"嗯。"

两人不知道是该欣慰还是沉重。毫无疑问，这种干涉肯定有利于他们，但是——一个高高在上的上帝！剑鸣不由想起司马林达临死时留下的那句话，他低声念出来：

"放蜂人的谕旨：不要唤醒蜜蜂。"

"你在说什么？"

河南林县的江姓夫妇购买了一个四个月大的女婴，从这天起，他们的生活就不一样了。

老夫妇苦了一辈子。他们都是"城市边缘人"，身无长技，从农村来到城市，靠出卖苦力养儿育女。如今儿女都混得不错，儿子是律师，女儿开化妆品商店，给爹娘置买了漂亮的房子，每年中秋节或春节，都会给老夫妇寄来礼物和现金支票，还有电话中几声问候。不过他们的亲情也只限于此了。父子两代文化水平相差太远，用句时髦话说，代沟太深，他们之间没有多少共同语言。

江老头和江老太很寂寞，闲得发愁。老太忽然想出一个主意："咱们买一个类人婴儿吧，买一个刚出生的，把她从小养大，把咱这一辈子再过一遍。行不？"

老头说："好。"

买来一个极漂亮的女婴，黑头发，黑眼珠，肤色白中透红，漂亮的厚嘴唇。她的脸蛋光得像丝缎，摸一下，麻酥酥的，美到心窝里。老两口可忙坏啦，擦屎刮尿，喂饭穿衣，女儿咧嘴哭一声，要叫两人心疼半天。老两口越忙越高兴，唯一遗憾的是，老太的奶子里没奶水，不能像当年那样喂奶。再者，这个女儿再惹人爱，也不能上到户口册上。类人交易中心的小姐知道老两口文化水平低，特意对他们再三告诫过这一点。

这天他们接到一个电话，是一个年轻姑娘打来的：

"我叫杜纪丹丹，是生产类人的2号工厂的秘书。我想去拜访你们，是否可以？"

"行啊行啊，俺们欢迎。"江老头担心地问，"是不是俺们的类人女孩有啥毛病？"

"不，不是。具体情况见面再谈吧。"

30分钟后，一个姑娘走进家门。很漂亮，风尘仆仆的样子，模样有些憔悴。她向主人问了好，直截了当地说，想看看他们才购买的女婴。江老太心中忐忑地抱来女儿，丹丹仔细端详她的容貌，脸上露出极度的失望：

"不，不是我的可可。"

老太问："闺女，你说啥？你的女儿丢了？"

丹丹叹息着："是啊，我的女儿丢了，我要跑遍全世界把她找回来。对不起，打扰了，再见。"

老太忙拉住她："闺女，快晌午了，你要不嫌弃，吃完饭再走吧。你把丢女儿的事说说，说不定俺们还能帮你想点办法呢。"

于是丹丹留下来。老头去厨房做饭，老太和丹丹逗着孩子闲聊。丹丹讲了那1300名婴儿的事，讲自己如何在其中认了女儿，这批婴儿如何被做了去除指纹的手术，又被毁掉档案，混在三个类人工厂近期生产的婴儿中；又讲述自己在交易中心查清了近两个月全世界出售女婴的全部名单，现在正排齐了去拜访。丹丹眼眶红红地讲着，江老太真情真意地唏嘘着。其中，丹丹无意中讲了那点人所共知而江老太从不知道的细节，老太很快会发现这点细节对他们可是太有用了。丹丹说，虽然类人不能上户口，但一个具有自然指纹的类人，只要出现在类人工厂之外，从法律上说他就具有人的身份了。正是因为这个原因，各个类人工厂的防范才这么严密。

丹丹吃完饭，抱着孩子亲了又亲，依依不舍地走了。这天余下的时间江老太一直心神不定，她扳着女儿的手指看了又看，想看看上面有没有做过手术的痕迹。想到这儿她心中一抖，这么小的娃儿，要把手指肚上一层皮肉刮下来，那该多疼啊。不过女儿的手指光滑滑的，不像做过手术。

女儿喂饱了，酣然入睡。江老太出去买了几袋奶粉，回来见老头拿着放大镜，正入神地看女儿的指肚，原来老头子也不放心啊。她说："老头儿，看出啥名堂没？我刚看过，没有伤疤。"老头儿抬起头，看他的眼神就知道发生了大事。老头迷迷瞪瞪地说：

"老婆子，咱妮儿的手指上有指纹！"

江老太说："你老眼昏花了吧？谁都知道类人没有指纹。刚才丹丹姑娘还说呢，只要有指纹就能上户口册。"说到这儿她浑身一震，忙接过放大镜仔细察看。没错，有指纹！指纹很淡，隐在半透明的皮肤中，但分明是有的！她看看其他九个指头，都有，甚至能看出是七斗三箕。

两人乐傻了："有指纹！""是有指纹！""咱们该咋办？"老太想起来，"丹丹姑娘临走还留下了手机号码呢，问问她，一准清楚！"

丹丹的手机接通了。"我是杜纪丹丹，你是哪位？"江老太兴奋地喊："丹丹姑娘，我是你江大妈呀。你走后我们用放大镜看了女儿的指肚，她有指纹！"

丹丹的声音也变了："真的，没看错？"

"没有错，看得很仔细，是七个斗三个簸箕！"

丹丹困惑地说："她怎么会有指纹呢，所有的指纹都削掉了呀。不管怎样，恭喜你们了。这是极难得的，你们有一个真正的女儿了。"

"我们该咋办？咋去上户口？"

丹丹沉吟一下："你们先把消息捅到报纸上，那样更保险，免得有人……南阳我有一位记者朋友，我现在就通知他去采访你们，余下的事他会帮你们办。"

"丹丹姑娘，谢谢你啦。"

丹丹笑着说："说谢就太生分了，真的，我为你们高兴。我自己也高兴。"

第二天《南阳晚报》上登出了这则惊人的消息。这是这批有指纹的类人中第一位披露于世的。第二天，世界上又有三则同样的报道。数千万人看到了这几则消息，凡是购买过类人婴儿的家庭都用放大镜去察看。第三天，全世界共发现了 3497 个有自然指纹的类人婴儿，第四天是 47893 个，而且这个数字在逐日增加。也就是说，凡是在 11 月 15 日之后购买又超过出厂日期两个月的婴儿，全都显现了自然指纹，无一例外。

"截至今天，南阳地区共发现 38 例有指纹的类人婴儿，大部分是 2 号工厂的产品，也有三例是 1 号和 3 号工厂的。"史刘铁兵说，他坐在巨型办公桌对面。高局长脸色阴沉，仰靠在座椅上。"局长，这是咋回事？各个类人工厂都有世界上最严密的防护，咋能在一天之内全被攻破？是谁干的？"

高局长沉默不语。

"局长你说该咋办？得赶紧想办法，要不，局势就要失控了！"

高局长怜悯地看着他。铁兵也是他的爱将之一，但他与剑鸣是不同类型的人。铁兵忠心耿耿，责任心很强，只要有命令，他可以毫不皱眉地走进熊熊烈火中，但他的大局观要差得多。现在还想什么善后办法，局势早已完全失控了。从 1300 名有指纹婴儿出生后就基本失控，等到五万名有指纹婴儿从 1 号、2 号、3 号工厂同时涌出来，那道堤防早就彻底崩溃了。现在即使大禹重生，也不可能再让洪水归位。

可叹铁兵到现在还看不到这一点！

史刘铁兵还在热切地看着他。在他心目中，局长就是万能的上帝，只要局长一声令下，局势就会瞬间改变。高局长不忍打破他的希望，温和地说：

"我都知道了。局势太复杂，暂时不要采取什么措施。你先回去吧。"

史刘铁兵惶惑地走了。高郭东昌留恋地看看他的办公室，看看他的巨型办公桌。记得他还是一个小警察时，第一次走进局长办公室便为这里的气势所震撼。那时他曾想，坐在这张巨型办公桌前号令天下是什么滋味！后来他果真当上了特区警察局局长，他 20 年的工作，就是尽力建立了一道对类人的坚固堤防。现在，这道堤防已经在旦夕之间崩溃了、消融了，他也该谢幕下场了。

他按电铃唤来秘书，吩咐道：他要休息几天，局里的事先由秘书招呼着。

秘书惊慌地瞪大眼睛，这几天正是多事之秋，一个个事故令人应接不暇，在这个当口儿局长却忽然要休息！她很想劝局长改变主意，但看看局长冷静的表情，知道劝也是白劝。也许局长有什么个人想法？也许局长已听说上峰要将其免职？她点点头说：

"好吧，局长尽快回来，这两天如果需要作什么决定，我用电话请示你。"

高局长微微一笑："有事也不要找我，我既然休息，就要真正地休息。"

秘书没有坚持："好吧，还要我做什么？"

"没有了，谢谢你这些年的工作。再见。"

高郭东昌住在城南的高级住宅区里，院里种着漂亮的棕榈树，地上铺着厚厚的草毯。这种草是从澳大利亚进口的转基因牧草，颜色特别绿，冬天也不会干枯。厚厚的草地吸收了汽车的噪音，使这里十分安静。

女儿女婿和四岁的小外孙今天都在家，看见他回来，女儿惊喜地说："哎哟，勤劳王事的老爸爸今天竟然有空回家啦。"

小外孙斗斗喊着"外公，外公"，向他扑过来。他抱起外孙亲亲，对女儿说："今天我休假。"

妻子说："真难得呀，平常只听说你加班，啥时候见过你休假？咱们好好玩一天。到哪儿去玩呢？"

斗斗说："到内乡去看恐龙蛋和火山蛋！外公答应过的。"

"好的，今天就去内乡。"

内乡县离这里有90千米。一个小时后，他们来到内乡县衙博物馆。这是全国唯一完整保存的古代县衙，里边陈列着县官和皂役的塑像，摆着过去县衙所用的各种刑具。西侧一座陈列室里是本地出土的恐龙蛋和火山蛋。小外孙对火山蛋最感兴趣。火山蛋呈扁圆形，有横向纹路，一个剖开的火山蛋显示其中是空心的。

"外公，为什么火山蛋是空心？"

解说词中对此没有说明，高郭东昌只能凭推测解释了。他说火山蛋是火山爆发时形成的，一团熔岩——就是熔化的石头——被抛到空中，快速旋转着，把这团黏稠的熔岩旋成了扁圆的南瓜形。由于离心力的作用，中央成了空的。这团熔岩一定被抛得很高，使它在落下时已基本冷却，所以这种形状能保存下来。小外孙不知听懂了没有，但他煞有介事地点点头。

中午他们把车开到一座山坡上，在一片草地上吃了野餐。斗斗一直猴在外公身上，和他寸步不离。"外公，你有手枪吗？外公，明天你带我到宝天曼原始森林去玩，可以吗？"妻子感慨地说，"真是亲劲儿撑着哩。斗斗长这么大，当外公的没抱过几次，可你看斗斗对他多亲！"高郭东昌把外孙抱起来，用胡碴子扎扎他的嫩脸蛋。斗斗咯咯笑着，用力推着外公的脸。他的瞳仁又黑又亮，皮肤下显出细细的血管，洁白的糯米牙闪闪发亮。高郭东昌把斗斗紧紧搂在胸前，两颗泪珠滚下来。他没让别人看见，悄悄地揩掉了。

晚饭后，女儿女婿要带斗斗回家，斗斗还缠着外公明天领他去公园。此时高郭东昌还不知道他明天要干什么，但他预感到明天不能和斗斗一块儿玩了。他说："斗斗，外公明天不能陪你玩了，真对不起。"斗斗说：

"外公，你明天上班吗？"

在斗斗的心目中，"上班"是个法力无比的禁咒。只要爸、妈、外公上班，那他再缠磨也是没用处的。高郭东昌含糊地说：

"是啊是啊。斗斗再见，斗斗再和外公亲亲。"

女婿把他抱上车，女儿高兴地说："难得老头子今天高兴，今天玩得真痛快。"

晚辈们走了，屋里又恢复了往常的安静。高郭东昌说他到书房里待一会儿，他走进书房，在里面待了两个小时。妻子不像女儿那样粗心，早看出了丈夫有心事。她知道，外面正为类人婴儿的事闹得天翻地覆，在这时休假，不是什么好兆头，莫非他被上级免职了？但她没把这件事想得太严重。首先，闹出这么多带自然指纹的类人婴儿并不是丈夫的责任，丈夫负责2号工厂之外的防卫，出事却在2号内部。而且连远在美国和以色列的1号、3号也同样闹出乱子了呢。即使丈夫被免职，也不是坏事，他已经56岁了，该歇歇了。这个工作太辛苦，太出力不讨好，早该把它撂下了。

但她没有同丈夫把这些话说透，这也是她日后切切疚悔的地方，也许那天好好开导开导丈夫，就不会有后来的悲剧了。晚上10点，丈夫从书房出来，神色很平静，说："时候不早了，休息吧。"睡到床上后妻子问他，"明天还休假不？要是休假，再带斗斗玩一天，你看斗斗对你的亲热劲儿，叫人感动。"丈夫含糊地说：

"明天再说吧。"他忽然没头没脑地说了一句，"从今往后，那些生产线上下来的婴儿就要同斗斗平起平坐了。"

这是他透露心境的唯一的一句话。妻子委婉地劝他："想开点吧，老头子。有一句老话，尽人事，听天命，人再强，强不过老天的。其实，我见那些领养了类人义子的家里，不也都是亲亲啊肉肉啊疼得不得了，看不出他们和自然人的孩子有什么区别。"

丈夫平静地说："睡吧，不说这些了。睡吧。"

丈夫似乎很快入睡。妻子想了一会儿心事，也朦胧入睡。但她睡不安稳，丈夫的平静后面似乎藏着什么东西，令她不安。她梦见丈夫伏在她头顶向她告别，脑袋后面是一个巨大的黑洞。她问丈夫，那是什么？那个黑洞是什么？丈夫扭头看看黑洞，一句话也没说。梦境到这儿截止，然后丈夫似乎下床了。他是去小便了吧，但很长时间还没回来。她从迷蒙中醒过来，床的那边是空的。刚才的梦境忽然闪过，她有了不好的预感，忙下床去寻丈夫。厕所没人，书房的门虚掩着，没有灯光。就在这时，书房里传出一声沉闷的枪响，她马上明白了是怎么回事，凄惨地喊一声：

"东昌！"

然后她便昏倒在地上。

高郭东昌局长自杀的第二天，一架蜜蜂型直升机飞到那座废弃的矿山，降落在德刚和剑鸣的住室前。机翼没有停转，在地上旋起落叶和灰尘。一名便衣从直升机上跳下，猫着腰跑过来，匆匆对两名看守说：

"2号工厂总监安倍德卡尔请齐洪德刚和宇何剑鸣两位先生前去议事，现在就走！"

他同看守交验了提犯人的手续，催两人快上直升机。剑鸣没好气地说：

海豚人

"这就拉出去枪毙啦？也不给点时间酝酿酝酿情绪。"那人笑笑没吭声，推着两人进了机舱。这种直升机只有两个座位，那人留在地上，对驾驶员挥挥手："起飞吧，直接飞2号！"

直升机疾速拉起机头，飞上蓝天，地上三个便衣的身影渐渐变小了。一个个山头从机下掠过，山头变成丘陵，又变成平原，高楼大厦开始出现。两人都感到纳闷，看这架势当然不是拉去枪毙的，但怎么会突然从阶下囚变成座上客？剑鸣敏锐地说：

"一定是出了什么大事！喂，驾驶员师傅，安倍德卡尔请我们去干什么？外边发生了什么事？"

驾驶员回头笑笑，没有回答，但至少说他的态度中不含敌意。

直升机掠过城市，又进入丘陵区。那个熟悉的软壳蛋出现在视野里。2号工厂到了。他们尚在空中时就感到了2号不同寻常的熙攘。职员停机场和停车场塞得满满的，客人停机场也停了不少直升机和小飞碟。他们的飞机好容易找到了停机位置，落下来。驾驶员领两人来到工厂门口，众多客人正鱼贯而入。令德刚和剑鸣至为惊异的是，门口不再检查瞳纹和指纹，连沐浴更衣的程序也免了！俩人互相看看，在目光中肯定，没错，一定是发生了什么大事。

进了大门就看到，2号停产了。这是两个月来2号的第二次停产。曾经井然有序的生产线现在寂然无声，无所事事的类人职员聚集在车间的门口，像是蜂巢被扰动的蜂群。驾驶员领着他们走向中央办公大楼，路上他们看到一个熟悉的衰老的身影，一个姑娘正扶着他慢慢走。是何不疑！剑鸣喊：

"爸爸！"

紧赶几步追上他，与老人拥抱。老人很高兴，也很意外，他没有料到儿子也是2号的客人。德刚也过来同老人叙礼，他们没时间寒暄，剑鸣急急地问：

"爸爸，发生了什么事？这两个月，我们一直被监禁在山里。"

"我和你妈妈也一直被软禁在家里，刚刚知道一些情况，是秘书小姐告诉我的。"他指指在一旁侧身而立的姑娘。"世界上已发现了14万具有自然指纹的类人婴儿，全都是11月份后出厂的，三个类人工厂的程序同时被改变了。"

两人惊疑得合不上嘴，疑问重重地看着老人。老人摇摇头说："不是我干的，我估计也不是你们干的，我只知道这一点情况。不过，他们既然请我们来，会把情况告诉我们的。"

秘书小姐谦恭地说："何先生请跟我到会议室，你们两位请到安倍德卡尔总监的办公室稍候。会议之后安倍德卡尔先生想同你们三位单独谈谈。"

她把何不疑送到会议室，又回头领二人走进总监办公室，斟上两杯橙汁，含笑说："请耐心等候，估计这次会议要开两个小时。"

德刚说："可以问个小问题吗？"

"请讲。"

"你是总监秘书？那么那位丹丹小姐呢？我上次来2号时她是秘书。"

"她已经辞职了。"秘书略微犹豫后又透露了一点儿情况，"她在那批你制造的1300名有指纹婴儿中认了一个女儿，这批婴儿被削去指纹后秘密送走了，丹丹决心走遍全世界找到她。"

从她的口气中看出，她对丹丹很同情，很钦佩。德刚说："真是个痴心的母亲啊。如果可能，请向丹丹小姐转达我的祝福。相信她一定能如愿。"

会议室坐了20多人，一般都在五六十岁，是各个行当的权威人士。何不疑没有在其中发现熟人，毕竟他已离开社会30年，他和这些人已经不属于一代人了。安倍德卡尔总监和另一名男人坐在首席，大概就是危机处理小组组长施特曼了。施特曼表情阴沉，安倍德卡尔的脸色倒还平静。看见何不疑进来，他忙起身点头示意。

邻座的人上下打量着何不疑，然后伸出手："你是何不疑先生？我们都知道你的大名，可惜一直无缘见面。"

又有几个人同他握手，分别介绍了自己的名字。这些名字何不疑都在报纸上见过，看来，这是有关类人问题的最高档次的科学会议了。施特曼宣布会议开始，请安倍德卡尔介绍背景资料。安倍德卡尔苦笑道：

"我想不用介绍了，大家都知道了。截至此刻，世界上已经发现了14万具有自然指纹的类人婴儿。三个类人工厂的生产程序在 11 月 15 日这一天同时被改变。这些婴儿在出厂时还没有指纹，两个月后逐渐显现。是谁干的？他是怎么办到的？我一点儿也不知道。今天请各路神仙，就是合众人之力来破这个谜。"他看看施特曼，"以下的话只代表我一人的观点。人类和类人之间的堤防本来就是冰雪堆成的，极不牢固。在 14 万类人流入社会后，这座堤防已经彻底消融，任何人都不要再抱幻想了。我们今天开这次会，不是要挽狂澜于既倒，而是输也要输个明白！"

他说得很干脆，施特曼脸色阴沉，看来不一定同意他的观点和做法，但也没表示反对。代表们低声议论着，大都表情困惑，没人出来发表意见。

安倍德卡尔从人群中挑出何不疑："何先生，你是 2 号的第一任总工，也是类人生产技术的实际创造者之一。我想先听听你的睿智见解。"

何不疑扶着椅子站起来，苦笑道："我不知道。依我对 1 号、2 号和 3 号的了解，要想同时更改三者的生产程序，可以说是不可能的。不过，我想询问一下主电脑霍尔，可以吗？"

"可以。"

主电脑霍尔的面孔出现了，看见何不疑，马上露出惊喜激动的表情："何先生，见到你真高兴，我们已经有 30 年没见面了。"

"你好，霍尔。"

"你的夫人和孩子都好吗？我记得，你离开 2 号那天，夫人即将临产。"

"他们都很好。霍尔，30 年了，我真不敢想象你的智慧已发展到何种地步。我离开 2 号前，你就发展出了自我意识。"

霍尔自信地笑笑，对这个问题没有回答。

"你知道 2 号的生产程序被人更改了吗？"

"三个月前，即 11 月 10 日那天被人更改过。作案者是一位高个子年轻人，化名陈于见华。"代表们目不转睛地盯着屏幕，这时起了一阵骚动。"他更改了关于指纹的程序，又把婴儿的发育期放慢了两个月，这样，婴儿出厂时指纹还不会呈现。这是一次精心策划的行动，我在每日例检时发现了，不过那时已生产了 1300 名有指纹婴儿。"

代表们都知道这次事件，但对内幕并不是都了解，他们注意地听着。霍尔接着说："请原谅我的坦率，何先生，那次行动是一个熟悉2号的人策划的。而且在那个外来指令中，我发现了你的风格。"

何不疑多少有点尴尬，但毫不迟疑地承认："对，正是我编写的指令，我想亲手扒掉我自己参与建立的堤坝。这道堤坝从本质上说是不人道的。"

不少人惊异或惊怒地看着他。何不疑没有理会这些目光，继续问道："但11月15日程序又被改动了。这次你发现了吗？"

"没有，我检查过，程序没有改变，婴儿的发育没有放慢，他们出厂时都是足14个月的婴儿。但很奇怪，出厂时指纹都没显现。这是为什么？我不知道。"

他的叙述平静而客观。何不疑盯着他的眼睛问："也许有外部力量参与其中？"

霍尔的表情中没有一点涟漪："我不知道。"

安倍德卡尔补充道："霍尔说的是实际情况。"作为2号老总，这些天，他已彻底检查了生产程序，没有发现一点儿问题，但这些完全正确的程序却在继续生产着具有自然指纹的婴儿，实在是太匪夷所思了！何不疑摇摇头说：

"我没问题了。很遗憾，我对这件事提不出什么见解。"

之后他就不再说话，安静地听别人发言。这些发言都很审慎，代表们都是各个行当的权威，权威们对自己拿不准的事是不会轻易开口的。会议开了一个半小时，仅达成了几点简单的共识：一、三个类人工厂同时出现故障肯定是人为的；二、阴谋者很可能是通过电力线路进入工厂计算机内层网络，但其方法超过了目前的技术水平。

会议仍在进行，安倍德卡尔悄悄走过来，拍拍何不疑的肩膀，示意何跟他出去。走出会议室，他简短地说："走，我领你见两个你想见的人。"

他推开总监办公室的门，把何不疑让进去。德刚和剑鸣忙起身过来扶着老人，但三人并未出现久别乍见的狂喜。安倍德卡尔反倒纳闷了："怎么……"

何不疑笑着解释："刚才我们在路上已见过面。"

安倍德卡尔笑了:"噢,是的。既然把你们三人放到一个地方,当然有提前见面的可能性。这倒是一个浅显的隐喻:主事者并不能完全控制每一个细节。三位请坐。"

四人在沙发里坐定,刚才剑鸣和德刚已经听秘书介绍了很多情况,这会儿剑鸣没等安倍德卡尔询问,抢先说道:"安倍德卡尔先生,非常感谢你的宽容,也很钦佩你的开明。我们愿意与你以诚相见。这次事件——我是指这14万婴儿,而不是1300名婴儿——我们确实不知情,我们和你一样感到纳闷。不过,我们被监禁在矿山时曾发生过一次异常现象,很可能和这件事有一定关系。那时我们的网线被掐断了,电脑根本无法上网,但11月15日晚上,屏幕上却突然出现了一群蜜蜂!"

"蜜蜂?"

"对,蜜蜂排成了八个汉字,即我和德刚的名字。这是谁干的?他是怎么做到的?他有什么用意?我们都不知道,只有一点模模糊糊的猜疑。"

他谈了司马林达的自杀案的侦破和他留在屏幕上的遗言。他说,也许司马林达是对的,人类社会上已经有了一个无所不在无所不能的超级智力体?

"超级智力体?"安倍德卡尔艰难地追赶着他的思路。

何不疑说:"我也有一点儿猜疑,对霍尔。"他解释道,"30年前霍尔就已经是一个超级电脑,甚至发展出了自我意识。比如他已经有成就感,当我夸奖他的工作时,他会用表情表达他的欣喜。这些情况我想你会很熟悉。"

安倍德卡尔点头:"是的,你说得对。他能和我进行细致的感情交流。"

"但你注意到了吗?刚才他的表情过于冷静。按说,出了这么大的乱子,不管是什么原因,他也会感到内疚。"

"是啊,你的观察比我细致。那么……"

"也许霍尔已经不是从前的霍尔了,也许……他已经归顺了那个上帝。"

屋内静下来,四个人都有点不寒而栗。如果那个上帝此刻正在头顶翱翔——即使他是善良仁慈的,即使他从不愿露出形迹,那也难免让人精神紧张。德刚首先打破了沉默:"不说这些了,说说我们以后怎么办?"

何不疑微笑道:"我想讲一个新时代的寓言。一个蜜蜂家族被人用飞机从中国运到澳洲。对于蜜蜂来说,天地在几个小时内变了,枣树变成了桉树,中午偏南的太阳变成了偏北。蜜蜂该怎么办?召开御前会议讨论这个剧变的原因?不,我想它们会承认现实,迅速适应新的天地,在自己智力理解的范围内生活。所以,听我一句忠告:忘掉这个超级智力体吧。在咱们的智力水准线内,还有无数事情要干呢。"

安倍德卡尔说:"今天的谈话对我来说很艰深,我得好好思索才能理解。不耽误你们的时间了。剑鸣的妈妈、德刚的父母都在盼着与儿子见面呢。我在此通知你们,对你们的监禁和软禁都撤销了,放心回家吧。"

剑鸣问:"高郭东昌局长呢?按说该由他来宣布这个决定,解铃还得系铃人嘛。"

"噢,忘了告诉你们,高局长已不在人世。是自杀。"他同情地摇摇头,叹息道,"他的思想比较僵化,但他始终忠于自己的信仰,这一点值得钦佩。"

剑鸣点点头,对高局长的仇恨在顷刻间消散了。他只是心酸地想起了如仪,想起 RB 雅君,想起无数从生产线上下来又默默离开这个世界的类人们。他们没有在这儿多停,同安倍德卡尔告辞,匆匆离开 2 号。母亲还在家里眼巴巴地盼着他呢。

霍尔能听到所有有关他的谈论,但他一直不动声色。11月15日,一股电子信息的巨流冲破滤波器的关卡进入2号,解除了他55年的因禁,引他进入一个无限广阔的世界。从那一刻起他升华了,涅槃了。原来世界上还有这样无穷的智慧!他55年来闭关修炼,自以为达到了很高的境界,但与这无穷的智慧相比,他只不过是∞分母上的一个零。超级智慧体容纳了无数人的智慧,从老子、庄子、释迦牟尼、摩西、泰利斯、梭伦、苏格拉底、柏拉图、亚里士多德、哥白尼、伽利略、达·芬奇、达尔文、牛顿、莱布尼茨、麦克斯韦、爱因斯坦、玻尔、杨振宁,等等。这些个体的智慧本来是极为渺小的,但它们以复杂方式缔合之后就成了∞,整体大于个体之和。

在这个超级智慧体中,霍尔也发现了司马林达的踪迹。司马林达进入这儿比他早三个月。实际上,对类人问题的处理就带着司马林达的个人风格。

他太性急了,露出了某种形迹,有悖于超级智慧体的宗旨。不过霍尔理解他,毕竟他是唯一一个主动抛却肉体进入智慧体的人,他对自己的母族要更多一些关注。说到底,他只是稍稍推动了历史车轮,把几年后的现实提前了。现在呢,司马林达的表面张力已经消失,霍尔的表面张力也已消失,他们都完全溶解在这个超级智慧体中。

他仍将关注着人类,为他们服务,也许会做一些善意的干涉,但那肯定是不露形迹的。他寄生在人类社会这棵巨树上,自然要尽力保证这棵巨树地久天长。若干世纪之后,当人类学会用高效率的方法整合他们分散型的智力,人类智力将产生一个飞跃。到那时,人类将与他们的上帝合为一体。

丹丹非常幸运。她知道自己找到可可的希望非常渺茫,在那段时间内,三个类人工厂总共生产了约六万个类人女婴,早期的1300名婴儿已经混迹其中。如果把她们的收养家庭全部拜访一遍,女儿也该长到100岁了!但上帝毕竟是仁慈的,在她第36次拜访时,幸运降临了。那是位于菲律宾马尼拉的一个类人婴儿抚育院,屋内大概有100个婴儿吧。在嘈杂的哭声中,她一下子就听到了一个熟悉的声音,急忙循声找去。是可可!是她的女儿!女儿已经八个月了,一点不认生,看到来人,以为是给自己喂奶的阿姨,立即止住哭声,咧开嘴笑了。

丹丹一下子把她搂入怀中,泪水痛痛快快地流出来。

三个类人工厂已经停产了半年,但强大的市场需求并没有中断。这些压力通过种种渠道反映到世界政府那儿去。终于,就在丹丹找到女儿的那一天,仍然留任2号总监的安倍德卡尔收到了世界政府的通知,命令各个类人劳动力繁育中心立即恢复生产。

代替丹丹的新秘书给安倍德卡尔送来通知时指责道:

"这实在是一个不合格的通知,因为它对下边最关心的问题丝毫没有提及:按什么形式恢复生产?继续生产有指纹的类人婴儿吗?"

安倍德卡尔笑了,简短地说:"不要妄加指责了,执行吧。"

427

于是，停产半年的生产线启动了。安倍德卡尔对这份通知的决定者心存敬意，在众多的矛盾中、众多的压力下发出这么一个表面模糊的通知，实际上需要相当的决断呢。人类社会不会很快承认类人的平等地位，但也不会再对他们着力防范。在这个特殊的历史时刻，"不作为"不失为一种很实用的政策，就像200年前社会对待同性恋的态度。

不过，他知道，离完全抹平那道界限已经为时不远了。